U0926213

别为他折腰

上 册

容烟 著

青岛出版集团 | 青岛出版社

图书在版编目（CIP）数据

别为他折腰/容烟著.—青岛:青岛出版社,2022.7
ISBN 978-7-5736-0042-4

Ⅰ.①别… Ⅱ.容… Ⅲ.①言情小说－中国－当代 Ⅳ.①I247.5

中国版本图书馆CIP数据核字（2022）第026973号

BIE WEI TA ZHEYAO

书　　名　别为他折腰
作　　者　容　烟
出版发行　青岛出版社
社　　址　青岛市崂山区海尔路182号
本社网址　http://www.qdpub.com
邮购电话　18613853563
责任编辑　郭红霞
特约编辑　孙昭月
校　　对　李晓晓
装帧设计　千　千
照　　排　梁　霞
印　　刷　三河市良远印务有限公司
出版日期　2022年7月第1版　2025年11月第2次印刷
开　　本　32开（880mm×1230mm）
印　　张　18
字　　数　590千
书　　号　ISBN 978-7-5736-0042-4
定　　价　65.00元（全2册）

编校印装质量、盗版监督服务电话　4006532017　0532-68068050

目录

上册

目录

下册

第一章

未做完的梦

“宝贝睡了没？出来喝酒。”

辛语发消息的时间是晚上十一点五十分。

江攸宁用纤长的手指轻轻地点击着屏幕：“还在酒吧？”

手机微弱的光照在她的脸上，秀发安静地垂下来，她屈起膝盖坐着，将下巴搭在膝盖上。床轻微地晃动了下，她身旁的人毫无察觉，睡得正香。

两人轻浅的呼吸声在房间里交织，沈岁和的手机再次振动。

凌晨两点。

沈岁和的手机在床头柜上亮起，以一次振二十秒的频率连振三次，在第一次振动的时候，江攸宁就醒了。

她有轻微的神经衰弱，睡觉的时候需要周围绝对安静，只是手机的轻微振动也能把她吵醒。她以为沈岁和会被手机吵醒，然后将手机设置成静音，但他没有。

他睡得很熟，甚至朝她这边翻了个身。

江攸宁没有动别人手机的习惯，尤其是沈岁和这种将隐私看得极重的人。

结婚三年，她没有碰过他的手机。

平常睡觉前，他也会将手机设置成静音，但一年中总有那么几十天会忘记。运气好点儿，没人给他发消息，江攸宁就能安稳地睡到天亮。如果她运气不好，如同今天这般，手机就会响个不停。

江攸宁只能等，等到沈岁和也被吵醒，然后翻身起来查看消息，遇到重要的事，他会回复几句，遇到不重要的就将手机设置成静音，扣在桌面上。

但他会不会醒，不一定。

床头柜上的手机再次亮起，快速连振两次。江攸宁瞟了一眼——她近视，度数不高，但也看不清手机屏幕上消息的具体内容。更何况沈岁和的手机上贴的还是防窥膜。

江攸宁起身在床上坐了会儿，辛语还没回消息。江攸宁便给她发："怎么突然想喝酒？我也想喝。"

估计辛语已经喝多了，正睡得昏天黑地。辛语和她不一样……

沈岁和的手机没再振动。

江攸宁把自己的手机屏幕锁上，身子轻轻滑动，蜷缩着，缓缓地闭上眼。距离天亮还有四个小时，她还能睡一会儿。她甚至在心中祈祷，别再有人找沈岁和了。

八月末的北城，夜里还有些凉。江攸宁把被子轻轻地往上拢了拢，但感觉风依旧能吹进被子里来。偌大的床，宽大的双人被，两个人睡在这里，中间像是隔了一整条银河。

沈岁和睡在床的一边，两人中间的距离大得可以再放下两个人。

江攸宁轻轻地叹了口气，像他一样侧过身子睡，中间的被子塌陷下去，这才暖和了些。她开始酝酿睡意。

吱——吱——两声连振。

江攸宁睁开了眼睛，窗外仍旧一片灰暗。

沈岁和大抵感觉有些冷，翻身紧挨她，胳膊搭在她的肩膀上，像是将她轻揽在怀里，轻浅的呼吸拂在她的脖颈之间，带着几分温柔。

他前天刚剪了头发，很短，正好扎着江攸宁的侧脸。

江攸宁望着雪白的天花板发呆，许久才轻轻地侧了下身子，沈岁和的嘴巴正好落在她的耳际，带着温热的气息。

一触即分，她却在瞬间屏住呼吸。

一分钟后，沈岁和毫无察觉地翻了个身，江攸宁伸手拿过自己的手机，借着微弱的光亮，看到屏幕上显示：03:00。

只隔了一个小时，沈岁和的手机又振了一声。

江攸宁睡不下去了，便把沈岁和的胳膊挪开，赤脚下地，拿着手机出了房间，辛语两点三十二分的时候发来一连串消息。

“到我家来喝。

“不过，你怎么又半夜醒了？

“沈岁和的手机又吵到你了？

“给他长按关机完事，实在不行踹他一脚，让他滚到客房去睡。

“凭什么他睡得像猪一样，你就得彻夜难眠？”

江攸宁一边下楼一边回消息：“他明天还开庭。”

消息刚发出去，辛语的视频电话就打了过来。

江攸宁打开了客厅的灯，从酒柜里随意拿了瓶酒出来，等坐到高脚凳上才滑开接听。

“沈岁和上辈子是拯救了银河系吧？”辛语轻倚在床前，大抵是喝多了酒，昏黄的灯光下显得脸颊通红。她轻轻地摇晃着手中的高脚杯，嗤道：“你记得他明天开庭，他记不记得你明天出差？”

“我没和他说。”江攸宁给自己倒了杯酒，轻轻地抿了一口。

一入喉她才品尝出来，这酒度数有点儿高，但是很香。

浓郁的酒香味弥散在客厅的每一个角落，江攸宁托着下巴发呆。她穿着一件白色的家居服，领口有些大，如今随意地靠在椅子上，露出了半边锁骨。

“‘云’喝酒吗？”辛语朝她举杯。

江攸宁也举起杯，唇角带笑：“好。”

两人有一搭没一搭地闲聊。

“你明天不拍摄？”江攸宁问。

辛语自小和她一起长大，高考之后怎么也不想上大学，因为长得高，人也漂亮，所以直接去做了模特，如今混得也不错，偶尔会去一些国际展上走秀，不过最多的工作还是拍摄杂志封面。

“不拍。”辛语说起这个就来气，“不只明天不拍，我这一个月都不用拍了。”

江攸宁挑了挑眉：“怎么了？”

“别提了。”辛语把白天遇见的糟心事竹筒倒豆子似的说了出来，从老板如何压榨她的剩余价值到怎么不要脸地捧情人，最后归结为一句话——“男人真坏啊！”

江攸宁轻笑：“你别群体攻击。”

“不是。”辛语反驳道，“他老婆怀孕七个月了，他在公司里跟模特搞在一起，甚至还想把我挤走，这种男人不贱吗？”

“那你到底是气他在老婆怀孕期间出轨还是气他把你挤走？”

辛语冷哼一声：“都气。”

怕江攸宁不懂她们这行，辛语还强行科普了一番。

“那可是 UK 的封面啊，模特们梦寐以求想上的地方。只要上了那个，我们就可以慢慢跨行，接广告，甚至是电视剧，毕竟没有热度肯定上不去。简单举个例子，我现在拍一个封面是三万，上完 UK 后我再接就是十万，身价能翻好几番。”

“那是挺可惜的。”江攸宁说，“那你现在要跟公司解约吗？”

“解！”辛语振振有词，“我都把那男人出轨的消息告诉他老婆了，难不成还能在公司继续待下去？更何况，给那种人打工，我嫌脏。”

江攸宁愣了下，皱眉道：“你告诉了他老婆？怎么说的？”

“发短信。”辛语耸肩，“还拍了两张亲密照片，恶心死我了。我回家以后洗了好几次眼睛。”

这像是辛语能干出来的事情。

“那他老婆什么反应？”江攸宁问。

辛语忽然噤声，昏黄的灯光将她的脸照得摇曳生姿。良久之后，她勾着唇笑：“宝贝，你说女人是不是天生就傻？”

“嗯？”

辛语嗤笑，语气中带着轻蔑：“他老婆怪我多管闲事，说男人都是那样的，她早就知道老公在外边不干净，但只要不闹到家里来，他们还是和和美美的一家人。最可恶的是，她还说我活该单身。”

“呵。”江攸宁轻笑了一声，晃了晃手中的酒，“那你后悔告诉她吗？”

“不啊！”辛语说，“我发现一万次就要说一万次，万一有一个清醒的呢？”

“对了，”辛语打了个响指，“问问你家沈律师能不能帮我打一下解约的官司，价钱好谈。”

“好。”江攸宁答应了。

隔了一会儿，辛语考虑到沈岁和目前打官司的价钱，又幽幽地补充道：“要是他开的价实在太贵，你来帮我打也行。”

江攸宁笑：“别闹了。”

江攸宁也是学法律的，而且是从国内顶尖学府华北政法大学法学院毕业的。她二十岁本科毕业以后去哥伦比亚法学院念了一年法学硕士，回来以后在一家知名律师事务所实习，但没过多久就去了一家顶级影视公司，之后一直在做法务。

不知不觉三年过去了，三年没上法庭，她连诉讼程序都快忘光了，怎么可能给辛语打得了官司？

沈岁和就不一样了。他是正儿八经身经百战的诉讼律师，二十四岁那年就和朋友创办了一家律师事务所，主打高端民商事诉讼业务。经过五年的发展，如今律所已经跻身业内前二十。

沈岁和本人更是业界传奇。他二十岁时以华北政法大学第一名的成绩提前毕业，保送华政研究生。二十三岁研究生毕业前，他已经在红圈律所实习了一年，毕业以后在业内顶级的君诚律师事务所工作一年，为律所创收三亿元，被破格晋升为律所初级合伙人。但他拒绝了律所递来的橄榄枝，在休息了一段时间后直接和业内知名的“小公子”裴旭天合资开了一家律师事务所。

他们律所开办前两年的名气并不行。大家都说离开了君诚，沈岁和接不到标的额大的案子，就算有“小公子”那层关系，这律所也难以快速崛起，甚至被几家大的律所联手打压了一阵。

后来见这新开的天合律师事务所翻不起什么大水花，那些大的律所才算是放过了沈岁和他们。但没想到，两年后沈岁和凭借一起标的百亿以上的股权纠纷案一举成名。

天合律师事务所在业内迅速崛起，而大家翻阅沈岁和过往的官司记录，惊奇地发现他从没有败绩。

众人忽然感到了一丝威胁，尤其是发现在和红圈律所的几位大律师对过阵后，沈岁和仍然没有败绩。自此，沈岁和成为律界新晋“大魔王”。

如今天合律师事务所已经在业内站稳了脚跟，有了稳定的客源，每年创收都在十位数以上，沈岁和的身价也自然水涨船高。

辛语去网上查了一下，扭头对江攸宁说：“你知道你老公现在跟人聊天一小时多少钱吗？”

江攸宁一愣，没反应过来：“多少？”

“一分钟五百。”辛语咬牙切齿，“按分钟算的！一个小时就是三万。”

“嗯。”江攸宁摁了下自己的太阳穴，“所以呢？”

“我想跟你老公聊个天！”辛语一副生无可恋的样子，却仍旧底气十足，“聊一个小时，净赚三万！我之前时薪最多五千，还为已经跻身高级打工人行列而得意扬扬，结果一夜回到解放前，马上还要跟冷血资本家打官司。我，一个即将破产甚至负债累累的贫民窟少女，现在只想体验一小时挣三万是什么感觉。”

江攸宁勾唇轻笑，托着下巴调侃道：“照你这么说，我每天都挣翻了。”

“必须啊！”辛语啧了声，“难道你家沈岁和的银行卡不在你这儿？”

江攸宁摇了摇头。

她不知道沈岁和一年能挣多少钱，也从没问过，就像沈岁和不知道她是在华商还是华宵上班一样，但两人在同一所大学的法学院毕业，圈子总有重叠的地方。

她偶尔参加同学聚会时听别人讨论，沈岁和的身家应当在十位数以上，但也只是听听。同学们不知道她跟沈岁和结了婚，在她面前谈论起来也毫不避讳，她有时还能听到跟沈岁和相关的花边新闻。

不知是哪个学妹想追求沈岁和，结果碰了一鼻子灰。还有他们律所新来的实习生想通过勾引沈岁和得到好处，结果当天就被开除了。

诸如此类。

但总有人例外，比如卓创集团的千金——乔夏。她可以自由出入沈岁和的办公室，两人还一块儿在高级餐厅吃饭，郎才女貌，般配得很。

谈及乔夏，同学们都说也只有这种小公主才配得上沈岁和这种堪称完美的男人了，甚至上次还有人问江攸宁怎么看，江攸宁抿着唇，违心地应了句“嗯”。自那之后，她再也没去过同学会。

她懒得再想，拿起酒杯喝了一口，然后单手撑着下巴，眼睛半闭，思绪渐渐飘散。

直到辛语大喊了一声，声音尖锐，刺得江攸宁耳膜疼。

她没有动，摁了摁太阳穴，声音慵懒：“怎么了？”

身后独属于沈岁和的声音在客厅里响起，沈岁和不疾不徐地道：“你要是现在放她去睡觉，明天说不准可以体验一下时薪三万的感觉。”

江攸宁本来托着下巴快要睡着了，被辛语喊了一声，瞬间清醒。

沈岁和站在她身后，长臂一伸收走了酒瓶。

“沈律，身价都这么高了还舍不得让老婆喝你一瓶酒？”辛语啧了声，“我还在这儿呢，你就这么欺负我家宝贝？”

“哦？”沈岁和眉毛微挑，用修长的手指钩着江攸宁的头发，将她散开的头发拢到耳后，带着热气的呼吸吐露在她的脖颈之间，所过之处惹得她皮肤泛红。

他的声音一如既往地冷，只是多了几分慵懒：“不好意思，她现在是我的。”

他的话语中带着几分挑衅。

江攸宁赶在辛语反驳之前挂断了视频，手机回到她和辛语的聊天页面，上边明晃晃地显示着辛语的抱怨：“凭什么他睡得像猪一样，你就得彻夜难眠？”

江攸宁飞快地关掉了手机屏幕，但他还是看见了。

视频电话挂断以后，沈岁和立马抽身，周遭空气都跟着冷了几分，刚才那一切仿佛是江攸宁的错觉。

当初结婚时，两人就有约定，在亲朋好友面前，他们一定得是恩爱的一对。也是在婚后，江攸宁才知道沈岁和不仅法律学得好，戏也演得不错，以后要是没人找他打官司了，凭他的长相去娱乐圈也定能混得风生水起，就是性格不讨喜。

江攸宁又开始发呆，脑子里总想些有的没的，甚至出现了他站在舞台中央，镁光灯打下来的场景。不着边际的胡思乱想，每次想的都是沈岁和。

而沈岁和转身拿了一只高脚杯，给自己倒了一杯酒，长腿一迈坐在了江攸宁身侧，酒液轻轻地晃动，在昏黄的灯光下折射出深红色的光彩。

沈岁和穿着白色的家居服，和江攸宁的是情侣款，左心口的位置上有个黄色的"皮卡丘"形象，略显幼稚。他穿着，看上去有些违和。只是江攸宁买错了，昨天又进行了大清洗，他没衣服穿便穿上了这件。

他将袖子挽起来，露出小臂，轻抿了口酒："我的手机吵到你了？"

"嗯？"江攸宁没反应过来。

"手机忘记调静音了。"沈岁和说，"抱歉。"

他的语气平静，没有丝毫波澜，尽显客气疏离。

"没事儿。"江攸宁的思绪慢慢收回，她将酒杯里的酒一饮而尽，"我去睡了。"

她起身上楼，却在下一秒被沈岁和拉住了手，他温热的指腹在她的手腕处轻轻摩挲，人也站起来，慢慢从后边抱住她。

江攸宁身高一米六五，沈岁和比她高二十厘米。他稍一弯腰，下巴刚好搭在她的肩膀处。他侧过脸，带着湿意的唇落在江攸宁的脖颈间："还睡得着吗？"

沈岁和的声音压低，像是在刻意诱惑她，江攸宁没有说话。

从楼下到楼上，他们一直相拥，却总像是隔着距离。

房间里亮了一盏夜灯，借着微弱的光亮，江攸宁看到了和平常不一样的沈岁和，他眼尾泛红，染上了几分情欲。

江攸宁伸手抚向他的眼尾，觉得自己像是大海里的扁舟，在层层海浪之中感受着波涛汹涌，浮浮沉沉，被迫接受着沈岁和给的一切，或好或坏。

两人许久没亲热了。沈岁和最近接了个棘手的案子，忙到脚不沾地，有时直接睡在公司，回来后也是匆匆洗漱后就躺在床上睡觉，睡着前离江攸宁很远，只有睡着后觉得冷了才会不自觉地靠近她。

江攸宁亦是如此。所以有时他们是相拥着醒来的，却会在醒来的下一刻抽离对方。江攸宁如果提前醒来，可能会装睡一阵儿，毕竟这算是难得的温暖。

明天就是开庭的日子，江攸宁本打算和辛语聊会儿天后去客房睡，却没想到还是吵醒了他。他肆意掠夺着她的温暖，而她也尽力给予。

折腾完之后，江攸宁筋疲力尽，瘫在床上动都不想动，天已经蒙蒙亮。

沈岁和匆匆洗了个澡，然后给她放好热水。江攸宁累极了，侧躺在床上，昏昏沉沉，快要睡着。

“去洗澡。”沈岁和轻轻地晃了晃她。江攸宁眉头微皱，难得撒了个娇：“抱我去吧。”

她半闭着眼，长长的睫毛遮住了眼中的光晕，原本雪白的肌肤现在透着粉红，看上去带着几分妩媚。

沈岁和喉结微动，这副模样的江攸宁，虽不是刻意诱惑人，却惹得他心神荡漾。他喜欢她，尤其是她笨拙地回应的时候。

江攸宁的长相不是主流审美中令人惊艳的那种好看，放在主流审美之中，她大抵只能得到个温柔乖巧的评价。

这也是沈岁和对她的第一印象，温柔乖巧也就意味着听话，所以他坚持跟她结了婚，这是他在可选择范围内最好的选择。

这三年来，江攸宁没有辜负他的期待，从没和他闹过脾气，更没吵过架。沈岁和觉得跟她相处起来会不自觉地感到心平气和，让人很舒服。

沈岁和抱着她这么久，她也只是娇娇软软地求饶：“不要了，好不好？”

沈岁和看着她的模样，她太撩人了，完美契合他的喜好。

所以他不介意抱着她去洗澡，只是在去的路上，他在她的锁骨处留下了深深浅浅的印迹。

他喜欢看她含羞带怯的样子，就像看小时候养过的一株含羞草。他碰一碰，含羞草的叶片就缩一缩，但过一会儿还会伸展开。

早晨，江攸宁是被电话吵醒的。她迷迷糊糊地接起来，咕哝着应了声“喂”。

辛语的话像炮仗似的，噼里啪啦地砸过来：“我就知道你还没起床，看昨天沈岁和那个样子就知道肯定不会放过你，现在还失眠吗？估计睡得快晕过去了吧。幸好我记得你今天出差，睡了两个小时就起来叫你。你赶紧起床吧，不是十点半的飞机吗？从你家去机场还得半个小时呢。”

听见“出差”这两个字，江攸宁昏沉的脑子瞬间清醒。她看了眼表，已经九点了。

辛语猜得没错。

也许是太累了，她这一觉睡得格外沉，像晕过去似的，连沈岁和什么时候走的都没察觉到。她挣扎着爬起来，摁了摁太阳穴，连忙对辛语道谢。

辛语却道：“我现在极度疲劳，不然就去你家接你了。为了咱俩的安全，你还是打个车去吧，姐姐给你报销。”

“倒也不必。”江攸宁打开了手机免提，从床边散乱的衣服里翻了翻，没有能穿的了。

沈岁和平常是个温柔的绅士，但有些时候也很狂野。

昨天的衣服竟被他撕了扔在地上。江攸宁看着满地狼藉，叹了口气，从衣柜里取了件T恤换上，去卫生间照镜子时却发现了锁骨处的斑驳印迹，青青紫紫的，透露着暧昧。

江攸宁从柜子里翻出了白衬衫，有条不紊地系上扣子，这才将那些吻痕遮住。

“你接着睡吧。”她督促辛语，“以后别熬夜了，小心脱发。”

辛语嗯了声：“你有空了就把沈岁和的手机号发过来，我去体验一下时薪三万的快乐。”

江攸宁诧异：“之前不是给你推过微信名片吗？”

“谁没事儿加他微信啊，又不是我男朋友，聊什么聊。”辛语说，“跟他比起来，我更喜欢你。”

“成吧。”江攸宁说，“一会儿给你发。”

挂了电话，江攸宁快速洗漱完毕，拎着行李出了门，然后打车直奔机场。在车上她打开了和辛语的聊天记录，辛语早晨七点给她发了消息。

“我仔细想了想，你没有挣翻。跟沈岁和聊天一小时三万，但他平时又不跟你聊天。你只是陪他睡觉，算起来还是你吃亏。

“总结：陪他睡觉没有陪他聊天挣钱。以后，多聊天，少睡觉。”

江攸宁坐在那儿愣了几秒，然后把沈岁和的手机号发了过去，实在没忍住，还是给辛语科普了一下：“那叫法律咨询，不是聊天。”

辛语打电话来的时候，沈岁和正在和律所的人吃饭。

案子很棘手，大家这一个月都跟着熬得很辛苦，今天上午开庭后的结果不错，临下班时有人提议一起吃饭，还叫了沈岁和。

平常沈岁和很少参加这种局，作为律所的高级合伙人，他向来是“高岭之花”一般的存在。

大家叫他也只是意思意思，而他也深谙其道，所以来了以后只是象征性地吃几口，结了账再借口有事离开，让大家玩得开心。

辛语这个电话打得恰到好处。

“喂？”沈岁和起身接电话。

辛语大大咧咧的，也不和他客气：“沈律，你在哪儿呢？我想找你体验一下时薪三万的快乐。”

“你说地方吧，我现在过去。”沈岁和说。

辛语顿时皱眉：“啧，你在哪个美人乡呢？我家宝贝一出差你就乱来？沈岁和你可以啊！”

“天香居。”沈岁和面无表情地报了地方，“还要我请你吃饭吗？”

辛语笑了：“倒也不必，我请您。”有求于人，姿态得放低些。

最后两人将见面地点定在了天香居不远处的一家咖啡厅，辛语比沈岁和先到。

看着迈步而来的沈岁和，辛语对着手机给江攸宁发语音：“宝贝，你老公乍看还挺帅。不过你不在，我总觉得自己在干对不起你的事情。”

沈岁和刚好听到了后半句，唇角微扬：“想得真多。”

她低咳了声，清了清嗓子，正经地说：“沈律，你看我这个情况，打官司有没有赢的可能？

“我说的赢就是我不用赔钱，还能解约，如果可以的话还能把公司之前拖欠我的钱拿回来。”

沈岁和修长的手指微屈，富有节奏地敲击着桌面：“具体说说你的……”

他的话还没说完，忽然被一道清脆的声音打断了：“岁和哥哥。”

辛语抬起头，就看见一个穿着浅蓝色连衣裙、扎着丸子头的女孩儿走了过来。

沈岁和皱了皱眉，语气不大好：“你怎么在这儿？”

女孩儿笑着说：“跟朋友逛街累了，来这儿喝下午茶。”

“这都晚上了。”辛语插话道。

女孩儿嘟了嘟嘴，小巧的鼻头微皱，撒着娇道：“聊得有点儿尽兴，一时忘了时间，现在都有点儿饿了呢。”

辛语用快能杀人的目光望向沈岁和，而沈岁和修长的手指摁着太阳穴，语气冰冷：“饿了就去吃饭。”

“哥哥要一起吗？”女孩儿问。

“不。”

两道声音同时响起，沈岁和抬头，视线和辛语的撞了个正着，女孩儿看向辛语，眉头微皱：“这个姐姐是谁啊？”

辛语站起来，尽显身高优势，顿时气场全开。她唇角上扬，一字一顿地道：“我是你嫂嫂的闺密。”

“离婚！”辛语义愤填膺，“必须离婚！”

江攸宁坐在阳台的竹椅上，俯瞰着临城的夜景。

她刚洗过澡，随便穿了件T恤，换了条热裤，两条白皙的长腿露在外面。她将胳膊搭在旁边的桌子上，然后撑着下巴听辛语抱怨。

辛语已经说了半个小时了，“离婚”这两个字被提及的频率是三分钟一次，而乔夏这个名字被她提起来咒骂了近百次。

“我听得都要吐了。”辛语说，“她妈没给她生哥哥，她来叫别人的老公‘哥哥’？要真是沈岁和的亲妹妹我也就忍了，明显就是上来勾引人的。离婚！你必须离！”

江攸宁淡淡地回应：“嗯。”语气极其敷衍。

“江攸宁！”辛语急了，“我跟你说正事呢！你能不能不要这么敷衍我？我今天真的要被气死了！比昨天那个女人骂我活该单身还气！看见乔夏那张脸，我好想上去扇她一巴掌！”

江攸宁缓缓地道：“那你怎么不扇？”

辛语愣了一会儿，忽然一脚踩了刹车，将车停在路边。车窗降下来，晚风吹进车里，把她的头发吹了起来，她严肃地思考这个问题。几分钟后，辛语重重地呼了口气：“因为她没有做任何逾矩的行为。”

无论是叫“哥哥”，还是请吃饭，甚至跟她做自我介绍，对方都没有任何朋友以外的举动，那一声声的“哥哥”能让辛语恨得牙痒痒，但不是扇她的理由。

良久之后，辛语问：“她是不是像这样在你面前耀武扬威过好多次了？”

“没有。”江攸宁说。一般她都是被人家无视的那个。

江攸宁起身去房间的冰箱里拿了罐啤酒，盘起两条腿，双手捧着啤酒，就跟喝牛奶似的，轻抿了一口。

“你跟我说实话。”辛语扶着额头，一本正经地问，“你到底是怎么想的？”

“没想过。”江攸宁也很诚实地回答。

她嫁给沈岁和是很突然的事情，辛语很久都无法接受，有一次甚至半夜给她打电话，哭着说："宝贝，我梦到你遭到家庭暴力了。"

在辛语眼里，婚姻是坟墓，是乱葬岗，所以她想不通江攸宁为什么在最好的年纪义无反顾地跳进去，哪怕结婚对象是家世、相貌样样都好的沈岁和。

而对江攸宁来说，这段婚姻是意外惊喜，也是岁月赠送的礼物。

许多事情江攸宁没跟别人说过，所以很多人觉得她爱得莫名其妙，婚也结得莫名其妙，但只有她自己知道个中曲折。

夜深人静，晚风轻拂发梢，江攸宁喝完了半瓶啤酒，将易拉罐放在桌上，声音混杂在风里："沈岁和的态度很明确吧？"

辛语不太情愿地"嗯"了一声："他倒是挺讨厌那女孩儿的。"

"那就行了。"江攸宁说，"别担心，我能处理好。"

夏末的空气中翻滚着热浪，高楼之上寂静无声。良久之后，辛语才叹了口气，拉长声音道："你啊你！"

她每次都是这样，害怕别人担心，所以将一切都自己扛着。

辛语也知道她的性子，看上去好脾气，温柔乖巧，但骨子里很倔。她认定的事情，可真是九匹马都拉不回来。发泄了一顿后，辛语才算平静下来。

"有什么事儿你就跟我说。"辛语叮嘱道，"下次要是让我发现沈岁和欺负你，我就上去揍他。"

"你打不过的，"江攸宁轻笑，"他练过散打。"

"那也得打。"辛语忽然觉得心酸，泪水在眼眶里打转，"我保护了这么多年的'小豆丁'不能让别人给欺负了啊！"

听到这话，江攸宁的眼泪猝不及防地掉了下来，她擦掉腿上的泪渍，吸了吸鼻子，笑道："可算了吧，一直不都是闻哥保护咱们吗？"

闻哥是江攸宁的堂哥，全名是江闻，比江攸宁大半岁，三人在初一以前都在同一个班。江攸宁初二跳了一级，而且因为妈妈的工作，她搬了一次家，又转了学。虽然隔得远了，但几人的关系一直都挺好。

从小辛语在女生中个子就是拔尖的，比一般的男孩儿也高。江攸宁在初二以前都是小个子，长得也柔柔弱弱的，经常被叫"小豆丁"，成了男生们欺负的对象。

那些男生或拽她的小辫儿，或拍她的背，各种小恶作剧层出不穷，而江闻和辛语就负责保护她。

江攸宁笑着说："你也别这么戒备，遇到合适的就谈个恋爱试试。"

"不。"辛语傲娇地道，"姐很高贵，他们不配。"

辛语还是气不过，临挂电话前又骂了一遍乔夏，这一次还加上了沈岁和："没事儿长那么好看干吗？招蜂引蝶。"

江攸宁附和着骂，只是很敷衍。

"好了。"江攸宁说，"乖乖睡，相信我。"

辛语这才挂了电话。

江攸宁坐在阳台上发呆，然后打开微信，点开置顶。

备注：老公。

两人最后的聊天记录是在下午六点。

老公："晚上想吃什么？"

"我出差了。"

老公："几天？"

"三天。"

老公："好。"

对话简短到可怕，但这是他们的常态。江攸宁有心想说句什么，戳了戳屏幕又退了出来。

质问沈岁和？她又不是不知道乔夏，更何况沈岁和比她还讨厌乔夏。

安慰沈岁和？这好像也大可不必。

江攸宁干脆放下手机，从一侧拿起电子书阅读器继续看书。翻了没几页，她就看到这样的一句话："她那时候还太年轻，不知道所有命运赠送的礼物，早已在暗中标好了价格。"

江攸宁回来那天是周五，上午十一点十分落地。

辛语十一点就在出口处等着，看见江攸宁，她上前拎起行李箱转身就走，故意没跟江攸宁搭话，江攸宁扯了扯她的袖子。

“干吗？”辛语没好气地说，“你不是自己都能解决吗？怎么你家沈岁和不来接你？”

“他在上班。”江攸宁说，“我没叫他。”

“呵。”辛语毫无形象地翻了个白眼，气笑了，“全世界就他一个人有工作啊？说得我好像无业游民似的。”

江攸宁澄澈的眼睛盯着她。

她前段时间跟公司闹掰了，现在可不就是无业游民吗？她在江攸宁的脑袋上敲了一下：“算是败给你了。”

她带着江攸宁上车，然后一边开车一边开始碎碎念：“我说你，在男人面前别总是这么好脾气，让他觉得你好欺负，时间长了就不把你当回事了。以后嫁人真不能找长得好看的，站在那儿就开始给你招蜂引蝶。还有你啊，能不能有点儿骨气？！给我支棱起来！闹他！”

“嗯。”江攸宁有气无力地应着，然后轻笑道，“我还有以后啊？”

“怎么没有？”辛语嗤道，“只要沈岁和对你不好，我立马给你介绍新的。姐姐钱没有，两条腿的男人多的是。”

江攸宁闭着眼睛假寐，声音懒洋洋的：“你还是留给自己吧，我不需要了。”

“吓。”

过了一会儿，江攸宁才想起来：“路童这周日回来。”

辛语顿时瞪大眼睛：“她还好意思回来？别回来了，我这辈子都不想看见她。”

“还生气呢？”江攸宁笑道，“她说这次回来给你负荆请罪，而且以后就不出去了。”

路童是江攸宁在华政的同学兼舍友，毕业以后没当律师，也没考研，而是扎根基层，在全国各地的山村里做法律援助。

因为宣传公益事业接受过几次采访，她也算小有名气，但仍然不改穷苦本色。

江攸宁上大学那会儿，三个人经常一块儿玩，时间久了也就摸透了彼此的脾气。

上次路童答应了要陪辛语在北城待一个月，甚至还约好了要去云南旅游，辛语连票都订好了，结果路童临时有事，连夜坐火车去了安县。

一月之期只实现了十天。

被爽约的辛语很生气，拉黑了路童的所有联系方式，江攸宁就成了中间递话的。

“我信她？”辛语嗤笑，“这女人嘴里没一句正经的，比男人都贫。”

路童的声音从手机里传出来：“我在你这儿都沦落到和男人比了吗？”

辛语瞪了江攸宁一眼。

江攸宁耸肩，表示是路童让自己接的电话。

“我这周日回去！”路童大声喊，“你给我好好等着！”

“干吗？”辛语挑衅，“要打架？”

路童义正词严：“不是！我就让你看看我跪的姿势标不标准！”

辛语的表情一言难尽，她想笑又憋着，强迫自己生气。

江攸宁打了圆场：“这周日天香居一起吃晚饭，你请！”

“好！没问题！”路童连忙答应。

辛语想说点儿什么，却又不好意思说出口，看了眼江攸宁，立马灵机一动道：“你是不是在外边打离婚官司挺多的？”

江攸宁忽然感觉后背一凉。

路童回答：“也还行吧，主要是打离婚诉讼和劳动仲裁。”

“那正好。”辛语说，“回来帮江攸宁看看，她的离婚官司好不好打。”

路童愣了两秒：“你让我跟沈岁和上法庭？”

“她胡说的。”江攸宁立马道，“我不离婚。”

路童那边沉默了几秒，幽幽地道：“我还挺期待的。”

江攸宁挂了电话，只觉得脑仁疼。

车子不疾不徐地行驶在路上，隔了很久，江攸宁才问：“你觉得我应该找个什么样的？”

“什么？”话题转得太快，辛语被问蒙了，拐过一个路口后才反应过来她在说什么。

“我也不知道。”辛语诚恳地说，“没有特定标准，但我觉得你应该找个满心满眼都是你的。”

江攸宁反问：“沈岁和呢？”

辛语抿了抿唇，表情有些为难，声音也低了几分，看起来十分严肃：“要听实话吗？”

“嗯。”

辛语把车窗开了一半，风和着她的声音，她说得异常笃定：“我觉得他眼里、心里都没有你。你不快乐，江攸宁。”

车载音乐正好放到了那一句：

他不爱我，牵手的时候太冷清
拥抱的时候不够靠近

江攸宁别过脸看向窗外，忽然笑了。原来，幸福是装不出来的。

“你出差的这几天，沈岁和都没联系过你吧？”辛语问。

江攸宁点了点头：“你怎么知道？”

“猜的。”辛语翻了个白眼，“你回来以后，笑就没到过眼底。”

“哦。”

话音刚落，江攸宁的手机忽然振动起来，是沈岁和发来的消息。

“礼物买好了吗？周日是我妈的生日。”

江攸宁忽然长叹了一口气，没忍住爆了句粗口。

“怎么了？”辛语问。

江攸宁满怀歉意地看过去：“这周日不能跟你们吃饭了。”

“嗯？”

“我婆婆生日。”

江攸宁去临城出差买了礼物回来，但只有给同事们的伴手礼和给沈岁和的七夕礼物，她忘记了婆婆曾雪仪的生日是在七夕前两天。

江攸宁觉得给曾雪仪挑礼物是件很麻烦的事。

曾家是做丝织生意起家的。从二十世纪七十年代开始，曾家凭借精湛的技艺和独到的眼光，引领了一个时代的潮流，当之无愧地成了国内丝织业的龙头老大，其产品远销海外。

经过多年的改革变迁，曾家从古典丝织业拓展为品牌服饰，并成功转型为奢侈品行业，成为唯一能够和国外大牌相媲美的国货品牌，被誉为“国货之光”。再加上国家扶持，曾家在世界一百多个国家都有专卖店。而在国内，人们只要提到奢侈品，必定会说起曾家创立的“风雪”。

曾雪仪是曾家那一辈唯一的女孩子。曾家原本旁支很多，但到了曾雪仪父亲那一代，曾父大刀阔斧地进行变革，凭借雷霆手腕肃清了旁支，将曾家的财产全部揽到手中，同时为妻子创立了独立品牌“挚爱”，如今成了著名的婚恋品牌。

人们都说结婚时不买“挚爱”的戒指，就感觉缺了点儿什么。

到了曾雪仪这一代，曾家只有她和弟弟曾寒山两人。曾雪仪自幼学习礼仪，对各种礼节都极为看重，而她并不满意江攸宁这个儿媳妇。前两年江攸宁给婆婆送过贵重的礼物，也送过有小巧思的礼物，但都没有得到曾雪仪的青睐。

今年倒好，江攸宁直接忘了。刚出差回来正好不用上班，辛语便载着江攸宁去了商场，楼上楼下绕了两圈，腿快要逛断了，江攸宁也没有找到合适的礼物。

两人逛累了便随便找了个咖啡厅歇脚，辛语坐在椅子上，生无可恋地往后一靠，一双大长腿随意地搭着，颇有些无处安放的感觉。她打了个响指叫来服务员：“先给我来一杯温水，然后我要拿铁，加糖。”

“我要提拉米苏和温水。”江攸宁说。

点完餐后，辛语便低着头玩手机，江攸宁坐在那儿，仍旧在思考。

“要不就送个包算了。”江攸宁说，“三楼那个好像还可以。”

“嗯。”辛语敷衍地回应，“都行。”

“不行。”江攸宁托着下巴，声音疲倦到了极点，“我婆婆肯定要说我对她不上心。”

“一个包十万了还不上心？”辛语翻了个白眼，“她是什么高贵品种吗？”

江攸宁摇摇头："她又不缺钱。"

隔了一会儿，江攸宁又说："五楼那条丝巾挺好看的，而且挺搭她的气质，要不买那个吧。"

"嗯，行。"辛语说。

没几秒江攸宁又自我否定道："不行。曾家就是做高端丝织品的，我婆婆肯定要说我看不上曾家的东西。"

"哦。"

点的餐端上来，辛语率先喝了半杯温水，慵懒地半闭着眼。

"四楼那个镯子呢？"江攸宁问，"那个质地也挺好的。"

辛语回应道："嗯，好。"

脑子掉线的江攸宁终于反应过来，辛语一直在敷衍她。

"你认真点儿。"江攸宁叹了口气，"我现在要愁死了。"

"我哪儿不认真？"辛语眼皮微掀，叹道，"你刚刚提出的那几个都是我帮你挑的样式。"

不只如此，从一楼到九楼，辛语一共帮着挑了十几样东西，一一被江攸宁否定了，而理由都是婆婆可能会不喜欢。

辛语后来累了，就不再提意见，让她一个人纠结，而江攸宁果真纠结了一路。

从中午十二点到商场，她们俩饭都没吃就开始逛，现在是晚上七点，外面已经是满天星光，昏黄的灯光温柔地笼罩着这个世界。

江攸宁抿了抿唇，低下头不再说话。辛语回完了消息，把手机倒扣在桌面。

"离婚吧。"辛语突然说。

江攸宁抬头："嗯？"

劝分不劝和是辛语的一贯作风，但这一次，江攸宁从她的口中听出了严肃和认真，不是以往那种半开玩笑的态度。

辛语没再说话，而是盯着她看，眼眶泛红。目光相撞的那一瞬间，江攸宁眼眶发酸，心意相通，忽然就知道辛语怎么了。

辛语在替她委屈。

"语语。"江攸宁深吸了口气，端起水杯轻抿了一口，润了润嗓子，声音一如既往地温和，“我也不知道自己是怎么了。”

“以前挑礼物我是最在行的，但现在我……”她顿了下，目光瞟向了别处，“甚至只要站在货架前，我的脑子里就会出现很多声音。那些声音都告诉我这个不怎么样，不好、很差、不喜欢、没有品位……这些词会频繁出现在我的脑海中，我根本没办法下定决心去买一个东西。”

她出现这样的情况大抵是在去年过年之前。

江攸宁和沈岁和过年拜访长辈们会带礼品，每年回两家过年都是江攸宁挑礼品，回她家要送的那一份很快就能挑好，而给曾雪仪的那一份，迟迟挑不好。

最后等到年三十那天，她硬着头皮去奢侈品店买了一条项链，是她一眼就看中的款式，但依旧被说审美不行，品位不够好。

转过年来没有多少节日，但是每一个需要挑礼物的节日都让江攸宁彻夜难眠。

每一次送，她都很忐忑，必须要等到最后期限才能将礼物定下来。每一次站在货架前，她的脑海里总是会出现那些话。

久而久之，她没有了去挑礼物的新鲜感，更害怕站在货架前，尤其是挑送给曾雪仪的礼物。

“你在讨好她。”辛语笃定地道，“而她在否定你。”

江攸宁沉默不语，摁了摁自己的太阳穴。

江攸宁有点儿晕机，从飞机上下来一直都不太舒服，连逛七个小时，都是凭意志力撑着，现在脑仁跟被刺一样，疼得厉害。

“宝贝，她不喜欢的是你。”辛语说，“跟你送什么没有关系。”

“嗯？”

辛语继续说：“就像我喜欢你，你出差回来送我钥匙扣我也很高兴，哪怕不送我，我也不会觉得有什么，你为什么要费尽心思去讨好一个不喜欢你的人呢？”

咖啡厅里放着舒缓的轻音乐，隔了很久，江攸宁喝完了那杯温水，将杯子放在桌上，她空灵的声音夹杂着音乐声传到辛语的耳朵里。

“因为那是沈先生的母亲。”

说起来，江攸宁嫁给沈岁和不算是高攀。就算曾家是北城有头有脸的世家，但江攸宁家也不差。

江攸宁的母亲慕曦是华北师范大学历史系的教授，父亲江洋是国家一级话剧演员，也带过不少学生，两人皆桃李满天下。江攸宁的师哥师姐多得很，几乎遍布各行各业。

她的小舅慕承远学法律出身，是国内顶级律所的高级合伙人，主要负责非诉业务，至今未婚，江攸宁学习法律也是受了他的影响。

叔叔江河年纪轻轻就出来闯荡，也算小有成就，创办了中洲房地产开发公司，北城正在开发的新商圈就是他在投资。叔叔只有一个儿子江闻，凭借出色的颜值进入娱乐圈闯荡，如今不过二十六岁，就已经是手捧两座“最佳男主角”奖杯的实力派演员了。

江攸宁家里人少，关系简单，父母相处和睦，两边的亲戚也时常走动，再加上江攸宁向来乖巧，又是唯一的女孩子，所以大家都格外疼爱她。

江攸宁嫁给沈岁和之前，叔叔怕她受委屈，送给了她北城市中心的三套房作为陪嫁。舅舅则送了两辆车，一辆宝马 X3 由她上班开，一辆豪车让她用来撑场面。

即便如此，两人的婚礼也没有大办。因为沈岁和的父亲很早就去世了，所以帮着他操办的只有曾家人，主事的是舅舅曾寒山，他提议大办，但曾雪仪不大乐意。再加上那段时间正赶上沈岁和的律所忙到脚不沾地，沈岁和跟江攸宁商议后便决定先领证，然后两家人一起吃个饭，等有时间了再正儿八经地大办。

那天江攸宁这边就请了辛语和路童两个朋友，而沈岁和只叫了裴旭天。

一共两桌人，桌上的人没几个高兴的。

婚前沈岁和在“君莱国际”买了房，二百八十多平方米，连顶楼都买了下来，打通以后就变成了两层高的小别墅。婚后他们就住在这里，这是北城为数不多的国际社区，寸土寸金。

这个小区有最负盛名的国际幼儿园、北城升学率最高的小学以及转过两个路口就能到的市一中。

小区周围都是国际化的配套设施，距离中心商务区不超过三千米，开车十五分钟就能到法院。站在高处望过去，一眼就能看到气势恢宏的检察院大楼，而隔壁另一栋高楼是市公安局。

只是这里离江攸宁上班的地方比较远，开车需要一个半小时。

沈岁和在别处还有房产，但这里是装修最好的，而且离法院近。

夜深了，很多东西总是从记忆深处不经意地跑出来。

啪嗒，客厅里的灯忽然被打开。

江攸宁略有些迟钝地转过身，仰起头看了一眼，沈岁和从楼上走了下来。他换上了黑色的家居服，大抵刚看完卷宗，还戴着金丝边儿眼镜，袖子挽起一截，刚好露出蜜色的小臂，浑身上下透露出高冷的气息。

只看了一眼，江攸宁便偏过头去，继续看着窗外，这会儿外面灯火通明，江攸宁望过去能够看到这个城市最漂亮的夜景。

沈岁和给自己倒了一杯水，冷淡地问："礼物买好了吗？"

"没有。"江攸宁说。

"那你……"沈岁和正想说打算明天去买吗，不料江攸宁突然站起来，打断了他的话："我累了。"

她的声音不高，但可以清晰地传到沈岁和的耳朵里，江攸宁说完便头也不回地上了楼。

万籁俱寂，客厅空旷，沈岁和顿了良久，才捧起杯子喝了口水。他修长的手指捧着玻璃杯，明亮的灯光映射在杯子上，显得杯子格外好看。

一杯水喝了近五分钟，他仍在望着楼梯。

江攸宁上楼时没有刻意发出过重的声响，但他也感受到了冷意，而且完全不知道发生了什么事。

他眉头微皱，打开水龙头，温热的水流经他的手指。他将杯子洗了之后放回原位。几秒之后，他又打开柜子，从里边取出牛奶倒入玻璃杯，然后放进微波炉里加热两分钟。

微波炉的提示音和手机微信的提示音几乎同时响起，他拿起手机看，是表弟曾嘉煦发在“相依为命三小孩”群里的，而且专门提到了他。

“哥，救命！今年要给姑妈买啥啊？我已经要疯了！”

沈岁和：“礼物？”

曾嘉煦：“对，我看了好几个，都觉得不大行。”

沈岁和：“心意到了就行，她也不缺。”

曾嘉煦：“你不了解自己的妈吗？”

沈岁和沉默了一会儿，回：“把你挑的礼物发出来，我看一下。”

曾嘉煦一连甩出几张图，还有链接，都是些“低调奢华有内涵”的小饰品，沈岁和给他出主意定了一个。

曾嘉煦：“救命恩人！”

沈岁和：“她有那么吓人吗？”

曾嘉煦：“倒也不是。”

群里沉寂了一会儿，一直没说话的表妹曾嘉柔突然发了条消息：“我也还没买！哥，快给我甩个链接！我赶紧下单，不然就迟了！”

曾嘉煦把自己挑中的随意给她分享了一个，五秒之后，曾嘉柔回复道：“哈哈哈！搞定！这个可真是太搭姑妈的气质了！”

曾嘉煦：“我可真羡慕你。”

曾嘉柔：“没办法，谁让我讨喜呢？”

曾嘉煦：“没关系，今年我问的哥，送之前我就说这是哥帮我挑的，姑妈肯定不会再说我了。”

曾嘉柔：“你可真狡猾。”

曾嘉煦：“我要是像你一样送个钥匙扣都能被夸一顿，我会是这个样子？”

曾嘉柔：“同情你。”

沈岁和看着消息界面，他们兄妹俩不停地刷着屏。隔了一会儿，曾嘉煦叫他：“哥，你记得帮嫂子选一个。”

曾嘉柔也附和道：“就是！不然嫂子今年又要被说，我估计她都快对‘礼物’这个词有心理阴影了。”

沈岁和皱眉，戳着屏幕问：“有那么严重？”

曾嘉柔："我也不知道该怎么跟你解释，反正挺严重的。"

兄妹二人极力催促，沈岁和应了声好，便关了手机。

他开始回忆去年的场景。

曾雪仪确实对江攸宁选的礼物评头论足了一番，但任谁也看得出来，江攸宁选的礼物是最用心，也最衬曾雪仪气质的，无论实用度还是美观度都属上乘。

但曾雪仪对着那份礼物硬是列了三五条缺点出来，还是沈岁和护了几句，曾雪仪才罢休。当下江攸宁的脸色就不太好看，但她没哭也没闹，第二天便恢复如常了。

沈岁和便以为她没什么事了。

他能记得提醒江攸宁买礼物，是因为今年母亲节的时候，江攸宁没买礼物被曾雪仪数落了一顿，所以他买礼物时便提醒了江攸宁。

沈岁和在楼下待了一会儿，牛奶都凉了，便又将牛奶放入微波炉中加热。

江攸宁侧躺在床上，房间里没拉窗帘，也没开灯，她面对着窗户的那一边。

旁边空荡荡的，这里原本是属于沈岁和的位置，但她想看夜景，嫌他的枕头太挡视线，便将枕头往下放了些。

她的腿在被子里绷紧，唇也紧抿，眼眶泛红。

大抵是要变天了，她想。刚刚在楼下看外面还是漫天星光，如今大片大片的乌云遮蔽了天空，山雨欲来。

其实不用看天色也能察觉，她的脚比天气预报都准。晚上回来之后，她的脚踝处就像被针扎一样，泛着细密的疼痛，然后蔓延到小腿，再加上她在商场逛了七个小时，这次的症状比往常还要明显。

这是车祸后遗症。一到阴雨天，她的脚就会泛疼，疼起来走路自然不会好看，要是耐得住疼她便能走得好看一些；但耐不住疼的时候，她走路便是微跛的。她会吃止疼药，但吃得久了，止疼药的功效也不太好了。

如果碰上了连绵的细雨，她倒不会疼太久，往往只疼一两天，之后不论怎么下雨，她都不太疼了。

这症状倒有些像经期到访。但曾雪仪说，沈家不需要一个跛脚的儿媳妇，哪怕只是间歇性的，也不需要。

果然不到半小时，雨就淅淅沥沥地包裹了北城的夜晚，细密的雨珠落在玻璃窗上，江攸宁的脚背绷得笔直，疼痛缓解了几分。

她尝试着放浅了呼吸，开始酝酿睡意，白天累了那么久，如今应当是容易入睡的，但脚踝处传来的疼痛是细细密密的，只要闭上眼，痛感便越发真切。

她看厌了雨，伸手从床头柜上摸到了手机，辛语给她发了消息。

“脚疼了吗？我上次给你买的药可以敷一下，先拿泡脚桶泡半个小时脚再敷药，听说特别管用，时间久了听说能根治。”

江攸宁戳着屏幕回复：“嗯。”

刚回完消息电话就响了，她深呼吸之后才接起来，声音柔和地说：“妈。”

“嗯。”慕曦正坐在书房看书，直到风刮开了窗户，才惊觉下雨了，立马打了电话过来，“脚疼吗？”

江攸宁笑着回答：“还好。”

她也没法再躺着，干脆坐了起来。

门吱呀一声响了，随之而来的是灯被打开，沈岁和站在门口，手里捧着一杯热牛奶。

“我没事儿。”江攸宁只是往门口瞟了一眼便收回了视线，下巴随意搭在膝盖上，一只手握着手机，另一只手在被子里轻轻按脚，这样会舒服一些。

“您看书吧。”江攸宁说，“上次辛语给我买了药，我正要去试一下呢。”

“那些来路不明的药不要瞎用，免得越用越严重。”慕曦说，“现在好不容易恢复得差不多了，可别再出什么差错。”

“嗯，我知道，之前让小舅找人检测过药里的成分了，医生说挺不错的，长期用说不定能治好。”江攸宁解释道。

慕曦这才放心了些，转口问道：“岁和呢？”

"在家。"江攸宁说。

慕曦叮嘱道："那你让他帮你做点儿事，别什么都自己弄。"

"嗯。"江攸宁轻笑道，"我知道，他刚帮我热牛奶去了。您放心看书去吧，我这次真不疼，不跟您说啦，我去泡脚了。"

慕曦又叮嘱了几句才挂断电话。下一秒，江攸宁便收了笑，汗珠顺着她苍白的小脸落在被子上。她皱着眉，整个脑袋埋在膝盖里，看上去非常痛苦。

沈岁和将杯子放在床头柜上，坐在床脚，压低了声音问："还好吗？"

"嗯。"江攸宁深吸了口气，挪动着脚下床，"我去泡个脚，你睡吧。"

沈岁和皱着眉看向她红肿起来的脚，伸手摁了下，疼得江攸宁倒吸了一口冷气。

"歇着吧。"沈岁和说，"我去帮你弄。"

"哦。"

江攸宁平常都是自己做这些事的。

北城不是多雨的城市，暴雨更是少之又少。沈岁和工作忙，她要么就疼着去睡，要么就忍着疼去泡个脚，然后躺在床上一夜难眠，很少翻身，因为翻身多了会惊动沈岁和。

之前沈岁和也提过帮她，但她没有麻烦他的习惯，往往都是拒绝，甚至在她心里，沈岁和一直都是高高在上、睥睨世间的，不太适合做这些生活琐事。

但今天她实在太疼了，疼到快要麻木，因为走路走得多，如今脚踝肿得像个馒头。

她轻倚在床头，温声道："药在第三个抽屉里，泡脚桶在储物间第四个柜子里，先加水再插电。"

"可以直接从洗手间接热水，然后将药包放进去就行。"

沈岁和应道："好。"

在沈岁和转身之际，江攸宁喊住他问："牛奶是给我的吗？"

"嗯。"沈岁和说，"趁热喝。"

雨淅淅沥沥地下了一夜，江攸宁后半夜才睡着。太冷了，她不自觉地跑到了沈岁和的怀里，这次不像往常，沈岁和没有佯装翻身来避开她。

也许是可怜她脚疼，沈岁和的胳膊收紧了几分，将她揽在怀里。温热的体温包裹全身，她睡得还算踏实，后半夜脚也没再疼。

翌日醒来，天已放晴，只是她的脚肿了，估计没个三五天好不了。

今天是周六，江攸宁不用上班，但她的身侧已经空了。她摸了下，一片冰凉，沈岁和应当起来好一阵了。房间里一如既往地空荡，但空气中还残留着沈岁和的味道，和她的沐浴乳是同一种香味，淡淡的薰衣草味弥散在房间里。

她侧过身，将脑袋埋在枕头里发呆。过了一会儿，她才从床头柜上摸到手机，没看的消息有很多，都是看到下雨了发消息关怀她的，她一一回复。

最后她才盯着微信置顶仔细看，沈岁和给她发了微信。

“今天别出去了，礼物我买吧。”

曾雪仪的生日每年都大同小异。

沈岁和的父亲在他七岁那年去世，之后曾雪仪没有再嫁。

沈岁和结婚后，曾雪仪一个人住在北城的骏亚高档小区，距离弟弟曾寒山那儿隔了三栋楼，所以她的生日都是去曾寒山那儿过。曾家父母都已经去世，家业如今是曾寒山在打理，曾寒山自然住在祖宅，那是城中央的独栋别墅。

沈岁和和江攸宁到的时候，众人已经在家里热闹了好一阵。江攸宁是挽着沈岁和的胳膊进来的，身体的大半重量都压在沈岁和身上。她的脚还没有好，略有些跛。

一进门，沈岁和的表妹曾嘉柔就跑过来迎接：“表哥表嫂你们来了！”

闻言，正在打游戏的曾嘉煦抬起头笑着打招呼，曾寒山夫妻也笑着向他们问好，唯有曾雪仪坐在沙发中央，一动不动，只淡淡地瞟了一眼，然后继续直视前方，电视里正播放着江闻主演的电视剧《在北极》。

沈岁和带着江攸宁走到曾雪仪身边，将两人的礼物一同递过去。

“嗯。”曾雪仪淡淡地应了一声。

沈岁和给她买了条丝巾，是博柏利的最新款。她笑着伸手摸了摸质地良好的丝巾，称赞道：“有眼光。”

江攸宁也把礼物拿了出来，是一个质地通透的玉镯。

“妈，这个送给您。”江攸宁小心翼翼地笑着说，“祝您生日快乐！”

曾雪仪的眉头顿时皱了起来：“这镯子……”

“我跟宁宁一起挑的。”沈岁和及时打断了她的话，不卑不亢地道，“妈，不好吗？”

曾雪仪的话被噎了回去。她眼尾微微上挑，略带轻蔑地看了一眼，江攸宁像被架在十字架上的犯人，等待着审判。

沉默良久之后，曾雪仪才收起来，不大情愿地点头道：“不错。”

江攸宁松了口气，连带着其他小辈也都松了口气。曾雪仪平常严肃惯了，家中小辈们都很怕她。弟弟曾寒山也敬她是长姐，从未顶撞过她。曾嘉柔有心想帮衬几句，却怕越帮越乱，只能眨着大眼睛，来回打量。

看完了礼物，众人坐在沙发上闲聊，江攸宁低敛着眉眼，连呼吸都刻意放轻。幸好，众人也没把话题往她身上拐，基本上都在打趣曾嘉煦，曾雪仪说他不务正业，只知道打鼓不去继承家业，曾嘉煦讪笑着跳过了这个话题。

曾寒山则笑着说：“不行就让柔柔来继承，反正都是自家人。”

“你就惯着他吧。”曾雪仪看了眼这个太过随和的弟弟，“柔柔以后是要嫁人的，之后还要生孩子，哪有时间管理公司？”

“我还年轻呢。”曾寒山笑，“不行就让煦煦早点儿结婚，生个小孙子来继承。”

曾嘉煦连忙拍手附和道：“我看行！”

“要是岁和愿意，也一起来。”曾寒山说，“都是自家人。”

沈岁和连忙拒绝：“舅舅，我律所做得挺好的，就不用了。”

“那就早点儿生个小孩儿。”一直没开口的舅妈打趣道，“照煦煦那个玩心重的样子，估计结婚还早呢。你和宁宁现在正好，生孩子都是顺理成章的事儿，到时候舅妈给你们带。”

江攸宁正捧着水喝，听到这话差点儿呛到。她只是讪笑了下，没有说话。曾寒山立马道：“你舅妈不是逼着你们生孩子啊，她就是随口一提，你们年轻人有自己的想法，怎么做都随你们。”

江攸宁笑着点头：“嗯，我们知道。”

曾雪仪低咳了几声，家里顿时噤若寒蝉。曾寒山拉着妻子去厨房，说是看看菜做好了没。曾嘉煦和曾嘉柔面面相觑，曾嘉柔给曾嘉煦使眼色：走？

曾嘉煦朝着江攸宁抬了抬下巴，像是在说：“表嫂多尴尬啊！”

曾嘉柔乖巧地坐好，给曾雪仪剥了个橘子。

曾雪仪温柔地笑道：“还是柔柔贴心。”

她说话时目光若有若无地瞟向江攸宁，个中意味十分明显，江攸宁立马伸手从果盘里拿了一个橘子剥好，甚至将上边的白丝都剔掉后递了过去。

曾雪仪没有接，一直睨着她。

还是沈岁和从她手里拿过橘子塞到了嘴里：“挺甜。”

曾雪仪脸色微变，客厅里的气氛开始变得诡异。江攸宁颇有些坐立难安，往年沈岁和一来就会被曾雪仪指派去做这做那，都是她独自面对曾雪仪。今年沈岁和还在她身侧，但越是这样，她的心越难安。

不一会儿，曾雪仪的手机响了，她点开屏幕查看消息，瞬间眉眼带笑，此时门铃也正好响了。

曾嘉柔正要起身去开门，不料曾雪仪直接指派道：“攸宁，我的客人来了，你去开个门。”

曾嘉柔刚迈了一步的脚又缩了回来，她看向江攸宁的脚。

从一进门大家就看到了，江攸宁的脚不舒服。前天刚下了大雨，她必定经历了一番疼痛。但曾雪仪发话了，曾嘉柔也不敢动，只能看向沈岁和。

沈岁和接收到了曾嘉柔的暗示，比江攸宁先站起来，道：“我去吧。”说着往门口走了两步。

曾雪仪却突然变了脸色，厉声道："站住。"

沈岁和回头看她："嗯？"

"攸宁，要是不想去你就直说，何必呢？"曾雪仪语气淡淡的，但一瞬间仿佛西伯利亚寒流来袭，整个家的空气都凝固了。

沈岁和面无表情，声音一如既往地冷："她脚疼。"

曾雪仪别过脸冷笑："脚疼就待在家里，还因为我出来一趟，这多不好意思。"

"没有。"江攸宁的拳头在身侧紧握，脸红得快滴出血来，"妈，我去。"

"可别了。"曾雪仪嗤道，"我可用不动你，免得让人说我压榨儿媳妇。"

江攸宁抿唇："没有。"

她站起身，路过沈岁和时，沈岁和下意识地拉了下她的手臂，却在她往前走时又松开了。众人都看着江攸宁微跛着脚走向门口，一步又一步。

她背影坚毅，白皙的额头上汗津津的，任谁看了都于心不忍。

沈岁和要上前帮她，还没走几步，曾雪仪便道："看来是我老了，使唤个人都使唤不动了。"

"没有那回事。"江攸宁回头，无声地苦笑。

沈岁和的脚步顿住了，今天要是帮了江攸宁的忙，估计曾雪仪一整天都要变着法地让江攸宁干活。

江攸宁拖着跛脚去开门，数十米的距离，她走了近三十步，每一步都是锥心地疼，曾雪仪还在身后挖苦说："也不知道当初怎么想的，非要娶一个跛子，连开个门都费劲。"她的语气轻蔑。

门近在咫尺，江攸宁的泪就在眼眶里打转，数次想回头也没敢。她用尽了全身力气才拧开门，映入眼帘的竟是穿着淡粉色连衣裙的乔夏。乔夏抬起手正要打招呼，却见开门的是江攸宁，手又讪讪地缩了回去，笑容也消失殆尽。

而江攸宁则勉强挤出个笑容，往后退了半步让乔夏进来，自己则正好扶着门，这样才不至于倒下。

乔夏边往里走边朝客厅里的曾雪仪挥手，隔着老远就笑着说：“伯母，生日快乐呀！”

曾雪仪更甚，眉开眼笑地站起来迎接她。家里众人的脸色霎时都变了。

有人体会过血液逆流的感觉吗？浑身上下的血液一起翻滚，所有的情绪都叫嚣着往外跑，却还要拼命压抑。那一瞬间，江攸宁头皮发麻，心像是被扔到了寒冰极地，冷得想死。

乔夏的到来给原本寂静如死水的曾家扔下了一颗反响巨大的泡腾片。

众人率先看的便是沈岁和跟江攸宁的脸色，一个比一个差。

曾雪仪拉着乔夏在身侧坐下，正好让乔夏挨着沈岁和，目的显而易见，她更想让乔夏当她的儿媳妇。

沈岁和站起来，还没迈出脚步就听曾雪仪问道：“去哪儿？”

“倒水。”沈岁和压抑着怒气，清越的声音中也染上了几分不满，“有别的事儿吗？”

“哦。”曾雪仪拉着乔夏的手，笑道，“倒水这种事交给别人做就行了，今天夏夏是我请来的客人，你陪着聊会儿天儿。”

沈岁和皱眉：“你的客人，你陪着聊就行。”

“你是不是我儿子？”曾雪仪瞟了他一眼，“帮着妈妈招待一下客人怎么了？”

沈岁和站起来往门口走，淡漠地道：“没空。”

“沈岁和。”曾雪仪严肃地喊了他的全名，“我就是这样教你的？”

沈岁和的手在侧边握成拳，他深吸了一口气。

“你现在是打算当场让我难堪吗？”曾雪仪的声音冷了下来，“我生你养你教导你，就是让你这么对我的吗？”

客厅里寂静无声，众人都屏住了呼吸，唯有乔夏晃了晃曾雪仪的胳膊，撒娇道：“伯母，岁和哥哥也不是故意的啦。您别生气，今天是您的生日，生气可就不好看啦。”

她长了一张娃娃脸，说话声音甜美，所有的动作都做得恰到好处，深得曾雪仪的欢心。

曾雪仪拍了拍她的胳膊："我只是教教他，做人要有礼节。"

"您已经把岁和哥哥教得很优秀啦。"乔夏笑道，"他对您可孝顺啦。"

"要是真孝顺哪，当初就该把你娶进来。"曾雪仪说着瞟了依旧站在门口的江攸宁一眼，"而不是娶个跛子专门来气我。"

"好了，都是自家人。姐，你这是说什么呢？"从厨房出来半天的曾寒山试着打圆场，然后喊江攸宁，"宁宁，来吃饭吧。"

江攸宁低声应了句："嗯。"

她背过身擦了泪，然后把门关上。沈岁和过来扶她，这次江攸宁控制着自己的身体，尽量没倚着他走。

"我说一句还说不得了？"曾雪仪淡淡地瞟了眼自家弟弟，对他护着江攸宁的行为表示不满，"说她什么也都跟个闷葫芦似的没反应，偏你们还把她当个宝。"

"表嫂很好啊！"曾嘉柔坐在江攸宁的身旁，揽着她的肩膀，"我可喜欢她了。"

曾雪仪低嗤了一声。

曾寒山硬着头皮组织大家一起吃饭，曾雪仪就拉着乔夏坐在自己身侧，再往下就是沈岁和，曾嘉煦搬了个椅子想挤到沈岁和和乔夏中间，结果被曾雪仪淡淡地睨了一眼："那么多空位，你还跟夏夏挤？是不喜欢我邀请的客人还是看不起我？"

曾嘉煦讪笑着走远，临走之前拍了拍沈岁和的肩膀。

相处了这么久，大家都知道曾雪仪的性子，高傲、骄纵，用话刺人的本领一等一的强。

江攸宁都忘记自己是怎么吃完这顿饭的了，她坐在那儿，低敛着眉眼，仿佛什么都看不见，什么都听不见，脑子里只剩下前段时间看到的一个段子：小行星快撞击地球吧！爆炸吧！毁灭吧！

她累了。

天香居。

偌大的包间里只有两个人，桌上还剩了一大堆菜，但辛语已经吃饱了，她的大长腿随意地搭着，半闭着眼睛假寐，一副大爷样儿地支使着："来，给我捶捶这儿。"

路童立马朝她指的地方敲。

"我的脖子怎么有点儿疼？"辛语啧了声，"打游戏多了真不好受。"

路童的手指立刻摁在她的脖颈间，力道适中。

如此几次后，辛语才坐直了身子："我消气了。"

路童叹了口气，揉了揉自己快要报废的手："祖宗，你可真是我祖宗。"

"怎么？"辛语瞪大眼睛，"嫌我难哄？"

"不是。"路童立马摆手，"你可好哄了。"

说完之后觉得好像哪里不对，她又立刻找补道："我上天入地都没见过你这么人美心善的仙女，你来到我的世界，简直就是上天对我的福泽和恩赐。"

"少拍马屁！"辛语抿了口酒，"下次再放我鸽子，我把你的腿打折。"

路童立马站直，做了个"报告"的手势："收到！"

"这次出去有什么收获？"辛语问。

路童耸耸肩："还是老样子呗。小地方的人大部分都不懂法，我就略尽绵薄之力给他们科普，有时候他们说的还都是方言，我就只能尽力听。"

"安县方言怎么说？"辛语好奇地问道，"你去了半年，学到点儿什么没有？"

路童回忆着尝试说了几个，但没有语境，说出来以后都透着诡异的气息。

她干脆放弃了："我学到的都是些骂人的词，刚去的时候还听不懂，一直以为是什么特别重要的话，结果后来别人给我翻译我才明白。"

"那你以后就不出去了？"辛语问。

"嗯。"路童点点头，"我爸妈年纪也不小了，前几天我妈进医院，要不是小姨告诉我，我妈在鬼门关走了一遭，我都不知道。"

“什么？”辛语震惊，“什么时候的事儿啊？我上个月去看阿姨，她还容光焕发的呢。”

路童说：“就上个星期，她去买菜不小心跌了一跤，怕我担心，全家人都瞒着我。”

辛语叹了口气：“也是，叔叔阿姨就你这一个女儿，你每年跑得不着家，她们也担心。”

沉重的话题让包间内的氛围沉寂了下来，隔了许久，辛语低声问：“就这么放弃，你不遗憾啊？”

路童沉默了很久才摇头道：“我一个人的力量毕竟有限，看过那么多事以后，我觉得可以呼吁更多的律师投身到这里面来，这也是我选择回到北城的一部分原因吧。”

“成吧。”

两人闲聊了一会儿，辛语忽然想起来，忙问道：“你能不能给我当代理律师？我要跟公司解约。”

“嗯？”路童好奇，“你之前不是找沈岁和了吗？就算不是他亲自上，随便让他们律所的人接手也比我强啊！”

辛语：“你这么菜？”

“不是我菜。”路童解释道，“是沈岁和的律所太强，好吗？”

“他们律所就是主打高端民商事诉讼的，沈岁和更是个中翘楚，不过他的业务主要是企业纠纷，很少接个人案。他们律所有打个人案打得好的，你让沈岁和帮你安排个人。我在外边打的都是些标的额不超五万的官司，你这数额太大，我不配。”

提起沈岁和，路童话锋一转：“宁宁呢？这个点估计从她婆婆家出来了吧？”

“不知道。”辛语有些不大高兴，“她也不给我们发条消息，鬼知道她在干吗？”

路童闻言立马拿出手机给江攸宁发微信：“在哪儿呢？我请你喝酒。”随后她又补充了一句：“如果你老公不放心，我可以请你们夫妻俩一起喝。”

江攸宁收到消息的时候还在曾家，沈岁和正站在曾雪仪的对面，两人剑拔弩张。

乔夏已经离开，是沈岁和安排人送走的，这行为让曾雪仪很不高兴，于是就闹成了这副局面。

“我跟乔夏相亲没成，你还总拉着人家不放做什么？”沈岁和将白衬衫的袖扣解开，手臂上的青筋若隐若现，眉头也紧紧皱着，“你这样是在给谁难堪？”

曾雪仪睨了他一眼：“怎么，你觉得我在给你难堪？”

“难道不是？”沈岁和反问道。

曾雪仪冷冷地说：“那你当初娶这个跛子，不也是在给我难堪吗？”

两人的目光在空中相遇，众人都屏气凝神。曾寒山不得不出来打圆场：“姐，你今天过生日，就别生这种气了。岁岁，天也不早了，你先带着宁宁回家，晚点儿路就不好走了。”

“是我想生气吗？”曾雪仪冷笑道，“反正我现在把他养大了。他爸走了以后，是我一个人带着他长大的。他现在年纪大了，我这个妈就什么都不是了！”

“妈！”沈岁和喊她，“你非要这样吗？”

曾雪仪直视着他，良久，才沉着声音开口：“沈岁和，你要记得，你永远是妈妈的骄傲，妈妈不允许你这么毁了自己！”

银灰色的“卡宴”疾驰在路上，这个时间点儿不堵车，所以沈岁和的车速在超速边缘徘徊。江攸宁坐在副驾上一言不发，车窗开了一半，晚风毫不客气地吹过她的眼角发梢。

透过那一半车窗，江攸宁还能看到沈岁和紧绷的下颌线。

他在生气。

他想挣脱曾雪仪的桎梏，但做不到。只要她说那种话，沈岁和就注定败下阵来。

江攸宁嫁过来得迟，不知道沈岁和的父亲是怎么死的，也不知道曾雪仪跟沈岁和经历了什么。沈岁和从未跟她讲过他父亲的事情，曾家人也都闭口不言。但叔叔江河那边有些人脉，江攸宁从各个版本的八卦消息之中，算是基本拼凑出了一个完整的故事。

曾雪仪是同龄的女孩子中出类拔萃的，被追捧着长大，那些公子哥她一个都看不上眼。

她骄纵任性，却在二十四岁那年跟自家的司机私奔了，听闻是个穷小子，姓沈。

她这一走就是二十多年，曾老爷子一怒之下便断绝了她所有的经济来源。直到曾老爷子临去世，她才带着沈岁和回来。

没过多久，曾家主母也去世了，去世前分给了曾雪仪不少财产，曾雪仪这才在北城扎下根来，并开始跟家里走动了起来。

故事中的细枝末节，八卦消息里没有。

她一走就是几十年，毫无消息，众人都没有参与过她过往的生活。曾家的其他人又是出了名的嘴严，所以外人只能通过既定事实来推断过程。

沈岁和开车把江攸宁送到家，车停在了小区门口。

“下车。”沈岁和说。

江攸宁解开了安全带，低声问：“你去哪儿？”

“散心。”

江攸宁下了车，站在原地。

汽车轰鸣而去，很快消失在了夜色里。

江攸宁突然想起了二十三岁的那一天，那时距离她出车祸已经过了一年。她复健了很长时间，终于有了些效果。恰好有个同学约她，在咖啡厅她看到了沈岁和。

他当时正在和乔夏相亲，乔夏看着他满脸羞涩，而他却一脸不耐烦。

去卫生间时正好路过他们那桌，江攸宁只得尽力控制着自己的脚不要跛着走。但她的身体不受控制，额头都沁出了汗珠，她依旧没办法如常人般行走。

跛着脚路过时，她听见乔夏问：“你喜欢什么样的女孩子啊？”

江攸宁的脚步慢了几分，只听沈岁和顿了顿，声音里带着几分漫不经心："她那样儿的。"

"身残，"沈岁和清越冷淡的声音在咖啡厅里响起，"志坚。"

之后江攸宁送同学离开，然后站在咖啡厅外，低着头发呆。很长时间她都不知道自己在想什么，脑子里一直回荡着那四个字："身残志坚！"

不知过了多久，一辆银灰色的"卡宴"停在了她面前，车窗被放了下来，那张毫无瑕疵的脸猝不及防地出现在她眼前。

对方一开口更令她猝不及防："和我结婚吗？"

"我事业还行，长得也不错，"沈岁和接着说，"跟我结婚，不亏。"

他误以为江攸宁当时也在相亲，但那天，江攸宁鬼使神差地点了头。

她不知道沈岁和是怎么说服曾雪仪的，但两个月后他们领了证。

结婚三年来，他们相敬如宾，但江攸宁的整颗心都快要麻木了。

熟悉的汽车轰鸣声再次响起，由远及近，那辆银灰色的"卡宴"再次在她面前停下。和三年前一样，车窗也被放了下来，只是换了时间，换了地点。

在晦暗不明的夜色里，沈岁和眼尾泛红，哑着声音对江攸宁说："上车。"

江攸宁拉开车门，跛着脚上车。

沈岁和一言不发，将车驶入地库，然后从主驾上下来，拉开另一侧的车门，直接把江攸宁从车里横抱了出来，按下电梯上了顶楼。

回到家后，他连灯都没开。黑暗之中，所有的触感都特别明显。

密密麻麻的吻砸了过来，江攸宁感觉自己快要喘不过气来了。

她伸出双臂抱住沈岁和，胳膊慢慢收紧，抱得很紧。在动情之时，她附在沈岁和耳边，唇轻触着他的耳际。

她低声问："你爱我吗？"很多问题都是没有答案的，江攸宁深知这个道理，却没做到。

晚上浮浮沉沉，她筋疲力尽之时听到沈岁和说："聪明人，不说这些。"

江攸宁在他脖颈间留下一个很深的印迹："我可笨了。"

"能跳级考上华政的人，"沈岁和在她耳畔呢喃，似情人的低语，"一点儿都不笨。"

翌日是周一。

两人折腾到半夜三点，最后江攸宁已经昏昏沉沉，几近晕眩，甚至忘记了自己有没有洗澡，反正醒来时，一室凌乱。

江攸宁上午十点上班，设定的是七点五十分的闹钟。闹钟声响起的时候，沈岁和还半压在她身上，长臂将她揽在怀里，两人挨得极近。

她睁开眼关掉闹钟，但已经吵醒了沈岁和。

律所上班没有固定时间，尤其对沈岁和来说，睡到中午十二点再去也没有关系。但他的生物钟一向规律，每天早晨七点会准时醒来。往常江攸宁醒来的时候，他已经坐在餐厅吃饭了。

他会帮她热一杯牛奶，烤两片面包，这也是他为数不多会做的几样东西，还有一样是煮方便面。

昨晚太疯狂，今天两人都不想起床，但江攸宁还是挣扎了一番，将沈岁和的胳膊拿开。只一瞬间，沈岁和再次翻身压了下来，但并没有做什么，只是盯着她看。

几分钟后，他在江攸宁的唇上印下一吻，不带任何情欲，轻轻地，似在安抚。

"起床吧。"沈岁和说。

江攸宁躺在床上看着他的背影，他大大咧咧地去衣柜拿自己的衣服，隔着窗帘透进来的微弱的光，坐在床边穿裤子。

他的后背正好露在江攸宁的面前，江攸宁伸手摸上去，一条又一条的印迹，有十几条，像鞭痕似的。

江攸宁一一抚摩过那些印迹，低声问："是妈打的吗？"

她第一次摸到的时候，只问了句怎么回事，沈岁和没有回答，她就知道沈岁和不喜欢提起这件事，所以再没问过。

但今天，她忽然想到了答案，应该是曾雪仪打的吧，在沈岁和某次做了令她失望的事情之后，或是在沈岁和不听她话的时候。

白衬衫落在了身上，沈岁和没有应答，只是问："早饭想吃什么？"

"随便。"江攸宁没再说话。

沈岁和去洗漱后，江攸宁安静地找衣服穿。

盥洗间里，沈岁和对着镜子，眉眼间带着些许戾气。那些痕迹许久没碰，他都快忘了。

江攸宁在华宵影视上班，她上班后才回了昨天路童发的消息："下次有机会。"

她还顺带问了句："你跟语语和解了没？"

路童秒回："哄好了，你呢？昨天可还愉快？"

江攸宁想到昨晚的疯狂，摁了摁眉心回道："还行。"

法务的工作不算复杂，跟诉讼律师比起来，工作量要少得多，而且是熟能生巧的事，做得久了，很多东西都有模板，况且她们公司又不止她一个法务。各个类型都有专人负责，分工明确。江攸宁主要负责知识产权这一块，譬如打印和外部编剧开会时的保密协议等，大部分都有模板，将来开拓了新业务后可能会需要她撰写法律文书。

她们部门一共有五个人，江攸宁将出差买的伴手礼给大家分了之后，便坐在工位上处理上周遗留下来的事情。中午一点到两点是休息时间，正好去吃饭，公司有内部食堂，饭菜不错，价格便宜。

几个人经常一起吃饭，间隙聊聊八卦消息，然后再回到工位上继续工作，公司的工作氛围很轻松，大家相处得也都不错。

几人之间没有太多的利益之争，更何况江攸宁的性格一向温和，不争不抢，所以她在公司很受欢迎。

江攸宁工作能力很出色，坐在电脑前，基本两个小时就能处理完一天的事务，之后就是无所事事，但还不能表现得过于明显，毕竟同事们都还在电脑前疯狂敲击键盘。

这时摸鱼就成了一项技术活。江攸宁一般是在电脑上看看法律新闻，有时会在网上做法律科普，然后熬到下午六点下班。

这就是她一天的工作，枯燥又无聊。

公司偶尔需要加班，但大多时候是正点下班。她一般会在公司多待一会儿，避开下班高峰期再回家，回家时基本已经快九点，然后吃饭，洗漱，睡觉，一成不变。

法务部是清一色的女性员工，平常下午四点左右会开始聊家常，今天办公室里的话题都围绕着七夕节，没结婚的都在问结了婚的送什么礼物给老公，甚至有单身的主动求喂“狗粮”。

赵佳就是单身找虐的典型，问完常慧后又来问江攸宁。

江攸宁正好在键盘上敲下了最后一个字，站起来舒展了一下腰说：“买了领带夹。”

赵佳“啧”了一声说：“是不是去临城出差的时候就买好了？”

“嗯。”江攸宁说，“给你们买伴手礼的时候，顺带给他买的。”

“哟哟哟，”赵佳调侃道，“原来你老公只配顺带啊！”

江攸宁边拿着杯子往茶水间走边说：“对，你们比较重要。”

“啊！我终于体会到了什么是女人的虚伪。”赵佳取笑道。

江攸宁浅笑不语，而赵佳又问：“那你老公一般送你什么？”

江攸宁已经走远，没有听见，等接完水回来，刚在位置上坐下，赵佳就凑过来说：“常慧刚跟我秀完恩爱，我不介意你也秀一次，让我感受一下婚姻的美好。”

“常慧说什么了？”江攸宁问。

“她老公前年七夕送了包，去年送了香水，今年据说应该是新款丝巾，外加口红套盒。”赵佳一边说一边摇头，“我也想感受一下口红套盒的魅力。”

“挺好。”江攸宁说。

“你呢？”赵佳碰了碰她的胳膊，“你老公去年送的什么？”

江攸宁捧着水杯抿了一口，温声道：“《民法典》。”

“什么？”赵佳震惊了，“我没听错吧？”

江攸宁点头：“没听错。”

不仅如此，她前年收到的礼物是《刑法的价值构造》，而且还是在七夕节两天后收到的。

沈岁和是个不怎么过节、过纪念日的人，连自己的生日都不大乐意过。一来是他的生日确实特殊；二来是他经常会忘记，所以他的礼物都是在江攸宁送了他之后才会回赠。因为江攸宁也是法学院出身，所以他送的都是书。

江攸宁第一次收到的时候也震惊过，但沈岁和解释说：“实用。”

尽管江攸宁也不知道她一个天天跟知识产权打交道的人怎么会用得上《刑法的价值构造》，是为了防止她去犯罪吗？

她也没问，有礼物总好过没有。

这个话题算是被揭过，江攸宁终于熬到了下班。

赵佳喊她一起走，她说要等等，其他人便一起走了。

偌大的办公室里只剩下了她一人，江攸宁对着电脑屏幕发呆，没什么事儿做，便打开了微博。

许久没用的微博还有很多人在给她发私信，她看了一圈后打开了文档，在空白的页面上敲下了几个字：婚后生活。

很快她又删掉了，这如同白开水一般的生活有什么好写的？

她关掉文档，去了卫生间，直奔最后一格，刚将门关上就听到外边有熟悉的声音传来，她放在门上的手随之一顿。

“你们说这个世界上真有那种奇葩吗？”只听赵佳说，“七夕礼物送《民法典》，不是疯了就是有病。”

常慧的声音夹杂着水流传来：“你别那么说，有的人只是喜欢书罢了。”

“我还是不能理解，不过我现在特别怀疑宁宁到底结婚了没。”赵佳的声音里透着八卦的气息。

“结了吧。”常慧说，“从入职以来她就戴着戒指，平常感觉也挺幸福的，而且她今天来的时候脖子上还有草莓印。”

“但是咱们都共事三年了，还从来没见过她老公呢。”赵佳的语气中透着不解，“你就说你老公是企业大老板，够忙了吧？但是咱们年会、团建的时候他还来呢，宁宁她老公就仿佛存在于我们的想象之中，一次都没见过。”

“我觉得宁宁跟她老公不是形婚就是联姻，不然怎么可能连接送她上下班都没有过？”赵佳说得越发笃定，甚至直接下了结论，“而且她每天开车来上班得一个多小时，不累吗？她家能在君莱那种地方买房，还不能让她住得近点儿？一看就是为了迁就她老公，亏得她每次还在我们面前装恩爱。唉！”

卫生间里众人沉默了一会儿，大抵是在为江攸宁惋惜。

一个实习生忽然说：“有没有可能宁宁姐其实不是结婚啊……”

“那还能是什么？”常慧和赵佳同时问。

实习生闪烁其词，压低了声音：“我听说有钱人都喜欢在外边……养那个。”

赵佳迟疑了下：“宁宁看上去不像是那种人。”

“我上次看见宁宁姐开了辆兰博基尼来的。”实习生说，“不过也就看见过一次。”

“能在君莱买得起房，开兰博基尼也不算过分吧？”常慧笑了笑，“宁宁平常的衣服也都挺贵的，她家里好像也挺有钱。”

“那你们知道她家里是做什么的吗？”赵佳问。

众人摇了摇头。

“这就很奇怪了。”赵佳说着叹了口气，“算了，希望宁宁不是我想的那种人吧。”

众人的脚步声响起，然后越来越远，卫生间里逐渐寂静下来。

江攸宁坐在马桶上，手指轻轻地摩挲着自己的戒指，忽然觉得有点儿可笑。

手机屏幕此时刚好亮起，是沈岁和的微信：“衣柜里那件深蓝色西装你放在哪儿了？”

江攸宁等了一会儿才回：“我送去干洗了，明天给送回来。”

“好。”

对着屏幕良久，江攸宁冰凉的手指才慢慢戳起了屏幕：“你能来接我下班吗？”

几乎是同时，沈岁和的消息发了过来：“我今天出差，二十七号回来。”

江攸宁飞速撤回自己的消息，手心里汗津津的，然后活动了下略有些僵硬的手指回道：“哦。”

明天七夕，他今天出差。

结婚三年，江攸宁宛若单身。

这日子、这婚姻……江攸宁第一次产生了这样的念头：离婚吧，趁现在。

工作日复一日的无聊，江攸宁在工位上时不时开始发呆，也不知道在想些什么，从零点开始，朋友圈就被花式秀恩爱霸了屏。

单身的负责点赞、祝福，江攸宁也给很多人的动态点了赞。

路童昨晚在辛语家过的夜，和辛语两个人喝酒喝到凌晨三点。

凌晨三点十二分，两人同时发了一条朋友圈，互相点名："男人能给的，姐妹也能。"

辛语的配图是一捧开得热烈的红玫瑰，路童的配图是"挚爱"的钻石尾戒。

大家在下边纷纷对她俩表示佩服。

辛语昨晚就给江攸宁发了和路童一起吃饭的照片，在三个人的小群里调侃她："好好跟你家沈先生享受七夕吧。

"我们两个单身人士抱团取暖。"

全世界都以为她在幸福地过七夕，事实上她一个人在房间里彻夜难眠。一直熬到下班，江攸宁在小群里发："喝酒吗？银月集合，我请客。"

辛语："我去！"

路童："我也去！"

江攸宁以前对酒吧很好奇，江闻便带着她和辛语来过一次，但其他时候江攸宁很少去这种地方，偶尔喝酒也是在辛语的家里，或是在辛语的陪同下去清吧。

江攸宁去银月只是单纯地想喝酒，还想花钱，用沈岁和的卡。

结婚前，沈岁和为了表示诚意，直接给了她一张不限额的黑金副卡，但她从来没有用过。一来她有工资；二来很多东西都会有人送，她很少有需要花大钱的地方，就算有，自己也有存款。

刚从纽约回来那段时间，她接了一些文件的外语翻译工作。越是专业性强的文件酬劳越高，她由此挣了不少钱。后来陆陆续续有人给她介绍这种活儿，只是她现在时间紧了，接的也就少了。

她的消费欲望很低，很少有这种拼了命想花钱的时候。

听到她说想来酒吧，辛语和路童都很震惊。两人刚和好如初，跟牛皮糖一样黏在一起，一整天都没分开过。她们来的时候，江攸宁已经坐在吧台，点了两瓶酒。

她并不会品酒，对酒的好坏评价也只停留在味觉表面，面前的酒辛辣、苦涩，像极了她的婚姻。

“沈岁和呢？”辛语刚一落座便气势汹汹地问，“他去外边找哪个‘妹妹’了？”

“没有。”江攸宁给她和路童递了杯子，平淡地说，“出差了。”

辛语不屑地问：“全世界就他有工作？”

江攸宁沉默。

“七夕出差。”路童嗤之以鼻，“沈律不愧是干大事的人，难道我现在不成功是因为没有他这种魄力吗？”

辛语翻了个白眼：“不要为自己的菜找借口。”

“我这是合理推测。”路童说，“七夕都能出差的已婚男人，不是工作狂就是不想跟老婆过节。他把所有的时间都献给了工作，能有现在这个成就也就不难理解了。”

两人就着这个话题调侃了一会儿，江攸宁仍旧闷闷不乐，酒一杯接着一杯，跟喝水似的，路童摁住她的手：“你以为自己千杯不醉啊？”

江攸宁抬眼看她，她的脸已经通红，眼睛也是红的。

她酒量并不好，三杯就能醉，但今天有心事，拿出了千杯不醉的架势给自己灌了一瓶。

“行了。”辛语把酒拿开，“一个人喝闷酒有什么意思？来，姐姐们陪你喝。”

江攸宁自此没再说话，一杯一杯地灌酒。

三个人长得都很好看，尤其是辛语，一双大长腿无处安放，不一会儿三人就成了酒吧里一道亮丽的风景线。

劲头上来，辛语点了一瓶“玫瑰庄园”，不一会儿就有人来跟辛语搭讪。

辛语毫不客气地赶人：“不好意思，我恐男。”

等到“玫瑰庄园”喝完，又有人上来搭讪，只是这次被搭讪的对象是江攸宁。

看腻了“娇艳玫瑰”的人，更喜欢一眼看上去并不惊艳但越看越有味道的温和美人。这类美人的五官像是被精心雕刻过，一双鹿眼荡漾着水波，唇上还残留着酒液，看上去波光潋滟。

在酒吧灯光的照耀下，江攸宁看上去清纯但充满诱惑，是近乎完美的交往对象。

只是来搭讪的人略显青涩，穿着一件白色T恤、一条浅色牛仔裤，脚上是最新款AJ运动鞋，浑身上下没有一件饰品，看上去跟这个酒吧格格不入。

“小姐姐……我……我能……”他站在江攸宁面前，说话磕磕绊绊，“能加你微信吗？”

他单刀直入，但在酒吧这种地方，他显得特别清纯，不是问“我能请你喝一杯吗”，或“今晚去哪里”，而是要加江攸宁的微信好友。

“什么？”江攸宁喝得有些多了，一时没反应过来。

“我喜欢你。”男孩儿抿了下唇，这一次说得流畅起来，“我想加你微信。”

江攸宁眉头微蹙，忽然笑了，唇角微微上扬，勾出一个近乎完美的弧度，眼尾上挑，那双鹿眼里像是盛满了星辰大海，闪闪发光，皮肤紧致到看不见一丝毛孔，看上去非常撩人。

“我们认识吗？”江攸宁轻笑，带着几分轻蔑，“你怎么就喜欢我了？”

男孩儿身后忽然拥上来一大帮人，轻佻地吹了声口哨：“阮暮，你行不行啊？向小姐姐要个微信都要不到，菜不菜？！”

接着这帮人又转头对江攸宁说：“小姐姐，阮暮看了你一晚上了，就加个微信呗！我们阮暮可是好青年。”

在灯光的映照下，阮暮的耳朵根都红了。

辛语一把揽住江攸宁的肩膀，调侃道："想不到我家宝贝这么有市场啊！"

"别闹。"江攸宁睨了她一眼，然后好奇地问道，"你怎么知道他还是学生？"

路童笑了，露出一口白牙："你是不是糊涂了？他穿着咱们华政的T恤呢。"

被打趣了这么长时间，阮暮也豁出去了。他打开手机微信二维码递到江攸宁面前，大有一副"你不加我不走"的架势："我也说不上来，就是喜欢。虽然之前不认识，但现在我们认识了，我叫阮暮，在华政法学院读大三。"

对方还是个"直系"学弟。

"哦。"江攸宁淡漠地应了一声，把手机推了回去，"不好意思。"

"不是现在就要跟你谈恋爱，只是加个微信也不行吗？"阮暮问。

江攸宁抬眼："我已婚。"

辛语酒量好，在喝完价格不菲的酒以后仍旧保持着清醒，然后叫了代驾开车，把三人一起送到了辛语家。江攸宁的酒品很好，她醉了就开始发呆，发呆累了就睡，醒了之后又发呆。

她始终一言不发。说难过吧，她一滴泪没流；说不难过吧，她一整晚都哭丧着脸，就像是看似平静的海平面下正酝酿着一场风暴。

到了辛语家，江攸宁躺在沙发上，打开电视随手点开一部电影《我的少女时代》，看了十分钟就开始哭，眼泪无声地落在沙发上，大颗大颗的泪珠晶莹剔透，像极了水晶。

辛语和路童在一旁默默地看着，最后辛语忍不下去了，起身去煮蜂蜜水，但一边走一边碎碎念："有什么话不能说出来？非把自己折磨成这个样子！"

"不想让他出差就跟他说，他要是还想去就把他的腿打断。"辛语的暴脾气这会儿已经在爆发边缘，"要不就离婚！这年头，谁离了谁还过不下去啊！明明婚姻让你痛苦，你为什么要结？为什么不离？"

“别说了。”路童算是稍微知道点儿内情，给江攸宁递了一包纸巾，然后起身跟辛语去了厨房，把空间都留给了江攸宁。

“她喜欢沈岁和。”路童在厨房里低声说。

“我知道啊！”辛语瞟了眼仍旧在哭的江攸宁，恨铁不成钢，“不然为什么要嫁给他？”

“从大学就喜欢。”路童思量了一会儿才说，“反正她总往心里藏事儿，我知道的也不多。大概从大一就喜欢了吧，但她一直不提，我以为她不喜欢了，结果三年前她突然说要跟沈岁和结婚了，我还挺祝福她的。”

“从大一开始？”辛语是真的震惊了。

她一直以为江攸宁对沈岁和，可能只是垂涎美色，正好那会儿她出车祸刚过了一年，有点儿自卑，遇到沈岁和那种人嫁了，算是赚了。结果粗略一算，这都快有十年了。

路童叹了口气，帮她拧开瓶盖：“我也就是猜测，那会儿她经常去看沈岁和的模拟法庭跟辩论赛。我们系在鹿港校区，打辩论赛的地方在青禾校区，隔了半座城市，她一个人坐公交去。”

辛语摁着自己的太阳穴问：“这消息可信吗？”

“一半一半吧。”路童说，“反正我问我们学院跟沈岁和相处过的人，基本就没有说沈岁和不好的。她跟沈岁和结婚都三年了，再怎么样朝夕相处三年也爱上了，你别总说那些话，她听了也不好受。”

“那还怎么说？”辛语生气地说，“对她听之任之？就看她这么折磨自己？过不下去就离婚呗，这不是当代青年对待婚姻的态度吗？当断不断，反受其乱。”

“那你是没爱过。”路童嗤笑她，“别站着说话不腰疼！你家旺仔死的时候，你抱着它哭了三天。它才陪了你两年，你现在让宁宁结束三年的婚姻，还是硬生生离婚，这让她怎么接受？”

旺仔是辛语养的一条金毛犬。

“那旺仔乖啊！”辛语反驳道，“我回家晚了它就在门口等我，每天早上还能叫我起床，特有灵性，让它站就站，让它坐就坐，沈岁和能那么听话吗？要能那么听话她还能哭成那样？”

路童很无奈："沈岁和是人啊，你拿他跟狗比？"

"不是你先比的吗？"辛语把熬好的蜂蜜水盛出来，"我就是顺着你的话往下说。"

"我那是打个比方，你对一条狗都能那么情深意切，更不要说宁宁对沈岁和了。"路童望着江攸宁的方向，她仍旧蜷缩着，肩膀时不时耸一下。路童接着说："我以前听过一句话，说结束一段婚姻就像从身体里取出一根肋骨，取出时痛不欲生，直到身体里长出新的骨骼，才会愈合。但在这个过程中，缺失肋骨的身体会不断阵痛。"

"那失恋呢？"辛语问。

路童想起自己的初恋，隔了一会儿才说："一场大病，难以痊愈。"

深夜零点三分，临城。

夜晚的临城比北城要好看，有一条环城河，河边点缀着昏黄的灯光，从高处俯瞰，令人产生一种将一切都收入囊中的感觉。

这座城市的深夜仍旧车水马龙，来来往往的车辆在路上穿梭，而沈岁和站在十八楼俯瞰夜景。

包间里太闷了，他出来透透气。

他向来不太喜欢交际的场合，只是做律师这一行，难免要跟形形色色的人打交道。

每个客户的需求都不一样，不是打赢官司就万事大吉了，必须方方面面都得让客户满意。说穿了，这一行就是高级服务业，本质也还是服务。

哪怕到了他这个位置，也只能尽量多避免，并不是全不用理，只管上法庭就完事。

应酬，交际，该做的他每一样都不能落下。

出差是临时的决定。临城这边本来由他们律所专门成立的一个团队负责，但团队在搜集证据的过程中出现了纰漏，导致一审败诉。这位客户又是得罪不起的大人物，于是他只能临时过来，一来和客户谈判，二来重新搜集证据，准备再次上诉，请求二审。

"沈 Par（Par 即 partner，合伙人），"助理从包间里出来，把沈岁和的手机递了过来，“裴 Par 的电话。”

沈岁和拿了过来，并没有接，而是询问里边的情况：“都喝尽兴了？”

“嗯。”助理说，“金总已经醉了，打电话让司机来接了。”

“行。”沈岁和挂了裴旭天的电话，迈步往包间走。

他又陪着喝了几杯，金总的司机才到。

送走金总，他才跟助理一同下楼。两人叫了代驾，沈岁和坐在后座，之前一直忙着，没时间看手机。如今闲下来，他才打算回裴旭天的电话。

只是他一滑开手机屏幕，就跳出来好儿条短信，都是那张副卡的消费记录，来源是银月酒吧。

沈岁和眉头微蹙，正要发消息给江攸宁，问她是不是在酒吧，下一秒就接到了裴旭天的电话。

他面无表情地滑开：“嗯？”

“沈律，”裴旭天轻笑道，“你后院起火了。”

“什么？”沈岁和没反应过来。

裴旭天说：“你看下微信，我给你发了两张图。要是没认错，那应该是你老婆吧。不过，我先给小孩儿说个情，他年纪还小……”

没等裴旭天说完，电话就被挂断了。

沈岁和打开和裴旭天的对话框，点开了那两张大图。

第一张是一条完整的朋友圈。

在酒吧遇到了让自己疯狂心动的女孩子怎么办？

这条朋友圈配了一张女孩儿的侧脸照片。

第二张大图就是女孩儿的高清图。

头发随意地散在耳际，女孩儿正在和身侧的人说笑，手边还放着一杯喝了一半的酒，笑起来看着很乖，眼神却极为妩媚。

这张照片虽然是随手拍的，却像是高清精修图，上面的人漂亮得不像话。

沈岁和一眼就认了出来，这是江攸宁。

阮暮躺在宿舍床上辗转反侧，一见钟情的感觉就像是丘比特从遥远的地方射来一支箭，正中他的心口。

他捧着手机，壁纸已经变成了江攸宁的照片，在酒吧里拍的她，侧着光，只是笑也让人觉得十分美好。

“阮暮。”舍友们刚结束了一局游戏，“你睡不睡啊？不睡就一起来打游戏。”

“不打。”阮暮起身下床，打开了电脑，“我要修个图。”

“修谁？”舍友晚上没有跟他一起去“银月”，对此并不知情。

阮暮是跟着他那帮发小一起去的，他本身并不爱玩，家里管得也严，上了大学后才略微好点儿。这次是他今年第一次去，结果一杯酒没喝，盯着江攸宁看了一晚上。

他听到那两个女孩儿喊她“宁宁”。

宁宁，真好听的名字。

阮暮长相温和，人又高又瘦，衣品也好，被誉为“行走的衣架”，素有“法学院院草”之称。在华政，但凡他上的选修课，必定男女比例1∶9，寻常找他搭讪的女孩儿也不少，但他从来没有对谁表现出明显的偏爱。

因为姐姐阮言是知名时尚杂志的主编，他偶尔会去做模特，时间久了，就熟练掌握了修图技能，修照片又快又好。他把图片导入电脑，打开了图像处理软件，睡在他对面的舍友瞟了一眼，惊讶地出声：“江攸宁？”

阮暮握着鼠标的手一顿，忙问：“你认识她？”

舍友从床上爬了下来，站在他身后看了一会儿，然后拿出手机从法学院的微信公众号里找了很久，最后找到了一张图，放在电脑前比对了一下，笃定地说：“就是她，江攸宁。”

江攸宁。

宁宁。

华政法学院。

所有的信息都完美契合。

阮暮喜出望外，拿过舍友的手机看了又看。公众号上的江攸宁还很青涩，扎着高马尾，没有刘海儿遮挡，露出了光滑的额头，拍单人照片时还略有些羞涩，微笑时眼睛总是不看镜头；拍大合照时则站在角落。

“你不知道她啊？”舍友把照片保存下来发给他，然后瞟了眼他的电脑屏幕，“现在长得真好看。”

阮暮想到晚上看见的江攸宁，不由得笑了，转过椅子，一副虚心求教的样子：“你知道她？科普一下。”

舍友把自己的椅子也拉了过来，正打算侃侃而谈，其他两个舍友听到与女孩儿相关的话题，立马也支棱起耳朵来听。

“我知道的也不算多，但我表哥跟她一届。”舍友道，“听说她特别强，跳级读的咱们系，上大学那年才十六岁。”

“也不算稀奇吧。”其中一个舍友说，“我认识的一个人十五岁就考上重点大学了。”

“关键是她的成绩，从单科到综合，大学四年都是全年级第一。而且，她还代表咱们学校跟马来西亚的学校打过辩论赛，横扫一片，最后得了最佳辩手。从她离开社团之后，咱们学校的辩论社就没落了。”

原本觉得跳级读华政也就一般，但听到她的战绩后，两个舍友都不淡定了。

“这么牛？”

“厉害啊！”

阮暮勾唇笑了下，随后想到什么，便问：“那她结婚了没？”

“这我就不知道了。”舍友说，“听我表哥的意思，那会儿咱们系挺多男生都喜欢她这种类型，奈何成绩菜，每次都被人家碾压，愣是没一个敢上去表白的，所以她到毕业的时候还是单身。”

“哦。”阮暮转身开始翻看学校的公众号。

华政法学院有专门管理微信公众号的组织，他简单搜索了一下，把跟江攸宁相关的内容全翻了出来，不多，但也不算少。

在她上学的四年里，每年都有两到三篇推送的文章里面提到她，基本上都是她获得各类奖项的新闻。

而且，她上大学那年是作为优秀新生代表站在台上发言的。

法学是华政的王牌专业，所以每年的录取分数线都非常高，能来这里读书的，谁还不是个优等生？谁还不是个状元？

要想在这么多人中脱颖而出，可不是像高中时那样简简单单就能做到的。但江攸宁站在了台上，甚至保持了四年。

“我刚问了我表哥。”舍友带着几分惋惜，“他说江攸宁结婚了，同学聚会的时候戴了婚戒，但大家都不知道她跟谁结的。”

“哦。”听到这个消息的阮暮还是有些难受。

舍友要出去接水，起身拍了拍他的肩膀安慰道：“你生迟了，错过了。”

阮暮心不在焉地坐在椅子上发呆，心里有些空落落的，脑子里还不断回放着江攸宁的一举一动，温柔、平和、知性，她坐在那儿似乎就在闪闪发光。

阮暮继续修图，手机屏幕忽然亮起，滑开一看是裴哥发来的微信。

“一会儿可能有人给你打电话。你把朋友圈删一下。”

阮暮一脸茫然，刚发了几个问号，电话就响了起来。

“你好！”阮暮犹疑着问好，“你……”

“是”字还卡在喉咙里，对方便打断了他的话：“今晚在酒吧看到了江攸宁？”

阮暮愣了几秒，应了声“嗯”。

“你喜欢她？”对方又问。

阮暮回答得毫不犹豫：“是。”

“不好意思，”对方语气平淡，甚至带着几分倨傲，“她已婚。”

阮暮愣了很久才试探着问：“你是她丈夫？”

“嗯。”沈岁和说，“不要对已婚的女人动心思。”

“更不要觊觎……”他顿了顿，声音越发冷厉，“我的人。”

沈岁和挂断电话后良久，阮暮仍旧没有从震惊的情绪中走出来。

他给裴旭天发微信：“那人是谁？”

裴哥：“沈岁和。”

接着他又回复了一句：“你在撬他的墙脚。”

喝酒一时爽，宿醉“火葬场”。

江攸宁平常喝酒都是适可而止，但这次拿出了千杯不醉的架势灌了三瓶，次日醒来只觉得头痛欲裂。

更让她头痛的还有消息，沈岁和在凌晨四点给她发了微信。

三条。

“七夕快乐。

“在喝酒？没回家？

“我明天回去，一起吃饭？”

她犹豫了一会儿也没有回消息，不知道怎么回，也不想和他一起吃饭。

坐在床上愣了一会儿，她才起床洗漱。辛语家离华宵影视近，江攸宁能多睡一会儿。江攸宁起来时，路童已经做好了早饭，辛语刚洗完脸，穿着睡衣大大咧咧地出来，然后揽着江攸宁的肩膀将她摁在餐桌前：“快吃饭吧。”

江攸宁“嗯”了一声。

路童的厨艺是三人之中最好的，由于经常一个人在外奔波，加上做饭有天赋，会做的样式比较多。江攸宁是在结婚以后才按照网上的菜谱学做了几个菜，做得倒也不算差。辛语就只会做蔬菜沙拉和牛排。

今天路童做的是港式早餐，浓郁的红茶香味弥散在客厅里，再搭配上皮薄馅大的水晶虾饺，让人非常有食欲。

由于昨晚三个人都喝多了，路童专门给大家准备了热腾腾的蜂蜜柠檬水来解酒。

只是江攸宁在吃饭时，眼睛总不经意地往手机上瞟。明明手机没有亮，她却看着屏幕发呆。

辛语伸手把她的手机倒扣在桌面上：“行了，再看下去怕是要望穿秋水了。”

“嗯？”江攸宁抬起头。

“吃饭。”辛语敲了敲她的碗，“一会儿还要上班呢。沈岁和那种人，你还等他给你发消息？下辈子吧！”

“他给我发消息了。”江攸宁说。

她将嘴唇抿成一条直线，然后端起红茶轻抿了一口。面对辛语和路童的错愕，她重申了一遍：“昨晚他给我发消息了，因为我在酒吧刷了他的卡。”

辛语把嘴里的虾饺吞了下去，漫不经心地说：“刷了就刷了，他还差那点儿钱？”

“我刷了不少钱。”江攸宁揉了下眉心。

路童还记得正事儿，忙问：“他给你发消息是怪你花了钱？”

江攸宁摇头：“他没说。”

“那他说了什么？”路童问。

江攸宁把沈岁和发的那三条消息合并转发到了小群里。

“没什么毛病啊！”路童说，“像是沈岁和这种人说出来的话。”

辛语白了她一眼：“你又懂了？”

“不然呢？”路童说，“你懂？”

“你一年都不回北城几次，跟沈岁和见面的次数屈指可数，你就能懂他是个什么人？”辛语啧了一声，然后给出了自己的分析，“这明明就是在旁敲侧击看宁宁在干吗，有没有夜不归宿，在这个他不在的七夕夜是不是寂寞难耐出去找了小哥哥。沈岁和这哪里是祝人七夕快乐，分明是来查岗的吧！”

江攸宁想的却是另外一件事：“你们说，我要不要把这钱给他补上？”

路童说：“看你，想补就补吧。”

辛语拍桌，不满地说：“这是人话吗？”

“你俩是夫妻啊！”辛语看着江攸宁，“先别说他沈岁和身家多少，你花他的钱不是理所应当吗？”

“哪里就理所应当了？”路童反驳说，“宁宁有自己的工作，也算是新时代独立女性吧。我们不是一直倡导女性自立自强吗？怎么结婚以后就理所应当地花男人的钱了？”

“独立女性是指经济独立、精神自由，就是我有自己挣钱的能力，但不代表我就不花男人的钱啊！”辛语说，“照你这么说，宁宁嫁给沈岁和，每天给他做饭，洗碗，打扫房子，到时候再担着身材走样甚至是生命风险给他生个孩子，沈岁和什么都不用出，然后娶一个聪明贤惠好看的老婆，得一个跟自己姓的孩子。那我就想问了，宁宁花自己的钱，养着沈家的孩子，图什么？怕沈岁和这辈子娶不到老婆，所以你去做慈善吗？”

辛语说话一向犀利，说完这番话后客厅里沉寂了几秒。

身经百战的诉讼律师路童一时没反应过来，甚至跟着辛语的思路走。

江攸宁嫁给沈岁和，吃自己的，穿自己的，每天还要帮他做很多事，最后还要生个孩子，这么一想，嫁过去确实有些像去做慈善的。

“但是……”路童还想从她的话里找漏洞，但还没说出来就被辛语无情地打断：“没有但是。”

“那我们换个思路来说，”辛语接着说，“你之前跟我说去安县，那边婚前要彩礼吧？要车和房吧？甚至女方都不用陪嫁什么东西。就算他沈岁和有钱，宁宁也不差啊，闻哥可是直接给买了座岛，江二叔给的也不少，咱们的陪嫁也很给面子了，但是呢？他们连婚礼都没办！婚后宁宁一直都是花自己的钱，回家基本也是宁宁做饭，就沈岁和那个四体不勤、五谷不分的样儿，要是做饭得把宁宁给毒死。结婚以前宁宁厨艺还不如我呢，现在可比我强多了。要不是因为沈岁和，她用得着去学这些吗？怎么？婚姻是所学校吗？女人不仅受罪，还得给男人交学费？想得这么美他们怎么不去抢？你总说独立，那我们事事都独立了，要男人还有什么用？”

辛语强大的语言逻辑让她们蒙了好一阵儿。

两人本以为她说完了，结果她喝了口红茶继续道：“江攸宁，你能不能有点儿骨气？给我支棱起来，别对自己要求那么严格，对沈岁和就那么放纵。你当初嫁给他图什么？图他长得好看？图他给你招蜂引蝶？还是图他不爱说话？好好给他上上课。”

江攸宁：“什么是课？”

“就是让男人听话点儿。”辛语把红茶喝完，拎起了车钥匙，“你先吃，我给你慢慢讲。”

“哦。”

“你理论知识这么强，为什么不谈恋爱？”路童反驳辛语，“难道是因为没有找到学习班的优秀毕业生吗？”

辛语坐在沙发上化妆，沉默良久后说：“因为不想‘做慈善’。”

江攸宁开车上班，到办公室的时候还没有人来。

她坐在工位上，盯着手机消息看了许久，仍旧不知道怎么回，说白了是不想面对沈岁和。

她提前一个月预约到了 Masyale 餐厅的 520 包间，买了很衬他气质的领带夹，请了他最喜欢的小提琴手在包间演奏。

然而，昨晚她不得不打电话给前台退掉预约的包间，赔付了小提琴手费用。

最尴尬的是，电话对面的工作人员反复确认：“女士，您确定不需要了吗？”

“嗯，不需要。”说出这三个字的时候，江攸宁的声音都在打战。

她精心准备的所有浪漫和惊喜，都抵不过“出差”两个字。

“我回来了。”手机屏幕忽然亮起，江攸宁瞟了一眼，是小舅慕承远。她还没来得及高兴，紧接着消息又发了过来。

“还在上班吗？给你买了礼物。

“晚上有时间吗？给我接风洗尘？

“我跟律所交接完，就去你公司接你。”

江攸宁立马拿起手机回复：“好！我要吃港式火锅！万象商场那家！”

慕承远秒回：“行。路童呢？我听说她回来了。”

江攸宁：“对！她正跟辛语在一起呢，晚上我叫上她俩！还有闻哥，要不要叫？”

慕承远：“不差他一副碗筷。”

江攸宁：“没问题！我们下班见！”

慕承远：“好。”

慕承远回来的消息让江攸宁瞬间满血复活，她在小群里发："我小舅回来了！晚上请我们吃港式火锅！准备好啊！等我下班，我们在万象商场集合！"

辛语："这么突然？"

路童："他不是说不请我们吗？要跟你好好叙旧来着。"

江攸宁："你跟他说什么了？"

路童："什么都没说，难道你怀疑我说你家沈岁和的坏话吗？"

江攸宁："反正我小舅是个人精，你们千万别在他面前提起沈岁和。"

两人皆回了收到，她又给江闻发消息，没想到江闻昨天已经飞到南方拍戏去了，不能到场。

慕承远去伦敦出差了三个多月，那边工作忙，跟国内时差对不上，江攸宁平常很少跟他聊天。现在听到他回来了，江攸宁有些兴奋，顺带冲淡了一些昨天的不开心。

她打开了电脑，同事们也陆续到来。赵佳路过的时候拍了下她的肩膀："宁宁，昨晚过得怎么样啊？"

江攸宁抿了下唇，露出个客气的笑容："还行。"

"咦？"实习生眼尖得很，盯着江攸宁桌上的蓝色礼盒说，"宁宁姐，你昨天没送姐夫礼物吗？"

江攸宁瞬间把礼盒放到了抽屉里，淡淡地说："送了别的。"语气中尽显客气疏离。说这话的时候，江攸宁握着鼠标的手心都汗津津的。她很少说谎，也不擅长说谎，但在这种环境下，鬼使神差地说出了这样的话。

"开会！"部长从办公室里出来，喊了一声。

众人立马转移了话题，江攸宁悬着的心放了下来。她低下头收拾东西，在站起来的那一瞬间，拿起手机给沈岁和回了消息。

"不了，我小舅回来了，今晚和他吃饭。"

下午六点，江攸宁把电脑关机，开始收拾东西。

同事们略有些震惊。

"宁宁，你今天要准点儿下班啊？"赵佳速度快，已经收拾好了，只是在等其他人。

江攸宁因为慕承远回来高兴了一天，此刻说话也喜上眉梢："嗯，有人来接。"

话音刚落，慕承远的消息就发了过来。

"我到你们公司楼下了，你今天开车没？"

江攸宁："开了。我明天再开回去吧，今天坐你的车。"

"哟！"赵佳调侃她，"是老公来接你了吧？"

"看这高兴的，"实习生跟着附和，"肯定是姐夫来了。昨天七夕没过够，今天要再过一次呀？"

"不是。"江攸宁否认，但也没再解释。

常慧接了个电话，众人把目光聚焦到了她的身上，大家一起下楼。

刚到一楼大厅，赵佳等人就啧了起来："慧慧老公来了，真令人羡慕！"

"我也想每天有人接我下班啊！"赵佳的语气中带着一丝酸气。

常慧被调侃得有些脸红："那你也赶紧谈恋爱啊！"

"这不是没有对象吗？"赵佳说，"让你老公给我介绍一个。"

"行啊！"常慧一边往前走一边笑着说，"就怕他介绍的你看不上。"

"那也得看了才知道啊！"

众人说着，常慧的老公已经快步走了过来，伸手拉住了常慧的手，两人十指相扣。江攸宁站在最边上，只微微颔首，算是打了招呼。

"谢谢刘哥请的星巴克。"赵佳说。

"不客气。"

常慧的老公姓刘，是开设计公司的，也算小有规模，之前大家还打趣常慧怎么不去给自家公司当法务，常慧笑着说不想给老公打工。

下午三点那会儿，常慧饿了，她老公便给她点了甜品，顺带给整个办公室的人都点了星巴克，这会儿碰见她老公，赵佳赶紧道谢。

整个法务部，已婚人士只有部长、常慧和江攸宁，部长有独立的办公室，平常不和她们在一块儿，常慧和江攸宁两人就常常被打趣，难免也会被比较。

江攸宁原来还不觉得什么，但之前听辛语说了那番话后，现在看常慧的老公，哪儿哪儿都透着别扭。

常慧长得不算漂亮，脸上有点儿小雀斑，放在人群中是很普通的长相。

她老公比她只高一点儿，大概只有一米七，虽然还没到三十岁，但已经有了发福的迹象，两人站在一块儿蛮般配的。

尤其是他们脸上的笑容，江攸宁看了只觉得晃眼。

常慧在办公室里也会说一些私事，比如她的工资是自己支配，老公的银行卡也放在她这儿，平常她老公会跟她说最近是挣了还是赔了，什么时候生意好，或者遇到了什么难缠的客户等。

他们家的日常开支都是她老公在出，比如过年过节要送的礼物，还有出去吃饭等，但都是她结账，因为家里的钱基本都在她那儿。

常慧还说："你可以仔细观察，在外面一起吃饭，男女抢着结账的说明两人是朋友；吃完饭由男生结账的，一般两人是情侣；吃完饭女生结账的，两人基本都是夫妻。"

赵佳问："那如果是偶尔男生结，偶尔女生结呢？"

常慧说："那就说明两个人不熟，而且没戏。"

很久之前的一段对话被江攸宁想了起来，甚至连那会儿办公室里的情景都记得清清楚楚。

常慧和她老公十指相扣着离开。

江攸宁站在原地愣了会儿神，直到赵佳喊她："宁宁，你看那儿是不是找你的？"

"啊？"江攸宁顺着她指的方向看过去，正是慕承远。

她笑了下回应道："嗯。"

"好帅啊！"赵佳羡慕地说，"你老公太好看了吧，这气质，绝了！"

几人刚好出来，这话被慕承远一字不落地听到了，他挑了下眉，正想澄清，江攸宁已经抢先一步解释道："这是我小舅。"

赵佳等人愣住了："你小舅这么年轻？"

江攸宁懒得解释，便只应了声："嗯。"

"你们都是宁宁的同事吧？"慕承远笑道，"以后有机会请你们吃饭。”

赵佳还没能从这么年轻的人竟然只是江攸宁的舅舅这个设定中走出来，还在发愣，实习生立马扯了她一下，然后笑着说：“那我们提前谢谢小舅啦。”

赵佳这才反应过来，勉强笑了下，然后瞟了江攸宁一眼，带着隐隐的担心。

她皱着眉，忽然转了话题：“宁宁，这周五咱们部门团建，有家属的都带来，你老公来吗？”

“啊？”江攸宁愣了一下，“团建吗？”

“嗯。”赵佳说，“今天你去卫生间的时候部长说的，到时候她老公和小孩儿都来，常慧的老公也来，就连宫霏的男朋友也来，你看你老公有没有时间，都三年了，一直没见过他呢，好歹也过来熟悉一下呗。”

想到这些日子赵佳等人的反应，江攸宁抿了抿唇：“我回去问一下。”

“好吧。”赵佳笑了，“没事儿，时间还早呢，你可以早点儿跟他约时间。”

“嗯。”

等同事们走完，慕承远才皱着眉道：“沈岁和这么忙？”语气颇为不满。

江攸宁：“还行吧。”

“连人都不会做？”慕承远上车，发动车子，“你同事的老公每天接送上下班，他连面都没露过？”

江攸宁：“他忙。”

“就他一个人忙？”慕承远冷笑了一声，“我明天去他的律所看看。”

江攸宁无奈地扶额：“小舅！”

“怎么？”慕承远挑了下眉，“又想护着他？”

“不是，”江攸宁没什么底气，音量自动降低，“不是你想的那样。”

“那是什么样？”

江攸宁哪里知道？她也是第一次结婚，千百万个人就有千百万种婚姻模式，她可能就是最差的那种。

“还住在君莱？”慕承远换了个话题。

“嗯。”江攸宁答道。

“之前不是说要搬家？”慕承远说，“我记得去年就说了，是没钱还是没房？”

“都不是。”江攸宁低声说，“我忘记提了。”

慕承远睨了她一眼，江攸宁立马闪避他的目光。

“我打算让沈岁和去‘藤原’住一段时间。”慕承远语气平淡，却也压制不住冷意。

“藤原”也是北城新建的高档小区，位于城南，慕承远在那边买了两套房。

“嗯？”江攸宁不解，“为什么？”

慕承远露出个谈判常用的微笑：“让他体会一下你的生活，上下班三小时的快乐他值得拥有。”

晚上十点，客厅里一片寂静。

沈岁和坐在沙发上，拿着 iPad 看新接的案子的资料，但十分钟都没翻一页，他的心中感到莫名的烦躁。

从临城到北城，两个小时的飞机。

他提前结束了所有的事务，九点钟回到家，家里却空无一人，一点儿烟火气都没有，连摆放在餐桌上的白色桔梗花都枯萎了。

他打开手机，江攸宁上午回复的消息还在屏幕上跳跃。他想了一会儿，给她发了消息：“什么时候回来？”

江攸宁平时很少加班，一般九点前就会回家。他事情多，经常在公司忙到十点多，回来的时候家里永远亮着一盏灯。

江攸宁会坐在客厅沙发上，或是看电视，或是看书。

等他回来，江攸宁就会起身给他做饭。两人一起吃饭，然后洗漱睡觉，像是谁都不会打破的规律。

江攸宁有双休，他没有，所以每到周六日，江攸宁偶尔会回娘家，或是跟朋友出去小聚，但基本上在他回来之前，都会到家。

时间久了他也就养成了习惯，对于江攸宁的晚归，沈岁和有一种说不上来的烦躁。

尤其是她昨晚刚去了银月。

“我回来了。”他斟酌着措辞，又给江攸宁发了微信，“你在哪儿？需要我……”

后边的“去接你吗”还没打出来，门已经被推开，沈岁和将对话框里的字全删掉，以飞快的速度重新拿起 iPad，快速翻动了几页资料，只是微微瞟了眼门口，然后又将目光投在 iPad 上。

江攸宁是一个人回来的。

她穿着一条鹅黄色的长裙，腰间系了一条浅黄色的腰带，显得腰很细，但明显跟昨晚照片上不是同一套衣服。她穿了一双五厘米的银色高跟鞋，扎着丸子头，刘海儿微卷，透着一股知性成熟的魅力。

最令沈岁和在意的是，她身上搭着一件黑色的皮夹克，尺码很大，搭在她身上有一种小孩儿穿了大人衣服的感觉。

江攸宁站在门口愣了一会儿才弯腰换鞋，看到他也没打招呼，而是把外套拿下来挂在衣架上，然后径直去了厨房。

江攸宁在厨房里不知忙些什么，陶瓷碰撞的声音响起，还有水流声。沈岁和坐在那儿握了握拳，几秒钟后，把 iPad 放在一边，起身也去了厨房。

江攸宁倒了两杯牛奶放进微波炉，然后轻倚在料理台上，低着头发呆。她看见了沈岁和，只是不知道说什么，干脆就不说了。

手机忽然振动，是辛语发来的消息：“那厮到家没？有没有吵架？需要支援就按 1，我拿刀过去。”

江攸宁：“杀人不犯法？”

辛语：“我就是吓吓他。”

江攸宁：“入室威胁，恐吓，信不信沈岁和能把你告到倾家荡产？”

辛语：“我现在还怕倾家荡产？我已经是贫民窟少女了好吗？”

江攸宁：“那你可能要被拘禁。你清醒一点儿，路童也不想当你的代理律师。”

“吃过饭了？”沈岁和给自己倒了杯温水，背对着江攸宁忽然开口。

“啊？”江攸宁愣了一下后应道，“嗯。”

“我还没吃。”沈岁和说。

江攸宁站在原地，跟沈岁和四目相对，片刻后背过身去问道：“想吃什么？”

“随便。”

“煮面可以吗？”

“那就葱油拌面吧。”

江攸宁“嗯”了一声，从冰箱里拿出香葱切段，然后用盐、醋、鸡精、白糖调了酱汁。

做葱油拌面最重要的是熬葱油，最好是用猪油熬，慕曦熬猪油是一绝，每次熬了之后都会给江攸宁送一些过来，所以冰箱里有现成的。

江攸宁拿出了两个锅，一个用来煮面，一个用来熬葱油，厨房里顿时有了烟火气，沈岁和这才略微安心了一些。

江攸宁做这个很快，不到五分钟，一碗热气腾腾的葱油拌面就新鲜出炉了。她把牛奶从微波炉里拿了出来，给沈岁和一杯，然后端着自己的那杯准备上楼。

“一起吃？”沈岁和难得邀请她。

江攸宁抿了下唇：“我吃过了。”

沈岁和夹了一筷子面，一直没往嘴里送，热气氤氲在他眼前，弥散在客厅里。

沉默良久，他才说：“聊一会儿？”然后把面吃了下去，刻意发出了声响。

江攸宁端着牛奶回来，坐在他对面。她的手指摩挲着杯壁，低敛着眉眼，赶在他开口前说：“钱我给你打到账户里。”

沈岁和看着她问：“什么钱？”

“昨天我在酒吧刷了不少钱，”江攸宁说，“我明天转给你。”

“不用，”沈岁和说，“卡给了你，你就有使用权。”

“哦。”

接着客厅里便是寂静无声。

沈岁和说要聊天，但只是在吃面，不紧不慢。江攸宁坐在对面陪着，手机时不时地响起。

辛语和路童在小群里叫她，辛语说得最多，中心思想就是“不能给钱”。

“连钱都不给你花的男人，能有多爱你？你跟他结婚这么久，还赔他钱？陪他坐会儿都没空。”辛语不断地劝她。

“我正陪他坐着呢。”江攸宁接着说，“他没让我给钱。”

辛语：“总算还像个人。”

江攸宁：“我现在忐忑不安。”

辛语：“怕他干吗？大好的七夕夜，他不陪你还不让你去酒吧浪漫一下？谁还不是个有魅力的小仙女了？昨晚来搭讪那弟弟还挺好看的，你可以考虑一下。”

路童：“你仿佛在挑战男人的底线。”

江攸宁看着屏幕，辛语和路童你一言我一语，话题逐渐跑偏。

而她们公司部门群里也正聊得热火朝天，起因是部门新来的实习生王雨今天刚跟男朋友确认恋爱关系，在朋友圈秀了恩爱，大家纷纷问她周五团建的时候带不带男朋友。

王雨说怕男朋友不来，大家便给她出起了主意。

没一会儿王雨就说男朋友看到了她的消息，本来这周五要出差，刚跟领导说了一下，领导就安排了别人出差，他周五要跟王雨来见“娘家人”。

赵佳便叫江攸宁：“宁宁，就差你老公了！赶紧提前约时间啊！我们也好一睹庐山真面目，哈哈哈！”

大家纷纷打趣她，只有她还是单身。

赵佳立马回复：“我这周带人去！不成功便成仁！要么摆脱单身人士的身份，要么失恋！”

紧接着她就被逼问了各种细节，原来赵佳暗恋自己的大学同学，一直在等对方告白，可始终没有等到，所以这次打算破釜沉舟。

江攸宁看完了她们的聊天记录，沈岁和也吃完了面，她起身把碗拿去厨房洗，沈岁和站在她身后。

江攸宁那双纤细白皙的手泡在水里，她一如既往地安静乖巧。

“昨晚去了银月？”沈岁和低声问。

江攸宁手上的动作一顿，眉眼垂得更低：“嗯。”

她内心是有点儿忐忑的，怕沈岁和问她去银月做了什么，见了什么人。她不想回答，似乎回答的每一个字都是在往她心上扎刀子。不过沈岁和没有再问，只是安静地站着。

直到她忙完，二人才一起上楼，沈岁和寸步不离，流连在她身上的目光也很明显，今晚想要。

二人洗漱是分开的。江攸宁在房间里，沈岁和去了外边那个大的盥洗间。

她洗澡慢，出来时沈岁和已经穿好睡衣，正倚在床头看书，房间里只开着床头那盏昏黄的灯。

江攸宁的头发还湿着，她背对着沈岁和擦拭头发，眼睛望着门的方向，不自觉地开始发呆。忽然沈岁和的胳膊从后边环了上来，手在她的腰间流连，温热的指腹滑过她的肌肤，途经之处都起了一层细密的鸡皮疙瘩。

“这周五我们部门团建，”江攸宁没有遏制他的手，尽量平静地说，“大家都带家属，你要去吗？”

沈岁和的手顿时停住，他往前蹭了几分，热气吐露在江攸宁的脖颈间：“我就不去了吧，周五老裴喊喝酒。”

这回答在江攸宁的意料之中。

江攸宁低敛着眉眼，仍旧擦拭着头发，动作又轻又慢，而沈岁和也仍旧在继续。

“小舅说，”江攸宁继续说，“‘藤原’的房子已经装修好了，随时都能入住，我们什么时候搬家？”

沈岁和在她的脖颈间印下一吻，暧昧的印记留在她的肌肤上。

“这里不好吗？”沈岁和的声音萦绕在她耳际，“在一个地方待久了懒得换，而且这里离你家、我家都近。”

江攸宁的嘴唇抿成了一条直线，眼神晦暗不明，她不知道该怎么反驳。

沈岁和的手仍旧在上移，他动作娴熟，甚至比往常要温柔许多，但——

江攸宁在一瞬间握住了他的手，然后拿开。

她起身，把毛巾往肩膀上一搭，拿起枕头就往外走。

沈岁和不解地喊她："宁宁。"

江攸宁站在门口，背对着他，淡淡地说："一个地方待久了，没有兴趣，做不下去。"

说完她头也不回地出了门。

银月酒吧里，沈岁和朝吧台打了个响指："你们这儿比较好的酒都有什么？"

调酒师头都没抬，一连报了好几个名字："青色桃园、玫瑰庄园、百岁之约、橙色光芒、风雪之巅。"

"昨天有没有一个女孩儿来你们这儿喝酒？"沈岁和问。

调酒师笑了："我们这儿每天来的女孩儿没有一百也有五十，我怎么知道你说的是谁？"

沈岁和修长的手指在玻璃杯壁上摩挲着，眼神在昏暗灯光的照耀下晦暗不明，他简单地说了昨天的情况，声音一如既往地冷。

"嗯？"调酒师皱眉回忆了下，"似乎是有这么个单子，但昨天不是一个人来的，三个女孩儿吧。"

"嗯。"沈岁和挑了下眉，"她昨晚都喝了什么？"

调酒师翻出了单子，报出了一串酒名和对应的价格。

沈岁和大脑快速转动，调酒师报出来的所有数字几乎都能和账单对上。

"给我照着她的单子来一份。"沈岁和说。

话音刚落，他的肩膀上就搭上了一只胳膊，对方穿了件休闲装，头发还乱糟糟的，在他身侧坐下，熟练地点单："一杯'禁忌之吻'。"

调酒师把沈岁和点的酒排成一排，几瓶规格不一的酒摆在他面前。

"干吗？"裴旭天瞟了他一眼，"大半夜的不在家待着，叫我出来喝什么酒？”

“请你喝。”沈岁和答非所问，给他倒了一杯“玫瑰庄园”。

“怎么？跟你老婆吵架了？”裴旭天问。

“没有。”沈岁和说。

吵架不应该跟水油相见似的噼里啪啦狂响吗？他跟江攸宁这辈子都不可能吵成那样。

“那是怎么了？”裴旭天喝了口酒，不忘品鉴，“这酒味道不错。”

“昨天那事儿还没过去呢？”裴旭天接着问。

沈岁和淡淡地瞟了他一眼，意思很明显：“你还好意思说？”

裴旭天笑了，挽起一截袖子，拎起酒瓶又给自己倒了一杯。

“我都替你教育过那小子了。”裴旭天说，“他什么都不懂，年少轻狂的，看见喜欢的就拍了发朋友圈，他姐昨天真以为他谈恋爱了，打了好多个电话问情况。”

“哦。”沈岁和语气里仍旧带着几分冷意。

“得了吧。”裴旭天也懒得理他，“要不是因为你七夕出差，你老婆那么乖的人能来银月？”

话音刚落，沈岁和那如同刀子般的目光便扫了过来。

“是我小看她了。”沈岁和说。

裴旭天不解：“嗯？”

“点单那么熟练。”沈岁和说，“估计是酒吧的常客吧。”

“谁？”

沈岁和从桌上的“上弦月”扫到“风雪之巅”，语气冷漠：“这些酒都是她昨晚点的。”

“挺懂啊！”裴旭天笑着拎起那瓶“风雪之巅”，“听说这是失恋之人必点的，寓意就是从此走上封闭情感断绝旧爱的人生巅峰。”

裴旭天看他脸色不好，试探着问：“你今天回去，你老婆没回家？”

沈岁和：“回了。”

“那是没理你？”

“理了。”

裴旭天皱着眉："没给你做饭？"

沈岁和抿唇："做了。"

"那你还想怎样？"裴旭天嗤他，"你七夕出差，人家什么都没说，就去酒吧买个醉，一没跟你吵，二没跟你闹，照旧回家给你做饭洗碗，你还奢求什么呢？不是我说，你也别太过分……"

话还没说完，沈岁和的目光就跟淬了毒的箭似的，直勾勾地盯了过来。

裴旭天恍然大悟："莫非你是欲求不满了？"

裴旭天给他倒了杯酒，啧了声："怪不得。"

"你自己睡不好，也不让我睡，是吧？"裴旭天无奈地摇头，"算我欠你的，看在你七夕出差给律所创收千万的分上，我勉强帮你分析一下。"

"说吧，怎么了？"裴旭天接着问，"你是不是没买礼物哄人家？"

沈岁和摇头："买了，还没送。"

"啊？"裴旭天震惊地看着他，"那她还给你做饭？"

沈岁和看着他，意思是：不然呢？

"江攸宁脾气太好了。"裴旭天觉得难以置信，摇头道，"你上辈子怕是拯救了银河系吧！"

"别胡说，"沈岁和解开衬衫最上边的扣子，神色隐藏在昏暗的灯光里，"难道阮言不给你做？"

"咱们不一样，"裴旭天说，"我跟言言还没结婚。况且她那个脾气，我要是敢七夕出差，第二天就黑名单里见了。"

沈岁和对他俩的事情一知半解，但也不难看出：阮言把裴旭天拿捏得死死的。

"我都有点儿好奇了，"裴旭天勾唇笑了下，胳膊搭在沈岁和的肩膀上，笑中带着暧昧，"你是怎么把好脾气的江攸宁给惹着了，导致现在欲求不满成这个德行？"

沈岁和瞟了他一眼。

裴旭天是好意，但他听上去仍旧有点儿别扭。

"我没有冒犯她的意思啊，"裴旭天继续自说自话，"就有些东西，你还是得学学。”

说着他拿出手机给沈岁和传了点儿文件过去。

沈岁和理了理思绪，尽量客观地把今晚的事情跟裴旭天说了出来，说完摇了摇头：“我根本不知道她怎么了，有时候就感觉女人好像都一样无理取闹。”

“就算是江攸宁这样的，似乎也不能避免。”沈岁和说，“搞不懂她们在想什么。”

“你没接过她下班？”裴旭天怕自己听漏了，又问了一遍。

沈岁和摇头：“她自己有车。”

“送她上班呢？”

“我们不顺路。”

“没参加过她们公司的团建？”

沈岁和皱眉：“她们部门都是女的，我去了干吗？而且……咱们公司的团建我都不去，有什么意思？”

裴旭天觉得像是有一口血哽在喉头。

“从你家到她的公司多久？”裴旭天问完又自顾自地说，“我记得她好像是在一家影视公司上班，在哪儿来着？”

“华商吧。”沈岁和说，“还是华宵来着？之前她说过一次，我忘了。”

沈岁和的记忆力堪比照相机。

司法考试满分600，合格线是360，沈岁和考了498，打破了华政历年来的纪录，并且一直无人超越。只听说后来有个学妹考了495，也惊艳一时，但他依旧是纪录保持者。

复杂的法条，他能准确无误地说出来是哪一部法典第几卷第几章第几则。但一个工作地点，他记不清楚。

裴旭天拿出手机查了下，没有华商，只有华宵，从君莱到华宵，地图显示驾车一个小时三十二分钟。

沈岁和皱眉：“这么远？”

裴旭天有点儿头痛：“你俩睡一张床，你不知道她每天几点上班？几点出门？”

“我以为她早九晚七，双休。”沈岁和说。

所以江攸宁每天定早上七点五十分的闹钟，八点半左右出门，开车半个小时到。

裴旭天一时间不知道该说些什么，只是拍了拍他的肩膀。

沈岁和坐在那儿沉思，良久之后才问：“所以她在生气我不愿意搬家？”

“不只。”

“还有什么？”沈岁和问。

“她这周五团建，家属都去？”

“她是这么说的。”

“那你也去。”裴旭天拍着他的肩膀说，“穿得好一点儿，别丢人。”

沈岁和不大情愿地说：“没必要吧？”

“看你跟江攸宁什么关系了。”裴旭天也不劝，只是平淡地说，“你们现在就跟表面夫妻似的，你不参与她的生活，她也从不来律所，跟我……也就见过三五次吧，反正……你俩挺假的，我也不知道你当初为什么跟她结婚，但既然都结了，别再给折腾离了。”

“这么严重？”沈岁和皱眉。

“嗯。”裴旭天耸肩，“你自己斟酌吧。”

凌晨的酒吧音乐声越发大了，震得沈岁和耳膜疼。

他又买了一瓶“玫瑰庄园”，然后让服务员把酒全部打包，带回去给江攸宁喝。

裴旭天想要“玫瑰庄园”，但沈岁和给了他一瓶“风雪之巅”。

“对了。”裴旭天勉强接过酒，“这周六我生日，去中洲国际那边儿，我订了别墅，可以过夜，你叫上江攸宁一起来吧。”

“哦。”沈岁和抿唇，“我考虑一下。”

怕裴旭天说他没义气，他又补了一句：“我回去问问她的意见。”

出了酒吧，冷风吹得两人都瑟缩了下。

临分开之时，裴旭天实在忍不住好奇地问：“哎，你当初为什么要跟江攸宁结婚啊？”

沈岁和沉默了一会儿，声音在空旷的街道上显得格外冷厉：“因为她乖。”

说这话的时候，他脑子里浮现出的是江攸宁站在咖啡厅廊檐下的身影，她低敛着眉眼，一双鹿眼清澈见底。

当时风吹得铃铛直响，她看着不远处笑了，那双鹿眼弯得恰到好处。她站在那儿，世界仿佛都静止了。

江攸宁是在客房睡的，新床单新被罩，最关键的是一个人，本以为自己会彻夜难眠，结果一觉睡到了闹钟响起。

只是，她醒来后下意识地瞟了眼左侧，然后翻了个身，在被子里闷了一会儿才关掉闹钟。

她躺在床上发呆，阳光透过玻璃映射在天花板上，房间里静谧无声。五分钟后，她起床去大盥洗间洗漱，却在进门之际看到了沈岁和。

他已经穿戴整齐，白衬衫的扣子扣得严丝合缝，黑色西装裤将他的腿包裹起来，显得双腿修长笔直。

他正从盥洗间出来，江攸宁侧了下身子，下意识地避开。

沈岁和却站在那儿，将门挡了大半。

“谈谈？”沈岁和语气平淡，低着头看向江攸宁。

她昨晚洗过的头发现在略有些奓开，有几缕不乖地翘了起来，沈岁和伸手给她抚平，却正好碰到她烦躁到想抓头发的手。

两手相触，江攸宁下意识地往后缩了回去，沈岁和却抢先一步，快速地反握住她的手，重申了一次：“谈谈？”

二十分钟后，江攸宁吃完饭，化好妆，坐在了他的对面。

沈岁和是很明显的防御姿势，两条胳膊看似松散地垂在桌上，眼睛直勾勾地盯着江攸宁。

“想搬家？”沈岁和问。

江攸宁：“嗯。”

“搬去哪儿？”

“不知道。”

“那我们住小舅家，你觉得合适？”沈岁和眉头微皱。

江攸宁抬眼看他，没说话。

“为什么不说话？”沈岁和尽量平静地问，自认诚意十足，“我名下有房子，你可以看看想搬到哪里，而……”

他的话还没说完，江攸宁便噌的一声站了起来，椅子擦过光滑的地板发出刺啦的声响，刺耳得很。

沈岁和被惊了一下，错愕地看向江攸宁。

“我不是你的当事人，”江攸宁唇线紧抿，“也不是在跟你做争议解决。这家你能搬就搬，不能搬我一个人搬。”

第二章
吵一吵，好一好

江攸宁下班后驱车直奔华师大，华师大是北城开学最早的大学，二十四号学生们已经完成了报到，二十五号正式开始上课。

慕曦这天下午满课。江攸宁去的时候，慕曦还在办公室里坐着准备第二天的课，听见敲门声，头都没抬："进。"

"慕老师，"江攸宁没进去，轻倚着门口笑，"请问能邀请您共进晚餐吗？"

听到江攸宁的声音，慕曦顿时抬起了头，笑着看向她，答应得很干脆："当然能。"

慕曦关了电脑，把东西放在一边才起身："今天怎么有空过来了？"

江攸宁顺势挽着她的胳膊："想你了呗！"

"我看你是想华师的饭菜了。"慕曦带着她出了教学楼，一路上遇到了不少老师，江攸宁乖巧地打招呼。

这会儿刚下课没多久，正是食堂人多的时候，慕曦拉着她在学校里逛了一会儿，操场上有散步的、约会的，不远处的篮球场上洋溢着浓烈的青春气息，人们跳动着打球，跑来跑去。

江攸宁初二那年，慕曦工作调动到了华师，学校在家属楼给她分配了房子。那会儿慕曦的工作比较忙，为了方便她上班，全家人都搬到了这里。后来他们家虽然在别处也买了房，但江父觉得在这里住更便于修身养性，有学校图书馆，还有操场，最主要的是慕曦上班近，不用早起开车。

“真年轻啊！”江攸宁望着不远处的学生感慨道。

慕曦看着她笑，顺手将她被风吹起的头发拢到耳后：“你也还小呢。”

“我都毕业五年了。”江攸宁说，“时间过得真快啊！”

“怎么突然感慨起这些了？”慕曦说，“我还在这里，你什么时候不都是小孩儿？”

江攸宁唇角微勾，脑袋靠在母亲的肩膀上，挽着她的胳膊撒娇：“肯定呀！”

傍晚时分，夕阳散发着柔和的光，橙红色的余晖笼罩在每个人的身上。在大学校园里，所有的节奏都显得慵懒缓慢，就连行人走路的步伐在江攸宁眼里都不自觉地放慢了。

她和慕曦坐在操场的看台上，她轻倚着慕曦的肩膀。橙红色的夕阳照着她的侧脸，她略带艳羡地看着来来往往走过的一对对情侣。

直到学校里昏黄的灯光突然亮起，江攸宁才摸了摸肚子说：“饿了。”

七点十分，这个点食堂人比较少，慕曦带着她去了二楼，用教师卡刷了一份牛肉饭，一份煮馍。江攸宁最喜欢吃华师的煮馍，从初二喜欢到现在。

她每次吃都要加辣、加醋，还要加葱和香菜。

在华政读书的时候，她给路童安利最多的就是华师的煮馍——色泽鲜艳，味道醇香，口感回味无穷。路童跟着她来过几次后，就彻底沦陷在了华师的食堂里。

北城的大学里流传着这样一句话：学在华政，吃在华师，玩在北大，北传最好看。

江攸宁跟慕曦挑了个边角的位置，这会儿食堂里的学生已经不多，但偶尔会有几个慕曦的学生，走过来时喊声“老师好”，也难免会打量江攸宁几眼，她尽量笑着回应，腮帮子都快笑僵了。

不一会儿饭就做好了，江攸宁把两人的饭都取了回来，然后专心致志地吃煮馍，吃到一半才想起来问：“我爸呢？他怎么办？”

“家里有熬好的猪油，回去给他做葱油拌面，他最好这口。”慕曦说，“他不喜欢华师的饭，说是吃了十几年了，都吃腻了。”

说完慕曦突然语气大变：“给他做什么葱油拌面呀，这种人就该饿死。”

江攸宁：“嗯？”

“吵架了？”江攸宁忙关心地问，“因为什么啊？”

慕曦叹了口气：“也不算吵架，就是拌了几句嘴。人哪，年纪大了，什么不该说的也要说。你爸前天竟然说你姥坏话，抱怨当初你姥不让我跟他，因为我俩肯定没有好结果。现在我俩也过了三十年了，不也挺好的吗？”

江攸宁笑道：“我爸不老说这些话吗？你俩都因为这事儿吵了多少年了。”

“不是，”慕曦说，“你不懂你爸，他现在啊，就是吵一吵，好一好。你要一个星期不跟他吵，他就总想找点儿话题逗逗你，跟个小学男生似的。”

江攸宁一边吃，一边听慕曦说。

回家的时候，慕曦还是给江洋打包了一盒虾饺。江攸宁记得，那会儿老爸说这个窗口的虾饺是他吃过的最好吃的虾饺。

两人回到家的时候，江洋已经在阳台上坐了好一会儿了。他手里捧着本书，却半眯着眼睡觉。

“爸，”江攸宁喊他，“吃饭了。”

这一声“爸”让江洋瞬间打了个激灵，他立马跑到客厅，看见江攸宁，顿时眉开眼笑：“宁宁回来了。”

“我这么大个人戳在这儿，你看不见吗？”慕曦换了拖鞋往厨房走，边走边抱怨道，“还吃饭，饿死你算了。”

江洋讪讪地摸着鼻头，然后跟笑着的江攸宁告状：“你这整天不在啊，你妈可着劲地欺负我。”

“啊？”江攸宁皱了皱眉，故意压低了声音，“你在家这么惨啊？”

“对。”江洋拍了拍她的肩膀，“还是女儿贴心，晓得给爸带吃的，不像某些人啊，成天想让我饿死。”

慕曦正好从厨房出来，已经把打包的虾饺放到微波炉里加热好了，还煮了一碗热腾腾的葱油拌面，葱油的味道弥散在客厅里。

“我这一天天的都是把饭喂给白眼狼吃了？”慕曦睨了他一眼，“跟女儿告状，你可真是出息了。”

江洋立马坐直，冲着慕曦讪笑，带着几分讨好的意味：“我胡说八道，你别当真。”

之后，慕曦和江攸宁坐在沙发上看电视，江洋吃完饭洗了碗，顺带收拾了厨房，并把洗好的衣服晾了起来，然后凑过来跟她们一起看。

他挨着慕曦那侧坐，慕曦嫌他烦，他说自己手冷，强硬地拉过了慕曦的手。两人十指相扣，江攸宁怎么看都觉得自己多余。

指针划过十点，慕曦起身去热牛奶，佯装不经意地问江攸宁：“今晚不回去？”

“嗯。”江攸宁说话的时候目光没离开电视。她一直在提心吊胆，怕慕曦问她为什么回来，是不是跟沈岁和吵架了，为什么吵架。但慕曦什么都没问，江洋也是。

江攸宁在客厅喝完了牛奶，然后回房间洗漱，全部收拾好已经十一点了。她抱着抱枕轻倚在床头，手机寂静无声。

沈岁和一直没给她发消息。从她今天早上离开到晚上没回去，他没问过一句，更别提哄她。

江攸宁看了一会儿手机，然后将它倒扣在床头柜上。

她努力说服自己：“睡觉！不联系就不联系！有本事一辈子也别联系！”

手机忽然振动了一下，江攸宁下意识地看向身侧，没有人。

她睡得正熟，但依旧被吵醒了，原来是自己忘了给手机设置静音。

她拿起手机，不知怎的还有些紧张，但睡意已经消散。手机亮起的屏幕上只显示了一条新闻，没有最新消息，她点开微信，发现也没有未读消息，已经深夜一点了，估计他已经睡熟了。

江攸宁把手机倒扣过去，心中感叹：烦死了！

江攸宁又睡不着了，睁开眼睛望向天花板，房间里寂静无声。

她打开床头的灯，从书架上拿了本书看，永远不变的睡前读物《小王子》，书页翻过，字却没有进入她的脑子。

他在做什么？他生气了吗？自己早上是不是太过分了？他是不是也没回家？他是不是要提离婚了？这些问题在她脑子里绕了一个又一个圈，仍旧没有答案。

她打开手机瞟了一眼：1:24。

她关上灯，强迫自己睡觉。已经是周五了，她在思考早上要不要去上班。

如果上班，大家下班后一起去团建，她不去会显得格格不入，去了又只有她自己孤身一人，被调侃不说还会觉得尴尬，简直就是“社死”名场面。

如果不去上班，她请假又需要很多理由，而且下周一大家聊的还是团建的事情，感情话题也会新增，难免会绕到她身上，到时再解释又是一件麻烦事。

江攸宁第一次有了进退两难的感觉，脑子里杂乱无章，不知道在想什么，只觉得心口堵着气，闷得很。

半梦半醒间，手机又振动了一声，这一次她慢悠悠地翻身，不疾不徐地拿起了手机，想都不想先给手机静了音。

她想：等什么消息？她半个月不回家，沈岁和也不会给她发消息，被偏爱的才会有恃无恐，不被爱的只会彻夜难眠。

但这次是微信消息，来自置顶：老公。

“在哪儿？”

凌晨两点十六分，他发消息问她在哪儿。

江攸宁心想：还能在哪儿？但她没回。

两分钟后，又是一条。

“春禾路的芜盛小区，行吗？”

江攸宁一时没反应过来，发了两个问号过去。

沈岁和：“没睡？”

江攸宁：“起夜。”

沈岁和：“好巧，我也起夜。”

只是这话不知有几分真假，两人平常都是能一觉睡到天亮的人，除非被手机吵醒。

沈岁和：“芜盛那边不如君莱宽敞，也是在顶楼。”

江攸宁在地图上查了一下，从这个小区到她的公司开车二十八分钟，到沈岁和的律所需要三十二分钟。

这个认知让她舒服了很多，于是她回复道：“可以，什么时候能搬？”

沈岁和：“随时。”

江攸宁：“这周六吧。”

沈岁和：“周六老裴生日，让你也一起去。下周搬吧。”

江攸宁：“哦。”

屏幕上的消息不再跳跃，又过了十分钟，沈岁和才发过来一条消息：“早点儿睡吧。”

江攸宁：“嗯。”

她在对话框里打了几个字又删掉了，想问他明天能不能一起去团建，但估计会被再次拒绝。

为了让自己今晚能睡着，江攸宁直接关掉了手机。

这次终于能安心睡觉了，江攸宁闭上眼开始酝酿睡意。

只是在睡着前，她的脑子里蓦地响起慕曦的话。

“吵一吵，好一好。”

因为晚上要团建，平常快要素淡成尼姑庵的法务部今天一改常态，个个妆容艳丽，容光焕发，像是要去参加选美大赛似的。

唯独江攸宁例外。

她和往常一样，只涂了素颜霜，因为临出门时没找到合适的衣服，干脆套了件大学时的衣服，宽大的白色T恤，浅色宽松牛仔裤，白色高帮帆布鞋。她还随手扎了个丸子头，让刘海儿随意地翘着。

这副打扮平常倒也还好，但放在今天的法务部里，显得她格格不入。

她中午去食堂吃饭的时候还被其他部门的同事打趣了几句，只得讪笑着敷衍过去。

临近下班，她的手机一点儿动静都没有。这会儿她甚至不厚道地想，如果有人出点儿什么事需要她救急就好了，她一定二话不说就答应。

可路童正忙着帮辛语处理合约纠纷，江闻在南方拍戏，小舅律所里加班到十二点是常态。只有她，就只有她，闲人一个，还得参加团建。

她又想，难道别人在工作中就不会遇到这些糟心事吗？就只有自己的工作、婚姻、社交、生活，被搅得一团乱吗？是只有现在这样吗？生活中所有看似细微的小事，在她这里都会被无限放大。

这个世界好像本身就存在壁垒，是只有她站在壁垒中间摇摇欲坠吗？还是所有人都会呢？

“宁宁，”赵佳在她肩膀上轻拍了一下，打断了她的胡思乱想，“下班了。”

江攸宁回头扫了一圈，见大家都已经收拾好了东西在等她。

“哦。”江攸宁赶紧把手头的文件整理好，关掉电脑，拎着包站起来。

她没有找到拒绝的理由，只好硬着头皮去。她抿了抿唇，勉强地挤出一个笑容：“走吧。”

“宁宁，”赵佳伸手摸了下她的额头，“你身体不舒服吗？”

“啊？”江攸宁摇了摇头，笑道，“没有。”

“嘴唇都没有血色，”赵佳的声音比往常低了几分，“脸也特别白。”

“是吗？”江攸宁从包里拿出随身镜照了下，确实没什么气色。她又翻了支口红出来，一边涂一边道：“昨晚大概没睡好。”

口红是七夕时辛语和路童合资送的，迪奥的套盒。她带了正红色的那支，薄薄地涂了一层，颜色格外诱人，显得气色好了很多。

“走吧。”江攸宁笑了下。

法务部全员出动，连一向不苟言笑的部长都变得柔和了起来。

“宁宁，”赵佳挽着她的胳膊问，“你家老公今天来吗？”

江攸宁愣了一下，心态忽然平和了：“不来，他工作忙。”

嗯，全世界只有沈先生一个人有工作，只有沈先生工作忙到不行，他们律所离了沈先生会不能转。

本以为会听到赵佳大呼小叫地说“一直都没见过你老公呢，他竟然又不来！是不是没把你放心上”之类的话，但赵佳只是轻叹了口气：“不来真好。”

“嗯？”江攸宁感到有点儿意外。

赵佳解释说：“这样就少一个人见证我表白失败了。”

大家纷纷打趣赵佳，赵佳回答着，没有人再把话题引到江攸宁身上。

但她感觉到了“刻意”。也许是发现了她的羞于启齿，大家都在避开她老公这个话题，给她留了最后一块净土。

部长订好了地方，也规划好了行程：晚上六点半到“江南春”饭店吃饭，八点半到鎏金 KTV 唱歌，之后时间不限，想通宵就留下继续，不想通宵就回家；周一上午可以十一点再上班。

大家下楼后发现，常慧的老公正在前台等着，问谁要坐她的车走，大家纷纷表示不做电灯泡。

部长和江攸宁都有车，赵佳是职场“老油条”，忙跟着部长走了，两个胆小的实习生选择了搭江攸宁的车。

江攸宁从地下车库把车开了出来，途经公司门口时，坐在副驾的王雨“啧”了一声，感叹道：“咱们公司还有这么帅的人啊？”

“哪儿呢？”一向颜控的宫霏好奇地放下车窗，一眼就看到了站在那儿的人，顿时“啊”了一声，“这也太好看了吧！”

江攸宁紧紧地跟在部长的车后面，前边堵上了没法走，恰好宫霏喊她：“宁宁姐，你看那人是不是朝我们走过来了？”

“不是吧。”王雨说，“人家可能只是路过。”

“这脸、这腿、这腰，”宫霏扒在车窗上不住地赞叹，“肯定是演员吧。”

两秒后，江攸宁放在一边的手机屏幕亮起，沈岁和的对话框弹了出来：“停下。”

接着又是一条：“等我。”

江攸宁惊讶地看向车外的那道身影，脑子里瞬间响起了辛语的那句话——招蜂引蝶，然后把车停在了路边。

“宁宁姐，怎么不走了？”王雨见她解开了安全带，不解地问，“你落了东西在公司吗？”

“不是。”江攸宁刚要解释，她这边的车窗就被人敲响了。

宫霏和王雨对视了一眼，都从对方的眼里看到了难以置信。

江攸宁打开车窗，仰起头看向沈岁和。他大抵刚从律所过来，穿着深蓝色西装，领带一丝不苟地系在衬衫领下。他略弯下腰，将胳膊随意地搭在江攸宁的车上。

正值傍晚，温柔的光线从远方折射在他的背上，显得慵懒又柔和。

“你开还是我开？”沈岁和问。

“宁宁姐的老公来了！

“天哪！太帅了！

“一开始以为是咱们公司的演员，结果……

“我的泪水不争气地从眼角流了下来。”

宫霏在部门微信群里一连发了好多条。

王雨：“我做证，真的很帅。”

宫霏：“宽肩窄腰大长腿，浓眉薄唇高冷系，放在娱乐圈能胜过一群年轻的男演员。”

赵佳：“你们确认了吗？”

宫霏和王雨同时沉默，答案很明显：没有。

沈岁和上车之后没有做自我介绍，只是开车，除了给江攸宁系了一下安全带，其余时间，车内一片寂静。

江攸宁坐在副驾上，脑袋靠着车窗，半闭着眼睛假寐。她甚至没有看沈岁和一眼，除了他刚上车的时候。两人浑身上下都透露着一个信息：我们不熟。

王雨在群里发："不太确认，或许可以叫一下宁宁姐？"

赵佳："家属来了吗？我们今天有这个荣幸吗？庐山真面目真的要揭开了吗？"

江攸宁的手机振了一声，她低头看消息，然后回头看了后排的两个人一眼，她们正凑在一块鬼鬼祟祟地聊天，大抵在好奇沈岁和的身份。

江攸宁转过身回复道："嗯，是我先生。"

沈岁和的到来给这次团建带来了不一样的惊喜，有了赏心悦目的帅哥，大家越发兴奋，但都带着家属，无非就是你打趣我几句，我打趣你几句，有来有回。

江攸宁在其中，却有来无回。

她跟沈岁和接受着大家的打趣，两人都不是喜欢打趣别人的性子，江攸宁只是笑笑，便也过去了，而沈岁和笑都不笑。

吃过饭后大家去唱歌，驶往 KTV 的途中，江攸宁收到了部长的微信。

"宁宁，账是你老公结的？"

江攸宁愣了两秒，吃饭期间沈岁和是出去接了个电话，但她并不知道他有没有结账。

"你结了账？"江攸宁压着声音问。

"嗯。"沈岁和说。

似乎是觉得这样的回答太苍白，沈岁和顿了一下又说："一直都没有见过你的同事，请她们吃饭，感谢一下她们对你的照顾。"

这是一句无可挑剔的场面话，但没有人欣赏这种场面话。

大家从饭店出来之后，有车的开车，没车的也打了车，所以车里现在就他们两人。

江攸宁低下头回消息："是的。"

部长："这多不好意思，说好了 AA 的。你把账单给我发一下吧，我算好之后一起转给你。"

江攸宁："不用了，他有钱。"

“怎么不说话？”沈岁和借着刚刚的话头儿问，“我都来了，你还不高兴？”

“高兴。”江攸宁淡淡地回应。

其实也就一开始她的内心闪过一丝悸动和惊喜，渐渐地便平静得犹如一口古井，毫无波澜。

毕竟他在聚会中完美地充当了“花瓶”的角色，江攸宁姑且称他为“团建背景板”。

吃饭时，他全程都在看手机，回消息，连部长敬酒他都没喝，说要开车。但是其他男人都喝了，所以去 KTV 的路上，要么女士开车，要么打车。

整个团建过程中，他沉默到了极点，部长还调侃他：“怎么不说话？是因为跟这么多女人没有话说吗？”

他说自己不善言辞。

嗯。他工作忙，所以吃饭时也必须回消息。

江攸宁能每天开一个半小时的车上下班，还不能开五分钟去 KTV 吗？一定要他亲自开车？

律届新晋诉讼“大魔王”，不善言辞，听上去多么讽刺！

一切归根结底，不过八个字——她不重要，他不上心。

既然如此，他何必勉强自己来呢？

江攸宁靠在车窗上假寐。当车子停在 KTV 附近的车位上时，她忽然说：“回家吧。”

沈岁和：“嗯？”

“我困了。”江攸宁说。

她编辑了消息：“今天很感谢大家的照顾！团建很开心，但我有一点点发烧，先回家了，祝大家玩得愉快！”

然后她一键发到同事群里，众人纷纷表示对她的关心。

赵佳：“严重吗？回去记得吃药！”

常慧：“摸摸头，身体最重要！”

王雨：“宁宁姐要注意休息啊，回家后吃了药就早点儿睡觉！咱们周一见！”

宫霏："好好休息，别太累！"

部长："让你家沈先生开车小心，还有谢谢他请客，我很喜欢他的幽默。"

江攸宁看向沈岁和，朦胧的光影笼罩在他的侧脸上，他正专心致志地开车。

她想：幽默吗？这是黑色幽默吧。

江攸宁低头看着同事群里的消息，字字句句的关心溢出屏幕，她忽然笑了。

她想：这本身就是一种黑色幽默吧。既然如此，她为什么要较真呢？还能较真什么？不是早知道这种结果了吗？

答案在她心里早已绕了千遍万遍，已经扎根在心中最深处，在嫁给他的时候，他就是这副样子，冷漠、不苟言笑。

现在又想要什么呢？江攸宁自己都不知道。

当初她凭着一腔热忱，义无反顾地嫁给他，如今不知道这一腔热忱还能支撑多久。

她看着沈岁和，眼前一片模糊。车子停在了地下车库，江攸宁闭了闭眼，泪珠不争气地落下。

只是在沈岁和看过来的时候，她快速地背过身去擦掉了眼泪，这短暂的瞬间被沈岁和捕捉在了眼里，但他什么都没说，只默默地给江攸宁递了张纸巾过去。

两人一同回家，乘电梯的时候，江攸宁先进去，沈岁和摁着键。

江攸宁退到了电梯的角落里，给全世界都竖起了高墙。

那一瞬间，沈岁和觉得自己也被屏蔽在外了，她的世界似乎没有自己了，她不再抬头，不再看他。

江攸宁在前面输了密码进门，下意识地就想关门。沈岁和如果不是卡了一下，应该会被关在门外。

"抱歉。"江攸宁说。

沈岁和眉头微蹙，没有说话。

回来的路上，江攸宁都心不在焉，刚刚关车门时也差点儿把自己的手夹到，现在又差点儿把他关在门外。

“怎么了？”沈岁和尽量平和地问。

江攸宁摇了摇头，然后去厨房给自己倒了杯水。她咕嘟咕嘟喝完，转身之时却被一双强有力的臂箍住。然后他试探地吻，从她的脸侧吻到她的唇。她闭上了眼睛，只感受到了舌尖的冰凉，像是冰块。从厨房到楼上，沈岁和撕扯开了她的T恤。他手心满是红痕，甚至连眼尾都泛着红——像是动了心。

他从江攸宁的下颌吻到侧颈，然后一路向下……她将手覆在他的手背上，感觉有点儿凉，便下意识地推开他。

沈岁和却嘶哑着声音说：“别怕。”

两人结婚已经三年，但从未真正探讨过这些。江攸宁并不是保守的“老古董”，但从未谈过恋爱，也没人教她，更不会主动去学。

她是个好学生，但不是什么都学，更不是什么都学得会。

辛语虽然看上去像是无所不知，但也不过是“纸上谈兵”，连看个“教程”都会脸红，平常也只能打趣江攸宁，而江攸宁对此更是知之甚少。

不过，此刻她知道沈岁和在做什么。

沈岁和向来稳重，偶尔放纵也不会太过火，况且在这种事情上他向来尊重江攸宁。但今天他强硬了一回，江攸宁只能被迫跟着他的节奏走。

这种事的体验是主观感受，说不上来好坏，江攸宁却有一种错觉：他在服软，在用不一样的方式来取悦她。

这个认知让江攸宁震惊了好一会儿，只是沈岁和并没给她过多的思考时间。

他的呼吸轻吐在她的耳际，他低声问：“还在生气？”

江攸宁正沉浮在深海之中，反应迟钝，没有回答。

沈岁和刻意在她耳边厮磨：“你在气什么？”

江攸宁没有回答，而是吻向了他的唇。

深吻结束之后，她别过脸微微喘息，声音中带着几分哽咽：“我们好好的，行吗？”

沈岁和的手压向她，顺着她的指缝滑进去，十指相扣。

两人第一次十指相扣，竟然是在床上，他平常都是握着她的手掌。

隔了许久，江攸宁听到他低沉着在她耳边说了一声“好”。

裴旭天在中洲国际订的地方是一个超大的别墅，类似欧洲古堡的建筑，看上去气势恢宏。

别墅背后是险峻的麒麟山，一些人常到这边来赛车，因此这里也是事故多发地段。

从麒麟山上下来，大家会不约而同地到别墅里聚会。

碧绿的河水流经古堡周围，古堡后边是宽敞的马场和高尔夫球场，前院鲜花簇拥着盛放，百花争艳。古堡内四季如春，风景如画。

这座古堡隶属以房地产开发出名的时家，格调高，收费也不便宜，所以很少有人会包下整个古堡。毕竟大家只是玩玩而已，没必要，能进得来的也是些熟人，遇到了说不定又是一番交际。

裴旭天这次算是下了血本。

他和女友阮言恋爱八年，从研究生期间开始到现在。今年他已经三十二岁了，家里催婚了很多次。阮言自从出国留学后便一直在国外发展，今年事业刚刚转到国内，如今在一家业内顶级的时尚杂志公司当主编，已经创立了自己的服装品牌，也算事业有成。所以趁着这次她生日，裴旭天想要求婚。

求婚这事儿，裴旭天心里也没底，所以只叫了几个好友。由于他的朋友除了大龄单身男性就是没有爱的商业联姻，那些世家小姐聚在一起除了攀比就是炫耀，他怕搞坏了阮言的兴致，所以在前一天晚上千叮咛万嘱咐让沈岁和一定要带江攸宁来。

江攸宁算是他的交际圈里唯一比较正常的女性，不骄不躁，知书达理，应当契合阮言的脾气。

江攸宁跟沈岁和到的时候是上午十一点，本来以为会迟到，结果没想到是来得最早的。

古堡里除了裴旭天，只有几个服务人员，空荡寂静，风呼呼地吹过来的时候甚至觉得有点儿瘆人。裴旭天一个人在沙发上坐着，百无聊赖。

“还没人来？”沈岁和带着江攸宁走进去，很自然地在他一侧的沙发上落座，随意地和裴旭天打了个招呼。

裴旭天在手机屏幕上戳了几下，然后把手机扔在一边，叹了口气说：“别提了，那帮小子昨晚玩麻将玩到凌晨五点，天快亮了才散场，说今天下午再过来。”

裴旭天在律师圈有“小公子”之称，因为是法律世家出身，他们家里最不缺的就是律师、法官，还有检察官。裴旭天为了避开他家亲戚，打官司都受到了限制，甚至把手头的很多案子都分了出去。

裴旭天的爷爷是一名军人，他从小在军区大院长大，跟院里的小孩儿玩得都挺好，长大以后他们的关系更近了。这次生日，他就喊了几个发小跟沈岁和夫妇。

话音刚落，穿着中世纪女仆装风格的服务生就领了一个人进来。

裴旭天立马站起来，朝着门口招了招手，笑道：“景谦，在这儿。”

被唤作景谦的人穿了一身灰色的休闲装，白色运动鞋，戴着一副黑框眼镜，长相清秀，气质温和。

他笑着疾走了几步，和裴旭天握了下手，然后落座在他右侧。

“我发小，杨景谦。”裴旭天给沈岁和介绍道，“也是华政毕业的。之前一直在英国读博士，前段时间刚回来，好像是打算应聘华政老师吧？”

“对。”杨景谦纠正道，“已经拿到录取通知了，下周三去报到。”

“恭喜啊！”裴旭天笑着祝福，然后转身介绍沈岁和，“这是我研究生时期的学弟，也是我律所的合伙人沈岁和，旁边这位是他的太太江攸宁。”

“嗯。”杨景谦笑了下，“我和沈律的太太应该是认识的。”

裴旭天挑眉，看向江攸宁，以为里面有什么八卦消息：“哦？”

江攸宁眉头微蹙，从记忆库里搜索了半天，才试探着问道：“咱俩一个班？”

“是的。”杨景谦笑着看向她，“原来你还记得。”

“这么巧啊！”裴旭天拍了拍杨景谦的肩膀，调侃道，“看来今天还给你们制造了老同学见面的机会。”

“嗯。”杨景谦回忆道，“从毕业后就没见过了。”

江攸宁毕业后直接去了美国，回来后参加同学会也没见过杨景谦，大抵他那会儿正在英国深造。

其实江攸宁根本不记得杨景谦的脸，只是每次同学聚会的时候，总有人会提起杨景谦这个名字，久而久之她便记得了。

她大学的时候跟班里的同学并不熟，和舍友的关系也一般。当时宿舍里面两个女生闹矛盾，所以她只和路童处成了闺密，一直保持着联系。

她参加同学会也是因为离家近，班长也经常喊她去。但她并不是喜欢热闹的人，去了也无非是坐在角落里给别人捧捧场。她觉得自己就是个“同学会背景板”。

本科毕业六年了，她现在才把杨景谦的脸和名字对上号。

“每年的同学聚会你都去了吗？”杨景谦问。

江攸宁摇摇头：“一开始去过几次，后来太忙也就没再去了。”

“哦。”杨景谦无奈地笑了笑，“班长每次喊我都赶上我做课题最紧张的时候，一直都来不及回来，就没去过。大家还好吗？变化大不大？”

江攸宁愣了两秒，不知道该怎么回答。

她上大学的时候就有种不问世事的感觉，每天上课，吃饭，打辩论，看书，背法条，唯一的课外活动就是参加朗读社和辩论社。即便如此，她认识的人也不多，而且隔了这么多年，她就只有法条还能记得，人是真的忘了，更不要说变化了。

她绞尽脑汁想了一会儿，挑了那会儿班上比较跳脱、给她印象比较深的人说：“班长结婚了，做了全职太太，生了一对龙凤胎，她老公对她特别好，每次聚会的时候都会叮嘱大家照顾好她，不让她喝酒。”

“这怎么跟我印象里的班长不一样啊？”杨景谦笑着说，“那会儿她头发剪得特别短，像个假小子。大一军训的时候，她当纪律委员，嗓门可大了，做事情也风风火火的。大学可是单身了四年啊，怎么刚毕业没多久就结婚了？”

“是啊！”江攸宁说，“大家也没想到。听说她和她老公是闪婚的，她老公求婚的时候就在世纪家园那儿，路童看见了，说班长当天哭得稀里哗啦的，路童差点儿没认出来。”

“换作是我，我也认不出来。”杨景谦说，“毕竟当初班长可是个上能敲大鼓、下能扛水桶的女生。有一次校运会，我们亲眼看见班长被铁片划破手心，一边走路一边流血，班上好多人都不敢看。我们陪着她去了医院，她手心缝了七针，旁边的学委哭得一把鼻涕一把泪的，她愣是一滴眼泪都没掉。”

“对，我也记得那次。”江攸宁大学时的记忆被拉了出来。

那次是因为举办校运会，他们班的帐篷不够了，班长就临时找了一个，没想到是个坏的。班长帮着搭的时候，手不小心被划了一道大口子，从小指到大拇指，横贯中间。

当时江攸宁离得最近，那一瞬间，她仿佛听到了皮鞭划过皮肉的声音，头皮不禁发麻，甚至起了一身鸡皮疙瘩。血顺着班长的手心落到地面，和下过雨的泥土混在一起，就跟大朵大朵绽开的血玫瑰似的。

江攸宁拿了一条丝巾过去，蹲下想给班长包扎，结果班长随手把丝巾握住，笑着跟大家说继续，然后喊了两个男生陪她去了校医院。她当时不禁感叹，这世上真有比铁还硬的女孩子。

“那路童呢？”杨景谦继续问，“她结婚了没？还和以前一样想做翻版路飞吗？”

“啊？”江攸宁愣了一下，随后嘴角微翘，扬起了一抹笑，比刚才要真心实意得多，“她还没有结婚。路飞可是她的偶像，怎么可能轻易改变？”

“那她现在在做律师？”

江攸宁点了点头说：“她毕业以后就去做法律援助了，当了好几年的公益律师，今年刚回来，打算在北城找工作。”

“她好棒！”杨景谦说话的语调一直是又平又温和，直到夸奖路童时才有了些起伏，那是由衷的欣赏和钦佩，“咱们班最后只有她一毕业就扎根基层了吧？”

“嗯。”江攸宁说，“我听说的也只有她。”

华政在律届怎么也算金字招牌，很多能力强的学生在大四就申请了国外的法学硕士课程，回国后大多在红圈律所实习，之后或者转行去创业，或者继承家里的产业。

真正留在这个行业里的，要么是对法律很尊崇，想凭借一腔热血重塑世界正义；要么凭借华政的金字招牌，熬上几年变成高级律师，再厉害一点儿成为律所的合伙人。

真正去各地基层做法律援助的人少之又少，虽然那里才是最需要公平、正义，最需要被法律之光照耀的地方。

“大三暑假咱们班一起去做法律援助的时候，好多人都说要扎根基层，结果一毕业全变了。”杨景谦笑着说。

“那次啊，”江攸宁边回忆边说，“我没去，当时去马来西亚参加辩论赛了。不过后来有听路童说她很受震撼。”

“确实挺震撼的。”杨景谦不无感慨地说。

“你俩这老同学聊得也太投入了，”突然裴旭天笑着插话调侃道，“隔着我俩在中间，显得我俩多无知。”

“而且小羊你也不看着点儿场合。”裴旭天喊了杨景谦的小名，在他肩膀处轻轻地捶了一下，道，“你晾着人家老公，隔空跟人家对话，这合适吗？”

杨景谦“啊”了一声，略显尴尬，手足无措地扶了下眼镜，耳根一下子就红了，说话也有点儿磕巴：“我……我就是很……很久没见老同学了，有点儿高兴。”

“没事儿。”江攸宁给他打了圆场，并推了杯水过去，“不过叙叙旧而已，而且咱们不都是一个学校毕业的吗？说的事情也差不多，你们也可以一起聊。”

杨景谦附和着说：“是啊，天哥你不也是华政的吗？我记得你当时在学校也是传奇人物。要不是因为你，我也不会报考华政，我爸当时想让我报考华师。”

“得，”裴旭天笑着说，“这又把话头儿扯到我身上来了。我算什么传奇人物啊，真正的传奇人物是咱们旁边坐着的这位，法学院颜值天花板，华政第一辩手，跟他一比，我那些都不值一提。”

莫名被提及的沈岁和抬起头，睨了裴旭天一眼，然后起身说：“有事就说事，少调侃我。”说完就往厨房走。

裴旭天赶忙喊住他：“你去干吗？不是吧，这么不禁逗？”

“我去倒杯水。”沈岁和说着，目光轻飘飘地落在了江攸宁身上。

刚刚江攸宁下意识地推给杨景谦的那杯水，是服务生刚端来给沈岁和的，只是他一直没动。

“沈岁和。”杨景谦低声念着他的名字，然后恍然大悟地说，“这就是创造了咱们学院法考最高分的学长吧！”

“对！”裴旭天说，“我当时复习了半年，也就考了 450 分。”

“那我比你好点儿，我考了 480 分。”杨景谦笑着说完，话锋一转，落到江攸宁身上，“攸宁当时是我们那届的最高分。”

裴旭天惊叹道：“哇！看不出来啊！攸宁你考了多少分？”

江攸宁看了厨房那边一眼，然后回过头来露出个勉强的笑，说：“495 分。”

“天哪！”裴旭天冲她竖了个大拇指，“原来我们毕业以后学校疯传的学霸女神就是你啊！”

江攸宁谦虚地笑着说：“算不上吧。”

“怎么不算？”杨景谦立马肯定地说，“当初你可是霸占了咱们学院四年第一名的位置呢，每年的奖学金都有你。”

“哦？”裴旭天就跟发现了新大陆似的，兴致勃勃地问江攸宁，“沈岁和知道这事儿吗？”

江攸宁摇头道：“我俩在一块儿不聊这些。”

沈岁和对她的了解怕是仅限于华政毕业，国外留学，出过车祸，在做法务，还有性格好——全是些浮于表面的东西。

裴旭天望了厨房一眼，站起来边往那边走边说：“你俩先叙旧，我去看看他在做什么。”

江攸宁有点儿不解，法考 495 分很惊人吗？裴旭天之前是不是对她有什么误会？

厨房里一派寂静，欧式古典的厨房里，东西摆放规整，宽敞的料理台一尘不染。

沈岁和没有找到现成的热水，也不喜欢再叫人进来帮他，于是从橱柜里找了个热水壶接了水烧上，又找了一套不那么夸张的镏金玻璃杯，拿出来等水沸腾。

厨房和客厅有段距离，尽管厨房门开着，但客厅里的谈话声并不能清晰无误地传到他的耳朵里，他刻意前倾了一些，但也只能听到只言片语，反倒是笑声很多。

嗯。他们是老同学，有的聊，从班长聊到路童，比和他有共同话题，而且还能笑，一路上他当江攸宁不会笑了呢。

沈岁和也不知道怎么的，感觉心口像是憋着一口气。他明明听不到客厅的对话，但还是想听，刚能听到了又觉得烦。

水在这一瞬间沸腾，咕嘟咕嘟的声音在厨房里响起，然后自动断电。沈岁和拎起来往杯子里倒水，突然裴旭天兴冲冲地进来拍了下他的肩膀。

他的手一抖，滚烫的热水从杯子里溢了出来，沿着光滑的料理台流到了地上，蒸腾的水汽氤氲。

沈岁和稳住手，把热水壶放了回去，回头睨了裴旭天一眼："疯了？"

"没有，"裴旭天随手扯了几张抽纸吸掉料理台上的水渍，兴奋地说，"我是惊叹你娶到宝藏了。"

"嗯？"沈岁和只是微微挑了下眉，示意他继续说。

"江攸宁法考 495 分。"裴旭天说，"她就是那个成绩比你低一点点的小学妹。"

"哦。"沈岁和眼里闪过一抹震惊，却又转身道，"挺好的。"语气平淡，还没有裴旭天的反应强烈。

"你就这么点儿反应？"裴旭天无奈地道。

裴旭天和沈岁和并肩站在料理台前，外面青翠的草地一望无际，有几匹骏马在悠闲地散步，再向远处望去就是险峻的麒麟山，山上笼罩着一层薄雾，连树都被笼罩在云雾里。

"不然呢？"沈岁和低咳了一声，然后抿了口热水，还有些烫。

"我以前一直以为你老婆是温柔'花瓶'那种类型。"裴旭天啧了声，“你上辈子拯救银河系了吧，能娶到这么聪明漂亮、温柔体贴还贤惠顾家的女人。”

沈岁和瞟了他一眼，淡淡地说：“羡慕？”说完从裤子口袋里拿出一个纸包，里面是三颗淡黄色的药片。

他全倒在掌心，然后试了下水温，觉得差不多了。

他刚抬起手要吃药，就被裴旭天直接拉住了手腕：“你在做什么呢？你疯了吧？”

沈岁和给了他个大白眼，无奈地解释：“这是感冒药和头孢。”然后把药吞咽了下去，眉头都没有皱。

“你没事儿吃这些做什么？”裴旭天问。

沈岁和吸了下鼻子说：“当然是病了才吃啊！”

“身体不舒服？”裴旭天赶忙问。

“嗯。”沈岁和摁了摁太阳穴，“前些天喝酒喝多了。”

“好吧，沈律辛苦了。”裴旭天关切地说。

沈岁和嗤他：“虚伪。”

裴旭天不想再跟他扯出差喝酒这种事，扯到最后一定是自己不占理。

于是他话锋一转，话题再次回到江攸宁身上：“我还真挺羡慕你的。”

“嗯？”沈岁和瞟他。

“江攸宁这种类型的人宜室宜家啊！”裴旭天说，“原来还觉得她念的法学硕士不太行，现在觉着她可能隐藏了什么我不知道的技能。”

沈岁和淡淡地说：“哥大的法学硕士也不是想念就能念的。”

国外名校一年的法学硕士学位，很多时候没有含金量，大部分人往往多出点儿钱，或有人际关系，英文水平高点儿就能申请去读，有时候水平并不如国内顶尖大学的研究生，只是说出来好听——海归。

不过确实如沈岁和所说，哥大的法学硕士也不是说念就能念的。只是裴旭天一直觉得，江攸宁目前的成就不太能配得上沈岁和，所以下意识地就把江攸宁划到了“草包美人”那一类。

“但好歹是华政的本科。”裴旭天不住地赞叹，在沈岁和的注视下及时收声，然后换了个方向调侃自己，“你也知道，我这人平常最看不上‘草包美人’。”

“哦。”

“尤其是没文化，还喜欢仗着自己好看就为所欲为的那种人。”裴旭天说，“我们家阮言就不一样，有学历有能力有事业，长得还好看。”

“哦。”沈岁和回应得极为敷衍。

“当然了，没有说你家江攸宁不好的意思。”裴旭天笑，“你家江攸宁脾气真好。”

“会说话就说，”沈岁和睨他，“不会说快离开这儿。”

裴旭天忽然勾唇笑了：“不是你说的吗？跟她结婚是因为她乖……”裴旭天后边的话还没说出来，就被沈岁和一脚踩在了他新定制的皮鞋上，疼得他龇牙咧嘴，话也随之中断。

只听江攸宁的声音在厨房门口响起：“外面来人了，裴律，好像是你朋友。”

裴旭天的心咯噔一下，哀怨的目光投向沈岁和，结果对方脸色不变，顺着江攸宁的话说：“客人来了。”

裴旭天略显慌张地应了两声“嗯”，然后走出厨房去招待客人，路过江攸宁时，都不敢看她的眼睛。

江攸宁随意地瞟了沈岁和一眼，便也往外走去，只是这一眼包含了太多太多的东西，有沈岁和看得懂的，也有沈岁和看不懂的。

沈岁和忽然出声喊她：“江攸宁。”

江攸宁脚步顿住，回过头来看他：“嗯？”神色一如往常，恬静温和。

正午的阳光落在她的眉眼之间，闪烁的光点在她的脸侧跳舞，沈岁和朝她晃了晃杯子问：“喝水吗？”

江攸宁摇了摇头说：“不了。”

江攸宁坐在二楼阳台的摇椅里，半闭着眼睛假寐，窗户开了一扇，正午温和的风吹过她的眼角眉梢，吹过她的黑色长发。这里正对着宽阔的高尔夫球场，一群人正笑着闹着往球场走去。

这里很喧嚣。

她坐在那儿，脑子里也不知道在想什么，转来转去好像也只有那几个字——因为她乖。倒也不是觉得这句话有什么问题，她之前想了很久，最终想出来的，也是这个答案。

因为她脾气好，乖巧温顺。

温顺。这种形容词像在形容家里养的猫狗，一点儿都不像夸人。

可自己想出来的和从别人口中听见的，又是不一样的感觉。在裴旭天眼里，她又是什么？沈岁和的太太？怕是沈岁和的玩物罢了，一个不太值钱的小玩意儿，一旦她不乖了，就立马失去了价值。

呵！真可笑！江攸宁勾着唇角，似笑非笑，眼角有些湿润。

“原来你在这儿啊！”一道温和的声音传来，搅散了江攸宁的困倦和胡思乱想。杨景谦疾走了几步，把手里端着的红茶放到了她面前：“我在一楼找了你很久。”

江攸宁笑着说：“谢谢！二楼光线好，我来晒会儿太阳。”

“我还以为你去房间休息了。”杨景谦说，“他们去打高尔夫了，我不会，就想着来找你聊会儿天。”

“嗯。”江攸宁应了一声。

她向来不是热情主动的性格，比较慢热，这会儿也不知道聊什么，只能等杨景谦先开口。

杨景谦坐在她对面的摇椅上，没有先叙旧，而是将红茶往她面前又推了推，说：“喝点儿红茶吧，提提神。”

江攸宁端起茶杯抿了一口，略显拘谨。

“你毕业后去做什么了？”杨景谦问。

“申请了哥大，在那边待了一年。”江攸宁说，“之后回来做了法务。”

“法务啊？”杨景谦沉吟了会儿，笑着说，“我以为你会去做诉讼。”

“嗯？”江攸宁眉头微皱。

杨景谦看她表情不对，立马解释道：“我没有看不起法务的意思，只是一直都觉得你的性格很适合做诉讼。”

“哦？”江攸宁略有些惊讶，“你是第一个这么说的。”

她从小就不是能言善辩的人，学习法律也是受了小舅慕承远的影响。上大学后她也想过当诉讼律师，但因为种种原因最终还是选择了做法务，很多人都说她适合做法务，性格沉稳有耐心，做事稳妥精细。

这是第一次有人觉得她适合做诉讼。

“那会儿模拟法庭的时候，你打感情纠纷类案件打得特别好。”杨景谦从心底佩服她，“你的共情能力是很多人都比不上的，所以我觉得你适合做诉讼。”

“嗯。”江攸宁笑了下，“但又不是每次都能碰上感情类案件。”

小实习生去了律所怎么可能挑肥拣瘦？人家派发什么案件你就得做什么案件。

你不想做？做不了？那人家可以换别人，这就是职场的生存法则，初入职场的实习生不具备不可替代性。

况且，共情能力强是一把双刃剑，代理律师必须坚定不移地站在当事人的立场上，一旦共情太深就没办法做到公正客观。

再说了，她擅长处理情感纠纷？呵！她现在连自己的感情问题都处理不了。

“这倒也是。”杨景谦笑了笑，“但你真的可以考虑一下，我觉得你做法务还是太可惜。”

“倒也没有觉得可惜，”也许是杨景谦说话的声音太温和，江攸宁不自觉地放松了下来，说话也随意了一些，“都是一份工作罢了，本质上都是用法律解决各种问题。”

“嗯。”杨景谦点了点头，然后专注地看着她，略带怀念地说，“只是那会儿我还以为你会和路童一样也去做法律援助。”

“做过两个月。”江攸宁补充说，“我们一起去了贵州，那边的饭挺好吃的。”

她绝口不提那边的案件，只说饭菜，而且两个月就走，杨景谦想她一定是经历了一些不太好的事情。

杨景谦略微思考了一下，便没再提这个话题。两人就着大学时的事情又聊了一会儿，大部分的记忆还停留在大一和大二时期。毕竟那会儿的集体活动是最多的，还有就是大四的时候，大家一起拍毕业照。

他们班还有一对在毕业时就结婚的，但毕业后三年就离了。两人有一搭没一搭地聊着，话题无非两个方向——感情问题和未来发展，还时不时地穿插着回忆。

不知聊到了哪儿，杨景谦忽然说："我记得刚入学的时候，老师问为什么学法，全班同学的答案好像都是一致的，为了扫清世上不公之事。只有你一个人的答案不一样。"

"嗯？"被他这样一说，江攸宁遥远的记忆被拉了出来。

那是一个阳光灿烂的上午，偌大的阶梯教室里人声鼎沸，在一个全新的环境里，大家都在忙着认识新同学。而她孤独地坐在第一排，正捧着一本《杀死一只知更鸟》在读。

那天她扎着高马尾，老师让她起来做自我介绍时，她说："我叫江攸宁，生死攸关的攸，安宁的宁。"很普通的介绍，和她这个人一样，很无趣。其他同学的自我介绍里都带着寓意、故事，甚至是段子。而她，什么都没有。

后来，老师站在讲台上问："大家为什么要学法？"

"让所有的坏人都得到惩治。"

"愿用毕生捍卫法律的尊严。"

"让这个世界越来越好。"

"希望能让更多的人得到帮助。"

…………

每一位同学的脸上都洋溢着笑，以及笃定。只有她站起来时沉思了一会儿，然后轻描淡写地说："我想看看法律到底有没有温度。"

阳光正好，微风轻拂，江攸宁半眯着眼想了想，忽然笑了，声音轻到快要听不见："那会儿年少轻狂不懂事。"

杨景谦抿了抿唇，认真地说："但我知道有一种人，至死都年少。"

他的声音不高，却掷地有声，一字一句都说进了江攸宁心里。

"你做诉讼特别棒！"杨景谦真心实意地说。

"你都没看过我上法庭，"江攸宁笑了，"怎么知道我做得棒？"

杨景谦没有说话，隔了很久才说了个比较敷衍的答案："直觉吧。"

“有机会可以试试。”杨景谦接着说，“如果我这边有合适的，会给你推荐。”

“我连诉讼程序都快忘光了，怎么上法庭？”江攸宁推辞说，“你可别难为我。”

“能背下大半本《民法通则》并且四年不忘的人，怎么可能忘得掉诉讼程序？”杨景谦笑着说，“有机会试试呗！或者到时候回华政，我们一起去看看模拟法庭。”

这算是邀请，江攸宁只是迟疑了下，便点了点头。

她很久没回华政了，不知道西边玫瑰园里的玫瑰是不是开得还和以前一样娇艳，也不知道东边的枫叶林下是否还和以前一样全是小情侣，更不知道北门公交站下那棵枝繁叶茂的槐树是否还存在。

这会儿想起来，她好像四年里有一半的时间都在跟华政的花草树木打交道。而且她有点儿想念华政的饭，尤其是北区二楼的柠檬鱼。她此刻格外怀念华政。

杨景谦看她半眯着眼，像极了上课时犯困的样子。他只是静静地看着，没有打扰她。

好像很多年以前，他也在同样的场景下这样看过她。那会儿她不过十六岁，是班上最小的学生，也是最安静的，甚至是每天清晨最早到教室的。

直到有人上来喊：“沈太太、杨先生，楼下有客人来了。”

江攸宁瞬间清醒，端起剩下的半杯红茶喝完，便起身往楼下走。杨景谦跟在她身后，下楼时江攸宁回头看了他一眼。

杨景谦怕她误会，立马解释说：“我没有跟着你，只是……就这一条路。”

“嗯。”江攸宁说，“我忽然想起来，来客人不应该是问裴律吗？你可以打电话告诉他一下。”

杨景谦应了声“好”。

电话还没通，他们就听到了楼下嬉笑喧闹的声音。裴旭天已经在楼下了，还有他的朋友们，包括沈岁和。

所有人都站着，唯独沈岁和坐在沙发边缘，单手撑着额头，半眯着眼，看上去在假寐，这喧嚣和他格格不入。

“攸宁。”裴旭天招手喊她，脸上洋溢着笑，隔着好几米就兴奋地向她介绍自己的女朋友，“这是我女朋友，阮言。”

“你好！”江攸宁疾走了几步，伸出手说，“我是江攸宁。”

“就是我和你讲过的，”裴旭天补充道，“沈岁和的太太。”

“嗯。”阮言和她握手，“你好！我是 MK 杂志的主编，阮言。”

她的前缀是她的单位和职位，这也就意味着她是独立的个体。

江攸宁忽然想说：“我是江攸宁，生死攸关的攸，安宁的宁，不只是沈岁和的太太。”

有的女性一旦嫁了人，似乎就失去了自己的姓名权。她不再是单独的江攸宁，而是沈太太。

这个认知让她很不舒服，她瞟了一眼坐在沙发上的沈岁和，正好遇上他的目光也瞟过来。

两人四目相对。他的眼睛特别好看，只是眼神太过冷厉，像极地的冰雪，永不融化。几秒之后，江攸宁扭过了头。

“今天就你们两位女生，要不要去给我们加油？”裴旭天问，“我们现在打算去打羽毛球。”

“好啊！”阮言率先答应，“我倒要看看你的球技进步了没有。”

“真的进步了，”裴旭天笑着揉了揉她的头，跟平常有点儿严肃的律师形象完全不是一个人，“不信你等着瞧。”

“走吧！”裴旭天喊沈岁和，“沈律，去不去？”

“不了，”沈岁和略带慵懒的声音传来，“你们玩儿吧。”

裴旭天的那帮发小正打算起哄，却被裴旭天及时制止，他朝沈岁和挥了挥手说：“走了啊。”

接着他又嘱咐道：“楼上都有房间，想休息的话你自己挑一间就行。”

沈岁和摁了摁眉心，应道：“好。”

一行人一起往外走，江攸宁回头看了沈岁和一眼，他的脸色有些苍白，大抵是生病了。

众人起哄着往外走，江攸宁和阮言被夹在了中间。她只是看了一眼，便被人群簇拥着往前走，边走边想什么感冒药的效果更好。

下一刻，一道清脆爽朗的少年声音突然从外面传来：“姐！你车的后边怎么剐了一道？”

阮言应声道：“昨天不小心被人剐蹭了下。”

说话间，一个穿着白色T恤、浅色牛仔裤的男孩儿小跑着进来，看都没看其他人便直接把车钥匙隔空给阮言扔了过来：“以后小心点儿，我先去看马了，听天哥说疾风生了小马。”

“你也慢点儿，”阮言叮嘱他，“小心被疾风踢了。”

“知道了！我又不是小孩儿。”阮暮说着喊裴旭天，“天哥，疾风还在原来的地方吗？”

裴旭天愣了两秒，才应了声“在”。然后他面如土色地转过头，正好跟沈岁和的眼神对上，莫名地觉得后背发凉。不过阮暮没看见江攸宁，裴旭天暗自庆幸了一下。

可庆幸不过两秒，已经出了门的阮暮忽然回头，疾步朝阮言走来，一边走一边掏兜说：“姐，你的手机还在我这儿。”

但他抬起头的一瞬间，手机啪的一声掉在了地上。

“漂亮姐姐？”阮暮下意识地喊出了声。

江攸宁其实不想回应，但阮暮望着她的眼神太有存在感，这眼神还有几分熟悉，但她想不起来在哪儿见过，只好用犹疑的目光望向阮暮。

阮暮的耳朵根顿时红了，他手足无措地说：“我……那天在……”

他的话还没说完，就被一道清越冷淡的声音打断：“不是去打球吗？”

只见沈岁和缓缓地从沙发上站了起来，低沉着脸，慢慢地解开了自己白衬衫的袖扣，在场的众人都从他平静的话里嗅到了火药味。

江攸宁看着阮暮那张脸，记忆忽然和那晚重叠，只好勉强地笑着打招呼：“原来是你啊！”

沈岁和已经走到她身边，淡淡地低声问：“认识？”

“我又遇到酒吧的那个男生了，沈岁和也在。”

江攸宁和阮言坐在看台上，台下是宽阔的篮球场，两拨人剑拔弩张。

不知是谁提议，既然人这么多，不如去打篮球。于是，一群人坐着观光车到了古堡最北边的室内篮球馆。

自打出了主会客厅，沈岁和一句话都没跟江攸宁说过，他的表情一直都是淡淡的，目光时不时地瞟向最边缘的阮暮，而阮暮的目光总会落在江攸宁身上。

在一个陌生的地方被盯着是很不舒服的事情，哪怕是一个很好看的男孩子，江攸宁感觉到了被冒犯，但又不能说什么，如果主动上去说“喂，你别看我了”，会显得她很多事儿。况且阮暮也不是时时刻刻都盯着她看，她只好低下头装作玩手机。

在群里给辛语和路童发了这条消息后，她们俩一直没回。直到3V3篮球赛快要开赛，江攸宁的手机才疯狂地振动起来。

辛语：“嗯嗯嗯？我精神了！沈岁和什么反应？不对，你跟沈岁和怎么会一起遇见他？弟弟又问你要微信了吗？快回我！这种史诗级的修罗场我不想错过，给我快点儿直播好吗？”

路童：“你好歹给她一点儿反应时间呀！再说了，和你有关系吗？不过……我也很好奇，沈律说什么了？他知道你那天去酒吧偶遇了一个弟弟？还被弟弟搭讪了？”

辛语：“忙着工作的人怎么可能知道老婆去酒吧？”

江攸宁：“那天刷了他的卡……”

辛语：“草率了。”

路童：“求求你长个脑子吧！”说完又撤回了消息，并发了一个拍脑袋的表情包。

路童：“对不起！我错了。”

辛语：“道歉有用的话要搓衣板有什么用？”

路童：“语语，你听我解释！”

辛语：“我不听！你不配！黑名单豪华大餐已给你准备好！”

路童：“我们难道不是要听宁宁讲故事吗？快来给我们直播！”

辛语：“瓜子、小板凳已经准备好，请你开始。”

江攸宁瞟了一眼篮球场那边，众人刚换好衣服，分为红色和蓝色两队。沈岁和穿着红色24号，裴旭天是蓝色61号，阮暮是蓝色16号。杨景谦换了件红色17号，在场外当替补，其他的队员都是裴旭天的发小。

“今天是沈先生朋友的生日，我和他一起来了。那天遇到的男生是他朋友的未来小舅子，我现在和那个男生的姐姐坐在一起。”江攸宁打完这些话，仍然无法相信这是现实。

北城似乎很大，大到她五年都没能见到曾经心心念念的沈岁和。但似乎又很小，小到她和沈先生毕业多年后在同一家咖啡厅遇见；又小到在同一天，她会遇到老同学，还能遇到曾在酒吧被搭讪的小男生。

“你结婚几年了？”身侧的阮言忽然开口，江攸宁的手指还停在屏幕上，她下意识地把对话框里那句“沈岁和好像病了，但他突然又要和大家打篮球”删掉了。

她愣了两秒才反应过来，连忙回应道：“三年。”

“三年啊。”阮言重复了一下她的话，然后低头摆弄她的相机，一边摆弄一边闲聊，“你俩也是大学就恋爱了？”

江攸宁摇头：“不是。”

“那是什么时候？”阮言轻笑，“都是华政的，你那会儿在学校没见过他吗？”

“见过。”江攸宁说，并自动忽略了阮言的前一个问题。

“像沈律这样的人，在学校应该有很多人追吧。”阮言正好抬起头，朝着沈岁和的方向笑了下，拿起相机随手一拍，然后拿给江攸宁看，“没滤镜都这么好看。”

屏幕里的沈岁和表情淡漠，正好朝这边看过来，但在看到镜头的那一刻，下意识地把脸转了过去，所以屏幕里的他只有大半张侧脸，即便如此，初看还是很惊艳。

“嗯。”江攸宁附和了一句。

“你跟暮暮熟吗？”阮言又问。

江攸宁答：“不熟。”

“他好像很喜欢你啊！”阮言笑了下，拿着相机又拍了好几张，“我那天看到他的朋友圈了。"

"嗯？"

"你很好看。"阮言说，"但可惜已经结婚了。"

"然后呢？"江攸宁平静地反问。

阮言的话让她很不舒服，但又具体说不上来是哪里有问题。她只是随意地问自己一些事儿，可那些话从她的嘴里说出来，江攸宁只感觉到四个字——盛气凌人。

哪怕她是笑着的，但那笑不达眼底，甚至略带嘲讽。不知道是不是江攸宁的错觉，她从阮言的眼睛里甚至看到了莫名的敌意。

"没什么然后啊，"阮言耸了耸肩膀，"就是觉得有点儿可惜罢了。"

"谁可惜？"江攸宁关掉了手机屏幕，坐得笔直，语气放松了一些，但说话的声音变得更低，佯装平静地问，"我怎么听不懂你的意思呢？"

"随口一说罢了。"阮言笑着低头摆弄相机，"你别当真。"

"嗯？"江攸宁忽然笑了。

她懂了，阮言大抵是觉得她既配不上沈岁和，也配不上阮暮。这是莫名其妙的轻视。

"你现在是全职太太吗？"阮言问。

江攸宁摇了摇头说："不是。"

"也在做律师？"阮言问。

"法务。"江攸宁说话开始变得客气疏离。

"之前在酒吧遇到的我弟？"阮言似乎也不是在寻找答案，问完之后便站了起来，拿着相机绕来绕去，寻找好的拍照角度，时不时响起"咔嚓""咔嚓"的声音。

"我家里管得挺严的，"不等江攸宁回答，阮言便接着说，"我弟应该跟你也没什么可能……"

"阮小姐。"江攸宁声音拔高了一些，并站了起来。她的胳膊搭在栏杆上，看都没看阮言，不大高兴地说："我想你误会了点儿什么。"

"嗯？"这次换作阮言诧异，她偏过脸，歪着头，侧颜显得格外好看。阮言和阮暮长得都很好看，但阮暮偏清秀，阮言偏性感。不知道是不是妆容的缘故，阮言看上去显得不大好相处。她也确实不大好相处。

江攸宁温声道："我去酒吧是我的自由，阮暮去酒吧也是他的自由。我是成年人，他也是成年人，我们没有违法犯罪，也没有踩到道德底线。这是其一。其二，阮暮喜欢谁是他的自由，我无权干涉。但我已婚，我拒绝他是理所当然的。其三，我并没有给他留下任何幻想空间，他没有我的任何联系方式。如果不是因为今天这场聚会，我和他在北城应该不会再遇见。你如果是因为他在酒吧和我搭讪就对我抱有敌意，我劝你大可不必。"

阮言站在原地错愕了两秒，然后目不转睛地盯着江攸宁，笑着喊她："江攸宁？"语调微微上扬，听上去还有点儿愉快。

"你很厉害啊！"阮言说，"难道这就是你们做律师的基本素养？"

"第一，我不是律师。"江攸宁尽量保持着温和的声音说，"我是法学院毕业，但从事的是法务工作，这两者有本质区别。第二，我跟你说的这些无关职业素养，只是生活经验。第三，我没有针对你，只是针对你那些窥探别人婚姻生活的行为，包括跟阮暮之间，他如何，我如何，都和你没有关系。"

"阮暮是自由人，我管不了他的任何行为，这些事情也不归我管。"江攸宁直视着阮言，略显冷厉，"如果你认为自己是他的姐姐就有权力插手这些事，那你应该去问阮暮，而不是来问我这个陌生人。"

阮言收起相机，似乎是觉得她说话有意思，唇角一直勾着笑。她扶着栏杆，手托着下巴，歪头看着江攸宁。

江攸宁说完之后，空气静默了。她的呼吸不自觉地变浅，但盯着阮言的目光越发坚定。她说的完全没有问题，错的就是阮言。

一分钟后，阮言冷笑着问："怎么不说了？"

"嗯？"

"知道自己已婚就不要去酒吧招蜂引蝶。"阮言唇角忽然上扬，带着不屑的嘲讽，"看着糟心。"

江攸宁听完这话，下意识地翻了个白眼，站在原地深呼吸了两秒才压下了自己说脏话的冲动。

“阮言，”江攸宁直接喊了她的名字，“酒吧是喝酒的地方，无论我已婚未婚，都有去的权利。去酒吧只是喝酒而已，没你想的那么龌龊。”

“哦？”阮言挑了下眉。

“人的眼界有多大，格局就有多大。”江攸宁盯着她，一字一顿地说，“不是所有人的思想都和你一样肮脏。”

说完江攸宁毫不留情地转身离去，正好电话响了，是辛语打来的。

“宝贝！你在忙什么？我微信都给你发了上百条了，你还不回我？”辛语的大嗓门从听筒里传出来，“难道你在忙着平衡两个男人之间的关系吗？我迫切地想知道沈岁和知道那件事的表情！哈哈哈哈！”

江攸宁没有回答她的问题，而是单刀直入地问：“你在哪儿？”

她声音冷厉，带着几分怒气。

任谁听到阮言那样的话也高兴不起来，辛语在电话那头愣了两秒，然后啪地一拍桌子问：“沈岁和欺负你了？”

“不是，”江攸宁也不知道辛语是怎么联想到那儿去的。她深吸了一口气，稍微调整了一下自己的情绪，说：“我在漫游古堡，你能过来接我一下吗？”

“成。”辛语说，“你别动啊，我保证十五分钟内赶到！”

挂了电话之后，江攸宁看都没看篮球场内胶着的情况，径直出了篮球馆。

她觉得自己再待下去怕是要窒息，裴旭天看不上她，阮言觉得她轻浮。

沈岁和的朋友，就是这个样子？江攸宁感觉很失望。

“把球传给我！”阮暮喊了一声。

篮球从裴旭天的手里径直飞了过去，阮暮扬起双臂跳起来打算接球，却在千钧一发之际，被沈岁和拦截了下来。沈岁和运着抢来的篮球从对方篮架下层层破防，一路到了中线，稍微往前，跳起来就投了一个三分球。篮球在空中画出了一道漂亮的抛物线，径直进入了篮筐。

最终比分是 21 ∶ 18，红队略胜一筹。

众人都打得满头大汗，比赛一结束，大家立马坐在地上大口呼吸。

“我一年的运动量都在这里了。”其中一个人开口道，“太可怕了！沈哥，你平常锻炼吗？怎么感觉你一个人运着球跑半场一点儿都不累啊？”

“偶尔。”沈岁和从休息处拎了瓶水，拧开之后咕嘟灌了一口。

他其实也累，由于是不易出汗体质，所以和众人比起来，他算是全场最清爽的。

“攸宁呢？”杨景谦忽然问，“她去哪儿了？”

阮言正好从看台上下来，只有她一个人，不见江攸宁。

“接电话。”沈岁和在一旁淡淡地说。

他看见江攸宁接了个电话就出去了，也就两三分钟前的事儿，估计还没打完。他刻意投了个三分球，就是为了快速结束战斗。

“我又不是她的监护人，”阮言淡淡地说，“怎么知道她去哪儿了？”

这话明显在针对杨景谦，但杨景谦只是笑笑，温声道歉说：“不好意思。”

阮言没有理他。

裴旭天过来打圆场说：“走吧，洗个澡吃饭去。”

“沈律。”裴旭天喊他，“你去看看你老婆，我们先去主厅了。”

“好。”沈岁和转过身，摁了下眉心。

他有点儿头痛，随意披了件衣服后就出了篮球馆，环顾一圈也没看见江攸宁。初秋的风还有几分凉意，他冷得打了个寒战，正打算回去换衣服时，迎面碰上裴旭天等人。

“找到人没？”裴旭天问。

沈岁和摇了摇头说：“可能已经回那边了。”

“哦。”裴旭天说，“那你也换了衣服一起过去吧。”

“知道了。”沈岁和面无表情地和他们擦肩而过。

阮言忽然说：“我突然想起来，宁宁接电话的时候好像说了让对方来接她。”

“嗯？”裴旭天忙问，“什么意思？”

“具体的我也不知道。”阮言耸了下肩说，“她好像说自己被无视了，所以不想在这边待着，就让她朋友来接了。”

“被无视？”裴旭天皱眉道，“是说我们打篮球无视她？”

“可能吧。”阮言叹了口气道，“你们打篮球，我在拍照，忘记照顾她的情绪了，说来也是我的问题。”

“没有没有，”裴旭天忙安抚女友，“你忙你的，怎么就是你的问题了？”

“那你的意思是江攸宁有问题？”沈岁和淡淡的声音从后边传来，惹得裴旭天下意识地打了个冷战。

“没有。”裴旭天立马否认，“现在又不是说这事儿的时候，你给你老婆打个电话，问问她去哪儿了，这边大，她又没来过，小心迷路。”

“她叫江攸宁。”沈岁和淡淡地说，“你又不是不知道她的名字。”

“什么？”裴旭天愣了两秒才反应过来他说的是什么意思，无奈地翻了个白眼说，“难道她还不是你老婆了？”

“听着别扭。”沈岁和说。

“矫情。”裴旭天嗤笑道，“你这么嫌弃人家，当初别娶啊！”

“别胡说，”沈岁和扫了他一眼，“我什么时候嫌弃过江攸宁？我娶她当然是因为喜欢，只不过叫她的名字是对她的尊重。”

沈岁和扫视他的时候，顺带扫过了阮暮，也扫过了杨景谦。

这话，亦真亦假。他阴沉着脸，拿出手机，点了两下屏幕。

“不能因为嫁给我，”沈岁和接着说，“你就剥夺她的姓名权。”

沈岁和给江攸宁拨了个电话，没人接。

他皱着眉，忽然抬头问：“阮小姐，你确定江攸宁走的时候说自己被无视了？”

他的语气客气疏离，并带着几分质疑。

“不确定，”阮言说，“当时我正在给你们拍照。”

“我国虽然倡导言论自由，”沈岁和面无表情，声音中没有一丝温度，“但不代表可以随便在背后议论别人，你所说的一切都有可能对另一个人的声誉产生重大影响，所以我希望阮小姐以后不确定的事情不要乱说。”

“啊？”阮言回头看他。

沈岁和笔直地站着，眉心微蹙，直勾勾地盯着阮言：“不然，套用一句老话，你所说的一切都将成为呈堂证供。”说完便转身离去。

裴旭天愣了两秒后才朝着他的背影大声喊道：“沈岁和，你有病啊？”

“你有药？”沈岁和头都没回，声音就那样散在风里。

裴旭天本以为阮言会生气，没想到她却站在那儿笑了。

阮言脾气不好，这是圈内公认的。

阮家是制作钟表的，今年已经成功跻身一线品牌。阮言家里条件很好，本人也足够优秀，长相漂亮，名牌大学毕业，英国海归，个人创业，杂志主编，履历跟镶了金似的，裴旭天很喜欢她，一直都追着她跑。

阮言所有的坏脾气，他都受着。有时候阮言会因为莫名其妙的一件小事生气，裴旭天就想各种办法哄她开心。现在两人的感情总算趋于稳定，阮言的脾气也有所收敛。但就裴旭天对阮言的认知来看，收敛脾气不包括别人在她面前说这么一堆话后，她还会笑。

阮言并没理会他的疑惑，只是盯着沈岁和的背影，直到其消失。

“这两个人真像啊！”阮言自言自语道。

两个人都在倡导自由，但谁又能真正自由？

阮言只觉得他们幼稚。

沈岁和坐在休息室里，已经洗了澡换了衣服，但手机依然没响。之前他给江攸宁打了两个电话，她都没有接；发了一条微信消息，她也没有回。

裴旭天联系了管家得知，江攸宁的确已经离开了，坐着一辆白色奥迪 A6 走的，就在两分钟以前，车刚开走。

江攸宁因为被无视而难过地离开？沈岁和觉得这不可能。在这种场合，江攸宁喜欢被无视，甚至恨不能自己是块背景板，所有人的谈话都不要往她身上扯。时间一到，她会微笑着跟所有人告别。等到众人都离开，她的笑会瞬间消失，就跟被迫营业似的。

沈岁和脑子里浮现出她的神态，又低下头看向手机，仍旧没有消息。他温热的指腹摩挲着屏幕，给江攸宁发了条消息：“回家了？”

几秒后，对话框上面显示“对方正在输入”，但在十秒后，这句话消失，江攸宁最终没有回复。

沈岁和皱着眉想，江攸宁怕被无视？她怕是只会无视别人吧。

“沈岁和还是不是人？”辛语开着车在无人的大道上疾驰，几近超速。秋风吹起她们的长发，辛语的声音也随之飘散到风里。

江攸宁轻倚着车窗，闭上眼睛假寐。

“带你去玩，然后就让你受这种委屈？”辛语说，“他要是不想带你就明说，带着去了让你不高兴成这样？他娶你是为了侮辱你吗？”

“不是，”江攸宁抿了下唇，“你开慢点儿。”

辛语把车速降了下来，顺带把开着的天窗也关掉，让车内的温度上升了一些，江攸宁这才感觉心脏好受了一点儿。

“我是真搞不明白。”辛语气得就差砸方向盘了，“你为什么不……”

她的话还没说完，就被江攸宁打断：“我想休息一会儿。”

江攸宁声音中充满了疲累，她不想再听见辛语说那两个字。

离婚。

这个她以前从未想过的事情，现在时不时地就会蹦出来，有时候就像无限循环似的，在她脑海里放个不停。

她甚至拿了张纸，列出了离婚的优点和缺点，尽量从客观的角度出发。

优点是她自由了。她不需要再在自己的名字前加上别人的称呼，不需要再按时回家做一个好妻子，不需要上下班三个小时，不需要被曾雪仪呼来喝去，不需要被朋友说傻，不需要期待，更不会得到期待落空的结果。

优点很多，缺点只有一个——失去沈岁和。

偌大的一张 A4 纸，中间一分为二，优点那一栏写了近十条，而缺点只有五个字。

即便如此，她还是不想离婚，“失去”这两个字沉重地压在她的心头。

她能失去吗？她能。

她想失去吗？她不想。

甚至有时候她刻意不去想这些，但生活里的鸡毛蒜皮接踵而至，她现在的心比玻璃还脆。

车里很安静，手机微微振动，江攸宁瞟了一眼，坐在后排的路童给她发了条微信。

信息很长，占满了她的手机屏幕。

“虽然不知道你在古堡里发生了什么事，但我想让你知道，我们一直都在。辛语虽然性子很急，但也是真的担心你。我知道你不爱听‘离婚’这两个字，但有些事实客观地摆在眼前，你不得不承认。现在的你精神状态极度不好，我听辛语说你经常半夜被沈岁和的手机声吵醒，只要有一点儿声音晚上就睡不好。可大学时你不是这样的，那会儿我们在宿舍里玩游戏，你依旧能睡着，甚至半夜姜梨接电话，你都不会醒，所以我怀疑你现在的精神衰弱跟沈岁和有关。你和他之间的感情我不做评价，毕竟是你们两个人的事情。我知道你喜欢了他很久，但我希望你能站在时间的纵切面看一下，这么多年来，你喜欢他，但从他身上得到了什么？不是所有的喜欢都有结果。你现在所有的委曲求全，我不知道于他而言是什么，但于我们而言很难受。我说这些不是劝你离婚，你太沉默了，有些话你不说，有的人永远都不会知道。就像我们，对你跟他的事情一知半解。江攸宁，我不是说沉默不好，但沉默久了便连话都不会说了。”

路童很严肃郑重地叫了她的全名——江攸宁。

只有在朋友面前，她还是江攸宁，而不是沈太太。很多时候她不知道该怎么描述自己的心情，更不喜欢把感情的事情和朋友们说。

她年少时所有的悸动、欢喜都给了沈岁和，但那时候她们不知道，后来她便也懒得说了。

时间久了，这忽然就成了一个很长的故事，一说就要从很多年前说起，她便更沉默了。

路童说得对，沉默久了，她便连话也懒得说了。

以前参加辩论赛时她舌战群儒，现在一天说的话却连一百句都超不过；以前模拟法庭她能拿第一，现在却连诉讼程序都快忘了。

以前她特别喜欢自己的名字，现在跟着曾雪仪出去参加名流聚会，都得称自己为“沈太太”，连姓都没了。

不知不觉间，她失去了这么多东西，已经不是江攸宁了。

“江攸宁”不应该是这样的，但她是从什么时候开始变的呢？是从喜欢上沈岁和的那一刻起，还是从嫁给他的时候？江攸宁想不起来了。

她看似平静的二十多年人生里，其实波澜起伏。一场车祸导致她差点儿没醒过来，后来她虽然醒了，但脚也废了，她觉得自己什么都不配拥有了。嫁给沈岁和，她觉得是自己高攀了，并且这种念头在她心里不断扎根生长。

江攸宁闭着眼，眼泪顺着侧脸滑了下来，落在玻璃车窗的缝隙间。

隔了很久，辛语的车停在了万荣大厦的地下停车场，江攸宁缓缓睁开眼，眼睛湿润，眼圈发红，但在灯光微弱的车里看不真切。

“来这里做什么？”江攸宁不解地问。

“吃饭。”辛语解开安全带，拉开车门下车，“我大中午的把你接出来，你就让我饿着？”

“那肯定不会。”江攸宁平复了下心情，也跟着下车，“想吃什么？我都请。”

辛语说：“我不挑。”

最后三人去吃了涮肉，味道浓郁的白色汤底在铜锅里咕嘟咕嘟冒着泡，雾蒙蒙的热气从锅里蒸腾而出。正是中午人多的时候，店里人声鼎沸。

江攸宁点了很多肉。

路童坐在她身侧，一路上都悄无声息，就跟不存在似的。

“你咋了？”辛语喝了口啤酒，“替江攸宁伤心呢？”

路童翻了个白眼：“她都不伤心，我伤什么心？”

辛语就这样，高兴的时候叫的就是“宝贝、宁宁、宁儿”，不高兴的时候就喊江攸宁全名，语气还很恶劣。

江攸宁给她倒了杯酒：“不提那些不开心的。”

“不啊，”辛语挑了下眉，“我还等着你说那些不开心的，让我开心开心呢。”

江攸宁坐在那儿，抿着唇沉默了很久。服务员开始上菜的时候，她才在嘈杂的环境里温声说：“让我想想吧。”

“想什么？”辛语取笑道，“你现在记忆力这么不好了吗？刚发生过的事儿都不能复述？就这也好意思称为法学院之光？”

辛语还是这么不客气，但江攸宁没有生气，她表情淡淡的，看不出喜怒。

“我是说，我会考虑离婚这件事的。”

喧闹的火锅店里，江攸宁说完这句话后，辛语和路童面面相觑。因为江攸宁的语气太过严肃认真，她们都听得出来江攸宁没有开玩笑，她真的动了离婚的念头。

辛语虽然嘴上天天劝分不劝和，但内心深处知道江攸宁是个非常有主意的人，不会因为她的几句话就离婚，尽管她非常想让江攸宁离婚。可今天江攸宁终于说了这话，辛语却直接哭了，眼泪猝不及防地落在了牛肉盘子里。

她哽咽着说：“沈岁和到底咋欺负你了？我非跟他算账不可！”

江攸宁想哭，看着她这样子又笑了。

“你疯了吗？”江攸宁取笑她，“你不是一直劝我离婚吗？我真要考虑了你倒哭了！”

“我这是喜极而泣。”辛语吸了吸鼻子说，“这样，你饭也别吃了，我直接送你去民政局吧。”

“我说的是考虑，”江攸宁无奈地说，“不是决定。”

“快了快了。”辛语自顾自地高兴，“估计很快就能听到好消息。”

江攸宁安慰道：“行了，吃饭吧。”

路童在一旁提醒道：“记得多分点儿财产啊，我们还打算让你养呢。”

“到时候你离了婚，咱们仨找个大点儿的房子，能住一块儿。”辛语兴奋地开始规划未来，“不行你们给我融点儿资，我直接换套大房子，给你们挂名。”

路童也开始畅想未来：“到时候我给你们做饭。”

“星期天还能一起逛街。”辛语越说越激动。

“我还没离呢，”江攸宁说，“你们这就开始畅想未来生活了？”

辛语和路童同时看她，那眼神闪闪发亮，像是在说“不然呢？”

吃了一会儿，江攸宁忽然聊起了杨景谦。

“我都没认出来。”江攸宁说，“他认出我了，要不是我记得他的名字，估计要尴尬了。”

“他啊，”路童也很诧异，“你竟然不记得他了？”

“嗯？”

“那会儿你不是每天上课去得最早吗？”路童说，“他一般都跟你差不多时间去教室，学习也超好，虽然比不上你，但在系里特别受欢迎。”

“为什么？”江攸宁问。

路童翻了个白眼：“你觉得他帅吗？”

“还行吧。”江攸宁说，“气质很好，和他聊天蛮舒服的。”

杨景谦说话进退有度，玩笑适度，说话语气也很温和。

“对啊！”路童从手机里翻了翻那会儿拍的照片，“他应该变化不大吧？他长得又高又帅，气质又好，肯定是系里的香饽饽啊，只不过一直没人拿下就是了。”

那会儿杨景谦总喜欢坐在靠窗的位置，和江攸宁每次都坐第一排边角的位置不一样，他喜欢坐在后排。

法学院的男女比例还算均衡，杨景谦那样的长相很容易脱颖而出。

“有一次你俩还站在一起领了奖学金呢。”路童问，“你是不是完全不记得了？”

江攸宁点了点头，确实完全没有印象了。

“不过毕业后就没见过了。”路童叹了口气，“以后有机会可以参加一下同学会，我看看谁现在混得比较好。”

“大型攀比现场。”去过同学会的江攸宁如实答道。

路童顿时没兴趣了。

几人的话题再次天马行空起来，正聊得热络，江攸宁的电话响了，来电显示：沈先生。

之前在车上时她正情绪低落，沈岁和给她打电话，她直接就挂断了。这会儿她的情绪平复了许多，正犹豫着要不要接，辛语一把抢过她的手机，看了眼屏幕，二话不说就关了机。

“好了，”辛语说，“世界清静了。”

好吧，这样确实清净。

晚上十一点，辛语的奥迪 A6 停在了江攸宁家楼下。

“到了。”辛语说，“请记得你今天说的话，我们撤了。”

“知道。”江攸宁叮嘱道，“路上小心。”

车子疾驰而去，江攸宁乘电梯上楼。她一个人靠在电梯的角落里，隐匿了所有的负面情绪，只是感觉很累。

刚结婚的时候，她恨不得一下班就回家待着，因为这是她跟沈岁和的家，独属于他们两个人的家。但现在她站在家门口，手搭在密码盘上，三分钟都没有输入一个数字。

犹豫了一会儿，她把手放了下来，站在门口倚着墙壁打开手机，沈岁和在晚上给她发了两条微信。

“在哪儿？

“不回家？”

发送时间是晚上九点半。

她在门口站着刷了会儿微博热搜，翻遍了微信消息。十分钟后，她才输入密码进了家。

家里的灯全是暗的，一楼只有窗户那儿有微弱的星光从外面映射进来。她没有开灯，凭借记忆换了鞋，径直上楼。二楼也是一片昏暗，沈岁和应该还没回来。

江攸宁看了眼手机，在对话框里戳了几个字：“你回家了？”

她的话语中带着质问，还有不高兴。

她还以为他已经回家了，所以问她的去向，结果家里空荡荡的，那他问什么。

江攸宁径直进了卧室，一点儿光亮都没有，也没有人气。她连灯都没开，直接把手机扔在床头柜上，然后散开头发，横着往床上一躺，但想象之中的柔软没有到来，而是躺在了一个硬邦邦的东西上。她伸手摸了下，特别烫。

江攸宁一个鲤鱼打挺坐了起来，试探着喊了声："沈岁和？"

"嗯？"沈岁和哑着声音回答，并翻了个身，打开了小夜灯。

昏黄的灯光在房间里亮起，他穿着那件印着"皮卡丘"形象的白色家居服，洗完澡之后的头发柔顺地垂下来，显得格外慵懒。

"你回来了。"沈岁和问了声，"吃过饭没有？"

"嗯。"江攸宁答。

她从自己这边把房间灯打开，骤然亮起的灯光略有些刺眼。沈岁和侧过脸来看她，两人四目相对，谁都没有说话。

沈岁和不问，江攸宁也不说，仿佛今天江攸宁没有中途离场。

房间里寂静了很久，江攸宁看着他，伸手摸向他的额头，滚烫灼热。

他反手覆在了她的手上，眉头微蹙："手这么凉？"

"你发烧了。"江攸宁抿着唇，眼睛突然发涩。

生病了的沈岁和反应有些迟钝。他躺在那儿，眼睛没有完全睁开，脑袋窝在枕头最下边，身体蜷缩着。

"没有吧。"沈岁和握着她的手一直没松开，他的声音沙哑，就像被沙子磨过一样，"今天外边冷，你的手太凉了。"

江攸宁深吸了口气说："我去拿温度计给你量一下。"

说着她就要起身，但刚一动就被沈岁和摁住了手。尽管病了，但他手劲依旧不小，江攸宁被捏得生疼。

"不用了。"沈岁和的头往她手边蹭了蹭，"真没生病。"

江攸宁将手放在他的脖颈间，他瞬间瑟缩了下。

"还说没生病？"江攸宁生气地反问。

沈岁和不说话，只是握着她的手亲昵地蹭了蹭，江攸宁感觉手背发烫。

他不放，江攸宁便也没动。他一向如此，生病的时候特别黏人，和平常的他仿佛不是一个人。但他很少生病，虽然不喜欢运动，只是偶尔去健身房，身上也没有大块壮硕的肌肉，但体格并不弱。

这次他病得很突然。江攸宁关了灯，将另一只手缓缓地放在他的额头上。沈岁和昏沉地睡着，额头滚烫，江攸宁在他的身侧躺下。

昏黄的夜光下，他的五官显得格外好看。他的头发柔顺地垂了下来，大概他这段时间忙没去剪头发，刘海都快长到眉毛处了。他的眉毛又浓又密，睫毛又卷又长，眼睛紧紧闭着，只是眉心微蹙，似是不太舒服。他闭着眼睛的时候要比睁开时温情许多，因为那双眼睛实在是冰凉得没有温度。

江攸宁往前凑了下，吻了吻他闭着的眼睛。她记得那双眼睛从前不是这样的。

沈岁和应当是很温暖的一个人，但现在好像没了温度，对什么东西都提不起兴趣。

“你生气了吗？”江攸宁温声问他。

没有回答，沈岁和已经睡着了。

隔了几秒，他的胳膊搭在了江攸宁的身上，在发烫的时候，他会主动靠近冷源。这是人的求生本能。

他将江攸宁揽紧，灼热的呼吸悉数吐露在她的侧颈。良久之后，他忽然低声喊：“江攸宁。”

他的声音含混不清，似在呓语。

“嗯？”江攸宁侧过脸，“怎么了？”

沈岁和不回答，也什么都不说，大抵是做梦了。

江攸宁看着他，想不到有朝一日自己还会出现在沈岁和的梦里，只是这梦的内容大抵并不愉快，他一直皱着眉。房间内安静了很久之后，沈岁和又喊了声“江攸宁”。

这次他的语速略快，带着几分急切，也比之前的声音要高。

江攸宁将额头和他相抵，只觉得烫得厉害，不能再拖了。

“沈岁和。”江攸宁低声喊他，没有得到回应。她试着起身，但手怎么也抽不回来，他握得极紧。

“沈岁和。”江攸宁提高了声音喊他，依然没有回应。

她的手心里已经汗津津的，她伸手摩挲着沈岁和的虎口，凑到他耳边，像哄孩子似的安抚道：“你松手，我去给你倒杯水好不好？”

沈岁和没有说话，手却松了几分，她成功地抽出了手。

“吵架没？

“闹离婚没？

“他什么态度？”

辛语的微信一连串地发过来，江攸宁正站在料理台前。热水壶里的水才刚开始沸腾，发出咕嘟咕嘟的声响。她戳着屏幕回：“没有，他什么都没说。”

辛语：“呵。沈岁和开始做人了？不过你没和他吵吗？”

江攸宁：“他生病了。”

辛语：“报应！”

江攸宁没有再回微信，热水在壶里沸腾，她倒了一杯凉着，然后去医药箱里找退烧药。沈岁和不经常生病，家里也从来不备这些东西。

他们刚结婚的时候，江攸宁有一次半夜咳嗽起来找药，翻遍了家里都没有找到，最后惊动了沈岁和。他开车去药店买了一堆药回来，从此家里便备上了医药箱，常用的药是从来不缺的。退烧药被放在了最下边，她把所有的药都拿出来，从中拿出退烧药，再把其他的药放回去。但放回去的时候，她发现有的药盒被打开了，里边的药掉了出来，有一盒药少了三颗。

江攸宁皱着眉看了眼药盒——头孢克肟片。

家里的药之前都吃完了，这一箱是她一周前购置的，应当是全新的才对。

她坐在地上又翻了几个药盒，发现还有感冒药少了八颗，其他的药没有少。

家里只有两个人，江攸宁没有吃，那就只有沈岁和吃了。所以他早就知道自己生病了，在江攸宁没有注意到的时候。

江攸宁坐在那儿，思绪开始飘远，所以他昨天不喝酒，是因为吃了头孢？

江攸宁在原地发呆了很长时间，直到被人从后边紧紧抱住才醒过神来。灼热的温度紧紧地贴着她，沈岁和的下巴在她肩膀处蹭了下，说话都带着几分埋怨："你走了太久了。"

"沈岁和。"江攸宁和他离得很近，甚至能感受到他说话时胸腔的震动。

"嗯？"沈岁和侧过头来在她脸颊上吻了一下，在她开口之前解释说，"我今天感冒了。"

他说话间带上了很重的鼻音。

"嗯。"江攸宁应了声，"我给你倒了水，一会儿把药吃了。"

"江攸宁。"沈岁和喊她的名字，竟然带着几分缱绻。

"嗯？"

"你别生气了。"沈岁和说，"我不知道怎么哄你。"

房间里的氛围寂静得可怕，隔了一会儿，江攸宁平静地问："昨天你吃头孢了？"

"嗯。"沈岁和说，"早晚一片，我都吃了。"

"那你今天怎么还会生病？"江攸宁问。

"估计打完篮球被风吹着了。"沈岁和的声音越来越低，他又喊她的名字，"江攸宁，你没看见我投三分球。"

江攸宁鼻子微动，然后往沈岁和跟前凑了凑，沈岁和直接吻在了她的唇上，轻轻地、慢慢地、很温柔地吻她。

沈岁和像一只受伤的动物，缓缓地舔舐着江攸宁的唇，辗转过几个来回，江攸宁攀着他的肩膀问："你喝酒了？"

"嗯。"沈岁和含混不清地说，"就喝了一点儿。"

"你疯了。"江攸宁推开他，"你昨天都不喝，今天喝？"

她真的很少生气，结婚三年来从没跟沈岁和发过脾气，一句重话都没有说过。

她的态度向来平淡，能将就便将就，实在不高兴了便不说话。前几天因为搬家的事儿吵了两句，她忐忑了一天，上班都心不在焉。

但现在她气得眼睛都红了，垂在地上的手在颤抖。头孢和酒一起喝，命是不想要了吗？她觉得沈岁和真的疯了。

"我就喝了小半杯。"沈岁和说。

"半杯也是酒。"江攸宁生气地说，"不是水，喝了你会死的。"

“哪有那么严重？”沈岁和轻声笑了一下，“你别大惊小怪，我这不是还活着吗？”

“死了就迟了！”江攸宁忍不住吼了出来。但吼出来的同时，她的眼泪也跟着掉了下来。

“你不知道自己的身体吗？连头孢和酒不能一起吃的道理都不知道吗？你是想死吗？”江攸宁气得一拳打在他的心口，“你死了我怎么办？你怎么那么自私啊！”

她从未想过沈岁和会做这种危险的事情，她认识的沈岁和向来惜命。

“沈岁和，你是疯了吗？”江攸宁气得大吼，声音都是颤抖的，说完之后立马起身去厨房找手机，但还没站起来就被沈岁和抱住了，他径直吻向她的唇。

“我没疯。”沈岁和平静地说，“那小半杯酒不得不喝，就算是死我也得喝。”

这一夜，沈岁和疯狂到了极致。在客厅的地毯上，在白色沙发上，在冰凉的茶几上，他撕掉了江攸宁的衣服，吻干了江攸宁的眼泪。在两人身体契合的那一瞬间，他附在江攸宁的耳边低声说：“我没让人欺负你。”

凌晨的“漫游古堡”神秘又安静，昏黄的灯光笼罩着这座漂亮的古堡。裴旭天一个人坐在房间里，烦躁地抓了抓头发，手机屏幕明晃晃地亮着，页面还停留在和阮言的聊天记录上。

他给阮言打了数十个微信电话都没人接，留了近五十条消息也都没有回。

阮言给他发的消息在下午六点。

“今天你不相信我。

“我还没结婚的打算。”

就这两条，然后她便借口公司有事离开了。而沈岁和这边，他也发了数十条消息，对方也没有回。他想打个电话确认一下沈岁和的死活，结果对方也没有接。

他坐在那儿摁了摁眉心，怎么也想不明白事情为什么就发展成了现在这样，本来挺高兴的生日聚会，现在搞得他进退两难。

朋友失联，女朋友也失联，两个人还闹得不愉快。

他一想到下午的场景就头痛，想得心烦干脆就不想了，起来在房间里转了一圈，还是心烦。

他开了瓶酒刚要喝，便有人敲响了房门，是杨景谦。

“你怎么来了？”裴旭天侧过身，给他让出了位置。

杨景谦晃了晃手里的酒说：“来找你喝酒。”

“你还是那么贴心。”裴旭天关上门，“就是晚了一步。”

“可以慢慢喝。”杨景谦说。

“行吧。”裴旭天给他和自己各倒了一杯，“咱们今晚不醉不休。”

“好。”

裴旭天说喝酒就真的只是喝酒，闷着头拼命喝，甚至不需要杨景谦陪着。他一个人喝掉了四瓶红酒，喝了一会儿才打开话匣子：“我真是想不明白，这都是什么事儿啊！不是说好给我过生日的吗？他们直接闹起来了，一点儿面子都不给我留。最后鼻子不是鼻子，眼睛不是眼睛的，一个个的说走就走，把我放在哪儿？有想过我该怎么办吗？他们一个个地在那儿放狠话，我尴尬得恨不能钻到地缝里。我现在夹在中间受气，简直里外不是人。”

他越说越来气，直接蹦了句脏话：“他妈的！今天还是我生日呢！他们倒是痛快了，一点儿都不为我着想啊！”

说着他又要喝，杨景谦忙把酒推远了一些，劝道：“裴哥，别喝了，已经喝不少了。”

“今天心烦，”裴旭天说，“本来还打算今天求婚的，戒指都空运回来了，现在什么都没了，我真是……”

他已经找不到合适的形容词来描述今天的场景和此刻的心情了。

他的感觉很复杂，复杂到难以言喻。

“我现在就是后悔。”裴旭天说，“我没事儿叫什么江攸宁，她中途一走，给我留下一堆烂摊子。”

“应该是发生了什么事吧。”杨景谦说，“她不是那种会无故中途离场的人。”

“有原因好歹也说一声啊！她跟阮言待一块儿，最后闷声不响地走了，搞得大家都以为是阮言欺负了她，沈岁和就差跟我干起来了。”

“而且，”裴旭天说到这里顿了声，“沈岁和就是个疯子！他想给江攸宁出头也不用连自己的命都不要了啊！”

杨景谦不解地问：“什么意思？”

裴旭天一提起来就窝火：“他上午刚吃了头孢，没过三个小时就喝酒，是不是不要命了？”

说完他又拿出手机看了一眼：“这家伙还不接电话，是不是死家里了？”

杨景谦回忆着下午的场景。

从篮球馆回了主会客厅，因为没联系上江攸宁，所以沈岁和的脸色一直都不太好。阮暮旁敲侧击地问阮言江攸宁到底怎么了，而阮言不大耐烦，会客厅里的气氛一时间胶着到了极点。勉强熬到了吃饭的时候，阮言不知说了句什么，直接被沈岁和打断。两人目光对视，火花四溅。

阮言勾着笑问：“沈律怎么就知道她不是那种人呢？”

沈岁和盯着她反问：“那你又怎么凭一面之词诋毁她呢？”

“说实话也是诋毁？”阮言依旧笑着，却拿出了谈判的架势，一点儿不输沈岁和，“那我这一辈子可真是诋毁过好多人。”

“别人我不知道。”沈岁和说，“你说江攸宁就是不行。”

裴旭天急忙出来打圆场：“行了，都是朋友。老沈，你也别在这事儿上较真了，赶紧联系江攸宁才是正经事。”

“联系不上。”沈岁和坐在那儿平静地说，“不知道是受了什么委屈走的。”

他说话的时候，目光刻意扫过阮言。

阮言笑了：“沈律想说是我的原因就直接说，何必拐着弯来？”

沈岁和：“所以你是承认了？”

“我可没这么说，”阮言说，“只是听沈律的意思，这罪名我不认也得安在我身上。”

“呵。”沈岁和冷笑。

“该说的我也说了。”阮言说，“要真说我有错，那应该就是我忽视了她。但大家都有自己的事情要做，我也不是她妈，没必要一天二十四小时盯着她，也没有义务照顾她的情绪。”

沈岁和盯着她：“所以呢？”

阮言毫不退缩：“就是这样，我知道的都说了。”

眼看阮言就在爆发的边缘，裴旭天怕沈岁和再说什么过分的话惹得阮言直接掀桌子走人，便立马安抚道：“老沈，先吃饭吧。”

沈岁和淡淡地抬眼，眼皮微掀，慵懒中闪过一抹冷厉。他唇角勾着笑，但有些瘆人。

“师哥。”沈岁和喊了他一声尊称，“我以前是不是给你们错觉了？让你们觉得我不在乎，所以可以随便欺负江攸宁？”

裴旭天立马否认：“没有的事儿，我要是不重视她，会让你喊她来吗？”

“喊她来当陪衬？”沈岁和看着他，“或者陪聊？来了还被嫌弃？”

“不是……”裴旭天想解释，却又无从解释。

沈岁和表情淡漠，从一旁拿了杯别人没喝过的酒，端起来一饮而尽。

“不管怎么样，江攸宁是我的妻子。”沈岁和声音不高，却异常坚定，“不是路边捡来的阿猫阿狗，更不是谁的陪衬。”

“我的人，谁都别动心思。”他说这话时眼神扫向在场的众人，从杨景谦到阮暮，最后定在阮言身上，然后一字一顿地道，“尤其是某些看不上她的人。”

“这杯酒，算我给你赔罪。”沈岁和放下酒杯，“我先走了。”

说完，他拎着外套起身便走了。裴旭天反应过来的时候，沈岁和已经离开了古堡。

一顿饭吃得宾客和主人都不高兴，客厅的氛围已经压抑到了极点，最后谁也没吃好。

沈岁和走后，裴旭天跟阮言还拌了几句嘴。其实也谈不上拌嘴，裴旭天只是问阮言到底和江攸宁说了什么，阮言闭口不答，最后不大高兴地回了房间。

杨景谦作为看客，见证了整件事情的脉络走向，但仍旧没搞懂怎么会闹成这个样子，自然也无法理解裴旭天此刻的苦闷。

“我现在夹在他俩中间，”裴旭天向他抱怨，“真难做啊！”

“那裴哥觉得是攸宁的错吗？”杨景谦问。

“我……”裴旭天喝了口闷酒，“该怎么说呢？”

他一时间没能找到合适的语言，抑或不知道该怎么说。

沉默了一会儿，他才叹了口气说：“我知道阮言脾气不好，但我没法说，你知道吗？这事儿很有可能是阮言错了，但我还得跟她过一辈子，我总不能当着兄弟们的面儿说她有问题，所以就只能含糊过去。”

杨景谦点头表示理解。

裴旭天瘫坐在沙发上，闭上了眼睛，缓缓地说：“我跟阮言都好了多少年了，还不了解她的性子？她是见不得阮暮喜欢她看不上的女孩儿的，我就没见过比她控制欲更强的姐姐。她肯定是在心里把自己跟江攸宁比较了一番，觉得江攸宁配不上阮暮，所以……”

后面的话他没有说，但肯定不是什么好词。

杨景谦抿了下唇问：“既然这样，裴哥你为什么还想要求婚呢？”

裴旭天捏着眉心说：“她其他地方都很好，总不能就因为这一点我们就分手吧？我都爱她那么多年了，这会儿换个人结婚多难受。婚姻不就是互相忍让吗？她是个人，又不是神，总不可能什么缺点都没有。”

房间里再次归于寂静。隔了很久，裴旭天拿着手机碎碎念：“我再给沈岁和打个电话，看看那家伙还活着没有？

“以后还得专程给江攸宁赔礼道歉。

“真是的！人过三十就这么不顺吗？

“江攸宁估计这辈子都不想跟我打交道了，我还挺欣赏她的。天哪，这都是造的什么孽啊！”

他喝多了，碎碎念起来话也多。杨景谦就坐在那儿听着，收了他的酒，只陪着他聊。

“江攸宁这人看起来温顺，其实有点儿犟。阮言不知道说了什么她不爱听的话了，唉！真让人头痛。

“现在睡一觉吧，也不知道明天起来会不会好……”

翌日，温暖的阳光洒在略显凌乱的房间里，江攸宁比沈岁和先醒。她下意识地先摸了下他的额头，没那么烫了。

手刚要拿下来却被沈岁和握住，沈岁和抱住她，两人贴得极紧，江攸宁感受到了他清早蓬勃的欲望，但他没有动。

“去趟医院吧。”江攸宁温声劝道。

沈岁和皱着眉，回答得极为简短：“不。”

“我陪你去。”江攸宁说，“你做个胃部检查。”

“没事儿。”沈岁和说，“我在家躺一天就好了。”

江攸宁看他坚持，便也不再劝，起身打算去做点儿吃的，但沈岁和抱着她不放手。

“嗯？”江攸宁皱眉，“要我陪着你吗？”

“不是。”沈岁和说，“咱们……搬家吧。”

江攸宁在床上愣了好久，她的身体从紧绷开始放松。沈岁和一直抱着她，说话的声音比往常要柔和许多，似乎是感冒的后遗症。

他附在她耳际低声道：“以后不想去参加那些活动，我就不叫你了。有事跟我说，我会解决的。别动不动就生气。”

“我没有。”江攸宁辩解道。

沈岁和在她的脖颈间咬了下，佯装抱怨道：“江攸宁，你出息了。”

“嗯？”

“生气就关机，”沈岁和哑着声音说，“这些坏毛病以后能不能改改？”

他说这话的时候带着商量的语气，而且刚睡醒的声音低沉沙哑，听上去仿佛在跟江攸宁撒娇。

江攸宁翻身抱紧他，身子蹭了蹭，脑袋窝在他的脖颈间，眼泪顺势流下。

“昨天阮言说我去酒吧招蜂引蝶。”江攸宁温声说，本意也不是告状，就是突然想说便说了。

她说出来的时候带着委屈，在心里憋了那么久，说不委屈都是假的。昨天从古堡离开到看见辛语，然后满怀心事地和辛语她们玩了那么久，再到回家，她一直都没缓解这种情绪。

她不懂，为什么去酒吧就是招蜂引蝶？

她单纯去喝酒，什么都不做，甚至没主动跟男人搭过话，怎么到别人口中就成了不检点的行为？

她委屈，但一直没说。要是跟辛语说，辛语得上门去跟人干仗，她不想惹麻烦，也想耳边清静清静。

江攸宁的眼泪落在沈岁和的蜜色肌肤上，比他身体的温度还要高很多。

她委屈地抽噎着，然后哽着声音说："我不是那样的，她说得很过分。"

"那你怎么不和我说？"沈岁和低下头，轻轻地吻了吻她的额头，"我可以跟你一起走。"

"你又不相信我，"江攸宁抽噎着，"我说话你从来都没信过，你也从来不听。"

"没有。"沈岁和紧紧地抱着她。

她的背很光滑，但有一块儿地方被烫伤过，凹凸不平，是之前出车祸留下来的痕迹。沈岁和特别喜欢摸她的这块地方。

他轻轻地摩挲着这块凹凸不平的肌肤，声音比以往温和了许多："江攸宁，我信你。"这话亦真亦假。

江攸宁甚至怀疑自己在做梦。他的怀抱和温度都那么不真实，声音也温柔得不真实。她仰起头，却看到了和往常一样的沈岁和。只是那双眼睛里，映出了她的样子。

沈岁和仍旧不大舒服，江攸宁便在床上陪他。但她哭完之后发泄了情绪，不大想说话。

难得的是，沈岁和提出陪她看电影——《82年生的金智英》。

江攸宁有一个片单，平常别人给她推荐了什么好电影，她就会记下来。这部电影是之前办公室里聊天的时候，部长推荐给她的，她一直都没来得及看。

江攸宁跟沈岁和在结婚前一起看过电影，看的是《战狼》，沈岁和看得津津有味，江攸宁却看得睡着了。电影看完大家都心潮澎湃，被深深地震撼了，只有江攸宁一脸无措。

后来还有一次，两人一起去看了《我的少女时代》，江攸宁看得泪流满面，沈岁和却睡着了。

还有一次，两人一起看了《我不是药神》。从电影院出来后，两人都沉默不语，没有讨论剧情，只是被深深地震撼了。

两人一起进电影院的次数屈指可数，一年也就一两次，但都不太愉快。

这一次，沈岁和打开房间里很久没用的投影，搜到了这部片子。

他们穿着白色的情侣家居服，江攸宁依偎在沈岁和的怀里，宛若一对恩爱情侣。

江攸宁此刻有种幻觉，仿佛她跟沈岁和恋爱了很多年，而不是她一个人唱了很多年的独角戏。

电影看到一半，江攸宁已经入迷，眼泪止不住地流。哪怕现在还没有孩子，她已经开始感同身受。在她哭到不能自已时，沈岁和关掉了投影，用遥控打开了窗帘，温暖的阳光倾泻而入。

“别看了，”沈岁和给她递了张纸过去，“眼睛要哭瞎了。”

江攸宁吸了吸鼻子说：“我想知道结局。”

“结局就是幸福的。”沈岁和说，“影视作品都是骗人的，你这么真情实感不值当。”

江攸宁哭得戛然而止。

电影没了，她被煽动起来的情绪也没了，只是眼睛哭得通红，像受了天大的委屈似的。沈岁和看着她，只见她大颗的眼泪掉在床上，但一直仰着头看他，用纯洁无瑕的眼神看他。

沈岁和的心蓦地软了，但他表面上还是很平静，于是伸出袖子在她脸上胡乱地擦了一下。

“以后别看这种不高兴的。”他转过身去，“找点儿喜剧看。”

“喜剧的内核也是悲剧！”江攸宁朝着他的背影喊。

沈岁和说：“起码也能笑笑。”

江攸宁见说不过他，便直接跳起来。沈岁和正好弓着身子，江攸宁于是直接跳在了他的背上。

沈岁和没有一丝防备，差点儿单膝跪地。幸好他扶着床稳了一下，两人才不至于摔倒在地上。

“做什么？”沈岁和没有生气，声音里甚至还带着几分宠溺。

江攸宁脑袋搭在他的肩膀上，兴奋地说：“搬家，高兴。”

沈岁和从干净的窗玻璃上能看到她的身影：两只胳膊紧紧地箍着他的脖子，脚丫子翘起来，甚至左右摇晃。江攸宁笑着哼起不着调的歌来。

后来，这天早上的场景总是会被沈岁和想起。

他总是会想，原来江攸宁在他面前也曾这样鲜活过，只是彼时他已经什么都没有了。

搬家不是件简单的事情，尤其是他们在这里已经住了三年。

他们俩结婚后的一切都是江攸宁亲手布置的。当初住进来的时候，这个家很空，除了家具没有任何装饰性物品。在询问了沈岁和的意见后，江攸宁给家里换上了色彩明亮的沙发罩，买了牛油果色的餐桌布。

家里的地毯、厨房的电器、餐桌上的花、走廊里的画……每一件物品都和她有感情。她其实很喜欢这个房子的格局，在这一点上她跟沈岁和其实能够达成一致。但她每天开车上班的路途太远，短期还能将就，时间长了真的无法忍受。

沈岁和联系了搬家公司，约定了搬家时间。两人便开始收拾东西，从卧室到书房，再到客厅，再到盥洗间，房子大的劣势逐渐显现出来。

刚收拾了两个小时，江攸宁便已经累瘫了。她毫无形象地坐在地板上，额头上全是汗。沈岁和给她递了瓶水，提议：“要不找个阿姨？”

“不用，”江攸宁摇头，“她们不知道东西在哪儿。”

自从住进来，江攸宁就没请过家政人员。尽管沈岁和提过很多次，但江攸宁一直没松口，她家也算是个富裕人家，但是从来没有用过家政人员。

第一次去曾家时看到那么多家政人员，她其实是很惊讶的。因为在她的认知里，这是家，不是餐厅、服装店、游乐园，不需要用别人。

她既不喜欢有人窥探自己的生活，也觉得没有必要雇用人。在很多东西都智能化的现代社会，个人需要打扫的东西并不多，她更理解不了雇人的必要性。

相比起来，她更喜欢亲力亲为。

只是沈岁和对家务一窍不通，帮不上什么忙，很多事情都需要江攸宁亲自来。

搬家结束已经是晚上十点，江攸宁跟沈岁和坐在新家的沙发上。

“晚饭吃什么？”沈岁和问。

江攸宁累到不想动弹，懒懒地说：“不知道，随意。”沈岁和便点了外卖。

江攸宁脑袋歪倒在他的肩膀上摇摇欲坠，沈岁和也闭上眼睛享受着难得的平静时光。

但是突兀的手机铃声打破了寂静，江攸宁倏地坐了起来，沈岁和已经按了接听。

“你们搬家了？”曾雪仪带着质问的声音从听筒中传来，江攸宁下意识地打了个冷战。

“是。”沈岁和说，“那边住腻了，就住到这边来了。”

他绝口不提江攸宁，曾雪仪却问：“是江攸宁撺掇的吧？”

房间里安静得连掉根针都能听见，沈岁和像是安抚似的握了握江攸宁的手。江攸宁手心汗津津的，手指都僵硬了，不自觉地坐得离沈岁和远了些。

“没有。”沈岁和眉头微皱，语气也不大好，“就是住腻了，想换个地方。”

“搬去哪儿了？”曾雪仪问。

沈岁和半晌没有回答。

曾雪仪那边也沉住了气，无声的对垒持续了好长一会儿，江攸宁仿佛能听见墙上时钟嘀嗒的声音，时间在慢慢地走。

“你都知道我搬家，还不知道我搬到哪儿了？”沈岁和笑出了声，

“我们连这点儿空间都没了？”

曾雪仪冷笑道：“躲着我？沈岁和，我是这么教你的？”

沈岁和沉默了。

良久之后，他没有回答曾雪仪的问题，而是转移了话题：“还有事吗？”

曾雪仪不放弃地追问：“你们搬去哪儿了？”

“芜盛。”沈岁和不大情愿地说。

“改天我去看看。”曾雪仪淡淡地说，“以后这种大事还是要提前和长辈商量一下。”

沈岁和懒得和她吵，敷衍地应道：“知道了。”

“对了，”曾雪仪换了话题，“下个月十三号，程家的女儿办婚礼，你让江攸宁准备一下，到时候别丢人。”

“既然觉得她丢人，就别叫她去了。”沈岁和说，“你跟舅妈一起去就行。”

万一到时候两个人闹得都不高兴，沈岁和也是两头为难。

他理解不了曾雪仪的想法。当初曾雪仪想让他结婚，便给他安排了相亲。他推辞不掉只得去了，只不过没看上相亲对象，而是看上了别人的相亲对象。后来闹了一番，曾雪仪最终也同意了这门婚事。只是他们结婚后，曾雪仪便处处为难江攸宁，觉得江攸宁唯唯诺诺、小家子气，上不得台面，还觉得江攸宁的跛脚给她丢了人。

即便如此，两个人不见便也罢了，但她在参加各类宴会时又总要喊上江攸宁。江攸宁就像个漂亮的玩偶似的，被化上一层面具似的妆，早出晚归。

曾雪仪冷冷地说：“这是规矩。”众人都带着儿媳，她不能不带，不然会显得失了礼数。

这种规矩让沈岁和很头痛，但又没什么办法，他也是在各种各样的“规矩”下长大的。各种条条框框，无数的限制，他从来没有逃脱过这种桎梏。

“沈岁和。”曾雪仪严肃地喊了他的全名，“我在考虑要不要搬进芜盛。”

沈岁和心中一惊。

“江攸宁留在你身边就是个祸害。”曾雪仪恨恨地说，“你现在越来越不听妈妈的话了。”

“妈，”沈岁和连忙阻止道，“我都结婚了。”

“那又怎样？”曾雪仪说，“难道你就不是我的儿子了吗？”

她的声音忽然放软了些：“岁岁，你奶奶昨天给我打电话了，她想让你回去看看，你说这是不是痴心妄想？”

“我知道了。”沈岁和忽然感觉到深深的疲惫，“我不会去的，她打电话我也不会接的。”

“婚礼是下个月十三号。”曾雪仪又转到了之前的话题上，“让江攸宁打扮得漂漂亮亮的过来，不然我十四号就搬进芜盛。”

沈岁和无奈地深吸了口气，略带疲惫地说：“我知道了。”

电话挂断，沈岁和跟打了场仗似的，径直后仰瘫倒在沙发上。他捏了捏眉心，隔了很久才问江攸宁：“都听到了？”

“嗯。”江攸宁淡淡地回应。

曾雪仪的声音不高，但她离得足够近，听了个大概。

“你陪着去一下吧。”沈岁和说，“还跟以前一样。”

“知道了。”江攸宁起身去了卫生间，一天的好心情都被这件事给冲淡了。

距离下个月十三号还有半个月，她刚好来得及准备礼服。

搬到芜盛后，江攸宁的生活变得惬意了一些，这里离路童家很近，开车不过十分钟。她常和朋友约着出门，心情也开朗了不少。去程家参加婚礼的礼服也是辛语和路童陪着她一起挑的款式。

偶尔她会带路童和辛语来家里做客，如果晚上沈岁和回来时恰好遇到她们，也会打个招呼，有时陪着聊会儿天，有时径直上楼处理卷宗。

生活似乎回到了原来的轨道上，她跟沈岁和的关系也亲近了几分，就连辛语都没再跟江攸宁提过“离婚”两个字。

教师节那天，沈岁和甚至提醒江攸宁给慕曦订一束花。江攸宁订了一束百合送过去，那晚慕曦还给她打电话说收到了沈岁和订的花。

他好像对她的事儿上心了那么一点儿，江攸宁开始觉得像这样一直生活似乎也不错。

每天醒来睁开眼就能看到他，这个她喜欢了很久的人。他在慢慢地变好，他们的关系也在慢慢地变好。

离婚的想法也从她心里慢慢地淡了下去。她想，是不是再努力一点儿，沈岁和就会变得更好一些？

他们的这段关系，好像还没有到无法修复的地步。

时间很快就到了十三号，这次的宴会也没什么特别的，就是个简单的婚宴。

程家是北城的房地产龙头老大，之前裴旭天租的中洲国际那边的古堡就是他家的产业，而他家就一个女儿，据说嫁给了北城赫赫有名的许家，这一场婚礼算是轰动北城。

江攸宁的叔叔江河也被邀请在列，但当天她没有去找江河，而是陪着曾雪仪在宴会厅流连，跟各家太太寒暄。她全程都不需要说话，只需要扮演好“会笑的木偶娃娃”这个角色，但是在这种宴会中攀谈也是个体力活，得站一整天。

到了傍晚，江攸宁便有些撑不住了，但仍旧强打起精神陪着，一直熬到晚上十点，宾客尽欢，众人散去。

曾雪仪携着她跟各家太太告了别。一回到车上，曾雪仪便收起了在脸上挂了一整天的笑。她坐在车后排右侧，跟江攸宁拉开了距离。

“回家。”曾雪仪吩咐司机。

司机茫然地问：“太太，回哪儿？”

车上还有江攸宁，他是该开到骏亚还是芜盛？

“芜盛。”曾雪仪淡淡地开口，“我去看看新家布置得如何了。”

车子平稳地行驶在路上，江攸宁静静地坐在后排左侧。她的脚有点儿疼，刚刚出来时她看了看自己的脚，脚踝已经红肿。

穿着十厘米的高跟鞋站一天真不是一般人能承受得了的，但曾雪仪安然无恙，那些名媛也个个无恙，只有她做不到。现在她的脚踝锥心刺骨地疼，但曾雪仪就在身侧，她也不敢伸手去揉一揉，害怕又被教训。

她们终于回到了家，沈岁和已经洗完澡，正坐在沙发上看书。她拉开门，让曾雪仪先进去。

沈岁和抬起头看了一眼，明显有几分错愕，但还是赶紧打招呼："妈。"

"我把你老婆还回来了。"曾雪仪淡淡地说。

沈岁和："哦。"

他放下书，去厨房倒了杯水过来。曾雪仪坐在沙发上，皱着眉看向他手里的水，不满地说："这种事也要你做？"

站在一旁的江攸宁快走了两步过去，抢过了沈岁和手中的水杯，讨好似的给曾雪仪递过去："妈，喝水。"

曾雪仪没说话，也没接她的杯子。江攸宁只好一直保持着双手举杯的姿势。

十秒，二十秒。

江攸宁的手指蜷缩了下，杯子抖了下，杯中的水摇摇欲坠，幸好没有洒出来。

"妈。"沈岁和一边喊一边接过了江攸宁手中的水杯，放在了曾雪仪面前的茶几上，发出不轻不重的声响。

"怎么？"曾雪仪淡淡地抬眼，仍旧保持着优雅的姿态，"她矜贵到连给我端杯水都不行了吗？"

"不是。"江攸宁刚要解释，曾雪仪便打断了她的话："我有和你说话吗？"

"没有。"江攸宁低敛下眉眼，声音微弱。

曾雪仪端起水杯轻抿了一口，杯壁连一个口红印都没有留下。她睨了江攸宁一眼，冷漠地说："长辈说话时不要随便搭话，尤其是在没跟你说话的时候，这点儿规矩你父母没有教过你吗？"

江攸宁握紧了拳头，即便没有去看曾雪仪，脑海中依旧能浮现出那张看上去雍容华贵的脸。

曾雪仪今年五十多岁，但保养得当，看上去和四十岁似的。她是用钱养出来的富家小姐，多年的穷苦生活也没有将她身上的傲劲磨掉。

反而在时间长河的洗礼下，她越发精致，越发恪守规矩。

她不只对自己如此，对沈岁和也是，甚至对江攸宁也是。

有时江攸宁都分辨不出来她是在刻意为难她，还是在教她“规矩”。她的拳头握了又握，指甲用力地掐着掌心，都快要陷进去了。她用尽了浑身力气才压制下想反驳曾雪仪的冲动。

曾雪仪和阮言不一样。面对阮言，她可以肆无忌惮，因为她不喜欢阮暮，也无须顾及阮言的想法。但面对曾雪仪，她总是能退就退，因为她知道沈岁和很为难，他在面对曾雪仪的时候也是百般不情愿。

她处处忍让，不过是舍不得让他为难罢了。

“忙了一天了，”沈岁和出来打圆场，“早点儿休息吧。”

他声音淡淡的，听不出喜怒。曾雪仪挺直腰背坐着，低头轻拂了下腿上若有若无的灰尘，这才悠悠地站起来说：“以后搬家这种大事，还是要和长辈商议一下的，咱们家可不能因为娶了个没规矩的媳妇就坏了规矩。”

曾雪仪在沈岁和的胳膊上轻拍了两下，似是警告：“岁岁，妈妈可不是这么教你的。”

沈岁和抿了下唇，顺从地说：“我知道。”

“你如果知道就不会先斩后奏了。”曾雪仪淡淡地瞟了他一眼，严肃地喊了他的名字，“沈岁和，下不为例。”

“嗯。”沈岁和回答道。

曾雪仪路过江攸宁的时候，目光由上及下打量了一番，然后道：“以后礼服可以挑个暗点儿的颜色。参加别人的婚宴，你穿得这么光鲜靓丽，不知道的还以为是你结婚。”

江攸宁低着头答应：“知道了。”

“一说你就是这副样子。”曾雪仪眉头微蹙，“唯唯诺诺，上不得台面。别人看到了，还以为我是个恶婆婆，在折磨儿媳妇呢。”

她的声调没有起伏，但于无形中给人施压。

“妈，没有。”江攸宁抬起头，眼眶泛红，勉强挤出一抹笑，“您对我很好。”

“好不好你心里没数吗？”江攸宁说完话，脑子里不自觉地就会接出下半句。在这一瞬间，她感觉自己好像变成了金智英——精神分裂的前兆。

她吸了吸鼻子，没再直视曾雪仪。曾雪仪却睨了她一眼：“真的好就别这副表情，笑都不能大大方方的，让人看着生气。”

江攸宁强撑着力气答：“知道了。”

沈岁和出门送曾雪仪离开。

江攸宁站在原地，呆立不动。她的脑海里好像出现了两个小人，其中一个小人在无限循环似的说着曾雪仪刚刚说过的话，另一个小人进行着反驳。

“这点儿规矩你父母没有教过你吗？”

“教过！我父母教得可好了！比你好一万倍！”

“唯唯诺诺，上不得台面。”

“我又不是一盘菜，上什么台面？你上了餐桌能吃吗？”

“别人看到了，还以为我是个恶婆婆，在折磨儿媳妇呢。”

“不让人看到你也是在折磨儿媳妇！自己什么样自己心里不清楚吗？你本来就是恶婆婆！坏透了！”

…………

两个小人在她脑海中不停地交战，不停地重复着刚才没有回怼曾雪仪的话。

她站了很久，腿麻了也不自知，直到沈岁和回来温声喊她。

“嗯？”江攸宁僵硬地转过了身子。

她看着笔直地站在那儿的沈岁和，眼泪突然掉了下来。

“怎么了？”沈岁和问出口后便紧闭上了嘴。他又不是不知道怎么了。

两人站在原地面面相觑，江攸宁盯着沈岁和看，隔着一步之遥，谁都没有动。

“抱歉，”沈岁和深吸了口气，“我……”

后面的话他不知道该怎么说，他都没逃脱的桎梏，该如何教江攸宁逃脱？

可是他话音刚落，江攸宁忽然捂着脸号啕大哭起来。泪水顺着她的指缝滑落，她哽咽着说："沈岁和，我感觉我病了，好像病得很严重，再也不会好了。"

说到最后，她怎么也平静不下来。

她无意识地蹲了下去，对着地板嘶吼："我怎么就变成了现在这样啊？！"

第三章

世上的路皆有尽头

北城的初秋是多雨的季节，傍晚还是彩霞染红天际，夜里突然乌云密布，不一会儿，淅淅沥沥的雨就洒落人间，雨点在空中翻滚跳跃，落在屋檐和土地上，疯狂洗刷着这座看似繁华瑰丽的城市，没放过任何狭小的缝隙。

细细密密的雨点敲打着窗户，在上边化作一道道雨线，沿着玻璃滑落，地上积了一摊摊水渍。

凌晨两点，江攸宁躺在床上忽然睁开了眼睛，脚腕处泛着细密的疼痛，就像被针扎似的。老天爷似乎总不凑巧，她白日里站了一天，脚腕正疼的时候，偏又赶上了下雨，如今疼得根本动不了，脚趾都蜷缩着。

白色的天花板上折射出细碎的彩色的光，尽管窗帘隔绝了外界的光怪陆离，但总有缝隙能让光照进来。天花板上光点斑驳，像是被捏碎了的星星。

江攸宁睁着眼睛，看似一动不动，其实躲在被子下的脚在拼命蜷缩，五根脚趾都无所适从，不知道该摆出什么姿势才能缓解疼痛。她也不敢动，怕吵醒沈岁和。

她晚上大哭了一场，沈岁和手足无措地在那儿站了很久，然后哽着声音说：“我带你去治病，你别哭，所有的病都能治好。”

他甚至温声安慰她：“你现在这样就很好。”

他说得最多的话是“抱歉”。

睡前他说的最后一句话不是“晚安”，而是“抱歉”。

江攸宁知道他为难，甚至痛苦，可是谁不痛苦？

她哭到失声，最后紧紧地抱住沈岁和说：“你抱抱我吧。”

沈岁和抱着她，比以往都紧，他的声音都跟着哑了：“抱歉。”

江攸宁哭着说：“没事儿。”

她想：你抱抱我，我可能就会好了。

爱一个人好像就是这样的，只要得到一点点温暖，就觉得自己似乎还能坚持下去。

她在暴雨中走了九十九步，只要得到他一个眼神的肯定，她就可以忍着疼痛把剩下的最后一步走完，哪怕结果是被推开。

江攸宁睁着眼睛望向天花板，没有任何睡意，身侧的人却睡得正熟。

他的呼吸声均匀又绵长，和幽暗的夜晚融为一体。江攸宁歪过头，看着他的侧脸。

沈岁和的睡相很好，他晚上向来不起夜，甚至一动不动，睡前是什么姿势，醒来依旧是。除非冷了，他会出于本能自动寻找热源。

他长得确实很好看，初看是很惊艳的类型，但看了那么久，再好看的脸也有看腻的时候。

江攸宁望着他的侧颜发呆，那张脸跟她记忆中相差无几，但距离近了很多。

她回忆着晚上的场景，那会儿的沈岁和似乎是最温柔的，是能够和她记忆中的形象重叠起来的。江攸宁深吸了一口气，小心翼翼地翻了个身。她侧过身子睡，这样会舒服一些，然后闭上眼，酝酿睡意。

雨滴仍旧拍击着窗沿，不知怎的，她忽然想到了一句诗：“帘外雨潺潺。”

她的脑子里纷乱无序，没有中心。

家里的花有了凋零的趋势，该买新的了。

昨天花瓶打碎了一只，也该买新的了。

家里的盐和酱油都没了。

楼下不知道是谁养的一只小白猫整天喵喵地叫着。

沈岁和送去干洗的衣服还没送回来。

她那天好像去便利店什么都没买。

上一次北城下雨是什么时候?

…………

呼吸逐渐变得绵长，江攸宁的眉也慢慢舒展。不知过了多久，天空忽地一声闷响，闪电的长光划过天际。

轰隆，窗外又是一声雷鸣，由远及近。

江攸宁倏地睁开眼睛，睡不着了。

蒙眬间，她好像回到了很多年前。那晚的雨跟今天一样大，她一个人站在华政的公交站牌下，望着公交车来的方向，周遭安静得可怕，就连卖东西的小贩都收了摊。也就是那天，她身侧站了一个人。

他身姿挺拔，如同巍峨的山。他声音温和，如同流淌的水。他等 11 路车，她等 4 路车。他有伞，她没有。

明明是她先来等的 4 路，但 11 路最先来。她紧张了很久，没敢去搭话，是他先问："没带伞？"

她颤着声音点头："嗯。"

他将那把黑色的伞递给她，她在滂沱大雨中喊："我怎么还你伞？"

他朝后摆了摆手："不用还了。"然后他上了 11 路公交车。

细细密密的雨线从公交车的玻璃窗上滑落，斑驳的光影将这个世界笼罩起来，那一刻世界变得静止，连风都很温柔。

她始终记得那道背影，也记得华政鹿港校区的公交站，更记得那个滂沱大雨下寂静的夜晚。

只是后来发生了太多的事，她好像忘记了。

但今晚的雨下起来没完没了，她在梦里好像又全记起来了。那个寂静的夜晚，她的心跳好像比平常要快很多，他的背影和寂寥的夜晚融为一体。

周围是黑色的，而他发着光，是暗夜里的唯一光源。在她眼里，那一刻树静风止，全世界只剩他一个。

江攸宁思绪飘散。良久之后，她才翻了个身坐起，平静地坐在床边。她动了动自己的脚，仍旧很疼，跟针扎似的。

她用手撑着床沿，借力站了起来，没有开灯，凭借既定印象往外走。她想去泡一下脚。

刚搬进来的家，很多东西还没收拾好，格局也和以前的卧室不一样。

江攸宁刚走了几步，砰！她不小心磕到了床脚。

一股钻心的疼从膝盖处传来，她倒吸了一口凉气，下意识地蹲下身捂住自己的膝盖。

床头昏黄的灯光倏地亮起，沈岁和支着胳膊，半眯着眼看向她，似是还没睡醒，他的声音里带着刚睡醒的慵懒和松散，低低沉沉的："怎么了？"

"不小心碰了一下。"江攸宁忍着疼站起来说，"我去趟卫生间，没事的，你睡吧。"

沈岁和"嗯"了一声，把房间里的灯也打开，白炽灯的光瞬间充满整个房间，当然也照亮了在床上躺着的他。只有一瞬，沈岁和似乎察觉到了外面的雨声，忙坐了起来，关切地问道："你的脚又疼了？"

江攸宁正拖着疼痛的脚往外走，听到他的话，头垂得更低："嗯。"

"回床上坐着吧。"沈岁和说着起了身，穿上拖鞋往外走，"你的泡脚桶和药在哪儿放着？"

"储物间。"江攸宁站在原地。沈岁和走到她身侧，已清醒了大半："坐着吧，别弄得更严重了。"

江攸宁仰起头看他，顿了很久才说："我想去阳台上泡脚。"

"外面下着雨，"沈岁和劝道，"风很大。"

"隔着窗户也行。"江攸宁说，"我想看看。"

沈岁和不知道她想看什么，但她眼神坚定地望着自己，很难让人拒绝。两人对视了几秒，沈岁和叹了口气。

江攸宁很少跟他提要求，哪怕是脚疼的时候。她即使疼到鬓角冒汗，也很能忍，不喊疼也不哭，就安静地坐着。如今她难得提要求，沈岁和自然不会拒绝。他低头看了眼江攸宁的脚，已经肿起了馒头大的包，一片红紫，看上去触目惊心。

沈岁和开了走廊里的灯，昏黄的光让家变得温暖起来。他找了个舒服的椅子放在客厅窗户前面，然后将江攸宁抱到椅子上，隔着干净的玻璃窗可以看到整个城市的雨景。

沈岁和去储物间找泡脚桶，江攸宁便坐在椅子上发呆。

沈岁和好像格外喜欢买高层，君莱是顶层，这边亦是，不过这边的格局不如君莱。

住进来半个月，江攸宁还没有完全熟悉新环境。她似乎就是这样，慢热到了极致，不仅跟人慢热，跟环境也是。

外面的雨下得逐渐大了，夜灯也被笼罩上了一层朦胧的光影，这座城市的夜景很好看，从这个角度看过去，一望无际的昏黄。

沈岁和的动作很快，他帮江攸宁准备好了一切，然后看着江攸宁把脚放进了冒着氤氲雾气的热水里。

“你去睡觉吧。”江攸宁平静地说，“我一会儿泡好了就回去。”

她现在的情绪和晚上那会儿简直判若两人，没有了嘶吼，眼中也敛去了所有情绪。她很平静，犹如一口古井，哪怕扔进一颗大石头都不会起涟漪的古井，但正是这样的平静才让沈岁和觉得不对劲，只是说不上哪里有问题。

看着江攸宁，他便觉得江攸宁有心事，将所有的事情都藏起来的那种。她的平静不是真正的平静，是在酝酿暴风雨的平静。

沈岁和没走，而是搬了一把椅子在她不远处坐下，还从书架上拿了一本书看。

从那边搬书的时候有些乱了，两个人的书混在了一起，用的是同一个书架，还没来得及重新整理，沈岁和拿的应当是江攸宁刚买的书——《你当像鸟飞往你的山》。

封面很一般，书名也很一般，但腰封上的介绍看上去很厉害。他一般是不看小说类书籍的，他的书除了法典，大多偏向理论和哲学。除了上学时老师推荐的必读书目，他基本上没看过小说，尤其是这种外国文学。

他观察到江攸宁的书架上有很多小说，囊括古今中外。

《红楼梦》《82年生的金智英》《情书》《太年轻》《无声告白》《断头皇后》《坡道上的家》……占了书架的三排。

他坐在那儿安静地看书，不论看什么书，他必定是很认真的。自幼曾雪仪便教导他，做什么事都要专心，甚至不知道从哪里学到的方法，让他握着冰块看书。

看书的时候握着冰块，等到冰块融化一定要看到多少页，曾雪仪每次说的都是一个很大的数字，对年幼的沈岁和来说几乎是不可能完成的任务。每次完成不了，他就要被苛责、被罚，不能吃饭是常事，有时甚至会挨藤条，后背的一些印迹便是那时候留下的。

曾雪仪有一条又细又长的藤条，抽在空中的时候啪啪作响，带着风，抽在背上又疼又麻。

她说："沈岁和，你跟其他人不一样。别人做不到的，你得做到。你是妈妈的骄傲。"

所以在漫长的学习生涯中，他很少拿第二名，如果拿了，那一定是逃不过的"规矩"。

他拿第一名是"规矩"，不和成绩差的小朋友玩是"规矩"，听妈妈的话是"规矩"，甚至成为一名优秀的律师都是"规矩"。

他的人生不容出错，因为曾雪仪说："我的儿子，应当是最完美的。"

他像一件雕塑品，被曾雪仪一笔笔雕刻，一笔都不能错。一旦错了，他就不完美了。

寂静的房间里，只有泡脚桶里的水声、两人的呼吸声以及书页哗哗翻过的声音。沈岁和看书速度很快，不过二十分钟已经看了近一百页，而且看得很入迷。

而江攸宁只是坐在那儿，一边泡脚一边发呆。她现在越来越爱发呆了，就是完全放空自己，也不知道在想什么。有时候想的甚至是

“世界上真的有鬼吗”“烧纸钱的时候死人真的能收到吗”“人还没死的时候在下边会有账户吗”这种毫无逻辑、带有浓重迷信色彩的问题。但她以前真的是一个无神论者，人活得久了，原来真的会变啊！

她看着雨，好像外面有人在看她，玻璃窗上映出她的脸，泛疼的脚泡在热水里，不是不疼了，而是热水的温度让她产生了错觉。那种热度是平常接受不了的，如今泡进去，只不过是用另一种疼来缓解之前的疼，就好像生活一样，大家都在自我欺骗罢了。

这不过是一场骗局，她感受着一点点好，就告诉自己还会更好的。

她现在就在热水之中，但有一天没了热水，她就不疼了吗？

不会的，该疼的依旧会疼。

江攸宁胡思乱想着，直到慢慢闭上眼睛，呼吸逐渐变得均匀绵长。

沈岁和翻书的声音也低了很多，不知过了多久，他放下书看了眼江攸宁，她已经睡熟了，只是睡得不愉快。

脑袋轻轻地歪着，纤长的脖颈上纤细的血管异常明显，头发安静地散了下来，没有一根乱飞，和她这个人一样，乖巧安静。她的脚被泡得越发红了，鬓角也沁出了细细密密的汗珠。沈岁和去找了块擦脚的毛巾，把她的脚从泡脚桶里拿出来，小心地擦掉上边的水渍，但只擦了一只脚，江攸宁便醒了。她的脚一抖，整个身体都在颤动，似是感到了害怕。

沈岁和只是抬头看她：“醒了？”

“嗯。”江攸宁应了声。

她看着沈岁和的动作，一时没反应过来。

“我来吧。”她弯腰去取沈岁和手上的毛巾，但沈岁和已经给她擦完了另一只脚。

“没事儿。”沈岁和把毛巾搭在了一旁的椅子上，直接把她抱了起来，像把她抱过来时那样。

他的脸一如既往地没什么表情，但江攸宁想到了两个字：抱歉。他温和的声音配上他此刻的表情，似乎也很恰当，是因为她情绪崩溃他才这么体贴吗？或者是因为曾雪仪的无礼？

不管哪种原因，江攸宁都觉得别扭。

人总是不知足的。原来觉得只要靠近他就好了，后来觉得再近一点儿也无不可，再后来，只是身体靠近也无法满足。她甚至奢望，有一天能够让沈岁和爱上自己。

在领结婚证的那天，她做过一个梦。梦里是盛大的婚礼，有很多人来观礼祝福，站在主婚人面前，沈岁和笑得和她一样开心，揭开了她的头纱，但直到现在，他们都没办婚礼。她没敢提要求，沈岁和也一直没提起过，之前说有时间了就大办，但一直都没有时间。

她躺在床上，脑子里仍旧停不下来那些乱七八糟的想法，沈岁和出去收拾客厅了。她打开手机看，同事群里的消息刷了上百条。

起因是常慧今天请了假去检查，结果查出了怀孕，她在群里宣布了这个消息后，大家纷纷祝福，还有人打趣她可以休很多天的产假。

常慧只是说觉得很神奇，还在群里发了小宝贝的B超图，很小的一块，就在她的肚子里开始孕育，从豆子大到苹果大，最后到快要撑破肚皮。而且她在群里说，自从知道她怀孕以后，她老公一整天都笑得合不拢嘴，张口孩子闭口孩子，从没见他那么高兴过。

另一个有婚姻经验的部长也出来附和，那会儿她跟老公都快要闹离婚了，结果因为她怀孕的事情，她老公服了软，对她百般体贴，她说什么就是什么。平常不做家务的一个人，那会儿是随叫随到，连苹果都给削好皮切成小块，用牙签递到嘴边，简直就是“劳模”。

生了孩子之后，她老公虽然比不上刚结婚那会儿，但两个人起码有的可聊，就着孩子的问题也就有了很多共同话题，而不是跟怀孕前那样，每个人都抱着自己的手机玩。部长还说，二十五到二十八岁是女性的最佳生育年龄，虽然公司不提倡，但她觉得女人还是要对自己好一些，不要像她一样三十二岁才生孩子，疼得要死要活，最后还选择了剖宫产，肚子上留了一条又长又丑的疤，看着触目惊心。

她们在群里聊了近两个小时。宫霏还说自己快要结婚了，现在有点儿婚前恐惧，一想到结婚这件事就心跳得飞快，怕结婚后两个人就不像现在这样恩爱了，然后在群里询问各位过来人的建议。

大家纷纷表达了看法。

部长是最有发言权的：“结婚本来就是令人恐惧的事情，从一个人变成三家人，你的时间被无限压榨，最后你就不是为自己而活了。但换个角度想想，你本来也不只是为自己而活。我当时是父母都觉得我该结婚了，我老公人也不错，家里也靠谱，匆匆忙忙就结了，现在过得也还行。”

常慧说：“结婚有时就是凭一时冲动，我当时也特别不想结，怕他结婚以后对我不好。但有一天我喝了酒，就跟他去民政局领证了，证都领完了，也就没有反悔的余地了。不过好在他一直对我挺好的，现在有了孩子，我感觉他快要不放我出去工作了。以前只是接我下班，他今天说以后要每天接送我上下班，我感觉是……甜蜜的负担。”

大家还在群里叫了江攸宁。

只是她一直没出现，大家自行为她解释，说她是老年人作息，这个点估计已经睡了，其实那会儿江攸宁还在陪曾雪仪在宴会厅里觥筹交错。

她躺在床上关掉手机，忽然在想，生个孩子会好吗？会把这段濒临破碎的婚姻重新黏合起来吗？沈岁和那样感情冷淡的人，会因为一个孩子就此变好吗？曾雪仪会因为她生了孩子就接受她吗？

想不明白，很多问题只有实践了才知道，但她现在没有实践的勇气。

凌晨三点半，她打开了房间里的投影，随便找了部电影看。

房间里的灯变暗，沈岁和进来时什么都没说，只是躺在了她的身侧。

结婚三年，两人好像也培养了一些默契。

她不过去，沈岁和也不会抱她，两个人隔着不远不近的距离，好似刚刚的温情没存在过。

电影是《楚门的世界》，这是沈岁和的片单里的。

楚门生活在一个大型直播世界，身边的所有人都是演员。从发现世界的虚假到走出这个世界，他克服了很多困难，犹豫、害怕、退缩、猜疑，所有的情绪都有过，但他最后还是勇敢地走了出去，迎接他的是更广阔的世界。

江攸宁想：她现在是楚门吗？她能往外走吗？她有勇气往外

走吗？

楚门为爱走出去，而她为爱留下来。

好听的英文发音在房间里响着，沈岁和离她近了一些，江攸宁靠在他怀里。

她能听到他的心跳声。咚咚，心跳得似乎有点儿快。

江攸宁脑海里忽然出现了一个缩小版的沈岁和，眉眼像他，性格像她。

鬼使神差地，她钩了钩沈岁和的手指，沈岁和反握住她的手，修长的手指顺着她的指缝进去，自从上次十指相扣后，沈岁和就跟尝到了甜头似的，每次拉手就很自然地和她十指相扣。

沈岁和捏了下她的手指，似是有瘾，一个指节一个指节地捏过去，有时还会捏得发出一声响，但她并不疼。

沈岁和觉得，无聊的时候玩她的手指也很有意思。

“怎么了？”沈岁和温声问。

江攸宁的头紧紧靠在他的心口，手心都沁出了汗。

她很久没有说话。

电影里正好放到楚门说的那句：“Good morning，and in case I don't see you，good afternoon，good evening，and good night。(早上好，假如我再也见不到你，就再祝你下午好，晚上好，有个好梦。)”

楚门挥手告别。

江攸宁闭了闭眼睛，颤着声音问：“沈岁和，你喜欢孩子吗？”

“嗯？”沈岁和愣了两秒，似是没明白江攸宁怎么会突然问这种问题，但还是很老实地回答，“还好。”

他的成长过程其实挺艰辛的，所以根本没想过自己有孩子是一种什么体验，尽管结了婚，但这个问题从不在他的考虑范围内，他只能回答“还好”。

对于孩子，他不过分苛求，也不过分反感，觉得随缘就好。

江攸宁捏了下他中指的指节，仔细地听着沈岁和的心跳声。沉默良久后，她严肃地喊他的名字：“沈岁和。”

“嗯？”

“我们……”江攸宁顿了下，“要个孩子吧。”

下过雨的清晨，天仍旧雾蒙蒙的。

江攸宁脚疼了一晚，临近天亮时才睡着。即便如此，她也是半梦半醒。

她看到沈岁和把被子给她多盖了一些，感觉到沈岁和临走时吻了下她的额头。

亦真亦假，似乎一切都是她的梦境，或幻觉。

江攸宁睡了很漫长的一觉。不知梦到了什么，她忽然打了个激灵，顿时清醒，只是不想睁开眼睛。

她躺在床上，感受着一个人的清晨。房间里空荡荡的，身侧也没有人，沈岁和已经去上班了。

她睡觉前侧躺着给部长发了消息，又请了一天假。她这会儿不需要出门，在家躺着睡觉似乎是最好的选择。但睡多了也很烦躁，江攸宁于是坐了起来，抓了抓头发。

她的脚露在被子外面，脚踝处的红肿已经好了很多。

从窗帘的缝隙看过去，天仍旧是蒙蒙亮的状态，但现在已经是上午十一点半了。

要在平时，办公室里早已开起了热闹的茶话会，从这个部门的小李聊到那个部门的小王，话题多样。

江攸宁虽然沉默，但会听，听她们的话题和评论，那似乎是她跟世界连接的点。

江攸宁靠着床坐了很久，眼神没有聚焦，又开始了她的常态——发呆。

手机屏幕忽然亮起，是辛语在群里给她发的消息。

“我的合约纷争解决了。晚上请你吃饭啊！你要想，叫上沈岁和也行。”

江攸宁盯着屏幕看了一会儿才回：“路童牛！咱们吃饭就吃饭，叫沈岁和干吗？你是怕吵不起来吗？还是生活太愉快需要找点儿不痛快？”

辛语秒回："路童要是有这本事，我叫她一声祖宗！是你家沈岁和帮忙解决的，不然我会请他吃饭？你看我闲吗？"

江攸宁："哦。"

敢情这是"吃人嘴软，拿人手短"，不过她都不知道这些事。

沈岁和从来不和她说。

辛语忙得要死，已经好几天没跟她联系了。这会儿官司解决了，看她发的消息，字里行间都洋溢着高兴。

江攸宁问："上法庭了？"

辛语回："没有。你家沈岁和帮我找人跟公司那边的律师谈了谈，最后竟然谈拢了！你都不知道，我当时以为那个狗老板真有勇气把我告上法庭呢，毕竟我都把他搞成那样了，合同还握在他手里呢，光违约金就得付好几百万。结果那律师一来就把局势扭转了，我都没弄明白怎么转的。反正现在我只需要赔公司那边三万，就可以解除合同了。而且那个男人还给我赔礼道歉了！你都没看见他脸涨成猪肝色跟我说'对不起'时的表情，哈哈！当时我心里那叫一个爽！以前我不相信律师能有这么厉害，现在小妹佩服得五体投地！"

看得出来，辛语对处理结果很满意。

付违约金几百万和赔三万，其中的差距不言而喻，最关键的是辛语得到了那句道歉。

辛语自小大大咧咧，但对感情看得通透。可能是单亲家庭的缘故，她不怎么相信男人，也不相信婚姻，尤其痛恨第三者。一旦遇到这种事儿，她必定是最暴躁的那个。这次能让出轨男道歉，辛语才算是真正痛快了。

江攸宁戳着屏幕给她发："恭喜啊！"

辛语："同喜同喜！这下我可以换大房子了，等你离婚我们直接入住！"

一直没说话的路童大概刚看到消息。

她叫辛语："夸沈岁和的律所好就直接夸，诋毁我干吗？术业有专攻，裴旭天做争议解决的本事是我能比得上的吗？而且，沈岁和刚替你省了几百万，结果你用这钱造金屋藏他的娇？这挖墙脚的功夫，挖土机都自愧不如。”

隔了几秒，辛语发了一条语音过来。

刚解决了糟心事，正是心情好的时候，她语调上扬：“我造金屋能藏娇是我的本事，有本事你让沈岁和也来？再说了，他帮我是看在宁宁的面子上，那我感谢宁宁不就行了？所以让她住金屋也没什么问题吧？”

这话乍一听好像很有道理，路童和江攸宁一时间都无话可说。

辛语的语音接二连三地发过来。

“虽然我很感谢沈岁和帮我找律师，但这跟我劝宁宁离婚没什么冲突。钱重要，姐妹幸福也很重要。我可以请他吃饭感谢他，但让我不劝姐妹离婚，做不到。

“那律师叫裴旭天，我也没听过。反正挺厉害的，三言两语就把对方律师给噎住了，最后狗老板给我道完歉还放狠话，说没想到我能请到这么厉害的律师。啧啧，那个表情，我简直终生难忘。我心想，你没想到的事情还多着呢！

“路童，你能不能跟人家学学？那气场，那风度，那姿态，坐在那儿对方律师就服软了。改天姐姐给你置办一身行头，别总穿着你那件陈年的白衬衫去上班。”

路童也发起了语音：“我妈给买了，谢谢姐姐。”

“你都不了解我们这个圈子，怎么可能知道裴旭天？”路童给她科普，“人家号称‘律圈小公子’，几乎全家都是学法的大人物，他从小就耳濡目染，而且你以为他是专门做争议解决的吗？不！他的专业是民事诉讼，只不过他上法庭太容易碰到熟人，所以最后勉为其难转做了争议解决，但数额小的案子他是不做的，这次你就是沾了沈岁和的光好吗？”

辛语又开始打字：“不，我有今天全靠宁宁，坚决不领沈岁和的情，领了他的情，我还怎么劝离婚？江攸宁，你之前说要考虑的，现在考虑得怎么样了？”

江攸宁：“还在考虑。不能着急，毕竟是人生大事。”

辛语：“当初结婚你都没考虑这么久，难道结婚不是人生大事吗？”

江攸宁说不过辛语，于是换了话题：“是裴旭天帮你做的争议解决？”

辛语：“不清楚。我只知道别人喊他裴律，不知道全名，路童说是就是吧。人还挺不错的，事儿解决得也不错，没想到沈岁和还有这么靠谱的朋友。”

江攸宁现在已经无法想象沈岁和在辛语心里的形象了，只好在心里默默地替沈岁和惋惜。

路童解释说：“上次宁宁就是去给裴旭天过生日的啊，咱们还去接她来着，你都忘了？”

辛语：“哪次？”

路童：“就半个多月前，中洲国际。”

辛语：“就他？把宁宁气走那个？”

辛语接着一连发了好多条，直接刷了屏。

“人渣！

“斯文败类！

“沈岁和不靠谱！朋友也不靠谱！

“垃圾果然是分类的！

“怪不得我看他面相刻薄。”

江攸宁：“可以了，上次的事和他没多大关系。”

辛语：“那他作为主人也脱不了干系！”

辛语每次都喜欢胡搅蛮缠，但每次胡搅蛮缠说出来的话竟然都还有几分道理。又聊了一会儿，江攸宁说今天懒得出门，改天再约。她放下手机，在床上坐了一会儿。

等到中午十二点整，江攸宁才站起来拉开窗帘。

阴云密布的天空，看起来颇有风雨欲来的气势，但她的脚已经不疼了。她站在窗前，开了半扇窗户。

懒得出门，懒得社交，懒得说话，这大抵就是她现在的状态，但这种懒还不想被别人发现，所以要伪装成自己很好。

这种生活什么时候会好呢？她不知道。

吱呀。

门忽然被推开。

江攸宁慢悠悠地回头，是沈岁和。

他穿着一件黑色的T恤，头发带着湿意，脚上换了居家拖鞋，手里捧着一杯牛奶。江攸宁又慢悠悠地转回来，将目光投向窗外。

外面是无边无际的高楼，天空都是阴沉沉的，秋风带着凉意，掠过她的身侧，楼下好像传来了孩子的啼哭声，那声音有点儿刺耳，尖锐、凄厉，像号叫。

她的指腹搭在窗台上慢慢摩挲，前几天打扫过的窗台这会儿又有了微小的灰尘，沾在了她的手指上。

“外面冷，”沈岁和走过来关上了窗户，将牛奶递给她，温和地说，“怎么不在床上躺着了？”

“睡不着了。”江攸宁说。

她没有阻止沈岁和的动作，但窗户被关上，新鲜的空气进不来，她觉得憋闷。

“你没去上班？”江攸宁坐在床上，捧起了那杯牛奶。

杯壁温热，应该是沈岁和刚热过的。

“嗯。”沈岁和坐在她身侧，“今天不忙。”

房间里回到了之前的沉寂，等江攸宁喝完牛奶，沈岁和接过杯子说：“下楼吃饭吧。”

“你做的？”江攸宁诧异。

沈岁和摇头：“妈拿来的。”

江攸宁愣了两秒，下意识地问：“哪个妈？”

曾雪仪会给他们送饭？她信都不信。

“你妈。”沈岁和说，“她上午来的时候你在睡觉，我就没叫你。”

“哦。”江攸宁点了下头，“她一个人来的？”

“嗯。”沈岁和拉着她下楼，“说是到这边来办事，顺便来看看新家。”

慕曦来的时候带了腌菜，还有一大清早起来炖的排骨汤，来了之后帮忙炒了两道菜，米饭是沈岁和蒸的。临近中午，她说自己还有事便走了，沈岁和刚出门送了她回来。

桌上摆的菜不算丰盛，但两个人吃足够了。江攸宁刚喝过牛奶，便只盛了半碗米饭，就着菜吃，咬了一口发现米饭还有点儿硬。

“我妈蒸的？”江攸宁有点儿疑惑。

沈岁和低头扒了两口饭，快要咽完的时候才说：“我蒸的。”

“哦。”江攸宁又吃了口米饭，言不由衷地说，“挺好吃的。”

沈岁和放下碗，碗里很干净。

“江攸宁。”沈岁和噙着笑喊她的名字。

“嗯？”江攸宁抬起头看他，“怎么了？”

“你是不是以为我没知觉？”沈岁和也盯着她看。两人四目相对，他耸了耸肩说：“米饭是硬的。”

“我知道，”江攸宁低着头又扒了一口米饭，囫囵着说，“但你第一次做，这样已经很好了。”

沈岁和愣了两秒，目光没有从江攸宁身上移开，这个人身上似乎有镇定人心的力量。

做不好是正常的，他不必每件事都做得很好。

“是吗？”沈岁和佯装无所谓地说，“那你不觉得跟这些菜格格不入吗？”

桌上的菜色香味俱全，而米饭又硬又夹生。

“不啊，”江攸宁说得理所当然，“我妈做饭都多少年了，你这是第一次。”

她也吃完了饭，放下碗看着他继续说：“你对自己要求也太高了吧？爱迪生发明灯泡实验了一千多次，居里夫人用了三年才从上千千克沥青残渣里提炼出镭，莱特兄弟为制造飞机用了两年时间，进行了上千次滑翔试飞才成功。你做什么都想一下子就成功，可能吗？”

沈岁和坐在她对面，嘴角噙着笑，眼里不似平时那般冷漠。

等江攸宁说完，他才笑出声。

“江攸宁。”他喊她的名字。

江攸宁挑了下眉：“嗯？”

那双鹿眼水波荡漾，分明是最纯情的眼神，沈岁和愣是看出了勾人的姿态。

“你写高考作文呢？”他声音慵懒，夹杂着笑，“接下来是不是就该举达·芬奇画鸡蛋、牛顿发现万有引力、毕昇发明活字印刷的例子了？”

江攸宁又不是百科全书。

“他们的发明都是在创造没有的事物。”沈岁和似乎别上了劲，拼了命地证明自己的不好，“我蒸米饭是站在前人的经验上，用着智能的现代化设备，把水和米倒进去就行，但做出来的还是不好。”

“所以……”他将两条胳膊撑在桌子上，往前移了几分，目不转睛地看着江攸宁，“我是不是很无能？”

他们以前很少在餐桌上攀谈。沈岁和好像被曾雪仪管得很严，吃饭的时候从来不说话，今天就像变了个人似的，一个劲地反着来。

“都说了你是第一次做啊。”江攸宁避开了他的目光，低下头收拾残局，“做得好是意外，做不好才正常。”

“我第一次做饭的时候差点儿……”江攸宁说着忽然收了话头，然后把两个碗摞在一起，起身端去了厨房。

“你还没说，”沈岁和跟着她站了起来，“差点儿怎么了？烧了家？炸了厨房？”

江攸宁拿碗他端菜，两人都进了厨房。江攸宁背对着他洗碗，闭口不提第一次进厨房的糗事。沈岁和把菜放进冰箱后依旧追问她：“你第一次进厨房差点儿怎么了？”

“没怎么。”江攸宁低着头，不想接这个话茬。

“我不信。”沈岁和说，“你话都到嘴边了。”

江攸宁抬头睨了他一眼，似是嫌他离得太近，往旁边挪了两步。但沈岁和又跟了上来，说话时呼吸都吐在她的脖颈间，语气中带着几分威胁：“说。”

“幼稚。”江攸宁嗔道。

沈岁和挑了挑眉：“饭粒还粘在嘴上的人，说我幼稚？”

江攸宁下意识地抬起手，但手湿漉漉的还带着白色泡沫，于是沈岁和伸手捏掉了那颗饭粒。

江攸宁："谢谢。"

沈岁和："不用谢。"

江攸宁洗完了碗，站在厨房里忽然放空了自己，一时想不起来要去做什么。

"怎么了？"沈岁和问她。

她皱了下眉，摇头道："没事儿。"

"你把菜都放冰箱了？"江攸宁问。

沈岁和拉开了冰箱："是。"

江攸宁又把菜全拿了出来："你没裹保鲜膜，会串味儿。"

她做事情很细致，不到一分钟便将所有的菜都裹上了一层保鲜膜，沈岁和帮她放进了冰箱。

两人一同坐在客厅的沙发上，算是闲了下来。

"想出去玩儿吗？"沈岁和问。

江攸宁："去哪儿？"

"都可以。"沈岁和说，"看你有没有想去的地方，我陪你。"

"嗯？"江攸宁错愕了两秒，盯着他认真地问，"是补偿吗？"

对昨晚曾雪仪的无礼导致她情绪崩溃的补偿，或是对她昨晚提出要个孩子后他沉默的补偿？

"不是，"沈岁和说，"我们结婚以后一直都没出去走走，最近有时间，可以一起出去玩儿。"

"哦。"江攸宁低下头，两条胳膊撑在沙发上，腿不停地晃荡，眼睛盯着自己的脚尖，淡淡地说出了答案，"不用了。"

她现在不想出门，心累，走两步都觉得累。

沈岁和没再劝她。

"那你什么时候想出去可以叫我，"沈岁和退而求其次，"我协调一下时间。"

"哦。"江攸宁仍旧是那副表情，颓丧、疲惫。

沈岁和忽然伸手摸了下她的额头，她抬起头，皱眉道："怎么了？"

"没事儿。"沈岁和起身去医药箱里拿了药出来，将两颗感冒药、一颗退烧药放在她面前，然后把餐桌上的水杯递了过来，“你早上发烧，这会儿额头已经不烫了。”

“哦。”江攸宁勉强笑了下，“我说怎么今天醒来的时候头晕眼花的。”

沈岁和的声音比往常任何时候都温柔：“吃过药就没事了，病会好的。”

江攸宁吃了药，拿了个抱枕坐在沙发上打开电视机。最近没什么好看的剧，她随便找了一部，其实也不是想看剧，就是想要耳边有个声音。

剧里的人在说话，她在发呆。沈岁和在她身侧坐着，她也不靠过去，半眯着眼，佯装出神地看电视。

沈岁和拿出手机给裴旭天发微信：“你认识什么比较好的心理咨询师吗？”

对方秒回：“你病了？怪不得最近总是消极怠工。”

沈岁和：“不是我。”

裴旭天：“那是谁？你家江攸宁？”

沈岁和：“嗯，她情绪不太对劲。”

裴旭天：“我堂姐是学心理学的，但我怕你不敢用。”

沈岁和发了三个问号。

裴旭天：“犯罪心理学。”

沈岁和：“去死。”

沈岁和在自己的微信好友列表里找可能给他推荐靠谱心理咨询师的人，但没有找到。他很少加别人的微信好友，和客户也是，案子一结束他就会删掉对方的联系方式，所以到现在，他微信里的联系人寥寥无几。

记得老家有个堂哥好像在北城开了一家心理咨询所，但他不太想跟那边的人联系。曾雪仪如果知道了，必定要大闹一场，还会暴露江攸宁的隐私。

他甚至打开了浏览器搜索“北城好的心理咨询师有哪些”，跳出来的都是广告，没一个靠谱的。

沈岁和疲惫地关上手机，看向江攸宁，江攸宁脑袋靠着一个抱枕，怀里抱着一个，眼睛已经闭上，呼吸均匀绵长，看上去像是睡着了。

她睡着的时候特别乖，比平常还要乖几分。沈岁和找了条毛毯给她盖上，把电视的声音调小了一点儿，去书房里取了一本书来，坐在她旁边看，书翻页的声音也很小。

外面似乎又开始下雨，滴答滴答地落在屋檐上，听起来像复杂的交响曲。

隔了很久，裴旭天给他推送过来一个联系人。

"这个是专门研究女性心理的。"

沈岁和："谢了。"

裴旭天："别客气。上次的事儿还差她一个道歉，以后再向她赔罪。"

沈岁和："呵，我以为你把这事儿忘了。"

裴旭天："大男人敢作敢当，我就是迟了点儿。少得理不饶人了，这几天给你放假了，在家陪老婆吧。"

沈岁和："这么好？"

裴旭天："那要不撤销？"

沈岁和回复道："近期我手头的事儿处理得差不多了，没什么大事我就不去律所了，新的案子你先处理着，她的情况有点儿糟糕。"

裴旭天："放心吧。你在家多陪陪她，听说已婚女人得心理疾病，绝大多数是因为缺乏陪伴，尤其是老公的陪伴。"

沈岁和："你从哪儿听说的？我婚后回家很早的，应酬也很少。"

裴旭天："但缺乏有效沟通啊！况且我说的一半来源于书籍，一半来源于现实，你忘了我妈是怎么去世的了？"

沈岁和："知道了。"

沈岁和申请加了那人的好友，然后继续翻动手上的书，但他第一次看书走了神。

裴旭天的母亲是患了抑郁症从自己家十六层的楼上跳下去的。那年裴旭天十岁，正是调皮捣蛋的年纪。

裴旭天喝多了酒和他说，他妈是在他面前跳下去的，甚至跳下去前还笑着朝他挥了挥手。他跑过去拉，只拉住了他妈妈的一片衣角，一块不规则图形的红色碎布。

他从十六楼望下去，只看到一片血肉模糊。裴旭天偶尔和他提起，都说他爸不是个东西。当然了，他也不好，不然怎么每天回家都没发现妈妈得了抑郁症？

裴旭天的父亲后来再婚了，继母是一名检察官，婚后两人没有生孩子，家里的气氛非常冷漠压抑。裴旭天吸取了他爸的教训，喜欢一个人可真是好到了骨子里，对阮言千依百顺。

裴旭天跟沈岁和喝酒时，每次喝多了都给沈岁和科普，女性因为抑郁症自杀的人有多少，抑郁症这个病有多严重，但沈岁和从没放在心上过。

他总觉得这些事情离他很远，很远。

曾雪仪这辈子是不可能得抑郁症的，只要他活着，活成曾雪仪的骄傲，她就不会得抑郁症。

可是他没想到江攸宁得了，她昨晚哭的时候，沈岁和蒙了很久。他上过很多次法庭，见过很多人哭，因为钱财尽失哭的，因为家庭破裂哭的，各种各样的撕心裂肺的哭，他自以为看得麻木了。但昨晚江攸宁哭的时候，他有些慌，她说她再也不会好了。

沈岁和想：那该怎么办呢？

很多想法莫名其妙地从他的脑海中跳了出来。

他安慰自己："江攸宁会好的，一定会的！"

江攸宁这一觉睡得很沉。她什么都没梦见，醒来的时候和平常一样是先意识清醒，然后睁开眼睛。

房间里一片漆黑，本来应该在客厅的她现在躺在卧室的床上，外面雨声不停，滴滴答答，听得人心烦。

她在床上翻来覆去，伸手从床头摸手机，摸了几个来回也没摸到，心里更烦了。

她坐起来，用遥控打开了窗帘，窗外昏黄朦胧的灯光下飘着细细密密的雨丝。她没开屋里的灯，凭借记忆摸黑出了门，客厅也是一片漆黑，只有书房的门下缝隙里透出微弱的光亮。

沈岁和没有出门，得到这个信息的江攸宁，悬着的心忽然落了下来。她说不上是什么感觉，就好像他如果留在家里，就是在乎她的；如果这种时候他还要出去，那她就没什么挣扎的必要了。

她放缓脚步走过去，屈起手指敲了敲书房的门。不一会儿，门被打开，昏黄的灯光将书房照亮。

“你醒了，”沈岁和先开口，“饿了没？”

“现在几点？”江攸宁问。

“七点十三。”沈岁和看了眼表，“你睡了一下午。”

江攸宁摁了摁眉心：“好吧。”

昨晚熬到那么晚，今天睡了一整天，什么都没做，净胡思乱想了。她扫了眼书房，书架上的书好像全部整理过了。她的书放在右侧，沈岁和的书放在左侧。

他做事向来严谨，把所有的书按照首字母排了序。

“我的手机呢？”江攸宁站在门口。

沈岁和转过身，从后边的桌子上拿起来递给她，解释道：“放在房间里怕影响你睡觉，我就拿到书房了。”

“哦。”江攸宁解开锁，翻了几下，没什么特别的，没有未看的微信消息，也没有未接来电。

沈岁和说：“下午有一个快递，我帮你签收后放在客厅了。”

“嗯。”江攸宁想了想，最近好像没有在网上买什么东西，但还是道了声谢，“我一会儿拆。”

“你的鞋呢？”沈岁和盯着她的脚。

她赤脚下地，也没穿袜子，被沈岁和质问的时候，她的五根脚趾轮流跷了起来，尤其是大脚趾跷得最高。

“忘穿了。”江攸宁说，“我现在去穿。”

她眼神懵懂，带着几分懊悔，说着转身就要回房间，但沈岁和直接把她抱了起来。

“地上不凉吗？”沈岁和温声道，“刚入秋就这么不注意，别人都是好了伤疤忘了疼，你伤疤还没好就这么不注意。”

“嗯？”江攸宁攀着他的肩膀。

她一时间没习惯他这么温柔，也不习惯他突然说这么多话。

沈岁和开了灯，江攸宁的拖鞋安静地待在床边。

江攸宁乖巧地穿上，没过两秒，沈岁和又从柜子里找出一双紫色袜子：“把这个也穿上。”

“哦。”江攸宁慢吞吞地在床上穿袜子，沈岁和就靠在衣柜上等着。她穿上鞋后往外走，沈岁和便跟着她，一步也不离开。

“你要继续看书吗？”江攸宁问。

沈岁和摇头：“吃饭吧。”

“哦。”江攸宁说着往书房的方向走，“那我去看会儿书。”

“你不吃吗？”沈岁和问。

江攸宁顿了顿，摇头：“没有特别想吃的，要不把中午的饭放微波炉里热一下吧。”

“那应该很快。”沈岁和说，“你坐一会儿，我去弄吧。”

江攸宁想了想，跟着他去了厨房。

但中午的饭，她看着实在没有食欲。

“我想吃火锅。”江攸宁忽然说，“特别辣的那种。”

下雨天适合吃火锅。

“想吃哪家？”沈岁和问。

江攸宁看了眼外面的餐桌，突发奇想：“我们还没在家吃过火锅吧？”

“嗯。”

不仅如此，他们在外面也没吃过。

沈岁和不太喜欢味道重的东西，所以每次请她吃饭都是去口味相对清淡的地方，而且是西餐居多，那里的氛围比较好。

隔了很久，江攸宁才吞吞吐吐地说：“我想在家吃，可以吗？”

像是怕他不同意，江攸宁没有看他，避开了他的眼神。

“可以，”沈岁和说着拉她出了厨房，“这里也是你家，不需要什么都经过我的同意。”

买食材是网上下单，沈岁和没用过这种软件，便拿出手机递给江攸宁，两人一起选菜。

江攸宁知道他所有的喜好，所以选菜这件事一个人就能搞定。选底料的时候，江攸宁有些犹疑，转头看了沈岁和一眼，沈岁和直接选了中辣。他平常很少吃辣，江攸宁也知道，但她看过来，分明是在顾虑他。

等菜送过来的那段时间，江攸宁从厨房里把前段时间买的锅拿出来，然后切了小葱、香菜和蒜末。

虽然只有他们两个人，但点的东西并不少。江攸宁吃火锅的时候有个习惯，什么都想尝一尝，所以经常点很多菜，但她又吃不完那么多，最后总是会剩下很多。

送来的食材都是半成品，有的需要洗，有的需要改刀，但比平常做饭炒菜要快得多。沈岁和不会做，但也进了厨房，帮江攸宁递东西。

他们将所有食材端上桌时，锅里的底料也已经沸腾。

红色的锅底里，上边漂浮着一层辣油。江攸宁揭开锅盖，氤氲的雾气瞬间弥漫出来，带着火锅的香味。

沈岁和拎了瓶酒出来，两人端坐在桌子两侧，江攸宁负责涮食材，看见沸腾的汤底，她的眼睛都亮了起来。她吃火锅的经验多，知道每种食材涮到什么程度就能吃，也知道什么小料最好吃。所以她不仅给沈岁和调了底料，还给他夹菜。

沈岁和吃了一口，确实辣，从嘴巴辣到了胃里。但他看到江攸宁吃得开心，便什么都没说。

酒足饭饱，江攸宁关了火，往椅子后一仰，嘴角上扬。

“吃火锅这么高兴？”沈岁和好奇地问。

“嗯。”江攸宁看了他一眼，“下雨天吃火锅，能够治愈人心。”

她还喝了几杯酒，这会儿脸色酡红，整个人都是慵懒的，完全不想动。

外面好像没再下雨了。火锅吃完要尽快收拾，如果收拾得不及时，火锅的油就会全粘在锅壁上，黏糊糊的不好洗。江攸宁手指微屈，在桌面上轻轻敲着，嘴里还默念着：“十、九、八……”

“你在数什么？”沈岁和不解地问。

江攸宁冲他眨了下眼睛："等数到一，我就起来收拾。"

"嗯？"

最后数到一，沈岁和却比江攸宁更早站起来。他低下头收拾残局，温声叮嘱江攸宁："你去倒杯热水把药吃了，我来收拾。"

"你会吗？"江攸宁脱口而出。

沈岁和笑了下："那你一会儿吃完药帮我。"

江攸宁："行。"

沈岁和确实不太会做这些事。准确地说，他很少进厨房，曾雪仪从不让他碰这些东西。

他爸还在的时候，是他爸做；他爸去世后，是曾雪仪做。曾雪仪没让自己的儿子受过一点儿生活的苦，哪怕那会儿家里很难，都只是对他说："沈岁和，你记着，我现在让你努力读书，是让你永远都不要过这种日子。你要走出去，别回头。你要成为人上人，把那些欺负过我们的人都踩到脚底下。"

跟江攸宁结婚前，沈岁和和曾雪仪住在一起，每天都是到点回家，加班需要提前告知。家里有两个负责做饭的人，不管他几点回去，都有温热的饭菜。

结婚以后，家里的大多数事情是江攸宁在做，她确实做得很好，不需要别人帮忙就能把家里打扫得干干净净，家里所有东西都摆放得井井有条。

而且刚结婚那会儿，曾雪仪跟他们一起住过半个月。

那段日子里，沈岁和每天都不想回家，回去以后就能看见曾雪仪坐着，江攸宁站着。他不能帮江攸宁说话，一旦说了，曾雪仪便对江攸宁冷嘲热讽。后来他和曾雪仪认真谈了几次，她才搬走。

起初，曾雪仪对江攸宁还算满意，直到发现江攸宁的脚会跛，她便开始大发雷霆，当着江攸宁的面喊她跛子，一点儿名媛的气度都没有。她甚至让沈岁和离婚，闹了很久。

沈岁和身心俱疲地说："现在离了，这辈子你拿刀架在我脖子上，我都不会再结婚。"

那次沈岁和的态度很坚定，曾雪仪才算是放下了这件事。但乔夏回国、沈岁和回家次数渐少，桩桩件件的事累积起来，曾雪仪对江攸宁越发挑剔，每次他们回家必定会闹得不愉快。

沈岁和把剩下的东西倒进垃圾桶，残渣倒进洗碗池，红色的油看着恶心，他打开热水不停地冲刷着，冲刷干净以后才把碗放进去，挤了洗洁精，开始洗碗。

江攸宁正好进了厨房。

“我来吧。”她说，“你把餐桌擦了就好。”

沈岁和手上动作没停，只是问她：“药吃了？”

“嗯。”江攸宁的手也挤进了洗碗池，不算大的空间挤进了两个人，沈岁和往后退了一步，正好把她圈在怀里。

“那就一起洗吧。”沈岁和说。

江攸宁感受着身后源源不断传来的温暖，忽然翘起了嘴角。

“江攸宁。”沈岁和忽然低声喊她的名字。

“嗯？”

“我约了一个心理咨询师，”沈岁和顿了下，才继续道，“明天我陪你一起去看看吧。”

江攸宁愣了几秒，手中的碗突然掉进了洗碗池里，溅了她跟沈岁和一身水。

江攸宁好像知道自己病了。她从小就知道不能讳疾忌医，只是不想去，发自内心地抗拒，从头发丝儿到脚趾，浑身的细胞都叫嚣着“不要”。

她头垂得更低，声音颤抖：“我能不去吗？”

“沈岁和，”她忽然转过身，也不顾手还湿着，紧紧地抱住沈岁和，“我不想去。”

眼泪落在他的T恤上，浸入他的肌肤，灼热滚烫。

“沈岁和，”她哭着说，“你别送我去医院，不要送我去看病，我会好的。”

说到最后，她的声音哽咽到嘶哑。

“我没求过你，”江攸宁说，“但这次我求求你，你相信我，我会慢慢好起来的。我不想当了跛子之后还要当神经病。我会好的，真的会，你相信我好不好？”

她的声音一句比一句低哑，情绪一句比一句急切，她的头紧靠着沈岁和的肩膀，双臂用力地抱紧沈岁和，抱得他快要喘不过气来。

沈岁和感觉有什么东西攥住了自己的心脏，撕裂般地疼，安静的厨房里只听得到她的哭声。良久之后，沈岁和终于回抱了她，轻轻地吻了下她的发梢，手在她后背上轻轻地拍着：“别哭了。”

“没事儿的。”沈岁和温声说，“我只是有个朋友来这边开专场，他说现在很多人都有心理疾病，我就想跟你一起去看看。”

他编了个自己都不相信的理由，但江攸宁没有提出任何异议。

“既然你不想去，我们就不去了。”沈岁和在她的发梢上闻到了熟悉的薰衣草味儿。明明是能够令人心安的味道，他却感到了心慌。

“乖。”沈岁和的声音越发温柔，“别哭了，我们不去。”

江攸宁哽咽着说：“好。”

江攸宁请了一周假，沈岁和也一周没去上班。

两人待在家里没有太多事做，每天睡到自然醒，然后做饭，吃饭，洗碗，看书，困了就睡觉，饿了就吃，累了就看电视，沈岁和的手机在这一周内响起的次数都很少。

生活状态仿佛回到了原始社会，这好像是两人结婚以来相处时间最多的一次，毕竟他们没有度蜜月。

江攸宁自从那晚哭过以后便正常了很多，虽然不上班，但每天会起来看书。她不再看自己的那些文学作品，而开始看沈岁和的那些专业书。

沈岁和一直在做律师，拥有的专业书比江攸宁多，江攸宁征求过他的同意后便找了几本。

书房是共用的，一共两张桌子，沈岁和在左边，江攸宁在右边。两人在书房里也不说话，就各看各的，有时候江攸宁看到不太懂的地方会喃喃出声，沈岁和这时就会帮她解答。

如此专注地看专业书的情况，江攸宁很久没有过了，书里面的案例、判刑，都让她看得热血沸腾。

刚上大学大家都需要从基础学起，课业杂，民法、刑法、行政法、国际法都学，她各门课考得都不错，但那会儿她最感兴趣的还是刑法。后来她去哥大留学了一年，回来以后反倒更喜欢民法，婚姻、物权、经济，但凡涉及金钱，人性往往更复杂。

况且做刑事诉讼的人，一般气场要强，得能震慑住别人。她这柔弱体格，做刑事诉讼估计都没人信得过她。只是，沈岁和做民商事诉讼也在她的意料之外。

周三下午，阳光正好。吃过饭后，江攸宁从书架上看到了那本近乎全新的《民法典》，心念一动便拿了下来。刚收到的时候她心里其实不大高兴，所以便放到了书房吃灰。这会儿沈岁和把书架整理过后，她才注意到后边跟了十几本司法解释。

不知道沈岁和是什么时候补充进来的，毕竟她当时收到的只有单独的一本《民法典》，还是当年新出的。记得《民法典》刚出的时候，朋友圈里被疯狂刷屏。

“论学法的好处？”

“律师做了半生，归来仍是大一。”

…………

时隔六年，法条有多处修改。

她上学那会儿都是分开学的，婚姻、经济、知识产权、民诉……整个民法囊括的东西太多，一个学期根本学不完。大家如果想看完整的，就得另外买书看法条，而且那个时候还不叫“民法典”，是“民法总则”。

江攸宁看过很多次，非常熟悉。

但六年没看，她以为自己忘了，没想到再看的时候，却发现单凭记忆竟然还能对比出新的法条和原来的有什么不一样，甚至具体到某一条。

她说自己忘了，其实都还记得，甚至在看到一半时，脑海里莫名地浮现出杨景谦说过的那句话——“有人至死都年少”。

江攸宁一直看到下午六点，傍晚的红霞在天空中弥散开来，橙红色的余晖洒在地面上，温暖又耀眼，给书房也笼上了一层朦胧的橙色光芒。

江攸宁坐在椅子上伸了个懒腰，然后瞟了眼窗外，夕阳漂亮得不像话，被夕阳笼罩着的人也好看得不像话。

沈岁和戴着金丝边的眼镜，修长的手指敲在电脑键盘上，动作很快，但声音很小。他眉头微蹙，嘴唇紧抿，像是遇到了什么棘手的问题。

一下午，他坐在那里没有动过。即便专心致志如江攸宁，也还喝了一杯水，去了一趟卫生间，而沈岁和保持着同一个姿势坐了一下午，心无旁骛。

江攸宁托着下巴侧过脸看他。良久之后，沈岁和敲下最后一个字，才摘下眼镜，揉了揉发涩的眼睛。他刚一侧身就看到江攸宁在盯着自己发呆，不禁勾起唇角，噙着笑温声道："好看？"

听到声音的江攸宁顿了顿，然后转过身望向窗外的夕阳："是夕阳好看。"

"我问的就是夕阳。"沈岁和也转过了身。

两人隔着几米的距离，一起看夕阳缓缓落下，一半隐匿在遥远的山脊背后，一半还悬于空中。

谁都没说话，岁月静好。

"沈岁和，"江攸宁忽然开口，"你当初为什么没去做刑诉啊？"

沈岁和愣了两秒，看向她的侧脸，发现没有什么异常，像是随意问的。他半闭着眼，在夕阳柔和的光下假寐，声音慵懒又温和："刑诉危险。"

"那你为什么做商诉？"江攸宁问。

"挣钱。"

江攸宁偏过头，和他的目光对了个猝不及防。

他眼里似有壮阔波澜，又有万丈豪情，但在瞬间皆被隐匿下去。在那一刹那，江攸宁仿佛看到了星星在他眼中坠落，光芒瞬间消逝。

"最挣钱的是非诉。"江攸宁耸了耸肩，避开了他的目光，"比如我小舅。"

"那你当初怎么不去做非诉？"沈岁和问。

江攸宁下意识地回答："我又不缺钱。"

沈岁和噙着笑，眼里含有戏谑："好巧，我也不缺。"

江攸宁问了很久，什么都没问到。

江攸宁忽然想到辛语评价她的那句话："你们做律师的，说话真精。"看似什么都说了，其实一点儿有效信息都没透露，用辛语的话说，就跟驴拉磨似的，一圈又一圈，看似走了很远，其实一直在原点。

她站起身，把书合上："算了，不想说就不说。"

沈岁和也关上了电脑，走到她身侧，伸手捏了下她的耳朵："生气了？"

"没有。"江攸宁低着头，"就觉得你们说话太精了，明明不想说，还要跟我绕那么大一圈，就跟耍我玩儿似的。"

"我们？"沈岁和挑了下眉，手指在她的耳垂处捻了几下，慵懒的声音中带着几分质问，"还有谁？"

江攸宁："没有谁。"她说的是她自己。

毕竟这话是辛语原来跟她说的，她只是原封不动地搬了出来，结果沈岁和在里边找到了新的漏洞。可能这就是律师的职业素养吧，把一句话的主谓宾定状补都拆开来做阅读理解。

"真的？"沈岁和问。

江攸宁："嗯。"

"那你怎么不敢抬头看我？"沈岁和说，"撒谎了吧？"

江攸宁仰起头来，发梢掠过沈岁和的侧脸。

夕阳的余光笼罩在他们身侧，暧昧又美好，她不自觉地磕巴了下："我……我没有。"

两人的距离很近，她可以清楚地看到沈岁和脸上每一个细碎的绒毛，很短，很淡，如果不是阳光照过来，根本看不到。

这是她第一次在白日里，在阳光下，看到这么温柔的沈岁和。

沈岁和伸手将她散落在脸侧的碎发拢到耳后，温声问："晚上吃什么？"

江攸宁的心跳忽然漏了一拍，半晌没说话，只是愣愣地看着沈岁和，目光纯净透亮。

几秒之后，沈岁和俯下身来，在落日余晖之中吻向了她的唇。和以往的很多次都不一样，这个吻温柔中带着眷恋。

不知道是不是江攸宁的错觉，她好像听到了沈岁和的心跳声，比往常要快几分。

咚咚咚，在安静的书房里，她一时分不清是谁的心跳。

江攸宁望着沈岁和的眼睛，那双眼睛里藏了太多她看不懂的情绪，唯一熟悉的是他眼尾泛了红。

他的手指摩挲着她的腰，然后大抵觉得不舒服，一把将她抱到了书桌上。江攸宁攀着他的肩膀，害怕自己掉下来。

这次接吻不过是蜻蜓点水，沈岁和将头埋在她的脖颈之间，温热的呼吸掠过她的肌肤，惹得她红了脸。

江攸宁抱着他，手指探向他的背，隔着衣服，她还记得那些错落的痕迹。

外面逐渐暗了下来，沈岁和玩笑似的捏了下她腰间的软肉，又是之前的问题："晚上吃什么？"

"饭。"江攸宁说。

沈岁和平视着她，借着微弱的光芒还能看到她的眼睛，他噙着笑说："详细点儿。"

"米饭。"江攸宁眨了下眼，一脸无辜。

沈岁和转身拿过手机，打算订外卖。

这几天江攸宁晚上吃得都很少，也懒得做饭。每到这个时候，她总是坐在阳台的摇椅上，来回晃荡，闭着眼假寐。她会放一首舒缓的轻音乐，嘴里轻声哼唱着旋律。

"除了米饭呢？"沈岁和问。

江攸宁想了想说："麻小？"

这个回答触及了沈岁和的知识盲区："麻小是什么？"

"麻辣小龙虾。"江攸宁说，"我想吃这个。"

"哦。"沈岁和点了餐。

江攸宁又说："你给自己点份清淡的吧。"

"不用。"沈岁和说，"你吃什么我就吃什么。"

江攸宁半歪着头看他，忽然笑了。

点完餐之后，江攸宁仍旧坐在书桌上，两条腿来回晃荡。沈岁和就站在她面前，不让她下来，也不再对她做什么，只是看着外面暗了的天色问："晚上看星星吗？"

"有流星雨吗？"江攸宁问。

沈岁和："没有。"

"那为什么要看星星？"江攸宁说，"平常的天上有什么好看的吗？"

沈岁和："好看的有很多。"他有一台天文望远镜，就架在阳台上，只是平常很少用。

江攸宁不会操作这种东西，况且在她的潜意识里，沈岁和的东西是专属于沈岁和的，她从来不会动。所以她去了那么多次阳台，没碰过一下。

"行吧。"江攸宁说，"晚上吃过饭看。"

沈岁和往后退了半步，给了她下来的空间："走吧。"

江攸宁没动："去哪儿？"

"厨房，"沈岁和说，"喝水。"

江攸宁朝他伸出一只手，没说话。

沈岁和挑眉："拉你下来？"

江攸宁抿了下唇，还没来得及说话，沈岁和直接把她抱了下来，就和最初抱她上去一样。他脸色不变："走吧。"

江攸宁走在他身后，忽然笑了，柔声唤他的名字："沈岁和。"

"嗯？"

"你耳朵红了。"江攸宁疾走了一步，正好和他并肩，"真的红了。"

沈岁和伸手在她后脖颈间捏了一下说："你看错了。"

江攸宁头往后倒："没有，它现在更红了。"

沈岁和拉开书房的门，瞬间关上。

客厅里一片黑暗，江攸宁什么都看不见，下意识地拉住了沈岁和的衣角，沈岁和却将手递给她："拉好。"

江攸宁的手被他紧紧握住，他的手指悄无声息地滑入她的指缝之间，两人十指相扣。

沈岁和往前走，江攸宁紧紧地跟着。在黑暗之中，江攸宁能看到他模糊的轮廓。她忽然低声喊他：“沈岁和。”

“嗯？”

“我想换工作。”江攸宁说。

沈岁和的脚步微顿：“换什么工作？”

“诉讼律师。”江攸宁回答，“我好像……还是想去做诉讼。”

“民事？”沈岁和开了灯，明亮的白炽灯照亮了整个空间，他依旧没放开她的手。

江攸宁点头：“嗯，我之前在君诚的时候，代教律师是民事方面的专家。”

“君诚？”沈岁和听到了熟悉的名字，“你在君诚实习过？”

“不是。”江攸宁说，“是工作了三个月。”

她知道他也在君诚待过。

君诚是业内顶级的律所，她回国以后的第一份工作就是在君诚，不过只待了三个月。后来她出了车祸，光是恢复就用了很久，好了以后觉得可能不再适合诉讼的工作，就在非诉和法务之间选了最轻松的。

这会儿，她忽然又很想做。那些还没来得及做的事，那些没有实现的梦想，她好像还有时间，还能做。

“后来怎么不做了？”沈岁和问。

江攸宁低头看了眼自己的脚：“意外吧。”

沈岁和沉默了很久。

“可以吗？”江攸宁略显忐忑地问。

沈岁和打量着她，那双眼睛一如既往地澄澈，他答道：“你的事情，自己决定就好。”

他转过身倒水，没有再看江攸宁，只是平淡地说：“你想做什么就去做，我不会拦，但是……”

他欲言又止。

江攸宁从后边抱住他：“我不想听但是，我只是很想做这件事。”

“沈岁和，”江攸宁喊他的名字，“我很久没为自己活过了。只这一次，我想做点儿自己想做的事。”

她的语气沉闷，但带着几分坚决，沈岁和的手覆在她的手上，轻轻拍了拍：“那就做吧。”

彼时的沈岁和完全不知道她说这话的含义，以为江攸宁只是憋了很久的坏情绪一直没找到发泄的出口。

他以为，江攸宁说的“很久没为自己活过”是在夸大其词。很久以后他才明白，很多事情都错在了他以为上。

一周时间过得很快，江攸宁感到了前所未有的满足和快乐。

周日晚上，她带着沈岁和去吃了万象商场那家港式火锅，火锅店的服务员都认识她，但还是第一次看到沈岁和，还笑着打趣了她一番。

从火锅店回家后，两人分开洗了澡，换上家居服，躺在床上看电影。电影开场，江攸宁主动亲吻了沈岁和，温声说：“我没事了。”

“真的？”沈岁和看她，她也正好侧过脸来，两人的目光对了个正着，江攸宁那双漂亮的鹿眼里完整地映出沈岁和的模样。

“真的。”江攸宁笃定地说，“我现在感觉……嗯，很好。”

心情好了很多，她说话的尾音都在上扬。

“心里不难受？”沈岁和问。

江攸宁摇头：“不。”

“会无缘无故想哭吗？”

江攸宁仍旧摇头：“不会。”

“可以出去工作？”

江攸宁瞪大眼睛看他：“我本来就可以的，是你说这周别去上班，在家待着就当放个假。”

“对，”沈岁和回应道，“是我说的。”

他当时只是不想让江攸宁出去上班，所以胡编乱造了个理由，但江攸宁信了，而且严格执行。她真的在给自己放假，从第一天的闷闷不乐到之后的喜笑颜开，她面部表情都丰富了许多。

“那明天一起上班。”沈岁和说。

“嗯。”江攸宁问，“你几点？”

“都行。”沈岁和说，“看你吧，一起吃饭，然后出门。”

“好。”江攸宁凑上去亲了亲他的下巴。

她很少主动，这一周她有几次都是窝在沈岁和怀里睡的，睡前看会儿电影，把她跟沈岁和以前存的片单都看完了。看着看着，不知道是谁先睡着了，另一个人就负责关掉投影。如果一起睡着，那就是谁中途醒来谁关掉。

有一次两人是同时睁开眼睛的，投影上还在放着电影，江攸宁戳戳他，让他关掉，而他赖着不动，江攸宁便凑过去亲了亲他的下巴。他愣了两秒，直接揽着她的头，吻住了她的唇。

那天早上闹了很久，他也没对江攸宁做什么。

江攸宁能感觉得出来，他这一周都很小心翼翼，小心翼翼地照顾着她的情绪，小心翼翼地看着她，怕她自杀，但其实她没想过那些。

她只是觉得难过，心累，提不起精神做任何事，也害怕提到“离婚”这两个字。

她也不知道自己在躲避什么，似乎是知道眼前有条路能走，走过去就会好，但那条路又荆棘密布，容易伤筋动骨，她便怕了，所以逃避着。

现在她找到了暂时的避风港，不需要走那条路，便又好了。

晚上两人看完了一整部电影，看完的时候是十一点，沈岁和关了投影，关了灯，屋子里一片寂静。

他的睡姿还和以前一样，像是怕惊扰了江攸宁，离得她极远，宽大的双人被盖在两人身上。江攸宁觉得冷，睁着眼睛看天花板。

隔了一会儿，她抿着唇，慢慢地凑到沈岁和身边，沈岁和顿时将她揽了过来：“不睡吗？”

“你不冷吗？”江攸宁低声问他。

沈岁和抱紧她：“现在不冷了。”

江攸宁在他怀里寻了个舒服的位置。她背靠着沈岁和，忽然低声喊他的名字：“沈岁和。”

“嗯？”沈岁和的声音慵懒，带着几分睡意。

“你以后睡觉能把手机设置成静音模式吗？”江攸宁试探地问。

沈岁和愣了两秒，然后从床头摸到自己的手机，摁开看了一眼："是静音。"

"我说的是以后。"江攸宁感觉自己的心跳都加速了。她以前从没跟沈岁和说过这些问题，觉得这样说像是在跟沈岁和提要求似的，怕他感觉不好，更怕遭到拒绝，但她真的还想跟沈岁和继续生活下去。

她不想在以后的无数个日夜里，都有可能被沈岁和的手机吵醒。

她不能一直沉默，像路童说的，沉默久了便连话也不会说了。

她想试着挽救一下这段关系。

江攸宁预想之中的拒绝没有到来，沈岁和只是关掉手机放在床头，低声应了句："好。"

江攸宁笑了，伸出手指在他的掌心挠了下："谢谢。"

沈岁和握住她的手："以后有问题可以直接跟我说。"

"你都会答应吗？"江攸宁问。

沈岁和将她抱得更紧了一些："酌情。"

江攸宁只是笑："那也好。"这样总比什么都没有、什么都无动于衷要好。

房间内又是一片沉默，沈岁和的呼吸逐渐绵长，江攸宁温声唤他的名字，"沈岁和。"

"嗯？"

"你以后能去接我下班吗？"江攸宁不太有信心地顿了下，"一周一次也行。"

"抱歉！我明天下班接你，可以吗？

"临时开会，晚上可能回得迟，勿等。"

下午五点半，江攸宁收到了沈岁和的短信。

一连两条，她扫了一眼，虽然有些失落，但还是回了消息："好。没关系，你先忙。"

昨晚他不仅答应了江攸宁的要求，还多加了两天，星期一、星期三、星期五都接，星期二、星期四如果有时间也接，可没想到才第一天就食言了。不过还好，他发了短信过来。

江攸宁知道他工作性质特殊，所以也没强求，他会答应已经是她预料之外的事情了。

临近下班，大家都放松了下来，半个小时的时间，怎么都好打发。江攸宁看了会儿书，大家便掐着点喊她："宁宁，下班了，走不走？"

"嗯。"江攸宁收了书，把桌面整理好。

赵佳又喊常慧："慧慧，你老公今天来接你吗？"

"嗯。"常慧说，"他已经在楼下了。"

"那咱们一起。"赵佳说。

大家一起下楼，江攸宁一周多没来上班，大家早上已经关心问候过，自然也知道她搬家到芜盛的事情。

"以后终于不用再开那么长时间的车上下班了。"赵佳笑道，"恭喜你脱离堵车苦海。"

"是。"江攸宁笑着应答。

大家又闲聊了一些事，大多时候都在关心常慧，虽然她还没显怀，但已经被当成了"国宝"护着，江攸宁也忍不住往常慧的肚子上瞟。她实在很难想象，那么小的一个地方是怎么容纳一条小生命生长的。

下楼之后，江攸宁和常慧挨得近，常慧低声问她："你是不是想知道怀宝宝是什么感受？"

江攸宁愣了两秒，点了点头。

也许是她放在常慧身上的目光太过炙热，常慧察觉到了她的意图。她之前是真的想过要宝宝的，但现在已经不那么强求了。

如果沈岁和不喜欢，即便要了宝宝，她也是一个人，不如顺其自然。

"就很神奇。"常慧说，"其实我跟我老公也没备孕，孩子的到来纯属意外。第一天我还有点儿无法接受，可现在仅仅过去了一周，我已经会下意识地摸着肚子，祈祷着孩子的到来，也会想象孩子的样子。"

"会难受吗？"江攸宁问。

常慧摇头："医生说现在还不到时候，越往后才越难受。"

"胎动呢？"

常慧笑了："现在就是个小胚胎，一丁点儿大。我问医生了，说是十八周左右才会有胎动。"

“哦。”江攸宁看着她的肚子，依旧觉得很神奇。

常慧的老公一如往常那样在楼下等着，她们几人不同路，便分开走。

江攸宁开着车回家，却在上辅路的时候掉了头，忽然很想回华政看看。她想华政的路，想华政的饭，想华政的一草一木。

华政在北城的东三环，跟芜盛离得不算远，开车不过四十分钟。

从江攸宁的公司开过去，虽然正赶上下班高峰期，但她也只用了半个多小时，到华政校门口的时候刚好七点。

天色已经暗了。她没有许可证，车开不进学校，就在校外随便找了个停车位，把车停好后往里走。

华政的北门一如既往地繁华，那条小吃街仍旧拥挤喧嚣，三三两两的学生意气风发，嬉笑打闹着往外走，北门的公交站台跟其他地方相比显得凄凉无比。

江攸宁上次回华政还是五年前，因为调档案来过一次，但那会儿时间匆忙，什么都没来得及看便走了。如今故地重游，她觉得好像很多东西都跟记忆中的不一样了，但又好像有很多东西都没变过。

公交站牌附近的大槐树还在，北门的保安也没换人，小吃街正对的还是一家烧烤店，外面摆满了桌椅，烧烤的香味飘满了整条街。对面的奶茶店依旧大排长龙，排队的大多是情侣。

江攸宁随着人流进了学校。

北门入口处不远是一块宽敞的空地，如今天色渐暗，星星稀稀拉拉地点缀在夜空中。有音乐社团的学生站在昏黄的路灯下开露天演唱会，一支麦克风、一个音响，加上贝斯、吉他，就演奏出了一首动人的歌曲。唱歌的人被团团围住，只有歌声飘过来。

江攸宁没有去里边凑热闹，而是站在人群外围听了一会儿。第一首歌她没听过，但第二首耳熟能详，前奏刚响起，她就听见有人说：“《后来》。”

她跟着轻轻地唱了前半部分，到高潮部分，周围的学生们开始全场大合唱。

后来，我总算学会了如何去爱
可惜你，早已远去，消失在人海
后来，终于在眼泪中明白
有些人，一旦错过就不在
…………

江攸宁以前一个人去看过刘若英的演唱会。

大四毕业那年，她买了一张很贵的黄牛票，一个人去陌生的地方看了一场演唱会，那一次全场大合唱《后来》，很多人泣不成声，比现在的氛围催泪得多。

但在现在这么轻松的环境下，有人依旧眼含泪光，在明亮的灯光下显得格外清楚。这首歌唱完后，一批人走掉，又换了一批人。人少了以后，江攸宁看到了唱歌的男孩儿，长得很高很瘦，穿着一身黑色的休闲装，白色的板鞋格外瞩目，刘海儿长得快要遮住眼睛。

男孩儿是很慵懒颓废的气质，唱的也是旧情歌。

后视镜里的世界
越来越远的道别
你转身向背
侧脸还是很美
…………

这是周杰伦的《一路向北》，男孩儿声音很沙哑，跟原唱有很大不同。

江攸宁拿出手机录了个小视频发到了群里，专门叫了路童。

路童秒回："你回华政了？这个小哥唱歌有点儿好听。"

江攸宁："嗯，应该是 Cloud（云）音乐社的。"

路童："不提会死？"

江攸宁："倒也不会，我都快忘了。"

路童："你回去做什么？"

江攸宁："随便看看。"

路童和当时的 Cloud 音乐社社长谈过一段时间的恋爱，轰轰烈烈，最后无疾而终。

她收了手机继续往里走，那边的音乐声还能传过来。大抵是旧情歌唱腻了，男孩儿唱起了摇滚，气氛更好。

江攸宁往北区的食堂走，轻车熟路。

法学院的教学楼在最南边，她们的宿舍在最北边，上课横跨大半个校区，但令人欣慰的是离最好吃的北区食堂近，走路不过三分钟。

学生们六点下课，七点都已经快上晚自习了。这会儿食堂人很少，但也还有人在，还有窗口开着卖饭。她上了二楼，那家她喜欢的柠檬鱼还在，但路童最喜欢的鸭血粉丝汤已经换成了重庆小面。

江攸宁在群里发："路童，你最爱的鸭血粉丝汤没了。"

路童："我的天！华政变了，不爱我了。"

江攸宁："但我最爱的柠檬鱼还在。"

路童："再见！"

顿了顿，路童又补了一句："那又如何？你又没饭卡，人家不会卖给你的。"

江攸宁站在原地想了下，好像是这样。她已经不是这里的学生了，自然没有饭卡，而华政是不允许现金和手机支付的，一旦被发现，食堂工作人员就会被罚款。那会儿她们基本都是饭卡不离身。

她往窗口那儿看了一眼，阿姨热情地招呼她："姑娘，吃啥？"

江攸宁眨了下眼，一脸无奈："我没有饭卡。"

"没事儿。"阿姨从窗口探出头来，指了指旁边的桌子，"那儿有二维码，申请个临时饭卡就行了。"

江攸宁很诧异。

她根据阿姨的指引扫了二维码，果真很快，没想到"铁面无私"的华政也在随着科技发展而慢慢变化。江攸宁点了一份酸辣的柠檬鱼，然后坐在离窗口最近的位置上等着。

食堂的灯暗了一半，她等待着叫号。隔了一会儿，忽然有人喊她的名字，语气中带着试探："江攸宁？"

江攸宁觉得这声音耳熟，回过头一看，是杨景谦。他身侧还跟着两个瘦高的男生，大抵是他的学生。

"嗯。"江攸宁应了声，站起来和他打招呼，"好久不见。"

"你怎么在这儿？"杨景谦很诧异。

"闲得无聊，就回来看看。"江攸宁说。

杨景谦笑了下："好巧。"

两个学生见状跟杨景谦告了别，一起去了另一边打饭。江攸宁站在那儿略显无措，还是杨景谦先开了口："你去哪儿逛了？"

"就从北门一路走过来的，"江攸宁说，"听了会儿唱歌。"

"没去系楼看看？"

江攸宁："还没来得及。"

"介意一起吃饭吗？"杨景谦问。

江攸宁："一起吧。"

老同学邀请，她没有拒绝的理由。况且杨景谦极有分寸，江攸宁觉得跟他聊天很舒服。

杨景谦也买了一份鱼，江攸宁的已经做好了，她也没客气，径自吃了起来。

见杨景谦一人干坐着很尴尬，她想了想便问："你怎么这会儿才来吃饭？"

杨景谦笑道："刚跟两个毕业生讨论了论文课题，有点儿忘记时间了。"

华政的毕业论文向来开题早，每年九月底就开始筹备，等大四第一个学期结束的时候就要交初稿，只是没想到杨景谦刚入职就要负责指导毕业生的论文。

"系里缺老师。"没等她问，杨景谦便自动解答了，"这会儿刚来的老师也得带毕业生，而且还得当辅导员。"

江攸宁："哦，那应该很累吧。"

"确实。"杨景谦说，"现在的小孩儿比咱们那会儿跳脱多了，想法也更多。"

“好像是有这么个说法。”江攸宁点头，“我妈也经常这样说，新时代的这些小孩儿，教起来让人啼笑皆非。”

“你妈妈也是老师？”杨景谦还是第一次了解到这些事。那会儿上学的时候，江攸宁总是一个人，唯一相熟的人就是路童。她很少跟班里其他人打交道，大家也觉得她神神秘秘的，对她的事儿都不怎么清楚。

“嗯。”江攸宁说，“我妈妈在华师，教世界史。”

“华师啊？”杨景谦言语中带着遗憾，“我爸那会儿本来想让我报华师，填志愿前我临时改掉了。不过我爸之前也在华师工作，他教经济学。”

“现在呢？”江攸宁问。

“退休了。”杨景谦说，“去年刚退的，现在和我妈两个人到世界各地旅游，连人都看不到。”

“那挺好。”江攸宁忽然想到，慕曦也快退休了。本来她从哥大回来那年，慕曦就要退休，但临时出了政策，退休时间又延迟了五年。

算算时间，也就这半年的事儿。

“退休以后也还能外聘啊。”江攸宁说，“听我妈的意思，她可能还要再教两年。”

“我爸当初也那么想。”杨景谦想到了自己的父母，笑道，“但我妈不让他去，说是大半辈子都搞教育和研究了，陪她的时间少之又少。两个人闹了阵儿别扭，我爸就拒绝了返聘，现在陪着我妈周游世界，再也没提过这事儿。”

“能一起去旅游也挺好的。”江攸宁说，“我妈也总埋怨我爸工作忙，不能陪她。”

“那你爸妈是报了旅游团还是自己做的攻略？”江攸宁换了个话题。

杨景谦笑道：“我妈做的攻略。她以前在华师教地理，后来转到华政，一直教旅游地理。”

华政的旅游管理专业也算名列前茅，那样的组合倒是很适合出去旅游。

江攸宁想到自己的父母，一时想不出来谁更适合做旅游攻略。江洋不喜欢走路，慕曦是个路痴，两个人好像天生就不适合旅游。

杨景谦又说了些他父母旅游的趣事儿，江攸宁听得津津有味，偶尔附和几句。正聊着，杨景谦的电话响了。

他接起来，眉头忽然皱起，懊悔地说了声“对不起，马上到”。

“不好意思啊！”挂断电话后，杨景谦对江攸宁说，“我可能要先走一步了，系里的学生今晚办了模拟法庭，我答应去当评审的，马上要开始了。”

“嗯。”江攸宁笑了下，“没关系，你去吧。”

两人的饭也吃得差不多了，江攸宁端着自己的餐盘起身，杨景谦跟她并肩走，见她偏离了放餐具的方向才喊住她：“在这儿。”

江攸宁目光绕了一圈才看到杨景谦说的地方，尴尬地耸耸肩：“换地方了啊？”

“对。”杨景谦说，“咱们上学的时候都在最南边，现在换到另一边了。”

两人一同下楼，江攸宁说想去操场看看，于是在楼下分别。江攸宁往西走，杨景谦站在原地望着她的背影，忽然开口：“江攸宁。”

“嗯？”江攸宁回过头，“怎么了？”

“你要不要一起去看模拟法庭？”杨景谦说话声音不高，刚能传到江攸宁的耳朵里，“今年系里有几个辩论的好苗子。”

像是怕她拒绝，杨景谦补充道：“之前就说过要邀请你去看模拟法庭的，择日不如撞日。”

江攸宁想了想，点头答应：“好。”

模拟法庭是学生们用来熟悉诉讼流程的比赛，华政在这方面办得向来不错，不仅会调用经典案例供学生们使用，还会将学生们模拟法庭的现场录下来刻成光盘，以供交流使用。

参与群体以大一和大二的学生居多，毕竟有很多学生大三就开始找地方实习了，法院、律所、检察院都能去，各凭本事。

江攸宁那会儿参加的辩论比赛比较多，模拟法庭相对少一些，而且每次模拟法庭都碰不上她感兴趣的刑事案件，基本都是民事诉讼，其中以离婚纠纷居多。

等到了大三，她已经去律所实习了，不参加辩论赛，也不参与模拟法庭。

时隔六年，再回到华政的教室，江攸宁有一种说不出的感觉，既熟悉又陌生。

华政为学生举办模拟法庭专门安排了一个教室，装修和法院的构造基本相同，便于学生真实体验。

他们进去的时候，教室里已经坐满了人。因为江攸宁是跟杨景谦一起进来的，所以有学生专门接待。杨景谦作为评审，要坐在最前面，而她一进教室就挑了个后排角落的位置坐下。

等到一切准备就绪，模拟法庭便开始了。

书记员先请当事人及诉讼代理人入庭，再宣布法庭纪律，一长串的法庭纪律读完之后，再邀请审判长、审判员入庭。之后的流程，江攸宁都铭记于心。

今天打的是一起改编自二十多年前的刑事案件。

某个夜晚，A 开着新车上路，在路上遇到了超速行驶的 B，两人在转角处相遇，A 踩刹车却发现刹车意外失灵，而 B 躲闪不及，两车相撞。

最终 A 因为新车性能较好，只受了点儿轻伤。而 B 的车因为油箱被撞破引燃，发生爆炸，尽管警察及时赶到，但 B 还没来得及被送往医院便死亡了。

最终，B 的家属要求 A 负刑事责任，但 A 坚称自己是刚买的新车，并不知道刹车会意外失灵，属于无罪过事件，况且 B 超速行驶违反了交通规则，A 不负任何法律责任。但为了表示对 B 的沉痛哀悼，A 可以赔偿一笔费用给 B 的家属。但 B 的家属表示只想讨回公道，不需要这笔费用。

A 和 B 都有可以辩论和操作的地方，两方打起来也是唇枪舌剑，互不相让。

到了质证环节，双方也都出示了一些证据，但对于学生时期的他们来说，评审最主要看的还是逻辑思维能力和语言表达能力。双方是否采用“法言法语”？是否能较快找到对方的逻辑漏洞？是否能把对方说到哑口无言？

如果放到真正的法庭上来看，两方的表现都不算太好，但在这种场合，两方作为学生，表现还是可圈可点的。

江攸宁坐在台下，拳头也不自觉地握紧，甚至产生了上去参与的冲动。法庭，还是她向往的地方。

模拟法庭结束时已经十点了。众人都散场后，江攸宁还坐在原位。刚才的场景历历在目，勾起了她很多回忆：第一次站上代理席时的紧张，第一次打赢官司时的喜悦，第一次拿到辩论赛奖杯时的骄傲……她人生中许许多多的第一次，都是华政给的。

对很多同学来说，华政是她们的起点；但对江攸宁来说，华政是起点，也是终点。离开华政后，她好像一事无成。

“江攸宁？”杨景谦轻声唤她。

“嗯？”江攸宁从刚才的情绪中慢慢抽离出来，扫了眼周围，教室里只剩下几个学生在整理会场。她笑了下：“不好意思。”

“没事儿。”杨景谦说，“走吧，我送你出去。”

秋风渐起，江攸宁一出教学楼就打了个寒战。

杨景谦见状，将自己的外套脱了下来给她，江攸宁摇摇头：“不用了，一会儿就到了。”

“别客气，当心感冒。”杨景谦说着递了过去。

江攸宁笑了笑：“没事儿的，刚刚只是没适应天气。”她没有披陌生男人的衣服的习惯。

尽管她和杨景谦见过几次面，但在她的世界里，杨景谦仍旧是被排除在外的。

他可以算老同学，但不是好友，甚至还带着几分陌生。

“你在这里住？”江攸宁怕他再递衣服过来，忙转移了话题。

“嗯。”杨景谦说，“周一到周五有课，就住在职工宿舍，周末回家住。”

“职工宿舍还在北门那块吗？”

“是的。”杨景谦答，“没变。”

华政的宵禁是十一点。这个时间点儿在路上晃荡的人已经很少，和江攸宁刚来时的喧嚣不同，这会儿宿舍楼里的灯已经全部亮起，楼下安静寂寥，时不时有背着书包从教室往宿舍走的晚归学生路过。

江攸宁倒是没太注意过往的人群，她的心思都在晚上的那场模拟法庭上。

“那个案例实际最后是怎么判的？”江攸宁问。

面对她突如其来的问题，杨景谦一时没反应过来，愣了两秒后才回道：“A 赔了 B 的家属三万元，被拘禁十五天。”

江攸宁错愕地道：“怎么会这样？不会是……”

杨景谦点头道：“就是这么判的。”

“这个案子是真实的？”江攸宁问。

杨景谦点头：“二十二年前的一场大案，轰动一时来着。”

“不至于吧。”江攸宁说，“不过是一起车祸。”

“也不是。”杨景谦在接到学生们邀请的时候，专门去查了一下这个案例，了解得要比江攸宁详细，“当时的 A 就是当地县城一个企业家的儿子，B 是驾龄十三年的司机，跑长途运输的，没有太多稀奇的地方。当初主要是 A 咬死了刹车意外失灵，而 B 超速驾驶，但通过调阅 B 的行车记录仪发现，B 的时速是每小时五十九千米，那条路的限速是每小时六十千米，所以 B 不算违规驾驶。但因为种种原因，最终 A 胜诉，B 的家属多次不服审判结果，一次次提起上诉，每次都有新的证据出现，这件案子拖了四年才结束。”

“那也正常吧。”江攸宁说，“刑事案件拖个三五年都是常态。”

“对。”杨景谦说，“案件本身不算特殊，关键是 B 方被媒体报道了很多次。当事人去世以后，其家庭内部产生了严重分歧，他的母亲愿意拿钱结束这事，但他的妻子不愿意，多次上诉未果之后，妻子一把火烧了婆婆的家。”

“啊？”江攸宁感到震惊。

“之后，这位妻子将自己和年仅十岁的儿子关在家里，打开了家里的煤气。”杨景谦说着略感沉重，深吸了一口气，“幸好当初发现及时，两个人才幸免于难。但是孩子昏迷十天后清醒，因为喊了老太太一声奶奶，被母亲当着媒体的面从二楼推了下去。当时媒体竞相报道这件事，所以轰动一时。”

估计没人会想到一场车祸能引起这么大的连锁反应。

江攸宁听得脊背生寒：“那最后呢？”

“最后他们都搬家了。”杨景谦说，“没人知道后续。”

“这样啊。”江攸宁难以释怀，“网上能查到他们的资料吗？”

“没有。”杨景谦说，“关于受害人家属的信息都受到了保护，但因为 A 的行事比较张扬，网上有他和受害人的信息。A 是一家罐头厂的继承人，叫王富远，七年前他家的罐头厂被发现存在食品安全问题，还被群众举报违纪违规，已经破产了。受害人沈立的父母好像一直待在农村，那位行事偏激的妻子带着儿子不知道去了哪里。”

“好吧。”江攸宁深吸了口气，听完了这个故事，心情颇为沉重，“不过……”

她的话突然卡在了嗓子眼里，像是想到了什么，错愕地问道：“你刚刚说受害人叫什么名字？”

“沈立。”杨景谦说，“和你先生同姓，立是为生民立命的立。”

江攸宁记得有一年清明节去曾雪仪家里的时候，看到牌位上刻着的字就是“亡夫沈立”。

她有一瞬间的失神，直到听见有人喊她的名字。

“江攸宁，”语调慵懒至极，江攸宁顺着声音望过去，只见沈岁和西装革履，站在不远处，眉眼中带着疲惫，“我来接你回家。”

夜晚的北城车水马龙，光怪陆离。沈岁和开车平稳地行驶在春禾路上，和一辆辆车擦肩，他的眉眼始终冷淡。

江攸宁叫了代驾开自己的车。她坐在沈岁和的副驾上，脑海里仍旧回荡着杨景谦的话。

“多次上诉未果之后，妻子一把火烧了婆婆的家。

“将自己和年仅十岁的儿子关在家里，打开了家里的煤气。

“孩子……被母亲当着媒体的面从二楼推了下去。

“受害人沈立。”

江攸宁越想越觉得窒息，害怕自己认错了人，但潜意识里觉得，这桩桩件件都是曾雪仪能做出来的事情。她记得沈岁和有一次喝醉之后跟她说，不要和曾雪仪起正面冲突，有事儿和他说。

她一直以为是沈岁和心疼曾雪仪，怕她惹曾雪仪不高兴。但她现在想起来当时沈岁和说的是“你不了解她，她疯起来什么事都做得出来”。

那时候的她不懂。

江攸宁靠在车窗上，打开手机搜索了“沈立”两个字。

二十多年前的新闻，现在能找到的资料已经很少了，她只从一些年代久远的地方报纸上看到了只言片语。但将这些只言片语拼凑起来，她还是依稀能复原出事件原本的简单面貌。

杨景谦有着极高的敏锐度，也能接触到一些相关资料，知道的比江攸宁从网上查出来的要多，所以说得八九不离十。

江攸宁从地方报纸的报道中看到了一张模糊的图片，图片背后就是火灾现场。大火的角落里站着一个小男孩儿，他穿着T恤、短裤、凉鞋，站得离人群极远。

照片里的他很小很小，但江攸宁第一眼就觉得，那是年幼的沈岁和。

“怎么突然想起来去华政？”沈岁和忽然开口，打破了车里的寂静。

江攸宁恍惚了片刻，保存了那张图片后关掉手机：“下班后闲得无聊就去了。”

“和他约好的？”沈岁和佯装平静地问。

“嗯？”江攸宁愣了两秒才反应过来他说的是杨景谦，“没有，在食堂吃饭时刚好碰到了。”

“华政的食堂开到十点？”

“不是。”江攸宁解释道，“吃完饭后，我去系里看了场模拟法庭。”

“和他一起？”

“算是吧。”江攸宁转过头，正好看到他的侧脸，他依旧面无表情。

江攸宁喊他的名字：“沈岁和。”

“嗯？”

“你爸爸是什么时候去世的啊？”江攸宁问的时候手心都沁出了汗。

她看到沈岁和握着方向盘的手紧了些，唇抿得越发紧了。沈岁和半晌没说话，车内的寂静持续了很久。江攸宁觉得尴尬，便打开了车载音乐。

沈岁和最喜欢听粤语歌，尤其喜欢陈奕迅。他的车载音乐里很多都是老歌，熟悉的音乐从车里传出来，缓解了一些尴尬气氛，但在低缓的音乐声中，沈岁和忽然开了口：“怎么突然问这个？”

“随便问问。”江攸宁佯装无所谓，脑袋靠在车窗上，闭上了眼睛。其实她竖起了耳朵，仔细从音乐声中分辨着沈岁和的动静，语调也学着沈岁和慵懒起来：“你不愿意说就算了。”

车子刚好停在地下车库，音乐声也随之关闭。

“我七岁那年。”沈岁和下了车，声音淡漠。

他在车外等江攸宁，顺便等江攸宁的车回来。

江攸宁下车之后，隔着一车之遥看沈岁和的背影，他仍旧挺拔。

江攸宁决定辞职，并且做好了去律所应聘的简历，投递给了好几家律所。只是赶上国庆长假，律所都没有回复。

今年的长假和往常一样，她回家住了几天，又跟辛语、路童玩了几天，时间在不经意间就溜走了。她跟沈岁和也恢复到了原来的状态，但比之前要更亲近一些。

两人时常会在书房一起看书，互不打扰，睡前会一起看电影，只是还没看多久，沈岁和就会睡着。吃饭时，江攸宁终于会做自己喜欢的比较辣的菜了，不再一味地迁就沈岁和，沈岁和也没再提起要带她去看心理医生的话。

但有一天，江攸宁无意间瞟到沈岁和的手机屏幕，正好是微信界面，一个备注是“心理医生”的人和他聊天的最后一句是“她在自救，请不要忽略她的信号，多陪伴她”。

江攸宁没有点进去看，但也明白了个大概。

生活一如既往，没有波澜。

国庆长假结束之后，江攸宁的简历犹如石沉大海，依然没有得到回复。这种情况和她当初从国外回来应聘时，简直是云泥之别。那会儿她只投了三家律所，但都得到了面试通知。面试结束之后，她选择了最好的君诚律所。但现在她没有得到一家律所的面试短信和电话。

上班时她也心不在焉。她想辞职，但部门里的工作任务忽然繁重了起来。回家之后她把这个情况跟沈岁和说了，沈岁和给出的建议是等年后再辞职。

沈岁和的看法是，一来她可以趁这段时间多看书充实自己，恢复到之前的状态；二来如果她现在提出辞职，等到工作交接完就已经到十一月了，假设面试顺利，等入职也得需要一个月，进去后就已经年底了，正是所有部门最忙碌的时候，这时候进去不容易适应新环境；再说现在正是各个律所工作人员饱和的时候，刚吸纳了一批应届毕业生，完全不需要像江攸宁这样的“跨行业”人员，等到年后人员流动结束，各个律所相对来说会有空缺，彼时江攸宁的简历才会更具有竞争力。当然了，如果江攸宁愿意在家休息一段时间，他也支持她现在就辞职。

听沈岁和分析了一番之后，江攸宁决定还是等年后再辞职。但这段时间，她还是不会放弃寻找新工作的机会。

不过，晚上临睡前，江攸宁忽然逗他：“沈岁和，难道你没想过给我介绍个工作吗？”

沈岁和：“介绍到别的律所？”

“你们律所也可以。”江攸宁说。

沈岁和想了想说：“你要来的话也可以，不过我不会亲自带你，毕竟咱俩的领域不相通，如果把你交给其他的高年级律师，我觉得……”

他顿了下，没再说话。

江攸宁追问：“你觉得什么？”

“我以后可能都没有好日子过。”沈岁和看着她，“你会被那帮人训得很惨。”

“一点儿后门都不给开啊？”江攸宁撇了撇嘴，“那我还不如去找我小舅。”

沈岁和抿唇：“你都做好破釜沉舟的准备了，我给你开后门是对你的不尊重。”

这话似乎很有道理。不过她本来也就是开个玩笑，根本没想过要去沈岁和的律所。

先不说他们律所的等级太高，单是跟沈岁和将会变成上下级关系这点，她就无法接受。

正如沈岁和所说，她已经做了破釜沉舟的准备，就是想往这条路上转变的。

如果真要开后门，江攸宁根本不需要像现在这样一家律所接一家律所地投简历，只需要和慕承远打声招呼，慕承远就会给她打点好一切。

“你觉得我能成功吗？”江攸宁问他。

“做诉讼律师？”

“对。”江攸宁笑着说，“不只这样，我还要做一名优秀的诉讼律师。”

“要听实话吗？”沈岁和问。

江攸宁的笑凝固在脸上：“实话动听吗？”

“应该不太动听。”沈岁和诚实地回答。

江攸宁坐起来捂住耳朵：“那我不要听。”

沈岁和笑了下，继续看电影。

“沈岁和，”隔了一会儿，江攸宁喊他，“你说我现在真的没办法做好一名律师吗？”

沈岁和看向她，她眼里是希冀，是犹疑，是畏缩，是等待认可，那双鹿眼仍旧水波荡漾，却多了一抹不自信的色彩。

“能做好。”沈岁和顺手揉了下她的头发，语调慵懒，跟哄小孩儿似的。

江攸宁的眼神瞬间发亮，但也只是瞬间，之后又黯淡了下去：“你在骗我吧？”

“没有。”沈岁和关掉了投影，直勾勾地看着她，但带着一抹戏谑，“我说你好，你觉得我在骗你；我说你不好，你说实话不动听。你到底要我怎么说？”

江攸宁往后一躺，眼睛望着天花板，声音里带着几分委屈：“我也不知道。”这是一种破釜沉舟之前很想让人认可的心态。

她已经很久没做诉讼的工作了，而且错过了学习事情的黄金期。她不是应届毕业生，又被安上了已婚未孕的标签，估计会被划分到职场最不想要的那一类人之中。不管她有多好的学历，HR（人力资源）在第一轮就会将她的简历刷掉。

如果有幸进入面试，她一定会被问到的一个问题就是：如何平衡家庭和工作？这是已婚女性在职场上必定会经历的一件事。

沈岁和也躺了下来，关掉了房间里的大灯，只留下床头一盏昏黄的小灯。他顺势牵住了江攸宁的手，侧过脸刚好能看到江攸宁因懊恼而鼓起来的腮帮子，于是侧过身子伸出另一只手戳了下。

江攸宁瞬间收回，并侧过头看他。

沈岁和露出一抹恶作剧得逞了的笑，语气里多了几分认真：“你可以的。”

“真心话？”江攸宁问。

沈岁和点头：“是。”

她闻言高兴地在床上滚了一圈，只是滚得离沈岁和远了点儿。

沈岁和长臂一伸，将她拉到了怀里。他关掉了床头的灯，在黑暗之中抱紧了江攸宁，唇刚好碰到她的耳际：“等你辞职之后，我给你写介绍信。”

北城的秋天很短，人们刚穿上了长袖和长裤，气温便开始一降再降。为数不多的几场秋雨落了下来，气温开始下降。树叶伴随着寒冷的秋风，纷纷扬扬地落在地面上。

晚秋时分，江攸宁接到了许久未见的堂兄江闻的电话。

“宁儿，”江闻说话时儿化音特别重，喊江攸宁名字时也独具特色，尾音微微上扬，显得格外宠溺，“在哪儿呢？”

“公司。”江攸宁从工位上站起来，到楼梯间听电话，“你拍完戏了？”

“嗯。”江闻说，“昨天刚从南方回来，差点儿没冻死我。”话音刚落就打了个喷嚏。

江攸宁笑：“你是不是还穿着T恤呢？”

“你怎么知道？”江闻啧了一声，“果然知兄莫若妹。”

江攸宁无奈：“我劝你不要太放纵自己，北城今年比往年都冷，别一回来就感冒了，到时候跟你一起吃饭还得被传染。”

敢情她不是担心他的身体，而是担心自己被传染，这虚假的兄妹情谊！

“我没事儿。”江闻说，“反正之后也不用拍戏，休息的时间多。”

“年前都不接戏了？”江攸宁问。

江闻：“对。我一年拍了六部戏了，上山下海，上天入地，我累得不行了，决定歇一阵子。你呢？最近怎么样？”

“还好。”江攸宁说，“还是老样子。”

“晚上有时间没？我请你吃饭。”

“好。”江攸宁一口答应，“吃烧烤行吗？”

“行。”江闻说，“你公司还是原来的地方吗？六点我去找你。”

江攸宁答应了之后就挂断电话继续工作。等到六点，她刚把车开出来就看到了江闻的车。他一个人来的，戴了口罩，没戴帽子。

她没让江闻下车，在车里给他打电话让他径直开，自己则紧随其后，他们有专门吃烧烤的地方。

这是江闻的一个同学开的饭店，同学专门给他留了包间。

吃烧烤比较注重氛围，但江闻注定没办法享受到这种氛围，能安安静静地吃到就不错了。

许久不见江闻，他又黑了一些，江攸宁笑着调侃他：“你不是上山下海吗？又不是在太阳底下晒着，怎么能黑成这个样子？”

江闻无奈地摆手说：“别提了，那导演太狠了。”

能让江闻也说狠的导演，应该是真的狠。

江闻还没毕业就跟着剧组天南海北地跑了，当过武替，做过群演，磨炼了近一年才靠江洋的关系接到了比较好的剧本。即便如此，他还是敬业的好演员，但凡和他合作过的导演，没有不夸他吃苦耐劳演技好的。

没想到他连“最佳男主角”奖都拿了，再拍戏也还是要吃苦。

江攸宁听他讲了一会儿剧组里的趣事，最多的还是吐槽一天只能睡三个小时，站在太阳底下晒脱皮，还有一次因为紫外线过敏被送到了医院。

他说完以后，江攸宁就直勾勾地盯着他。

“宁儿，”江闻喊她，“你这么看着我干啥？怪瘆得慌。”

“你进医院我们怎么都不知道？”江攸宁问。

江闻挑眉：“你是医生吗？”

独属于江闻的歪理又来了。

江攸宁懒得搭理他，只是换了话题道：“你回来以后没联系语语？”

“联系了。”江闻说，“打了两通电话，都在通话中。”

“那是没联系上？”

江闻耸耸肩：“不然呢？”

“她正在找新工作呢。”江攸宁说，“让她先忙。”

烧烤上来，两人开始吃。

“你家沈岁和呢？”江闻问她，“他晚上吃什么？用不用把他也叫来吃点儿？”

“不知道他加不加班。”江攸宁说着拿出手机，看了眼又把手机放了回去，“算了吧，咱们吃。”

“吵架呢？”江闻问。

江攸宁：“没有，他很少吃这种东西。”

“很少吃才叫他。”江闻拿出手机，翻了半晌才翻到沈岁和的微信，给他发了条消息，然后点开他的个人资料跟江攸宁吐槽，“我真的无数次差点儿把他删了，你看看他的资料空白得就跟个小号似的，名字就一个句号，朋友圈一条没有，背景图一片空白，他是不跟人社交吗？”

江攸宁：“是，跟你不一样。”

江闻一时听不出来是夸奖还是讽刺。

江闻的朋友圈被娱乐圈好友评为“最有趣”。之前有人整理过好多明星的采访，每当问起“你朋友圈里最有趣的人是谁”这个问题时，大家都会说江闻。

朋友们都觉得江闻话又多又密，吐槽中蕴含着很多段子，关键是他搞笑而不自知。

而江闻说得没错，沈岁和的微信确实跟个小号似的，上边什么都没有，简单至极。江攸宁如果不是因为见过他用这个微信跟人聊工作，一定会以为那是小号。

这件事情，江闻跟她吐槽过不止一次，最终都会以“幸亏我给他搞了个备注才知道他是咱们家新晋成员，勉强留下了他”结束。

过了一会儿，江闻的手机响了，他瞟了一眼：“你家沈岁和要来。”

“嗯。”江攸宁说，“不是你邀请了吗？”

江闻边戳了几下手机回复消息，边问江攸宁：“你这周有空没？”

“应该有。”江攸宁说，“怎么了？想请我出去玩儿？”

江闻：“是，也不是。”

“我在南江拍戏的时候，听说那边有个老中医，专门治你脚这种病的，在当地被传得神乎其神。”江闻说，“我还专门去拜访了一下，反正从那儿出来的病人，看过的都说好。”

“然后呢？”

“所以你也去看看吧。”江闻吃了口烤肉串，“这周收拾收拾，哥带你去南江。”

“这都多少年了，你还没放弃呢？”江攸宁瞟了眼自己的脚。

对于江攸宁的脚，很多人都放弃了。当初出车祸以后，许多人觉得她再也站不起来了，只有江闻红着眼说：“我妹肯定能站起来！”

他那一年就拍了一部戏，还是在北城周边，剩下的时间一直陪着江攸宁做复健。一年后，江攸宁成功地站了起来，只是落下了病根。

家里人为她寻遍了名医，她也吃了不少药，就是一直不见好。后来叔叔找了个在国际上赫赫有名的骨科大夫给她看，人家说这就是后遗症，没的治，只能平常多注意。

大家也就不再那么狂热地给她找医生，只偶尔给她找点儿保健品。唯有江闻从未放弃，每到一个地方拍戏都会打听当地的名医。

江攸宁跟着他跑了不少地方，脚仍旧没好，慢慢地也就收了心思，但也不好意思打击江闻的热情。

她笑着说："我这毛病估计治不好了，只要以后注意着点儿，没什么大事儿。"

江闻翻了个白眼："没什么大事儿一到下雨天你会疼得要死？"

"你又没见过，怎么知道？"江攸宁说，"我现在都好很多了。"

"胡说。"江闻说，"我不信，除非你现在疼一个给我看看。"

"这事儿没商量。"江闻说，"这周六上午十点的飞机，就当跟哥去散散心。"

江攸宁无奈地笑道："你机票都订好了，在这儿逗我玩儿呢？"

"没办法。"江闻说，"哥比较懂你。"

他们聊了没多久，沈岁和便到了。他进包间后跟江闻打招呼时只是摆了摆手，没喊人。

江闻挑眉，不满地说："我还是不是你大舅哥？喊个人会死？"

江闻年龄比沈岁和小，但辈分大，每次就故意拿这个挑沈岁和的刺。

沈岁和坐在江攸宁身侧，直接忽略了江闻。

江闻吊儿郎当地调侃："妹夫？"

沈岁和瞟了眼江闻，不大情愿地喊了声："哥。"

江闻侧过耳朵："什么？我没听清。"

江攸宁坐在他俩中间，觉得江闻真是没眼看。

"哥。"沈岁和又喊了一声，然后将外套随意地搭在椅背上，"你拍完戏了？"

"嗯。"江闻算是勉强满意，"拍完了。"

沈岁和不擅长日常聊天，只问候了这一句便安静下来吃饭。纵使烧烤这种食物，他也能吃得慢条斯理，比江闻这个明星更像明星。

一顿饭吃完，沈岁和带着江攸宁回家，江闻一个人走。

临走之际，江闻随意地捏了下江攸宁的脸："周六早点起，哥去接你。”

江攸宁拍掉他的手：“知道了。”

她试图跟江闻商量：“闻哥，我都这么大了，你以后别捏我的脸行吗？”

江闻白她一眼：“多大？”

“二十六了！”江攸宁鼓着腮帮子，“你咋还跟小时候一样啊？”

江闻靠在自己的车上，慵懒地说：“你再大，我也比你大半岁。”

说完他就上了车，然后放下车窗朝他们挥了挥手：“妹夫，好好照顾我妹啊！这次见她可比以前瘦了。”

江闻的车开走之后，沈岁和盯着江攸宁看。

江攸宁捂住自己的脸：“你看什么？”

沈岁和眉头微蹙：“手拿下来。”

江攸宁不懂，但还是把手拿了下来。

沈岁和伸手在江攸宁脸上捏了一下：“你瘦了？”

江攸宁心想，这是什么奇奇怪怪的行为？

回家路上，沈岁和将车停在一家鸡排店门口，然后下车买了两个鸡排，递给江攸宁。

“看你没吃饱。”沈岁和说，“把这两个吃了吧。”

江攸宁：“我吃饱了。”

“你哥看你没饱。”

一时之间她不知道闻哥是不是在害自己。

江攸宁以前半夜点过外卖的鸡排，一个人偷偷在厨房吃的，第二天还是被沈岁和发现了。他什么都没说，但后来每周都会买一次鸡排回来。

直到现在，江攸宁都已经吃腻了这家的鸡排。她吃了两口，细嚼慢咽。

沈岁和问：“周六江闻约你做什么？”

“去南江。”江攸宁说，“他说带我治脚去。”

沈岁和看了看她的脚，沉默不语。

他不喜欢打探别人的隐私。结婚这么久，他也没问过江攸宁脚的事，怕触到江攸宁的敏感点。但在车内寂静的氛围之中，他鬼使神差地开了口：“当初那场车祸很严重吗？”

江攸宁望向他的侧脸，良久之后才将脸别过去，开了一点儿车窗，然后轻倚着靠背，闭上眼假寐：“还好吧。”

声音散在风里，她佯装无所谓。

点到为止是沈岁和的一贯作风，他看出了江攸宁的抵触心理，便没再问，打开了车载音乐。上次的歌正放到一半，接着放，风声夹杂着音乐声飘进江攸宁的耳朵里。恍惚之间，她好像回到了当初那个雨夜。

砰，在那个大雨滂沱的夜晚，她和一辆车迎面相撞。

江攸宁这晚睡得并不好，夜里做了噩梦，醒过两三次，次日一早上班脑袋都昏昏沉沉的。江攸宁在工位上看了眼时间，才周三。

忙碌的日子一天天过去，很快就到了周六。

早上沈岁和比江攸宁醒得还早。他醒来烤了面包，热了牛奶，坐在餐桌前拿着 iPad 看新闻。江攸宁起床后先洗漱，然后化了个淡妆，换好衣服后拿着行李箱出房间的时候刚好八点半。

出来后，她拎着行李箱直奔门口，沈岁和在后边喊她：“江攸宁，来吃饭。”

江攸宁愣了两秒，将行李箱搁在原地，一脸疑惑地问：“你做饭了？”

“简单地做了点儿。”沈岁和仍旧低着头看 iPad，“吃了再走。”

江攸宁只好坐过去，面前是一杯牛奶、三片面包。她悄悄地把面包往沈岁和那边放了一片，但还没放好，沈岁和就拿开了 iPad，盯着她那只妄图转移食物的手说：“自己吃。”

“吃不完。”江攸宁辩解道。

沈岁和拿起杯子喝了口牛奶，笃定地看着江攸宁说：“你能。”

江攸宁在心中吐槽：是我吃还是你吃？

“免得江闻看见了又说你瘦了。”沈岁和淡淡地说。

他仍旧是那副冷淡的模样。江攸宁瞟了他一眼，认命地吃了起来，就跟完成任务似的飞快吃完，然后给江闻打电话：“闻哥，你到哪儿了？”

“下楼吧。”

江攸宁拎着行李箱出门，沈岁和仍旧慢条斯理地吃饭，坐在原位置没动，直到大门被拉开才抬起头看了眼，正好和回头望的江攸宁四目相对。

他挥了挥手：“一路顺风。”

“好。”江攸宁说。

南江是典型的南方城市，山清水秀。北城深秋干燥至极，而南江仍旧温润，气候宜人。

江攸宁跟着江闻出来，几乎事事不用操心，江闻安排好了一切，她坐在车上睡一觉就到了。

算起来，这应该是江闻给她找的第六个民间大夫了。以往她看过的那些大夫，倒也有靠谱的，但给的药方大都治标不治本，基本上两三次之后她的脚疼就会复发，而且会比之前疼得更厉害。

江闻这次和她打包票，这个一定行，因为这个大夫脾气特不好，看着就像隐世高人。江攸宁对他的歪理没有任何办法。

江闻和辛语，是两个没有任何逻辑但可以通过语言让你觉得他们逻辑缜密的人。

大夫住的地方比较偏远，坐车都过不去。车开到村外，还得下车走很长一段山路才能到，但他们到的时候，门口已经排满了人。

江闻带着江攸宁在门口排队。

来看病的都是中老年人，江攸宁在其中比较显眼，在他们前面排队等待的婆婆回过头来用方言夸了江攸宁一句：“姑娘长得真好看。”

江攸宁没听懂，在这边待了好几个月勉强能听懂南江话的江闻翻译给她听。

江攸宁笑着说：“谢谢。”普通话标准，声音也好听。

婆婆笑得一脸慈祥，换成了不太标准的普通话问她：“你到这边来看什么？”

“我脚有点儿疼。”江攸宁说。

“脚疼？”婆婆皱眉看向她的脚，有些疑惑，毕竟她的脚这会儿看上去什么问题都没有。

江攸宁说：“现在没事儿，一到下雨天就会疼。”

“啊！”婆婆一脸惋惜，“是以前出过什么事儿吗？”

“嗯。”江攸宁说，“车祸后遗症。”

婆婆叹了口气：“现在的车啊太多了，方便倒是方便，说不准什么时候就能要了人的命啊！”

江攸宁没有答话。

“我老头子就是车祸去世的。”婆婆说着指了指自己的右腿，撩起了裤腿。她的右边小腿上全是火烧过的痕迹，看上去触目惊心，婆婆说：“我这腿啊，也是那次车祸弄的。”

“啊？”江攸宁关切地问，“您现在是一个人生活吗？”

婆婆点头：“儿女都大了，在外边安了家，以前还有老头子跟我一起，现在也就剩我一个人了。”

“你看着跟我小女儿真像啊！”婆婆又说了一遍，“小姑娘真漂亮。”

江攸宁笑着说：“谢谢。”

婆婆许是一个人待得太久太无聊了，高兴地跟江攸宁聊着天，从屋里的老大夫到南江的神话传说，天南海北侃侃而谈，但说得最多的还是她的几个儿女。

她一共有三个孩子，两个儿子一个女儿，如今都在外地。

儿子都已成家立业，女儿还在外地打工，刚谈了恋爱，说等今年过年的时候就把对象带过来。

她还指着江闻打趣江攸宁：“这是你对象吧？长得也好看。”

江攸宁微微笑了下：“这是我哥。”

婆婆尴尬地笑了一下，叹了口气说：“我看你俩这么般配，可有夫妻相了，没想到他是你哥。”

江闻也笑：“婆婆，我妹妹都结婚啦。”

“那怎么还是你陪着来啊？”婆婆说，“这种时候还是让对象来比较好啊！”

“她对象又不是大夫。”江闻说，“难不成她对象来了，她就不疼了吗？”

婆婆睨了他一眼：“这些啊，都是你们男人自以为的。她对象要是来了，她肯定安心。”

“以前我老头子在的时候，不管去哪儿，只要他陪着我啊，我就觉得心里暖乎乎的。记得生第一个孩子的时候，我害怕得不敢进产房，我老头子就跟着我进了产房，那会儿我们这儿还没有男人跟着进产房的做法，都说男人进产房晦气。但我老头子说啊，他就娶了我这一个老婆，说什么都要陪着我进去，可惜后来啊……”婆婆说着声音便哽咽了，那双混浊的眼睛泛着红，“这最后一小段路，他没能陪着我一起走。”

江攸宁给她递了张纸巾。

屋里边有人在喊：“蔡婆子，到你啦。”

婆婆擦了泪，应了声：“来啦。”

她进去看腿，不到十分钟便出来了。

之后就是江攸宁。

婆婆让她放心，说吴大夫的手艺啊，可是十里八乡出了名的好。

江攸宁将信将疑，这里的好手艺放在三甲医院里，大抵只是最末端。而她的脚，连三甲医院都说没的治。

她本来也没抱多大希望，只是不想拂了江闻的好意。

屋子里的设备很简陋，只有一张木板床，上边铺了张蓝色的漆布，江闻口中隐世高人一样的吴大夫坐在一把摇摇欲坠的木椅上，半闭着眼睛，声音懒洋洋的：“多大了？”

“二十六。”江攸宁说。

吴大夫看了她一眼：“这么年轻怎么就得了骨头上的病啦？”

江攸宁答：“以前出过一场车祸，没恢复好。”

“躺上去。”吴大夫指了指那张木板床，“我看看。”

他从一侧拿起了自己的老花镜戴上。

江攸宁在江闻的帮助下躺了上去，正好看见天花板。

这里的天花板和医院的大不一样。医院里的天花板跟雪一样白，这里的天花板不知道多久未清理了，污泥淤积，已经看不清楚原本的样子了。

她本来不是很怕，但一躺在那张床上，她的心跳就会不自觉地加快，脑海中回响起蔡婆婆的话，有对象陪着，会安心。

江闻站在一侧看她，像是看穿了她的心思："想沈岁和啊？"

江攸宁错愕："嗯？"

"想就给他打个电话呗。"江闻拿出手机，"我倒想看看蔡婆婆说得对不对。"

他给沈岁和打了视频电话过去，铃声响着，他还碎碎念道："我就不信，我在你心里还比不上他？"

这奇怪的攀比欲。

沈岁和很快就接了。他坐在书房，背着光。

"妹夫。"江闻吊儿郎当地喊他，"你生活还可以啊！"

"一般。"沈岁和揉了揉眉心，淡淡地问，"什么事？"

"没什么。"江闻逗他，"就是跟你说一声，你老婆丢了。"

沈岁和挑眉："哦。"

"你这是什么反应？"江闻嗤道，"一点儿不关心我家宁儿。"

"她要是丢了，你比我更着急。"沈岁和问，"她人呢？"

"在这儿。"没等江闻再说，江攸宁便开了口。

江闻瞥了她一眼，江攸宁朝他做了个鬼脸。

"怎么样？"沈岁和问，"有用吗？"

"刚开始看。"

江闻边把手机递给江攸宁，边戳了下她的脑袋，抱怨了一句"小没良心的"，便到吴大夫跟前看他工作。

江攸宁躺在那儿，看到屏幕里自己的脸被放大了数倍，看上去有点儿丑，便把摄像头转了方向，沈岁和于是只能看到污泥淤积的天花板。

"你午饭吃了吗？"江攸宁问。

"吃了。"沈岁和说，"上午去了趟律所，回来时在路上吃的。你呢？"

“跟闻哥在外边吃的。”江攸宁说，“吃完我们才过来。”

“哦。”沈岁和应了声，再没其他反应。

两人都不适应这种温情的场面。

结婚三年，两人无论谁出差，都没有给对方打过视频电话。沈岁和觉得没必要，江攸宁是没敢打。

他俩甚至连消息都很少发，这会儿突如其来的视频电话让两人都有点儿尴尬，随意聊都没有话题。

正好，江闻手机上弹出来一条微信消息。

江攸宁便赶紧喊他：“闻哥，你有消息。”

江闻漫不经心地说：“没啥大事儿，不用理。”

“是你经纪人。”江攸宁说，“好像很紧急。”

她朝屏幕里的沈岁和挥挥手：“闻哥有事儿，我挂了。”

“嗯。”沈岁和也挥了下手，“好。”

迟疑了一秒，他补充道：“好好治病。”

江攸宁已经挂了电话，但在挂的前一秒，好像听到沈岁和说了句“早点儿回家”，不知道是不是她的错觉。

她把手机递给江闻：“闻哥，你刚听到沈岁和最后一句说什么了吗？”

“让你早点儿回家啊！”江闻嗤道，“再早也得治好病啊，就知道站着说话不腰疼。”

沈岁和让她早点儿回家……回家……早点儿……回他们两个人的家。

吴大夫戴上了一次性手套，在江攸宁的脚上捏了一下，问：“这儿疼？”

“不是。”江攸宁给他指了位置，补充说，“平常不太疼，到阴雨天会疼。”

“意思就是现在也疼？”说话间，吴大夫的手指已经捏在了她指的那块地方上，用了点儿巧劲，江攸宁疼得连话都说不完整：“是……是这儿。”

大夫看得很细致，在脚踝那儿捏了又捏，甚至对比了另一边的脚踝，没有拍片，五分钟后得出了结论：“这边有一节骨头坏了。”

“有的治吗？”江闻问。

吴大夫没有直接下结论，而是问：“以前是不是敷过中药？”

“嗯。”江闻对江攸宁的病比她自己都了解，“我带她去云溪看过一次，那儿的大夫让敷过中药，好了两个月，后来复发起来更疼了，就没再用了。”

“哦。”吴大夫提起笔开始写药方，“她这个病拖了好几年，现在治起来比较麻烦，你们按照这个药方去药店抓药，抓成药包，每天晚上睡觉前用45℃的热水泡一个小时的脚，最好能连小腿一起泡，泡完后不要走路。”

接着他洋洋洒洒地写第二张药方，边写边说：“等脚上的温度散一散，就用红花油揉脚，揉的时候动作要慢，但劲要大。”

说着他还在江攸宁的脚上示范了一下，疼得江攸宁直咧嘴。

“你们也没时间熬中药吧？”吴大夫问完就把第二张药方递了过去，嘱咐道，“去药店把这张方子上的药抓齐，磨成粉，晚饭前用热水冲着喝，都先抓半个月的量，半个月后过来复查。”

“对了。”吴大夫又提醒说，“前几天应该不会疼，但三五天以后可能特别疼，你要有个心理准备，可以提前买好止痛片。”

吴大夫的字龙飞凤舞，江闻一个字都不认识。

“大夫，您这写的是什么啊？到时候不会抓错药吧？”江闻犹豫了下问道。

吴大夫看都没看他：“药店的人能看懂。还有这上边有几味稀缺的中草药，你得找那种大药店，一味都不能替换，不然药效就不好了。”

他说着让江攸宁坐了起来：“姑娘，把胳膊伸出来。”

江攸宁将信将疑地把胳膊递过去。

吴大夫给她把了把脉，几分钟后又问：“你是不是睡眠不好？易醒多梦？”

江攸宁点头。

“气血虚，身体弱。”吴大夫又开了一张方子，“长此以往不容易受孕，最近是不是会头痛？”

“对。”江攸宁摁了下自己的太阳穴，“偶尔会觉得这里像炸开一样。”

“嗯。”吴大夫给出建议，“平常多出去走走，情绪积压得太多，容易导致胸闷气短，气血虚弱。”

说着他把第三张方子递了过去：“把这上面的药抓齐，磨成粉，用热水冲泡后喝，早晚饭后各一次，先喝一个月调理身体。平时饮食要忌辣、忌凉、忌荤腥，晚上十点前上床休息，不要动怒。”

短短半个小时，江闻拿到了三张药方，都是在发黄的信纸上写的，看上去很不靠谱。

怕他们混淆，吴大夫又叮嘱了一遍，然后让江闻在纸上做了标注。

从那间小房子里出来，江攸宁问：“靠谱吗？”

江闻也不确定地说：“不知道啊。”

两人从北到南，跋山涉水，排队一上午，看病半小时。

三张药方，只要了他们两百块钱。

江闻怎么看也觉得不靠谱，但是，“死马当作活马医。”他说，“再差也差不到哪儿去。”

“你才是死马。”江攸宁白了他一眼，“我怕残废。”

江闻揽过她的肩膀，安慰道：“放心，哥找专家看看这药方行不行，行的话再用。”

“专家也没治好我的脚。”江攸宁说。

他们从山上下来的时候，又遇到了蔡婆婆。

蔡婆婆住在竹屋里，有一座很大的院子。她正跛着脚端着一盆菜喂鸡，看到他们俩便热情地邀请他们进去坐一会儿。

江闻说还有事便拒绝了。

临走时，蔡婆婆叮嘱江攸宁，好好吃药，一定会好起来的。

每一个陌生人的善意，都让江攸宁觉得温暖。

从南江回来后，江闻找人看了药方上的内容，专家也看不出个大概。但这上边的药副作用不大，也没有成分相克的药，专家的意见是：可以试试。

正如江闻所说，死马当作活马医。

只是那天晚上，江闻带着抓来的药到江攸宁家楼下时，没有亲自上去，而是指名道姓让沈岁和下楼取。

沈岁和下楼的时候，江闻正倚着车抽烟，见他过来，递给了他一根。

沈岁和接过，在指间转了几下，没有点。

他很少抽烟，事情太多或是心情烦躁的时候才会抽几根。

因为家里有江攸宁，他觉得让她吸二手烟不好，所以在家里极少抽烟。

江闻抽完了烟，才从车里把几包药拿出来，仔细叮嘱了沈岁和两次，问他："记住了吗？"

"嗯。"沈岁和重复了一次。

他的记忆力很好，江闻说第一次的时候，他就已经记住了。

"行。"江闻说，"我妹的脚就交给你了，半个月后记得带她去复查。"

"你呢？"沈岁和问。

江闻："进组拍戏。"

"不是不去了吗？"

江闻叹了口气："临时出了事儿，我去替一下，年前就回来了。"

两人也不算很熟，只是江闻的性格比较活泼，说话自来熟，平常总喜欢调侃沈岁和，看起来才亲近了几分。

"我把地址和电话都发到你微信上，"江闻说，"还有注意事项。她就爱吃辣，最近别让她吃了，你也别吃，她看着馋。"

"嗯。"沈岁和应道，"知道了。"

两人站在路灯下，瑟瑟秋风刮过他们身侧。

江闻盯着他冷淡的眉眼看了一会儿，严肃地喊他："沈岁和。"

"嗯？"

江闻说："对我妹好点儿。"

"哦。"

江闻见他这副不冷不热的样子，一拳杵在他胸口，虽然没用大劲，但也打了他一个猝不及防。

“我跟你说正事儿呢！”江闻说，“你给我点头。”

“知道了。”沈岁和往后退了半步，“我会照顾好她的。”

江闻睨了他一眼，叮嘱道：“她脾气好，但能藏事儿，你少惹她生气。每天她想吃什么你就给她买，上下班能接送她就去，别整天忙忙忙，她一个人待着就喜欢胡思乱想。还有最重要的，别让她哭，哭多了容易生病。”

“好。”沈岁和满口答应。

叮嘱完了之后，江闻便上了车，最后瞟了沈岁和一眼，认真地说：“我说真的，对我妹好点儿！”

“知道了。”沈岁和朝他挥了挥手，“一路顺风。”

江闻的车启动，他嘟囔道：“因为你，她可是差点儿连命都没了。”

“什么？”沈岁和站在原地问，但江闻的车已经驶出去了一大截。

沈岁和站在风里，江闻最后那句话他没听清楚，只隐隐约约地听到“因为你”“联名”，意思奇奇怪怪，连不起来。

江攸宁的脚果真如同吴大夫说的那样，前几天泡脚时还好，但第五天晚上又开始泛疼。她的脚趾蜷缩起来又张开，张开了又蜷缩起来。

她辗转反侧，一夜未眠。而那天沈岁和在律所加了一整夜的班，直到第二天早上六点才给江攸宁发了消息：“记得吃早饭。

“记得饭后喝药。”

江攸宁躺在床上，戳着屏幕回：“好。”

回完之后，她将自己蒙在被子里号啕大哭，眼泪湿了被子。她知道其实没什么，这是她自己选的路，没什么好委屈的，可还是控制不住。

她想，人总是不知足。

北城的冬天总是来得猝不及防，第一场雪纷纷扬扬地落下的时候，江攸宁正坐在办公室里写文书，键盘声此起彼伏。

不知是谁喊了一声“下雪了”，办公室里瞬间沸腾起来，大家纷纷从工位上站起来，甚至有人打开了窗户。朔风夹杂着雪花飘了进来，给原本温暖的办公室带来几分寒意。江攸宁穿得有点儿少，不自觉地打了个寒战。

赵佳赶忙过去把窗户关上："咱们这儿还有孕妇呢，一冷一热的，要是把慧慧弄感冒了，她药也不能吃，得难受死。"

常慧已经显了怀，肚子微微凸起，但和平常吃胖没太大区别。

常慧说，小孩儿已经会在半夜里闹她。

江攸宁不怎么参与她们的讨论，但都会听。她看了眼外面的雪，内心感叹不知不觉就十二月了。

突然她的手机响起。

辛语在群里发："看！初雪！"

她发了两张自拍图，很唯美。

路童："雪呢？"

辛语："在我身后。"

路童："我只看到了你那张大脸。"

辛语："路童你好烦！"

江攸宁："初雪好看，你也好看。"

路童："江攸宁你被绑架了就眨眨眼。"

隔了一分钟，辛语才在群里发了语音，夹着风声："本来给你们点了冬天的第一杯奶茶，但鉴于你们两个刚才的表现，我取消订单了。"

路童："现在跪还来得及吗？"

辛语："迟了。"

江攸宁知道这个说法，前段时间曾风靡朋友圈。

夏天的第一个冰激凌、初秋的第一封情书、冬天的第一杯奶茶……好像每换一个季节，就会衍生出一个新的东西，但江攸宁从未参与过朋友圈任何一次关于节日的狂欢。

辛语话虽那么说，但半个小时后，外卖小哥给江攸宁打了电话，奶茶已经送到了楼下，而且辛语不仅给江攸宁一个人买了，还请了她们部门所有人。

赵佳喝着奶茶调侃："想不到啊，你老公那么高冷的人，竟然有这么浪漫的一面。"

江攸宁笑了下："是我闺密买的。"

面对赵佳错愕的神色，江攸宁没再解释，沈岁和本来就不是会做这种事情的人。

下午五点，大雪已经覆盖了地面，天地间染了一层白霜，天色慢慢地暗了下来，五点半时，天已经黑了，纷飞的雪花在路灯下飘来飘去，显得格外好看。

江攸宁收到了沈岁和的消息："我去接你。"

这天是周四。

江攸宁回："下雪了。"

"知道。"

"一会儿见。"

沈岁和的时间掐得很准。五点五十九分，他给江攸宁发消息："到你公司楼下了。"

江攸宁跟同事一起下楼，一眼就看到了停在外面的那辆银灰色的"卡宴"。

她跟同事们道别，小跑了几步来到车前，沈岁和正坐在车里打电话。他落下一半车窗，给江攸宁指了下副驾的位置。等江攸宁上车，他的电话也已经挂断。

江攸宁系好安全带后问："今天不忙吗？"

"还好。"沈岁和说，"雪天路滑。"

江攸宁不明白这两者之间有什么关联。

车子平稳地行驶在熟悉的路上，车内安静下来，两人一路无话。在快到小区的时候，沈岁和突然把车停靠在路边，叮嘱江攸宁："在车里等我。"

江攸宁坐在车里一脸迷茫，不知道发生了什么事。她隔着车窗看见沈岁和径直往马路对面的一家奶茶店走去。那家奶茶店是新开的，江攸宁记得他们家在做活动，第二杯半价。她也下了车，小跑过去的时候，正好轮到沈岁和。

他正不太熟练地点单："一杯奶茶。"

"两杯。"江攸宁在一旁插话道，"一杯原味布丁，一杯雪顶珍珠。"

沈岁和回头看她，她抬起头朝着沈岁和笑，眉眼弯着："你是给我买的吧？"

沈岁和："嗯。"

"初雪的第一杯奶茶？"江攸宁朝他眨了下眼。

沈岁和别过脸去，没有回答她的问题，而是问服务员多少钱。

两杯奶茶，一共二十八块钱。沈岁和付了钱，江攸宁就站在他身侧。隔了一会儿，江攸宁低声喊他："沈岁和。"

沈岁和侧过脸望向她，江攸宁朝他做口型："你耳朵红了。"

初雪覆盖了柏油马路、干枯枝丫，将这座城市装点得银装素裹，沈岁和拎着两杯奶茶往车的方向走，江攸宁跟在他身后。

大雪已经停了，风将高处的雪刮下来，时不时有冰粒拍打在脸上，沈岁和正要过马路，江攸宁忽然扯了扯他的衣角，温声喊他的名字："沈岁和。"

温柔的声音在寂静的马路上显得格外动听，带着一丝勾人的意味。沈岁和顿住脚步，回过头正好看到江攸宁的发梢处覆上了一层薄雪。他伸手掸去，动作温柔，目光也很温柔。

江攸宁仰起头看他："我们在外面走一会儿吧！"

沈岁和一时没明白她的意思，车就停在五米之外，开车回家也只需要五分钟，为什么要在外面走一会儿？难道要走着回家？但车怎么办？

短短几秒钟内，沈岁和的脑海里闪过了多个问题，但他没有回答，也没说话。江攸宁从他手里拿了杯奶茶过来，径直往前走："我想散散步再回家。"

她说话的声音里夹杂着风声，听起来带着几分委屈，沈岁和在原地站了两秒，长腿一迈便追上了她。

这会儿风大，江攸宁没戴帽子，沈岁和伸手把她羽绒服的帽子给她盖了上去，一下子遮住了江攸宁的眼睛，她抬起头看他："你干吗？"

"天冷。"沈岁和解释说。

这条街他们开车走过很多次，搬家过来之后也来过附近的超市和商场，但很少步行走过。他们向来是开车到商场的车库，买完东西后乘电梯到车库开车回家，从未注意过附近有什么。

散步也是江攸宁临时起意，她将吸管插入珍珠奶茶中，捧在手心里，冰凉的手顿时暖和起来。

“你不喝吗？”江攸宁问。

沈岁和看了眼手里的奶茶，摇头道：“我不喝甜的。”

江攸宁：“哦。”

沈岁和确实很少喝甜的东西，他的习惯是每天早上喝一杯黑咖啡，而江攸宁每天都要喝一杯牛奶。有天早上她试着喝了一杯黑咖啡，苦到不想喝第二次。而咖啡的提神效果也过于明显，她当晚甚至失眠到第二天凌晨五点。

从此，她再没碰过咖啡。

这家店的奶茶里放的珍珠很多，江攸宁下午已经喝过一杯了，现在其实已经喝不动了，但这是沈岁和买的，她还是想喝。喝到一半儿她才想起来还没拍照，于是匆匆拿出手机喊沈岁和：“你把那杯奶茶的吸管也插上呗。”

“做什么？”沈岁和问。

“拍照。”江攸宁难得兴致勃勃。

沈岁和不喜欢拍照。每次拍集体照，他都喜欢站在边缘。他也不喜欢发朋友圈，他的微信注册十年了，朋友圈至今空空如也。朋友圈的本意是分享生活，而他不喜欢被人窥探自己的生活。拒绝的话就在嘴边，但看到江攸宁笑得那么开心，他迟疑了两秒后，拆掉了奶茶的外包装，将吸管插了进去。

江攸宁学着朋友圈里常摆的姿势，将两杯奶茶高高举起，然后在昏黄的路灯下拍了两张照片，两人的手指都是既纤细又白皙，放到一起就像在拍海报。

沈岁和的皮肤在男生中算是比较白的，但江攸宁皮肤更白，放在一起比对，江攸宁的手指比沈岁和的还要白上几分。

江攸宁将图片发了朋友圈，并配上文案：来自沈先生的冬日奶茶。

路灯昏黄，天空中又慢慢地飘起了雪，细碎的雪在路灯下显得格外漂亮。

沈岁和走得比江攸宁稍快一些，没走几步就听到江攸宁在后面喊他："沈岁和。"

沈岁和停下脚步，这才发现江攸宁拍完照后就一直站在路灯下没走。她捧着那杯奶茶，氤氲的热气在她面部弥散开来，配上细碎的雪花，显得她整个人非常唯美。帽子已经被她甩到了后面，几乎是窝在脖子里。隔着几米远，沈岁和仍能看到她纤瘦白皙的脖颈，她说话的时候，脖颈间的青筋还会暴起，只是不太明显。

沈岁和忽然想到江闻那句"我妹瘦了"。

他想，江攸宁是真的瘦，看来以后每天都要督促她多吃一点儿。

"你过来。"江攸宁站在路灯下喊他。

沈岁和疑惑地问："做什么？"

江攸宁抿了下唇，眼睛忽闪忽闪地眨着，没敢直视他，但还是完整地提出了自己的要求："我想跟你一起拍张照。"

"你看，"江攸宁解释说，"下雪了。"

沈岁和挑眉："然后呢？"

江攸宁吸了下鼻子："现在拍照肯定特别好看。"

"也可能特别丑。"沈岁和说。

江攸宁坚定地说："但我想拍。"

她站在原地一动不动，就那样跟沈岁和僵持着。两人的合照似乎只有结婚照，结婚时沈岁和的律所正忙，他只留出了半天时间来拍婚纱照。

江攸宁选了很多花样，可惜都因为时间不充裕而没能拍成，两人最终只拍了样式最简单的。挂在卧室里的那一张，结婚三年来从未换过。

雪慢慢地下得大了，许多回忆也随之翻滚而来。

江攸宁喊他："你要不要拍？"回忆多了，她说话中难免带着委屈，眼里都闪着泪光。

沈岁和叹了口气，朝她走过去，无奈地说："拍。"

江攸宁笑了，嘴角缓缓地勾起，那双鹿眼又弯起来，看上去温和、恬淡、乖巧。

沈岁和随意地在她头发上揉了下，给她把帽子戴上去，但江攸宁晃了下脑袋，将帽子晃了下去。

“我不戴。”江攸宁拒绝。

“那我不拍了。”沈岁和不由分说地往前走。

江攸宁立马戴上帽子喊他：“好好好，我戴上了！”

沈岁和这才回头，江攸宁正鼓着腮帮子看他，眼睛也瞪得圆鼓鼓的。他拿出手机，下意识地抓拍了一张。

江攸宁一只手拎着奶茶，另一只手紧紧地抓着自己的衣领，白色的绒毛领里露出半只冻得通红的手，眼睛和腮帮子都鼓着，像一只仓鼠。

沈岁和看着觉得很有趣。

江攸宁顿时泄了气，嗔怪道：“你别拍我的丑照啊！”

“不丑。”沈岁和说，“好看的。”

“我不信。”江攸宁上前抢他的手机，“除非你给我看看。”

沈岁和却高高地举起来，笑着说：“不给。”

江攸宁比沈岁和矮二十厘米，跳起来伸长胳膊也够不到沈岁和高举着的手，跳起来的时候奶茶还洒出来了一点儿，甚至溅在她的衣服上。白色的羽绒服瞬间染上了棕色的痕迹，看上去很不雅观，江攸宁顿时停下了动作，低头看自己的衣服，叹气道：“又要送去干洗了。”

“正好和我的西装一块。”沈岁和在一旁说，“我明天上班的时候送过去吧。”

“可是拍照不好看了。”江攸宁说。

沈岁和看了她的衣服一眼，然后用半边身子遮住了她：“我挡着你。”

雪仍旧在下，江攸宁把自己的手机递给沈岁和。她站在沈岁和身侧，半边身子被沈岁和挡着，在沈岁和按快门的刹那，在沈岁和的脸侧比了个剪刀手。

这行为略显幼稚。

沈岁和是典型的直男拍照姿势，手机四十五度，从上往下拍。如果不是他们长得好看，拍出来一定没法儿看。即便如此，江攸宁看到照片时仍旧觉得不忍直视。

怎么会有人把自己拍得和现实中相差数十倍？现实里的沈岁和，站在那儿就像在拍海报。照片里的沈岁和，完全没有这种优雅的气质。

江攸宁对他的拍照技术非常不满意，正好路边走过来两个女孩儿，她从沈岁和手中拿过自己的手机，小跑了几步后走到女孩子们的面前，真诚地问："你们好，可以帮我们拍张照吗？"

她声音温和，长相亲切，两个女孩儿没有拒绝。她们接过手机往后退了一些，方便捕捉全景。

江攸宁挽着沈岁和的胳膊，姿势略显疏离，给他们拍照的那个女孩儿应当是懂些拍照技巧的，指挥着他们站位。

"小姐姐你往你男朋友身侧靠一下，"女孩儿说，"对，再近一些，你的头可以靠在他肩上，是的，就这个角度，来笑一下。"

女孩儿是蹲下给他们拍的，还问了江攸宁手机的滤镜在哪里。

女孩儿拍了两张之后说："小姐姐，你俩换个姿势吧。"

"够了吧。"沈岁和说。

女孩儿微不可察地皱了下眉，却还是笑道："这么好看的景色当然要多拍几张啊，况且有这么漂亮的小姐姐陪你拍照，你应该高兴才是啊！帅哥，多笑笑。"

江攸宁拽了下沈岁和的手，沈岁和适时闭嘴。

女孩儿指挥着沈岁和，让他站好，然后让江攸宁自由发挥。

在女孩喊"1"的瞬间，江攸宁踮起脚，侧过脸闭上眼睛，亲在了沈岁和的脸颊上，蜻蜓点水式的一个吻，带着凉意，画面就此定格。

女孩儿把手机还给江攸宁："可以查看一下成果，都很好看。"

江攸宁向她们道了谢，给她们拍照的那个女孩儿临走时对沈岁和说："帅哥，别总皱着眉，一副苦大仇深的样子，小心把你可爱的女朋友吓跑。"

女孩子们嬉笑着走远。

江攸宁低头查看照片，那个女孩儿拍得非常好看，滤镜也加得恰到好处，有好几张抓拍看上去唯美极了。

江攸宁撞了撞沈岁和的胳膊，商议道：“我把这些洗出来，挂在墙上怎么样？”

“随你。”沈岁和说。

江攸宁本来非常高兴，但听到这两个字后心凉了一截，冬天的冷风好像一瞬间就吹到了她的心中，冷中还泛着酸，照片里看起来的恩爱好像是她的错觉。

她看向沈岁和：“我们的家，为什么说是随我？”

“你决定就好。”沈岁和说，“你是女主人，想怎么装扮都可以。”

江攸宁顿时喜笑颜开，但沈岁和忽然扳正了她的身子，一本正经地问：“我苦大仇深？”

江攸宁：“还……还好。”

两人继续往前走，走过了一条长街，沈岁和忽然又问：“那你会跑吗？”

他的语气一如既往地冷，但带着几分认真。江攸宁下意识地摇了摇头，但在几秒后又笑着问：“我要是跑了怎么办？”

沈岁和把她的羽绒服帽子压低了些，手搭在她的脑袋上，声音冷淡，跟寒冬朔风融为一体。

他说：“腿打断。”

江攸宁站在原地笑：“那我不会跑。”

隔了几秒，江攸宁吸了一口奶茶，扬起嘴角，缓缓地说：“如果有一天要离开，我一定是用走的。”

“慢慢地，慢慢地，再慢慢地走。”她的眼里像是有细碎的星光散落。

沈岁和停在原地，手插在大衣兜里，惊讶地说：“你还真想过走啊？”

江攸宁没有说话，大雪纷纷扬扬地落在她的帽子上、肩膀上、眼睫毛上，她朝沈岁和伸出手：“那你拉住我，我就不走了。”

她温柔的声音被风雪搅得支离破碎，纤细的手在风中被冻得通红，但她坚韧、沉默、耐心地等待。

街边的饰品店忽然响起了音乐。

一天一天贴近你的心
你开心我关心
一点一滴我都能感应
你是我最美的相信
…………

在音乐响到第二句的时候，沈岁和伸出手握住了她的手。雪落在他的大衣上，也落在他们相握的手上。

他温声道："你的手真凉。"

江攸宁点头："是啊，每个冬天都这么凉。"

沈岁和拉着她的手揣到了自己的大衣兜里，大衣的兜很大，她的手很小，但大衣兜里的温度正好。长街覆满了风雪，江攸宁盯着他笑："你头发白了呢。"

沈岁和低下头抖雪，江攸宁却踮起脚，猝不及防地吻在他的脸侧。沈岁和愣了两秒，却忽然笑了。江攸宁望着前方的无尽长街，佯装平静，但内心正以极快的速度跳动。

咚咚咚，她现在，比很多年前第一次遇见他时还要心动得厉害。

冬雪缓缓地落下，给天地覆上了一层暧昧的色彩。他们在这条街上，霜雪忽然覆了白首。

这条路很短，好像几步就能走完。他们走在路上的时候，好像一对热恋中的情侣。江攸宁想，这条路可以长点儿，再长点儿，最好长到没有尽头。

但她忘了，这世上的路皆有尽头。

第四章

生活越发令人不知所措

北城的冬天又干又冷。进入十二月后，工作忙了起来，节日都变多了。

江攸宁的生日在十二月二十四日。

结婚前她过生日，都是一家人出去吃饭，喊上辛语和路童。结婚后她的生日貌似热闹了些，除了零点的祝福，她还会收到数不尽的快递，礼物、鲜花也不会少，但没有一样是沈岁和送的。

结婚第一年的生日，她中午跟辛语吃的，晚上跟沈岁和吃的。第二年生日正好赶上周末，沈岁和跟她一起回家过的。今年是第三年，她还没想好怎么过。

她觉得大抵是零点回复很多消息，收很多红包，睡醒之后按照往常的步调去上班，下班后回家跟沈岁和一起吃饭。三年来，沈岁和极少会记得那天是什么日子，往往第二天才会后知后觉地想起昨天是她的生日。

在他的世界里，生活似乎只有工作和不工作这两种划分方式，可他又会记得和曾雪仪相关的每一个节日。江攸宁觉得，能不能被沈岁和记得，是门玄学。

每年的十二月二十四日都差不多是北城最冷的时候。慕曦说江攸宁出生那年的这一天，北城下了一场暴雪。从早到晚下了两天两夜，积雪没过了成年人的小腿，父母希望她事事平稳安宁，所以给她起名“攸宁”。

现在她跟沈岁和的关系已经缓和了许多，不再像以前一样冷冰冰的，家里也终于有了点儿烟火气。

或许，今年的生日会有些不一样。

其实从二十岁之后，江攸宁很少再期待过生日，那一年好像是长大的分水岭。

二十岁以前过生日，江攸宁会守着手机等。二十岁以后过生日，江攸宁时常自己都忘了，晚上早早就睡了，醒来后看到那么多消息才忽然想起。

尤其是结婚后，江攸宁第一年还有所期待，但期待落空后就没再期待过。从此她开始按时睡觉，按时醒来，按时长大。

今年的十二月二十四日是星期四。江攸宁最近有点儿感冒，周三浑浑噩噩地过了一天，晚上回家后吃了药就开始睡，连晚饭都没吃。

沈岁和回来得很晚，然后给江攸宁点了粥。江攸宁醒来后迷迷糊糊地吃掉了，然后继续睡。她这一觉睡得很沉，早上醒来时已经九点了。

她打开手机，不出意外手机里全是祝她生日快乐的消息。路童跟辛语在群里让她领红包。慕承远、江闻都是零点发过来的消息，话不多，但钱多。慕曦和江洋睡得早，所以是早上七点发来的消息，慕曦还问她晚上要不要回家吃饭。

江攸宁回复：“感冒了，就不回家传染你们了，等这周六再回去。”

消息很多，钱更多，而且当天网上还出现了一条热搜：“江闻在线给妹妹挑礼物”。

没有指名道姓，也没有她的照片，但这个神秘女人让广大粉丝羡慕了好久。江攸宁醒来后刷到热搜，给江闻的微博点了个赞。

世界好像还是一如往常，在意她的从未让她失望。

她环顾了一圈卧室，打开了窗帘。阳光倾泻进来，但泛着冷光，许久未放晴的北城今天终于出了太阳，看来是个好天气。只是房间里空荡荡的，她的身侧已经冷了许久。

江攸宁随意地扎了下头发，然后起床洗漱，洗漱完去了厨房，途经客厅时也没有看到沈岁和。

今天又是沈岁和早早就走的一天，最近他们律所好像很忙，沈岁和每天早出晚归。

江攸宁站在厨房喝了杯水，闭着眼睛晒了一会儿太阳，然后烤了面包，随意地吃了几口后就回房间换衣服，只是回去时看到了餐桌上放的字条：

粥在锅里热着。

饭后喝药，药在旁边的纸包里。

沈岁和的字写得很好，明明是手写，但看起来就像打印出来的，字迹工整漂亮，他小时候应当下了不少功夫。字条的旁边是一个白色纸包，里面是他放好的感冒药、咳嗽药，都是正好的量。

一揭开锅盖，氤氲的热气扑面而来，粥还温热。江攸宁其实没什么胃口，但还是强撑着吃了半碗，之后用温水服了药，打开手机给沈岁和发了消息："谢谢。"

上班半小时后，她才收到沈岁和的回复："如果难受，记得去医院。"

江攸宁："已经好很多了，你忙吧。"

沈岁和没再回复。

这天江攸宁收到了很多祝福，来自同事、朋友、亲人的，唯独没有沈岁和的。临近下班，江攸宁收到了沈岁和的微信。

"我的行李箱在哪里？"

江攸宁："储物间。"

回完之后她突然觉得不对劲，他怎么会突然要行李箱？她问："你要出差？”

沈岁和：“对，去临城。两天后回来。”正好错过了她的生日。

江攸宁问：“能不去吗？”

沈岁和：“有事儿？”

江攸宁想了一会儿，终于在会话框里打下“今天是我生日”，但还没来得及发送，沈岁和就发了一条语音过来。

“本来应该是老裴去的，但阮言生病住院，现在就只剩下我能去了。你如果难受的话就找辛语来陪你，或者回爸妈家，等我回来以后去接你。”

他那边还夹杂着风声，应当是在外面。

江攸宁正犹豫要不要把信息发出去，沈岁和又发了一条语音过来：“发现身体不对劲就及时去医院，别硬撑着，晚上记得把药喝了。对了，你晚上想吃什么？我帮你点外卖，不要自己做了，我尽量早点儿回来。”

他话说得很温柔，比以前要出差的时候强了很多倍，但江攸宁还是觉得委屈。

她把会话框里还没来得及发出去的话全删掉了，只发了一个字：“好。”

江攸宁觉得住在芜盛最大的好处就是回家快，但回家以后，家里也是空荡荡的，甚至比早上走的时候更空。尽管沈岁和只收拾了几件衣服和随身用品，但江攸宁还是一眼就能看出差别。

桌上的花瓶被动了位置。

窗帘往里拉了几厘米。

阳台上的摇椅被搬进了客厅。

这些都是很细微的变化，但生活好像就是从这些细枝末节里延展开来的。每一处的细枝末节都昭示着：沈岁和回来过，但又走了。

江攸宁心情不太好，回家之后一直无所事事。她在书房里看书，但心不在焉，甚至趴在桌子上睡了一会儿，在关了灯的房间里睡觉却半梦半醒。

直到晚上十点，她做了噩梦，忽然惊醒过来。她擦了擦额头上的汗，向外看去，窗外夜色正浓，风有些大，敲打窗户的声音有些响。

沈岁和果真给她点了外卖，仍旧是前几天她随口说了一句味道不错的粥，他好像对食物有种别样的长情。

八点就拿到了外卖，但她一直没吃，这会儿觉得肚子有些饿了，便一个人坐在餐桌前细嚼慢咽，手机里播放着轻音乐。

忽然，路童给她发了条消息："江攸宁，看班群。"

她隔着屏幕都感受到了路童的严肃。

班群在毕业后很少有新消息，江攸宁就将它设置成了免打扰。但今天的班群里格外热闹，消息已经刷到"99+"了，平常不怎么活跃的同学都冒出来说话。

江攸宁看他们聊天，云里雾里的，直到拉到最上边才知道他们在讨论八卦消息，法学院男神沈岁和跟文学院女神徐昭的八卦消息。

起因是一个同学在群里发了一张同学聚会的照片，按理来说没什么稀奇，那个同学却在照片里圈出了两个人，一是沈岁和，一是徐昭。

两个人挨得极近，俊男美女的组合看起来就赏心悦目。

照片发出来两秒，群里就热闹了起来。

"怎么回事儿？这两个人复合了？"

"不是吧？虽然站在一起挺养眼，但众所周知，沈岁和当初被甩得很惨啊！"

"是我记错了吗？沈岁和不是已经结婚了吗？同学聚会不带老婆，竟然带初恋？"

"他老婆是乔夏吗？就之前传得沸沸扬扬的那个？"

"好像不是。我听在天合律所工作的朋友说，好像是沈岁和的妈妈特别喜欢乔夏，但沈岁和另外娶了别人，至于娶了谁不知道，一直没露过面。"

"所以，沈岁和确实是个人渣？"

群里讨论得沸沸扬扬。

江攸宁顿时觉得嘴里的粥没了味道。

沈岁和比江攸宁高两届。

她十六岁上大一那年，沈岁和刚升大三。

那会儿沈岁和已经很少参加院系内的活动，只偶尔在学生会的邀请下参加模拟法庭的范例表演，以及辩论社团的友谊辩论赛。

但和他相关的流言，从未在院系里停止。

每次他在公共场合露面，大家都能在观众席看到女神徐昭。在他比赛结束后，两人一起离开。

有人曾忍不住好奇地问徐昭："你俩是什么关系？"

徐昭一撩头发，笑得嚣张又肆意："我男朋友啊！"

徐昭大眼睛、双眼皮、高鼻梁、瓜子脸，皮肤透亮白皙。在流行齐刘海儿的年代里，她烫了一头大波浪，化着港系风格的妆容，穿着红色长裙，笑容肆意。她牙齿白，嘴型也好看，涂的口红色号以豆沙色和枫叶橘居多，她的妆容那会儿在学校里风靡一时，很多女孩子都暗地里学过她的妆容。

据说在新生晚会上，徐昭跳了一支伦巴舞，既美艳又妖娆，很快就被华政的男生投票成为女神，持续了四年。

江攸宁大一军训的时候，徐昭在他们方阵出现过一次，因为他们班有人丢了饭卡，正好被徐昭捡到，她过来还。

江攸宁至今记得那个场景，男生们眼睛都看呆了，徐昭一笑，好多男生在那里手拉着手，女生们暗暗嘲讽他们没出息。

徐昭走后，教官喊口令都喊错了，大家起哄了好一阵儿。

那会儿江攸宁还没遇到沈岁和，但已经见过了从操场上走过的那抹肆意的身影：一袭红裙，笑起来非常迷人。

后来，江攸宁在学校里见到了沈岁和，也见到了他跟徐昭走在一起。

那时候，她大一，沈岁和大三，徐昭大四。

徐昭做什么都是张扬的。她笑着在食堂拦住沈岁和，陪他从鹿港到青禾参加辩论赛，清晨在操场上追着他跑步。

徐昭追沈岁和是全校都知道的事情，后来大抵是追到了，因为江攸宁曾目睹徐昭挽着沈岁和的胳膊，笑得肆无忌惮。

但徐昭毕业那年出了国，沈岁和提前保送华政研究生。有人看到沈岁和在学校操场上淋着大雨跑步，跑了一夜，直到筋疲力尽。后来有人偶遇徐昭回学校来办理出国手续，忍不住好奇地问了一句："你跟沈岁和还在一起吗？"

徐昭仍旧笑得肆意："他啊，早被我甩了。"

于是，那段在学校里轰轰烈烈的感情，就此落下帷幕。

江攸宁记得，沈岁和淋着雨跑步那天，她在宿舍楼上看了一晚，踩着门禁的点儿去给他送了一把伞。她打着一把透明的伞，将那把黑色的伞递了过去，沈岁和只瞟了一眼，没有理会。

他跑了很久很久，江攸宁撑着伞在操场边也站了很久。

他跑累了离开操场，离开前对江攸宁说："别跟着我。我不需要你们的同情。"他声音嘶哑，离开的背影很决绝。

那天华政的雨下得很大，江攸宁心里亦是大雨倾盆。

回忆总是恼人，一旦想起，就像剪不断的线，越缠越乱。

江攸宁在餐桌前坐了很久，手机被放在一边，群里讨论的消息不断刷新，大家都在震惊沈岁和跟徐昭同框的事情，唯有路童问她："沈岁和参加同学聚会，你知道吗？"

江攸宁看到了，但没回，也不知道怎么回。她自然是不知道的。

沈岁和跟她说的是出差，不是同学聚会。而且从照片的背景来看，地点是在北城，不是临城。

江攸宁觉得沈岁和不是个说谎的人，但又不敢确定。

徐昭。

这个名字被江攸宁在口中念了很多次，她还记得和徐昭为数不多的一次交际。

那天晚上她在食堂吃饭，因为时间晚了，食堂里人很少，连窗口都只剩了三五个。她刚打完饭找位置，肩膀就被拍了一下，回过头，只见徐昭笑得灿烂，声音温和地说："学妹，能借我用下饭卡吗？我忘记带了。我给你现金。"

不知是不是长相的缘故，江攸宁总觉得她的笑很轻佻，连说话都带着调戏的意味。

江攸宁把饭卡递给了她，她去买了一份辣牛肉面，九块钱，但她给了江攸宁十块钱，当晚她们拼了个桌。

徐昭吃饭是很有教养的，哪怕是吃面，动静都不大，江攸宁偷偷地看了她好几次。

她想，徐昭真是人间尤物。如果她是个男生，也一定会喜欢徐昭这样的女孩儿。

天阴沉沉的，风刮起来也毫不客气。江攸宁坐在客厅里，一盏昏黄的灯照着，整个人都提不起什么精神，那张照片被她无限放大，沈岁和的身侧便是徐昭。

隔了七年，她还是一眼就能认出来。

徐昭比以前更加成熟，也更加漂亮，脸上仍旧挂着招牌式的笑容。

沈岁和的表情看不出喜怒，很平静，平静到完全不像遇到了初恋的样子。

隔了很久，江攸宁才放下手机，佯装平静地将粥收到厨房，然后打开水龙头洗手。水流冲刷过她的手指，她低下头，脑海中不知在想什么。

过去和现在混杂在一起，她一时间失了神。直到洗碗池里的水溢出来，她才关掉水龙头。地上有了积水，她随手拖了一下，关上灯去了客厅。

打开电视，她随意找了个片子播放，但看不进去。她只是想让空荡荡的房子里有点儿声音，这样自己可以不再胡思乱想。

但胡思乱想如果可以控制，便不是胡思乱想了。

片子放了一半，江攸宁起身关掉。她取了件黑色外套披上，便拿着手机去了阳台。

冬天的风像刀子一样刮过脸侧，江攸宁吹了会儿风才冷静了许多。

她给沈岁和拨了个电话过去。

嘟嘟的铃声响起，一声又一声，绵长又令人失望，沈岁和没有接。

江攸宁又打，对面仍旧没接。

她很少用电话轰炸的方式联系沈岁和。结婚三年来，这是第一次。基本上打一次没通，她就知道沈岁和在忙，等他空闲了会回短信或电话给她。

一次又一次，江攸宁打了六次，沈岁和都没有接，打第七次的时候，她听到听筒里传来“您拨打的用户已关机……”的提示。

江攸宁不知道该怎么形容这种心情。她站在二十四层的高楼上俯瞰，这个世界好像很渺小。有那么一瞬间，江攸宁想把手机扔下去，甚至，想跟手机一起……

当意识到自己有这种想法的时候，她往后退了半步。阳台上还放着沈岁和的天文望远镜，但今晚天上没有星星，甚至连月亮也被云层挡住，什么都看不到。

天空中只有阴沉沉的乌云，一望无际。

她把摇椅从里边搬了出来，坐在上边闭着眼睛假寐，手机被她倒扣在旁边的桌子上。一阵阵呼啸而过的寒风掠过耳侧，她的脚上传来微微的痛感。

她只穿了一双薄袜、一条家居裤，腿上现在凉飕飕的，但她懒得回去换衣服，直接把腿盘了起来，用宽大的羽绒服包裹住自己。

冬天江攸宁的脚好像会好一些，但其实是把痛意均匀地分布开来。夏天她的脚只有下雨天会痛，但冬天会时不时阵痛，只要天稍微冷一些，她就会感受到痛意袭来，像是小蚂蚁在噬咬一般。

往年都是这样的，但今年冬天，她好像一直没疼过。

这是第一次。

她忽然想起来今天好像忘记泡脚了，吴大夫给开的药也忘记喝了。她最近好像经常忘记很多事。

现在虽然想到了，她却懒得动。她坐在摇椅上，随意点开一个歌单，然后选择了随机播放。

第一首是粤语歌，她听不懂，之后一首首地放，伴着凛冽的寒风。

恍惚之间，她听到了一个很催泪的声音：“离开他不等于你的世界会崩溃，转个弯你还能飞。”

临城。

沈岁和回到酒店时已经凌晨五点，他喝了不少酒，脑子晕乎乎的。他从兜里拿出手机看，摁了两下却发现屏幕不亮，然后去翻了一下行李箱，发现没带充电器。

他开始回忆，好像昨晚充过电后，是江攸宁帮他收起了充电器。

他倚靠在床边捏了捏眉心，第一次有了想骂人的冲动，阮言这病生得可真是时候，老裴这件案子标的额很大，客户也不是一般地难缠，见了面话不多说先喝三杯，五十多度的白酒，烈得辣嗓子。

从晚上九点喝到凌晨四点半，沈岁和快喝吐了。

他已经尽量避开了“无谓”的酒，但那人是“老油条”，不喝尽兴就不给指明方向。做商事案件就这点不好，那些没用的酒桌文化也被带到了他们这行来。

过了一会儿，助理吴峰过来送醒酒汤。

沈岁和解开了衬衫最上边的扣子，将醒酒汤一口喝下，然后道：“你帮我找个充电器，我手机没电了。”

“好。”吴峰把自己的充电器给他拿了过来。

还没离开他的房间，吴峰的手机就响了起来，他看了眼来电显示，又瞟了下沈岁和，沈岁和淡淡地说：“接吧。”

吴峰这才背过身接起来，低声道：“祖宗，你还没睡呢？”

对方不知说了什么。

吴峰说：“我也想回，但这不是没办法吗？

“等跨年夜好不好？我那天一定陪你。

“元旦不加班，我们都出通知了。

“真的，你赶紧睡吧，别等我了。

“熬夜会长皱纹，掉头发，还会有黑眼圈，这样就不漂亮了。

“爱你，爱你，最爱的就是你。”

他一直都捂着嘴、压着声音说话，但声音还是能传到沈岁和的耳朵里。

直到他挂断电话，沈岁和才挑了下眉问：“女朋友？”

吴峰收了手机，低声应了声嗯。

“你这次出差，她很生气？”沈岁和难得有兴趣关心员工的私生活。

吴峰也有点儿错愕，但还是老实地回答：“对。”

“都这个点了，她还在等你？”沈岁和问。

吴峰：“嗯。”

说起自家女朋友，吴峰觉得很无奈：“我晚上已经给她打过电话了，让她早点儿睡，结果她一直给我发消息，说我不睡她也不睡。”

“挺黏你的。”沈岁和说，“你们感情很好吧？”

吴峰点了点头，不过又叹了口气说：“她这哪是黏我啊，分明是闹脾气呢！一夜不睡觉，第二天还要上班，迟早身体吃不消。”

“闹脾气？”沈岁和诧异地问，“你惹她生气了？”

吴峰看向沈岁和，表情一言难尽，心想：原因是什么你不知道吗？！

“你出差，她生气？”沈岁和忽然懂了他的意思，但也只懂了一半。

见沈岁和只是随便问问，吴峰才跟他说了起来：“不是单纯因为出差生气。我忘记给她买礼物了，尤其是说好了十二月二十四号要一起去看电影的，结果临时出差，她就生气了。”

吴峰说完才看向沈岁和，求生欲迫使他加了一句：“沈律，我不是说出差不好的意思，是我女朋友不懂事了。”

沈岁和笑：“这倒也不是。”

许是喝多了酒，他这会儿聊起感情话题来也不再抗拒，不似平常那般冷漠。

“这次出差确实不好。”沈岁和说，“刚刚的话让你女朋友听见了，你可又得道歉。”

“知道了。”吴峰点头，最后一句本来也不是真心的，只是为了保住工作。生活使人卑躬屈膝，言不由衷。

“你跟你女朋友相处几年了？”沈岁和问。

吴峰：“三年。”

“我记得，你今年二十五岁了吧？”

吴峰点头："对，我女朋友二十二，是我大学的学妹。"

"比你小三岁啊？"沈岁和笑了下，"我太太也比我小三岁。"

吴峰还是第一次听他说起他的婚姻，律所里都传沈岁和结婚了，可除了裴旭天，谁都没见过他的太太。

裴旭天的女朋友，大家都见过，但沈岁和的老婆，不闻其名，不见其人。

"那您太太也是律师？"吴峰小心翼翼地问。

沈岁和摇头："她在做法务。"

"哦。"

房间里陷入了短暂的沉默，吴峰收起了杯子，忽然听沈岁和问："你说昨天是十二月二十四号？"

吴峰点头说："对啊！"

沈岁和忽然摁了摁眉心，嘟囔道："又忘了。"

"忘了什么？"吴峰问。

"我太太的生日。"沈岁和说。

吴峰很是错愕，抿着唇，一时不知该说什么才好。

在他的世界里，如果敢忘记女朋友生日来出差，他回去以后估计就再也看不到女朋友了。但沈岁和只是坐在那儿想了一会儿，连手机都没着急打开。

难道这就是合伙人的定力吗？

不过他脑海里突然闪过另外一个念头：传闻沈岁和跟老婆是联姻，一点儿都不相爱，简言之，假面夫妻。

吴峰将所有的情绪都隐匿起来，却听沈岁和问他："你说我送什么礼物合适？"

吴峰脱口而出："错过了的，送什么都弥补不了。"

说完他立马捂住嘴，眼睛都瞪大了。他吞了下口水，在沈岁和疑惑的眼神下解释道："这是我女朋友说的，她说过太多次我就记住了。抱歉，沈律。"

"没事儿。"沈岁和说。

"女孩子都喜欢包。"吴峰尝试着弥补错误，"还有口红、钻石。"

“她很少用。”沈岁和说，“除了钻戒，她都不戴首饰。”

“是您没给她买吧？”吴峰下意识地反问。

沈岁和的笑僵在脸上，他不解地问：“这需要我买吗？”

吴峰的表情更加错愕。

沈岁和说：“她有钱。”

“有很多。”沈岁和继续说，“但她很少会买奢侈品。”

“我女朋友说，女人就算有钱，口红、包、首饰也是需要男人送的。她们有没有是一回事儿，男人送不送是另外一回事儿。”吴峰把女朋友的经典语录都搬了出来，“连包都不愿意送的男人，一定没有多爱自己的女人。”

这是沈岁和的知识盲区。

吴峰现在这样，也是被女朋友一手调教出来的。女友年纪比他小，是个资深二次元，“洛丽塔”发烧友。她的家境也算富裕，她从小在偶像剧的浸泡下长大，但并没有沉迷在“霸道总裁”的光环里，而是得出了一条结论：恋爱只需要心动和好好说话。

所以她从来不跟吴峰拐弯抹角，想要礼物就直说，想让吴峰在家里陪她也会直说。她的撒娇功力也是一绝，逻辑自洽能力让吴峰这个法学生都自愧不如。女友曾跟他说：“千万不要跟你爱的人讲道理，因为你讲通了，她哭了，你就单身了。”

女友用无数次实践把吴峰打造成了现在的“二十四孝”男友，还说：“幸福是要靠自己创造的。”

她的名句太多了，吴峰在她的耳濡目染之下已经了解了很多其他圈子的东西，闲暇时间跟她一起看八卦新闻，追偶像剧。如今他看到沈岁和疑惑的表情，就像看到了当年的自己。

他于是把女友的那套理论搬了出来，成功化身为情感导师。

“所以女人都在等男人给她买？”沈岁和还是不理解这套逻辑。

吴峰说：“是，也不是。她们不是在等所有的男人给买，而是想要那个她爱的人给买，据说戴上会有幸福感，连饭都能多吃一碗。”

“蝴蝶效应？”沈岁和憋了两秒，觉得只能用这个词来形容。

吴峰想了下点头道：“也可以这么说，包是蝴蝶，那碗饭就是大洋彼岸的海啸。”

沈岁和长知识了。

“您不联系一下您太太吗？”吴峰忍不住试探着问，“毕竟昨天是她的生日啊！”

沈岁和闭了下眼睛，淡淡地说：“她知道我出差。”

“那也……”吴峰不知道该怎么形容。

他一个大男人设身处地地想了一下，如果自己的女朋友在自己生日当天出差还对自己不闻不问，自己的心情估计也不会好，就是不知道沈岁和的太太是什么心情。

他们大概真的是假面夫妻吧！

“我知道了。”沈岁和说，“你回去早点儿休息吧。”

吴峰没有再说话，领导的家事还轮不到他关心。

吴峰出去后，沈岁和才把手机开了机，看到有来自江攸宁的未接来电，六个。

他皱了下眉，给江攸宁回拨了过去，但还没等声音响起又立刻点了取消。

凌晨五点半，应当是江攸宁睡得正熟的时候。她的睡眠一向不好，现在被吵醒了，之后她会很难睡着。他还是算了吧。

他打开微信给江攸宁发了条信息：“什么事？刚回酒店，打算睡觉。”

他发完之后就关上了手机，但想到吴峰的话，又打开了手机，戳着屏幕发：“迟到的生日快乐。礼物回去补上。好好休息，记得喝药。”

翌日一早，江攸宁被电话铃声吵醒。她昨晚在阳台上坐到十二点，实在冷了才回到屋里，但没回卧室，就坐在沙发上看电视剧，一夜未眠。

临近早上，太阳都在客厅里投射出了冷光，她才半梦半醒地睡着，但梦里是大雨，是风雪，是光怪陆离的景象，总归是睡得不踏实。

她瞟了眼手机屏幕，是路童，下意识地不想接。

手机响了很久，直到快挂断时，她才接起来：“喂？”

话一出口，她自己都被吓到了，她的声音低沉嘶哑，像被沙子磨过似的，最关键的是，说话时嗓子疼得厉害，就像是用锉刀在慢慢磨声带一样，她疼得皱起了眉。

“宁宁，你在哪儿？”路童问。

“在家。”江攸宁低咳了一声，试着调整发声位置，但没什么用，嗓子仍旧很疼，鼻子也堵得快要出不来气了。

几乎是一瞬间，路童就听了出来，忙问：“你病了？”

江攸宁：“可能吧。”

“这还叫‘可能’？”或许之前还不确定，但听到她这几个字的时候，路童就确定了。

江攸宁生病了，还病得不轻。大学在同一个宿舍待了四年，路童发现江攸宁很少生病，但一到冬天，江攸宁只要生病，必是大病。

伴随着咳嗽、发烧、呕吐，她被送到医院起码得一周才能出院。每次生病，她的声音就会变成现在这样，嘶哑难听。

“沈岁和昨晚没回来？”路童问。

江攸宁：“没有。”

她说话尽量简单，路童也懒得再问。

“你找个体温计测一下，小心别烧傻了。”路童急切地说，“我现在过去接你去医院。”

“你不上班？”江攸宁问。

路童：“你都成这样了还关心我上不上班？不如关心一下自己会不会死吧。”

有那么一瞬间，江攸宁以为路童被辛语附身了。

“我跟领导请半天假。”路童那边有风声，大抵已经出了门，“下午就让辛语照顾你。”

“别跟她说。”江攸宁忙劝阻道，“她知道了又要骂我。”

话说多了，她的嗓子好像没那么疼了。

“放心，她不会骂你。”路童说，“她会骂沈岁和。”

“这次，我也想骂了。”路童冷笑了一声，“不过要先把你救活。”

路童说得像是她得了绝症似的。

路童要开车，于是挂了电话。江攸宁伸手摸了下自己的额头，好像是有点儿烫。

冰冷的阳光照射到室内，她眯着眼看过去，好像看到了徐昭，对方穿着红色的裙子，笑得肆无忌惮。

她似乎从没在沈岁和面前，如此肆无忌惮。

江攸宁躺在沙发上，闭上眼睛绝望地想，这场叫沈岁和的病，她好像真的得了很多年，而且是绝症，无治。

江攸宁高烧 38.9℃。

路童在开车去她家的路上就给辛语打了电话，两人合力给她挂号，办理了住院手续。

这场冬日里的大病来得突然，果真如路童料想的那样，江攸宁刚被送到医院不久，就开始呕吐。这两天她吃的东西很少，最后吐出来的都是酸水。

医生给她开了药，打了点滴。江攸宁感到精神疲惫，医院里很寂静，她的手背上又刚扎了针，于是沉沉地睡了过去。

辛语去窗口缴完费回来的时候，路童正在给江攸宁掖被子。

江攸宁呼吸绵长，外面的光线照进来投射在她的脸上，看上去没有一丝血色，苍白得可怕。

辛语正要开口，路童就朝她比了个“嘘”的手势，然后蹑手蹑脚地往门外走，生怕打扰了江攸宁。辛语瞟了一眼床上的人，本来想甩门的动作也慢了下来，最后轻轻地把门关上了。只是一出门，她就控制不住了。

“沈岁和呢？死了吗？”辛语说，“江攸宁在家病成了这个鬼样子，他都不知道？”

“他出差了。”路童解释道。

辛语瞪大了眼睛：“出差有理啊？全世界就他一个人有工作是不是？就他一个人忙得不着家？”

路童看了眼手表，现在是上午十点半。

“别说了。”路童在长椅上坐下，“不饿吗？”

“气饱了。”辛语坐在她旁边，扶了下自己的黑框眼镜，“有一天我真能被江攸宁气死。”

“生病而已。”路童说，“谁还能不生病啊！她以前也生过病。”

“问题是她生病沈岁和竟然不在，要不是你给她打电话，她在家死了我们都不知道。”辛语越想越气，“你说像咱们这样的，单身独居，一个人死在家里发臭也就算了，她，已婚……”

“说你自己就行，”路童瞟了她一眼，打断了她的话，“别带上我，我还不想死。更何况我不是独居，我跟爸妈住。”

怕辛语继续在这种问题上纠缠，路童立马换了话题：“好了，你也别生气了，宁宁现在不是没事吗？我饿了，咱们吃早饭去。”

“我点了外卖。”辛语说，“快到了。”

路童坐在长椅上玩手机，把昨晚同学群里的消息又翻了一次。

同学们讨论了三四百条，你一言我一语，把这些年跟沈岁和相关的流言全讨论了一遍，虽然没有结果，但并不耽误他们聊八卦消息，其中沈岁和跟徐昭的合照关注度最高。

后来姜梨还在群里发了一张沈岁和跟徐昭的合影，两人都没有看镜头，大抵是偷拍。

徐昭笑语盈盈地跟沈岁和攀谈着，两个人仅仅是坐在那儿就是一道风景线。

姜梨是江攸宁和路童大学时的舍友，关系说好不好，说差不差，因为当初姜梨跟宿舍里另一个女孩儿闹了点儿别扭，所以毕业后跟她们一直没有联系，但她结婚的时候还是在班级群里发了请柬。后来听人说她老公大学时跟沈岁和一个班。

这张照片的真实性自然毋庸置疑。路童想了一会儿，点开了姜梨的名片，然后点了添加好友，对方很快就通过了。

路童在会话框里打了很多字，最后又全删掉了，江攸宁不会想让她插手这些事的。于是她收起了手机，倚在长椅上假寐。

“我给沈岁和打电话。”辛语突然说，“总不能江攸宁都这样了，他还出差吧？”

“出差肯定是有紧急事情要处理。”路童声音疲惫，“我劝你少费功夫。”

“那我们就这样看着？”辛语翻了个白眼，“未免也太没人性了吧！”

“问题是你叫他回来也改变不了什么呀，他又不是医生，难道一回来江攸宁就活蹦乱跳了不成？”

辛语学着她的样子也倚在长椅上假寐，隔了很久才闷闷不乐地说：“我就是觉得江攸宁想看见他。”

“她都病成这样了，沈岁和却不在跟前，我觉得她看上去特别凄凉。”辛语叹了口气，“我知道你们都觉得我话多，但她那种性格，我要是话不多能跟她处这么多年？更何况，你们把什么事儿都憋在心里，最后容易把自己憋疯啊！就拿你来说吧，当初跟那谁分手的时候，你是不是一整夜一整夜地喝酒？我问你，你什么都不说，就知道哭，最后差点儿把自己搞抑郁了。我要是不厉害点儿，你们两个哭都没地儿哭去。”

路童倚在辛语的肩膀上，假装不满地说：“说她就说她，不要把我那些陈芝麻烂谷子的事儿都拿出来说。”

辛语戳了下她的脑袋问：“你是不是知道点儿什么？”

“什么？”路童问。

“就江攸宁跟沈岁和的事儿。”

路童摇头：“不知道。”

她有点儿后悔，昨晚是不是不应该让江攸宁看群消息？有时候不知道是不是要比知道快乐？她想不通。

辛语点的外卖到了，医院不让往里送，得到门口去取，于是她们一起下楼。

刚走到楼下，辛语突然爆了句粗口。

“嗯？”路童碰了下她的肩膀提醒道，“有点儿素质。”

“我怎么在这儿都能看见这个女人？”辛语翻了个白眼，语气不善，“阴魂不散啊！”

“谁？”路童环顾一圈也没看见眼熟的人。

“一个主编。”辛语拉着她往外走，一边走一边抱怨，“上次去拍杂志封面，就是她让我换了八套衣服还嫌我摆的姿势不专业，最后临时换了别人上，我差点儿跟她干架。”

“差点儿？”路童睨了她一眼，“你薅她头发了？”

“没有。”辛语说，“我是那种人吗？好歹也跟你们相处了这么久，我知道薅头发也得被拘留。我就骂了她一顿，替她爸妈教育一下这个目中无人的人。”

路童就知道，这世上没有辛语吵不赢的架。

“你不知道她说的话有多难听。”辛语摇了摇头，签收了外卖后拎着往里走，“她说我不会拍，说我不懂艺术，还说我美得没有内涵。”

“美就是美了。”辛语现在说起来还是气得不行，“跟内涵有什么关系？谁看第一眼不都是视觉享受？她还跟我转了一会儿英文，我真的差点儿去薅她头发。”

“所以到底是谁？”路童又环顾了一圈，还是没找到辛语说的目标人物。

“你左前方四十五度，穿白色呢子大衣、黑色及膝长靴的那个。”辛语都没往那边看，“少跟那种人打交道，容易被气死。”

路童又碰了下她的胳膊提醒说：“你声音小点儿，小心被听见。”

“听见就听见。”辛语说，“又没指名道姓，她要是过来认领，我就把她骂到妈都不认识。”

路童觉得还是低头服软保平安比较好，但在低头的一瞬间，她用余光瞟到了一个熟人。

“裴律？”路童惊讶地喊辛语，“你看看，那个人是不是裴旭天？”

路童有点儿近视，看得不太清楚。辛语听到后往那边瞟了一眼，摘掉自己的平光镜后又仔细瞅了瞅。

“还真是。”

辛语上次对裴旭天的印象挺好的，但因为江攸宁的关系，她已经彻底把这位帮助过她的恩人拉入了沈岁和的“狐朋狗友”名单——简称“黑名单”里。

“他还是跟那女的一起来的？”辛语白眼都要翻到天上了，“别告诉我，他俩还是男女朋友，我去年的年夜饭都能吐出来。”

路童：“有那么夸张吗？”

辛语回答得非常笃定：“有。”

路童拉她：“那咱们走吧，别一会儿吐在医院。”

两人往楼上走，但没想到正好跟裴旭天和阮言撞了个正着。

“是你们啊！”裴旭天率先朝她们打招呼，“两位好。”

路童心里咯噔一下，心想：完了。

辛语瞟了他一眼，语气不善地说：“你哪只眼睛看见我们好了？”

裴旭天的笑瞬间僵在脸上，他之前也和辛语相处过，当时辛语还是他的当事人，虽然那时她的脾气也很火暴，但并没有这么……嗯，是非不分，裴旭天甚至都不知道自己哪里得罪了辛语。

“在医院这种地方问我们好，你是不是不太礼貌？”辛语一点儿不客气。

江攸宁生病住院，辛语本来就对沈岁和很不满，自然连带了沈岁和的好友，再加上他跟那个主编站在一起，怎么看怎么扎眼。

“不是。”裴旭天皱眉，语气也疏离了几分，“辛小姐，我没有得罪你吧？”

“你是没有。”辛语很诚实地说。

路童扯了扯她的袖子，想要阻止她胡说八道，但辛语怼人的时候，天王老子来了都阻止不了。

“但你身边站着的，还有你的‘狗友’，都得罪我了。”

“原来是你啊！”阮言比辛语要矮十厘米，站在那儿看辛语还得仰视。但她只是瞟了一眼，便淡淡地说：“我当是谁在这儿大喊大叫呢。”

辛语用鼻子哼了一声。

“你们认识？”裴旭天好奇地问。

“不算。”

“她不配。”

两人异口同声地回答，前者是阮言，后者是辛语。

辛语嗤了一声：“今天懒得跟你吵，浪费唾沫，你不配。”

“你！”阮言咬牙道，“泼妇。”

“那也比你强。”辛语说话声音不高，但满含讽刺，“蠢而不自知，更蠢。”

阮言不甘示弱地反驳：“草包一个还好意思说我？你配？”

“我怎么不配？”辛语往前站了一步，把阮言上下打量了一番，轻蔑地俯视着她，“我绝配顶配天仙配！你都说了我是美女，美女说什么都对。”

走廊里空荡荡的，空气中充满了火药味儿。

“两位也是来看病的吧。”裴旭天打起了圆场，“我们就不打扰两位了，祝早日康复。”

他说完就拉阮言走，但阮言不走，辛语还扯住了他的胳膊，裴旭天顿时进退两难。

“你哪只眼睛看见我们生病了？”辛语挑衅道，“你要这样说的话，我不介意帮你挂个眼科。”

“泼妇！”阮言愤愤地道，“草包花瓶！”

“好歹我还能做个花瓶。”辛语嘲讽她，“就怕你脑子里都是水，都是糨糊。”

“你！”阮言瞪着她，“无知！”

“好了！不要再吵了！”裴旭天严肃地说，“有什么事不能好好说，非要在这里吵架？大家都不是三岁小孩儿了，不是占了口头便宜就能解决问题的。”

接着他又转向辛语说：“辛小姐，我也算帮过你，能不能卖我个面子？”

“不卖。”辛语一甩头发，蛮横地说，“你帮我也是看在沈岁和的面子上，而沈岁和是看在江攸宁的面子上，所以我只记江攸宁的好。”

这个逻辑自洽做得真好。

路童拽了拽辛语的袖子，低声道：“行了，大庭广众的，不好看。”

“好看不好看不分是不是大庭广众。”辛语的声音异常冷静，“不好看的事儿，放到哪儿都不好看。”

她步步进逼的态度让裴旭天有些恼火，本来阮言生病他也跟着担心了两天，失眠加焦虑，导致心情极度烦闷。现在好不容易阮言病快好了，结果还没出院就来了这么一出。

而且两人吵得莫名其妙，如果不是看在沈岁和的面子上，他早走人了，怎么可能站在这儿听辛语说这么多？

“辛小姐，”裴旭天的语气也强硬了起来，“做人不要太过分。”

“我这样就过分？”辛语嗤道，“你怕是没见过我更过分的时候。”

辛语以前确实更过分，如果是同样的情境，二十岁以前的辛语一定是能动手就决不动口。

裴旭天不再说话，拉着阮言就走，临走时却被辛语拽住。她没再夹枪带棒地攻击人，反而平静地说：“你跟沈岁和是好朋友对吧？”

话题忽然换了，裴旭天错愕了下，点头道：“是。”

“麻烦你给他捎个话。”辛语极为认真地盯着裴旭天，“他要是觉得工作重要，那这辈子就跟工作去过吧！江攸宁，我带走了。《离婚协议书》也不用他来拟，我们有律师。最后期限是今晚十点，我见不到他人，他这辈子也别想见到江攸宁。我，说到做到。”

她语气认真到近乎虔诚，声音不高却极具说服力。在这一刻，没有人会怀疑她话里的真实度。

“江攸宁？”裴旭天皱眉，“她生病了？”

“快死了！”辛语随口应了句就带着路童离开了。

两人没有乘电梯，而是走了安全通道。在空荡无人的楼梯里，两人慢慢地往上爬。走了五级台阶后，辛语忽然停下了脚步，路童疑惑地回头看，却发现辛语的眼泪正挂在脸上。

“怎么了？”路童忙从兜里抽了张纸巾出来，还没来得及给她擦，辛语就扁着嘴哭了出来，路童急忙拍她的背安抚她。

“我刚刚有一瞬间真的觉得江攸宁会死。”辛语抽噎着说，“早上在医院看见她的时候，我就觉得她真的快撑不住了。

“你劝劝她吧。”

路童比她站得高，正好将她的脑袋抱在怀里，轻轻地拍了拍她的背，然后叹了口气。

她望向满墙的空白，眼神里也是一片迷茫，但声音还是一如既往地镇定：“我们再心疼，有些路她终究得一个人走。”

这话令人绝望，但生活让人更加绝望。

沈岁和接到裴旭天的电话的时候是上午十一点。

不是他的，而是助理的。彼时他正坐在房间里发呆，接手的这件案子远没有看上去那么容易。

商海浮沉，资本家的手段玩得一个比一个阴险狡诈。他目前所窥到的，也不过冰山一角。

临城比北城的温度要高很多，纵使已是冬日，阳光照进来仍旧是温暖的。沈岁和逆光而坐，陷入沉思后便一动不动。

吴峰喊了好几声才将失神的他喊回来，他摁了摁皱紧的眉心，轻呼了口气："有事儿？"

"裴律找您。"吴峰将手机递了过去，"说有急事儿。"

沈岁和接过了手机，声音嘶哑："什么事儿？"他昨晚熬了一整夜，已经过了困劲。

凌晨五点半他才躺下，六点多才睡着，但心里装着事儿，不到九点就醒了，之后便又开始查资料，只睡了不到三个小时。昨晚他还喝了酒，此刻并不好受，对将他害到这步田地的罪魁祸首说话，语气自然算不上好。

裴旭天倒也没在意，只是低咳了一声说："你老婆住院了。"

沈岁和捏着电话的手下意识地紧了，但脑子用了两秒才反应过来："谁？"

"江攸宁。"裴旭天把今天在医院碰到辛语和路童的事情避重就轻地说了一番，最后帮他总结道，"你现在坐最早的飞机回来吧。"

沈岁和深吸了口气，缓缓地问："她严重吗？"

"似乎挺严重。"裴旭天说，"主要是她那俩朋友，看起来不太……"后边的话他没有说，全留给沈岁和想象。

沈岁和跟辛语、路童的接触不算多，但也大致了解这两个人的脾气，尤其是辛语的。

"那这边的事儿怎么办？"沈岁和反问，"你接？"

"我来。"裴旭天说，"阮言今天出院了。"

沈岁和又问了裴旭天几句江攸宁的情况，但裴旭天没见到江攸宁本人，对她的事情知道的也不多，最后被问烦了，无奈地说：“你有问我的工夫不如打个电话给江攸宁，关心的话留给本人不好吗？”

沈岁和挂断了电话，然后将手机递给了吴峰，顺带道：“订一张今天最早回北城的机票。”

“好。”吴峰刚才没走，两位领导的对话几乎一字不落地进了他的耳朵。他震惊到脑子里只剩下一句话：“不在沉默中爆发，就在沉默中灭亡。”

人都进医院了，这比吵架还可怕啊！

吴峰心里千回百转，根本不敢想象这事儿要是发生在他身上该怎么办，但沈律在跟他说完话后，注意力再次集中到了工作上，专注地在电脑上梳理案件事实。

吴峰盯着他看了一会儿，沈岁和才抬起头：“还有事儿？”

吴峰抿了下嘴唇，略显为难地问：“沈律，那我要留下来协助裴律吗？”

“嗯。”沈岁和点头，却在瞬间想起来，“今天还是十二月二十五号，你……”

他顿了下，继续说：“订两张票回北城，这次出差结束了。”

“好。”吴峰问，“那裴律那边？”

“我去说。”

五分钟后，吴峰将机票信息发到了沈岁和的手机上，沈岁和这才后知后觉地想起来查看手机信息，但手机上空空如也。

没有江攸宁的短信，也没有她的电话。不知为何，沈岁和的心里空了一下。

吴峰拿着手机往外走，却在走到门口的时候，忽然顿住脚步。

“沈律。”吴峰回过头温声说，“您回去好好哄哄您太太吧。”

沈律挑了下眉，问：“怎么哄？”

“说好话，买东西。”吴峰叹了口气，“具体的我也说不上来，但……您这次还真是有点儿过分了。我换位思考了一下，这种事情发生在我身上，我也会很难过。”

“换位思考？”沈岁和顿了下。

吴峰反问：“如果您太太忘了您的生日，还在您生日的时候出差，对您不闻不问，您不会觉得难过吗？”

“她好像……”沈岁和回忆了一下这三年的日子，“从来没有忘记过我的生日。”

江攸宁向来是什么都能做好的人。她能记得家里每个人的生日，能将家里打理得井井有条，能让家里变得生机勃勃。她喜欢看书，时常沉默，却将什么都记在了心里。无疑，她是一位好妻子。

吴峰站在门口，良久说不出话来。沈岁和低下头，阳光洒落在他的背上，他淡淡地说：“我知道了，你出去吧。”

“哦。”吴峰木讷地应了一声。

他有点儿被这事儿惊到了，一时回不过神来。

直到吴峰关上门离开，沈岁和才打开手机，翻了一遍跟江攸宁的聊天记录。他们的聊天记录似乎都很平淡，平淡得犹如一口枯井，和江攸宁这个人一样。

凌晨发过去的消息，江攸宁没有回。他给江攸宁打电话，没有人接，连打了三遍，嘟嘟的声音响了很久，仍旧没人接。

今天最早的一班飞机在晚上七点，回到北城最早也要九点，到医院得九点半以后。他掐了一下时间，然后给裴旭天发消息，让他早点儿过来，两人好做交接。

隔了一会儿，一个陌生号码打了过来，归属地是北城。

他接起来，语气疏离：“你好。”

“沈岁和，你好啊！”听筒里传来徐昭那轻佻的语气。

沈岁和眉头微蹙：“你怎么有我的电话？”

“朋友给的喽！”徐昭笑，“你这开门做生意的，还有把钱往外推的道理？”

“我不打离婚案。”沈岁和说，“无论你问我多少遍，我都不会打，不论是谁。”

“好歹咱俩也是热门的校园情侣……”

徐昭话还没说完就被沈岁和打断了，他轻嗤道：“情侣？当年的事情是怎么回事儿，你我心知肚明。”

徐昭那边微顿，接着笑道：“都过去多少年了，你还放不下啊？难道在分开这么多年后，你发现自己又喜欢上我了？”

“徐昭，”沈岁和郑重其事地喊她的名字，“我结婚了。”

“那又如何？”徐昭嗤笑道，“我又没插足你的婚姻，只不过是想让你帮我打个官司，有那么难吗？”

“我不想让当年的事情再来一次。”沈岁和说得很认真。徐昭恍惚了几秒，然后恢复了一贯的轻佻语气：“当年的事情？什么事儿？你不妨帮我回忆一下？”

“我有没有和你在一起过你我都清楚，”沈岁和语气坚决，“但当年是当年，现在是现在。别用当年的方式来逼我妥协，不然我们法庭见。”

说完沈岁和就挂了电话，顺带把这个号拉入了黑名单。其实他很厌烦人际交往，尤其是男女间的交往。

昨晚他来临城前刚好碰到了一个大学同学，对方几乎是连拉带拽地将他带去了同学会。

事实上他在同学会上能认出的人很少。他大学时太忙了，忙着上课、考试、辩论、实习、修学分。尤其是大一那会儿，曾雪仪还没回到曾家，他每个学期的生活费都是自己打工赚来的。他恨不得把自己劈成好几个人用，哪有时间来社交？

所以他跟其他同学都不算熟，只有同一个宿舍的关系还算可以，但大三那年他提前保送，同宿舍的一个学霸自认为是被他抢了名额，结果两个人的关系也闹崩了。

毕业这么多年，沈岁和从未参加过同学会，当然也就无从了解自己当年在学校的风评。但昨晚去了之后，他发现很多事情都和自己想的有出入。

直到徐昭出现在包间里，众人好奇的眼神开始直往两个人身上瞟，更有好事者将他身侧的位置空了出来，在徐昭坐过去的时候刻意拥挤了一番，沈岁和从所有人的眼神里都读出来两个字：“绯闻”。

徐昭对沈岁和说，自己找了很久才找到他，而原因很简单，想请他打一场离婚官司，沈岁和想都没想便拒绝了。

以徐昭的条件，她想找一位有实力的离婚律师并不是难事，甚至在场的人里就有符合要求的，但她专程来法学院的同学会，并且指名找他，摆明了醉翁之意不在酒。

当年被徐昭纠缠的噩梦再度袭来，沈岁和对此极为抗拒，但徐昭笑着问他："知道为什么大家都用那种眼神看着我们吗？"

他疑惑。

"因为你是我前男友啊！"徐昭仍旧笑着，"我们可是大家眼中最热门的校园情侣，所以我能轻而易举地来你的同学会，还能坐在你的身侧。"

"前男友？"沈岁和更加疑惑。

徐昭点头。

后来沈岁和离开，徐昭追出来送他。在昏黄的路灯下，她撩了撩耳侧的碎发，唇角一勾，亦如当年的漫不经心，一颦一笑越发风情万种。她的声音里夹杂着凛冽的寒风："沈岁和，你这样让我很没面子呀！当年让我追着你跑，现在你竟然连我们谈过恋爱都不知道。"

"我应该知道？"沈岁和嗤道，"我第一次听说，谈恋爱是一个人谈的。"

徐昭笑得撩人，沈岁和却不为所动。他转身离开，徐昭在他身后喊他的名字："沈岁和。"

"当年你就是这样，"徐昭说，"对什么都漠不关心，所以你知道大家都说什么吗？"

"你被我狠狠地甩了。"徐昭的声音散在风里，在这个夜晚将他们拉回到十几年前。

"我追着你跑了一年半，自认对你体贴入微，但你就像一块焐不热的冰。你永远是高高在上的，是高岭之花，是天上的星月，是不落凡尘的神人，我们这些凡人想什么，你根本就不关心，也不在意。我是大家眼里的女神，却没能追到你。但我要面子啊，所以跟大家说你是我男朋友。"

"你？"沈岁和转过身看她，眉心微蹙。

他身形颀长，气场强大，可徐昭当初见惯了他冷漠的样子，怎么会被这架势吓到？她仍旧笑着说："很诧异？但所有人都信了，只有你不知道而已。因为你漠不关心，所以连自己的事情都不知道，可笑吗？最后我毕业，听说你在下着大雨的夜里狂奔，大家都说你是被我狠狠地甩了。我又飒又酷，而你不过是个可怜虫罢了。"

"哦。"沈岁和没有多余的反应。

徐昭说："我就想让你给我打离婚官司，这世上没有人比你更合适。"

"不打。"沈岁和说，"另找他人吧。"

酒店的房间里太安静了，沈岁和一不小心就走了神，徐昭的话又浮现在他的脑海里，他一时之间思绪有些乱，案件事实也梳理不下去了，干脆关上了电脑，倚在椅子上发呆。

"因为你漠不关心，所以连自己的事情都不知道，可笑吗？"

这话如今听起来着实有些可笑，但对当时的他来说，不过是残酷的事实罢了。漠不关心是因为他分不出精力去关心，也从来没有人跑到他面前来问这些事情。

他的世界永远被另外一些事填满，过去是他不能碰的东西，一碰，他的心就会被刺痛。

沈岁和揉了揉眉心，给裴旭天发了条微信。

"速来。"他想早点儿回去。

沈岁和的飞机晚点，在北城落地时已经是晚上十一点，他到达医院时正好十一点半。

此时的医院万籁俱寂，走廊里的灯都暗了下来，仿佛掉根针都听得见，今晚的医院好像格外安静，没有突发事件，大堂值班的护士都显得悠闲。

沈岁和在楼下问江攸宁的病房，护士却不告诉他，这些属于病人隐私，需要保护。

他站在那儿给裴旭天打电话。

"江攸宁的病房在哪儿？"沈岁和的语气不善。

裴旭天：“嗯？我哪知道？”

“你没看到她？”

“没有。”裴旭天说，“我在一楼碰到的她朋友。”

隔了两秒，裴旭天才后知后觉地问：“你现在才到？”

“嗯。”沈岁和说，“因为下雨，飞机晚点了两个小时。”

“呃，”裴旭天顿了下，“有句话想了想还是应该告诉你。”

“什么话？”

裴旭天：“辛语说你要是在十点前没到医院，她就把江攸宁接走，让你这辈子都看不到。”

沈岁和沉默了两秒，然后问：“送去外太空吗？”

“你不如给江攸宁打电话，”裴旭天说，“或者给辛语，谁都比我知道得多啊！”

沈岁和只好挂了电话。

他没有存辛语和路童的号，也不想这么晚吵醒江攸宁，白天江攸宁没有回他的微信，大概是病得很严重吧。

他站在医院大厅，一时之间有些踌躇，翻开江攸宁的电话，几次想摁下又退缩了。

这行为有点儿不太像他。

“沈岁和？”身后突然有人喊他，他回头看了一眼，是路童。

路童拎着一大袋零食，穿得很宽松，状态也很松散。

“江攸宁在哪儿？”沈岁和走过去，单刀直入地问。

路童看了他一眼，抿了抿唇，冷漠地说：“跟我来吧。”

她在前边带路，沈岁和在后面紧紧地跟着。等电梯的时候，路童忽然变了主意，转过身看向沈岁和，认真且严肃地喊他：“沈学长。”

“嗯？”

“我们谈谈吧。”路童说。

她好歹也做了六年的律师，形形色色的人都见了不少，此时说话时沉着气，不像是和熟人聊天，倒像要跟沈岁和做争议解决。

沈岁和愣了一下，忙问：“江攸宁没事儿了吗？”

“已经退烧了。”路童径直往外面走，也没管沈岁和能否跟上。

许是多年基层诉讼练出来的本事，她走路要比一般女生快，就连沈岁和也得疾走两步才能追上她。

北城的冬天很冷，路童随意找了条长椅，也没管脏不脏，径直坐了上去。长椅的正上方是昏黄的路灯，灯光下的她低着头，浑身透露着两个字："颓丧"。

路童拍了拍不远处的位置，对沈岁和说："坐吧。"

沈岁和没有坐，而是问："你想谈什么事儿？"

路童没有看他，而是从零食袋里拿出了一罐啤酒。

啪。她轻而易举地打开易拉罐，啤酒和着冷风一起流入她的喉咙，她平静地说："沈学长，我知道作为一个外人，我没有立场去管你们之间的事情，但我不想让江攸宁把自己折磨死。"

"她现在精神衰弱，应该还有抑郁症。"路童佯装平静，但颤抖的尾音和溢出来的酒都泄露了她的不安，"这些你知道吗？"

沈岁和深吸了一口气说："知道一些。"

"到什么程度呢？"路童问。

"她前段时间病得很严重，我在家陪了她一周。"沈岁和说，"我约了心理医生，但她很抗拒，我只能慢慢地帮她恢复。"

"然后呢？"

"没有然后。"沈岁和看向她，"她发生什么事了？"

"感冒而已。"路童的目光和他对峙，"身体上的病现在对她来说无关痛痒，但是心理上的病，我们都帮不了她。

"身体上的疾病可以去医院治疗，做 CT，验血，吃药，打点滴，总归有好的一天，但心理上的病难以治愈，说不准哪天她就熬不下去了。"

"沈学长，"路童郑重地喊他，"既然和她结婚，就请你好好珍惜她。不然，你不如做个好人，放她自由吧。"

得到了之后患得患失比得不到更痛苦。

"什么意思？"沈岁和不解。

路童平静地说："如果你不能给她幸福，就离婚吧，江攸宁值得让自己快乐。"

“她跟我结婚，不幸福吗？”沈岁和很疑惑。

路童缓缓地摇了摇头。

“是她来让你说的吗？”沈岁和问。

路童又摇了摇头。

不知怎的，沈岁和忽然松了口气，声音也变得慵懒了一些：“那就让她来说。”

“沈学长，”路童说，“昨晚我们班群发了你跟徐昭的照片。你去临城出差，晚上却出现在北城的同学聚会上，还和前女友一起，我们同学都说你渣得很有天赋。同学群里几百条消息，都是和你有关的讨论，江攸宁一条条看过，你让她幸福？让她快乐？你凭什么觉得你能让她幸福快乐？她是真的快乐还是你臆想的快乐，你去想过吗？我承认，你在事业上很成功，但在家庭这方面，你做得真的糟糕透顶。”

凛冽的寒风刮过脸颊，像刀子一样刮进人的心里，路童一字一顿地道：“你把江攸宁，毁了。”

空气寂静得可怕。良久之后，沈岁和才开口道：“我跟徐昭没有关系。”

“你不用解释给我听。”路童说，“想和你一起生活的人不是我，你所有的愧疚、歉意都应当告诉江攸宁。”

“我只有一个请求，如果你不能给她幸福，请你放她自由。”路童站起来朝着他鞠了一躬，标准的九十度。

她的声音被寒风搅得支离破碎，语气却无比恳切：“拜托了！”

沈岁和也站了起来，帮她拎起了那袋零食，寒风吹起了他的头发，他整个人显得憔悴不已，如果仔细瞧，还能瞧得见他眼中的血丝。

他声音淡淡的，却无比坚定：“我会好好照顾她的。”

病房里原本欢声笑语，辛语正给江攸宁削苹果皮，顺带调侃路童买个零食也能迷路，一定是国家一级“路痴”选手，但沈岁和推门进来的一刹那，空气瞬间凝固了。

辛语随手把刀扔进水果盘里，发出当啷一声，她话中带刺地说：“大半夜的果然不太平，诈尸这种事都能看见。”

沈岁和将零食放在桌子上，然后看向江攸宁，两人四目相对，但只是一瞬间，江攸宁便别过脸去。

“沈律，”辛语喊他，“忙完了？”

“没有，”沈岁和说，“朋友接手了案子，我就回来了。”

“看来没了你世界也会继续转啊！”辛语嗤道，“你朋友能陪女朋友来医院，你就不能？你这么忙不如当初别结婚啊，结婚这种事多影响你工作。”

说完她又话锋一转，佯装抱怨：“江攸宁你可真是不懂事，专挑沈律忙的时候生病，还差点儿把五脏六腑吐出来。反正也死不了，你忍一忍也没什么大事，还惊动了沈律，这多不好意思。”

辛语刺人专挑弱处下手，江攸宁拽了拽她的袖子，劝道：“好了。”

辛语瞪她，朝她做口型——“都听我的”。

路童走过来拉辛语：“外面月亮好像挺好看的，我带你去看看。”

辛语不动，椅子被拉出了“刺啦”的声响，很是刺耳。她回头瞪路童，但路童几乎是连拖带拽地把她给拉了出去。

“你拽我干吗？沈岁和那么过分，你还让江攸宁跟他过？你怕她死不了吗？你还让他见江攸宁？他配？”

辛语的话从病房外陆续传进来，越来越远。

沈岁和搬过椅子，坐在病床前看江攸宁。她的状态确实很不好，不过一天没见，她看起来消瘦了很多。

“我跟徐昭没关系。”沈岁和说，“以前没有，现在没有，以后也不会有。”

“你不要胡思乱想，别人说的那些都是假的。”他继续解释道，“以后你想知道什么都来问我好吗？我不想让你从别人的口中认识我。”

江攸宁扭过头，缓缓地说：“可我好像从未认识过你。”

病房里寂静无声，寒风呼啸着拍打着窗户，把病房内的安静衬托得更加寂寥。

江攸宁看向沈岁和，他的眉眼轮廓一如既往，岁月好像对他格外优待，没有留下过痕迹，跟自己不一样。

昨天早上出门前，她照镜子时发现自己多了一根白头发，于是小心翼翼地拔掉，然后拍了拍自己的脸告诉自己要对生活有信心，但笑的时候看到镜子里的自己，眼角多了几道皱纹。

她的护肤品很多，而且很贵，很多都是江闻给她买的，到了什么年纪该涂什么护肤品，江闻都会给她买来。

昨天早上，她发现镜子里的人太陌生了，就跟眼前的人一样，熟悉但透着陌生，她好像从未真正认识过他。

他们同床共枕，却同床异梦。

他们结婚三年，接吻睡觉，但样样透着疏离。

他们比陌生人熟悉，却又比爱人陌生。

他们喊着同样的人爸妈，他们的名字在同一个户口本上，他们每天在同一张床上醒来。

拍婚纱照的时候，她也曾依偎着他的肩膀。饭后散步的时候，他也曾牵过她的手。

她幻想过很多次，等他们老了走在那条长街上时，她会笑着跟他说："沈岁和，我在上大一那年就爱上你了，这几十年来从未有一刻停止过。"

那会儿沈岁和大抵会好奇："为什么是那一年？"

彼时阳光正好，他们并肩坐在长椅上，她仍旧拉着他的手，哪怕皮肤褶皱，她也觉得那是一双最有安全感的手。

她会在那时候细细地给他讲自己心中埋藏了许多年的那场掀起万丈波澜的遇见。

在那把伞递过来的瞬间，万丈高楼在她心中平地而起。

在咖啡馆风铃轻响的刹那，荒芜之地顿时绿草丛生。

她比他以为的遇见，还要更早。

她可能会依偎在他的肩上笑着晒太阳，彼时他们应当儿孙满堂，可能也会偶尔拌嘴，但更多的是令人欣喜的瞬间。

她会带他回华政的公交站牌看一眼，在几十年后重温当年那场令人悸动的遇见。

她的感情不再羞于启齿，不再是单向暗恋。他也会在生活中慢慢变化，做她的丈夫、她孩子的父亲，逐渐变得温情。

她从前坚信，融化一块冰只需要足够的温暖就可以，可后来发现，冰冻三尺，非一日之寒。

有些人来自极地，而她站在赤道，隔得太远了，太阳过不去。万丈高楼平地而起的美梦不过是海市蜃楼，但她信了，并且没忍住诱惑进去了。她忘记了，暗恋最恰到好处的地方应该是点到为止。

躺在病床上闭上眼睛的那一瞬间，江攸宁第一次觉得当年好像做错了。她不该站在欲望之门前面，想都不想就迈入欲望的深渊。

沈岁和出差两天，人憔悴了不少。他胡子没刮，头发也有些乱，衬衫上甚至有咖啡渍。

换作以前，他一定不会允许这样的事情发生，他的白衬衫永远一尘不染，脸永远清爽干净，身上永远会有淡淡的果木香味。

病房里安静了很久，江攸宁低着头，脑海中有千万种想法闪过，但她沉默不语，不知道该说些什么。

这就是她面对沈岁和的常态：想说些话，但不知道该从何说起；想质问，却又觉得矫情；最后就只能沉默，将所有的情绪都收敛起来。

她平躺下来，眉眼中一片平静，沈岁和在沉默之中开口："抱歉。"

"我不知道你病得这么严重。"沈岁和说，"昨晚没接到你的电话，是我的疏忽。"

"哦。"江攸宁声音平淡，"忙完了吗？"

说完她才意识到，这个问题沈岁和似乎已经回答过了。她抿了抿唇，干脆闭上了眼睛。

沈岁和又说了一遍："老裴过去了，后续他会处理。"

"哦。"

"还发烧吗？"沈岁和伸手探向她的额头，冰凉的手心冷得她打了个激灵。她诧异地看向沈岁和，但他好像没有察觉到自己的手凉，反而皱起眉问："怎么这么烫？"

江攸宁坐起来摸了一下自己的额头，又摸向他的，然后深吸了口气，无奈地说："是你发烧了。"

沈岁和这两天连续熬夜，再加上酒精的作用，他的体温比江攸宁被送进医院时还高一些，但他似乎仍旧保持着神志清醒，纵使眼中已经红得滴血。

江攸宁所在的病房本来是单人间，但沈岁和也病了之后，她就转去了双人病房，一边是她，一边是沈岁和。

医生先给沈岁和打了退烧针，然后扎上点滴，等到沈岁和体温降下去一些后，才叮嘱他好好休息。

路童和辛语看着这两个人，一时无言。她们本来还想继续骂沈岁和，可没想到他比江攸宁病得更严重，一时之间说不上来谁更可怜。

纵使如此，辛语还是啐了句“活该！”

还是路童拽着她，才将她拽离了病房。她们本来是打算陪江攸宁的，但这会儿陪床也没有位置，更何况沈岁和也在。她们只好决定先回家，等明天早上再过来关爱病人。

她们离开之后，病房里又恢复了寂静，江攸宁白天睡了一天，这会儿一点儿都不困，尤其是病房里还有了熟悉的呼吸声。

沈岁和平躺着，但侧过脸看向她。

“江攸宁。”沈岁和喊。

“嗯？”

“生日快乐。”沈岁和的声音嘶哑难听，听得出来他说话也不太舒服，但他仍旧道，“我记得的，只是昨天事情太多……”

“没事儿。”江攸宁翻了个身，背对着他，“已经过去了。”

已经是昨天的事儿了。

“你睡觉吧。”江攸宁温声道。

寂静的病房里，她的声音显得越发温和。即便沈岁和忘了她的生日，忘了节日，没有接她的电话，她的朋友们一个比一个义愤填膺，她仍旧是这副平静的状态，没有声嘶力竭，没有委屈埋怨，甚至平静得和往常一样。

这样的江攸宁是沈岁和熟悉的，但沈岁和又说不上来她哪里变了。

“你呢？”沈岁和问。

江攸宁闭着眼睛，声音越发平静：“我也睡觉。”

话音刚落，她的呼吸声就变得温和又绵长。

隔了很久，沈岁和闭上眼睛沉沉地睡去，甚至响起了轻微的鼾声，江攸宁忽然睁开了眼睛。

外面天阴沉沉的，风仍旧在号叫，病房里亮着一盏昏黄的灯，光影绰绰。

江攸宁翻过身来看向沈岁和，沈岁和很憔悴，但她心疼不起来，眼泪顺着眼角落下来，一滴一滴，湿了枕头。

隔着一米的距离，她看了他很久很久。

泪眼蒙眬中，她想有些错误好像该停止了。

云开雾散，阳光洒落，海市蜃楼最终化为虚无。

沈岁和病来如山倒，病去如抽丝。

江攸宁仅用一天时间就退了烧，两天后身体便恢复如常，但沈岁和的病反反复复，烧退了又复发，往复了三四次。整整三天，沈岁和吃了就吐，整个人憔悴得不成样子。

江攸宁病刚好，也没去上班，留在医院里照顾他。

裴旭天从临城回来后看过他一次，但那会儿沈岁和还睡着，他将买来的东西放下，然后跟江攸宁道了声歉。他是真的不知道江攸宁生病了，如果知道，那案子宁可不做也不会让沈岁和去加班。

解释过后，江攸宁只是淡淡地说了声没关系，没有说原谅不原谅。她觉得“原谅”一词轮不到她来说，更何况，生病这种事儿谁都预判不了。

时间过得很快。

三十一号那天，满屏的网络热搜都是跨年晚会节目单、某某明星节目彩排等。医院也似乎变得热闹了起来，沈岁和便是在这一天出院的。

他不喜欢医院的氛围，如果不是因为身体不允许，他二十八号就想出院，但医生又让他在医院观察了两天，三十一号才给他办了出院手续。

回家的路上，江攸宁开车，沈岁和还是第一次坐在江攸宁的车的副驾上。

江攸宁的车技还算不错，但旁边坐着沈岁和，她总觉得有点儿忐忑，甚至比当初考驾照的时候，驾校教练坐在她身侧还可怕。

车子驶过春禾路，拐入晨熙路，路过这座城市唯一的玻璃栈道，两侧的风景不断倒退，江攸宁的车速在这条路上有点儿格格不入。

由于车速很慢，他们的车不断被后边的车子超越。

“紧张？”沈岁和问。

江攸宁摇头：“没有。”

“那你的腿为什么在抖？”

“没有人坐过你的副驾？”沈岁和问。

“有。”江攸宁说，“路童、辛语，还有我哥都坐过。”

“那你紧张什么？”沈岁和说，“照常开，这条路限速八十，不是六十。”

江攸宁深吸一口气，便挂了挡，径直往前冲，就像跟沈岁和较劲似的，在超速与不超速的边缘徘徊。

在这条路上，她也变得风驰电掣，沈岁和噙着笑调侃道：“想不到你开车竟然这么猛。”

“还好。”江攸宁淡淡地笑了一下。

芜盛的物业文化建设做得比君莱要好。

他们上楼以后发现家门口摆着两盆花，一盆绿萝，一盆多肉植物，都是物业送过来的。江攸宁打开门，沈岁和搬着东西进屋。

家里四五天没有住人，一打开门，灰尘伴着霉味儿扑鼻而来，江攸宁将门全打开，顺带把窗户也全打开了，想要散散家里的味道。

她去了厨房，料理台上是放了好几天的羊肉。那天晚上，她把冰箱里冻的羊肉拿出来解冻，打算第二天包羊肉饺子，但第二天就去了医院，去之前也没想起来将肉重新放进冰箱。羊肉在外边放着，已经发臭了，她直接扔到了垃圾桶里，然后把料理台擦干净。

接着她打开冰箱，又是一股霉味儿袭来。有些菜在冰箱里放置的时间太久，已经坏了，她全拿出来扔掉，基本上扔掉了大半部分。最后看着没剩多少东西的冰箱，她干脆把所有东西拿了出来。这里的冰箱是四开门的，空间大，放的东西也多。

在这一点上，江攸宁很像慕曦。只要有空间，她一定会把所有的空间都填满，不然总觉得吃亏了似的。所以，她家的冰箱常年都是满满当当的。

冷冻柜里还有去年路童从四川带回来的腊肠、辛语从国外带回来的冷冻食物，他们一直都没吃。各种各样的东西很多，有一些甚至已经过了保质期。

上次搬家是直接把冰箱一起搬过来的，由于需要收拾的东西太多了，冰箱还没被列入收拾范畴，现在江攸宁看着冰箱里的东西，干脆一个个拿起来研究，该扔的扔，该吃的吃。她换了个整理方法，重新对食物进行分类。

沈岁和把两盆花搬进了客厅，但不知道该往哪儿放，看了一圈也没找到合适的地方，而江攸宁自进了厨房就没出来，于是他喊了一声："花要放哪儿？"

"阳台。"江攸宁的声音从厨房传来。

沈岁和搬着两盆花在阳台上环顾了一圈，又问："放在阳台哪儿？"

江攸宁站起来，拍了拍身上的土往外走，结果在客厅的露天阳台上看到了沈岁和，疑惑地问："你在那儿干吗？"

"放花啊！"沈岁和拉开了门，寒风吹进了室内，本来窗户全开的家里就很冷，如今更是冻得江攸宁打了个哆嗦。她走过去接过沈岁和手里的多肉，径直往右边走，边走边说："多肉好养，但也不能把它放到零下的室外啊！"

"但你说放阳台。"沈岁和还捧着那盆绿萝，跟在她身后走，"我没找到能放这东西的地方。"

"我说的是室内阳台。"江攸宁把那盆多肉跟之前养的植物放在一起，回头接过他手里的绿萝，站起来从工具箱里找到剪子，把绿萝多余的枝叶全剪掉，绿萝看上去顿时喜人了许多。

沈岁和第一次发现室内阳台上有这么多植物。

“你什么时候养的？”沈岁和问。

江攸宁淡淡地说：“在之前的家里时就一直养着了，搬过来以后它们一直在。”

“都没见你浇过水。”沈岁和也蹲下来，挨得她极近，然后伸手碰了碰绿植的叶子，“以前一直没有注意过。”

“嗯。”江攸宁说，“这些绿植都不太费水。”

放好绿植后，江攸宁收起工具往外走，沈岁和就跟在她身后，亦步亦趋。

厨房里仍旧乱糟糟的，江攸宁搬了个小马扎，坐在那儿整理。东西散了一地，沈岁和站在厨房门口，找不到落脚的地方。

他只能站在那儿看着。

江攸宁收拾东西的速度不慢，但是找生产日期很费劲，每个包装袋的生产日期印的地方都不一样，大小各异，有的还很隐蔽。

冰箱里的冷冻食物大多是新鲜的，有些是江攸宁突然想吃就买回来的，但她买了之后懒得做，干脆放进了冰箱，这一放就是很久。收拾完之后，她猛地抬起头才看到沈岁和：“你在这儿做什么？”

“打算帮忙。”沈岁和坦率地说，“但发现帮不上。”

“那你点餐吧。”说完江攸宁开始打扫厨房。

“吃什么？”沈岁和问。

“都可以。”

江攸宁忙着打扫，话很少。应该说她自从那天生病之后，话就一直很少。虽然她以前就不是活泼开朗的性子，但也没这么木讷，或者说是漫不经心。

沈岁和觉得她这样很陌生，找裴旭天旁敲侧击地问了下，得出的结论是：江攸宁在生气，生闷气。

那天的事儿在沈岁和看来是已经过去了，但在江攸宁这里其实并没有过去，她只是把一切都藏在了心里，但沈岁和已经失去了最佳和解机会。

那会儿在医院的时候，他或许还能趁着自己生病、江攸宁照顾自己的时候，顺势缓和关系，可惜那时他没有意识到江攸宁的不对劲。

回家以后，他站在那儿无所事事才回过神来。

正想着，他收到了一条微信：“沈律，您定制的四件套已经到货了，您看是我们送过去还是您到店里来取？”是“挚爱”品牌亚太地区的总经理发来的。

沈岁和看了仍在忙碌的江攸宁一眼，她好像竖起了一道高墙，正沉浸在自己的世界里。

“我出去一趟。”沈岁和走到门口换了鞋，拎着外套喊江攸宁，“晚饭我回来的时候买。”

“哦。”江攸宁头都没抬。

她没问沈岁和要去做什么，也没跟他说路上小心。

沈岁和出了门后还看了门口一眼，但她还是什么反应都没有。不知怎的，他心里有几分失落。

他往电梯口走，没走几步就听见江攸宁喊他：“哎。”

江攸宁没有喊名字，而是直接喊了声“哎”，但沈岁和凭直觉认为就是在喊他，忙转过身问：“怎么了？”

说话的时候，他自己都没注意到尾音在上扬，他唇角微勾，露出一抹笑：“有事儿？”

江攸宁却淡淡地嘱托道：“回来的时候带瓶清洁剂，还有消毒液。”

沈岁和的笑僵在脸上，他顿了一下，便也淡淡地说：“知道了。”

江攸宁没再说话，直接回了家，还砰的一声关上了门。

沈岁和虽然没有站在门口，但感觉自己好像碰了一鼻子灰，他的目光定在紧闭的大门上。

江攸宁似乎不是在生气，而更多的是没生气。她浑身上下只透露出两个字：“颓丧”。

电梯门打开，沈岁和来不及细想便进了电梯。

沈岁和终于走了。

不知为何，江攸宁有种轻松的感觉。

她随意地坐在家里的地板上，地板有些脏，但她毫不在意。楼层高的好处就是光照很好，太阳正好在家里洒下光圈，她就坐在光圈里，闭上眼睛什么都不做。

家里所有的窗户都被她关上了，现在客厅里温暖惬意，她一个人待着，周围的一切都变得很安静。

手机忽然响了一声，是路童发来的文件——《离婚协议书》。

这五个字在手机屏幕上出现的时候，她的心仍旧不可避免地颤了一下。

路童："我拟好了，你看看还有什么需要改的地方吗？"

江攸宁回了句"好"，便将手机放在了一侧。阳光照过来，她有一瞬间的恍惚。

路童又给她发消息："真想好了？"

江攸宁："嗯，应该吧。"

路童："抱抱，反正不管在哪里，还有我们陪你。"

江攸宁："我有大房子，我养你们！"

说完她便关上手机，闭着眼睛发呆，思绪飘来飘去，根本没个定点，但最后还是落到"离婚"这两个字上。

还在医院的时候，她就提出让路童帮她拟一份《离婚协议书》。当时路童非常震惊，但也很快回过神来，问了她的要求后便开始拟，不到两天就把文件发了过来。

其实，江攸宁没什么要求，就是单纯地想离婚而已。

她想，如果命运没有把齿轮倒转，如果她没有想都不想就踩进欲望的深渊，她和沈岁和是不是都能有不一样的结局？

她还在过两点一线的生活，说不准也相亲嫁人，有了小孩儿，然后慢慢地就把沈岁和遗忘在记忆的长河里了，偶尔在某个雨夜想起他，也只是淡然一笑，那是她无人知晓的曾经波澜万丈的青春。

而沈岁和听曾雪仪的话娶了乔夏，家庭关系应当比现在好很多，他无须在母亲和妻子之间为难，也无须因为妻子而耽误工作。

反正都是没有爱的婚姻，和谁结婚又有什么区别呢？沈岁和这样的人，不适合拥有爱情。

江攸宁想通了，也做好决定了，可看到那几个字还是会感到悲伤难过。

一旦离婚，她就要跟很多人解释这突如其来的单身，这几年建立的关系网也要面临新的割裂。慕曦和江洋会因为她离婚而被同事问来问去，她又该如何跟父母解释，她没错，沈岁和也没错，但两人就是没办法再在一起生活。

这桩桩件件看似小事儿，但每解释一回对她来说都是伤筋动骨。光是想想，她就觉得窒息。

离婚本身不难，难的是她再也没有冲劲把当初结婚时所做的事情再做一次，难的是她不敢脱离自己已有的圈层，难的是她不知道离开这个人以后还会不会有再爱其他人的能力。

人，真的是一种很奇怪的生物。

当初拉着他信心满满地和亲朋好友介绍：“这是我男朋友！”那时她恨不得昭告全世界：“我们要结婚了！”

但决定离婚的时候，她不知道该怎么开口说他们感情不和，无法继续在一起生活。

结婚是喜事，要奔走相告；离婚是悲事，要守口如瓶。但大家都喜欢讲别人的悲事，来不显山不露水地证明自己的幸福。

江攸宁想了一会儿，深吸了一口气才点了“接收并打开文件”。

其实她自己也能拟《离婚协议书》，毕竟每天做的都是和法律文书打交道的工作。她虽然负责的是知识产权方向的工作，但前段时间刚温习过婚姻法，也看了几份协议，看上去都大同小异，做起来也挺简单的。

可她觉得，自己拟自己的《离婚协议书》未免太凄凉，而且一字一句敲上去，每敲一个字都像是在自己的心尖上跳舞，要将心踩个稀巴烂。

她还不想这么虐待自己。

路童的业务能力毋庸置疑，协议书格式正确，条件精准。

江攸宁的婚前财产仍旧归属江攸宁，沈岁和的婚前婚后财产均归属沈岁和，包括沈岁和名下的不动产和律所股份，她一分钱都不染指。

相当于这三年他们就是搭伙过了个日子，你的是你的，我的是我的，泾渭分明。

江攸宁扫了一眼便关掉，然后回复："可以，感恩！"

路童："客气。"

江攸宁："对了，离婚冷静期是指我们两个先登记，30天后再去民政局，确定无调解可能，才会给我们证件吗？"

路童："是，但不一定非得当天。双方在冷静期满后的30天内到民政局领取离婚证就行，逾期不领则视为撤销离婚请求。"

离婚冷静期制度在2021年已经实行，但江攸宁对此知之甚少。路童一直跑基层，业务范围广泛，离婚诉讼也打了不少，对这些了解得比较多。

在离婚冷静期制度刚开始实行的时候，路童说她一个见惯了人间百态的人都要对这些事大为震惊……

路童说："无论结婚还是离婚，都有人会冲动，也都有人需要冷静。"

虽然诉讼离婚不包括在离婚冷静期制度范畴之内，可有的地方的人连诉讼都不知道是什么。在很多人的印象里，律师会收天价律师费。

那些人的世界里好像举目无亲。路童起初去做工作的时候，几乎没人相信她。

三十天的离婚冷静期有利有弊。以前江攸宁听过一句话："恋爱和婚姻需要两个人才能开始，但分开只需要有一个人同意。"这条法律的实行终于让分开也需要经过两个人同意。

法律本身是没有错的，只是在新旧观念的冲突下，在飞速发展的经济水平跟文化水平不相匹配的环境里，有很多人不知道该如何求救，至今仍有很多人在被旧观念束缚。

江攸宁问了路童之后又专门去查询了法条，确认无误后将那份《离婚协议书》保存了下来。

她在客厅的"光圈"里坐了很久，直到太阳西沉，天边红霞弥漫。她回房间把床单被罩换下来扔进洗衣机，又把客厅里的沙发罩也一起拆卸下来。

做家务很累，但这种累能防止她胡思乱想，况且这些事情她做起来都很熟练，机械式的运动能让她的心沉下来，静下来。

沈岁和回来的时候拎了很多东西，用指纹开锁都费劲，但在门口喊江攸宁，里边也听不见，他只能先把东西都放在地上，再去开锁，可在他的手指刚伸到指纹区时，门就从里边打开了。

江攸宁探出头，看到他时还吓了一跳。她向来平静，被吓到也只是瞳孔微缩，连表情都不怎么变。

“回来了？”江攸宁温声说。

沈岁和把东西拎进去放在门口，回应道：“嗯。”

江攸宁拎着垃圾往外走，沈岁和喊她：“江攸宁，我去吧。”

“哦。”江攸宁顿住脚步，等他过来就把两大袋垃圾递给他，“扔的时候记得分类。”说完就回了家。

沈岁和站在楼道里，再一次听到门砰的一声关上的声音。

气劲真大啊！他想这次大抵是真的惹到她了。

沈岁和下楼扔了垃圾，回来的时候发现家里已经焕然一新。

江攸宁把家里都擦拭了一遍，每个房间都洁净透亮。她还喷了空气清新剂，家里处处弥漫着柠檬香。她已经把沈岁和带回来的东西全整理了出来，礼物盒子放在茶几上，没有拆，甚至没有看。她只拎了饭去厨房，还拿走了清洁剂和消毒液。

饭还是温热的，江攸宁找了盘子把菜都倒了出来。沈岁和买了不少菜，但没买米饭，她只好煲米饭，煲的时候顺便把之前路童送的腊肠切了半截蒸上。

厨房里很安静，好像跟整个房间都隔了开来。

此刻天色已晚，这座城市的霓虹灯悉数亮起，格外绚丽。江攸宁双臂撑在料理台上，侧目远望。她想，这座城市的尽头是什么呢？大海还是山川？

离婚之后，她想辞职去旅游，去看看山海，去一个没人认识的地方整理心情，重新开始。

“在想什么呢？”沈岁和从后边环抱住她，脑袋搭在她的肩膀上，声音温和，“还在生气？”

“没有。”江攸宁收回了远眺的目光，低下头看向料理台。下午刚擦过的料理台，这会儿在灯的照耀下亮得反光。

“之前的事情我可以解释。”沈岁和说。

江攸宁低着头说：“我都忘了。”

“我还没说是什么事情。”沈岁和在她耳际摩挲，热气都吐露在她的侧颈上，“江攸宁，你这么喜欢撒谎吗？”

“没有。”江攸宁的头更低了，“我真的忘了。”

“失忆？”沈岁和问。

“不是。”江攸宁说，“就是简单地想忘就忘了。”

“那你还是在生气。”沈岁和下了结论。

江攸宁没再说话，不知道该怎么解释。那天的事情不复杂，但她想得很多。

时间跨了十年，空间跨了大半个中国，她像在宇宙中飘浮，在虚无缥缈的空间里找不到落点。到后来，虽然她找到了落点，但那些事情仿佛抽走了她所有的精气神，她好像真的就那么忘了。

她现在真的谈不上生气，只是觉得累。

她不想说话，不想拥抱，只想一个人待着，任思绪弥散。

但她的沉默在沈岁和眼里变成了默认：她在生气，在闹脾气，在等着他哄。

沈岁和的胳膊在她腰间收紧：“你知道徐昭？”

“嗯。”江攸宁点头，言简意赅，“前女友。”

“不是，”沈岁和忙解释说，“她不是我的前女友。”

“哦。”

“你这是什么反应？”沈岁和问。

江攸宁把菜放进微波炉，定时一分钟：“表示我知道了。”

“你不信我？”

“没有。”

“我跟徐昭以前没有关系，现在没有，以后也不会有。”沈岁和把在医院说过的话又说了一遍，“如果你在因为这件事生气，我可以保证绝对不会出轨，无论是精神还是身体。”

“嗯。”江攸宁点头，“知道了。”

“如果你在气我在你生日时出差这件事，”沈岁和说，“这确实是我的疏忽，以后我会记住的。”

“嗯。”江攸宁说完以后怕他觉得自己敷衍，又补了一句，“知道了。”

沈岁和在江攸宁腰间轻轻地掐了一下，江攸宁一把摁住他乱来的手，淡淡地说：“我真的没有在生气。”

微波炉在此时正好响了，江攸宁打开微波炉的门，把里面的菜拿出来端到餐桌上。

沈岁和站在原地，怀里空落落的，厨房里也只剩下他一个人。

他觉得有点儿烦躁，想不到即便乖巧如江攸宁，也会有这么难哄的时候。他有点儿不知道该怎么哄了。

晚饭比平常吃得晚，因为一直在等米饭熟。江攸宁很早就坐到了餐桌前，但只是低着头玩手机，全程没有跟沈岁和交流。

她玩手机，沈岁和看她。

米饭熟了之后，她去盛饭。她半碗，沈岁和一碗。

两人安静地吃饭，全程自动消音。

吃完饭后，江攸宁打开了电视，里面正放着跨年演唱会，正在唱歌的是江攸宁很喜欢的一个歌手，她翻唱了一首曾经红极一时的歌。

> 你我约定，难过的往事不许提
> 也答应永远都不让对方担心
> 要做快乐的自己，照顾自己
> 就算某天一个人孤寂
> …………

低沉沙哑的嗓音在客厅里回荡，江攸宁盘腿坐在沙发上，随意拿了个抱枕抱在怀里。朋友圈里都是跨年的文案，家族群里也都在叫她出来领红包。她是家里最小的，光在家族群里领红包就领了小几千。

辛语在群里问江攸宁："要不要出来吃火锅？我跟路童，二缺一。吃完我再找个人，咱们可以打麻将。"

路童："赌博犯法。"

辛语："拉黑了。"

"我吃过了，你们吃。今晚不出去了，明年吧，一起跨年。"江攸宁回复道。

辛语："呵呵！互删吧。"

江攸宁将手机关了放在一边，电视上正放着广告，念起来没完没了，一个接一个的品牌，其实人们一个都记不住，她换了个频道继续看跨年演唱会。

往年她都是跟沈岁和一起看的。

沈岁和虽然忙，但不至于忙到这种程度。跨年夜，两人一般都是一起过，虽然没有多浪漫，但江攸宁时常安慰自己：平平淡淡就是真。

但她后来认识到，平平淡淡就是平平淡淡，哪有什么真不真。

灰姑娘还能当几个小时的公主，而她的一生只能平平淡淡，说"平平淡淡就是真"不过自欺欺人罢了。

沈岁和吃完饭后也过来坐在她身侧，江攸宁回头看了一眼，碗没放进厨房水池里，更没有洗，一切都是原样，在等着她做。

只一眼，她便收回了目光，继续盯着电视。沈岁和拉起她的手把玩，江攸宁收回手，淡淡地说："吃完饭不洗碗吗？"

这句话没有任何质问的语气，只是很平淡的一句话，沈岁和却感受到了江攸宁的怒意。

"洗。"沈岁和忙起身去收拾。

他没有做家务的经验，但又拉不下脸问江攸宁，洗碗和收拾厨房用了半个小时。

但从厨房出来后，他直接关掉了客厅的灯，江攸宁被吓了一跳，回头看向沈岁和问："你在做什么？"

"惊喜。"沈岁和把今天刚取回来的"挚爱"四件套礼盒递给她，郑重其事地祝福她："江攸宁，生日快乐！迟到的祝福。"

他说“惊喜”两个字的时候，语气中毫无波澜，不太像主动想给她惊喜，更像被逼。

江攸宁接过他的礼盒，道了声“谢谢”，声音也没有什么起伏。

沈岁和从礼盒里拿出一条项链，样式很好看，材质是真钻。

“我给你戴上吧。”沈岁和说。

“嗯。”江攸宁把礼盒放在一边，仰起脖颈。

全程，她没有欣喜，没有微笑，好像在做跟自己无关的事情。

沈岁和第一次帮人戴项链，很久才戴好。

这条项链是情侣款，女款的吊坠是银色“月亮”，男款的吊坠是蓝色“星星”。

江攸宁戴着这条项链，显得脖颈更加纤细。

沈岁和真诚地夸赞：“很好看。”

“谢谢。”江攸宁说。

电视里的歌仍旧在唱，沈岁和跟她对视，那双鹿眼仍旧漂亮，只是没什么神采。

沈岁和喊她的名字：“江攸宁。”

“嗯？”江攸宁应。

沈岁和说：“新年快乐，往后平安顺遂。”

“嗯。”江攸宁笑了下，“你也是。”

这笑敷衍至极，沈岁和盯着她看，看到她收敛了笑意侧过脸去。

“江攸宁。”沈岁和抱住她，甚至不费力气就将她抱在了怀里，并让她坐在自己的腿上。他的手在她腰间流连。

他在她耳侧说：“你别不说话，别对我敷衍。”

“我没有啊！”江攸宁笑，“你想多了。”

话音刚落，沈岁和就将她打横抱起，回了房间。那张熟悉的大床上，铺着江攸宁下午刚换的床单，她一侧脸就能闻到薰衣草的味道，因为家里的洗衣液是薰衣草味儿的。她躺在那儿，沈岁和俯瞰着她，在光线微弱的房间里，沈岁和脱了上衣，朝江攸宁吻了过来。

在黑暗之中，沈岁和说：“江攸宁，我挺喜欢你的。”

江攸宁平静的心中再次泛起涟漪，她错愕地看向他：“什么？”

“我说，我喜欢你。”沈岁和的吻越发炙热，落在她的耳际，他的声音低沉沙哑，“我们要个孩子吧。”

他想：如果孩子可以治愈她的话，他可以试着去做一个好丈夫、好父亲。

他只想让生活回到原来的轨道上，回到最初认识江攸宁的时候。

第五章

暗恋落下帷幕

这天晚上，沈岁和附在江攸宁耳边说了很多遍“喜欢”，说第一遍的时候还很生涩，但说得多了，便熟练了。

江攸宁将他抱得极紧，她的泪落在他的背上。

元旦三天假，沈岁和跟江攸宁便又在家窝了三天。

江攸宁算了一下，这个月她请了近半个月的假，上班的天数寥寥无几。她已经着手写辞职报告了，或许还没等她交辞呈，HR 就会来找她谈话，跟她谈工资补偿的事。

他们似乎又恢复了以往的生活，沈岁和比以前还体贴了几分，这几天吃完饭后都是他洗碗。江攸宁一如既往地淡漠，问话会答，只是不会主动找沈岁和说话，沈岁和便以为那些事都过去了。

提过要孩子的事情之后，沈岁和便开始备孕，还把家里的烟都收了起来，酒柜也上了锁，每天晚上吃过饭还要带江攸宁去散步。

冬天太冷，江攸宁其实懒得出门，但沈岁和坚持，她便跟着去了，反正锻炼身体也没什么坏处。

他们的生活似乎恢复到了原来的状态。

元旦假期结束之后的日子就跟插上翅膀似的过得飞快，其间路童关心过一次，问江攸宁提离婚了没，江攸宁说打算年后再提。

中国人对于过年这件事有特别的执念。辞职要等年后，离婚也要等年后，倒也不是为了辞旧迎新，只是等到年后，一些事情处理起来要更容易一些，听到的外界声音也更少。

年后辞职是为了更好地找工作，年后离婚是为了过年回家的时候可以不被过问。正好，江攸宁两件事一起做了，做完之后就能给自己留出很长一段时间来调整心情。

这段时间就当是给自己的十年暗恋进行收尾，她想再贪恋一点点好，留最后一段美好的记忆。这样，往后她回忆起这段婚姻的时候，不会感到太苦；回忆起沈岁和时，还是笑着的。

想明白了很多事后，江攸宁便放平了心态。只是在他们日夜相处的点滴之中，她仍旧会在不经意间心动，这是出自本能的怦然心动。

沈岁和偶尔会跟她谈起未来的规划。他说如果有女儿，应当会跟江攸宁一样乖。在某些阳光温暖的日子里，沈岁和也散发出令人温暖的气息。

江攸宁甚至会想，如果真的有了孩子，她应该会心软吧。可是这段时间，她以备孕调整身体为由让沈岁和做了避孕措施。更何况，他们本来做的次数就不多。

这段婚姻，名义上存在，实则两人各怀心思。

江攸宁公司的年会时间定在年前的倒数第二个周五，时间定了之后，就有人问她今年带不带沈岁和一起来。

江攸宁恍惚了一下，笑着拒绝了，且不说年底是沈岁和律所比较忙的时候，换作平常，他也不会来参加这种“无意义”的聚会，上次跟她来团建也是因为她生气了，但她不能次次都生气。

大家打趣她是在“金屋藏娇”，她笑了笑便也过去了。

往年年会带家属的人还不多，但今年大家就跟百花园里的花在争奇斗艳一样，几乎都带了家属，而且不只法务部。

江攸宁有好几个在其他部门相熟的同事，今年好像也“枯木逢春”，人事部统计名单的时候说几乎百分之八十的已婚人士都带家属来，问江攸宁怎么不叫家属，江攸宁还是那套说辞：他忙。

嗯，反正他都忙了三年了，也不在乎这一年。

但难得的是，沈岁和一月末的时候问江攸宁要不要去参加律所的年会，问的时候语气还算诚挚，江攸宁便问：“什么时候？”

“这个月底，二十九号。”沈岁和说，“今年比较人性化，都带家属。”

“我们公司也是那天。”江攸宁婉拒，“我不去了。”

沈岁和闻言，只是淡淡地“哦”了一声，没再说什么。

年前最麻烦的事情还是打扫家和备年货，但江攸宁有慕曦，备年货这种事情只需要“抄作业”就好。但打扫家，她必须亲力亲为，每天做一点点。以前他们住的君莱的房子面积大，房间多，她需要慢慢地打扫一个月。

今年他们换到这边来，刚搬过来的时候她就清扫了一次，现在只需要粗略地打扫一下就行。但今年江攸宁公司的工作比较忙，再加上她常请假，有时周末都得加班，所以事情都堆到了年前的最后一个周末。

但她今年不打算一个人默默地打扫，提前半个月就通知了沈岁和，让他把年前的最后一个周末空出来，跟她一起打扫卫生。沈岁和愣了一下，然后欣然接受了。

年会跟往年大同小异，周五下午全公司一起下班，驱车前往公司订好的地方。江攸宁所在的公司人多，所以包了聚香阁的三楼。

同事们纷纷打趣，看来今年公司挣钱了，年会的地方都提高了一个档次。

往年大家去的地方都是四星级，今年竟然来了五星级的聚香阁，而且整整包了一层。后来又不知道是哪个同事听来的小道消息，说今年是因为总裁的小舅子晋升了聚香阁的高管，来这里吃饭可以走员工内部价格，算下来价格跟往年还是一样。大家于是又恢复了对公司抠门的印象。

江攸宁坐在喧嚣的人群中，也不怎么说话。法务部有几个擅长交际的同事，将气氛炒得火热，她只需要坐着，偶尔敷衍地笑笑就行。

年会上各部门还需要表演节目，赵佳以前学过街舞，法务部的节目重担自然交到了她的身上。寒暄过后，七点半就开始上餐，大抵一个小时，大家酒足饭饱，便开始“文艺会演”。

江攸宁自始至终只是看客。

晚上九点，一切都有条不紊地进行着，江攸宁觉得包间里很闷，便起身打算出去透透气。

“宁宁，”赵佳看到她起身，“你去干吗？”

“卫生间。”江攸宁客气地问了一下，“有人一起去吗？”

大家纷纷摇头。

赵佳：“需要我陪你去吗？”

“不用了，”江攸宁说，“我知道地方。”

外边的空气果然要好很多，她最喜欢聚香阁的地方不是他家的饭菜，而是大堂里弥漫着的香味，应当是檀木香，闻着令人平心静气。

包间里欢声笑语，走廊里安静寂寥，一道门隔开了两个世界。

江攸宁先去了卫生间，洗完手出来便在拐角僻静的走廊处倚着栏杆站着。聚香阁的一楼是大堂，没有散座，从有客人的地方才开始算一楼，所以江攸宁公司的包间所在的三楼其实相当于四楼。

江攸宁觉得站得高，风景也更好些。

江攸宁俯瞰了一会儿，忽然看到楼下出现了一个熟悉的身影。那人站在二楼同样的位置，跟她的姿势一样，倚着栏杆慵懒地俯瞰楼下。江攸宁正好能看到他的头顶，他的头发最近好像一直没修剪，有些长了。

那人站了一会儿，从兜里摸出一盒烟，用修长的手指翻转了一下，又放在鼻子下嗅了嗅，很长时间都没点。就在他要把烟放回去的时候，又有一个男的出现，站在他身边，给他递了个打火机过去。

啪嗒，明亮的火光在瞬间亮起，他点燃了烟，青灰色的烟雾在他们面前缭绕。他不知道跟那个男的说了些什么，那个男的很快离开了，二楼的走廊里就只剩下了他一个人。

江攸宁看了一会儿，探出头喊：“沈岁和。”

她声音温和，喊的时候还带着几分笑意，但沈岁和听见这道声音，下意识地把烟往身后藏，然后环顾了一圈。

“我在这儿。”江攸宁说。

沈岁和这才抬起头来，瞟了一眼，良久没有说话，身影随即消失在走廊里，江攸宁的笑瞬间消失。

她自觉没意思，便起身往包间里走，但刚迈出一步就被人拉住了手腕。

“江攸宁。”沈岁和喊她，“你看了多久了？”

“也没多久，”江攸宁说，“就从你把烟拿出来的时候看见的。”

沈岁和身上酒气很重，他的衬衫凌乱，最上边的那颗扣子也被解开了，裸露在外的肌肤都泛着红。他的头发果然是长了，刘海儿全垂了下来，都快遮住眼睛了。

沈岁和直勾勾地盯着她，良久之后，终于泄了气：“抱歉。”

“这有什么好抱歉的。”江攸宁说，“抽支烟而已。”

“我还喝了酒，”沈岁和说着往前走近了一步，“说好备孕的，我……”

“没事儿，”江攸宁说，“孩子的事儿可以往后推一推。”

她说这话的时候语气很平静，但沈岁和莫名地觉得不对劲。

江攸宁这种状态不太像是一个备孕妻子的状态，以前是她提出来想要孩子，但她现在对孩子的态度很无所谓。

沈岁和把自己的烟拿出来递给她，江攸宁挑眉：“什么意思？”

“你扔了吧。”沈岁和说，“我不抽了。”

他的手在空中悬了很久，江攸宁才慢慢地拿了过来：“那我收走了。”

其实这也不过是走个形式，只要想抽，他可以再买很多，江攸宁也没戳破，把烟拿过来之后往前走了两步，然后扔到了最近的垃圾桶里。

她甚至没去看烟盒里还剩多少，只是凭借手感来掂量，估计剩得不少。

“你们公司也在这儿开年会？”沈岁和问。

江攸宁应道：“嗯。”

“大概几点结束？”

江攸宁看了一下手表，现在快九点半，包间里已经进行得差不多了，于是估测道：“十点应该就要散了。”

“那我也十点走。”沈岁和说，“一起回家。”

“好。”江攸宁答应得很痛快。

沈岁和又问：“你要不要下去？”

“嗯？”江攸宁疑惑，“做什么？”

沈岁和的唇角忽然往上勾了勾，一只手摁着自己的眉心，声音中透着一丝慵懒：“就是因为你不在，我才被灌了这么多酒。”

他的音调上扬了几分：“老裴把阮言带来了，就喝了三杯，剩下的都让我喝了。”他像是在告状。

“我们总裁也喝了不少。”江攸宁佯装没听懂他话里的意思，“能者多劳，你酒量挺好的。”

沈岁和愣了两秒，一时间没听出来江攸宁是真心实意还是在反讽。

他忽然笑了：“江攸宁，我酒量多少你不知道？”沈岁和那双狭长的眼睛此刻显得格外魅惑，尤其是他眯着眼看人的时候，显得多情至极。

江攸宁只看了一眼便将目光投向了别处，她的脸上泛着微笑：“比我好多了。”

良久之后，沈岁和笑着道：“那倒也是，但我不太想喝。”

“那我一会儿给你打电话吧。”江攸宁说，“懒得下去了。”

“好。”沈岁和看她头发乱了，便伸手将散落的头发给她别到了耳后。

“你叫代驾开你的车。”江攸宁说，“我开车回。”

“你没喝酒？”沈岁和闻言凑近她，轻嗅了一下，“有酒味儿。”

江攸宁轻扶了他一下：“是你身上的酒味。”

“很重吗？”他抬起袖子闻了一下，不禁莞尔，“好像是。”

“你喝了多少？”江攸宁问，“五瓶？”

“不知道。”沈岁和说，“没数。那帮家伙平常看起来滴酒不沾，没想到这种时候千杯不倒，啤的、红的和白的混着喝，喝得不少。”

江攸宁盯着他看，沈岁和捏了下她的脸，她往后退了半步。

“你生气了？”沈岁和温声问。

不等江攸宁回答，沈岁和便道：“江攸宁，你怎么总生气啊？”

“你喝醉了。”江攸宁说，“我没生气。”

沈岁和趁她不注意，伸手捏了下她的脸，江攸宁捂着脸看他，那双漂亮的鹿眼里带着嗔怪。

而沈岁和却带着一抹恶作剧得逞般的笑：“你怎么总是言不由衷？”

“没有。”江攸宁低下头淡淡地说，“你喝多了。”

“江攸宁，”沈岁和的声音变得温和，“你抬起头看看我。”

他说：“江攸宁，我头痛。”

“哪儿？”江攸宁纤细的手指探向他的太阳穴，这才发现沈岁和的脸红得厉害。她轻轻地摁了下他太阳穴的位置，问：“是这儿吗？”

“再往上。”沈岁和离她很近，说话时呼吸都吐露在她的肌肤之上。一步之遥，他轻轻地伸出胳膊把江攸宁拉到了怀里，脑袋顺势搭在她的肩膀上，他的声音很闷：“江攸宁，我头痛。”

他说话的声音比往常温柔了很多，像在撒娇。

江攸宁被自己的这个认知吓了一跳。

她伸手在沈岁和的头顶上摁了几下：“是这儿吗？”

“嗯。”沈岁和低声应了句，“我想回家了。”

“那我回去收拾东西。”江攸宁说。

“再等等，”沈岁和说，“你帮我摁一下。”

江攸宁的手指顿了下，她环顾了一圈，身体微僵：“一会儿被人看到……”

“看到就看到。”沈岁和的手臂缓缓收紧，下巴在她的衣服上蹭了一下，“我抱你合法。”

沈岁和酒品很好，喝多了以后话不会很多，也不骂人，甚至不会呕吐，而且仍能保持理智。他经常是洗漱完就躺在床上沉沉睡去，睡醒之后也不会太难受，还能照常上班。以往他喝醉了回家都是自己打理好一切，江攸宁给他熬一杯解酒汤，他坐在床边喝完，偶尔也会抱住江攸宁，但也只是一会儿。

这还是第一次，沈岁和在外面醉了。

他将江攸宁抱得很紧，热气都吐露在她的脖颈间："江攸宁。"

"嗯？"江攸宁轻声应。

他又喊："江攸宁。"

"嗯？"

"江攸宁？"

"嗯。"

"江攸宁？"

"嗯，我在。"

他不厌其烦地喊，江攸宁也耐着性子回应，她的手指还在他的头上轻轻地摁着，心里又酸又涩。

为什么在她打算离开的时候，他才能好这么一点点？

"江攸宁，"他又喊，"你的名字很好听。"

"嗯，慕老师起的。"江攸宁说。

沈岁和说："以后我们孩子的名字由你来起吧。"

"嗯。"江攸宁打趣他，"那以后他跟我姓。"

"好。"沈岁和下意识地答应，却又在两秒后补充道，"我们以后生两个，一个姓江，一个姓沈。"

"万一我生孩子死了呢？"江攸宁问。

沈岁和忽然沉默，他的胳膊在一瞬间收得更紧，紧得江攸宁快要无法呼吸。

"那我们不要孩子了，"沈岁和说，"我只要你。"

江攸宁收回给他摁头的手，语气戏谑："你妈怎么可能同意？"

"那也要听我的。"沈岁和笃定地说，"拿你的命换孩子，我做不到。"

江攸宁说不上来是什么心情。她知道沈岁和很有责任感，但她想要的不只这些，一段婚姻中不是只有这些就能够过下去的。

沈岁和回去收尾告别，江攸宁也回包间拿东西，两人分开。他们都没注意到，三楼卫生间门口站着一个女孩儿，女孩儿的嘴里正在碎碎念：“不是吧！这还是我认识的沈律吗？他不是非常高冷吗？我的妈呀，原来他会笑？原来他不是只会商业微笑啊！他还这么黏人？我的世界观被刷新了。”

她捏了一把自己的脸，又继续碎碎念：“我不是在做梦吧？

“沈律的老婆好温柔啊，沈律对他老婆也好温柔啊，神仙爱情。”

她拿出手机打开微信群，在会话框里打了一句：“我看到沈律老婆了呜呜呜！沈律好温柔啊！”

正要点“发送”，卫生间里忽然进来一人，来人看到她，问道：“珊珊，你怎么上来这么久？”她抬头一看，是组里的实习律师秦鸥。

林珊珊手一抖，慌忙把会话框里的文字全删掉，解释说：“我肚子疼。”

“现在好点儿了吗？”秦鸥关心地问，接着又说，“你等我一下，我很快就好。”

“楼下卫生间还满着？”林珊珊问。

秦鸥点头：“今晚的酒太多了，大家……我的天，二楼卫生间里被吐得都是酒味儿。”

林珊珊收起手机，去外面等秦鸥。站在栏杆前，她看到了在一楼大堂等人的沈律的老婆。

不一会儿，沈律也下了楼，两人牵着手往外走。

啊，这令人羡慕的神仙爱情！她想，沈律不把老婆带出来一定是在金屋藏娇！

以后谁再说沈律喜欢乔夏，她一定要狠狠地反驳！但她突然想到自己忘记录证据了，律所那帮证据至上的律师们肯定不会相信的。

林珊珊站在那儿，隔着玻璃依稀看见沈律给他老婆戴上了羽绒服的帽子。

他站在风里，笑得很温柔。

打扫家是件麻烦事，尤其是年前的打扫，江攸宁每次都要做到处处明亮，每个犄角旮旯都不放过，就连电视机都要摘下来把背后擦得干干净净。

年会的第二天，江攸宁七点就醒了，沈岁和还睡得正熟。她起来先煮了些粥，然后去储物间把东西都搬开，弄完这些已经八点了。她回房间看了一眼，沈岁和还睡着，她在床边坐了一会儿，等到八点半才温声喊："沈岁和。"

沈岁和皱着眉轻哼了声："嗯？"

"起床了，"江攸宁说，"打扫家。"

沈岁和翻了个身："嗯。"

他只答应，但没有起身。江攸宁于是拉开了窗帘，阳光倾泻而入。

沈岁和的眉头皱得更深了，他伸手挡了一下，然后缓缓地睁开眼睛。他昨晚喝了不少酒，尤其是各种酒混着喝，后劲比较大。虽然回家以后江攸宁给他煮了醒酒汤，但今早起来他的脑仁仍旧嗡嗡地响，疼得厉害。

他忍着难受坐了起来，眼前有些模糊，于是去卫生间用冷水洗了把脸，等他走进客厅的时候，江攸宁已经打了两盆水，开始擦玻璃。

客厅的玻璃窗极大极高，江攸宁踩了个凳子站着擦，沈岁和走过去喊她："下来。"

"做什么？"江攸宁把毛巾递给他，"你帮我重新洗一下。"

"你下来。"沈岁和说。

"嗯？"江攸宁不解，"做什么？"

沈岁和直接抱着她的腿，把她从高凳上抱了下来。身体忽然腾空，江攸宁吓了一大跳。

"我来擦。"沈岁和说完便站了上去，"你扶着我。"

"啊？你会？"

"你教我。"沈岁和说。

江攸宁沉默了两秒："哦。"

沈岁和做家务是个新手，去擦玻璃却越擦越脏，一开始好歹还能透过玻璃看到外面的景色，但他擦完之后站在客厅里看外面，眼前一片模糊。他确实是认真地做了，完完全全按照江攸宁说的步骤做的，十分精细，亲自动手之后却发现完全不是那么回事儿。在他擦完第二遍后，玻璃仍旧是脏的。

江攸宁也不说话，只是一直盯着玻璃看，沈岁和也不问自己擦得怎么样，分明是肉眼可见的事情。几乎没在"学习"这种事情上受过挫折的沈岁和别上了一股劲，默不作声地擦了第三次。然而，玻璃更脏了。

沈岁和用了一个小时证明：有些事情不是你努力和认真就能做到的。

在他打算擦第四次的时候，江攸宁拽了拽他的裤脚。

沈岁和低头看她："嗯？"听声调也能听出来他不太愉悦。

"我来吧。"江攸宁说。

沈岁和抿唇："这玻璃跟我有仇？"

"可能吧。"江攸宁敷衍道，"你去把储物间收拾出来吧。"

沈岁和又看了看玻璃，不太相信自己竟然有认真了这么久却还是什么事都做不好的一天。

"没事儿。"江攸宁怕再耽误下去，今天一天都打扫不完，忙吩咐道："储物间里的事情比较繁杂，你去做。"

沈岁和："好。"

但他下来以后并没有去储物间，而是站在下边扶着江攸宁。

"我没事儿。"江攸宁说，"这凳子很稳，我不会掉下去。"

沈岁和看了眼高度，担心地说："掉下来就是骨折。"

"我前几年都是这么做的。"江攸宁已经拿起湿布开始擦，先大范围地擦了一遍，擦完的时候上边还往下流着水，"从来没掉下来过。"

"那边的玻璃没这么高。"沈岁和记得那个家里客厅的玻璃就没几块，而且他会叫保洁来清扫。

说话之间，江攸宁已经开始擦第二遍，说话也更费力气：“那边卧室的玻璃高，得踩梯子。”

“我不是让你叫保洁了吗？”沈岁和说，“以后不要自己去这么危险的地方。”

“哦。”江攸宁敷衍地应了一声。

她想，一个有爱的家里是不会只依靠保洁的。

慕老师和老江这么多年从来没叫过保洁，甚至她叔叔家里也没有，是因为没钱吗？并不是。

慕老师曾经说过，两个人培养感情的方式有很多种，逛街散步是一种，吃饭喝酒是一种，共同做家务也是一种。两个人不管是什么职业，有多少钱，最后都是要回归到平凡生活之中的。

所有人的生活都离不开柴米油盐酱醋茶。时代在进步，所有人都应该明白，家务应该由家人一起分担。

结婚第一年，江攸宁喊沈岁和做过家务，沈岁和虽然不会做，但是愿意做。但不凑巧的是那天曾雪仪刚好过来，看到沈岁和帮着做家务，便阴阳怪气地嘲讽了江攸宁许久。

之后江攸宁再没喊过他，沈岁和主动做便做，不做她便一个人做。

今年她都打算离婚了，曾雪仪说什么都不会再影响到她，而且她还想在离婚前和曾雪仪谈谈。

关于这段不成功的婚姻，也关于沈岁和。她离开沈岁和，不是因为找到了更好的，也不是跟他变成了敌人，而只是想放过自己。所以，从始至终，她都希望他能过得更好。

从清晨到日落，一直到晚上十点，家里才算打扫完毕，沈岁和也出了不少力。最后忙完，两人都累瘫在沙发上。

江攸宁戳了下沈岁和，问：“点份炸鸡行吗？”

“不是刚吃过饭？”

江攸宁去捞自己的手机，认真地说：“晚饭是晚饭，夜宵是夜宵。晚上那会儿不饿，吃得少。”

“哦。”沈岁和摁住她的手，“我来点。”

但他一边点一边说：“炸鸡的热量太高，而且对身体不好，以后夜宵可以吃一些对身体好的。”

“但是都不如炸鸡能让我快乐，”江攸宁说，“我现在只想快乐。”

江攸宁说完便闭上了眼睛，躺在沙发上假寐。今天可真是把她累惨了，但看着整洁的家，她的心里也很宽慰。

只是，很快这个家就不属于她了。

她睁开眼又看了客厅一眼，忽然伸脚轻踹了下沈岁和的腿。

“嗯？”沈岁和眼皮微掀，“怎么了？”

“沈岁和，”江攸宁佯装无所谓地喊他，“要是有一天咱俩离婚了，你会给我分多少财产？”

“什么？”沈岁和震惊了两秒，没有回答她的问题，而是问，“为什么会离婚？”

江攸宁别过脸不看他：“没有为什么啊，现在离婚率这么高，说不准有一天咱俩也离了呢。”

“不会。”沈岁和坚定地说，“我结婚的时候就没想过离。”

江攸宁听到这话有些震惊，转头看向沈岁和，灯光映照在他的脸上，他侧脸的轮廓还是一如既往地完美。

他也看向江攸宁，四目相对那一瞬间，江攸宁在他的眼睛里看到了不可思议：“我们现在这样，不好吗？”

江攸宁起初不太理解沈岁和的想法，但在刚才那一瞬间，她尝试着换位思考了一下。

这段婚姻对沈岁和来说确实很好。她从来不会跟沈岁和提任何要求，结婚三年来，也就是最近这段时间她才尝试着跟沈岁和沟通，但这种沟通明显快要超出沈岁和忍耐的范畴了，也快超出自己的承受能力了。说实话，她每次跟沈岁和提要求，都怕听到拒绝的回答。

她每次提要求前，都会心惊胆战。

在意一个人就是这样，他的每一个动作，甚至每一个眼神都能被她拿来在心里思考百遍；他的每一句话，甚至每一个标点符号都能被她拿来做阅读理解。但不在意一个人，无论她说什么都只是在理解表层意思罢了，甚至连表层意思都懒得理解。

他在这段亲密关系中感到了舒服，是因为江攸宁一直在默不作声地迁就着他。

大抵沈岁和以为她喜欢做家务，喜欢生闷气，喜欢沉默。但她做家务是因为想培养感情，生闷气是因为不想让他觉得自己不好，沉默是因为不敢去沟通，一切都有迹可循，是沈岁和将她一步步推远，但又问她“我们现在这样，不好吗”。

这样好吗？或许曾经也好过吧。

在最初以为这是上天赐予的礼物时，她欣喜若狂。后来她却发现，每一件礼物都被暗中标好了价格，所以现在的一切，她只能默默接受。

“还行。”江攸宁说完便闭上眼睛，脸朝向沙发里边，腿也蜷缩起来，这是一个防御的姿势，客厅里是无尽的沉默。

良久之后，沈岁和开口问：“你想离婚？”

江攸宁抿了下唇，佯装睡着。她的呼吸声均匀又绵长，在寂静的客厅里听得异常真切，沈岁和却有种不真实感。

他看了看江攸宁，低声喊了句：“江攸宁。”

江攸宁没有回应，回应他的是均匀的呼吸声。

“江攸宁？”沈岁和又喊。

江攸宁换了个姿势，眉头紧皱，嘴里不知嘟囔了一句什么，似是在嫌烦。

沈岁和没再喊她，只是盯着江攸宁看，睡着了的她比平常还要乖巧。初见江攸宁那会儿，他也说不上来是什么感觉，只是觉得跟她结婚要比跟乔夏结婚舒服得多，而且她真的很乖，乖到有时候她不提要求自己也想对她好的地步。

她的眉眼和气质真的太令人舒服了，沈岁和那会儿觉得，能和这样的人一起生活必定很愉悦。婚后，他仍旧这样觉得，甚至觉得他们在朝着好的方向转变，江攸宁越发开朗，两人之间的状态也更加自然。

他不知道江攸宁为什么会突然提出离婚这件事，在他的意识里，除了出轨、家暴这种涉及原则性问题的事情，其余事情都是可协调的。

结婚嘛，不就是找一个人一起过一辈子？

难道江攸宁的病还没好？

沈岁和的心中隐隐有了猜测，他想，等有时间一定要把江攸宁带到心理医生那里看看。无论是用什么方式，哪怕欺骗也好，他不想让江攸宁再胡思乱想了。再这样下去，这段婚姻必定岌岌可危。

他起身找了条毛毯给江攸宁盖上，然后坐在她脚边，他的声音在寂静的客厅里响起："江攸宁，我真的没想过离婚，太麻烦了！"

江攸宁躺在那儿装睡来回避他的问题，装着装着还真的犯起了困。迷迷糊糊间，她听见了沈岁和的话，瞬间清醒。

原来，他只是怕麻烦。

其实这个答案她能想到，就像她完全知道沈岁和跟她结婚是因为她乖一样。但当亲耳听到的时候，她的内心仍旧是山呼海啸，那一瞬间，她觉得自己真的低到了尘埃里。

可惜她最后仍旧没能开出一朵花，徒留一身伤口。

如何购置年货江攸宁都是问的慕曦，需要买哪些东西，哪家的东西更好，都问得清清楚楚，避免被骗。而且，慕曦也给她准备了很多。

江攸宁公司是农历腊月二十七开始休假，正月初八复工。沈岁和的律所比她们迟一天。

小年过完，离新年就很近了。在忙碌充实之中，除夕不知不觉就到来了。街上的红灯笼将道路都映成了红色，江攸宁跟沈岁和晚上还在街上散了会儿步。

两人的手机消息就没断过，但江攸宁跟沈岁和提前说好了，走在路上不要看手机，所以任凭手机响，两人都没打开过。

回家以后，两人才各自回了消息。沈岁和那边的祝福消息明显比江攸宁的少，他的好友本来就少，但大抵所有人都给他发了新年祝福。

江攸宁这边红包又收了一大堆，而且还收到了曾嘉柔和曾嘉煦的祝福，曾嘉煦还礼貌地问她，明年春天他们乐队在北城体育馆开演唱会，她需不需要几张票。

江攸宁想到路童和辛语，就要了三张。

沈岁和的表弟、表妹一看就是在幸福家庭里长大的孩子，性格开朗，心直口快，跟谁相处都能让人觉得舒服，尤其是曾嘉柔，表面上看着大大咧咧，但其实心思细腻，活得很通透。

江攸宁最后才打开跟辛语、路童三个人的群，她俩在群里已经叫了她十几遍。

“江攸宁，你今年要出来跨年吗？”

“还是跟往年一样，明晚再出来？”

“江攸宁，我想跟你一起跨年。”

“要不我们去你家？或者你带沈岁和来我家？”

“为了见你，我可以勉强忍受你带上沈岁和这个男人。”

江攸宁在群里发：“你们来我家吧！晚点儿就在我家睡。我刚要做晚饭，你们到我家来吃饭吧。”

路童：“我已经吃过了，而且我爷爷奶奶连红包都给我了。”

辛语：“我还没吃，等我一下。”

江攸宁：“好的。”

她放下手机，正要跟沈岁和说，但他俩几乎同时喊了对方的名字，然后又是默契的一句：“你先说。”

客厅内寂静下来。

沈岁和说：“老裴喊我出去。”

“哦。”江攸宁说，“正好，路童和辛语要过来。”

“呃，”沈岁和迟疑了几秒，“我把老裴也喊过来了。”

行吧，江攸宁就当这是大型聚会了。

“有阮言吗？”江攸宁问。

沈岁和点头：“应该有。”

江攸宁眉头微蹙，直言不讳地说：“我不喜欢她。”

“好巧。”沈岁和说，“我也不喜欢。”

“她……嗯……”沈岁和从未在背后说过别人的坏话。他一向不议论别人的是非，甚至很少关注别人的私生活。如果不是因为裴旭天，他对阮言这种女人一定敬而远之。支吾了半天，沈岁和才说出一句：“她很不好相处。”

“嗯。”江攸宁点头表示赞同，“她跟你也不好相处吗？”

“不是，”沈岁和说，“我俩没怎么打过交道。”

提到阮言，沈岁和突然问起了之前的那件事：“那天，她除了说你去酒吧不好，还说其他的了吗？”

“还有一些，”江攸宁说，“她那天挺过分的。”

其实，她那天走，一半因为阮言，一半因为沈岁和。

阮言的话确实难听，但沈岁和那天的话和裴旭天的态度，都让她很不舒服。那天她只觉得那个环境令人窒息，但现在想想，沈岁和对她不在意，他的朋友对她那个态度其实也很正常。归根结底，都是沈岁和的问题。

“她说什么了？”沈岁和问。

江攸宁摇头：“没什么，都是些没什么杀伤力的话。”

她不愿意跟沈岁和多谈这件事情。以后离了婚，她跟阮言和裴旭天不会再产生任何交集，但沈岁和还跟裴旭天合开着律所，而阮言很有可能是裴旭天未来的妻子。这些话对沈岁和说了也没什么用，他不可能时隔这么久去给她讨公道，一来矫情，二来伤感情，三来他不会这样做。

其实最重要的还是第三点，他不会这样做。

“他们不会结婚。”沈岁和忽然没头没尾地来了这么一句。

江攸宁：“嗯？”

“阮言和裴旭天。”沈岁和说，“阮言志不在老裴，她想攀更高的地方。”

“哦。”江攸宁点头，“看得出来，但你怎么不跟裴旭天说？”

沈岁和唇角微勾，笑了下：“我跟他说，他会以为我想害他。以他那个性子，再加上阮言的挑拨，我俩很有可能就疏远了。等他以后吃过亏就懂了，我何必现在到他跟前触霉头？”

江攸宁：“嗯。”

原来他观察人也很敏锐，甚至能看出来一个女人是不是想攀往更高的地方。

仔细想想也是，身为律师，他的工作就是跟形形色色的人打交道，整天接触不同类型的人，怎么可能看不出来这种事？他能看清别人的生活，却对自己的生活一无所知，对身边的人一无所知。

除夕夜，他们家搞了个大派对。大过年的，谁也没扫兴，还都维持了表面的平和，但辛语悄悄地跟路童和江攸宁说："这女的给裴旭天戴绿帽子了。"

江攸宁和路童都是一脸疑惑。

辛语一副明白人的样子，神秘地说："上次我去找她算账的时候，她在办公室里跟一个男的正在……反正衣服都脱一半了，你们想吧。"

路童说："裴律好可怜，要不要告诉他真相啊？"

辛语翻了个白眼："你是不是傻？说不准人家一个愿打，一个愿挨呢！再说了，我们是他人生的指明灯吗？这种事情都发现不了……"

不过辛语说得对，外人谁也没办法插手他们之间的事，她在这方面吃的亏足够多。但江攸宁调侃辛语："你不是说见一次就要说一次吗？"

她还记得上次辛语跟老板闹掰就是因为这种事，结果辛语呵呵一笑："不好意思，我没有办法跟男的共情。"

每年的大年初一，沈岁和和江攸宁都是要去曾雪仪那里过的，这是习俗。曾雪仪一直孤身一人，曾家父母当时心疼女儿，一到过年都会把她喊回家，现在基本上是去曾寒山家过。

事实上，江攸宁很少去曾雪仪独居的家里，如果去，必定会发生不愉快的事情。在那个家里，她没有遇到过一件高兴的事。毕竟当着弟弟一家的面，曾雪仪还有些收敛，如果没有别人，曾雪仪简直……面目可憎。幸好她初二初三就可以回自己家，然后初五初六回娘家，本来就没几天的假期被安排得满满当当。

北城经济发展得很好，过年时很多商铺还在营业，全城的娱乐场所里人几乎爆满。但曾家是很传统的人家，家里请了专门做饭的人，所以他们家从来不去外面吃饭。

除夕夜大家玩到了两点，虽然平常都是熬夜达人，但考虑到第二天还要去各处走亲访友，一定没时间休息，所以两点就散了，各回各家。

翌日早上刚八点，江攸宁就强撑起精神起床了。洗漱完毕，她叫醒了沈岁和，怕去迟了又会被曾雪仪说。

沈岁和收拾洗漱的速度很快，八点半他们就开车出发，到曾家时刚好九点，江攸宁暗暗松了口气。

曾家的氛围很热闹，虽然有专门的人张罗饭菜，但舅妈会跟着一起准备，曾嘉柔和曾嘉煦也都会帮忙，唯一比较闲的就是曾寒山，他坐在客厅里看昨晚的春节联欢晚会。江攸宁进去后和众人都打了招呼，还送了自己的新年礼物，大家纷纷表示感谢。她还给曾嘉柔和曾嘉煦都包了五千块钱的红包，舅妈笑着说："他俩都多大的人了，你还给他们红包？"

"多大也比我们小呀！"江攸宁笑着说。

舅妈笑道："那一会儿我给你红包的时候你可别找借口不收。"

江攸宁"啊"了一声，假装后悔道："我忘记这茬了，早知道就悄悄给了。"

沈岁和和江攸宁到的时候，曾雪仪还没有到，所以他们度过了一段愉快的时光，曾嘉柔还带着江攸宁上楼弹了一会儿钢琴，直到曾嘉煦在楼下喊："妹妹！姑妈来了！"

曾嘉柔慌得弹错了一个音，然后看了眼江攸宁，一副英勇就义的模样，说："我们一起去迎接狂风暴雨吧。"

江攸宁也深吸了一口气，说："走吧。"

她跟曾嘉柔一起下了楼，却被眼前的景象惊呆了，没想到曾雪仪会过分到这个地步。

大年初一，曾雪仪竟然带着乔夏来了。乔夏乖巧地挽着曾雪仪的手臂，笑得一脸羞涩，不知道的人还以为她是曾雪仪的女儿或儿媳妇，而沈岁和坐在沙发上低着头，不知道在想什么。江攸宁看向他的时候，他也正好看过来。

四目相对，江攸宁忽然笑了一下，那是一种带着讥讽和不屑的笑。

众人的脸色都不太好看，曾寒山皱着眉道：“姐，你这是做什么？”

“我带着夏夏过来认认门，她之前出国两年，跟大家都不太熟，以后可要多走动走动。”曾雪仪坐在沙发最中间，乔夏也跟着坐下，正好挨着沈岁和。但沈岁和猛地起身，乔夏脸色大变：“岁和哥哥，你怎么了？”

“认门？”沈岁和皱眉，“以什么名义？”

他语气不善，曾雪仪瞟了他一眼：“我就是这么教你的？”

“我只想问，您是以什么名义带她进这个门的？”

“我未来的儿媳妇。”曾雪仪懒得遮掩，冷笑着说，“我正要跟你说，你赶紧跟那个跛子离婚，好早点儿把夏夏娶进门。”

“她当年出车祸，谁知道是不是只撞到了腿？”曾雪仪说，“我最近想了很多，当年那场车祸肯定使她不能生育了，不然为什么你们结婚三年都没有孩子？难道你想让咱们家断子绝孙吗？这种女人你不离婚，还留着做什么？”

“姐！”没等沈岁和说话，曾寒山就瞪大了眼睛吼道，“你知道些什么？当初那场车祸，你……”

他的话戛然而止，印象里那道坚毅的背影告诉他：这件事不能说出去。

他也答应了那个人会永远保守秘密，可听到曾雪仪的这些混账话，他整个人气得发抖。

“我怎么了？”曾雪仪看他，“难道我说得不对吗？”

“你怎么这么糊涂啊！”曾寒山斥道，“爸妈怎么把你惯成了这个样子？”

他话音刚落，江攸宁便开口道：“您说得对。”

她站在楼梯上，俯视着楼下众人。她今天化了淡妆，看上去清丽脱俗。

曾雪仪也看向她，嗤笑道：“你承认了是吧？你就是不能生孩子！”

“对。”江攸宁一步步往楼下走，第一次无所畏惧地看向曾雪仪。以往她都怀着敬畏和忍让之心，自然对曾雪仪各种低眉顺眼，但如今她已经放平了心态。

在一片寂静之中，她温声道：“那场车祸带给我的伤害，远不止跛脚这么简单。”

“不能生孩子的女人还霸占着我沈家媳妇的位置做什么？”曾雪仪嘲笑道，“我劝你识趣点儿，早点儿离婚吧，别到时候被扫地出门。”

“谁敢？”沈岁和的声音忽然拔高，带着几分冲动，“那不如把我也一起扫出去。”

江攸宁走到他身侧，安抚似的拍了下他的手臂。

她看向曾雪仪，纵使保养得再好，曾雪仪的脸上仍旧有皱纹，岁月从未宽待过任何人。

江攸宁直勾勾地盯着曾雪仪，不疾不徐地说：“就算我不能生孩子又如何？难道你们家有皇位要继承吗？怎么大清都亡了这么多年，你还这么封建古板？”

她声音不高，但在场的众人都听得清清楚楚。曾雪仪的眼里闪过几分错愕，她从没想到，江攸宁敢这么直白地跟她说话。

“沈岁和，你看看，这就是你娶的好媳妇。”曾雪仪嗤道，“跑到我头上作威作福来了。”

“你但凡给自己留点儿脸面，我都不会跟你说这种话。”江攸宁平静地说。

其实她的手还在打战，但她的声音保持得平稳又淡定。

“你把她带来的时候，可给自己留过脸面？”江攸宁继续反问。

曾雪仪正要骂，却听沈岁和开口说：“煦煦，把乔小姐送回家。”

“我不走，”乔夏挨紧曾雪仪，向沈岁和恳求道，“岁和哥哥，你别送我走好不好？”

“别叫得这么恶心。”沈岁和早在看见她的那一刻就恼了，听她这么说话更是烦躁，“乔小姐，希望你还能有点儿自尊心。不想被人撵，你就不要随随便便地登别人家的门。”

乔夏的眼泪瞬间流了下来。

沈岁和没有理睬，而是上前拉着曾雪仪说：“我们去书房谈谈。”

临走前，他吩咐曾嘉柔：“照顾好你表嫂。”

曾嘉柔大气都不敢出，只是拼命地点头，但沈岁和看向江攸宁的时候，江攸宁脸上一直挂着笑，不屑的笑。

别为他折腰

下册

容烟 著

青岛出版集团 | 青岛出版社

第六章

怀抱秘密的人最痛苦

寂静的书房里，沈岁和跟曾雪仪对峙了很久，都等着对方率先开口。

终是沈岁和先开了口："你到底要我多难堪？你让江攸宁怎么想？"

曾雪仪盯着他很久，缓缓开口："我管她怎么想！沈岁和，你变了。都怪江攸宁，都是她让你变了！我当初就不应该松口让你娶她。"她的声音愈来愈高。

"沈岁和，她配不上你。她配不上这么完美的你！我要让你成为我的骄傲，你不能娶一个跛子！"

曾雪仪的眼睛猩红，她化着精致的妆，但眼泪流过她的脸颊，衬得她的妆也有几分廉价。

她声嘶力竭，字字句句都戳在了沈岁和的心尖上。但他只是站在那儿，良久之后，平静地开口："是我，配不上她。"

"妈。"沈岁和勾着笑喊她，但这笑有些瘆人，看得莫名让人脊背生寒。

“你忘了吗？”沈岁和缓缓地道，“我姓沈，不姓曾。”

“曾家人的体面，从来不属于我。只要我身上还流着沈家人的血，我就永远姓沈。就算江攸宁半身不遂坐轮椅，也是我沈岁和配不上她。”沈岁和说。

沈岁和又道：“这些事情，难道也要我提醒……”

话音未落，啪的一巴掌落在了沈岁和的脸上。

曾雪仪的手还悬在空中，微微颤抖。

沈岁和姓沈，不姓曾，他的父亲只是一个货车司机，不是北城名流。

他自幼生活的地方逼仄、让人透不过气，他不止有曾寒山这一门亲戚，他更多的亲戚在乡下，不是来到北城，从不跟他们联系就能改变这点。

但曾雪仪忘了。

或者说，她想忘。

当不愿提及的事情被沈岁和如此直白地说出来的时候，曾雪仪只觉得愤怒，但那一巴掌狠狠甩在沈岁和脸上的时候，她又有些害怕。

沈岁和快三十岁了，不是三五岁不乖可以罚的年纪。

他已经立业、成家，是个自由的成年人，但无论他多大，都是她的孩子。

曾雪仪给自己做了一番心理建设，才缓缓地把自己的手放下来。书房内一派寂静，只有他们沉重的呼吸声。

“沈岁和，你姓的也只是你父亲的那个沈，”曾雪仪说，“不是他们任何人的沈。你怎么就比别人低一等了？”

“我从不觉得自己比别人低一等。”沈岁和的舌尖儿传来刺痛的感觉，嘴巴里弥漫着血腥味，他声音低沉，字字铿锵，“不管我父亲是扫大街的，还是养猪的，我都不觉得我低人一等。”

“这个世界从不以职业论高低贵贱。”他看向曾雪仪，“真正让我低人一等的，是你的评判标准，是你把我放在了那个位置上，所以我用事实告诉你，真正低人一等的是我，不是江攸宁。”

他尽量让自己克制、冷静，但被那一巴掌挥在脸上的时候，他无法说服自己冷静。

毋庸置疑，曾雪仪自幼对他严厉。他见过曾雪仪最歇斯底里的模样，也见过她愤世嫉俗的样子，她所有的残忍、不堪都留给了他，但她所有的爱和希望也都给了他。

他的父亲去世那年，曾雪仪不止一次想要自杀。那一年他七岁，医院成了他第二个家。

他也不知道曾雪仪怎么就变成了这个样子，她蛮不讲理、胡搅蛮缠、歇斯底里。

从父亲去世的那一年开始，他的家翻天覆地。

这么多年，他从来没有成为过一个正常人，一切都要以曾雪仪的标准来判断，以她那“世俗”到极致的目光来衡量。

他从未快乐过，从未为自己活过。很多时候，他感觉自己像一个提线木偶，那根线一直拽在曾雪仪的手中，所以曾雪仪让他结婚，他就得结，无论有多么不愿意。他唯一能够争取的就是选一个自己比较中意的人。

曾雪仪给他画了一块地，在这块地里，他是自由的，但他永远都不可能走出那块地。

“你哪里低人一等？”曾雪仪质问道，“你的外公创造了最优秀的国际品牌，是人人称赞的良心企业家，我曾家哪里不如别人？！”

“可我姓沈，”沈岁和语气平静，重申了一遍，“不姓曾。我不会去继承曾家的公司，更不会因为舅舅对我好就得寸进尺。你是曾家的女儿，但也不要忘了，你是跟外公外婆断绝关系的女儿！”

曾雪仪盯着他，咬牙切齿地道：“沈岁和！你以为我是为了谁才回来？如果只有我一个人，就算你爸死了，我死在外面都不会回来！如果不是因为你，我才不会回来！我想让你能被人看得起！”

沈岁和沉默，只是盯着曾雪仪，他的眼尾泛着红，脸颊上的手指印儿已经开始红肿。

良久之后，曾雪仪的眼泪落下来，她声音颤抖：“沈岁和，你是妈妈的骄傲啊！

“别人怎么说妈妈都无所谓，但唯独你，你不能这么说！我做这一切都是为了你。如果不是为了你，我早死掉了。

“我这么多年就没为自己活过，你读书我去陪读，自己省吃俭用也要给你最好的，我从来没亏待过你一分，就是为了让你没有污点！

“那个跛子现在就是你的污点！我无数次后悔，当初要是不松口就好了！我为什么会答应，让你娶那个跛子！”

曾雪仪的声音在书房里响起，字字诛心。

沈岁和心灰意冷。

她口口声声“为了你”，口口声声“那个跛子”。

她从来没有真正为他想过，想的从来都是她自己罢了。

“如果一切都是为了我，”沈岁和说，“那从今往后，你为自己活吧。”

“我的生活，你别再插手。我结婚了，有妻子，跟以前不一样。”沈岁和说，“你如果真的为了我好，就别再来打扰我的生活。我不是三岁小孩子。”

沈岁和的声音冷厉：“有些事情，你真的做得太过分了。”

江攸宁的精神状态本就不好，曾雪仪这样的行为分明会让她的状态更糟。

曾雪仪张口闭口叫她跛子，叫江攸宁如何想？

江攸宁本就对那场车祸耿耿于怀，听着这些话，看着乔夏，她在这个家里该如何自处？

沈岁和第一次跟曾雪仪说这些话，说的时候浑身都在颤抖。他原来以为曾雪仪好歹会维持体面，会顾全大局，虽然不喜欢江攸宁，但也不会对江攸宁有过多伤害，大不了他少带江攸宁回几次家，让她们少见面。

可他今天才发现，曾雪仪快要魔怔了。

她立志将他雕刻成一件完美的艺术品，而江攸宁使他残缺。她听不进去所有人的话，只沉浸在自己的世界里。只要沈岁和步步让，她必然步步进。她今天能带着乔夏登门入室，明天就敢拿着户口本去找江攸宁办离婚。

沈岁和说完之后便往外走，曾雪仪喊他：“你离不离婚？！”

沈岁和的手握在门把手上，他语气坚定：“不离。”

沈岁和独自一人从书房里出来，最引人注目的便是脸上那记巴掌印。

曾雪仪自沈岁和幼年起打他就没收过劲，如今更是在气头上，力道很重。

经过十几分钟的发酵，沈岁和的半边脸肉眼可见地肿了起来。

他一出门，大家都噤若寒蝉，面面相觑之后看向他。沈岁和语气平淡，状似无事发生：“舅舅舅妈，我们今天先走了，改天我再带攸宁来。”

“哦哦。”曾寒山最先反应过来，“你们先走。”

这团圆年，注定是没办法过了，任谁也不可能在发生了这样的事情后，还能再笑着吃团圆饭。

曾嘉煦刚好从外边进来，扫了眼众人道：“我把人送走了。”

“叫了辆车把她塞进去拉走的。”曾嘉煦说，“她哭得我头都大了，烦死。”

“好。”沈岁和说，“谢谢。”

“啊，没事。”曾嘉煦瞟了他一眼，这才看到他脸上的痕迹，皱眉道，“不是吧？姑妈她……”

“我们先走了。”沈岁和打断了他的话，说完便拉着江攸宁出了门。

江攸宁跟在他身后，看见冬日的阳光洒落在他的背上。今天温度正好，算是冬天里难得的好天气，但她就是觉得冷，为沈岁和，也为她自己。

沈岁和平静地开车，江攸宁仍旧坐在副驾。沈岁和对着江攸宁的那半边脸是没有痕迹的，但他唇线紧抿，随时都要爆发。

江攸宁也不知道怎么安慰他，她自己的心情也不好。本来打算这最后一个年，让大家都体面一点儿，即便她受点儿委屈，能忍也就忍了，但没想到，曾雪仪带给她的不是委屈，而是侮辱，完全摆在明面上的侮辱。

她缩了缩身子，在车内降低了存在感，然后将脑袋倚在车窗上，半闭着眼假寐，心里五味杂陈。

沈岁和将车速飙得很快，去的时候用了半个小时，回家只用了二十分钟。回家之后，谁都没说话，江攸宁去了书房，沈岁和回了房间。

中午二人也都没吃饭，直到晚上六点，江攸宁去厨房做了饭，这才敲响了房间的门。

“我做了饭，你吃吗？”她站在门口问。

门内传来走路的声音，沈岁和拉开门，他的头发乱得如同鸡窝，烟味和酒味混杂在一起，特别难闻。他回来以后也没换衣服，如今白色T恤上都有了酒渍。

他很少有这么狼狈的时候，以往受了曾雪仪的气，都是开车出去，等到回来时已经喝多了酒，然后躺在床上睡一觉，从不和江攸宁谈，也不会将坏情绪带给她。

“你……”江攸宁想说些什么，话到嘴边却又悉数咽下，只化作一句，“吃饭吧。”

沈岁和没什么精神，但还是应：“知道了。”

他回到房间里，江攸宁跟在他身后。

床边积了五六个空酒瓶，他把酒柜里的酒又喝了不少，锁着的酒柜又被打开，扔掉了的烟又买回来。江攸宁只是扫了一眼，便走到窗边打开了窗户。

外边起风了，风吹过窗棂呼呼作响，吹得她头发都乱了。

沈岁和脱下白T恤，露出结实有力的腰身，又从柜子里拿了件黑色T恤出来随意换上，随性地抓了两把头发，然后蹲下去收拾地上的残局。

他喝了不少酒，但没醉。

沈岁和收拾完地上后，江攸宁还在窗边吹风。她把下巴轻轻搭在窗沿上，望着楼下的车水马龙，风吹着她的头发拂过她的脸侧，这一幕看起来安静而唯美，像一幅水墨画。

“江攸宁。”沈岁和喊她。

“嗯？”江攸宁回过头来，“收拾好了？”

“嗯。”沈岁和的嘴角有一小块瘀青，一说话就扯得直疼，“吃饭吧。”

他语气平淡，但谁都能听出来不高兴。江攸宁也没多问，把窗开得更大了些，然后往外走。

晚饭做得很简单，焖米饭，加上江攸宁随意炒的两个菜，就是他们大年初一的晚饭。

往年江攸宁在大年初一晚上会跟辛语、路童一起去外边玩，但今年提前把过年的这段时间留了出来。她想跟沈岁和再多相处一会儿，多留下一些快乐的记忆，但天不遂人愿。

江攸宁低敛下眉眼吃饭，尽量不去看沈岁和的脸，不知为何，看了心酸又想哭，心还软得一塌糊涂。

他已经快要三十岁了，曾雪仪竟然会做出这种事，而沈岁和作为儿子，无法反抗。

这大抵就是作为小辈的悲哀吧。

有些人觉得，自己无法选择自己的父母，无论他们将自己养成什么样，都得心怀一颗感恩之心，哪怕原生家庭里充斥着辱骂和暴力，都得感恩父母。这像是一道无形的枷锁，上在很多家庭不幸福的孩子身上。他们生来不能怨、不能恨，没享受过当孩子的好，却要一直被迫长大，吃生活的苦。

这顿饭他们吃得很安静，沈岁和吃得极少，江攸宁给他铲了一碗冒尖的米饭，他只把尖给吃掉了，菜也只是敷衍地吃了几口。放下筷子后，他一直在看江攸宁吃饭。

其实江攸宁也没什么胃口，他们早上只是随意吃了一点儿，本来打算中午去曾家吃的，但没想到受了一肚子气回来。

两个人都各自消化自己的坏情绪，中午也没吃饭。下午三点多江攸宁就饿了，但懒得动，一直挨到了现在，饿过那个劲之后倒是不饿了。

饭后，沈岁和主动去洗碗。这段日子的碗都是他洗的，从最初的挤一洗碗池的洗洁精都洗不干净碗到现在能将碗洗得干干净净，物归原位。

他站在洗碗池前，背影颀长。

江攸宁站在厨房门口看他。

"江攸宁，"沈岁和的声音伴随着水流声，"今天的事，你别放在心上。"

"哦。"江攸宁慵懒地应了声。

她放在心上又怎么样？只不过是让自己徒增烦恼罢了。

当时江攸宁确实是生气的，所以当沈岁和跟曾雪仪去了书房后，她盯着乔夏说："你爸妈没教你怎么做人吗？他结婚了，非单身。如果他单身，你爱怎么追都行，你不要脸也是你的自由。但你现在，在人们的道德底线上疯狂跳，比跳梁小丑还要丑。你简直让人恶心。"

乔夏听完之后，错愕地看了她好久。

最后乔夏几乎是被曾嘉煦连拖带拽地带离了曾家，而曾家人看江攸宁的目光都变了。

江攸宁无意探寻那些目光里都包含了些什么，反正话已出口，别人怎么看是别人的事。

这样的她才是江攸宁，肆意的、能表达自己的江攸宁，而不是沉默的、畏首畏尾的、唯唯诺诺的沈太太。

可是经过了一天的冷静，她已经不气了，一来是无力改变；二来正如她所说，乔夏只是个跳梁小丑罢了。

她不在意，沈岁和不在意，无论是乔夏还是曾雪仪，都不过是跳梁小丑。

"我没有想离婚。"沈岁和说。

江攸宁："知道。"

"以后，我们少回曾家，少见她。"沈岁和的声音一如既往地冷。

他连"妈"都没再叫，只含糊提了一下，江攸宁便也懂了。

"嗯。"江攸宁应。

他洗完了碗，开始擦料理台。江攸宁起身去卫生间拿了条毛巾，打开了冰箱，从最下边那个格子里捡出一块块碎冰块，然后用毛巾包在一起。

她做完这些以后，沈岁和也正好擦完了料理台。

“你过来。”江攸宁一边往沙发处走一边喊他。沈岁和坐过去，江攸宁伸手在他的脸上戳了一下，疼得他倒吸了一口冷气。

曾雪仪估计是用尽了全身力气，沈岁和的脸几乎是又肿又紫，左半边脸根本不成样子。

江攸宁没再戳，跪坐在他身侧，安静地给他敷脸。其实，受伤半个小时内冷敷效果是最好的，但那会儿江攸宁没心思，到这会儿再冷敷虽然效果不太明显，但多少也管点儿用。

两个人相对无言。

晚上临睡时，在关了灯的房间里，沈岁和抱着江攸宁，温声道：“我今天抽烟喝酒了，抱歉。”

“没事。”江攸宁说，“能理解。”

“你很生气吧？”沈岁和说着笑了下，“我也不知道她怎么就变成这个样子了。”

“还好。”江攸宁说，“也不是第一次了。”

只不过应该是最后一次。她一直以来的忍让，在这会儿也应当结束了。

她本以为只要尊重别人就能换来同样的尊重，但没想到有些人不懂何为尊重。

“我爸还活着的时候，她不是这样的。”沈岁和说，“印象中她还是很温和的一个人。”

她那会儿跟着沈立吃了不少苦，但从来没哭过一次。她好像一直很坚毅，也从未嫌弃过跟着沈立过这种清贫日子，只是在提到沈岁和的爷爷奶奶时，会有一点儿脾气，但只要沈立一哄，很快也就好了。

沈岁和想起了他七岁以前的曾雪仪，那个曾雪仪和现在的大不相同。

以前的曾雪仪不市侩、不偏执，也不会要求沈岁和完美。只是后来在一次次的争吵中，在一场场诉讼中，她逐渐变得不讲理，对沈岁和也越来越严厉。

“我爸去世以后，我家发生了很多事。”沈岁和在黑暗中幽幽地道，“她好几次都差点儿疯掉，我小时候特别怕她，后来长大了，就敬着她。”

许是因为在黑暗中，再加上喝了酒，很多平常说不出口的事情沈岁和在这会儿也能轻而易举地说出来：“从我爸去世以后，她就变得特别强势。我经常会觉得她陌生，但又一步步见证了她的变化。”

“江攸宁，”沈岁和将她抱得极紧，把下巴搭在她的肩膀上，“我不快乐。”

“她今天说从没为自己活过。”沈岁和说，“可我也从没为自己活过。”

“你敢相信吗？我从小到大做过的最违背她意愿的事，就是娶了你。”

“我根本无法想象娶了乔夏我会过什么样的生活，大抵是人间炼狱吧。”

他今晚的话格外多，抱着江攸宁的胳膊也格外烫，江攸宁枕在他的臂弯之中，听他絮叨了很久。

她想，要是沈岁和一直这样就好了。

这样的他，其实格外可爱。

她从来不会鄙视他的脆弱，只是，他把自己裹得太紧了。

看似坚硬的寒冰其实只是细碎冰晶，稍微一踩便可以看到下面的汩汩水流。

这一晚，沈岁和说了很多，说到快要睡着。在他的呼吸声变得均匀之时，江攸宁忽然开口喊他：“沈岁和。”

她忍不住问：“你娶我，是因为我乖吗？”

回答她的是沈岁和绵长的呼吸声。

房间里格外寂寥。

江攸宁稍微往前，在他的喉结处吻了一下。她想，是不是她再往前走一步，就能更靠近沈岁和了？

他做过的最违背曾雪仪意愿的事情是娶了她，她做过的最离经叛道的事情是跟他闪婚。原来，他们都曾为对方勇敢过。可现在怎么就变成了这样呢？

她已经艰难地跋山涉水走过了九十九步，或许再有这最后一步，她的暗恋生涯就无须以悲剧结尾，她要不要再搏一把呢？江攸宁那颗原本坚定的心开始动摇，在临睡之时，她忽然想到了今年的情人节礼物该送什么。

她要送自己多年的一腔热忱和满腔爱意。

她要试着，把那一步走完。

曾家今天也很压抑。

曾雪仪中午没跟他们一起吃饭，从书房里出来之后便大步流星地离开了曾家。

即便如此，曾家的气氛也还是无法再热闹起来，连曾嘉煦都暖不了这场。他仍旧陷在“沈岁和都三十岁了，姑妈竟然还打他脸”的复杂情绪之中，而且未雨绸缪，跟曾母说：“你要是因为这种事打我，我就去跳河。”

曾母睨了他一眼，说他不配她动手。

而曾嘉柔在一旁小声开口，问姑妈是不是有什么心理上的疾病，建议曾寒山给她找个心理医生。

曾寒山无奈地皱眉：“找过，你爷爷奶奶在世的时候就给她找过，但她发现之后，把你爷爷奶奶也骂了一顿。你爷爷奶奶年纪大了，哪里禁得住这些？再加上刚找到失散多年的女儿，老两口心疼得很，最后也就不了了之了。”

“我感觉姑妈比更年期严重多了。”曾嘉柔说，“她可能有躁郁症和精神分裂症。”

曾寒山瞟了她一眼：“不要乱说话。”

“是真的。”曾嘉柔嘟囔道，“她现在的样子特别像同时患了很多种病，有病还是要早治疗，不要讳疾忌医。况且，精神疾病比身体上的病可怕多了，身体上的病还有个循序渐进的过程，到一定程度人才会丧失身体机能，但心理疾病可是让人一不小心就自杀了啊！”

“大过年的说什么死不死的？”曾母轻轻地拍了下曾嘉柔的肩膀，“呸呸呸。”

曾嘉柔：“迷信。”

因着上午的事，曾家人下午也都没出去，就在家里看电视，但也不过是流于表面，谁都看不进去。

晚上吃过饭，大家在客厅里坐着玩扑克牌。曾寒山的右眼皮跳个不停，他不停地揉眼睛，把眼睛都揉红了。

“爸，你是不是要发财了？”曾嘉柔打趣道。

曾嘉煦：“我们还需要再发财吗？”

“难道有人会嫌钱多吗？”曾嘉柔翻了个白眼，“我怎么没发现你这么视金钱如粪土？”

“那是你没发现哥的魅力。”

“呕。”曾嘉柔佯装呕吐，被曾嘉煦敲了下脑袋。

“别是大姐有事吧。”曾母皱着眉道，“左眼跳财，右眼跳灾，这不是个好兆头。”

经她一说，曾寒山心里忽然隐隐有不安的感觉，他立马拿过手机给曾雪仪打电话。

电话没人接，但下一秒，他收到了一条短信。

“我苦了这么多年，原来只是场笑话。寒山，我死后，你把我跟沈立埋在一起，我要和沈立一起在翠鸣山长眠。”

这会儿是十一点整。

发短信的时间卡得刚刚好，短信应该是定时发送。

曾寒山看到这条短信，顿时感到脊背生寒，尤其是看到那几个刺痛人的词语“死后”“长眠”……曾嘉煦也慌了，把手里的扑克牌一扔：“爸，走啊！”

曾寒山步履匆匆，立马往外走，快出门时差点儿摔倒。他比谁都了解自己的这个姐姐，她自小性子又烈又傲，气急了什么事都能做出来。

曾雪仪住的骏亚小区是曾寒山给安排的，所以他轻而易举就进了小区，跟曾嘉煦一起直奔曾雪仪家。

她家是密码指纹锁，曾寒山没有录入过指纹，也不知道她的密码。他在门口摁了会儿门铃，没人应。

曾寒山只好试密码，试了两次便试出来了——第一次是曾雪仪的生日，第二次是她和沈立的结婚纪念日。

他进了房子，里面空荡荡的。

曾雪仪住的家确实很干净，即便是过年，也依然一片素净，看起来一点儿喜气儿都没有，可这份干净让曾寒山感受到了死气，他站在客厅大喊："姐。"

没有人应。

他去推曾雪仪的卧室门，里边空荡荡的，没有人。

曾嘉煦比曾寒山还机灵点儿，把一个一个房间门都推开，最后在最里边的一个屋子里看见了曾雪仪。她穿了件月白色的旗袍，姿势优雅地躺在平常用来跪坐的蒲团上，屋子里摆了一排蒲团，正好让她躺在上面。

她面前是沈立的牌位，上边写着：亡夫沈立。

她的身侧留着一封绝笔信，但这会儿，谁都没有心思管那封信。曾嘉煦伸手探了下她的呼吸，几乎感觉不到。

曾寒山说："看呼吸有什么用？把脉。"

"我不行啊！"曾嘉煦的手指都在抖，"我不知道是她的脉搏还是我的脉搏。"

"联系周祺远，让他准备救人。"曾寒山一把将曾雪仪抱起来，"我们先把人送过去。"

这一路上，车子风驰电掣。

曾家有专用的私人医院，将曾雪仪送过去的时候医院已经有人在候着了。医护人员井然有序地安排着一切，初步判定曾雪仪是服用了大量安眠药导致了休克，送得再晚一点儿，洗胃也没用了。医院里灯火通明，手术室外红灯亮起。

曾寒山在医院走廊里焦急地踱步："她怎么就这么想不开？多大的事儿至于要寻死？我都不知道她从哪里搞来的安眠药，这种东西现在医院不是都不给开了吗？"

“不知道。”曾嘉煦也被吓出了一身冷汗，现在才算是平复下来。

其实他不是被曾雪仪吃安眠药吓的，而是因为那间房布置得宛若灵堂，阴森又恐怖。

“给你哥打电话吧。”曾寒山叹了口气，“让他尽快过来。”

“都这么晚了。”曾嘉煦说，“他今天也挺难的。”

“再说了，今天受伤的人是我哥和我嫂啊！”曾嘉煦嘟囔道，“她又是骂人又是打人的，耀武扬威得不行，怎么还委屈得自杀？该委屈的人是我哥和我嫂才对吧。”

曾寒山瞪他：“就你有嘴。”

曾嘉煦：“……”

沈岁和的电话是静音，而且睡觉前都是倒扣着放的，所以他根本没有听见。

不过，他做了个噩梦，其实也不算是噩梦，就是一段很不堪的回忆。

他梦见自己从高处坠落，而推他下去的人就是曾雪仪。

这件事也是真实发生过的，而且发生的时候，在场的除了他和曾雪仪，还有很多媒体。当时他爸的事情也算闹得沸沸扬扬，地方报来采访过好几次。每一次曾雪仪的情绪都濒临崩溃，但她每一次都回答得事无巨细。

他清楚地记得，那几天刚好是他爸的二审结果出来——维持原判。曾雪仪的情绪一度降到了冰点，她看谁都不爽，沈岁和在家里待得小心翼翼。

曾雪仪自己不吃饭，也不会给他做饭。

后来，她把家里的门窗都关得严严实实，沈岁和还觉得纳闷，但也惹不起曾雪仪，只好缄默。他记得那天他趴在书桌上写作业，越写头脑越昏沉，后来便没了知觉。

再次醒来便是在医院，睁眼见到的第一个人就是奶奶，他喊了一声，感觉嗓子又干又疼。奶奶给他倒了水，那是难得温柔的奶奶。

他问：“我妈呢？”

奶奶说："那个毒妇死了。"

他愣怔了很久，奶奶就给他讲了曾雪仪是如何将自己和他关在家里打开煤气阀门的。如果不是邻居发现得及时，他们现在肯定死了。

后来，奶奶在医院照顾了他两天。

曾雪仪晚上叮嘱他："你爸都是你爷爷奶奶害死的，你忘记他们对你是什么态度了吗？你还叫她奶奶？她也配？以后你看到她就绕着走，别让我听到你喊她奶奶，她不是你奶奶！你才没有这种刽子手奶奶。"

沈岁和懵懂地点头。

他不敢不点头，那会儿曾雪仪的精神状态确实很差。可第二天，奶奶再来找他的时候拎了一大堆东西，笑得很慈祥，沈岁和不忍拂了老人的意，又喊了声奶奶，没想到被曾雪仪听到，她当时疯了一样冲进来，在众目睽睽之下把他直接从二楼推了下去。

人从高处坠落，速度很快。

沈岁和一直都记得那种感觉，所以不太喜欢坐飞机。他的身体落在地面的瞬间，他感觉自己的五脏六腑都要摔碎了。

当时的曾雪仪，可真的是发了狠，但他又只能跟着曾雪仪。

因为除了她，没有人要他。

爷爷奶奶对他好，也只不过是想让他劝曾雪仪，拿了钱就把他爸的这件事揭过去。

他自幼就知道，爷爷奶奶不喜欢他，所以在他七岁生日当天，知道爷爷奶奶来他家的消息后，父亲才会冒着大雨也要往回赶，没想到路上出了车祸。

父亲出车祸之后，爷爷奶奶说他是扫帚星，因为他的生日是四月四日，那天正好是清明节，也是他父亲的忌日。

很多东西都不能回忆，一旦回忆起来就没完没了，搅得人头痛。

江攸宁还沉沉睡着，她的头发窝在了他的脖颈间，有些毛躁，沈岁和给她拨到一边。

回忆太折磨人，他在床上越发清醒，好似随时都能回忆起那种失重的感觉。

他有些渴了，将江攸宁轻轻挪开，然后小心翼翼地下床，拿着手机出门，一摁开屏幕，就看到了二十几个未接来电，都来自曾嘉煦。

这会儿是深夜一点半。

自从禁止放烟花爆竹之后，这座城市的年味就淡了好多。城市里静悄悄的，人只要不出门，一点儿也感知不到这会儿在过年。

他在客厅里给曾嘉煦发了条微信："什么事？"

曾嘉煦又给他打了电话过来："哥！"

"怎么？"他的声音一如既往地冷，只是还带着几分刚睡醒的沙哑。

曾嘉煦说："姑妈吞安眠药了，这会儿在医院洗胃，你过来吧。"

沈岁和瞬间清醒。

曾雪仪是在次日一早醒来的。医院里一切都有条不紊地进行着，她醒来之后望着天花板发了很久的呆。

"姑妈，"曾嘉煦小心翼翼地喊她，"你……你醒了。"

曾雪仪动了动脖子，眉头微蹙，拿眼扫了一圈，然后闭上眼睛，沉默不语。

病房里只有曾嘉煦一个人守着，冷清又寂寥，对这样的沉默，曾嘉煦也不知道该说什么来缓解尴尬。他慢悠悠地蹭过去："姑妈你吃橘子吗？"

他又问："要不……吃个苹果？"

曾雪仪还是不说话。

曾嘉煦把剥开的橘子默默喂到了自己嘴里，摁下了铃，医生过来又给曾雪仪检查了一番，各项指标都显示正常。但是等到医生走了之后，病房里又恢复了冷清。

曾嘉煦默默地给他爸发消息："姑妈醒了，身体正常，就是有点儿吓人。"

曾寒山没回，曾嘉煦又给沈岁和发："你妈醒了，有点儿吓人。"

沈岁和秒回："知道了，我马上就过去。"

曾雪仪需要住院，沈岁和跟曾寒山回她家取了些日用的东西。同时，沈岁和也看到了那封绝笔信。

信上的字迹很漂亮。

弟弟寒山：

见字如面。

我这一生没有别的愿景，在我死后请将我与沈立合葬。

她没有写任何多余的话，甚至提都没提沈岁和。沈岁和从到医院后便一言不发，看到了信也只是将其撕碎扔到了垃圾桶，没递给曾寒山看。

沈岁和和曾寒山回到医院时，曾嘉煦正坐在病房的椅子上晃晃悠悠地玩手机。病床上的人闭着眼，看似熟睡，却在他们推开门的瞬间，睁开了眼睛。

那双眼睛很红，瞪得又大，猛地一看真的有些吓人。沈岁和只瞟了一眼就拎着东西转过了身，曾寒山却在一瞬间红了眼，颤着声音喊："姐，你这是何苦呢？"

曾雪仪的嘴一张一合："我没事。"

"你……"曾寒山坐在病床前，"我该说你什么好？"

曾雪仪沉默。

她盯着沈岁和的背影。

沈岁和虽然放下了东西，但没有转过身来，仍旧那样站着。他身形颀长，初晨的阳光洒落在他背上，整个人看上去却异常冷厉。

曾寒山见状，拉着曾嘉煦出了病房。病房里就剩下了他们母子二人，熟悉的沉默再次席卷而来。良久之后，沈岁和深吸了口气坐到她床边。

曾雪仪仍旧盯着他，不说话，就那样盯着他。他脸上昨天被她打的青紫痕迹还未消散，他低敛着眉眼，沉默不语。

他们的每一次呼吸声都极为清楚。病房内，表的秒针走动的声音很大，每走一下都听得真切。

过了很久，曾雪仪的手微微颤抖，尝试着抚向沈岁和的脸，却被沈岁和避开。他看向曾雪仪，近一夜未眠的眼睛又干又涩，眼尾还泛着红。

“疼吗？”曾雪仪温声问。

沈岁和抿了抿唇，没说话。

曾雪仪轻吐了口气：“昨晚吓到你了吧。”

“还好。”沈岁和平静地说，“反正也不是第一次了。”

确实不是第一次，但这是她带着沈岁和搬离那个地方后的第一次，起因还是要让他离婚。

他不知道曾雪仪是怎么想的。她的世界好像跟所有人的都有壁垒，她永远站在悬崖边上，她的世界永远非黑即白，非对即错，而她永远是对的。

他真的对此无法理解。

曾雪仪闭上眼，自嘲地笑了笑：“我的命还真大。”

“是挺大。”沈岁和低头削苹果，“一次又一次，次次死不了。”

“所以呢？”曾雪仪笑，“你还是不离婚吗？”

沈岁和削苹果的手顿了一下，苹果皮断开掉在地上。他舔了一下有些干裂的唇：“就是为了逼我离婚？”

“不是。”曾雪仪笑，但那笑有些瘆人，“就是不想看到你过这样的生活。看你这样活着，我还不如死了。”

沈岁和一时无言。

因为他的不顺从让曾雪仪感到了痛苦，所以她选择用自杀的方式来结束痛苦，从来不去考虑活着的人是何感受。

曾雪仪处理事情的方式永远这么极端。

沈岁和将苹果削完放在桌上，水果刀在他手里漂亮地打了个转，刀柄对准了曾雪仪，刀尖正对着他。

“什么意思？”曾雪仪说。

沈岁和抿了下唇，声音一如既往地冷：“你要么自杀，要么杀了我。”

曾雪仪顿时瞪大了眼睛：“你这是做什么？”

“这不就是你的意思吗？”沈岁和说，“痛苦了就去死，那要么你死，要么我死。”

这把决定生死的刀交给她，她想如何便如何。

曾雪仪却错愕了许久，然后皱着眉笑，笑得瘆人："那个跛子就这么重要吗？为了她，你不惜让我去死？！"

"不是因为她。"沈岁和猛地站起来，椅子跟地面摩擦发出刺啦的响声。

他居高临下地看着曾雪仪："以前你用自残逼着我结婚，现在用自杀逼着我离婚。

"逼我结婚的是你，逼我离婚的是你。我要永远这样过下去吗？

"我是你手中的傀儡还是木偶？只要我不顺你的意，你就用这样的方式逼着我妥协，一次又一次，这个世界上是只有你痛苦吗？！"

沈岁和面无表情，说这话的时候并没有感到悲伤或是绝望，只是很平静地叙述这个事实，但事实就是这么残忍，一直以来让他难过，更让他无力。

"你难道觉得我过得很幸福快乐吗？"沈岁和说，"我到底是为了谁在活？"

"你如果用这样的方式逼我，不如我们两个死一个好了。"他说得很平静，语调没有任何波澜，目光也望向远方，虽然说的是生死大事，但从他嘴里说出来就像是说晚上吃什么一样。

他不怕死。甚至，他也想过用各种各样的极端的方式来结束自己的生命，只是从未实践过。

他跟曾雪仪互相折磨，他一次次妥协，以为这样起码还能好一个，可没想到自己一次次的妥协，换来的是对方一次次的得寸进尺。

那就这样吧，用她的方式来结束这一切。

沈岁和在曾雪仪面前向来不是个话多的人。上一次他说这么多话还是在结婚以前，婚后很少跟曾雪仪见面，有了自己的生活。沈岁和尽量能忍便忍，不想跟她发生正面冲突。

他这一次是真的气愤到了极点。曾雪仪的行为简直是滑天下之大稽，从未见过有谁的母亲用自杀来逼儿子离婚的。

她的掌控欲已经强到令人发指，沈岁和不可能一直被动地接受。

病房里安静得掉根针都能听见，沈岁和深吸了一口气："今天刀在你手里，你想怎么做都随你。”

“出了这道门，你再用自杀的方式来威胁我，我是不会理的，”沈岁和说到自己哽咽，“真的……不会理。等你死后，我把你跟爸葬在一起，给你办一场风光的葬礼。”

曾雪仪盯着沈岁和，良久之后吐出两个字：“混账。”

“有什么样的母亲，便有什么样的儿子。”沈岁和平静地说，“今天的一切，都是你逼我的。”

曾雪仪闭上了眼，没再说话。

沈岁和往病房外走。

江攸宁醒来的时候，沈岁和已经不在家。她发微信问沈岁和去了哪里，他只是说在忙，没说忙什么，也没回答去了哪里。江攸宁起床做饭吃饭，一切都按平常的步调走，只是她的心里隐隐有几分不安，之后她看了会儿电视，发现节目也没什么新意，干脆关掉去了书房，但她看了一整天书，沈岁和也没回来。她给沈岁和发微信：“晚上回来吗？”

那边很迟才回：“我妈住院，今晚不回了。”

江攸宁想了很久，就回了个“哦”，然后关掉了手机。她懒得关心曾雪仪，连表面功夫都懒得做。曾雪仪并不会因为她的关心就好起来，她也不想问曾雪仪为什么进医院，答案一定不会是让她愉快的，她没必要自寻烦恼。

她搬了把椅子坐在阳台上，这座城市无论什么时候都很热闹。过年的时候，北城温度一向很好，就连晚上的风都比平常温柔。

江攸宁窝在椅子里看夜景，隔了会儿，手机响起，是沈岁和发来的消息。

“明天我把我妈接回咱们家。”

江攸宁皱眉：“哦。她病得很严重吗？”

沈岁和：“还好。情况有点儿特殊。你如果不想见她，就回你爸妈家，等她情况稳定之后，我再去接你。”

江攸宁盯着屏幕。

大过年的，让她一个人回娘家，也不知道沈岁和是怎么想的。但是，她实在不想面对曾雪仪，平常健康的曾雪仪都阴晴不定，病了之后的一定更难伺候。

回家以后还是更舒服些，况且，她也想回家取些东西。想了很久，她才给沈岁和发消息："我回家。"

沈岁和："嗯。"

晚上十点多，江攸宁正坐在书房里看书，沈岁和突然给她打了个视频电话过来，铃声在寂静的书房里响起，把江攸宁吓了一跳。但也只是一瞬，她按了接听。

沈岁和的脸突兀地出现在屏幕里，他还穿着昨天的那身衣服，不过一天，他的胡子都密密麻麻地长了出来，嘴边一圈胡楂，看上去有些憔悴。

他应当是在医院外面的长椅上坐着，椅背是红色的，昏黄的路灯在他身边打下一圈光晕。

"还不睡？"沈岁和问。

江攸宁晃了晃头，舒展了一下筋骨："马上睡了。"

"你呢？"江攸宁问。

"还不知道。"沈岁和说，"睡不着。"

"你昨晚什么时候出去的？"

"一点多。"沈岁和说，"看你睡得熟，就没叫你。"

"哦。"

"今天看了一天书？"沈岁和问。

江攸宁点头："嗯，一个人待在家里也没什么事做。"

"路童和辛语呢？"沈岁和问。

往年江攸宁在家里待的时间不多。确切地说，他们两个在家里待的时间都不算多，都有各自的圈子，谁也没有刻意提起来要融在一起。今年江攸宁是因为辛语的事情才认识了裴旭天，大家聚在一起也不算太尴尬。

融进对方的朋友圈其实是件很麻烦的事情，就像路童和辛语，她们跟沈岁和的接触不多，辛语还对沈岁和有意见，很难聊到一块去。

但今年好似大家都刻意给对方留出了时间，沈岁和没去找裴旭天，江攸宁也没去找路童和辛语，算是种默契。

只是今年又有了别的事，大年初一，曾雪仪就进了医院。

“她俩各自应付催婚，”江攸宁说，“今天已经在群里直播一天了。路童她爸妈合力催婚，辛语她妈是花式催婚，今天竟然给她做了一盘花生。”

“嗯？”沈岁和不解，“花生怎么是催婚？”

“因为花生意味着多子多孙多生。她妈剥了一颗三粒的花生，说是羡慕，可惜辛语连个预备男友都没有。”江攸宁笑着说，“辛语的妈妈也很有意思的。”

“是挺有意思。”沈岁和附和道。

“你晚上在哪里睡？”江攸宁问。

“病房外有房间。”

“她……”江攸宁顿了下，还是问道，“得了什么病？”

沈岁和想都没想：“心病。”

江攸宁没说话。

沈岁和深吸了口气，喊她的名字：“江攸宁。”

“嗯？”

“我看见外面有很多卖玫瑰花的。”沈岁和说，“马上要到情人节了吧。”

“嗯。”江攸宁说，“快了。”

“我有礼物吗？”沈岁和说，“我给你准备礼物了。”

江攸宁错愕地看他，笑了下：“有礼物。”

沈岁和也没什么事，就是觉得一个人待着无聊、压抑，所以漫无目的地找江攸宁聊会儿天。

这大抵是他们打过的最长的视频电话，时长近一个小时，聊的都是些很无聊的话题，甚至是平常从来不会提起的话题。沈岁和还说，等有时间，要一起去华政看看。最后他叮嘱江攸宁，明天回去的时候去储物间拿上给慕曦买的礼物。

挂断电话后，江攸宁打开手机日历看了眼。

情人节——二月十四日——农历正月初五，还有三天。

她伸了个懒腰，给慕曦发了条微信：“妈，我明天回家。我要吃酱猪蹄！”

慕曦还没睡，问她：“几点回来？”

江攸宁：“九点多吧。”

慕曦：“岁和回来吗？”

江攸宁：“不回。说来话长，我明天再跟你说。我要回家避难。”

曾雪仪对她来说，确实也很像灾难。

江攸宁上午九点半离开，离开前还给家里留了饭。临近中午，沈岁和把曾雪仪接回了家里。

芜盛这里有四个房间，但曾雪仪没来住过。

自从他们搬到芜盛之后，曾雪仪也就来过一次。这次是曾寒山提议，让曾雪仪回曾家住，或是去沈岁和那儿。曾嘉煦悄悄跟沈岁和说了那个房间的事，沈岁和说自己早就知道。

他有很多次被关进里面罚跪，那个房间被布置得像个灵堂，阴气逼人。

曾寒山怕曾雪仪再想不开，所以想让人看着她，最后曾雪仪提出想来芜盛这边，等过完年就离开。沈岁和也没办法，只好让江攸宁避开，不想看江攸宁被为难。

曾雪仪进门之后便坐在沙发上闭目养神，等了很久都只见沈岁和一个人在忙。江攸宁走之前把客房整理了出来，沈岁和把曾雪仪的东西都放了进去。

等到沈岁和收拾完出来，曾雪仪幽幽地问：“江攸宁呢？怎么什么事都是你来做？”

沈岁和说：“我让她回家了。”

“回家？”曾雪仪嗤道，“是怕我欺负她吗？”

“欺没欺负，你不知道吗？”

自从经历了昨天那事，沈岁和说话也没客气过，把曾雪仪的话全怼了回去。

二人一起吃了午饭，沈岁和起身去洗碗，曾雪仪皱眉道："你平常在家就是这样？"

"不然呢？"沈岁和反问，"难道都要等江攸宁做吗？"

"沈岁和！"曾雪仪大声喊他的名字，"我辛辛苦苦培养你这么多年，就是让你每天在家里洗碗的吗？！"

沈岁和站在洗碗池前，修长的手指捏着碗边。他已经熟练掌握了洗碗的技巧，做起来又快又好："我吃了饭，难道不用洗吗？"

"呵。"曾雪仪嗤道，"江攸宁可真是好手段啊！"

"跟她有什么关系？"沈岁和说，"家务不就是该由人来做的吗？"

"但我可没让你做过一次啊！"曾雪仪气道。

沈岁和把洗好的碗放在一边，语气淡漠："今天的饭是咱们俩吃的。"

他言外之意，这也是在帮你做。

曾雪仪顿时语塞，坐在沙发上，脸色阴沉。自小到大，她可从来没叫沈岁和做过家务，但这才过了多久，江攸宁就把沈岁和使唤得团团转，而且，沈岁和越来越不听自己的话了。

她感觉什么东西正在慢慢失控，但又说不上来。

曾雪仪坐在那儿待了会儿，等到沈岁和也坐在沙发上时，她不疾不徐地道："你去把江攸宁接回来吧。"

"嗯？"沈岁和诧异。

"大过年的，你让她一个人回去，"曾雪仪的语气并不好，但说的话还算妥帖，"让别人怎么看她？怎么看我们？"

"没事。"沈岁和说，"我过几天去接她。"

曾雪仪瞪着他："你怕我吃了她？哪有大过年的让媳妇一个人回娘家的规矩？"

她站起来："要么你把她接回来，要么你就跟她一起回你岳丈家过年去。"

她说完以后就往房间里走。她的声音不高，却正好传到沈岁和的耳朵里："没离婚的人整得跟离婚了似的，看着心烦。"

沈岁和站起来喊她："妈，我把她接回来，你别给她甩脸色。"

难得的，他又喊了一声妈。

曾雪仪停在原地：“我就这个脾气，她要是怕就不嫁给你了。”

“别在她面前提乔夏。”沈岁和说，“也不要喊她跛子。”

房间里寂静了几秒，曾雪仪说：“沈岁和，我在你心里这么恶毒？”

沈岁和没说话，只是盯着她。

曾雪仪忽地叹了口气：“你去接吧。我试试接受她。”

沈岁和这才松了口气。

放了寒假的学校很空，江攸宁家就在学校旁边，这会儿正是人少的时候，附近的商铺全都关门了，路上车辆稀少。

沈岁和两点多出发去江攸宁家，花了四十多分钟就到了。他出门之前，曾雪仪还叮嘱他记得去商场买些东西过去，不然太难看，所以他拎着大包小包敲响了江家的门。

江攸宁在屋里喊：“来了。”

踢踏踢踏的脚步声从门后传来，江攸宁拉开门，看到是他，颇感惊讶：“你怎么来了？”

“来接你回家。”沈岁和一边说着一边进门。

江攸宁接了他手上的东西，关上了门。

江洋出门跟老友下象棋去了，慕曦在看书。看到沈岁和来，慕曦放下书，给他摆出了水果和糖，热络地招呼他。沈岁和也笑了笑，问了慕曦新年好。

“你妈怎么样了？”慕曦问，“病得严重吗？”

“还好。”沈岁和含糊着说，“没什么大碍。”

“那就好。”慕曦瞟了江攸宁一眼，“我上午还在教育宁宁呢，我们把她惯坏了，长辈生病她也不去照料，在家里待得无聊竟然就直接回来了，哪有这么做儿媳妇的？”

江攸宁朝她吐了吐舌头：“妈，你就偏心吧。”

“我偏谁？”慕曦嗔怪道，“都这么大的人了，一点儿事都不懂，不孝顺。”

"你就是偏沈岁和。"江攸宁说，"你看他过来，还给他端瓜子糖果，我上午回来的时候就什么都没有，还遭了一顿数落。"

慕曦在她的胳膊上拍了一下："还不是你自己做了没理的事？"

江攸宁没再说话。

她怕慕曦担心，从来没跟慕曦说过曾雪仪的事，但慕曦这么大年纪，形形色色的人见了不少，虽然她跟曾雪仪不常见面，但基本上一眼就能看出来曾雪仪是个什么样的人——不好相处。

沈岁和在江家待到六点多离开。江洋留他们在家里吃饭，慕曦却斥了他一顿，江洋只能叮嘱道，改天过来喝酒。

沈岁和跟江攸宁一起下楼，但到了楼下，江攸宁忽然拍了下脑袋："我回去一趟，落下东西了。"

沈岁和说陪她上楼取，她已经噔噔噔地跑着上楼。沈岁和望着她消失的背影，不由得勾起了唇角。

回到家的江攸宁很活泼，会偎在慕曦胳膊上撒娇，也会嘟嘴嗔怪。

她的马尾辫甩起来，在空中留下完美的弧度，她的背影也很好看，脚步轻快。她没有了在家的沉稳劲，很鲜活。

沈岁和站在原地，耐心地等江攸宁下楼，想和她一起走。

今天风不大，在江攸宁家楼下就能看到寂寥的华师，虽然路灯都亮着，但路上没有人走，宛若一座空荡鬼城。

江攸宁动作很快，不到五分钟就下了楼，看见沈岁和还错愕了两秒："你怎么没去开车？"

"等你一起。"沈岁和说。

江攸宁："……哦。"

这突如其来的好，让她莫名地慌张。

沈岁和看她身上比刚才多了个书包，还是个蓝色的双肩包，看上去跟现在的她有些违和。

江攸宁见他看，晃了下肩膀："这是我上大学的时候买的，背了四年。"

"看着就有些年头了。"沈岁和说，"不过，你背它做什么？"

"装了点儿东西。"江攸宁说，"一时间没找到合适的包，就用它了。”

沈岁和没再问，自然地拉过了她的手与她十指相扣。他的手冰凉，江攸宁的手要比他的暖和得多。

以往，江攸宁的手也很凉，但今年她一直服用吴大夫的药，体寒的症状比往年减轻了很多，她的手在外面也是温热的。江攸宁捏他的手指：“你妈看见我会气死吧。”

沈岁和笑了下：“不会，是她让我来接你的。”

“啊？”江攸宁很诧异，“她……”

话到嘴边又全收回去。江攸宁想说，她不会是得了什么不治之症，临终突然变好吧？但江攸宁又觉得像在诅咒人家，所以就收回了所有的话。

“她好像……”沈岁和说，“在变好。”

他的声音上挑，在风中显得格外悦耳。江攸宁听得出来，沈岁和对于这件事情很愉悦。

“怎么变好？”江攸宁问。

沈岁和：“应该是想通了吧。”

所以曾雪仪才会让他来接江攸宁，还会叮嘱他上门的时候给江家带礼物，也会给他发消息，让他带着江攸宁回家吃饭。

沈岁和忽然觉得，是不是在生死之间，人会明白一些事？或者是，当他不愿意忍让的时候，曾雪仪就会退一些。

“那我……”江攸宁说，“回家以后她不会再朝我发脾气吧？”

“不会。”沈岁和说，“我跟她说好了。”

说完之后，他忽然看向江攸宁，很认真地说：“抱歉。”

“嗯？”

沈岁和说：“我这两天在医院想了很多。”

“什么？”

“我自己都忍受不了的事情，让你忍受了两年。”沈岁和勾起唇角，自嘲地笑了下，“这好像是挺过分的。”

“习惯了。”江攸宁低敛下眉眼，也跟着笑了下，“反正回去的时候也少。”

一夜之间，沈岁和好像变了很多，最大的变化就是对着江攸宁话变多了起来。

在回去的路上，江攸宁看到一个卖糖葫芦的，便惊讶地叫了声。

“怎么了？”沈岁和问。

“还有卖糖葫芦的。”江攸宁说，“我很久没见过了。”

沈岁和一踩刹车，从后视镜里看了眼，然后往前行驶，等到路口掉了个头，一直驶到那个卖糖葫芦的人面前。

江攸宁看着他，满眼错愕，只见他下了车，站在风里跟卖糖葫芦的人交涉，之后买了两串糖葫芦。

上车之后，他递给江攸宁：“喏。”

“啊？”江攸宁愣了两秒才接过，“哦。”

他开车，江攸宁也没拆开糖葫芦吃。做糖葫芦的人很实在，一个个大山楂裹着糖衣，个个晶莹剔透。

“怎么不吃？”沈岁和问。

“等你。”江攸宁的心情很好，语调微微上扬，“一会儿下车一起吃。”

“都是给你买的。”沈岁和说，“我不吃甜食。”

“但偶尔也能吃。”江攸宁笑，“可以慢慢学着吃。”

沈岁和瞟了她一眼，没再说话。

车子停在车库，江攸宁把糖葫芦拆开递给沈岁和，然后自己轻舔糖衣，发现还是小时候的味道。沈岁和也拿过来一串，咔嚓一口就咬下了第一个，圆溜溜、特别大的一个山楂把他的嘴给堵得严严实实，味道先是甜，而后是酸，最后化在嘴里是绵延不断的甜。

江攸宁笑他：“糖葫芦不是这么吃的，我们小时候都要先舔糖衣。”

沈岁和便也学着她的样子吃。两个人一路到家，山楂也只各自吃了三个。

一开门，便见曾雪仪在餐桌前坐着，江攸宁立刻收敛了笑，下意识地把糖葫芦往身后藏。还是沈岁和拉着她的手往前走，捏了下她的手指，低声道：“没事。”

曾雪仪只是淡淡地瞟了她一眼，好似什么都没发生过一般。她声音淡漠，但说的话很客气：“回来了就吃饭吧。”

江攸宁看沈岁和，沈岁和耸了下肩，带着几分轻松，似乎在说：她真的变好了。

晚饭是曾雪仪做的，她做饭的手艺不算好，但对江攸宁来说，能吃到曾雪仪做的饭怕是“三生有幸”，以至这一顿饭吃得胆战心惊。只要不是毒药，江攸宁吃完就得夸一句很好。

正如沈岁和所说，曾雪仪好像想通了。她吃过饭后便去洗碗，然后在沙发上坐了一会儿，甚至给江攸宁跟沈岁和一人倒了一杯水，之后就回了客房去睡觉。

不知怎的，江攸宁心里隐隐闪过不安，她总有种错觉——这是暴风雨前的平静。

曾雪仪在他们家待了两天，非常平静。她不喜欢江攸宁，所以不跟江攸宁说话，也不会像以前那样指使江攸宁去做事，很多事情，自己默默地就做了。

在这样的环境里，江攸宁基本不会留家务给她做。一到时间，江攸宁就去做饭，吃过饭后，就主动把碗洗掉，甚至产生了一种能跟曾雪仪和平共处的错觉。不过，也不知道是不是沈岁和在家里的缘故。

初四这天晚上，沈岁和跟江攸宁在房间里看了会儿电影，沈岁和有些渴了，便打算去厨房倒杯水，江攸宁喊他：“顺便将我的牛奶也拿过来。”然后甜甜地冲着他笑，“谢谢。”

沈岁和应：“好。”

沈岁和往厨房走，路过曾雪仪房间的时候还刻意瞟了眼。房间已经暗下来，曾雪仪大抵已经睡了。

他没多想，径直往厨房走，刚走到门口，长臂一伸开了厨房的灯，里边的景象把他吓了一跳——曾雪仪穿着睡衣，头发凌乱，手里拿着一个纸包，正将白色粉末倒进牛奶杯里。灯亮的那一瞬间，她迅速把纸包往身后藏，同时转身看向沈岁和。

沈岁和却看到了她睡衣兜里露出的药瓶，那是曾雪仪以前常吃的一款安眠药。本来只有大半杯的牛奶，这会儿已经快要溢出杯口。

沈岁和站在门口，一时之间忘了呼吸。这一刻，他脊背生寒。

江攸宁睡前都要喝一杯牛奶，这是她的习惯。而曾雪仪是个从来不喝牛奶的人，她嫌腥。

眼前这一幕意味着什么显而易见，但沈岁和仍旧不敢相信。

他站在那儿，错愕地看向曾雪仪。下一秒，曾雪仪就端起杯子，把牛奶径直往自己嘴巴里灌。沈岁和疾步向前，一把就打掉了她手里的杯子。

玻璃和地面撞击，发出啪的响声，纯白色的牛奶在地面上四处流淌，流过曾雪仪跟沈岁和的脚边，玻璃碴浸泡在牛奶里，在灯光下闪着可怕的光。

“你在做什么？”沈岁和缓了半天才很艰难地问出这句话。

曾雪仪舔了舔嘴角的牛奶，冲着他笑：“我养了你这么多年，你怎么就被她抢走了呢？”

“我想过了，”曾雪仪的头发散乱着，她笑，但笑得沈岁和起了一身鸡皮疙瘩，她说话的声音也不高，但沈岁和听得清清楚楚，“我不死，也不杀你。让那个跛子去死吧。”

厨房里寂静得可怕，沈岁和不自觉地往后退了半步。这样的曾雪仪无疑是陌生的，甚至陌生到狰狞。

明明她的脸还是从前的脸，但那个眼神像是淬了毒。在寂静中，沈岁和听到了房间门打开的声音，便直接把厨房门关住，从里面落了锁。他靠在门上，心跳好似要停止。

“沈岁和，”江攸宁温声喊他，“我的牛奶呢？”

沈岁和深吸了一口气，说话时声音都在颤抖：“我不小心给打翻了。厨房里都是玻璃碴，我收拾一下。”

“哦。”江攸宁轻轻叩了下门，“你收拾的时候小心一点儿。”

她说话的声音很低，生怕吵醒了曾雪仪。

“知道了。”沈岁和也压着自己的声音，“你回去看电影吧，我一会儿给你重新热一杯。”

“啊？好的。”江攸宁顿了几秒，没走，又轻轻叩了下门，“我有点儿怕。”

"怎么了？"沈岁和的声音是前所未有的温和。

江攸宁低声说："刚刚电影里面连着死了好几个人，看着吓人。"

"那就关掉吧。"沈岁和说，"我很快就回去。"

"好。"

门外传来了脚步声，江攸宁放轻脚步回了房间。

沈岁和倚在门上，出了一身冷汗。他闭了闭眼，沉默不语。

江攸宁还不知道，她生活的环境比电影里还可怕。对电影里的连环杀人案而言，她只是看客，是局外人，可在这里，在这栋不大的房子里，有人真的想要她死。

脑子里走马灯似的放着曾雪仪近年来说过的话、做过的事，每一句、每一件他都记忆犹新。好几个保姆都跟沈岁和说过，曾雪仪做过一些很不好的事，她的眉眼在岁月变迁中越发凌厉，心肠也越发歹毒，江攸宁的命在她眼中不值一提。

"你……"沈岁和像是被抽掉了浑身的气力，"到底想做什么？"

曾雪仪笑了，露出一口大白牙："不干什么啊！"

她语气轻松："我可以死，也可以给她抵命。"然后她话锋一转，语气也变得阴森森的，"但我想让你好好活着。你要活得体面，比所有人都好。"

沈岁和眼皮微掀，他的腿有些站不稳，他只能倚靠着门站好："人到中年先丧妻，之后还要当自己妈的代理律师，而原告是死去的妻子，被告是患精神病的妈。"

他唇角微勾，眼里闪着莹莹的光："这就是过得比所有人都好？

"确实是好，好到让人可怕。妈，你到底是怎么了啊？

"看我过得好一点儿，你有那么难以接受吗？

"你是不是……是不是非要逼得我和你一样，你才甘心？"

曾雪仪的笑僵在脸上，她瞪大了眼睛："你怎么会过得好呢？

"有江攸宁那样的老婆，你怎么会过得好呢？

"我想接受她。我尝试了。可是我一闭上眼睛就是你们两个人拿着糖葫芦进来的画面，是你晚上帮她热牛奶的场景，是你帮她拿泡脚桶的样子。

“沈岁和，我的儿子，我费尽心力培养了这么多年的儿子，在她面前像个奴隶！她凭什么？但是，我怎么会让你帮我打官司呢？”

曾雪仪的笑重新挂回到脸上，她尽量让自己笑得温和：“你是我的儿子，是我的骄傲，所以，我要让江攸宁死得无知无觉，我也会死得悄无声息。”

“像当年将我们都关在家里然后打开煤气阀门那样吗？”沈岁和嗤道，“这就是你的爱吗？这就是你的好吗？”

“我永远都不会让自己成为你的负担。”曾雪仪说。

沈岁和深吸了一口气，感觉自己快要窒息。

良久之后，沈岁和对曾雪仪说：“我带你去看病吧。”

“我没病。”曾雪仪背过身子，忽然脱掉了鞋，“你要是送我去看病，那我就让你每天都看见血。”

“我不死，也不杀你。”说着，她的脚就踩在了玻璃碴上。

沈岁和瞳孔微缩，长臂一伸，奋力一推将她推倒在地。

曾雪仪一个趔趄往后摔去，她的胳膊下意识地朝后撑着，她沾了一身的牛奶，脚上也扎进了玻璃碴。雪白的牛奶混着红色的鲜血，染出一片令人刺痛的颜色。沈岁和站在原地，压着声音，不可置信地质问她：“你到底想干吗？！”

“离婚。”曾雪仪平静地说，“她会毁了你的。”

“毁了我的，是你啊！”沈岁和的泪终于落在地上，他眼睛通红，“是你！是你啊！”

许是一直压抑着自己，他的声音哑得不像话。舌尖儿已经被他咬破，嘴里泛着血腥味，但他感受不到任何身体上的痛，只觉得现在脊背生寒，整个人如坠冰窟。他从没想过，最亲近的人会变成这副模样，而他，没有任何处理办法。

“我送你去医院吧。”沈岁和说，“我们去看看吧。”

他真的不想再被折磨了，这样的惊吓，他一次都不想再有。他根本无法想象，如果这杯牛奶被江攸宁喝完，会是什么后果。

江攸宁离奇死亡，他跟曾雪仪都是嫌疑人，他该怎么办？站上法庭的那一刻，他该怎么说？他又该如何面对江攸宁的父母？

他以为曾雪仪只是病了，只是控制欲强。可没想到，她是真的疯了，在他的事情上，她没有任何理智可言。

曾雪仪坐在地上，仍旧在笑：“沈岁和。

“你如果送我去医院，那我就每天自杀一次。

“我也不想这么做，是你逼我的。”

“你听我的话，做妈妈的骄傲行吗？不要跟那种人有牵扯，妈妈不会为难你的。看你难受，妈妈也心疼啊，可是能怎么办？妈妈真的无法忍受你跟那样的人在一起。我每次想起她跛着脚走路被别人嘲笑，想起她唯唯诺诺连话都不敢说的样子，就觉得恶心，想吐，还想……”她顿了下，露出一口大白牙，笑得阴森森的，“杀了她。”

说最后三个字的时候，她的语速放缓，声音也刻意又压低了几分，听着让人毛骨悚然。沈岁和忽然想到了小时候在路边看到的丑洋娃娃，它被扔在街上，没有人要，身上还被小朋友画上了各种红笔印，它的嘴角永远只有一个弧度，眼睛永远只有一个方向，当它平躺在那儿的时候，无比瘆人。

如今的曾雪仪，像极了那个丑洋娃娃，让人脊背生寒。

沈岁和坐在地上，用手把碎玻璃一片片捡起来。

“我离。”他顿了一下，才哽咽着说，“你别为难江攸宁了。”

曾雪仪站起来，拨了下自己的头发：“哦。”

沈岁和半天没有再说话，只是低下头继续捡玻璃碎片，碎片划破了他的手指，他仿佛没有知觉。

曾雪仪走到门口，沈岁和忽然喊她：“妈。”

“嗯？”

“离婚以后，我不会再结婚了。”沈岁和说，“如果你还想让我结婚，那我们就一起死。”

曾雪仪愣了两秒。

沈岁和的声音越发冷厉：“这样的事，你也不是没做过。

“如果你还要逼我，那我们就像很多年前一样，一起死得无声无息。

“我会让你看到，你的骄傲是如何被你一步步摧毁的。”

江攸宁在房间里等了很久，她跟沈岁和原本随意找了个刑侦片看，看到一半她就觉得作案手法又可怕又凶残，只好定格在一个画面上，在门口张望了很久，才过去找沈岁和。

回来以后才发现，定格的画面也很恐怖，她只好换了部动画片看。她从十点多等到十一点，沈岁和才捧着一杯牛奶回了房间。

“怎么这么久啊？”江攸宁笑着调侃，“你是晚饭没吃饱，偷偷去煮泡面吃了吗？”

沈岁和也笑了下：“有点儿饿了，就在厨房里多喝了杯水。”

江攸宁挑眉：“很饿吗？我去给你煮碗面吧，喝水怎么能喝饱？”

“我已经喝饱了。”沈岁和摁下她的肩膀，“已经很晚了，别忙了。”

“你的手……”江攸宁看到了他手指上贴的创可贴，“都告诉你要小心一点儿了。你是用手捡垃圾了吗？”

他站在江攸宁身前，江攸宁坐着，她的脑袋正好到他肚子那里。她用脑袋轻轻撞了一下他的肚子：“玻璃碴还用手捡，是不是傻？”

“是。”沈岁和看着不远处卧室玻璃上映出的两个身影，看见了笑得僵硬的自己。

他伸手摸了摸江攸宁的头发，江攸宁的发质很好，头发很柔顺，就是有点儿少，捏起来只有细细的一把。

“呀！”江攸宁惊呼了声，“你拽到我头发了。”

沈岁和这才后知后觉：“啊，不小心拔了一根。”

江攸宁心疼自己的头发，本来就少，还要被沈岁和薅。她皱了皱鼻子，噘着嘴喝牛奶：“算了，看在你给我拿牛奶的分上，原谅你吧。”

沈岁和蹲下，用额头碰了碰她的额头：“行吧，那就谢谢你的原谅。”

离得近了，江攸宁才看见他的眼睛红得快要滴血。她伸手摁了一下他的眼角：“你的眼睛怎么了？”

沈岁和的眼睛顿时一涩，他立马低下头，伸手揉了下眼睛：“刚才在厨房打扫，好像有虫子进了眼睛，我揉了几下就这样了。”

“那你慢点儿揉啊！”江攸宁说着给他吹了一下，“你别动，我看虫子还在不在。”

江攸宁动作很轻，她的指腹又软又热，放在沈岁和的眼周，像是在轻轻抚摸他。

这温暖，让沈岁和舍不得喊停。

江攸宁帮他看了之后，又轻轻吹了下，而后把他眼睛里渗出来的泪擦掉：“没什么大事，睡一觉就好了。”

“嗯。”沈岁和揉了揉她的头发，“谢谢。”

江攸宁只是笑。她的笑容是极温暖的，尤其是她的眼睛都弯起来的时候，像天上柔和的月牙儿。任谁看了，心里也觉得熨帖。

晚上关了灯，沈岁和在江攸宁的额头上吻了吻：“晚安。”

“晚安，”江攸宁窝在他的怀里，“沈岁和。”

“江攸宁，”沈岁和问她，“嫁给我，你辛苦吗？”

江攸宁抿唇，没说话。

房间里很安静，只能听到二人的呼吸声。隔了会儿，江攸宁在黑暗中吻了他的唇，只是蜻蜓点水的一下。

她的头埋在沈岁和的脖颈处，头发蹭在他的下巴上，呼吸温热，她闷声道：“有时候辛苦。”

嫁给喜欢的人，好像什么时候都能忍一忍。就算辛苦，似乎也是值得的，但有时候太辛苦了。

江攸宁想：快结束了。等情人节结束，等到初八复工，等她提完离职，如果这段婚姻真的不可救药，她要跟沈岁和提离婚。

房间内寂静了很久，沈岁和将她抱得极紧，附在她的耳际说：“你以后……别再这么辛苦了。”

江攸宁已经睡熟，她的呼吸声在房间里响起，响在沈岁和的耳边。她在沈岁和的怀里找了个舒服的姿势，安静又乖巧。

沈岁和的热泪落在她的脖颈处。

这恼人的一生，什么时候才能过完？

这糟糕的日子，好像没有尽头。

他什么都做不了，难过又无力，痛苦又煎熬。

初五这天吃过早饭，曾雪仪提出要回家，沈岁和开车送她，送完之后回来吃了午饭。沈岁和临时有个客户要去见，换了衣服便出了门。

但他出门时，领带是江攸宁给他打的，一身衣服也是江攸宁给他搭配的。她刻意挑了深蓝色西装外套，低调内敛，又很衬他的肤色。

江攸宁站在门口目送他走，还朝他挥手，叮嘱道："今晚早点儿回来啊。"

"嗯。"沈岁和应。

他走以后，江攸宁去了书房，从最上边的架子上拿下自己的蓝色双肩包，打开之后从里边拿出一本有些陈旧的书，还有包礼物的纸和丝带。

江攸宁坐在书桌前，开始包礼物。

今天是情人节，她要送的礼物也很简单，是一本书——《写给沈先生》。

应该说，这是她自印的一本书。在大学毕业那年，她自印了这本书。书里写了她眼中的他们的相遇，还有她眼中的他，这本书是她所有细腻心思的集合。

起初她把自己的小心思放在论坛上。她从初中就看小说，所以文笔不错，之后就吸引了一大堆读者。她也不为名利，就是把自己那些不好意思对别人说的话，在网络上借由一个平台说出来，没想到会引起那么大的反响。

很多人在她的更新下面评论。

"这个小心思简直就是我本人啊！"

"呜呜呜，谁上学的时候还没暗恋过隔壁班的男神啊！"

"我只想知道二位最后在一起了吗？"

"我好想看后续，楼主勇敢点儿啊！"

很多人给她留言，她虽然不回，但都会看。

这是她热烈的青春，也是她所有的秘密，是她爱沈岁和的最浪漫的证据。

她将自己所有的小心思都写进了这本书里。每一次见面，哪怕是在学校里的擦肩而过，她也会写进去。沈岁和不知道，有一个人爱了他十年，爱到宁愿让自己残缺，也不想让他有污点。

江攸宁以往没说过，将所有情意都藏在心里，但她现在想把这些事情说出来。

有些事情，需要让他知道。他知道了之后，如果是好的结果，那皆大欢喜。如果是不好的结果，那她就提离婚，绝不让沈岁和为难，也不再难为自己，给这十年画上一个完美的句号。

她精心将书包好，又从抽屉里拿出一张很漂亮的纸平铺在桌子上，然后起身去卫生间洗了手，再用她最喜欢的一支笔在纸上写：

沈先生：

很久没有写这样的开头了。记得在十六岁的时候，我最喜欢写的是学长，后来在一本小说上看到“先生”这个称谓，尝试着将它加在你的姓氏之后，莫名感觉很合适，所以在十八岁那年，就将每一次的开头改为了沈先生。哪怕是结婚以后，我也对外称你为沈先生，这个小心思你可能没有发现。

…………

结婚三年，你不记得所有的节日，也不记得我们的重要纪念日。你是个不拘小节的人，但其实做律师的你心很细，不然你发现不了那么多证据。所以我只能将这些都理解为你觉得不重要。

…………

其实最初结婚时，我想的是能嫁给你，应该知足。可是在日常相处中，我越来越不知足，付出的越多，想要的也就越多。我喜欢了你十年，但其实并不了解你。原来的我看到的你永远光鲜靓丽，但后来我们睡在一张床上，朝夕相处，我能感受到你清晨的起床气，看见你刚睡醒的鸡窝头，还能发现你的不体贴。

…………

心是在一次次期待落空后才变冷的。起初嫁给你时我饱含期待，但最后所有的欣喜都抵不过一盆盆浇下来的冷水。

…………

昨晚你问我，嫁给你辛苦吗?

其实我的答案是，很辛苦。

我有时也很羡慕辛语的肆意人生，但最羡慕的还是她说话从不拐弯抹角，而我不行。我任何时候都不愿意多说，跟朋友在一起也是倾听比较多。

你说跟我结婚是因为我乖，其实我身上不只有“乖”这一个优点，你可以多发现一下。如果你觉得我的要求太多，我想我们真的不合适了。我不想永远做退让的那方。

这段婚姻，我们及时终止。我在你的身上耗费了十年，不想再耗一辈子。这十年是我自己选的，我不后悔。当初嫁给你，我就像偷吃禁果的夏娃。为你，我曾义无反顾很多次，但现在，想为自己义无反顾了。

…………

沈先生，请重新认识一下，我是江攸宁。

江河湖海的江，生死攸关的攸，平稳安宁的宁，我想成为一名优秀的律师。

婚姻不应是我的软肋，而应该成为我的铠甲。

…………

爱了你十年的江攸宁

她将信折叠，好似自己跟着信的内容重温了一遍那段沉默的、炙热的青春，酸涩中还带着甜。

沈岁和跟客户谈到下午五点，然后开车回家，但在回家的路上又掉头去了酒吧。他不想回去，一想到回去以后要面对江攸宁的脸，就觉得心里很堵。

酒吧里一片喧嚣，他点了很多酒，也遇到了很多搭讪的女人，他皱着眉头把人都凶走了。

他一直喝到华灯初上，手机屏幕上弹出来一条微信消息：“什么时候回？”

消息是江攸宁发给他的。

他好烦。他想回，可又不想回。

放在平常，他五点多就开车回家了，可现在，回家以后他只觉得心脏超负荷。

今天送完曾雪仪后，她说：“沈岁和，你知道的，妈妈最讨厌欺骗。”

他只是应了声：“知道了。”心态趋近麻木。

曾雪仪讨厌的事情太多了，他不能做的事情太多了。沈岁和觉得，他最不能做的就是活着。

他应该没有感情，只做傀儡；他应该不要呼吸，不跟任何人有牵扯。

但他是个活生生的人啊，不是没有心、不会疼的木偶。可是他所有的痛苦在曾雪仪那儿不值一提。

这天晚上，他喝酒喝到很晚。十点多，江攸宁给他打了个电话，他任其响了很久自动挂断。他喝了很多酒，几乎是不假思索地灌下去。

他喝了一瓶又一瓶，用酒精麻痹着自己的思想。酒喝得差不多，他叫了个代驾，然后回家。他坐在后座，把车窗开得很大，冷风吹进来，这座城市好像仍旧拥挤如常。

酒劲上来，他的头有些晕。他靠在座椅上，半闭着眼假寐，脑海里一闪而过的是江攸宁笑着的脸。

晚上十一点，距离情人节过去还有一个小时，江攸宁的耐心也在一点点消逝。床头柜上还放着她要送给沈岁和的情人节礼物。

她一遍又一遍地打沈岁和的电话，但是都没有人接。

漫长的拨号音过后，电话自动挂断，江攸宁不知道他在忙什么，也不知道他在哪里。她关掉了房间里的灯，在床边坐到了十一点半，然后拿着书起身去了书房。

她坐在书桌前，撑着下巴发呆。沈岁和说好了要给她送礼物的，他好不容易记得今天是情人节，可在情人节当天，又忘了。

他从未对别人食言过。在所有人眼中，沈岁和都是个君子，守时守信，待人彬彬有礼，虽然常年一张“冰山脸”，但人很绅士。

江攸宁觉得，还有半小时，沈岁和一定会回来的，他应当不会只对她食言。

晚上十一点三十四分，沈岁和推开了家门，步子不太稳地在客厅里晃荡，也没开灯，凭着直觉往沙发上一坐。

啪嗒。

江攸宁打开了客厅里的灯，同时闻到了扑面而来的刺鼻的酒味。沈岁和抬起头看她，喊她的名字："江攸宁。"

"嗯。"江攸宁过去扶起他往房间走，埋怨道，"你这是喝了多少酒啊？"

沈岁和笑："没多少。"

她扶着他进了房间。他的深蓝色西装外套被随意扔在了床边的地毯上，江攸宁说："洗个澡吧，散散酒味。"

"哦。"沈岁和倚在床边，半眯着眼看江攸宁在房间里忙碌的背影。

江攸宁在衣柜里找他的睡衣。昨天刚把他最喜欢的那身洗了，这会儿只剩下一套格子的，她拿出来询问他："穿这个行吗？"

沈岁和点头。他吞了下口水，舌尖儿在口腔内扫了一圈，尝到了血腥味。

"江攸宁。"沈岁和像平常那样喊她的名字。

"嗯？"江攸宁正在给他找内裤，回过头应，"怎么了？"

沈岁和顿了几秒："我们……离婚吧。"

他声音不高，江攸宁手中的睡衣不小心掉到了地上，她慌张地捡了起来，然后看向沈岁和："什么？"

"离婚吧。"沈岁和没有看她，倚在床头，一条腿搭在床上，半眯着眼不知道望向哪里，"我累了。"

江攸宁站在原地，很长时间都没有反应过来他在说什么。她感觉自己的天灵盖快要炸开，整个人好像要原地升天。

但她看了沈岁和很久，将那张侧脸铭记于心。她拿着睡衣的手抖了一下，然后将睡衣放在他的身侧，只是问："想好了？"

沈岁和："嗯。"

"哦。"江攸宁应了声，便离开了房间。

她脚步虚浮，看似无力，但每一步都走得异常坚定。

江攸宁没掉一滴眼泪，只是很麻木地开门，关门，这一扇门隔着的，从此是两个世界。她拖着虚浮的脚步去了书房。

沈岁和倚在床头，把领带扯开覆在自己的眼睛上。他闭上眼，脑子里回响的只有江攸宁的那句“哦”。

失望、沉重、悲伤……他听出了很多很多种情绪。

江攸宁坐在书桌前，那封漂亮的信和那本书都放在她书桌的右上角。她打开电脑，先打开路童之前给她发的那份文档，看了一眼直接扔到回收站里。

然后，她在电脑桌面上新建文档——《离婚协议书》。

当她的手指颤抖着在电脑上打下这四个字的时候，她看了眼放在桌上的书。

她没哭，只是微勾唇角，嘲讽地笑。她笑自己天真，笑自己傻。她要清清楚楚地记下《离婚协议书》上的内容，永远记得这一晚。

这天晚上，北城下了小雪，他们的婚姻终是没熬过这个冬天。

书房的灯亮了一夜，《离婚协议书》是江攸宁一字一字敲下来的，写完时是凌晨两点二十分，里边的每一字每一句，她都读了十几遍，最后甚至能把里边的内容都背下来。

她没有要钱，沈岁和的婚前财产和婚后所得，她一分不要，而她名下的财产也跟沈岁和没有半分关系。他们在一起搭伙过了三年，从此彻底分割。

江攸宁把包书的纸撕掉扔进垃圾桶，又拆开了那封很漂亮的信——洋洋洒洒写了几千字，如今不值一文。她发了狠地把信团成团扔到垃圾桶里，但又在半小时后把它从垃圾桶里捡起来，慢慢在书桌上铺展开来。上面的字迹还没晕染，仍旧清晰，她又字字句句读过。

下午写这些字的时候她满怀热忱，如今看来格外讽刺。她把信铺展开之后，又将其随意夹到了书里，书里的那一页刚好写着“他只是单纯从我的世界路过，却在我的世界下了一场大雨”。

江攸宁从书架最高的地方拿下蓝色双肩包，把书重新放进去，然后坐在书桌前发呆，目光不知道落在哪里，好像也没有定点。

书房里的灯是整个家里最亮的，书房这会儿明亮如白昼，她没有丝毫睡意，脑子格外清醒。

她尝试着站在沈岁和的角度思考他为什么会提出离婚，但想了很久，忽然发现这不重要了。

无论是什么样的原因，他都要放弃自己了，就算她知道又如何，难道就不离开了吗？

不，她还是要离开。

江攸宁只是想，为什么是今天呢？哪怕迟一天也好。但想这些都没有用了。

时间已过四点，江攸宁的思绪仍旧溃散。整整一夜，她坐在椅子上没有挪动位置。她一夜没有合眼，没有哭，甚至没感觉到悲伤。

她就那样木讷地、沉默地、平静地在书房里坐了一夜，耳机里一直在循环播放着一首关于暗恋的歌曲，当初她只是看到词便被吸引，所以单曲循环过很多次，就像许多年前的那场遇见，只一眼便永生难忘。

但是至此，她的十年暗恋，十年孤单，终究浩浩荡荡地落下帷幕。

卧室里黑魆魆的，一点儿光都透不进来，沈岁和睁着眼睛，眼里又干又涩，但他还是不愿闭上，一旦闭上眼，脑子里就跟转走马灯似的，不知在放些什么片段。

他没有洗澡，浑身酒味地躺在床上，虽然喝了很多酒，却还是没睡意，反倒越发清醒。今晚的床上只有他一个人，似乎有点儿冷。他侧过身躺着，但躺的是江攸宁平常躺的那一侧。

夜深了，时间一分一秒地过去，他闻到了枕头上的清香，这是独属于江攸宁的味道。

早晨六点半，遥远的东方天际泛起了鱼肚白，朦胧的光照进了房间里。

江攸宁转了转僵硬的身子，把电脑上的文档一式两份地打印出来，然后颤着手拿笔在最后边签下自己的名字。

“江攸宁”三个字，她还是第一次写得这么艰难。在椅子上又坐了一会儿，她望着天边太阳升起的方向，半眯起眼。夜里下雪了，但下得不大，房顶上也只铺了很淡的一层，阳光还泛着冷意，她却觉得今天应当是个好天气。

即使下着小雪，今天也应当是个好天气。

她关上电脑，拿着《离婚协议书》出了书房。客厅里空荡荡的，分明和平常一样，但她总觉得有什么东西已经不一样了。

过了今天，这里就不再属于她。

或许，这里从未真正属于过她。

她没有开灯，就着微弱的晨光坐在沙发上，身姿挺拔。太阳缓缓升起，和以往的每一天都一样。

不知过了多久，卧室的门才被打开，沈岁和还没换下昨晚的衣服，身上仍旧有酒味。在他看向江攸宁的瞬间，江攸宁也看向他。

四目相对，沈岁和率先避开。

许是喝多了酒，沈岁和的眼睛就跟充血了似的。和平常一样，他平稳地走到了厨房。

即使不通过声音，江攸宁也能判断出来，他倒了一杯水，然后慢慢地喝。

这是他的习惯，睡醒后要喝一杯水，早饭前要喝一杯又苦又涩的黑咖啡。他端着水杯路过客厅，经过江攸宁时停下脚步，背对着她说：“回卧室睡吧。”

没听到江攸宁应答，隔了会儿，他补充道：“睡一会儿，我不回去。”

“几点去民政局？”江攸宁问。

她一夜没睡，嗓子沙哑极了，就跟被锉刀磨过似的，说话都觉得疼。

“九点吧。”沈岁和说，“早点儿去，不用等。”

“好。”江攸宁低敛下眉眼，把茶几上的《离婚协议书》往前推了一下，“这是《离婚协议书》，签了吧。”

沈岁和皱眉，回头看向江攸宁：“你一夜没睡在做这个？”

“没有。”江攸宁说，“两个小时就写完了。”

“你看一下吧。”江攸宁又往前推了推，也没看他，“我回房间了。”

她站起来往前走，路过沈岁和时闻到了他身上浓重的酒味。

一夜过去，这酒味也没散去多少。

在拉开门进去的那瞬间，她站在门口喊：“沈先生。”

“嗯？”沈岁和看她，却又在瞬间移开目光。

“我要洗澡，进来前请先敲门。”江攸宁面无表情地说。

沈岁和错愕了两秒。

江攸宁没有理会，直接关上了门，啪的一声在寂静的客厅里听得格外清楚。

沈岁和站在原地很久很久，把手里的水一饮而尽，然后回到沙发上坐着，拿起了那份《离婚协议书》。

《离婚协议书》在网上能找到不少模板，涉及的无非是财产分割、孩子抚养权等问题。他们二人没有孩子，甚至连宠物都没有，根本不用考虑抚养权这件事，所以只有财产问题，可江攸宁没有要他任何资产，几乎是净身出户。

沈岁和看着那份《离婚协议书》，手指在那张纸的右下角摩挲，他抿了下唇，去书房拿了自己的电脑出来。

沈岁和从来没写过《离婚协议书》，哪怕是他在实习期的时候，想不到第一次写，竟然是因为自己要离婚。

他参照江攸宁的那一份重新拟了《离婚协议书》，跟那份不一样的是财产分割。在新的《离婚协议书》上，沈岁和给江攸宁分了很多钱。

他将自己的婚前财产也算作了夫妻共同财产，把资金的百分之六十给了江攸宁，另外他名下还有四处房产，他将地段最好的君莱和芜盛给了江攸宁，甚至连律所股权都转让了8%。

他去书房把新的《离婚协议书》打印出来，一式两份，签上了自己的名字。

江攸宁洗了个澡，坐在梳妆台前化妆。

她平常都是淡妆，她的皮肤底子好，擦个素颜霜，涂个豆沙色的口红就很有气色，但她今天坐在梳妆台前细细描画自己的眉眼，从粉底到眼线、眼影、腮红、高光一步不落，还将自己的长发扎成了马尾辫，绑了一条天蓝色的丝巾，从衣柜里拿出一条水蓝色的长裙换上，气质尽显。

八点，江攸宁从卧室出来。

沈岁和已经不在客厅坐着了，她听到客房的卫生间里有水声，猜测他去了客房洗澡。

江攸宁看到了放在茶几上的《离婚协议书》，以一目十行的速度看完之后没有动，坐在沙发上等沈岁和。

沈岁和换上了白色衬衣，打了领带，他们都穿得比结婚那天隆重。

“什么意思？”江攸宁拿着那份《离婚协议书》问他。

沈岁和：“正常的财产分割。”

江攸宁盯着他：“拿钱打发我吗？”

“不是。”沈岁和说，“离婚是我提的，我应该给你补偿。”

“哦。”

江攸宁坐在那儿想了会儿，在他拟的那份《离婚协议书》上签了名。他愿意给，那她便要。

八点半，他们心照不宣地同时起身。走到门口，沈岁和问：“东西你准备好了吗？”

江攸宁点头：“户口本跟结婚证都拿了。”

“嗯。”

他们出了门。

外面的雪慢慢停了。这一天的天气很好。这一天也不过是很寻常的二月十五日。

他们开车去了民政局，一路无话。路上行人很少，民政局也大门紧闭。江攸宁跟沈岁和面面相觑，然后默契地别开脸。

“改天再来吧。”沈岁和率先打破了尴尬，“等初八。”

“哦。”江攸宁淡淡地应了声。

离婚的日子，也没挑好。

“去吃早饭吗？”沈岁和问，“小笼包？”

他勉强地笑了下：“我记得你很喜欢这边拐角的那家小笼包店。”

江攸宁猛地扭过头，看向他的侧脸。她坐在车里，忽然热泪盈眶。

她记得他们领证那天是很寻常的一个星期五，那天她穿了一条白色长裙，头发柔顺地披散在肩膀上。他们也是来得很早，先去领了证。从民政局出来之后，她肚子饿得咕噜作响，沈岁和开车带她去吃饭，但她在拐过第一个弯之后，说想吃小笼包。

他们在那家小笼包店里吃了婚后的第一顿饭。

那天早上江攸宁吃了三屉小笼包，喝了一碗小米粥，自始至终都温和地笑着，是不自觉地笑。不是因为那家小笼包的味道很好，也不是因为喜欢吃小笼包，只不过因为那是她第一次和他在街边小店吃东西，因为他们在那一天领了结婚证，她心情好。

其实她根本不记得那家店的小笼包的味道。那天吃完以后才后知后觉自己吃得可能有些多了，她舔了舔唇角，略显尴尬：“不好意思啊，我吃得好多。”

沈岁和脸色不变，吃得比她多，他说：“你多吃点儿，我养得起。”

那天江攸宁笑了一天，脸都快要笑僵了。

时隔三年，江攸宁仍旧记得他们领证那天的情景。

那天的天气，那天的景色，那天的路边标识，那天一切的一切，她记得清清楚楚。

此刻再出现在这里，未免唏嘘，难免泪流。他以为自己爱吃小笼包，其实婚后三年她一次没吃过，他只对那天的事情上过一点点心。

江攸宁察觉到自己流出泪来，别过脸微仰起头，慢慢调整自己的呼吸，不让沈岁和听到自己哽咽的声音：“不用了。”

她尽量平静地说：“我不饿。”

“哦。”沈岁和应了声。

他给江攸宁递了张纸过去，江攸宁没接。她自己扯了一张，然后在眼睫下轻轻擦拭，心中默念：不能哭，妆会花。

车子平稳地驶回芜盛，江攸宁下车上楼，沈岁和紧随其后，哪怕是在狭小的电梯内，二人也隔得很远，谁也没跟谁再说话。回家以后，江攸宁把户口本和结婚证妥善放好，然后在主卧里收拾东西。

沈岁和站在门口：“我搬吧。”

正蹲在地上收拾东西的江攸宁抬起头看他，沈岁和轻微侧头，避开她的目光，只温声道：“等领完证以后我就收拾东西搬走。”

“过几天把房子过户。”沈岁和说，“钱也会汇到你的账户。”

江攸宁把衣服放到行李箱里：“哦。”

她把行李箱的东西腾出来，然后坐在那儿百无聊赖。

主卧留给了江攸宁住，沈岁和搬去了客房。

中午江攸宁只做了自己一个人的饭，吃过饭后洗了碗，回到房间里继续发呆。

和平常不同的是，她一回房间就落了锁。

卧室里空荡荡的，依稀还能听到沈岁和的脚步声。

江攸宁在房间里坐了会儿，身侧的手机忽然响了下。辛语在群里叫她和路童，紧接着一条长语音发了过来。

江攸宁懒得听，直接转换成文字。

“两位宝贝，我有个小忙需要你们帮啊！我同学现在跟她老公闹离婚呢，她老公名下有十几套房子，还有四五家公司，估计市值几百个亿，但是她老公只给她两百万，这个官司你们谁能打啊？”

路童：“几百亿的财产只给两百万，是这女的出轨了吗？”

辛语：“是这个男人出轨了。”

路童：“那这男人还敢这么肆无忌惮？他不怕那女的把他的事迹捅到公众视野面前吗？到时候公司市值一缩水，他赔的不比两百万多？”

辛语：“现在我同学手里没有他出轨的证据，所以他才肆无忌惮啊！”

路童：“那你同学是怎么知道他出轨的？”

辛语：“他都把人带到家里来了，他们结婚两年，听说这是第三次了，以前好歹是在酒店，但这次把人带到家里，还是在他们房间的床上。我听得都快吐了。”

路童：“是挺恶心的。”

辛语："所以你要伸张正义吗？"

路童："我们律所不允许私自接案啊！况且我现在就是个小实习生，我不配！"

辛语："呼叫全宇宙最好的江攸宁，宝贝你呢？你要是不行的话问问你的同学们，要便宜一点儿的律师，我那同学可能掏不起高额的律师费。"

江攸宁一直看着她们的消息，本来不太想说话，但辛语又叫她，她才点着屏幕回复："我帮你问问。"

路童："你上呗！全宇宙最好的江攸宁，你以前不是专攻过一段时间的婚姻法吗？而且作为已婚人士，你肯定更有发言权啊！"

路童的话给辛语提供了新方案，她立马在群里刷了屏。

"宝贝，你上！

"我请你吃饭！不对，是我让我同学请你吃饭。

"对了，她老公好像是你们公司老板。"

江攸宁："我还没辞职呢。"

路童："可你不是打算年后辞职吗？正好啊，辞职！我可太想看你上法庭了！我还能帮你出谋划策。你想想啊，这案子女方虽然没钱，但男方有啊！这一回咱们稳赚不赔，赢了最好，输了也没啥更坏的结果。我记得你们公司好像是业内数一数二的娱乐公司了吧，旗下的艺人好像挺多的，咱们法律手段用不上，还能用舆论造势，能用的方法多了，怕啥？！不要㞞！"

辛语和路童在群里讨论得热烈，但江攸宁一直没再插话。

她不敢答应，很久没上过法庭了，如今生活更是一团糟。江攸宁心乱如麻，觉得自己什么都做不好，生活如一盘散沙，怎么可能帮别人打赢得了官司？

况且在这桩案子里，男方有钱就意味着他的律师团队一定是顶尖的，她当初上学时成绩好又如何，多年不练早已生疏，怎么可能赢得过？就算是辞职，她也打算从助理开始做起，和路童现在一样，甚至还不如路童。

路童跟辛语给她鼓劲加油的那些话，在她这里不过是无脑吹捧，她知道自己现在是什么样的状态。她必须停下来重新开始，但现在完全不具备重新开始的心境。

路童："全宇宙最好的江攸宁，答应吧！信我，你能行！"

江攸宁："我不能。"

辛语："你友情打官司还不行？就当给你练手了，我一定跟她说好，输赢自负。"

江攸宁："别丢人好吗？"

辛语："哪里丢人了？！各取所需而已，她需要一个免费的律师，你需要一个官司练手，这不是正好吗？"

江攸宁："一点儿也不正好，我打不了的，倒是可以问问我的同学。"

路童："江攸宁你对自己有什么误解？你还认识几个同学？"

路童："据我所知，咱们班毕业之后专职打离婚官司的都在方全、诚玉这种律所里，没有一个混得好的，这些律所价格还贼贵，你确定可以？"

江攸宁确实不清楚。

江攸宁看着聊天记录，终于妥协："我考虑一下。"

辛语："考虑什么？就你了。"

江攸宁："你让我想想，等我辞职以后回你行吗？"

辛语："江攸宁你不对劲。"

辛语："你很不对劲，说话的语气为什么这么不耐烦？跟你家沈岁和吵架了吗？不对，是你家沈岁和惹你生气了吗？"

江攸宁："没有。"

路童在群里打圆场："好啦，她很久都没代理过官司了，让她好好考虑下呗，你别追得这么紧。"

江攸宁没再说话，辛语只发了个表情包。

群里归于沉寂，路童戳她私聊："你打算什么时候把你跟沈岁和的事情告诉她啊？瞒着她好累。"

江攸宁："等离婚以后。"

没等路童再问，江攸宁直接给她发了个具体的时间："初八，民政局开门就去离。”

路童那边沉寂了两秒，然后发来一大堆消息。

“你们已经说好了？谁先提的？你吗？

“他什么反应？悲伤吗？难过吗？

“昨天情人节欸，你们没有过最后一个？”

她的问题太多，江攸宁一时之间不知道该先回哪个，其实哪个她都不想回。

离婚不是她提的，最后一个情人节也没过。她只是很被动地离了个婚，还没能离成功。

“反正初八去领证。”江攸宁只这样回了一句。

路童跟辛语不一样，路童不会刨根问底，见江攸宁这样回，便什么都没问，给她发了个抱抱的表情包。

路童：“等你搬出来，住大房子，我要蹭住！”

江攸宁：“好。”

她没再收到消息，重新翻看群里的聊天记录。

有些人隔着屏幕都能发现你语气有问题。但有些人同床共枕三年，面对面都发现不了你的悲伤。

沈岁和的律所初七上班，江攸宁一个人在家待了一天。

初八那天应当是她们公司复工的日子，但她们的上班时间在十点，所以她早上起来吃了饭，化了妆，换了条蓝色的裙子，然后坐在沙发上等沈岁和。

沈岁和还是一如往常，脸上没什么表情，只跟江攸宁对视了一眼，便往外走去。

结婚证和户口本仍旧是江攸宁拿着，她要去开车，沈岁和却喊住她：“坐我的车去吧。”

“嗯？”

“快一些。”沈岁和说，“到时候我送你去上班。”

江攸宁站在原地想了想，然后上了他的副驾。

他们一路无话。

刚复工的民政局有很多来结婚的小情侣，他们脸上都洋溢着幸福的微笑，而来离婚的只有他们一对。工作人员很负责任地调解，询问二人之间有什么矛盾，确定不再过下去了吗等问题。问题很多，沈岁和跟江攸宁自始至终都是同一个表情——冷淡。

工作人员见状便也不再劝导，只问有没有孩子、财产分割等问题协商好了没，二人皆回答协商好了。离婚的程序比结婚的还要麻烦，结婚可以半小时出证，离婚却折腾半天没拿到证。

离婚冷静期实行以后，两人拿到的只是一张纸，三十个自然日后两人拿着这张纸来领取离婚证，遇到节假日则顺延到工作日。如果他们逾期未领，便视为撤销离婚申请，而且在这三十天内，双方都有权利申请撤销离婚申请。

江攸宁跟沈岁和面无表情地从民政局出来。

这一天，风轻云淡。他们很平静地离了个婚。

复工的第一天，江攸宁去部长办公室提了离职。

因为办公室人手多，新的实习生也已经转正，江攸宁只要在三天内办理好交接就能离职。她坐在办公室里，部长跟她聊了很久，聊了对未来的职业规划等问题。

部长算是她的伯乐。在办公室里，她一直都是被部长偏爱的人。

下午六点，江攸宁从公司出来，漫无目的地开着车，不知道该去哪里，只是不想回家。

她开了很久，直到这座城市的街灯猝不及防地亮起，点燃了整座城市的黑夜。肚子也饿了，她随意找了家路边摊点了碗面，但也只吃了一半。

吃完面后，她沿着步行街走了很久，绕过这条街的每一盏街灯，逛过这条街的每一家店，什么都没买，感觉哪里都空荡荡的。

一直耗到晚上九点，她才慢悠悠地开车回家。

家里的灯亮着，沈岁和已经回家了。很奇怪，昨晚他也回得很早，比以往任何时候都早。

江攸宁摁了指纹，解锁。

她推开门，沈岁和不在客厅，反倒是厨房里传出乒乓声，是锅碗瓢盆碰撞的声音。江攸宁瞟了眼，沈岁和背着身在厨房里不知道忙什么。

她脱下外套，卸了包，径直往主卧走。

“江攸宁。”沈岁和喊她。

江攸宁顿住脚步，没回头：“嗯？”

“要一起吃饭吗？”沈岁和问。

江攸宁愣怔，回头看了眼，桌上摆着三盘菜，色泽鲜艳，一看就知道不是出自沈岁和之手。

“不了。”江攸宁不知道他的企图，也不想知道，“我吃过了。”

她往主卧走，沈岁和一直盯着她。虽然没有回头，但江攸宁能感受到那道目光，炙热得快要灼伤她的背。

“我一会儿去卧室收拾东西。”沈岁和说。

江攸宁握着门把手的手微顿，手指下意识地蜷缩了下：“哦。”

门啪地关上。

一扇门，隔开了两个世界。门外是无奈，门内是深情。

沈岁和的东西不少，光衣服就装了两个行李箱，除此之外还有各种各样的东西。属于他的私人用品，他都带走了，但凡是二人共用的物品，他全都留在了这里。

他平常很少收拾东西，偶尔出差也是江攸宁帮他收拾，如果是他自己收拾，那必定在去了酒店后需要重新购置一些东西。

他放衣服进行李箱的手法不对，衣服叠得乱七八糟，江攸宁坐在床边，捧着一本书看，懒得管。只是——“江攸宁，这个是你的吗？

“江攸宁，我把这个留下了。

“江攸宁，我的领带都在这里了吗？

“江攸宁，我的书先只带一些，其余的今晚收拾出来，等搬家公司来搬吧。

“江攸宁，什么时候有时间去把房子过户？”

一句又一句的“江攸宁”，每隔几分钟，“江攸宁”这个名字就会从沈岁和的嘴里蹦出来。他收拾自己的东西，却要事事问过江攸宁。

在这间卧室里，他的存在感无比强。

江攸宁皱着眉，敷衍地回答了几句之后便起身去了书房，只留下沈岁和一个人收拾。

书房里也空荡荡的，书架上的书已经空了一多半。那一排排看起来很贵重的书全都被装进了打包箱里，眼前的一切都在提醒着江攸宁：这个本就空荡的家里很快就会只剩下她一个人。她以后也都会是一个人。

她的蓝色书包还安静地放在书架最上边。

沈岁和有一点特别好，非常注重隐私，从来不会去动别人的东西。

江攸宁看了会儿书包，然后把它拿下来，又看了会儿门口的箱子，最后挑了个最有眼缘的、放沈岁和平时看得最少的书的箱子放了进去。

就这样吧。没能亲自送到他手中就以另一种方式送达，她不想再把这些东西放在自己手里，时刻提醒自己还有那一段轰轰烈烈的过去。

江攸宁坐在椅子上，转了个方向，正好能看到外面闪烁的星空，今天的夜景很好看，天上的星星也格外多。

晚上十点半，沈岁和敲响了书房的门，温声道："我收拾好了。"

江攸宁起身往外走，途经他身侧的时候看都没看他一眼，颇为冷淡地回："嗯。"

她往主卧走，进去后直接落了锁。

沈岁和站在客厅，有些尴尬。这几天，他好像一直都是在看江攸宁的背影，她很少跟自己说话，表现得极为冷漠。他站在沙发处环顾了一圈，这里好像有一点儿变化，但好像也没有变化太多。

属于他的东西其实很少，这个家里很多东西都是江攸宁布置的。餐桌上的花是她买的，厨房里的锅碗瓢盆是她买的，客厅里的电视也是她挑的。

从大到小，很多很多，他几乎都没有参与过，特别像这个家里的过客。

沈岁和往外搬行李箱，一共三个。他的书今天搬不走，他叫了搬家公司明天来搬。他先拎了两个箱子出去，然后再回来拎最后一个。但站在客厅里，只要竖起耳朵，他就能听到水声在流淌，伴随着水声的还有撕心裂肺的哭声。

江攸宁给主卧的门落了锁，没有往里面走，而是倚靠在门上。

她听到沈岁和的脚步声在客厅和书房徘徊。

她听到沈岁和叹了口气。

她听到沈岁和在跟人打电话，语气淡漠。

她听到沈岁和拎着箱子离开了这个家。

她脱了衣服去卫生间洗澡，打开水龙头，温热的水流下来，流过她的每一寸肌肤，她再也听不到沈岁和的任何声音。

她想涂沐浴乳，但沐浴乳的瓶子忽然坏了。在那一瞬间，她愣在原地。两秒之后，她放声大哭。

堆积了三天的悲伤在这一瞬间如同开了闸的洪水，她感觉自己的心脏有一块在被活生生地剜掉。

他走了。他来过又走了。

两者之间，江攸宁希望可以选择前者，让时光停在最初相遇那瞬间。她希望他直接走，而不是来过又走。她拥有过，期待过，但希望一次次落空。最后，他彻底走了。而她，彻底地、温顺地步入寂静深夜。

这几天，她一直觉得自己没什么情绪起伏，好似离婚这件事对她没什么影响，但是她忘记了，哀莫大于心死。

她跟他在一起生活了三年，她看过他清晨起床的样子，见过他笑，认真观察过他工作。他们同吃一锅饭，同睡一张床。

曾经，她真的以为她得到了。可她没想到，镜花水月，终是一场空。

江攸宁蹲在卫生间里，伴随着淋浴的水声，像个孩子一样号啕大哭。

“我是不是特别浑蛋？”沈岁和问裴旭天。

银辉酒吧包间内，沈岁和灌了一杯又一杯酒。

裴旭天点了点头：“是。”

沈岁和猛地灌了一杯酒：“她哭的时候，我……”

“怎么？”裴旭天问。

沈岁和深吸了一口气，往沙发上一倚：“没什么。”

他就是觉得心口疼，有种说不上来的堵。他甚至很想冲进去说不离了，但他不能。最后，他几乎是逃似的离开了家。

“沈哥，闷声干大事。”裴旭天调侃他，“你家江攸宁多好啊，你怎么就想不开跟人家离婚了？”

“一言难尽。”沈岁和说，“反正，离了对谁都好。”

裴旭天瞟了他一眼：“无语。”

“那就喝酒吧。”沈岁和语气仍旧很淡，“今晚我请。”

“不是我说，”裴旭天喝了杯酒，盯着他，“这事儿你做得真的挺浑蛋的。一点儿预防针都不打就跟人家提离婚，人家肯定难以接受啊！”

“嗯。”沈岁和说，“浑蛋。”

裴旭天看他：“你是不是有什么难言之隐啊？”

“没有。”沈岁和否认，“就是想恢复单身了。”

裴旭天嗤之以鼻：“我要是江攸宁，我得把你的钱都分走。”

“我给了她挺多的。”沈岁和透露了点儿口风，其他的没再说，只是提醒裴旭天，“律所的股份我给了她 8%。”

“嗯？”裴旭天震惊，“你……”

沈岁和半闭上眼，一副不想再说话的模样。

没过几秒，裴旭天就消化了这件事情。

“倒也是应该的。”裴旭天说，“人家嫁给你什么都没捞着，你脾气又差，人家跟你过三年也挺不容易，多拿点儿钱，离婚以后也好过点儿。”

“她不缺钱。”沈岁和说。

“哦。她缺不缺是她的事，你给不给是你的事。”裴旭天说，“冲你这点，我还挺佩服你。”

包间内寂静了几秒。

短短一个小时，沈岁和已经灌了三瓶酒下去，裴旭天忽然想起来：“你什么时候和她提的啊？”

“初五。”沈岁和说，“那天晚上我给你打过电话，想喊你喝酒来着。”

裴旭天愣了会儿。他记得那天，因为那天他和阮言在一起，阮言不让他接电话。

不过，那天……

裴旭天瞪大了眼睛：“沈岁和你是畜生吧。”

“嗯？”

“妈的，那天是情人节！”裴旭天翻了个白眼，“你是人吗？！”

沈岁和捏了捏眉心，一口烈酒灌下去，辣得他嗓子疼。

礼物他买了，但他为了制造个小惊喜，把它藏在了书房的柜子里。今天收拾的时候，他忘了。

隔了很久，沈岁和说：“忘了。”他忘了那天是情人节，脑子里都是曾雪仪。

曾雪仪说：“离婚。”她给江攸宁的牛奶里放安眠药。纯白色的牛奶在厨房里流了一地，只是想想那场景他便脊背生寒，哪还能记得那么多？

裴旭天看着他，一时之间不知道该说什么好。

沈岁和吸了吸鼻子，别过脸去，又是一口烈酒灌下：“以前也没过过。她跟着我，确实辛苦。”

次日，沈岁和下班后又开车回了芜盛。

他没察觉出任何不对，直到车子停在小区门口，他才想起来自己已经搬家了。

他搬去了这座城市的另一个方向。

此刻，昏黄的路灯亮起，小区里正是热闹的时候，不少人已经下了班，正往里走。

沈岁和将车停在路边，过了很久，看到马路对面有个卖糖葫芦的。他下车，一路小跑过去，花十五块钱买了两串。

沈岁和想起了那天，只是今天车里的副驾上没有人。他坐在车里待了会儿，然后下车。

他扯开外包装，山楂又大又圆，晶莹的糖衣均匀地裹在山楂上，看上去好似跟那天买的一样，但他吃了一口，顿时皱起眉头。

这糖葫芦酸得让人倒牙，但他站在外面，就着寒风面无表情地吃完了那串糖葫芦，然后将另一串扔进了垃圾桶。

他抬头向上望，一层一层地数，二十四楼的灯是最亮的。只是，那儿已经不属于他了。

他只配站在寒风之中，跟孤独做伴。

他只能慢慢步入幽暗寂静的深渊。

辞职之后，江攸宁的日子清闲很多。她待在房子里几乎不出门，偶尔去小区附近的超市采购点东西，做得最多的事情便是看书。

她晚上看书看到很晚，早上又很早醒来。她再也睡不着，空荡荡的房间里，不会再响起另一种手机铃声，也不会再有其他人的呼吸声，周围安静得可怕。

她待在这个充满了他们共同记忆的房子里，几乎夜夜不能眠。房子的过户手续已经办好了，资产也全都划到了江攸宁的账户里，就连律所股权转让书，沈岁和也发快递给江攸宁签了字。

二十号以后，他们就没再见过面。这样的日子持续到二月底。

元宵节那天，江攸宁一个人回了家。她强撑着笑在家里待了一天，直到慕曦问沈岁和怎么没来。

江攸宁坐在沙发上，对着慕曦的眼睛愣怔了两秒，然后猝不及防地流下泪来。

其实她想好了说辞的——沈岁和律所忙、沈岁和出差了。无论什么理由，只要她能含糊过去也便过去了。但当面对慕曦时，所有的话都堵在了喉咙口，她一个字都说不出来，只剩呜咽。

她先是无声地流泪，泪水从她的眼睛里涌出，把慕曦吓了一跳。

慕曦很少见江攸宁哭。

江攸宁自小顺遂，性子恬静，无论别人说什么，都是温温柔柔地笑着。

在慕曦的印象中，江攸宁上次这样哭还是在小学三年级，当时被同班的男同学欺负了，回家后哭得鼻子都红了。平日里特好说话的江洋去学校，站在老师办公室里跟对方家长对峙，据理力争，最后让对方小孩给江攸宁道了歉，还给江攸宁转了班。

那会儿大家都觉着江洋小题大做，但江洋说，女儿就得这么养，一分委屈都不能受。

“怎么了？”慕曦轻拍着她的背，声音温和，“两个人吵架了？”

江攸宁不说话，只是哭，好似要把之前所有的情绪都宣泄出来。她哭了近半小时，哭得眼睛又红又肿，慕曦便一直陪着她。

等哭够了，她才慢慢收了声音。垃圾桶里塞了半桶纸，她一说话，声音暗哑：“没。”

他们没有吵架，一步到位，仿佛是她一个人完成了这一场盛大的仪式。

“妈，”江攸宁哑着嗓子喊，仰起头看向慕曦，“我……离婚了。”

那两个字说得格外艰难，慕曦的瞳孔在一瞬间放大，但也只是瞬间。

片刻之后，她拍了拍江攸宁的背，声音越发温和：“没关系，回家来。”

江攸宁只是抱着她，把脑袋埋在她的怀里：“妈，我好难过啊！”那种说不上来的，甚至让她想要去死的难过。

她一个人在家里待了近半个月，拒绝跟任何人交流，手机对她来说只是摆设。她每天起来都重复着同样的生活，坐在书房的书桌前，打开书，但脑子里一片空白。

她根本提不起精神去做任何事。半个月，她只看了三十页书。

慕曦拍着她的背，什么都没问，只说：“难过就回家来，我们都在。”

“我真的好没用啊！”江攸宁哽咽着说，“我知道我应该忘了他的。我知道离婚是对的。我知道我不能这样继续下去。我知道他不值得。可我还是……”

她哭到说不下去。

她懂得所有的道理，却还是会在面对他时保留那一点点希冀：希望他一回头能看见自己，然后转身朝自己走来。

可现实是他从未回头，一直都在大步流星地往前走，而她只能远望他的背影。

暗恋太苦了，就像是沾了糖衣的黄连，只有最外层是甜的，里面苦不堪言。

江攸宁窝在慕曦的怀里哭了很久。她以为慕曦会问她为什么离婚，可慕曦没有，只说："累了就回家来。再难过也都会过去。这一次哭过了，以后别再为他伤心。"

江攸宁温顺地点头。后来江洋回家，看到江攸宁哭红的眼睛，一脸困惑，还是慕曦帮着打圆场才糊弄过去。

夜里，江攸宁猛地惊醒。她躺在床上辗转反侧，然后打开手机软件，订了一张第二天去鼓浪屿的机票。

凌晨两点，她想去看海，一个人去。

南方的温度比北城的温度要高得多。

江攸宁只带了几件夏天的衣服，独自一人登机，远行。

她订的是风情民宿，海景房。只要打开窗户，就能听到海浪拍打岸边的声音，还能闻到独属于海水的咸味，带着几分潮湿。

江攸宁在阳台上待了一晚。翌日一早，她穿着泳衣去了海边。

江攸宁高中就学会了游泳，但很少实践。

她来得很早，这会儿海边人烟稀少。她找了个僻静的角落，下了海。

海浪一次次越过她的身体，她跟着浮沉，等到风平浪静之时，一个猛子扎进水里。她好想就这样平静地离开。

但也只是瞬间，她的脑袋便露出海面。

她一次次从岸边游到远方再游回去，不断消耗着体力。海水漫过她的身体，她的思绪慢慢溃散，但有很多东西逐渐变得清明。

沙滩上不知道哪里在放摇滚乐，江攸宁的身体跟着节奏在海里游，像一条灵活的美人鱼。

能不能和你竭尽全力奔跑，向着海平线
余晖消逝之前都不算终点
曾经的关于以后所有的幻想已经太遥远
可记忆中的你想要我怎么说再见

江攸宁筋疲力尽地躺在沙滩上，海风温柔地抚过她的身体。

她想，就这样，一切都会好的。曾经是曾经，现在是现在。过去的十年属于热烈青春，往后她的生活终将归于平淡。

她，要完完全全属于自己。

海边很适合放松心情，江攸宁在这里待了一周，早上听潮声，晚上看风景。

白色帆船停在海的中间，海上时而平静，时而波涛汹涌。在离开鼓浪屿的这天晚上，江攸宁发了一条朋友圈。

等到黑夜翻面之后
会是新的白昼

文案来自她早上听过的一首歌。

她想，人站在光中，必定一半阳光，一半黑暗。

半个小时后，沈岁和给她的这条朋友圈点了赞。

她点开设置，屏蔽了沈岁和的朋友圈，也点了“不让他看我”。

飞机刚在北城落地，江攸宁就收到了一条消息。

杨景谦（同学）：“下周六，华政跟国外有一场友谊辩论赛，你要来看吗？”

江攸宁跟杨景谦的联系一直不算多，从上次华政一别，他们就没再见过面。

除了过年的时候杨景谦在微信上给她发了新年贺词，她礼貌性地回了一句，他们再无多余的联系。

杨景谦这会儿给她发消息，她也没多想，手指点在会话框里，已经输入了两个字：不去。但她又觉得僵硬，想了很久，又把那两个字删掉。

江攸宁：“几点？”

杨景谦秒回：“上午九点。”

江攸宁：“好。”

她就当是去散散心，把华政当作自己再次出发的起点。

辩论赛当日是个晴天。

江攸宁很久没有认真感受过北城的温度，早上打开窗户，发现外面风很温柔。

其实一过三月，北城就开始回暖，只是她一直没注意。

她化了个淡妆，开车去华政。

北门那块不好停车，她又没办法将车开进去，找了很久才在北门外一公里的地方找到个停车位。

停好车以后下来，她拿出手机回杨景谦的消息。

江攸宁：“我刚停好车，大概五分钟后到北门。”

杨景谦：“你抬头。”

江攸宁：“嗯？”

今天阳光很好，略有些晃眼，她半眯着眼看了下周围，从左扫到右，又从右扫到左，这才看到不远处的杨景谦。

他穿了一件白T恤、黑色休闲裤、灰白色运动鞋，很休闲的打扮，看着特别显年轻，像极了学校里高年级的彬彬有礼的学长。

江攸宁收了手机，抬起手跟他打招呼。

杨景谦疾走了几步，在她面前停下，说话还有点儿喘：“你到了啊！”

“嗯。”江攸宁刻意停下了脚步，等他把气喘匀。

杨景谦深呼吸了几下，才算恢复：“我刚在北门看到你的车，就过来接你了。”

江攸宁错愕：“我一直在找停车位，学校附近不好停车。”

“我知道，”杨景谦说，“就是怕你不好停车。我去跟保卫处交涉了一下，发现当初当学生时用不了的特权，当老师以后还是用不了。”

他说着耸了耸肩：“我只能过来帮你看停车位了，只不过忘记我的腿就算再长，也跑不过你的四个轮子。”

这话听起来还有点儿好笑。

江攸宁转过头，发现他的鬓角处确实汗涔涔的。

她唇角勾起一抹笑意，低头从包里拿出一包纸巾，葱白似的手指不疾不徐地撕开纸巾包装，然后拿出一张纸巾给杨景谦递过去。

“擦擦吧。”江攸宁说，“辛苦了。”

杨景谦接过，尴尬地笑：“没事，是我犯蠢了。”

“哈。”江攸宁摇头，“你不说我也不知道，现在我也可以当作不知道。”

“那就谢谢你的体贴了。”杨景谦擦了汗，还把纸巾折叠好，等到看见垃圾桶，小跑了几步去扔掉。

二人一路走一路聊，聊的也都是老同学。

忽然，杨景谦提起来：“今天法学院好像办了一个小型的励志演讲，邀请了很多毕业的同学回来，听说还邀请了路童。”

“啊？”江攸宁错愕，“没听她说，你看到她了吗？”

“没。”杨景谦说，“我比较关注辩论赛，这种演讲还是留给对职场怀抱期待的大学生们看吧，我已经过了那个新鲜劲了。”

“也是。”江攸宁笑了下，把散在脸侧的碎发别到耳后，“我记得当初来演讲的人好多，头衔一个比一个长，每次他们的名字出来，咱们在下边就很激动。”

杨景谦：“你也激动？我记得那会儿数你最淡然了，虽然你一直坐在第一排，但每次都没什么表情。”

“我也会暗暗地激动。”一不小心被戳破谎言的江攸宁笑着说，“每次我都听得很认真。”

怕杨景谦再说，江攸宁立马换了话题：“我也很久没见路童了，给她发个消息，如果她在的话，我们还能一块吃饭。她之前就跟我说，很想华政的食堂，不过她最爱的鸭血粉丝汤已经不开了。”

杨景谦说："是西区食堂二楼 7 号窗口那家吗？"

"对。"

"搬到一楼 13 号了，比较偏僻，但还是原来的味道。"

江攸宁立马给路童发了个定位。

路童回她的，也是一个定位——华政大礼堂。

路童真的回来做演讲了，还挺牛。

江攸宁发了个五体投地的表情包。

路童："中午西区食堂占位等我！"

江攸宁："一楼 13 号对面第一桌！"

路童："为什么不去二楼？"

江攸宁："因为鸭血粉丝汤搬到那儿了啊！"

路童："我可以！"

聊了一阵，路童才想起来问："你跟谁一起？"

江攸宁："杨景谦。他带我来看辩论赛，今天辩论队好像是跟马来西亚打比赛。"

路童："中还是英？"

江攸宁："咱们的主场，应该是中吧。"

她当初打的那一场在国外，是全英文辩论。她拿了最佳辩手。

路童："行吧，我这边大概十一点就结束了，你呢？"

江攸宁："差不多一样吧，辩论赛一般都是一个小时。"

路童："那就西区食堂见。不过，你跟杨景谦怎么还有联系？"

江攸宁："之前提过想看辩论赛，他就邀请我了。"

路童："OK（好）。"

江攸宁收了手机，跟杨景谦说："她在，到时候辩论赛结束，我们去给她占位置。"

"就去西区食堂？"杨景谦问。

江攸宁点头："嗯。"

辩论赛的地点还是在法学院那栋楼。

江攸宁跟着杨景谦进了阶梯教室，他提前占了位置，在第三排，视野好，也不嘈杂。

阶梯教室里坐得满满当当。

这场辩论赛是面向全校的，里面还有去年在国际比赛中拿了最佳辩手的陈奕铭，陈奕铭长得帅，辩论也厉害，不少人慕名而来。

他们甫一落座，旁边就有人跟杨景谦打招呼，喊的都不是老师，而是“杨学长”。

杨景谦一一颔首。

江攸宁感觉有人在打量她，只是微微蹙眉，没有回视。

“杨学长，这是你女朋友吗？真漂亮。”江攸宁听到有人低声问杨景谦。

杨景谦立马否认：“这是我大学同学，以前也是辩论社的成员。”

“哦哦哦。”学生们都以那种“我懂了”的语调回应。

不过，大家的关注点还是在辩论赛上。

很快，江攸宁就变得自在多了。

杨景谦也跟她聊起了这场辩论赛。对于赛事规则，江攸宁比杨景谦还懂，她在大学里打了大大小小几十场辩论赛，见过的辩手风格多种多样，这种类型的比赛也参加过。

她来看，只不过是重温。

“陈奕铭的辩论风格跟你的很像。”杨景谦说，“他去年拿了国际比赛的最佳辩手，在你们辩论社里还有‘男版江攸宁’之称。”

“啊？”江攸宁诧异，“这会儿还有人提起我？”

杨景谦笑：“是啊，你虽然不在江湖，但江湖仍旧有你的传说。”

他继续说：“当初你打完那场比赛拿了最佳辩手后，辩论社风光一时，几乎是华政社团的第一名，但第二年就失利了，之后再也没振作起来，前年更是没落得厉害，一度面临解散危机，但去年出了陈奕铭，他在国际比赛拿奖后辩论社又振作起来了。”

“他这么厉害啊？”江攸宁赞叹道，“辩论也是在与时俱进的，我那会儿参加的时候，那个比赛的规模远不如现在的大，要说厉害还是他厉害。”

“但你那场比赛有国际著名辩手啊！”杨景谦说，“那可是辩论赛事大满贯的得主，你能赢她，不少人都觉得热血沸腾。”

江攸宁：“好吧。”她如果再谦虚下去，估计会被人觉得在炫耀。但她真是这样觉得的，台上的陈奕铭，应当比那时候的她还要厉害。

辩论赛开始，全场寂静。

台上的人分为两方，裁判开始宣读辩论赛规则。今天的辩题是“女大学生为了结婚休学，你赞同吗？”

先是双方一辩各进行三分钟的陈词。然后双方二辩开始唇枪舌剑，之后是双方三辩发言。

陈奕铭打的是正方四辩的位置。在当今倡导女性独立的大环境之下，这不算是很讨喜的观点。

陈奕铭说话很温和，江攸宁甚至觉得他说话的风格跟杨景谦的很像。

他站起来之后不疾不徐地反驳了对方观点。听众起先其实是有些走神的，但他的这种节奏也有优势，人们很容易就顺着他的话往下思考，他可以一点点地深入，慢慢地让人们的思想跟着他走，最后一上价值观，让全场沸腾。

杨景谦和江攸宁也跟着鼓掌。

尤其是陈奕铭辩论到最后，声音也逐渐提高。

寂静的教室之中，只有他一个人在振聋发聩地反问，甚至说得在场很多女生都红了眼。

从“为了结婚休学”到“为了爱情休学”，然后一路延伸到为什么女生不能拥有爱情自由、婚姻自由。

他的最后陈词是：“我们都在倡导恋爱自由、婚姻自由，倡导女性独立。

“毫无疑问，高学历就意味着你完成了独立的第一步——经济独立，但为什么你就要牺牲另一些自由呢？社会现在足够文明开化，但还是不够尊重女性。如果女性真正得到了尊重，无论你是家庭主妇，还是职场白领，在这个社会上，都能够生活得体面，快乐。有人喜欢为爱洗手做羹汤，有人喜欢在职场奋斗，这都是个人选择。

“我不希望有任何一个女性因为这些事情遭到歧视。支持你拼命考试上大学是为了让你拥有更多选择，但我不希望为此而剥夺你最想做的选择。你生来不必是为了成为谁的妻子或母亲，但也要记得，谁也不能鄙视你想要成为某个人的妻子或母亲这一愿望，你生来不是为了任何人，是为了自己。”

江攸宁坐在那儿，忽然流下泪来。她看着陈奕铭，好像真的在某一瞬间看到了自己。

当初在阶梯教室里，她也是这样，能够说得很多人红了眼。只要是情感辩题，她向来无往不利。

杨景谦给她递了张纸巾过来，江攸宁擦掉了眼角的泪，深呼吸了几下，才缓解自己的情绪。

辩论赛结束，陈奕铭被票选为最佳辩手。观众们有序退场，在退场时，很多人都在夸赞陈奕铭的辩论风格。

江攸宁出了阶梯教室，衷心地道：“陈奕铭很棒，观点输出很厉害。”

“嗯。”杨景谦说，“我觉得他最厉害的不是观点输出，而是情感共鸣。”

“是的。”江攸宁点头，“他戳到了女生心里最痛的那个点。”

“看见你哭了，我就知道他这一场打得很稳。”

江攸宁：“一时没控制住。”她只是很怀念当初的自己。

当然了，陈奕铭的观点也很能触动她。

她是义无反顾地选择了爱情的人，虽然没有为爱休学。但是为了这一段爱情，这一段婚姻，她确实付出了很多。虽然结果很不好，但她不后悔。

杨景谦没再说什么，江攸宁低下头用手机联系路童：“结束了没？”

路童：“结束了，你们快去占位置！已经有一大批学生蜂拥而至了，呜呜呜。”

江攸宁：“好。”

她跟杨景谦往西区食堂走，但还没走几步，她就在拥挤的人群中看到了一道熟悉的身影。

哪怕是背影，她也一眼认了出来。

杨景谦忽然哎了声："那是沈学长吗？"

那人是沈岁和，江攸宁认出来了。他被一大堆人簇拥着，穿的仍旧是熟悉的黑色西装。人群之中，唯他身形挺拔，哪怕站在最里边也很显眼。

"要不要过去打个招呼？"杨景谦问。

江攸宁摇头："不用了。"

手机忽然振动。

沈岁和："你在华政？"

江攸宁看了看消息，没回复。

她收了手机，侧过脸跟杨景谦说："我们去西区食堂吧，路童还等着我给她占位置。"

"好。"杨景谦从沈岁和那边收回视线。

两人并肩往前走，没走几步就看到了路童。

路童正抱着书包跟人聊天，江攸宁温声问杨景谦："那是不是赵老师？"

"嗯。"杨景谦说，"她现在还在教国际法。"

"哦。"江攸宁感慨道，"很久没见过她了。"

"去打个招呼吧。"杨景谦说，"上次在办公室看到她，我们聊起来，她还问起你来着。"

江攸宁点点头。

上学的时候，她就很喜欢赵老师。她的国际法学得一般，虽然仍旧是班里分数最高的，但她对此实在不感兴趣。

赵老师是她们班的辅导员，法律科学博士研究生刚毕业就来华政任教，也就当了江攸宁这一届的辅导员，之后就再没当过。那会儿江攸宁不大爱说话，赵老师还把她叫去过办公室几次，问她是不是有什么难言之隐，后来知道她就是这样的性格，也就随她去了。

杨景谦从后边喊了声："赵老师！"

路童跟赵老师同时回头，看见江攸宁，路童的眼神都亮了，她朝着江攸宁挥了挥手，江攸宁也笑着朝她摆手。

“老师好。”江攸宁走过去，乖巧地跟赵老师打了招呼。

赵老师一眼就认出了她：“攸宁吧？你比以前更漂亮了。”

“好久不见你了。”赵老师说，“刚还问路童呢，我就记得你们上学的时候关系很好，她说你前几天去旅游了，玩得好不好啊？”

“挺好的。”江攸宁说，“那边的天气比这边的舒服很多。”

“你留学后一直没消息。”赵老师说，“从国外回来以后，你去做什么了？”

江攸宁：“去君诚待过几个月，然后……嗯，出了点儿事，后来就结婚了。”

“啊？”赵老师惊讶，“我记得你家挺有钱的，怎么家里出事就让你结婚？”

“不是因为家里。”江攸宁笑着解释，“是我自己出了次车祸，后来一直没工作，等病好了之后去做了法务，没过多久就嫁人了。”

“哦。”赵老师言语之间还有几分惋惜，“嫁人之后就没再工作了吗？”

“不是的，一直在做法务，前段时间刚辞职，打算做回诉讼了。”

“那你老公同意吗？”赵老师考虑的要比年轻人多，“别因为这些事，两个人再生了嫌隙，找个合适的人不容易。”

“他同意。”江攸宁说，“女孩子也还是要追求梦想。”

“是。”赵老师笑道，“我就喜欢你身上这股韧劲，认准了的事情就去做，不给自己留遗憾。”

“我这个年纪从助理做起，您不会觉得太迟吗？”江攸宁问，“年前我给很多律所都投了简历，但一直没有得到答复。”

赵老师摇头：“梦想从什么时候开始都不迟。再说了，我记得你的年纪比大家小啊！路童重新开始都不迟，你怕什么？”

“啊啊啊，”路童不满，“赵老师，你不要这样对比啊！”

赵老师亲昵地挽着她的胳膊：“也是夸你呢。”

路童可没听出来。

几人站在那儿聊了会儿，赵老师的目光忽然在江攸宁和杨景谦身上流连，她惊讶地问了声：“你跟景谦……”

江攸宁："没有。"

杨景谦尴尬地笑了下："老师，我单身。"

"啊。"赵老师摇了摇头，"我还以为你们两个结婚了呢。"

"没有。"杨景谦说，"要是我们两个结婚，怎么可能不叫您呢？"

赵老师点头："倒也是。"

"不过……"赵老师顿了下，"你俩这样很容易惹人误会啊！"

"啊？"江攸宁下意识地往另一边挪了挪，"我们什么都没做啊！"

"不怪你们。"赵老师叹气，"只要两个长得好看的人站在一起，大家就容易误会。"

江攸宁能怎么办？她也很绝望啊！

"老师，"杨景谦比较了解赵老师的为人，笑着道，"您就别开玩笑了，到时候江攸宁要吓得不跟我联系了。我俩只是普通朋友。"

赵老师哈哈大笑："我只是觉得你俩挺配，要是都没结婚，说不定可以凑一对。"

路童："老师老师，我可以。你看看我，我单身，好看，除了穷没有任何缺点，你给我分配个对象吧。"

赵老师怜爱地摸了摸她的短发："你先把自己的脸养回来，再把长发留回来，我就给你介绍。"

路童之前四处跑，脸黑了很多，为了方便，她大学毕业后就剪了短发，一直没留长，这会儿看着又黑又瘦，确实跟美女俩字搭不上边。

但大学时，路童是正儿八经的美女，大眼睛，高鼻梁，小嘴巴，皮肤白，个子高，该胖的地方胖，该瘦的地方瘦。后来路童第一次从外地回来，黑了两个色号。辛语见她的时候大吃一惊，一直问她到底为什么想不开。

路童当时一撩头发："当美女当累了，换个风格。"

她自此在黑瘦道路上一去不复返。

路童撇嘴："老师，你一点儿也不懂短发美女的可爱。"

"不是我不懂，"赵老师摇头，"是臭男人不懂。是吧，景谦？"

杨景谦愣怔了两秒，眼睛滴溜溜地转，看着特别紧张："路童这样很可爱的。"

路童捧腹大笑："我知道，你也很可爱。"

赵老师："啧，我把你俩凑一对得了。"

杨景谦立马道："别别。"

他已经被打趣得从脸红到了脖子根，耳朵甚至红得快滴血了。

"杨同学你别否认得这么快啊！"路童说，"好歹给个面子。"

"就是。"赵老师附和，"给路童小美女个面子。"

杨景谦一脸无辜地看向江攸宁，大抵是想从她那儿得到解救，结果江攸宁特别认真地点了点头："是应该给我家路童个面子。"

众人哈哈大笑，气氛很好。

大家又聊了一会儿，路童喊赵老师一起去吃饭，但赵老师还要跟院系里的老师约，只能改天。

之后，他们恋恋不舍地跟老师告别。

另一边的人群也散了，沈岁和一个人站在那棵刺槐树下，修长的手指间捻了根烟，一直在转，没抽。

路童挽着江攸宁的手臂，轻撞了下江攸宁："喏，看那儿。"

"看到了。"江攸宁淡然地道。

路童啧了声："他在看你。"

"嗯。"江攸宁说，"我们去吃饭。"

路童看了眼表："已经迟了，咱们现在去吃饭，那是跟小狼崽子们抢食，一来不忍心，二来抢不过，还是等到一点吧，那会儿人少。"

"好。"江攸宁答应。

路童喊杨景谦："杨同学，你没问题吧？"

"啊？"杨景谦顿了下，摇头，"没有。"

他被调侃得两颊泛红，一直没缓过来。

路童跟江攸宁低声聊天，无非是问她去海边玩了些什么，最近心情如何。

江攸宁回答："好多了。"

"沈学长一直在看我们。"杨景谦忽然道，"我们真的不用过去打个招呼吗？"

"大可不必。"路童摇了摇头，"实不相瞒，我今天看到他都觉得有几分尴尬，从始至终没看过他的脸。”

江攸宁瞟她：“至于吗？”

“至于。”路童坚定地道，“我在替你尴尬。”

杨景谦一脸蒙地看她：“为什么？”

路童忽然闭嘴，眼睛直看江攸宁。

“我们离婚了。”江攸宁轻描淡写地说。

沈岁和站在刺槐树下看了很久，那边三人谈笑风生，目光自始至终没往他这边转。

但沈岁和确定，江攸宁看到他了。

因为在某一瞬间，他跟江攸宁的眼神对了个正着，只是她很快就避开了。

他说不上来是什么心情，只是觉得闷。

江攸宁好似跟之前有些不一样了，但他又无法具体说出有什么不一样。

她跟别人还是笑着的，唯独对他，一个眼神都不想给。

沈岁和转着手指间的烟一直没抽，最后把烟扔到了垃圾桶里。他朝江攸宁那个方向走过去，在不远处刚好听见江攸宁说他们离婚了，漫不经心地，淡定从容地。

她今天穿了件浅色针织衫、白色的长裙，配了双黑色的帆布鞋，很学生气的打扮，能够完美融入这所学校。沈岁和下意识地喊她：“江攸宁。”

“嗯？”江攸宁皱着眉回头，“有事？”

她语气淡漠，好似在跟陌生人说话。不，是比她对陌生人还要冷漠。

沈岁和站在原地，不知道该说什么。

有事吗？

没有。

他就是想单纯叫叫她。

但他现在单纯喊她的名字好像很奇怪，可又编不出个合适的理由，只好随口道："一起吃饭吗？"

江攸宁愣怔了两秒："不了。"

"哦。"沈岁和看着他们，声音一如既往地冷淡，"你们聊。"

他说着便往前走。

江攸宁看着他的身影慢慢经过他们，然后往前走。

她看到的又是他的背影。她好像一直在看他的背影，看了十年。

她为什么只能看着他的背影？像是跟自己置气似的，江攸宁挎起路童的胳膊："我们快点儿去吃饭。"

她说着就往前走，就跟踩了风火轮似的。路童几乎是被她连拖带拽地往前走，但很快就适应了她的步调。杨景谦紧紧跟在她们身后，像个护花使者。

这是江攸宁第一次想要超过一个人。她从内心深处生出了强烈的胜负欲。

她拼命往前走，冲到了沈岁和的前面，然后，一直没回头。

这是她第一次，途经沈岁和的身侧，却没看他一眼，纵使她的手心出了汗。

天气变得暖和了起来，等到三月中旬，公园里大片大片的杏花在枝头绽放，连成一片白色的花海。

在离婚冷静期结束的前一晚，江攸宁收到了沈岁和的微信。

沈岁和："明天上午，九点。"

江攸宁很冷淡地回了个"嗯"后放下手机。但这天晚上，她又失眠了。

起初这个房间里只剩她一个人的时候，她常常是睁着眼睛到天亮，导致眼睛又干又涩。有时她会躺在沈岁和原来的位置上，不知道该做什么。

她没有流泪，只是心里闷，根本睡不着。

从鼓浪屿回来之后，她的失眠有明显改善，所以取到的快递她也一直没拆。

这天夜里两点多，江攸宁起床去储物间拆了前段时间买的东西，是网上推荐失眠人群吃的褪黑素。

听说褪黑素有副作用，江攸宁以前一直没吃过，但那天在网上看到个评论：褪黑素是有副作用，但不睡觉副作用更大。

这话倒是没毛病。

失眠的那段时间，江攸宁时常感觉心悸。她看了眼说明书，当看到“孕妇不宜食用”几个字的时候，忽然蒙了几秒，发现好像两三个月没来大姨妈了，可她跟沈岁和那段时间都做了措施，应该不会怀孕，大抵是睡眠不足导致的月经不调，以前也有过。她心想等明天离了婚，就去医院妇科看看。

她倒出两颗褪黑素，一口咽下，然后躺在那张两个人曾经睡过的床上。

江攸宁想，这房子，还是卖了吧。

她不想困在这座名为“沈岁和”的城里，永远出不来。

翌日是个晴天。

江攸宁醒得很早，赶在七点半的闹钟响起之前就醒了。

但她在床上发了会儿呆才起来。

她化了个淡妆，给自己编了头发，开车准时到达民政局。

华政一别后她就再没见过沈岁和，他好像瘦了一些，西装外套穿着看上去有些松松垮垮的，脸颊也显得更加瘦削。

江攸宁只是对他微微颔首。

沈岁和问：“东西带了吗？”

“嗯。”江攸宁把那张纸拿出来。

两人一起进了民政局，沈岁和推开门之后一直等江攸宁过去才关上，紧随其后。

这一次的程序比办离婚时的快，在确定两人再无复合的可能后，工作人员就给他们发了离婚证。

这是他们第三次来民政局。

第一次，结婚，两个人领了两张证，正红色的。两张证的照片里，他们相偎，笑靥如花。

第二次，办离婚，两个人面无表情地进去，面无表情地出来。

第三次，领离婚证，两个人领了两张证，暗红色的。两张证的照片里都只有一个人，坐得板正，一脸严肃。

这世事大抵都是如此，如同浮云，有聚便有散。

拿到证之后，江攸宁还有些愣怔。照片上的她，是一个人了。往后，她也是一个人了。

领完证从民政局出来后，江攸宁站在民政局门口，温声道："我打算把那两处房子都卖了。"

沈岁和的头发被风拂得有些乱："随你，给了你就是你的。"

"哦。"江攸宁说，"我走了。"

"嗯？"他顿了几秒，忽然喊她的名字，"江攸宁。"

江攸宁回头，疑惑地看着他。

"以后，对自己好点儿。"沈岁和说，"有事可以来找我。"

江攸宁唇角上扬，真心实意地笑："我会的。"那双鹿眼依旧明亮，只是里边多了很多沈岁和看不懂的东西。

忽然，江攸宁往后退了一步。在沈岁和不解的眼神里，她很正式地朝沈岁和鞠了一躬："沈先生，谢谢你。"谢谢他赠她一场大梦。如今虽恍然梦醒，但她也曾梦过，不后悔。

沈岁和不解："嗯？"

江攸宁没有解答他的疑惑，只是自顾自地说："祝你过得好。"

"哦。"沈岁和几乎是下意识地回答，"好。"

江攸宁："以后，我们也别再见面了吧。"

就让这些事，从她的世界翻篇吧。

说完以后，她转身离开，一步又一步，走得坚定又决绝。

沈岁和站在原地，望着她远走的背影。她穿了条橘黄色的裙子，编了很漂亮的蜈蚣辫，头上还缠了一条明亮的发带，人比初见时还要明艳几分。

她瘦了。沈岁和想。

江攸宁头也不回地离开，手心都沁出了汗。

她迎着阳光，大步向前。

在路上，江攸宁联系了一个中介，把君莱和芜盛都挂出来卖。

听沈岁和说，他以前买的时候，君莱是两千万，芜盛是一千三百万。这会儿中介给的建议价格是君莱四千万，芜盛两千万。价格几乎都翻了一番。

江攸宁没有异议。她开车回到芜盛，打算收拾东西离开。

之前她就一直在看房，在路童的帮助下已经看好了一幢房子，三百多平方米的三层小别墅，还带一个后花园，正好够她跟路童、辛语一起住。

她找了江河，花四千万就买了下来。

她用指纹解锁进门，却看到了坐在沙发上的曾雪仪。对方坐得笔直，目光遥望过来。

江攸宁的心忽然被捏紧，她连呼吸都有些不畅。

曾雪仪之前来住的时候，在门上录入了她的指纹，江攸宁一直懒得动这幢房子里的东西，曾雪仪能进来也不稀奇。但江攸宁没想到，在自己跟沈岁和离婚，这幢房子已经过户给自己之后，曾雪仪会这么堂而皇之地不请自来。

江攸宁站在原地愣了好久才缓过神来。她轻轻地关上门，不疾不徐地弯下腰换掉高跟鞋，将包搭在门口的挂钩上，自始至终没看曾雪仪一眼。

阳光倾泻在室内，格外温暖，江攸宁穿着明亮的橘黄色长裙穿过客厅，进入厨房，给自己倒了杯水喝。

白皙的手掌撑在光滑的料理台上，台面带着几分凉意，她的右腿不自觉地往后伸展了几厘米，窝在拖鞋里的脚趾微微蜷缩。

不知道是心理作用还是即将变天，时隔几个月后，她的脚踝处又泛起了疼。

她之前一直按照医嘱在喝药，哪怕是下雪天，她脚上的疼痛也没那么明显，而且很久没疼过了。可现在看见曾雪仪，她的脚又开始不自觉地疼。

她在厨房喝了一杯温水后仍旧没出去，在心里细细盘算着要收拾多少东西走。

当初搬家用了一天，还是跟沈岁和一起，现在她一个人估计得用两天，不如等周末让辛语跟路童过来一起收拾。但从私心里，她不太想让人侵入这块领地，无论是多亲密的人。

还是自己慢慢收拾吧，江攸宁想，反正现在每天也没事做。她环顾了一圈厨房，这里的很多东西都是她跟沈岁和去超市买的。

沈岁和在工作上是个很有耐心的人，但在生活琐事上，他的耐心真算不得好。

那天他们从超市的最南绕到最北，从最东逛到最西，填满了两个购物车，在逛的过程中，他问了很多次“还没买完？”

江攸宁急急忙忙购置好东西，沈岁和结了账，二人回来。回来后整理时，江攸宁才发现少了很多东西，所以之后又一个人去了超市。

虽然在君莱住了三年，在这里只住了两个月，但江攸宁对这里的感情比对君莱的深，有一种说不上来的依赖。

大抵是因为在这幢房子里，沈岁和还是个比较温暖的人，她还有一点儿值得留存的回忆。

但无论如何，这些都该过去了。

江攸宁又倒了杯温水，刚捧起水杯要喝，身后就传来阴森的声音：“你倒是好大的架子。”

江攸宁没拿稳手中的杯子，不小心把水洒在了自己的针织衫上。她只淡淡地瞟了眼，然后放下杯子。

玻璃器皿和光滑的大理石碰撞，发出当的一声响，在寂静的厨房里显得格外突兀，就像曾雪仪出现在这幢房子里给人的感觉一样，突兀且令人不舒服。

江攸宁拿手撑着料理台，纤长的手指紧绷着，连指甲盖都泛了白。她淡淡地道：“还行。”

“还行？”曾雪仪皱眉轻嗤。

“您有事吗？”江攸宁深吸了一口气，转过身看向她，“如果没事的话，请离开我家。”

“你家？”曾雪仪睨了她一眼，“你不要忘了，这也是我儿子的家。”

“哦。”江攸宁越过她往厨房外走，“现在不是了。”

曾雪仪皱眉："你什么意思？"

江攸宁淡淡地道："没什么。您到底有没有事？没事的话请您离开。"她坐在沙发上，姿态摆得很正。她甚至对曾雪仪用的还是敬语，只不过不再像以前那样唯唯诺诺。

她从来不知道，有人会将她的好脾气当作是唯唯诺诺，把她的尊重看作是小家子气。

江攸宁觉得，曾雪仪大抵是不识好歹吧。

"你这是什么态度？！"曾雪仪冷哼一声，"不过一月不见，江攸宁你胆子倒是越发大了。你家就是这么教你的吗？对待长辈用这种态度？！一点儿家教都没有！"

曾雪仪说着坐在了另一侧的沙发上，睨着江攸宁。那目光犹如淬了毒一般，锋利甚至狠厉。

江攸宁皱起了眉。她平常温婉惯了，不常做皱眉这个动作，如今皱起眉来显得特别无辜。

她勾起唇角笑了下，这笑里带着几分嘲讽："我爸妈确实学历平平，不过一个是华师历史系的教授，另一个是国家一级话剧演员罢了。只是，跟您家比起来，我家好像还是略胜一筹。"

慕曦是二十世纪八十年代末的大学生，之后一路攻读历史学博士，博士期间就在德国高校担任过讲师，再之后回国内高校任教，是正儿八经的高素质人才，一九九六年参加工作，教书育人近三十载。江洋年轻时专攻话剧，三十六岁就被授予"国家一级话剧演员"的称号，只是慢慢年纪大了，适合他的角色变少，他的精力也有些跟不上了，但在江攸宁上大学的时候，他已经被传媒大学特聘为客座讲师。

他俩带出来的学生在各行各业发光发热，若是这样的家庭带出来的孩子没有家教，怕是谁听了都要不敢苟同。

曾雪仪眉头皱得越发紧："你这是什么意思？"

"没什么。"江攸宁温声道，"我好像还得提醒您一下，柔柔现在还是我妈的学生。"

沈岁和的表妹曾嘉柔如今在华师历史系读大三，慕曦是她的世界史老师。

“如果我没家教，”江攸宁声音不高，却足以让人听得清楚，“那柔柔呢？”

“她必是比你要好千倍万倍。”曾雪仪毫不犹豫地说。

江攸宁淡淡地瞟她一眼，没有辩驳，只淡淡地应了一个字：“哦。”

曾雪仪憋着的满腔怒火顿时没有发泄之地。

江攸宁却岿然不动，她的手搭在身侧，手指在不停地敲打沙发，一秒又一秒，她在等。

果不其然，不到一分钟，曾雪仪便嗤道：“这些都不重要。我今天来，只是想跟你说一件事。”

“什么？”江攸宁眼皮微掀看向她。

曾雪仪清了下嗓子：“想必岁和也跟你说离婚的事了吧。我希望你俩离婚以后，你不要把这件事当作筹码去威胁他，要钱要物在离婚时就协商好，可不要等到离婚后再狮子大开口。”

曾雪仪接着说：“离婚也是件大事，你最好把你家里那边打点好，不要影响了岁和的事业，我们沈家可丢不起这个人。还有，离婚以后你们就别再见面了吧，有你这样的前妻，岁和找下一任的时候，说不准都会降低标准。再说了，正好你们没孩子，根本没必要有过多联系。”

江攸宁就那样平淡地、安静地盯着她。

曾雪仪也瞟向她，声音越发尖锐：“如果岁和还没跟你提离婚的事，那便由我来说。反正我们已经商量好了，通知你也是迟早的事。”

“你跟岁和真的不合适，他需要一个能助他事业有成的妻子，或者再不济也是拿得出手的妻子，但你……”她说着瞟了眼江攸宁的脚，“你什么情况我也就不说了，人贵在有自知之明，你配不上沈岁和。”

“哦。”江攸宁面无表情地说。

曾雪仪站起来，轻轻地掸了下身上不存在的灰尘，敛起凌厉的眉眼，佯装温和地道：“离婚对你来说也不是件坏事，你能平白分得不少钱，往后的日子也会好过许多。”

“我稀罕？”江攸宁尾音上扬，语气里满是不屑。

曾雪仪愣了两秒，然后又平静下来：“岁和不会亏待了你，不管你稀不稀罕，这婚，都非离不可。”

“那你让沈岁和来说啊！”江攸宁盯着她。

曾雪仪顿时无话。她跟江攸宁眼神相撞，空气里似乎都有火星子噼里啪啦的响声。

曾雪仪忽然怒极：“江攸宁，你这是什么意思？！”

江攸宁没有直接回答她的话，反倒是放缓了语气，漫不经心地道：“让我猜猜，沈岁和最近都没跟你联系吧？那我再和你说件事，沈岁和也一个月没回家了呢。你猜猜，他去哪儿了？”

“我猜，他一个人去躲清静了。”江攸宁不疾不徐，像是拿了一把钝刀子悬在曾雪仪的心上，一点点、一点点地磨她的心尖肉，“为什么呢？因为他不想见你。”

“胡说八道！”曾雪仪厉声喝道。

江攸宁却没被她的怒火吓到，仍旧是那副波澜不惊的模样。曾雪仪越生气，江攸宁就越能确认自己的猜想正确。

江攸宁用没有起伏的声音，说着对曾雪仪来讲最残忍的事实：“他不想见你，是因为讨厌你。他讨厌你的控制欲，讨厌你的胡搅蛮缠，讨厌你的蛮不讲理，讨厌你一次又一次插手他的生活。”

江攸宁的声音非常温和，她以前打辩论的时候做四辩，总结陈词时总容易让人走神，但她的感情酝酿极佳，能让人们跟着她的语气和语境进入她所说的情境之中，跟她的话产生共情。

她的辩论风格跟陈奕铭打辩论时如出一辙。或者说，她的技术比陈奕铭的还要炉火纯青。

她的样貌不具备侵略性，但正因如此，从她口中说出来的话才叫人更痛。

说到最后，江攸宁的声音慢慢降下来，她像是在跟曾雪仪耳语一般：“他其实很恨你。”

“你胡说。”曾雪仪怒喝一声，“江攸宁，你便是这样挑拨我们母子关系的？怪不得自从你们结婚以后，他跟我越发疏远了。天底下怎么会有你这样狠毒的女人？！”

“我狠毒吗？”江攸宁平静地反问，“你不是觉得我唯唯诺诺、小家子气吗？这样的人又怎么会狠毒呢？你说话是不是太自相矛盾了？”

曾雪仪一时语塞。

江攸宁瞟了她一眼，懒得再说。她其实不想把局面闹得这么难堪的，不管怎么说，曾雪仪毕竟是沈岁和的母亲，是一手把他抚养大的人。

哪怕是离婚了，她也想给沈岁和留几分面子，但曾雪仪不请自来，贬低她，甚至贬低她的父母。

她不想忍了。为什么她什么都没做错，却要一次次忍受这种谩骂和侮辱？以往她是儿媳妇，想跟沈岁和好好过，所以放下尊严，去讨好曾雪仪。但现在她和曾雪仪什么关系都没有了，凭什么还要对曾雪仪百般忍让？

江攸宁深吸了一口气："你出去吧，离开我家。"

"江攸宁！"曾雪仪厉声喊她的名字，"你是不是太过分了？！这里也是我儿子的家，我为什么不能待？！"

"已经不是了。"江攸宁平静地说，"我们离婚了。"

"拜你所赐，离婚了。"她重复了一遍，然后从包里拿出离婚证，暗红色的本上，烫银的三个大字"离婚证"印在上面，格外讽刺，"这下你满意了吧？"

曾雪仪站在原地，满脸狐疑，对这个结果还有些不敢相信。

"离婚了？"她讷讷地重复道。

江攸宁点头："是，离婚了。"

"是你逼的吧？"江攸宁笑着反问她，"用一些极端的方式。"

曾雪仪盯着离婚证半晌，然后笑了，笑得风情万种，脸上的褶子都多了几条。她将头发往后撩拨了几下，没有正面回答江攸宁的话，反而笑着说："离婚了便好，岁和还是听我的话的。"她的声音顿时温和了下来，但江攸宁听着格外刺耳。

"所以，你现在可以走了吗？"江攸宁说。

曾雪仪笑着："可以。"

她看向江攸宁的目光都变得温和。

她拎起自己的包往外走，却在走到玄关处时停下，佯装惋惜地对江攸宁说："其实我最初挺喜欢你的，你脾气好，性格也不错，长相还算过得去，只不过啊，你这个跛脚实在太影响美观了。我家岁和相貌堂堂，事业有成，你这样的，实在是不适合做我沈家的儿媳妇，不过往后呢，咱们也桥归桥，路归路，离婚以后你也别再来找沈岁和了，他啊，不会回头的。"

"好巧。"江攸宁说，"我也不会。"

曾雪仪的话听得她直犯恶心。

她听见"跛脚"两个字还是很难过，但又不想就这件事跟曾雪仪发生冲突，便忍着，等曾雪仪走。

江攸宁用指甲狠狠掐着手心，目光灼灼地盯着曾雪仪。

"不会就好。"曾雪仪说，"那我们就此别过吧。"

她的话音刚落，手机便响了。看到屏幕的那一瞬间，她喜笑颜开，滑开屏幕接起了电话："喂，夏夏啊。"

"嗯，下午一起逛街。"曾雪仪笑道，"岁和呢，已经离婚了。"

"妈答应过你的事情，肯定不会食言。"她站在玄关处换鞋，对江攸宁视若无睹。

"是真的，岁和跟那个跛子已经领了离婚证，我都亲眼看见了。

"以后娶了你，他肯定会好好对你。岁和这人我知道，他啊，从小就有责任感。

"再不济还有我呢，他敢对你不好吗？

"你说那个跛子啊，她哪里配得上岁和？岁和现在离了婚娶你，才是步入正轨。"

她拉开门往外走，仍旧讲着电话："那个跛子哪里比得上你？你跟岁和才般配呢。"

她一字一句都像是扎在了江攸宁的心口上。

曾雪仪的意思是，江攸宁是个肢体残疾人，所以配不上沈岁和，那他就应当再娶一个更好的。

江攸宁的指甲快要将手心掐出血来，但是她心里比手心要痛千倍万倍。

她看着曾雪仪的背影，泪水模糊了眼睛。

刚才分明还在说话，这会儿嗓子却像是被沙子磨过一样，张嘴都疼。她听见曾雪仪说："岁和肯定更喜欢你啊，那个跛子一点儿优点都没有，岁和当初啊，就是鬼迷了心窍，谁能看得上一个跛子？"

江攸宁忽然大声喊她："曾雪仪！"

曾雪仪回过头看她，挂掉了电话。二人隔着几步远，江攸宁的眼睛红得快要滴血，她哑着声音说："我是个跛子。但我永远配得上沈岁和。"

她一字一顿，说得缓慢又坚定。曾雪仪却嗤笑："呵，痴人说梦。"

"你知道我的脚是怎么跛的吗？"江攸宁盯着她，一字一顿地道，"四年前的四月四日，在淮阳路拐角。"

曾雪仪的笑容顿时凝固在脸上。

那一场车祸，江攸宁很不愿意去回忆。她不止一次后悔过，当天不应该图近开车走那条路，可是后悔无用。

单是听到时间地点，曾雪仪便噤了声。

江攸宁知道，她一定是想起了什么。

那夜的事情江攸宁一直记得，只是在无数个同床共枕的日夜里，她选择了遗忘。

那个大雨滂沱的夜晚，她和一辆车迎面相撞。

砰，在车灯的照射下，她看到了对方的脸。那是无数次出现在她素描纸上的脸，是比她记忆里更成熟的脸。

许久没见的单向重逢，引起她的第一百零一次心脏悸动。

江攸宁什么都来不及想，连人带车翻了几圈，她的脚卡在刹车的地方，疼痛难耐。对方的情况亦是不容乐观，他的脑袋狠狠磕在了方向盘上。

那个雨夜，改变了她一生的命途。

"想起什么了吗？"江攸宁的声音放得极平，泛红的眼睛直勾勾地盯着曾雪仪，盯得曾雪仪有些瘆得慌，下意识地往后退了半步。

"我能想起什么？"曾雪仪没什么底气地说，"你想说什么便说，少拐弯抹角的。"

"那天晚上……"江攸宁的记忆随之回到那个雨夜。

大雨哗啦啦地下，街上空无一人，连车都看不见几辆。淮阳路刚开始修不久，还没有完全修好，路上坑坑洼洼，不太好走。

江攸宁开车向来稳，但那天慕曦给她打电话说老江身体有点儿不舒服，她就比平常开得快了些，再加上常走这条路，便放松了几分警惕。可她没想到，刚一拐过熟悉的S弯，对面就有一辆车疾驰而来。

砰，两辆车相撞，金属外壳火光四溅，倒下的那一瞬间，江攸宁在本应是沈岁和所走的车道上看见了一只被大雨淋得湿淋淋的猫。那只猫有一双宝蓝色的眼睛，它在朝着沈岁和的方向呜咽。

沈岁和为了一只猫变道，却在拐角处刚好撞上了江攸宁的车。他踩了刹车，可雨天路滑，很难马上停下，江攸宁在拐弯时也没减速，于是酿成了一场灾难级的车祸。

那天晚上，江攸宁耳朵里充斥着的是无休无止的哗哗雨声，还有由远及近哀怨悲绝的猫的呜咽……

“四年前的四月四日在淮阳路，沈岁和开车违规变道，和一辆正在拐弯的宝马X3迎面相撞，昏迷了一周，在医院休养两个月。”江攸宁深吸了一口气，把这些事都说了出来，“我以前的车就是宝马X3，车牌号是北G7364。”

江攸宁问曾雪仪：“你现在有记忆了吗？”

曾雪仪愣在原地。这个事实太具有冲击性，她一时反应不过来。

那场车祸是沈岁和为数不多的人生污点之一。

在车祸发生之后，曾雪仪一直忙着照顾沈岁和，车祸的后续事宜全是由曾寒山沟通的。她听闻对方昏迷了三天，醒来之后下半身瘫痪，往后只能坐轮椅度日，但对方并未对此提出过分要求，甚至连赔偿金都没要。

沈岁和醒来之后，经检查并无大碍，只是丧失了一部分记忆，但那些记忆在他住院的两个月内也慢慢恢复。比起对方，他受到的伤害不算大。

沈岁和醒来后也想去找受害者，但那时对方已经出院，据说去了国外治病。

曾雪仪仔细询问了那天的场景，得知是沈岁和的过错后便让大家都守口如瓶，还让曾寒山一定要打点好对方，不要落下什么话柄。曾寒山当时盯着沈岁和许久，目光深沉，然后叹了口气，让曾雪仪放心，说对方没打算追究。

没想到，这件事再被提起，竟是出自江攸宁口中。

“你……”曾雪仪的瞳孔都微缩了几分，“你……你……你……”她磕巴了半天都没说出一句完整的话。

“很震惊吗？”江攸宁勉强挤出一抹笑，“那你知不知道沈岁和当天是违规驾驶？”

走廊里沉寂了很久，曾雪仪忽然疾走了几步，朝着江攸宁的方向走过来，然后把她往里一推，直接关上了房门。

砰的一声响，竟吓得江攸宁打了个激灵。

“你想怎么样？！”曾雪仪厉声道，“当年是你自己不追究的，现在来说这些是什么意思？”

曾雪仪说：“再说了，你有证据吗？我可是记得，淮阳路的监控是在那场车祸后才安装的，你不要把莫须有的罪名都安在沈岁和头上！难道就你一个人是受害者吗？沈岁和因为那场车祸昏迷了一周，鬼门关走了一遭又一遭，差点儿死在了医院！”

“没什么意思。”江攸宁倚着玄关处的鞋柜，手掌向后撑在柜子上，指尖抠着木质的柜子，像一只小老鼠在啃门似的。

她的指关节都泛了白，脸上仍旧平静：“我只是想提醒你，如果我将他违规驾驶的事情上诉至法庭，一旦罪名成立，他会被吊销律师执照。”

曾雪仪像一头暴怒的狮子，狠狠地盯着她，仿佛下一秒就要把她撕碎。

“这才是真正的，”江攸宁顿了下，嘴角勾起一抹笑，眼里却落下泪来，一字一顿地道，“毁掉沈岁和。”

“你到底想怎么样？”曾雪仪厉声骂道，“难道因为离了婚就恼羞成怒想要毁掉沈岁和吗？我都说了，你没有证据！你怎么证明沈岁和当初是违规驾驶？已经隔了四年，你现在才提起来，我合理怀疑你是蓄意报复！”

“淮阳路没有监控，”江攸宁平静地说，“但我有行车记录仪。”

“证据一直都在我的 U 盘里，你想看看吗？”江攸宁问。

曾雪仪忽然觉得脊背发寒。她又看向江攸宁的脚，心虚地往后退了几步。

“我不只有行车记录仪，还有医院就诊记录、我哥跟舅舅的协商录音、我跟舅舅的聊天录音等一系列相关证据，你要一一看过听过才信吗？”江攸宁盯着她，不疾不徐地说。

“你拿出来。”曾雪仪顺着她的话说，一脸警惕，“你拿出来我便信。”

玄关处的战争一触即发。

二人都绷紧了神经，江攸宁却忽然笑起来。她眉眼弯弯，整个人忽然变得温和，但这种温和带着别人无法忽视的锋芒。

“我为什么要拿出来呢？”江攸宁笑着，“你信便信。不信，便去问舅舅。”

“这个秘密在我这儿，在舅舅那儿，在我哥我叔那儿藏了四年，我没让任何人说。如果不是你欺人太甚，我可以把这个秘密带到坟墓里。”

“那你为什么还要说出来？！”曾雪仪的眼神像淬了毒的刀子，悬在江攸宁的头顶，“你不是爱沈岁和吗？那你就把这些秘密都带到坟墓里啊！”

“凭什么？”江攸宁笑得越发肆意，“爱是会变的。我跟你又不一样。你是他妈，你可以无私地爱他，但我又凭什么呢？”

曾雪仪一时语塞。

“我爱他的时候，他在我这里是无瑕白玉，我也舍不得他身上有任何污点。”江攸宁的声音很温和，像在不疾不徐地给人讲故事，“但我不爱他的时候，他在我这里就什么都不是。”

“我愿意告便告，不愿意，你们就慢慢等着。我要你头上永远都悬着一把刀。”江攸宁盯着曾雪仪，目光变得狠厉，“别来惹我。”

曾雪仪是第一次看到这样的江攸宁，一时有几分愣怔。

而江攸宁趁着她愣怔之际，打开门使出浑身力气把她推了出去。

江攸宁站在门口，站得笔直，比曾雪仪还要高几厘米。她居高临下地看向曾雪仪："我是个跛子，谁都能说，唯独你们家的人不能。你们，永远欠我的。沈岁和，也永远欠我的。如果不想让沈岁和身败名裂，你就别再来招惹我。"

一口一个跛子，一句一个配不上，江攸宁这辈子都不想听到这种话了。

曾家别墅。

曾雪仪红着一双眼睛跌跌撞撞地闯进来，彼时曾嘉柔正坐在客厅里玩手机，看见曾雪仪时吓了一跳，立马站起来关切地问："姑妈，你怎么了？"

曾雪仪瞟了她一眼，语气不善："你爸呢？"

"楼……楼上书房。"曾嘉柔被吓了一跳，说话都有些磕巴。

曾雪仪没再看曾嘉柔，径直往楼上走。她没走几步就被绊了一下，差点儿跌倒，关键时刻抓住了楼梯扶手，这才幸免于难。

曾嘉柔喊她："姑妈，小心点儿。"

但曾雪仪没有回头，几乎像风一样跑到了楼上。

曾嘉柔望着她在楼梯口消失的背影，一阵恍惚。

在曾嘉柔的印象中，曾雪仪就没有过这么失态的时候。她向来是用最刺耳的话来让别人失态。

曾嘉柔觉得稀奇，点开小窗跟曾嘉煦聊八卦消息。

"刚刚姑妈来了，吓到我了。"

曾嘉煦："姑妈哪次不吓人？习惯就好了。不过，姑妈会吓你吗？她每次对你都很好啊，我才是被吓到的那个。"

"不是，不是她吓我，是她整个人疯疯癫癫的，让人感觉不太正常。"

曾嘉煦："你都觉得她不正常，那是真的不正常。上次她还吞安眠药了。我让表哥带她去精神科检查一下。"

"结果呢？"

曾嘉煦："说完以后我就觉得自己犯蠢了，姑妈那种人你能把她弄到精神科？除非五花大绑。"

“那就绑啊。”

曾嘉煦：“你来？”

“让表哥跟爸来。”

曾嘉煦：“假如咱妈犯了病，你舍得把她绑起来？”

“舍不得也得舍啊，她都吞安眠药了！那是一般的病吗？”

曾嘉煦：“但现在面临的问题是，只要表哥听她的话，她就是正常的。一旦表哥不听话，她就会用各种极端手段。如果表哥把她送到精神科，她自杀了怎么办？”

“表哥好可怜啊！”

沈岁和在面对曾雪仪的时候，并不是无路可走。但在违背她意愿的路上，存在的未知因素太多。

谁都背负不起亏待母亲的罪名和愧疚感。

曾嘉柔忽然想到：“精神科不是会对病人进行管制吗？”

曾嘉煦：“姑妈那天吞了足足一百颗安眠药。现在安眠药管控得这么严格，她都能拿到一百颗。只要一个人想死，她有几百种死法，让你防不胜防。”

“也未免太可怕了吧。”

曾嘉煦：“悄悄跟你说，表哥其实动过带姑妈检查的念头，而且悄悄安排了心理医生，做了个身份伪装。”

“然后呢？”

曾嘉煦：“医生还没说两句话姑妈就察觉了，她那天拿了把刀架在自己脖子上，还差点儿划了表哥的手。我就问你怕不怕？”

“姑妈现在这么疯狂吗？”

曾嘉煦：“你以为呢？家里人但凡对她有办法，也不至于现在这样啊！”

“爷爷奶奶要是知道了，估计也死不瞑目。”

曾嘉煦：“就是他们给惯的！从小到大爸就什么都让着她，她在家里说一不二的，要天上的星星，爷爷都得买颗行星以她的名字命名。咱们怎么就没这种待遇啊？”

曾嘉柔看了眼楼上，回复：“还是别了吧。我现在有点儿担心咱爸。”

曾嘉煦："莫慌，咱爸被锤打了五十多年，能应对。"

"我怕了。我真的怕了。表哥是怎么过的这三十年啊，姑妈魔怔了吧。"

曾嘉煦："谁说不是呢？"

楼下曾嘉柔和曾嘉煦在手机上讨论得热切，而楼上书房里的氛围并不是很好。

曾雪仪一进门就撕了曾寒山的书，白纸纷纷扬扬地落在地上，围着二人。

"怎么了？"曾寒山皱着眉头问。

曾雪仪单刀直入："当初岁和撞的人是江攸宁？"

曾寒山愣怔了几秒，然后深深叹了口气："你都知道了？"

曾雪仪顿时瞪大了眼睛："果然是她？"

"是。"曾寒山点头，"宁宁的脚，是当初车祸落下的后遗症。"

"那你为什么不告诉我？"曾雪仪瞪着他。

曾寒山："宁宁当初说，不要告诉任何人，她不希望岁和有任何负担。她是真的很爱岁和。"

曾雪仪厉声道："她就是蓄意报复！现在沈岁和要跟她离婚了，她就拿着所有的证据来威胁我！她就是个心机深沉又恶毒的女人！"

"离婚？为什么要离婚？"曾寒山错愕，随后又明白过来，"姐！岁和都这么大了，任何事情他都有自己的主意和想法，你能不能不要去干涉他的事情了？"

曾雪仪："可我不允许他那样毁掉自己。他娶那个跛子就是为了反抗我！我生他养他，从那么艰苦的环境里把他带出来，他现在比那里的人都要优秀，为什么要娶一个跛脚的老婆？！江攸宁会把他毁了！"

曾寒山看着面目狰狞的曾雪仪，一时不知该说什么才好。

隔了很久，曾寒山才语气沉重地道："可是宁宁的一生就毁在那场车祸上了啊！"

"当初岁和说想娶宁宁时，我是庆幸的，他终于可以去还债了。"

曾寒山苦口婆心地劝她，“你就不能放过他吗？也放过你自己。姐夫都走多少年了，你都离开那个地方多久了，为什么就不能走出来？！”

“走不出来的。”曾雪仪摇着头说，“永远都走不出来。”

曾雪仪靠在书架上，像是被抽掉了浑身的气力。她看向曾寒山：“你不要把这件事情告诉沈岁和，永远都不要让他知道，把这个秘密给我深埋进肚子里。”

“我……”曾寒山没有答应。这件事他还是要遵从江攸宁的意愿。当初是江攸宁恳求他，不要让沈岁和知道。她不希望他心怀愧疚，也不愿意见他。

“永远……别说出去。”曾雪仪盯着他，“沈岁和必须是完美的。我不允许他身上有污点。”

曾寒山跳过了这个话题，问道：“岁和跟宁宁离婚了？”

“嗯。”这算是曾雪仪为数不多的一件觉得舒心的事情，“离了，证都拿到手了。”

“还人家一片清净吧。”曾寒山道，“别再去打扰她了。”

曾雪仪推门而出，不知道听没听见。

曾寒山坐在椅子上，半闭了闭眼，不自觉地叹了口气。

怀抱秘密的人最痛苦。

能被人这样爱着，沈岁和多幸福啊！可如今，这份幸福也被夺走了。

江攸宁倚在门上，像是被抽掉了浑身的气力。这是她最不愿意回忆起的一件事，但总有人逼着她回忆起来。

如果没有那场车祸，她现在应当是君诚的高级律师，但那之后，什么都没有了。

她确实保存了行车记录仪的视频，手头也有沈岁和违规驾驶的证据，但也确实知道，那场车祸的发生是偶然。

他是为了避开一只流浪猫。

他也有他的温柔和善良。

他只是恰好碰到了拐弯没减速还心怀侥幸的她……

那天，他们谁都不凑巧。

江攸宁靠着门泪流满面，有时甚至都想埋怨捉摸不定的命运，为何所有的凑巧和不凑巧，都被她遇见?

忽然，江攸宁感觉小腹一阵坠痛，低头看了眼，看到明亮的橘黄色裙子上沾染着鲜红的血迹。

第七章

沈岁和，再见

浓郁的消毒水味并不好闻，江攸宁一睁开眼便是满目的白，从天花板到墙壁，都是纯白。江攸宁躺在床上，脑海里一直充斥着医生的话。

“你怀孕了，有小产征兆。”

她怀孕了。

在她跟沈岁和领了离婚证之后，她检查出了怀孕，但因为昨晚吃了褪黑素，再加上最近情绪不稳，一时气急导致胎象不稳，下身出了血，如果送来得再晚一些，胎儿就保不住了。

她在病床上躺了会儿，病房的门被推开，江闻把缴费单放在床头，瞟了她一眼，一时无话。

在送她来医院的路上，江闻就要给沈岁和打电话，但被江攸宁拦下后，江闻自然也知道了他们离婚的消息。知道这个消息之后，江闻就没跟她说过话。

尤其当她检查出怀孕后，江闻的脸色特臭。

江攸宁住的是私人医院贵宾病房。

病房在顶层，风景很好。

正值傍晚，片片红霞似火烧一般，在遥远的天际连成了一大片，看着叫人赞叹。

江攸宁侧过脸望向外边，风很轻，云也很美，她的心却怎么也静不下来。一个新生命的诞生对一个和睦的家庭来说是恩赐，但对他们这种已经破裂的家庭而言，特别像是讽刺。

如果生下来，江攸宁都不知道该怎么跟孩子解释。

“我跟你爸爸离婚了。

“我是个单亲妈妈。”

每一种说法都不能让孩子不去在意，等他上了学，他会发现自己跟其他的小朋友不一样。虽然她有足够丰裕的物质条件，但养一个孩子不只需要物质。她再努力都没办法把孩子缺失的父爱给补足，这是先天缺憾。

可这是一条小生命，他还没来得及好好生长，就要不被允许出生吗?

江攸宁不知道该怎么办，面对命运给她出的新选题，好像怎么选都是错的。

“闻哥。”江攸宁转过脸，柔声喊江闻。

“嗯？”江闻语气不善，他正削着苹果，被她一喊，苹果皮也断掉落在地上。

“你那边忙完了？”江攸宁问。

江闻翻了个白眼：“说正事。”

“你的事不是正事吗？”江攸宁说。

江闻：“我那些都是屁大点儿的事。现在你跟沈岁和，还有你肚子里这个崽，才是咱们家最大的事儿，懂？”

“我不知道该怎么办……”江攸宁说。

“你跟他怎么就离婚了？”江闻看她，“那家伙欺负你了？”

“没。”江攸宁深吸了口气，“好多事情都没有具体原因的，觉得不合适，就离了呗。”

江闻不屑地说道：“现在觉得不合适了，早干吗去了？我让你考虑清楚再结婚，你不听我的，就迅速把婚结了，现在呢？离婚？”

江闻：“有这个念头就做好措施啊，人类科技文明的成果是给你们拿来做摆设的吗？现在揣个小崽，你该怎么办？你来说，你该怎么办？！”

看来这次她是真的把江闻气到了。

江闻第三次朝她发火，还是因为沈岁和。

江闻虽然只比她大半岁，但自小就惯着她、护着她，从没跟她发过火。江闻第一次吼她，是在她发生车祸之后，求着他不要追究对方的责任，更不要跟她的爸妈提起对方是谁的时候，江闻第一次用了那么难听的字眼来形容她：蠢。

但后来，江闻还是妥协了，还站在她这边做了江河的思想工作。

江闻第二次生气，是因为她说她想嫁给沈岁和。她说想要嫁给爱情，所以甘愿飞蛾扑火，义无反顾地去开始。

江闻劝了她很久，他俩坐在江闻家的阳台上，就着满天星光聊了一晚。

她说，沈岁和于她而言就像月亮，她就是天边的那颗星星，如果没有月亮，星星也永远是暗淡无光的。

后来，还是江闻妥协。

江闻帮着她瞒过了所有人，还在家里违心地说了很多沈岁和的好话。

这是第三次，江闻气得接二连三地逼问她。

她该怎么办？孩子该怎么办？江攸宁也想知道该怎么办。

在知道这个消息以后，她不止一次地问过自己这些问题。可是没有答案，她心乱如麻。

“江攸宁，”江闻气得喊她的全名，“你说说，你想怎么办？！”

江攸宁盯着他，几秒之后，她的眼泪就掉了下来。她摇着头，声音哽咽：“闻哥，我不知道。我真的不知道。”

为了爱情，她苦她闷她遍体鳞伤都是她活该，但孩子是无辜的。只是为了孩子，再牺牲自己的下半辈子，她好像真的做不到。

她好不容易下定决心要为自己活一次，却在途中出现了这样的变数，而且这不是花钱就能解决的事情。

一句话，就能定下另外一条生命的生死。

这决定，太过重大。

她不能确定，在独自抚养孩子的过程中，她是不是会无数次觉得是孩子毁了自己本应还能再次灿烂的人生？她会不会像《坡道上的家》里的那个母亲一样，将孩子溺死在浴缸里？

她怕自己成为曾雪仪那样的母亲，也怕把自己的负面情绪带给孩子，更怕许多年以后，看到她的孩子站在她面前，跟她说："我宁愿你没有生下我！"

她没有做过母亲，不知道该如何对待一个新的生命。如果她的家庭是幸福的，是和睦的，她可以跟她的丈夫一起学着去培养这个可爱的孩子，人类幼崽必定能给这个家庭带来很多温暖。

可现在，她的家庭没有了！

她是单亲妈妈，孩子在她这里会受多少委屈？而她，又该何去何从？

过了年，她就二十七岁了，单身离异，原本就不容易找到律所工作，如今怀着孕更是可能被 HR 拉入黑名单里。她得安心待在家里养胎，等七个月后生下孩子，然后坐月子，等孩子学会爬、学会翻身、学会坐、学会说话、学会走路……陪孩子经历生命中很多个第一次。

等到能够将孩子送去幼儿园时，她已经三十岁了。

哪家律所会想让一个三十岁没有诉讼经验的女性去当助理或是直接上庭？论学新东西的速度，她可能不如应届生，论经验和精力不如单身的经验丰富的律师，她什么优势都没有，在这个社会该如何自处？

嫁给沈岁和后，她的标签是"沈太太"。

如今离了婚，她可以被人称为"江女士""江律师""江小姐"。可一旦生下这个孩子，她的名字前面就要加上"×× 的妈妈"。

在很多个瞬间，江攸宁觉得自己不是自己。她只是"×× 的女儿""×× 的妻子""×× 的母亲"。她生来似乎就是在成为他人附属品的路上。光是想想，江攸宁就觉得难过。

“闻哥，”江攸宁泪眼模糊地看着江闻，“我怎么就把生活过成了这样啊？”

“我后悔了。”江攸宁哽着声音说，“我真的后悔了。”

从前，无论她有多少委屈，都没后悔过。

她选了自己想要的那条路。哪怕这条路遍布荆棘，她也觉得没关系。人生分岔路那么多，每一条都是选择，她选择的这条有荆棘，谁知道另一条会有什么呢？所以她不觉得后悔。

哪怕跟沈岁和最后离婚了，她觉得自己努力过，拥有过，品尝到了个中滋味，苦楚和酸甜都是自己的。如果再来一次，她想自己还是会那样选择。

因为她真的拒绝不了那样的诱惑。

可是现在，她第一次如此真切、热烈、迫切地想要回到过去。如果回去，她会告诉过去的自己：这一路上你会永远进退两难。你千万别选这条路了，你会疯的。

江攸宁用双手捂着眼睛，眼泪顺着指缝落下来，头发也垂在她的手背上，她喃喃地道：“我好后悔。”

如果她知道生活会一直将这样戏剧化的情节加在她身上，她一定远远地避开沈岁和，连一次碰面都不要有。

江闻看着她，终是心软。

他把削到近乎完美的苹果放在柜子上，拿着水果刀在手中转了几个来回，而后把明亮的刀子放在苹果旁边，低敛下眉眼，抠了抠自己的指甲，温声道：“孩子留下吧。我养。”

江攸宁顿时愣住，看向江闻：“闻哥？”

“怎么了？”江闻在她的脑袋上摸了几下，把她的头发都摸乱了，然后又把她凌乱的头发慢慢梳理好，像小时候那样笑得温和，“别担心，哥养，多大点儿事啊，别哭了。”

江攸宁摇摇头，吸了吸鼻子：“不用。”

“怎么？”江闻说，“你不就是担心孩子生下来没爸吗？我比他亲爹还好。”

“不是。”江攸宁抿了抿唇，刚哭了会儿，脑子里也很乱，“闻哥，你让我一个人想想吧。”

江闻在她的额头上轻弹了一下：“别想太多，都是小事。”

“嗯。”江攸宁说，“我会好好考虑。”

“那大伯那边？”江闻问。

“我说吧。”江攸宁说，“他们也有知道的权利。”

江闻应了之后便出门去冷静，江攸宁一个人坐在病床上，摩挲着自己的小腹。她一点儿都感觉不出来，她的肚子里竟然有一条小生命在慢慢生长。这条小生命在汲取着她的养分，缓慢生长。

红霞漫天，落日余晖给整座城市洒下昏黄的光辉，只要随手一拍就堪比精修图。江攸宁坐在病床上看了会儿天，然后从床头柜上拿起苹果咔嚓咬了一口，平静又缓慢地吃完了一个苹果。

然后她拿起手机，先在家族群里发：“我离婚了。”

群里的人纷纷震惊。

老爸发了三个问号。

慕老师：“知道了。”

小叔：“怎么回事？”

小婶：“是吵架还是真离？”

江攸宁：“离婚冷静期已过，离婚证已经拿到。还有，我怀孕了。”

之后，她又在“姐妹们的聚会”小群里发：“我离完婚了。”

路童：“恭喜。”

辛语连发了三个问号。

江攸宁：“我怀孕了，离婚后查出来的。”

两个群都炸窝了！

她的手机开始疯狂振动，她却只发了定位到群里，然后放下了手机。

她把头埋在膝盖上，那双温和的鹿眼里只剩平静和绝望，绝望的平静，平静的绝望。

她现在好像命悬一线，但在积极地求救。

辛语是最先来的，她家离医院近，她飙车十分钟就到了地方，踩着五厘米的高跟鞋走在医院里，气场全开，回头率百分百。

但她目不斜视，一路上了顶层。

她来的时候，江闻正站在走廊里倚着墙玩手机。

“闻哥。”辛语跟江闻打招呼。

江闻抬头瞟了她一眼，跟以往一样寒暄：“今天的妆挺好看。”

“还行。”辛语往走廊里看，“江攸宁呢？”

“她在里边睡觉。”江闻说着收了手机，“我怕你带凶器，就在这里等你。”

辛语：“不至于，用拳头就能搞定。”

江闻笑了下：“还是这么暴躁。”

“闻哥，”辛语无奈，“你听见这事儿不气？”

辛语跟江闻很熟。他们三个自小一块长大，江闻跟她们同级，而且辛语是独生女，江闻就跟她亲哥一样。江闻是什么样的人，她比江攸宁还要了解。其他小事儿上懒得计较，但涉及她们的事儿，江闻从不犯懒。

“气啊！”江闻语调慵懒，甚至噙着笑看她，“但你有办法吗？”

辛语倒是也没有。

“放平心态，稳住不慌。”江闻说。

辛语：“我稳不住啊，听见这消息就要气炸了！江攸宁是猪吗？怎么就能干出这种事来？当初上学时候的聪明劲用去哪儿了？白考那么高分了吗？”

“考高分跟这些有什么必然联系吗？”江闻问。

辛语顿时愣住，思考了两秒道：“反正就是有那么点儿关系。”

江闻笑了：“她不是猪。她只是傻，觉得爱情至上。”

辛语沉默半晌，然后无奈地摇头：“我真不知道该说什么好。”

“那就什么都不说。”江闻说，“她是个大人了，你不要老把她当小孩一样教育。”

“我冤枉啊！”辛语跟他并肩坐在走廊的椅子上，“闻哥，我真的劝了她好多次，劝她沈岁和不是良人，劝她趁早离婚……”

“她现在不是离了吗？”

“对。”辛语深吸了口气，“但是离婚以后怀孕这种事情，她也敢干！”

“这有什么？”江闻笑着说，“当初闪婚的事她不也干了吗？”

提起来这些事，辛语的心口总堵着一口气。反正遇上沈岁和后，江攸宁就没清醒过。

“别气了。”江闻说，“她的人生始终还是她自己的，我们说再多也无法改变。如果你真的为她好，就别再给她压力。你真以为你一次次地说，她能无动于衷吗？”

辛语往后一仰，语调悲凉：“我就是心疼她。”

江闻反问：“谁不心疼？”

确实，江攸宁打小就招人疼。

慕老师给她五元零花钱，她能拿出三元给江闻买玩具，拿两元给自己跟辛语买零食，有时甚至自己不吃零食，全都给辛语吃。

他们三人的零花钱都不算少，但江攸宁的是最多的，因为大人都喜欢她。

安静乖巧听话就成了她的标签，无论是谁提起江攸宁，第一反应都是乖。可这些乖既是众人对她好的理由，也是众人下意识地替她做主的原因。

因为江攸宁乖，所以大家默认她不会反驳。

因为江攸宁乖，所以大家默认她不懂人情世故。

因为她从未叛逆，所以谁都会在她的人生里留下自己的思想印迹……

可这样的江攸宁太累了。

她虽然从不多说什么，但压力都积在了心里。

无论是江闻还是辛语，都会在她耳边说什么样的才是对的，什么样的才是有利的，她没选这样的生活方式，就是傻。

但江攸宁从未说过他们该去做什么。

只要他们问江攸宁一些事情，江攸宁的反应都是“你喜欢啊？那就去呗”。

钱不够？江攸宁会把自己的私房钱都拿出来支持你。

缺人脉？江攸宁平常自己从不去求人，但会因为你的事东奔西走、低声下气。

失败了？江攸宁可以陪你喝酒畅聊人生。

她永远都默默地做着所有人的避风港，从来不会对别人的人生指手画脚。

很多时候，江闻觉得江攸宁像一棵千年的槐树，安静、沉稳，最是通透。

“心疼又如何？”江闻说，“路是她自己选的，她自己想走便走。”

“可这路错了啊！”辛语辩驳，“她现在变成这副样子还不都是因为沈岁和吗？”

江闻：“那又如何？”

“闻哥！”辛语急了，“你就不能劝劝她吗？”

“怎么劝她？”江闻反问，“劝她离婚，打掉孩子，远离沈岁和，回到正常的人生轨道上来，好好工作，找一个爱自己的人过完后半辈子，从此人生顺遂，平安喜乐？”

辛语愣了下。

江闻语气不重，语速也平稳，可这话被他慢悠悠地说出来，总让人听着不舒服。

“这样的人生不好吗？”辛语别过脸，没再看江闻，“这才是江攸宁原本该过的日子，起码是快乐的。”

“所以呢？”江闻问，“原本？应该？这些词全都把她框住了，我们都觉得自己是为她好，可是从来没人站在她的角度想想，她到底想怎样。你觉得她快乐，她便真的快乐吗？”

江闻说着叹了口气：“人来到这世上，总要酸甜苦辣都尝一遍，才不枉走这一趟。”

走廊里安静极了。隔了很久，辛语才说：“那我们就要看着她这么辛苦吗？”

“有些东西，我们觉得苦，她不一定觉得苦。”江闻说，“等她自己也觉得苦了，不就会主动放手了吗？”

“但这样……”辛语想说些什么，终究是卡在了喉咙里，没说出口。

她想说，这样的江攸宁太辛苦了，她舍不得看见这样的江攸宁。

在所有人的眼里，江攸宁都应当是小仙女，应该被捧在手心。可在沈岁和那儿，她真的低到了尘埃里。

“这样也很好。”江闻却接过话茬道，“她的人生，是她自己的。”

“我知道你很爱她，我也很爱她，但我们谁都没办法去替她过她的日子。她爱沈岁和，所以嫁给他的那种快乐是我们谁都体会不到的；沈岁和对她不好，她的悲伤也是我们不懂的。她能因为接到沈岁和的一个电话就笑一天，能因为沈岁和跟她说一句‘早点儿回家’就满心欢喜地躺在病床上，连大夫扎针都不觉得疼。这些都是我们无法给她的。”江闻倚在长椅上，不疾不徐地说了一大段话。

辛语坐在那儿陷入了沉思。

“我第一次见到宁宁那么快乐。”江闻说，“她在沈岁和面前的笑，是在我们面前从未出现过的。”

辛语很久没说话。眼里又干又涩，她抬起手背擦掉了眼角的泪。

“闻哥，”良久之后，辛语喊他，“你是什么时候想明白的？”

“从她跟我说想嫁给沈岁和的那天。”江闻说，“我们从小到大都把她打扮成我们喜欢的样子，但那是第一次，她异常坚定地站在了所有人的对立面，选择了她想要的。当时，她跟我说了一句话。”

“什么话？”辛语问。

江闻顿了顿，闭上眼睛叹了口气：“她说，闻哥，我不想永远只做别人手里的洋娃娃。”任人精雕细琢，放在橱窗里观赏的洋娃娃。

这世上有两种爱人的方式，一种是你为对方砍掉荆棘，铺好所有的路，对方顺着这条路顺顺利利地走；另一种是对方放心往前走，你永远在对方身后，只要对方回头，你一定都在，对方可以随时往后倒，你一定会接着。

世上大多数人喜欢以第一种方式去爱人，却喜欢被后者爱，而江攸宁从来都是更喜欢后者的爱人方式。

辛语坐在江攸宁的病床前，十分平静，甚至特别耐心地削了一个苹果，皮从头到尾都没掉，最后她把长长的苹果皮扔进了垃圾桶，还把苹果切成了小块放在盘子里。

“语语啊，”江攸宁的声音细若蚊蚋，眼神也飘忽不定，但只要看向辛语，眼里便是小心翼翼，“你别气。”

“我没有。”辛语把削好的苹果递过去，“吃。”

江攸宁总感觉苹果有毒。

江攸宁吃了一块，辛语就在旁边看着她。

“你是不是一直瞒着我？”辛语问。

江攸宁点头：“我原本想着等尘埃落定再告诉你。”

“然而？”

江攸宁：“一波刚平，一波又起。”

她的心境已经平复了许多，此刻她能够跟辛语笑着说出这些话。

“江攸宁，”辛语特别严肃地跟她说，“你以后有什么事可以跟我商量吗？不行的话跟路童商量，别一声不吭地把什么事都办了。”

“你烦了累了心情不好了都能找我们，我们没死呢，你找找我们也不会累死我们，懂？还有，你跟沈岁和之间的那点儿破事儿你自己处理，我以后绝不多说一句。简而言之，”辛语深吸了口气，用特别凶狠的表情给她掖了掖被角，“你以后，给我对自己好点儿。”

“啊？”江攸宁错愕，以为会接受辛语的语言攻击，可没想到辛语的态度如此之好，令她半晌回不过神来。

“啊什么啊？”辛语嗤道，“都要当妈的人了，还这么呆萌。”

江攸宁：“哦。”

“不过，话说回来，这崽你是生还是不生？”辛语问。

江攸宁摇头：“没想好呢。我把这个消息告诉了很多人，想综合一下各方意见再决定。”

辛语啧了声：“确实是件大事。”

话音刚落，病房的门被推开。

江洋、慕曦、小叔、小婶相继走进来，病房里顿时变得拥挤。江闻在最后，负责关门。

辛语站起来，递给她一个自求多福的眼神，往后走了几步，给他们腾出床边的位置。

众人的目光都在江攸宁身上流连，从上到下。

江洋率先开口："几个月了？"

"两个月。"江攸宁说。

"今天离的？"小叔问。

江攸宁摇头："一个月前就申请了，只不过今天才拿到离婚证。"

病房里变得安静，大家一时之间都不知道该说什么。在来的路上，四人在车上商量了很多，江洋跟江河都认定留下孩子是最好的选择。

哪怕离婚了，以江攸宁的条件再找还不是很容易？带着孩子又如何？只要陪嫁足够多，多的是人想求娶她。但等他们看见江攸宁后，一时间感觉什么都说不出来了。

她瘦了很多，原本有点儿婴儿肥的脸这会儿瘦得棱角分明，锁骨上看起来能放两三枚硬币，脸色苍白得吓人。

这样的状态，让她把孩子生下来，不合适；让她打掉孩子，也不合适。他们像是陷入了进退两难的境地。

病房里寂静了很久，江闻在人群后边笑道："都坐呗，客气什么。"

江河瞪他一眼："你也不好好看着宁宁。"

江闻觉得，自己何其无辜。

"叔，"江攸宁喊他，"闻哥可好了，你别说他。"

江河心疼地看了眼江攸宁："你怎么这么瘦了？最近是不是茶饭不思的？"

"没有。"江攸宁笑，"我每天吃得可多了，光今天下午，我就吃了两个苹果。"

可今天，她也只吃了这两个苹果，强颜欢笑不外如是。

江洋冷哼了声："沈岁和知道吗？"

"他不知道。"江攸宁摇头，"我也是刚查出来的。"

"那你还打不打算跟他说？"江洋问。

江攸宁坐在病床上，把手伸向自己的小腹，摩挲了几下，实在感觉不到有生命在她肚子里缓慢生长。此刻外边天色已黑，病房里亮如白昼，江攸宁环顾了一圈，摇了摇头："不了吧。"

众人皆看向她，江攸宁笑了下，这笑不达眼底："我想打掉这个孩子。”

慕承远跟路童推门而入时，正好听到这句话。

其实在众人来之前，江攸宁还没想清楚自己该怎么办。

孩子是沈岁和的，但也是她的。

她曾经也很期待，有一个孩子降临在他们家里，他必定长得很好看，也能给那个冷清的家里带来很多欢声笑语。他的奶奶或许不喜欢他，但他的舅爷舅奶、表叔表姑都会对他很好，他的外公外婆肯定对他很亲昵，他也能得到很多人的爱。

可现在，物是人非。

她为了一个人，蹉跎了自己的十年，不想再被另一个人蹉跎自己的下半生。

当看到这么多人聚在病房里的时候，她忽然轻而易举地就做出了决定。

这个决定令大家错愕，江攸宁却笑着：“婚都离了，孩子生下来也不好受吧。”

众人一时无话。病房里静悄悄的，谁都忘记了接茬。

唯有慕曦，站出来跟江攸宁四目相对。

“天色晚了，大家还没吃饭，先去吃饭吧。”慕曦的声音自带镇定人心的力量，“我想和宁宁谈谈。”

江洋拽了拽慕曦的袖子：“你别冲动啊！”

慕曦瞟他一眼：“你以为我是你？”

慕承远过来跟慕曦说：“姐，让她自己做决定，你别逼她。”

“我知道。”慕曦一个个瞪过去，目光定在江洋身上，“这是我的女儿，我知道该怎么说，你们都去吃饭。”

众人恋恋不舍地离开，慕曦喊了声：“小闻，你回来的时候给宁宁打包个乌鸡汤，我看她有点儿贫血。”

江闻应：“好嘞！”

病房里只剩下了慕曦和江攸宁二人。

一室寂静，慕曦坐在病床前的那一瞬间，江攸宁还有几分恍惚。今天已经是第三个人坐在这个位置上，因为孩子的事情跟她聊。

江闻跟辛语的反应还算好，但慕曦一脸严肃，江攸宁心里也有几分忐忑。

“妈。”江攸宁温声喊。

慕曦应了声，心疼地看着她：“这半个多月都没睡好吧？”

“嗯。”江攸宁也没隐瞒，“确实不太好，但跟以前比起来还行。”

“孩子的事，你真的想好了？”慕曦问。

江攸宁点头：“嗯。”

“那我们都尊重你的意见。”慕曦说，“只是有几点我想跟你说一下。”

“嗯？”

“第一，小闻问过医生，你的身体状况不太好，所以这很有可能是你这辈子唯一的孩子；”慕曦尽可能平静地跟江攸宁叙述这件事情，“第二，你腹中的胎儿已经快三个月了，你想做只能做引产，这是一个很残忍的过程，你现在的身体不适宜做这些；第三，无论何时，你都有我们。”

慕曦继续说：“如果说咱们家目前不具备养一个孩子的能力，我一定会让你打掉这个孩子，但咱们家的状况你看得到，我很快就会退休，你爸现在的工作也清闲，我们都能帮你照顾小孩。说这些不是一定让你留下这个孩子，只是让你考虑清楚，不要留下遗憾。”

“妈，”江攸宁的语气也变得沉重，“我时常在想，难道女人生来就是为了结婚生子，成为妻子和母亲的吗？”

“不是。”慕曦回答得笃定，“你如果不想结婚生子，我也不会劝你。说到底，结婚生子只是人生的一种选择罢了，就跟有人喜欢吃姜，有人不喜欢一样。但是你遇到了想要结婚的人，选择结婚生子，谁也不能说你这个选择不好。”

“就像你现在不想要这个孩子，选择打掉，我也不会劝你。”慕曦说，“但我作为你的母亲，有必要告诉你这些问题。”

“做母亲真的很愉快吗？”江攸宁忽然问，“妈，从小到大，你有没有那种想要掐死我的瞬间？”

慕曦笑了，摇头道：“没有。”

“为什么？”江攸宁说，“小孩哭闹不是很烦人吗？我听我爸说我小时候总是不睡觉，还不找他，害得你每天只能睡三四个小时，坐完月子瘦了十几斤。”

“因为我生你的时候二十八岁。”慕曦说，“我做好了准备才生的你，这些都在心理预期内。而且，你爸虽然看上去不着调，但我生你的时候，他帮了我很多，我俩都是一步步学着当父母的。”

“这个过程不算愉快，但……”慕曦想了想，用一个词形容这种心情，“还算有成就感。”

“具体是哪方面？”江攸宁问。

“就是看着孩子从巴掌那么大慢慢成长，如果是女儿就可以给她穿公主裙，扎小辫子；如果是男孩子，像你闻哥那样，就给他买玩具，带他去滑冰。”慕曦说，“孩子的每一步你都有参与，你时常还能听到很多令你啼笑皆非的话。总之，就是很新奇的体验。”

“但是……”江攸宁顿了顿，又道，“难道不会觉得有了孩子之后就变成了‘×××的妈妈’，以后都没人在意你的感受，在意的都是孩子了吗？”

慕曦微笑：“其实还好。在意你的人什么时候都会在意你。况且，孩子也算是变相的动力吧。我有时候也会观察，发现在成年人之间普遍有一种现象。”

“什么？”

“没孩子的人都想要体验不一样的人生，所以去冒险，去寻求刺激。但有了孩子的人，往往习惯性地把孩子挂在嘴边，而且会变得勇敢。我在生你之前特别怕黑，晚上从来不出门，但有了你之后，就会说，我要勇敢一点儿，给我的女儿做榜样。”慕曦说，“生下你之后我尝试了很多事情，你爸也是。”

“这样岂不是失去了自我？”江攸宁摇头，“妈，说句不负责任的话，我特别害怕生下这个孩子以后，我就变得不是我了。”

她望着窗外：“我会成为‘×××的妈妈’，没有个人空间，找不到合适的工作，甚至会遭到职场歧视。”

“这样啊……”慕曦亲昵地摸了摸她的头，“宝贝。”

“妈，”江攸宁问，“这样是不是很自私？因为我害怕，所以剥夺了一个人出生的机会，他都没能看看这个世界。”

“不是。”慕曦笃定地说，“我希望所有小孩的到来都是被期待的。既然你不期待看到这个小孩，那我们就选择不要。”

“只是，”慕曦话锋一转，“你现在的担心我也有过，所以，你想不想听听我的看法？”

江攸宁点头。

“我怀上你的时候，其实也挺意外，那一年恰逢我们学校评教师职称。当时对职业女性的宽容度远不如现在，一旦怀孕，休了产假，原本板上钉钉地属于我的职称，肯定会变卦，所以我跟你爸商量要打掉你。你爸很难受，但也拗不过我，最后我俩预约了医生，我甚至躺在了医院的手术床上。”

“是你姥姥打电话给你爸，又让你爸把电话给我。在她的认知里，女人就该相夫教子，我读到博士已经是十恶不赦了，这会儿还要因为工作堕胎，简直就是丧尽天良。”说到这里，慕曦笑了笑。

“但她那天没骂我，一个脏字都没说。她说，为了工作牺牲一条生命值得吗？工作机会你可以再找，你再奋斗就能升到一模一样的位置上，但是孩子不会是同一个。你想要工作，那就不应该怀他，怀上了，就应该对他负责。这世上本就没有有利无弊的事情，你自己权衡一下，工作重要还是家庭重要。

“她说得我特别生气，可是那句话把我点醒了。这世上没有有利无弊的事情，我有了工作，会失去孩子；有了孩子，会失去升职机会。但其实升职这件事情又没有尽头，我原来总想证明自己，那会儿其实不太快乐，后来怀着你的时候还有点儿抑郁，生下你之后情况才慢慢好转。

“你怕失去自我，怕有了孩子之后会围着孩子转。但其实不是，你有没有自我，永远取决于你的内心是否足够强大。

“你内心强大，怀着孩子、有了孩子也能做很多事。内心不够强大，即使没有孩子你也永远做不成事。”

江攸宁错愕地看向她。

“宝贝，”慕曦摸了摸她的秀发，轻声叹道，“说到底你还是不够自信罢了。可是，我的宝贝是最棒的。她永远坚韧，永远通透，永远光芒万丈。”

江攸宁忽然泪流满面。

慕曦伸手揩掉了她的眼泪：“无论你要不要这个孩子，我都希望你能够快乐。听从你的心。”

“妈。”江攸宁喊她。

慕曦笑着应道：“我虽然是你的妈妈，但从没有人喊我为‘江攸宁的妈妈’。而且，我也永远不会失去自我。我知道家庭是家庭，工作是工作，你是你，而我是我。在外面，我是慕老师，在家里，我是你的妈妈，但相应的，你也是我的女儿。家人之间，不就在于这点儿牵绊吗？”

这一晚，江攸宁熬夜到凌晨两点，直到眼睛干涩到不行，她才闭上眼睡觉。

可一闭上眼，她的手就会不自觉地摸向小腹，耳边还有慕曦跟她说的，“说到底你还是不够自信罢了”。

如果她足够自信，大抵就不会想到这些问题。

凌晨两点半。

江攸宁给辛语发微信。

“如果你现在意外怀孕，你会怎么办？”

辛语：“打了吧。我吊儿郎当的，养不好孩子。而且，我妈也不能帮我养好。再说了，我嫌小孩烦。不过我一个恐男的女人，为什么会意外怀孕？”

辛语：“你为什么这个点还不睡，修仙吗？”

江攸宁又把同样的问题发给了路童。

路童竟然秒回：“生下吧。我喜欢小孩，我爸妈肯定也特别高兴。”

江攸宁：“那你不担心以后找不到工作吗？”

路童：“不担心，我以前那么穷都过来了，大不了抱着孩子一起要饭呗，专门跑到你家门口要。”

江攸宁："说正经的。"

路童："我很正经啊，我不觉得我会没工作。"

江攸宁："哪家律所会要一个离异带小孩的大龄女性？"

路童："时代已经变了好吧？律所不要的是离异带小孩没工作能力的大龄女性，但对有能力的人，不管四十几还是五十几都很欢迎好吗？你是不是跟沈岁和待一起久了，觉得人必须得年少有为？我们律所的顾奕眠律师，你听过吗？"

江攸宁："略有耳闻。"

路童现在在星艺律师事务所工作，主要负责劳动诉讼。她所说的顾奕眠律师就是业内比较有名的劳诉律师，今年四十七岁。

路童："她在三十二岁时转行做劳诉的。原来她好像是开实体店的吧，但是因为互联网的冲击，她的实体店做不下去了，那会儿赔了一大笔钱，她买的房子又出了问题，她一气之下重拾专业，直接开干！一代传奇女性。而且我听说她儿子前年考了北大。最主要的是她未婚。"

江攸宁："所以呢？"

路童："我的意思是，她从来没结过婚，未婚生子。"

路童："律师这一行，半路出家的人很多的，光我们律所我知道的就有五六个。从非诉转到诉讼的，从老师转到律师的，反正各行各业转过来的都有。律师的门槛看着高，但只要你想做，稍有点儿天赋，基本上老天爷都不会亏待你。"

路童："像你家沈岁和那样的是极少数的天才好吗？

"你不要总是向他看齐，你忘记他在学校的时候创造了多少神话吗？

"你自信一点儿好吗？！"

路童撤回了一条消息。

路童："不好意思忘记了，他已经不是你家的了。"

江攸宁给她回消息："我知道了。"

她在二人的聊天界面看了很久，然后又切回到跟辛语的聊天界面上。她发现，路童跟辛语提起这件事，她们的第一反应都是"我喜欢/

不喜欢”。

她们的反应跟她的不一样，她刚知道的时候，想的是她养不好。

她怕，也从没想过到底喜不喜欢、想不想要，想到的都是这个孩子会给她的生活带来什么样的影响，这大抵就是区别吧。

自信与不自信，想法天壤之别，她好像终于懂了慕曦的意思。

江攸宁在医院里躺了两天，感觉自己快要躺废了。病房里的人来了又走，大家都极有默契地不去跟她说孩子的事情。

江闻的戏已经拍完了，剩下的就是一些宣传，他的时间变得充裕，他每天基本上都在医院待着。

江攸宁从网上找了两个纪录片看。一个是流产全过程的纪录片，一个是生孩子的纪录片。

说实话，两个看着都很疼。但三天后，她终于做出了决定。

她在家族群里发：“大家喜欢小孩吗？”

慕曦：“除了你，别的小孩都一般吧。”

江洋：“挺喜欢。”

江河：“房买好了。”

小婶：“别那么俗气好吗？小金锁、小耳环都买好了。”

江闻：“你们考虑过我的感受吗？把我的家产这么堂而皇之地分出去？”

江闻已被踢出群聊。他觉得自己的家庭地位堪忧。

小婶：“宁宁别理他，他脑子不好。”

江河：“对，他不继承家业，我买的房子都无人继承。他不配说话。”

慕曦邀请江闻进入群聊“相亲相爱的一家人”。

江闻：“妹，我把我的影帝奖杯给他吧。”

江攸宁发了好几个哈哈大笑的表情包。

江攸宁：“我决定啦，要留下这个小孩。”

慕曦：“恭喜新成员。”

江洋：“我要升级当外公了。”

江河：“我带他去看房。”

小婶：“俗不可耐！”

江闻：“你俩彼此彼此。”

江攸宁：“我挺喜欢小孩的，只不过到时候可能没多少时间照顾他，所以只能拜托大家了。”

江河：“你要去干什么？”

江洋：“二婚吗？”

小婶：“婶认识好多青年才俊，给你介绍。”

慕曦邀请慕承远加入群聊“相亲相爱的一家人”。

慕承远发了三个问号。

慕曦：“给你外甥女找个工作，慕承远。”

江攸宁：“知女莫若母。”

慕承远：“宁宁想去哪家律所？我安排一下。”

江攸宁：“倒也不必，我这里有一份工作选择了。”

慕承远：“哦，哪家？我给你把把关。”

江攸宁：“哪个也不是。”

慕承远再问，她就不说了。

她只是点开了另一个群“姐妹们的聚会”。

江攸宁：“我要是说想留下这个孩子，你们会不会觉得我没主见？”

辛语：“会。”

路童：“不会。”

路童：“所以你还是决定留下孩子了？”

辛语：“啧，我猜得果然没有错。”

江攸宁：“你又知道？”

辛语：“小时候抱着洋娃娃玩一天的你能舍得不要孩子？我白眼翻到天上好吗？”

江攸宁：“各位要当干妈了，开心吗？”

路童：“撒花撒花！”

辛语：“我！不喜欢小孩！”

路童发了三个问号。

辛语："但如果是你的，我可以勉强接受。"

江攸宁发了三个问号。

辛语："我的本质就是双标，谢谢。"

路童在小窗问她："怎么决定留下了？"

江攸宁："我想了想，是应该为自己活，但孩子并不影响我为自己活。我喜欢小孩，就养了呗。我是他的妈妈，但也能是江攸宁啊！"

路童："正解！点赞。"

江攸宁在群里问辛语："你上次说的那个案子，那个姐们儿还需要律师吗？"

江攸宁："我可以试试。"

江攸宁撤回了一条消息。

江攸宁："你帮我争取一下这个工作机会。我想上法庭。我会全力以赴，帮她胜诉。"

辛语的同学叫宋舒，今年二十八岁。

宋舒原来是十八线开外的小演员，但机缘巧合之下认识了华宵影视公司的总裁华峰，然后被签到了华宵，之后出演了几部剧的女一女二，但是数据都扑得很惨。

不知是宋舒没有大红的命还是没有观众缘，她的剧开播之后收视率必定一路走低，到后来基本都是华峰在强捧，但一直没能把她捧起来。

宋舒见实在红不了，便换了条路走。

两年前，宋舒与华峰奉子成婚，婚后不久，宋舒生下一对双胞胎女儿。

自此华峰的态度便有了转变，他开始频繁传出花边新闻，但奈何宋舒依附着他，也不敢说什么，可没想到华峰越来越过分，竟然把人带到了家里，甚至在喝醉酒以后扇宋舒巴掌。

宋舒一直隐忍着，直到发现华峰竟然恶作剧似的掐两岁的女儿们，两个女儿的胳膊、屁股、大腿上都是他掐出来的青紫印迹。

起先宋舒还以为是家里的保姆做的，可一一问过，无人承认。为此她还辞退了两个照顾女儿的保姆，换了两个比较靠谱的。

有一天，宋舒给两个女儿洗完澡以后让保姆抱去婴儿室，然后才开始洗澡。

可没多久就听到两个女儿撕心裂肺的哭声，她慌忙穿上衣服去婴儿室里看，就发现喝醉了的华峰正掐着两个女儿的肚子，大女儿的肚子上甚至被掐得破了皮。

宋舒觉得头皮发麻，终于忍不住提出了离婚。

可华峰只给她两百万的补偿，如果她不同意他就打算找律师跟宋舒抢两个女儿的抚养权。宋舒走投无路才拜托了辛语。

辛语这段时间也在路童的帮助下找了几个律师，但是他们都在了解情况后打了退堂鼓。

第一，宋舒这几年挥霍惯了，吃穿用度的花费都是极高的，根本没攒下私房钱，付律师费都是问题；第二，自结婚以后，宋舒用的都是华峰给的副卡，在她提出离婚之后，华峰就停掉了她名下所有的卡，之后她完全没有经济来源，根本没办法抚养女儿；第三，也是最棘手的一点，宋舒手里几乎没有实质性的证据，无论是华峰出轨，还是他殴打自己以及虐待女儿。

所以在这样的情况下，几乎没有律师愿意浪费精力去接这个案子。

宋舒提出离婚的当天夜里就带着两个女儿离开了华峰的别墅，但她自己没有家，问了很多朋友，朋友知道她跟华峰吵架要离婚，也都不敢收留她们娘仨。

毕竟一旦接济她就是跟华峰作对，她以前的朋友都是混这个圈子的，哪敢这么公开跟华宵影视叫板？

问了一圈后，她才找到了辛语。她现在带着两个女儿住在辛语家，生活也基本都靠辛语接济。

这段婚姻就这样一直拖着。

反正华峰不急。只有她，天天在家以泪洗面。

辛语打视频电话跟江攸宁说了这桩婚姻的始末。

江攸宁在视频电话里看了眼宋舒，差点儿没认出来。

她以前在电视上看过宋舒，因为宋舒跟闻哥演过一部古装剧。宋舒演戏没什么灵气，但是长得特别好看，尤其是那双眼睛。可是视频电话里的宋舒眼睛又红又肿，脸色苍白，身形消瘦，还没说话就开始哭，说的话也断断续续的，几乎毫无逻辑。

基本情况也是辛语给梳理的，江攸宁看得直皱眉，也不知道该怎么安抚，最后匆匆约了个时间，挂掉了视频电话。她放下手机，深吸了口气。

“你要接？”江闻坐在病床边，百无聊赖地削苹果。

在江攸宁打电话的这四十分钟里，他削了五个苹果，放在盘子里蔚为壮观。

江攸宁拿起一个，咔嚓咬了口：“嗯。不行吗？”

“不是。”江闻也拿了一个吃，往椅子后一仰，显得格外慵懒，“这些事听得我脑仁疼。”

“实不相瞒，”江攸宁笑，“我也有点儿。”

但没办法，婚姻里充斥着的就是家长里短，鸡毛蒜皮。

“华峰不是个好相与的。”江闻提醒道，“他俩这事，水很深。”

江攸宁忽然来了兴趣。

听宋舒哭哭啼啼了近四十分钟，她获取的有用的信息很少。

她倒忘了，身边还坐着个娱乐圈圈内人。

“闻哥，”江攸宁笑道，“说来听听。”

“我跟他们不熟。”江闻说，“你知道的，我就跟宋舒拍过一部《江山如画》，我俩的对手戏不超过二十场，那会儿她还轧戏，在圈内的口碑并不好，能拿到那个角色还是华峰暗中操作。她演戏也一般，性格吧……有点儿二。”

“啊？”江攸宁诧异。

“就是有点儿傻。”江闻说，“论起来，她跟语语还有点儿像，都是那种傻大妞的性格，路见不平就爱拔刀相助，思考问题比较简单。”

“具体怎么说？”

“华峰今年四十六岁，你知道吗？”

这江攸宁还真的不知道。

虽然她在华宵影视公司做了三年法务，但她真的没有投入过多精力去了解这个公司总裁办到底有多少人，都是什么人。

说白了，她就没想过升职。

她当初进这个公司就是抱着颐养天年的心态去的，自然也不关心这些。

辛语大概是默认她知道，也就没说。

照江闻这么说，华峰比宋舒大了十八岁，一轮半，老夫少妻。

其实这样的夫妻不算少，宋舒这也算不得新鲜事。

“华峰结过婚。”江闻说，“他前妻叫宵佳月，华宵影视公司就是他们二人共同创办的。华峰能有现在的成就，离不开宵佳月父亲的提拔。甚至，华峰跟他前妻的两个女儿都姓宵，而且不是他俩离婚后改的姓，所以大家都猜测华峰是倒插门的女婿。”

江闻继续说：“只不过，宵佳月的父亲去世以后，家族公司由宵佳月的弟弟接手，收益急转直下，宵佳月就回家族企业做事去了，而华峰也慢慢把华宵影视公司的股份转移到了自己名下，再加上他确实也有些商业头脑，不到两年，就把国内的影视市场占了一大部分，近两年的爆剧都是华宵出品的。”

“那宋舒是做了第三者？”江攸宁问。

江闻摇头：“不清楚。”

江闻对这件事情存疑：“按照官方时间线来说，宵佳月跟华峰是二〇一六年年初离的婚。而宋舒跟华峰是二〇一九年年底才结婚，所以可能不是。”

“你们拍《江山如画》是什么时候？”江攸宁问。

“二〇一七年年底了。”江闻说，“那会儿宋舒刚签到华宵，这部戏应该是华峰给她的第一部戏，在戏里她只是个女三号。”

“哦。”江攸宁想了想，“那你怎么说她傻？”

“你看不出来吗？”江闻摁了摁眉心，“对华峰那样的男人，她都能抱有希望，并且在他做了那么多丧心病狂的事情之后，还哭了近一个月，到现在都没完全死心。”

“她只是正常的伤心吧。”江攸宁说，“毕竟没想到枕边人竟然那么恶毒。”

“不是。”江闻摇头，“她当初嫁给华峰，不是因为钱。”

江攸宁：“嗯？”

她不可思议地问：“难道是因为爱情吗？”

江闻点头：“嗯哼。”声音里还带着几分调侃意味。

宋舒不算嫁给老男人的个例。

江攸宁以前实习的时候，跟着带教律师打过一场官司，但当时她们是男方的代理律师。

那场官司里，男方比女方大二十五岁，甚至比女方的父亲还要大两岁。男方是开科技公司的，女方就是个高中辍学的打工妹，长得特别漂亮。

女方因为要跟男方结婚，差点儿把她父亲气死，但后来她父亲还是妥协了，因为女方身在重症监护室的弟弟需要高昂手术费，而男方能给女方九十九万的彩礼。

结婚以后，女方不停地拿着男方的钱接济娘家，前后花了八百三十二万，不仅给弟弟治了病，还给家人在他们省会城市买了一套一百五十多平方米的房子，甚至开始伙同公司人员转移男方财产。男方这才后知后觉，这女人的种种操作像极了骗婚，因此他找律师想要拿回自己的财产。

江攸宁记得特别清楚，双方上法庭的时候，女方用特别难听的词羞辱了那个男人，还说了一句：“要不是因为钱，谁会嫁给你？”

她们的当事人差点儿当庭昏过去。

事实确实残酷。

当初那女孩儿嫁给男人的时候才二十二岁，如果不是为了钱，哪个二十二岁的花季少女想不开要嫁给一个四五十岁的老头？

但那男人还觉得自己魅力不减。

所以江攸宁听完案件的经过之后，第一反应就是宋舒跟当初那个案件的女孩一样，嫁给华峰只是为了找个长期饭票，以及获得一些资源。

但听江闻的意思，合着宋舒嫁给华峰，只是图他这个人？

“我有幸听过一次宋舒跟她经纪人吵架。”江闻说，“拍《江山如画》的时候，她应该正在跟华峰谈恋爱，或者说在暧昧。她的经纪人教育她，你以为华总真能把你娶进门吗？还不赶紧趁他现在对你有好感多要点儿资源，多拿点儿钱，你以后的日子也好过一点儿，不然等他对你腻了，你还是十八线透明女演员，到时候哭都没地方哭。”

“说得在理。”江攸宁夸赞，“经纪人是人间清醒。”

江闻笑了：“但你知道宋舒怎么说的吗？”

“嗯？”

“她哭着跟经纪人说，为什么你们都不看好我们的爱情？我相信他对我是真心的，我现在还差一点点勇气就能跟他在一起了，为什么你们都要拦着我？我才不想成为什么大明星，我只想成为他背后的小女人。”

说到最后，江闻的细嗓子捏不下去了，换成了正常的声音：“当时我就觉得这女孩的脑子应该不太好使。”

“啊？”江攸宁深出了一口气，“她这么……”

想了近一分钟，她才想到一个形容词：“天真吗？”

“是啊！”江闻咬了口苹果，“跟你一样。”

“我……”江攸宁想为自己辩解，但发现找不到理由，于是伸脚踹了江闻一下，“闻哥，你过分了啊！”

江闻把被子给她一盖：“只能你做，还不让我说？”

“能说。”江攸宁笑，“我今天高兴，你随便说。”

江闻：“这一地鸡毛，数不清理还乱，你高兴个什么劲？”

江攸宁歪了下脑袋：“就是高兴啊！”

“行吧。”江闻无奈地道，“你高兴就行。”

“闻哥，”江攸宁忽然露出了好奇的眼神，“网上都说你跟童格格在一起了，还扒到了证据。说！你是不是偷偷谈恋爱了？”

“哪个无良营销号又造我的谣？”江闻说着拿出了手机，“我单身好吗？！”

江攸宁翻出自己前两天看到的微博，递给江闻看：“你看，他们分析得有条有理，而且你俩还有情侣超话，我点进去看了眼。”

江攸宁嘿嘿一笑：“有点儿甜。”

“什么啊？”江闻一目十行地看完了那篇文章，“除了标点符号是对的，其他的都是错的！我谈恋爱能不跟你们说？”

“再说了，给我配对也配个靠谱的好吗？”江闻无奈地摇头，“你知道童格格她还有个别名叫什么吗？”

“什么？”

江闻保持微笑：“童戏痴。”

“戏痴？”江攸宁不解，“那不挺好吗？我爸也戏痴，你也戏痴，你要是再和童格格在一起，估计你俩的孩子还不会走路就会演戏了。”

江闻：“她的痴是痴傻的痴。她就是一点儿天赋没有还在剧组里晃荡，每场戏能重拍二十多次，除了傻白甜没有什么角色能演好的花瓶演员。”

江攸宁惊呼：“那她跟语语撞型了。”

江闻翻了个白眼：“她没语语高。”

辛语就是常人眼中除了好看一无是处的花瓶。辛语从高中毕业后的目标就是“摆脱花瓶称号”，但她到现在仍未成功。她还有个别称是“花瓶美人”。

江攸宁觉得是因为她长得太好看，所以大家一眼只能看到她的美。性感妩媚或是清新脱俗，辛语总能一眼抓住人的眼球。不过，她的业务能力也确实不怎么过关。

“而且，你没做功课吗？”江闻问。

江攸宁：“什么？”

“童格格除了小时候演过一个史诗级作品外，之后演的剧部部扑街，全靠炒绯闻出圈，黑红路线走得风生水起。”江闻说，“我是被她碰瓷的第七个男演员了，之前还有三个偶像，两个歌手，圈子里的人，谁沾她谁倒霉。”

童格格艺名叫童瑾，但粉丝们都喜欢叫她童格格，比较亲切。

别人骂她，也叫她童格格，因为用本名骂起来比较爽。

久而久之，童瑾这个名字就被遗忘了。

不过，童格格是童星出道。

“她小时候演过什么？”江攸宁问。

江闻：“《大风车》。”

“嗯？”江攸宁看了很久童格格的照片，“她演的是……小咕噜？”

江闻：“是。”

江攸宁哈哈大笑：“闻哥，你小时候不是最喜欢小咕噜吗？”

江闻：“童年滤镜早就碎了。”

江攸宁抱着手机笑得灿烂。

“闻哥，”隔了会儿，江攸宁又喊他，“你没想过谈恋爱吗？”

江闻：“想过，没遇到合适的。”

“怎么？”江闻挑眉，“自己生活过得好了，就开始给我张罗对象了？”

“关心你呗。”江攸宁跟只小仓鼠一样咬着苹果，“我都离过一次婚了，你还没谈过恋爱。”

江闻：“你骄傲？”

江攸宁：“还行。”

江闻：“我这是专注事业。”

“影帝都拿了，你还想怎么样？”江攸宁问。

江闻满不在乎：“奖杯又不嫌多。”

江攸宁偷偷用手机回小婶：“闻哥说这是假的，是公众号造谣，他跟这女生没戏。”

小婶：“白高兴了。”

江攸宁把手机锁屏，压在枕头边，脚丫子在被子里晃荡。

良久之后，江攸宁问：“闻哥，我什么时候能出院啊？”

“明天？”江闻试探着说，“医生说最好再住院观察一段时间，但你要是想出，今天倒也能出。”

“那就今天吧。”江攸宁说。

江闻挑眉：“这么着急？”

江攸宁点了点头。

她望着窗外：“我想休息一下，明天搬家。”

搬出芜盛是她早就有的想法。

君莱的房子已经有了买主，而芜盛这边她还没搬出去，所以中介不方便带着人来看房。

江攸宁缠着江闻给她办了出院手续，并且由江闻载着回了芜盛。

一进门，江闻就挥了挥手：“天哪，好多灰尘。”

江攸宁往里走，把客厅的窗户关上：“那天我忘记关窗了，这几天风大，家里肯定灰尘大。”

“那你今晚怎么住？”江闻问。

“把卧室稍微收拾一下就能住了。”江攸宁说，“明天上午你早点过来，帮我收拾东西。”

“怎么不现在收拾？”

江攸宁拿出手机在江闻眼前晃了一圈：“都下午五点半了，这是要收拾到明天早上吗？”

“啧，”江闻摇头，“你的手机壁纸怎么还是沈岁和？”

“忘换了。”江攸宁说。一提到沈岁和，她的声音就有些低沉。

江闻在她的脑袋上揉了一把：“没人让你一天就把他忘了，干吗这么闷闷不乐？”

“没有。”江攸宁往右偏了偏脑袋，十指成梳把自己的头发梳好，“我是真的忘了。”或者说她是习惯了。

结婚以后，她的手机壁纸就是那张，三年都没换过。

以前她还经常在网上存一些好看的手机壁纸，婚后都没再看过。那张照片是他们拍结婚照的时候，摄影师抓拍的沈岁和。江攸宁悄悄问摄影师要了原图。

照片上的沈岁和正趴在桌子上假寐，阳光投在他长长的睫毛上，他的眼睑下全是阴影，但那会儿的他温和、散漫、毫无攻击性。

江攸宁低着头把手机壁纸换成最原始的，又打开手机相册，把其中的一个相册打开，扫了一眼，然后全都删掉。

她收了手机：“闻哥，吃饭去。”

江闻：“去哪儿？”

"港式火锅。"江攸宁说，"喊上路童跟辛语，我请客。"

江攸宁关掉客厅里的灯。整个家重新归于黑暗寂静，她扫了一眼，然后关上门。

出去的时候还是江闻开车，江攸宁坐在副驾驶上给辛语和路童发消息。

在转过第一个弯的时候，江闻忽然皱眉喊了声："哎。"

江攸宁抬起头："怎么了？"

江闻愣了两秒，摇摇头："没事。"

江攸宁又低下头玩手机。江闻还看着后视镜。

他没记错的话，刚刚那辆车好像是沈岁和的，但车子一驶过拐角就什么都看不见了。江闻收回视线，拿余光瞟了眼正专心致志玩手机的江攸宁。

算了，他还是不跟她说了，免得她伤心。

银灰色的卡宴行驶在熟悉的道路上，直到停在芜盛小区门口，沈岁和才回过神来，又回错地方了。

他的车刚驶到小区门口，那道栏杆已经缓缓抬起，但他在栏杆抬起的那一刹那意识到，自己已经从这搬走了。一个多月了，他还是没适应。

他是个能很快适应新环境的人，从芜盛搬到了离律所很近的格丽来，起先常开回来，但十几天后开始经常加班，有时候直接睡在律所，醒来以后开车回家，自然也就去了那个近的。

但从正式离婚以后，他开始频繁犯错。不过一周，他已经回了芜盛三趟。

他坐在车里，一层一层地数上去，二十四楼仍旧一片漆黑，江攸宁没回来。

他来过几趟，家里都是暗的，不知道江攸宁去了哪里。

也是离婚以后，他才发现自己跟江攸宁的交集少得可怜，除了江攸宁，他只有江闻的微信，连江攸宁的父母都是只有电话号。

江闻的朋友圈最近更新频率很低，低到了可以忽略的程度，而江攸宁的朋友圈一片空白。

他少了可以联系她的理由，其实也没有什么必要。

沈岁和坐在车里，放下一半车窗，点了支烟。烟刚抽到一半，他的电话就响了。他瞟了眼屏幕——妈。

他不想接，很烦。她一定又是让他回家。他不想回——他没家了！也是从离婚以后他才意识到这件事。

他一个人吃饭、喝水、睡觉，房间里鸦雀无声。他睡前习惯性地热一杯牛奶，端到房间里以后才发现没人喝了。有时候在书房忙了一下午，外面华灯初上，他走到客厅，才发现客厅是暗的，也没人叫他吃饭了。

他唯一可以称之为家的地方，已经没了。随着婚姻的结束，他的家消失了。

青灰色的烟雾在车里缭绕，电话不厌其烦地响起，他吐出来的烟雾随着风往外飘，但有一阵风刮过的方向变了，烟雾顿时被他吸到了鼻腔里，呛得他咳嗽了好几声。

一支烟抽完，电话还在响。

这是第三个电话。

沈岁和把脑袋倚在玻璃上，不太乐意地滑开屏幕："什么事？"他语气不善，尽管如此，仍旧仰起头看着二十四楼的方向。

江攸宁去哪里了呢？她搬家了吗？还是回娘家了？或者跟杨景谦出去了？

他脑子里涌出许多奇奇怪怪的想法，甚至无心应答对方，直到对方怒斥了声："沈岁和，你听到了吗？"

沈岁和深深地吐了口浊气："你说。"

"我让你回家。"曾雪仪说，"你婚都离了，一个人在外面住像什么话？我这里的房间不够多吗？还是我这里离你律所不够近？"

骏亚离沈岁和的律所，开车十分钟，距离极近。有时候曾雪仪还会去他的律所。

沈岁和这一个月出了四趟差，平均每趟四天。

他几乎是把所里最复杂的最需要出差的案子给接了过来，但总还有要回来的一天。

“我不想回去。”沈岁和说，“一个人住方便。”

“哪里方便？没人给你做饭，也没人给你收拾，你从小到大都没做过这些，还是回家来，妈能照顾你。”

“你不也是用阿姨吗？”沈岁和捏了捏眉心，声音很冷，“实在不行我可以请个阿姨。”

“那我让小赵去照顾你。”曾雪仪说，“她做事利落，我比较放心。”

小赵是曾雪仪回到曾家以后就一直用着的保姆，只要沈岁和让她过来，一定永无宁日，他的生活会无时无刻不被监视。

炼狱人生。

“不用了。”沈岁和拒绝，“我自己能做，也能找到可靠的保姆。”

“那些家政公司都不靠谱的。”曾雪仪说，“你没有找这些的经验，这些生活琐事也不用你操心，你相信我。”

“赵阿姨还是留着照顾你吧。”沈岁和再一次拒绝，“我一个人住，事儿少，我自己能做。”

“你连饭都不会做，怎么能照顾好自己？”

沈岁和：“不会可以学。”

“妈把你培养这么大，不是让你去当厨子的！”曾雪仪急了，语气越发严厉，“沈岁和，我给你三个选择，要么，你回家来；要么，我让小赵过去；要么，我明天搬着东西住到你那儿去。”

车里是让人快要窒息的寂静，外面的风吹进来，吹过沈岁和的发梢眼角，他疲惫地闭了闭眼睛：“随你。”

“我明天出差。”不等曾雪仪再说，沈岁和直接挂断了电话，然后把手机设置成了静音。

他明天不出差，但想躲清净，要么在律所办公室的休息室里睡，要么找裴旭天喝一夜的酒。

他心烦，打电话给裴旭天。

“在哪儿？”沈岁和单刀直入，“去银辉喝酒，我请。”

“怎么？”沈岁和皱眉，“忙着？那我自己去了。”

裴旭天：“没有。”

“你又咋了？”裴旭天把手头的文件都收掉，换了身衣服，“你是不是单身以后，就觉得全世界都跟你一样单身？”

裴旭天的吐槽还没完：“本来想约言言吃饭的，算了。”

“那你约。”沈岁和说。

“她加班呢。”裴旭天说，“我就勉为其难地陪你吧。”

沈岁和直接挂了电话，开车出了芜盛。

车子驶离这段熟悉的路。车载音乐正放到了那句：“我一路向北，离开有你的季节。”

银辉是沈岁和跟裴旭天常来的酒吧，这里是裴旭天的一个朋友开的，所以给他们留了最好的包间。

沈岁和比裴旭天来得早，开了三五瓶酒放在桌上。裴旭天来的时候，他已经喝完了一瓶。

裴旭天推门进来：“你这是喝水呢？”

门关上，隔绝了外面的喧嚣。

沈岁和直接给他倒了一杯酒：“废话真多。”

“我陪你喝酒，你还嫌我废话多？”裴旭天翻了个白眼，“你这是又在为爱情黯然神伤吗？”

一杯酒下肚，沈岁和嗤道：“狗屁。”

“那你这是借酒浇哪门子愁？”

沈岁和：“单纯想喝。”

裴旭天无语，往沙发上一倒，就看着沈岁和的背影。

沈岁和喝了一杯又一杯，真就跟喝水无异。

良久之后，裴旭天问：“你晚饭吃了吗？”

沈岁和：“没。”

从律所出来，他直接开车回了芜盛，那里没人给他做饭。他吃什么？冷风倒是吃了一肚子。

“那你悠着点儿。”裴旭天说，“我怕你一会儿吐了。”

沈岁和：“吐不到你车上。”

“我怕一会儿扶你的时候，你吐我身上。”裴旭天摇头，说着掸了掸自己身上那件白色的衬衫，“这可是我家言言新给我买的。”

沈岁和把那杯喝了一半的酒直接放在了桌上，然后转过脸，开始打量裴旭天，上上下下、左左右右，打量了一遍。

沈岁和的眼神让人觉得危险。

“干吗？”裴旭天往右边挪了一点儿，“你是不是想打人？”

“不是。”沈岁和又端起自己的那杯酒，一口入喉，辛辣难忍，但也只是皱着眉，继续倒了一杯，“我想问一句。”

“什么？”

沈岁和看着他：“不秀恩爱会死？”

裴旭天想，这还不是因为自己有恩爱可秀？话就在喉咙口，但裴旭天看了看沈岁和那副模样，还是决定把话吞回肚子里。沈岁和也挺惨的，他还是不说了。

“我搞不懂你。”裴旭天说，“你结婚的时候一脸平静，离婚的时候一脸平静，怎么离婚以后成了这副惨样？”

沈岁和：“什么样？”

“借酒浇愁。”裴旭天给他总结，“烟瘾上涨。”

“没吧。”沈岁和说，“我以前也抽烟喝酒。”

裴旭天：“你以前一个月都抽不完一盒，这个月才过了二十多天，都抽七盒了。你这个月叫我来酒吧的次数比以前一年的都多。”

“哦。”沈岁和一脸平静，“这个月案子多，事儿也多。”

裴旭天觉得，这人的脑子真的是有点儿不正常。

“你要是喜欢人家，”裴旭天一副过来人的姿态，“就把人追回来，要是不喜欢，这样不正好皆大欢喜吗？你何必把自己搞成这副鬼样子？你故作深情给谁看啊？”

沈岁和没说话。

深情？故作深情？这话好像跟他不搭边。

沈岁和就是单纯的心烦，所以想要抽烟喝酒。他心烦什么？他不大清楚。反正就是感觉层层叠叠的屏障把他困在了一个地方，他怎么也走不出去，所以很心烦。

他不想接到曾雪仪的电话，甚至不想上班。

他又累又烦，没什么精力去做事，脑子一清明，他就想往窗边走。很多时候，他站在律所三十二层的高楼之上俯瞰这座城市，都有跳下去的冲动。

他想像他十岁那年一样，从二楼自由落体……

这座城市灯火通明，车水马龙，他找不到任何一个可以躲避的角落。无论他逃到哪儿，都甩不掉身上的枷锁。

他甚至想，跳下去以后是不是能够解脱？这些纷纷扰扰是不是就结束了？他的电话不会再响起。他不用听到恼人的命令声，不用坐在车里，一层一层高楼数过去，最后数到一片黑暗。

这些事情闷在心里，没法说。矫情。

沈岁和闷头又喝了杯酒。

“得了啊！”裴旭天去抢他的酒杯，“这是酒，不是水，你这么喝不嫌烧胃吗？”

沈岁和皱眉：“没感觉到。”

“有病。”裴旭天斥道，“你到底为什么离婚？难道你发现江攸宁出轨了？”

沈岁和：“……”

“没有。”沈岁和说，“你少胡说八道。”

“这种事也没什么丢人的。”裴旭天却自以为知道了真相，“如果真是这样，那咱们跟渣女说拜拜。离婚而已，这在现代社会是多普遍的事？我又不会因为你离过婚就歧视你。更何况以你这么好的条件，多的是人想嫁给你。”

“闭嘴。”沈岁和的太阳穴突突地跳，“你少败坏她的名声。”

“不然呢？”裴旭天无奈，“能让你提离婚的还有什么事？”

“反正跟她没关系。”沈岁和说，“她是受害者。”

裴旭天：“那就是你出轨了？”

“可我也没看见你跟哪个女的走得近啊！”裴旭天喝了杯酒，“难道是你哪天酒后乱性，跟别的女人那啥被江攸宁知道了？”

沈岁和：“你脑子里除了这些事，还有其他的吗？”

裴旭天无奈：“拜托，我又不是你肚子里的蛔虫，也没跟你和江攸宁一起生活，你俩闪婚闪离，我什么都不知道，除了根据普通情况猜还能怎么办？”

“那就别猜。”沈岁和平静地说，“反正是我自己都理不清楚的事。”

包间里陷入了沉寂。

裴旭天低着头玩手机，懒得再说。

沈岁和自顾自地喝闷酒。转眼他又是两瓶酒下肚。

裴旭天玩着手机问：“芜盛的房子，你还买吗？”

“买了吧。”沈岁和说。

“君莱花了四千三百万。”裴旭天问，“你还有闲钱买芜盛？”

沈岁和离婚之前清算了资产，账户上的钱大部分都划给了江攸宁，很多都是各类投资。四千三百万他出得也很吃力，怎么还有两千万买芜盛？

“你帮我垫一下，到时候算上利息给你。”沈岁和说。

“这倒也不用。”裴旭天一边玩手机，一边说，“那我就跟中介说了。”

“嗯。记得说一下，别挂我的名字。”

“知道了。”裴旭天说，“挂我的。”

裴旭天跟中介说完之后，中介问用不用看房，裴旭天说不用了，直接买就行，说完之后又觉得不合适，所以把消息撤回，回了句改天看一下。

怕人生疑，自己还得去看个房子。裴旭天心累。

他不缺钱，但看着这套房子从沈岁和这里过户到江攸宁那儿，然后沈岁和再转手买回来，两套房子，大概其中周折的手续费就花掉八百万。

他觉得太亏了，也实在不懂沈岁和的想法。

“你到底图什么？”裴旭天收了手机，“来来回回，你把这房子留下又有什么用？”

沈岁和没说话。

“人都没了，”裴旭天嘟囔道，“留着房子有什么用？”

沈岁和仍旧沉默。

良久之后，在一室寂静中，裴旭天忽然问：“那你爱江攸宁吗？”

沈岁和愣了两秒，倏地笑了，唇角微扬，似在讽刺。

“爱？”他冷冷的声音跟包间的气氛完美地融合在一起，“我妈倒是很爱我爸，然后呢？我爸死了，她快疯了。”

“像我这样的，”沈岁和别过脸反问，“你觉得我会爱人吗？”

裴旭天看到，沈岁和的眼眶红了。

沈岁和还在笑着，但裴旭天总觉得他在哭。

江攸宁吃完港式火锅回家时已经十点半。

江闻把她送到楼下，叮嘱她晚上早点儿休息，等他明天来的时候再一起收拾。江攸宁一一应下。

她乘电梯回家，然后开灯，坐在沙发上收了所有笑意，一个人发呆。直到客厅的表显示时间过了十一点，她才望了眼窗外，起身去了卧室。

从君莱搬家的时候，他们把所有的照片都搬了过来。沈岁和走的时候，什么都没拿。

她从柜子里把照片都拿出来，有的照片加了相框，从后边一拆就拆了出来。照片掉出来，江攸宁用剪刀把所有的照片都剪成了碎片。

她坐在地上，极有耐心地将照片剪完之后，把照片碎片放在了一个瓷盆里，然后端着它走到靠窗的位置，把照片碎片点燃之后，看着火光亮起。

你听过爱情燃烧的声音吗？在深夜里，爱情噼里啪啦作响，最后化为灰烬。

她找来个盖子盖在瓷盆上，在地上坐了会儿才起身。

就这样啦，沈岁和，再见。

江攸宁等屋内的味道散了散，才又坐在沙发上发呆。隔了很久，她发消息给杨景谦。

“明天有空吗？我想见你一面。”

江攸宁和杨景谦约在华政附近的一家咖啡厅。

上午八点十五分，江攸宁化好淡妆，换了件浅色的外套，开车驱往那家咖啡厅。

她习惯比约定的时间早到十分钟，再加上以防路上拥堵，刻意早五分钟出门，所以到达咖啡厅的时间是八点四十五分。

没等五分钟，杨景谦就出现在咖啡厅门口。

他今天没戴眼镜，上身穿着修身款式的白色 polo 衫，下边搭了一条宽松的深灰色牛仔裤，脚上是经典款的白色高帮 AJ，从上到下，搭配得很用心。

江攸宁只是扫了一眼便收回了视线，杨景谦平日的打扮都偏老干部风，今天的装束显得年轻了许多。

“好久不见。”杨景谦和她颔首，算作打招呼，然后在她对面的位置上落座。

江攸宁站起来迎接他，直到他落座才又坐下：“好久不见。”

服务员拿着菜单过来，江攸宁要了一杯热牛奶，杨景谦也点了杯热牛奶。

江攸宁略有些诧异：“你也喝牛奶？”

“嗯。”杨景谦点头，“我其实……不喝咖啡。”

“啊？哦。”江攸宁收起了自己错愕的神情，低头笑了下，“抱歉。”

跟沈岁和相处久了，她有一种“沈岁和即世界”的错觉。沈岁和爱喝咖啡，她便以为所有男人都喜欢喝咖啡，所以刚刚才这么错愕。

“没事。”杨景谦说，“我喝咖啡睡不着。”

“我也是。”江攸宁笑了下，“喝一杯能精神一天一夜。”

杨景谦点头：“确实，这种东西不适合我们。”

一杯牛奶，一句“我们”，两人变得熟络起来。

“很唐突地约你，没有耽误你的事吧？”江攸宁问。

杨景谦：“没有，今天是周日，刚好没有课。昨天在家看了一天书，看得眼睛都有些乏，出来走走也挺好的。”

“那就好。”江攸宁问，“现在法学院的课程表你还有吗？”

“有。”杨景谦笑，“我现在还能登录教务网。”

“我想去旁听一些课程，”江攸宁说，“可惜已经不是华政的学生了。”

“没事。”杨景谦拿出手机给她发了一份课程表过去。

江攸宁扫了眼，法学院的课一如既往，从周一到周五，排得满满当当。

而周二和周三还有晚课。

江攸宁只是想回去补一下相关课程，便于她从中找到新思路。

与此同时，她也报名做了法院庭审的旁听人。太久没进过法院，她对这些东西都有些生疏，所以得一点点补回来。学校里学到的东西还是不够，她需要从实践中一点点获取经验，但她的经验太少了，这会儿她只能从头开始。

其实，她约杨景谦并不是为了华政的课程表。

“我还是很好奇，”江攸宁捧着那杯热牛奶吹了下，轻轻抿了一口，唇边沾了些许牛奶，她稍一抿唇，“你为什么会如此肯定我打得了情感类的诉讼？”

毕竟连她自己都没有信心。

“我记得跟你说过，”杨景谦说，“你的声音还有你的气场，都很适合民事类诉讼，也有可能是因为你之前在学校一直打四辩积累下来的优势。”

江攸宁摇头：“我觉得这并不能成为一个人适合某一类诉讼的关键原因。”

杨景谦沉默，看向江攸宁。

“那我能说，”杨景谦抿了下唇，眉头微蹙，“是因为——”

江攸宁下意识地挑了挑眉，做出一副认真的神态。

“直觉。”杨景谦在拖了很长的声音后，如是回答。

不知为何，江攸宁悬着的心忽然落下。她很认可这个答案，它比之前的那些，更容易让她接受。

江攸宁周一晚上去看了场法学院的模拟法庭，周二上午约了辛语，去她家见宋舒。

考虑到宋舒有一对两岁的双胞胎女儿，江攸宁便在去辛语家前去了超市，买了很多零食跟玩具，然后驱车前往辛语家。

辛语今天有拍摄工作，早上六点就出门了，是宋舒给江攸宁开的门。

江攸宁把买来的零食跟玩具拎到茶几上放好，佯装轻松地跟宋舒打招呼："你好，我是江攸宁。"

"你……你好。"宋舒跟她打招呼都有些磕巴。

宋舒头发凌乱，一看就是早上起来没来得及梳，整个人瘦得跟皮包骨头似的。她身上穿的衣服不太合身，略松垮。

只扫了一眼，江攸宁便移开视线，温声道："语语跟你说过我要来吧？"

"嗯。"宋舒点了点头，用纤长的手指拢了拢脸颊上的碎发，仍旧显得有些病态，局促地笑了下，"江律师，您坐。"

"没事。"江攸宁坐在沙发上，"你就叫我宁宁吧。"

宋舒也坐下，只是离江攸宁略远了些，在最边缘的位置。她搓了搓胳膊："好，您叫我小宋就行。"

"不用说您。"江攸宁说，"我比语语还小，不用这么客气。而且，我喊你小宋总觉得怪怪的，就跟语语一起喊你宋舒吧。"

"好。"宋舒拘谨地笑了下。

"我听说你有两个女儿是吗？"江攸宁的声音很温和，语调平稳，语速均匀，听得人很舒服，让人不自觉地放下心防。

但宋舒明显是个例外，她的腿不停地蹭着，显得十分局促。

"是。"宋舒说，"是一对双胞胎。"

"今年几岁了？"江攸宁问。

"两岁。"

"叫什么名字呀？"

"星星和闪闪。"宋舒说着，忽然顿了下，然后讪笑了声，"她们一直没起大名，华峰……华峰说女孩子都是赔……赔钱货，不值得起大名。"

江攸宁愣了下。但也只是瞬间，她很快又恢复到那副温和的状态：

“那两个孩子上户口了吗？”

“上了。”宋舒说，“一个叫华星，一个叫华闪。”

说到这里，她的眼泪忽然就掉了下来：“好好的女儿凭什么要这么随意地取名字？当初我刚查出怀孕的时候，华峰……华峰就找人算卦，说我这胎肯定是男孩，他找大师把男孩的名字都起好了。可一看我生了两个女儿，他连名字都不给起，我起了好多，他……他连用都不用，直接找人把户口给上了。”

“华闪、华山，女孩家叫了个这么魁梧的名字，华峰……华峰也毫不在意，他就要儿子，我……我一个人又生不出来。”一提到华峰，宋舒的声音就变得哽咽。说到最后，她捂着脸开始哭。眼泪似洪水泄了闸，大滴大滴地顺着她的指缝流下来。

“我真的不知道该怎么办了。”宋舒一边哭一边说，“我以为……带着两个女儿，华峰……华峰不会那么绝情的，可……可真的没想到，他……他竟然只给我两百万，那个《离婚协议书》上……他……他不是人啊！”

江攸宁从抽屉里找到纸巾，抽了两张给她递过去。

宋舒接过，继续哭。

“我真的……我二十六岁嫁给他，才不到三年啊，他……他就算不为我，也要为两个女儿考虑考虑，他……他怎么就这么……”宋舒哭到说不下去。

她揪着自己心口位置的衣服，眼睛红肿。

江攸宁趁机坐得离她近了些，一直沉默地听着。

宋舒也不说话了，只是哭，好几次差点儿哭到喘不上气来。

江攸宁掐着表，大概哭了十五分钟，宋舒的声音才变得小了一些，开始慢慢抽噎。

二十分钟后，她的哭声停止。

江攸宁又给她递了张纸过去，宋舒擦掉眼泪：“不好意思江律师，让您见笑了。”

“没事。”江攸宁说，“你两个女儿的名字很好听。”

“我也没办法了。”宋舒说，“但凡我在那个家里能做主，都不会让我的女儿叫那样的大名。我想了好多个，但华峰根本不听我的，我……”

说着她又哽咽了。

江攸宁递纸过去，低敛着眉眼，声音越发温和：“我很喜欢这两个名字啊，星星会一直挂在天上，闪啊闪，而且每一颗星星都是会发光的，她们以后一定很棒。”

“是……是吗？”宋舒有些不确定。

江攸宁笃定地点头：“一个挂在天上，一个闪闪发亮。”

宋舒吸了吸鼻子：“谢谢江律师。”

“你跟华先生是奉子成婚吗？”江攸宁问，“虽然有点儿不礼貌，但我还是想确认一下，你可以不用把我当律师，就跟我话话家常。”

“是。”宋舒点头，“我当初怀孕两个月，华峰就找大师给我算了一卦，大师说我这一胎必定能生出人中龙凤来，而且肯定是个儿子，华峰一高兴，就跟我结婚了，婚后对我特别好。我……我那会儿没想那么多，也以为是个儿子，可没想到生下来，是一对双胞胎女儿，华峰……华峰当下就变了脸色，说两个女儿是赔钱货，还骂我，骂我生不出儿子来，还不如一只能下蛋的老母鸡，我……我能怎么办啊？”

宋舒说着再次哽咽：“女儿也是从我身上掉下来的肉啊，难道我还能不要吗？！我的两个女儿又漂亮又可爱，她们……她们哪里比不上儿子了？我没想到华峰……华峰那么重男轻女，他……”

宋舒捂着脸又开始哭。

江攸宁拍了拍她的背，帮她顺气。

忽然，房间里传出了一声大哭，宋舒立马慌乱地扯了两张纸巾，把眼泪鼻涕全都擦掉，站起身往房间里跑。

隔了会儿，她抱着一个女孩儿走了出来。

女孩儿长得跟宋舒特别像，尤其是那双漂亮的大眼睛。

两岁的小女孩皮肤又白又嫩，和刚出炉的嫩豆腐似的，虽然刚哭过，但她看到了妈妈，被妈妈抱在怀里，很快就喜笑颜开。

江攸宁看到粉雕玉琢的小女孩，下意识地去那一大袋东西里找玩具。

她找到一根会闪光的仙女棒，笑着逗小女孩：“你想不想要啊？”

小女孩显然很有礼貌，先怯怯地看向宋舒，见宋舒朝她点了点头，才伸出手来拿，拿到手里以后在空中挥舞了几下。

“谢谢呃姨。”小女孩含混着说。

小女孩儿正是说不清楚话的年纪，叫出来的那声“呃姨”奶声奶气的，听得人忍不住想在她脸上摸一把。

但江攸宁记得这么大的小孩儿是不能随便被摸脸的。

宋舒大抵是看出了江攸宁的意图，笑道：“她已经不流口水了，你能摸她的脸。”

江攸宁也只敢伸出手指，轻轻蹭了一下。

小女孩儿抬起头看着她笑。

江攸宁问宋舒：“她是星星还是闪闪？”

“是闪闪。”宋舒说，“她精力比较旺盛，星星还在睡。”

江攸宁逗闪闪：“你是闪闪发光的闪闪吗？”

“是呀是呀！”闪闪挥着仙女棒，朝她笑。

江攸宁摸了下自己的肚子，笑道：“我也想生个女儿。”

“好可爱啊！”她说。

宋舒诧异：“你也怀孕了？”

江攸宁点头，耸了耸肩：“而且一周前刚离了婚。”

“啊？”宋舒丝毫不掩饰自己的惊讶，深吸了口气，“那你可怎么办啊？”

“你要把她生下来吗？”宋舒问。

江攸宁点头：“是啊，生个小孩陪自己玩不好吗？”

“啊？一点儿也不好玩。”宋舒说，“大的哭完小的哭，我一天都没个消停的时候。”

江攸宁叹气：“可是打掉也确实舍不得。”

“那你要到钱了吗？”宋舒问，“要是没钱，一个人养小孩真的很辛苦。”

“嗯。”江攸宁说，“他给得挺多的。”

“那倒也还行。”宋舒点了点头，说着话锋一转，“不过这男人也真不是个东西，竟然在你孕期就跟你离婚。”

“啊。”江攸宁笑了下，“他还不知道。”

宋舒皱眉：“那你岂不是给他免费生了个小孩？”

“不是啊！”江攸宁说，“小孩以后跟我姓，名字我都想好了。”

“什么？”

“男孩就叫江一泽，女孩就叫江一暄。”

宋舒忽然无话。隔了会儿，她问：“你说，我能不能把两个孩子的户口上到我这里，顺带给她们改了姓，改姓宋？”

宋舒以前从没想过孩子还能跟自己姓。

她最多想过，生两个，一个跟自己姓，一个跟华峰姓。

在两个女儿生下来以后，她也提过这件事，但华峰说：“跟你姓也行，你自己养。”

当时没生下儿子，宋舒的家庭地位一落千丈。她哪敢跟华峰叫板？况且她也没有养女儿的能力，最后只能不了了之。

但江攸宁的说法让她重新燃起了希望。反正离婚是板上钉钉的事情了，她为什么不能让两个女儿跟自己姓？姓宋，要比姓华好听。

“能。”江攸宁说，“离婚后过户的时候，你能给孩子改名字。”

宋舒笑了下：“那我要好好想她俩的名字。”

不一会儿，星星也醒了。她没有闪闪白，整个人也略显木讷，不大爱笑，但也极有礼貌，乖巧地跟江攸宁说了声“阿姨好”。她的咬字要比闪闪清晰得多。

星星坐在闪闪旁边，虽然眼睛里都是对那根仙女棒的向往，但她只乖巧地坐着，不跟闪闪抢，那双漂亮的大眼睛忽闪忽闪的。而闪闪玩了会儿后就把仙女棒递给星星，低声道：“姐姐，唔（我）们一起握啊！”她要跟星星一起玩。

江攸宁看着两个小孩，喜爱得不得了。她把玩具都倒在地上，让她们两个人一起玩。

怕两个人磕碰着，辛语专门在地上铺了毛茸茸的地毯，正好让姐妹两个一起玩耍。

星星明显比闪闪内向，闪闪一点儿也不小气，会特别在意姐姐的感受。

宋舒只有在望着两个女儿的时候，眼里才有光。两个女儿坐在地毯上玩，时不时就抬起头来对宋舒笑一下。

宋舒也报之以笑容。跟江攸宁刚才看见的宋舒，仿佛不是同一个人。

“她们真的很可爱，”江攸宁由衷地夸赞道，“也特别懂事。”

“是的。”宋舒笑，“要不是她们，我真的活不下去。”

“为什么？”江攸宁不解。

宋舒忽然沉默，转过脸来，收了所有笑意。

“华峰……华峰把女人们带回家里来的时候，我想过跟他一起死，可是一想到两个女儿，就不敢了。她们还这么小，我死了以后根本没人养她们。”宋舒提到华峰，难免还是哽咽，但比起之前的状态，已经好了很多，“我也想过，我死了以后华峰会不会对她们好一点儿，但……华峰竟然动手掐她们，我……而且，星星被他掐得身上一片青紫，有一段时间大小便完全失禁。我真的没想到他那么变态，令人害怕。”

江攸宁早已从辛语那儿了解了事情的大概，所以对前边的事情并不觉得惊奇，但听宋舒说到后边的时候，江攸宁起了一身的鸡皮疙瘩。

“他……”江攸宁一时之间都想不出词语来形容华峰的这种行为，顿了好几秒才缓缓吐出一句，“你有证据吗？”

宋舒愣住，然后无奈地摇头。

“我知道律师打官司都要证据，报警也要证据，可是我什么都没有啊！”宋舒说，“我傻，根本不知道要保存照片跟视频，当时发现以后跟他大吵了一架，可没想到他……他竟然在喝醉了以后打我，那天晚上……”

宋舒顿了顿，收住哽咽的声音，抹掉眼角的泪：“他扯着我的头发，扇了我十三个巴掌，我记得清清楚楚。我一直求他别打了，可他力气越来越大，那天我都不知道自己是怎么活下来的。

“但我觉得，为了我的两个女儿，我还能忍。我这会儿没有工作能力，自从嫁给华峰以后，就很少出门了，在家带孩子成了我的主要工作。华峰在家里对我不上心，对孩子也不上心，保姆对我们也是一点儿都不尊重，我也不敢把孩子交给保姆。

“别人说的豪门生活，我是一点儿都没体会到，也就刚结婚那会儿，华峰对我还好一些，后来……”

宋舒收了声。

江攸宁抿了抿唇，拿出之前准备好的录音笔，声音放得越发温和，“宋舒，你介意我录音吗？”

宋舒顿时皱起眉。

江攸宁说：“你放心。我不会随意传播你的音频资料，这样做一来方便我了解事实，二来希望你能对你自己说的话负责任。

“我是辛语的朋友，但同时也是你的代理律师。为了能够打赢这场官司，我必须要确保你所说的每一句话都是真实的。没有证据也不要紧，我们可以慢慢收集，只要我们没做过对不起华峰的事，法院就不会判我们输。

“星星和闪闪已经两岁了，从法律上来说，她们不是必须判给女方的，所以我们只能找到华峰殴打你和虐待小孩的证据，才能将他绳之以法，并拿到星星和闪闪的抚养权。”

“我们……”宋舒不太自信，“能行吗？”

江攸宁握住她的手，温和地笑：“事在人为。”

“江律师，”宋舒慢慢收回手，“我不是怀疑你的能力，主要是之前好多律师都在听完我的情况以后打了退堂鼓，我现在都……”

她顿了顿，声音变得低落：“说句不争气的，我都想回去找华峰了。我不要那两百万，也不离婚。我受苦不要紧，起码给两个女儿富裕的生活。”

江攸宁的手僵在空气之中，她皱起眉：“你真的想好了吗？”

宋舒摇头：“我真的没办法啊！”

她抹掉眼泪别过脸：“但凡有一点儿办法，我也不会想回去受那种罪啊！华峰……华峰简直就是个魔鬼。”

“那我们就别回去。”江攸宁扳过她的身子，“我们有办法的。”

宋舒搓了搓手，不太自信地问道：“真的……能行吗？”

江攸宁笃定地点头：“信我。”

“我会全力以赴。”江攸宁说，“不为别的，你难道愿意看见星星以后大小便失禁吗？她们哭着喊着找妈妈，可你还在被喝醉了的华峰打，这会给她们的心理造成多大的阴影你知道吗？”

“但是……”宋舒还想为华峰辩解几句。

江攸宁摇头：“没有但是。”

她的声音温和但坚韧，宛若蒲草。

“家暴只有零次，和无数次。”

宋舒坐在沙发上。

江攸宁打开了录音笔。

“要从最开始说吗？”宋舒局促地问。

江攸宁点头：“是的，尤其是你们结婚以前，华峰对你承诺过什么，如果有书面证据的话最好不过，没有也没关系。”

“好。”宋舒点头。

“切记，不要隐瞒。”江攸宁提醒道。

宋舒：“嗯。”

“说吧。”江攸宁温声提醒，把打开的录音笔放在茶几上，拿着本子开始速记。

在不远处的地毯上，两个可爱的小女孩正笑着玩闪光的仙女棒。

江攸宁专心致志，笔在纸上沙沙作响。

“我跟他是在一场宴会上认识的，那会儿我还是个三十八线透明女演员。最开始我是做模特的，后来阴错阳差演了部戏，发现自己很喜欢演戏，虽然演技不好，但还是想演。

“我家是农村的，我初中毕业就在外面打工了，我家里条件不好，可我也知道人穷志不能短，家里没能给我创造条件，我也不能靠身体给自己创造这种条件。”

“说你跟华峰吧。”江攸宁温声提醒。

“哦对。”宋舒这才从娱乐圈八卦消息回到正题，“我跟华峰认识那年二十二岁，他还有老婆，我见过他老婆，不对，是前妻，她是一个特别有气质的女人，那会儿我根本没想过会跟华峰有什么交集。

“二〇一六年七月份，我们又在一个饭局上偶遇了，他第一眼就认出了我，我觉得惊讶又欢喜，没想到我这样的小人物竟然能被他记住，而且他还准确地说出了我的名字。华峰……他长得真的不错，也很有气质，最主要的，他是大家都想高攀的对象，光我知道的想认识他的就有七八个女明星。只要女明星饭局结束后跟他一块走，最后一定能拿到不错的戏约。

“那会儿我穷困潦倒，都快吃不起饭了，不然也不会去参加那样的饭局。那天晚上有导演想带我走，还在我喝的酒里放了点儿……东西，但最后华峰把我保了下来，还送我回了家。我以为他是想……但他只是把我送回去，还让我冲了个冷水澡，最后在我家沙发上睡了一晚。

“我第二天醒来的时候，身上的衣服虽然湿，但都在。我觉得他是个正人君子。”

宋舒回忆着她跟华峰的故事。

在故事的前半部分里，华峰是很多女人理想中的爱人。他温柔体贴，进退有度，肯一掷千金为博红颜一笑。即便如此，宋舒也一直跟他保持着距离。再喜欢一个人她都不做破坏别人家庭的第三者。这是宋舒的底线。

可没过多久，她得知华峰离婚了。他跟宋舒说，自己的前妻给自己戴了绿帽子。总而言之华峰就是在卖惨。

二〇一八年六月，宋舒跟华峰正式确定了关系，而宋舒也不再是那个娱乐圈里毫无存在感的小艺人。

华峰为了捧她下了很大的功夫，但宋舒可能注定就捧不红。后来宋舒都开始自暴自弃。

她爱华峰简直爱到了痴狂的地步。只要见到华峰一个冷漠的眼神，她就能哭一整晚。

恋爱半年后，华峰就对她忽冷忽热，宋舒慌张极了。后来宋舒查出怀孕，华峰找人算了一卦。因为算出是儿子，华峰才娶了宋舒。而在结婚前宋舒才知道，他原来的妻子生的是两个女儿，但都不跟他姓。她觉得华峰真可怜，说不定那两个女儿都不是他的。

之后的事情就是辛语跟江攸宁说过的那些。

但宋舒跟江攸宁透露出一点：在婚前，华峰给宋舒写过一封保证书。

大致内容就是宋舒只要生了儿子，就能分得华峰 30% 的财产，以及两家公司，而且如果他是婚姻内的过错方，自愿净身出户。

“那封保证书呢？”江攸宁问。

宋舒皱眉，想了半晌：“我好像落在家了。”

“哪个家？”

宋舒：“别墅。”

江攸宁重重地呼出一口气：“你现在还没有跟华峰离婚，所以还能进入那个家。”

宋舒摇头：“进不去了。我一周前去过，保姆们拦得很严，根本不让我进去。”

江攸宁抿唇，对情况有了详细的了解，关掉了录音笔。

“我知道了。”江攸宁说，“这些事情，你之后不要跟任何人说。”

“嗯嗯。”宋舒吸了吸鼻子，“我现在哪还有朋友啊，听到我出了事，她们一个比一个跑得远，我根本没有去处。”

“我只是给你提个醒。”江攸宁说，“接下来你最好不要出门，也不要自己联系华峰，如果华峰给你打电话或者是约你见面，你一定要记得录音，最好可以录到视频。”

“啊？”宋舒觉得诧异，“偷拍的证据可以上法庭吗？”

江攸宁忽然笑了，摇头：“不能。”

“那我录音又有什么用？”宋舒问。

江攸宁说：“可以用来威胁华峰。”

“这样……”宋舒忽然打了个冷战，“不是我打退堂鼓，华峰那个人真的……喜怒无常，而且他在外边的势力真的很大……他这次请的律师，听说很厉害。我有点儿怕。”

“怕什么？”江攸宁说，“真正该害怕的是那些做错事的人。阴霾之上，必有阳光。天网恢恢，疏而不漏。华峰这样的败类，就该进去待几年。你千万不要心软，如果不把他告倒，星星和闪闪的抚养权很有可能到他的手里。”

一听到两个女儿，宋舒的表情就变了。

江攸宁交代道：“以后你不要不联系我就行动，说每一句话都要慎重思考，如果碰到不确定的问题，一个字都不要说。华峰如果想要离婚，肯定还是从你身上下手，从你这里挖到让你净身出户的证据，你千万不要心软。”

宋舒点了点头。

江攸宁怕她坏事，又严厉地叮嘱了一遍：“他现在已经不是你的丈夫了，是想要杀害你跟你女儿的刽子手，如果有一天他真的得逞了，那把刀就是你亲手递给他的。”

宋舒握紧拳头：“我知道了。”

她说得异常坚定：“为了我的星星和闪闪，我一定要坚强起来。”

“这才是对的。”江攸宁说，“千万别怕。对待人渣，一定不要手下留情。”

宋舒看向两个女儿。良久之后，她忽然叹了口气：“江律师。”

“嗯？”

“你为什么给小孩儿取名字叫一泽和一暄啊？”

江攸宁愣怔了下，没想到她直接把话题转到了自己身上，但还是如实答道：“我希望男孩能有像水一样宽阔的胸襟，像水一样容纳万物，也像水一样柔和。”

“女孩的话，”江攸宁低头笑了笑，“我还是更希望她像太阳。这个时代对女性总归还是不太友好，我就希望她能快乐，能温暖成长，她温暖别人，别人也温暖她。”

“寓意真棒。”宋舒说，“我原来想让她们两个叫宋倩和宋雅，但叫这两个字的人太多了。江律师，你有文化，帮她们起个名字吧，等离婚以后上户口的时候，我就不用再想了。”

江攸宁受宠若惊：“我……这样不好吧？宋倩和宋雅也挺好听的。”

“这场官司要是赢了，你就是她们的救命恩人。”宋舒说，“这有什么不好的？”

江攸宁忽然愣住。

宋舒也意识到自己好像说错了话，立马道：“没事，就算没赢也没关系，你尽力了就好。我已经想通了，就算这场官司输了，华峰不给我钱，我也要好好抚养我的两个女儿。我有手有脚，大不了回家种地呗。”

“啊？”江攸宁错愕。

江攸宁其实很诧异宋舒是怎么想通的。

上午江攸宁刚来的时候，宋舒还是那副能打官司就打，不能打她跪下也想再回到华峰身边的样子，而且是后一种想法占据上风。

但现在，她就像换了个人。

“怎么了？”宋舒笑笑，“惊讶什么？”

“很惊讶你怎么突然变了。”

宋舒看着她，又扭过脸看向两个女儿：“我也很奇怪。

“但江律师，我看着你在这里鼓励我，让我鼓起勇气来去打这场官司，不管你是出于什么目的，我都觉得很感动。尤其当你告诉我，我不能懦弱，不然以后华峰杀死我女儿的刀就是我亲手递过去的，我就再也不想回去了。

“我死不足惜，从小我爸妈也没待见过我，他们只喜欢我弟，我就跟野草一样随意生长，但我两个女儿不能这样，我两个女儿得好好活着。”

宋舒笑了下，眼里泛着泪，但没再哭。

“说句有些自夸的话，”宋舒说，“以前我跟你真的好像，也很漂亮，我是我们村里最好看的，但现在，你看看我，我已经很多天不敢照镜子了。”

宋舒说：“我想跟你一样，能自信地做一个母亲，以后不让我的女儿被歧视。”

江攸宁愣怔了两秒。她在宋舒身上好像理解了慕老师跟她说的那些话——为母则刚。而且她想，自己一定要好好成长，指不定哪一天就会有人以你为榜样。

江攸宁从来没想过，真的会有一个女人因为她而改变。但她觉得很高兴，发自内心地觉得高兴。

江攸宁跟宋舒又聊了会儿，宋舒问了她一些宝宝的事情。但她对沈岁和闭口不谈，而宋舒也从没问过。

这一番聊下来，江攸宁觉得宋舒极有分寸，一点儿都不像江闻所说的“傻大妞”。

而宋舒的回答是，带两个孩子有助于修身养性。

闲聊之际，江攸宁问宋舒：“那你知道华峰请的是哪里的律师吗？”

宋舒顿了下，叹气道：“天合律师事务所。”

“你知道是谁接的这个案子吗？”江攸宁问。她根本没觉察到，她的声音都在抖。

“好像是姓崔。”

江攸宁松了口气。

从辛语家出来已经是下午，江攸宁坐在车上。

“天合”，她默念这两个字。

天合在业内是挺厉害。

如果她没猜错，接这个案子的是沈岁和花重金从诚业律所挖过去的崔明律师，崔明专打离婚诉讼，几乎从无败绩。

但没关系，事在人为。

她在车内坐了几分钟才踩下油门上路，刚转过一个拐角，手机就响了。

独属于沈岁和的铃声在寂静的车内响起。

江攸宁恍惚了半秒，然后伸出手挂断。但不到两秒，手机又响了起来。

你看那九点钟方向
日内瓦湖的房子贵吗
世界上七千个地方

我们定居哪

…………

轻缓的音乐在车内不厌其烦地响起，陈绮贞那自带少女感的声音和春日温和的风搭配得恰到好处。

江攸宁把车窗放下来，任由铃声在车内响。

她没接。

这首歌是她存沈岁和的号码那天就设置上的，是沈岁和的专属铃声，但后来二人加了微信，她的电话就很少响了。

即便电话响了，只要江攸宁听到，往往第一句歌词还没听完就已经接了起来。这是她第一次，如此认真地、不带任何喜悦情绪地听完这首铃声。

原来铃声的最后一句定格在了“夜晚有三年”。

铃声响了近一分半钟。

江攸宁已经上了回家的主路，车子平缓地行驶着。电话响了两次，似乎再没动静。

这是沈岁和一贯的作风，再一再二不会有再三，打两个电话不接他就会默认你在忙，不会打第三次，之后会等你不忙了给他回拨过去。

但等江攸宁开着车下意识地回到芜盛，将车停在地库那熟悉的停车位上时，她错愕了几秒。

她还是受影响了。

周日下午她已经跟江闻收拾好东西，搬了家。她本来是想搬到新买的别墅去，跟路童、辛语一起住，但大家考虑到她现在的身体状况，最后协商一致让她搬回了家里。

她的房间一直都在，慕老师还给她买了新的床上四件套。

昨天她是在岔路口意识到自己走错了路，但今天直接开到了芜盛。

坐在车里，她把手机里给沈岁和设置的铃声换掉，然后扫了眼微信，看到沈岁和给她发了两条消息。

“听说你要接宋舒的案子？

“别了吧。水太深。”

江攸宁皱着眉，正思考着怎么回，沈岁和又发来一条：“工作找到了吗？”

她从下往上滑，他们两个上次的聊天记录截止在他提醒她去民政局，她回了一个字“好”。

今天的沈岁和话格外多。

江攸宁想了会儿，还是回：“谢谢关心，有着落。宋舒的案子为什么不能接？”

沈岁和：“你不适合。这案子对女方太不利了。从崔明手里胜诉，太难。”

江攸宁：“哦。华峰在宋舒身上装了监控？”

沈岁和发了三个问号。

江攸宁：“你怎么知道我要接宋舒的案子？”

沈岁和没有正面回答她的问题，而是回道：“一个多月都没人敢接这个案子，可想而知它难度多大，你别被骗了。”

江攸宁：“被谁？”

江攸宁见手机屏幕上一直显示着沈岁和正在输入，断断续续的，却一直也没有消息发过来。他大概是想说辛语，但又怕江攸宁生气，所以输了又删。

隔了五分钟，他才发过来：“没谁。崔明打这类案件有多厉害，你应该知道的。”

江攸宁：“所以？”

沈岁和：“你没必要一来就挑战高难度。”

江攸宁：“哦。”

她所有的回答都特别简短，像极了从前的沈岁和。

沈岁和那边还在输入，江攸宁却径自结束了这场对话。

江攸宁：“沈先生，我们已经离婚了。谢谢您的关心，我会认真考虑您的建议。但是，我的事情和您没有关系了。往后，我们还是少联系吧。”

沈岁和那边发来一个问号。

江攸宁直接把他加入了黑名单。

就这样吧，他们少联系，她还能少生气。

从前是爱他的十年，往后她该爱自己。

尽管把他加入黑名单的那一刻，江攸宁的手指还在颤抖，可她仍是笑着的。

刚从微信里退出来，手机铃声再次响起，是一首不知名的纯音乐，江攸宁随便换的。

江攸宁直接挂断，把沈岁和的手机号也拉黑了。这种事情做过一次，做第二次也便轻车熟路。

处理好了一切，世界都变得安静了，她在地库里坐了会儿，心神平静后往外开。她的表情仍旧恬淡，车子开出芜盛，开向回家的路。

春夜晚风带着新的希望，道路两旁霓虹璀璨，仍旧是她熟悉的北城。

这座城市宽阔又包容，冰冷也温暖。它见证了她的飞蛾投火，也会看到她在火中涅槃重生。

晚上八点。

办公室里，沈岁和坐在柔软的椅子上，手中转着一支笔。电脑屏幕仍旧亮着，上边还有他最新接手的案件的基本事实梳理。

他一个字都看不进去。

手机屏幕忽明忽灭，不停地有人发消息过来。

他用指纹解锁手机，一点进微信就看到了那句“消息已发出，但被对方拒收了”。

他被江攸宁拉黑了。聊天记录还停留在那句“往后，我们还是少联系吧”上面。少联系等于不联系。

沈岁和合上了电脑，把那条消息又看了几遍。

他感到心烦。

沈岁和打了内线电话：“崔律还在吗？让他来一趟。”

手头还有一沓助理递过来的资料，他没看，反而拿起了另外一沓，都是崔明助理整理的华峰事件的简易资料。

资料包括案件陈述、对方资料、对方律师资料。

双方都还未提起诉讼，所以还没发展到上法庭的地步。华峰名下公司的案件一直是他们律所做的，这次华峰亲自找到他，想让他代理这个案件，但他从没打过离婚官司，所以把这个案子给了在这个领域颇负盛名的崔明律师。

今天，他偶然在资料上看到了江攸宁的名字，就在对方律师那一栏里，她是众多选项之一。

其余的那些，都不值一提。

几乎是下意识地，沈岁和就给她打了电话，而且，打了不止一个。结果就换来了她“少联系”的回复。

这几个电话大抵是提醒了江攸宁，她还留着前夫的联系方式，记得删除拉黑。她也搬出了芜盛，而且把芜盛挂在网上售卖，售价一千七百万。

她好像比他想象的更坚强，也更狠心。

沈岁和手中的笔转了几个来回，竟突兀地掉在了手机屏幕上。屏幕上的膜也碎了，四分五裂，像极了他的家。

他瞟了眼，感觉心烦，干脆把手机翻过去。

他将椅子转向窗外，外面天色已晚，灯火通明。

不一会儿，办公室的门被敲响。

“进。”沈岁和说着转过了身子，两条修长的胳膊搭在桌子上，左右手十指交叉，是很典型的谈判手势。

“坐。”沈岁和说。

崔明穿着黑色西装，头发一丝不苟地用发胶定型，显得很精神。他微微颔首：“沈律。”

“华峰的离婚案，已经决定起诉了？”沈岁和问。

崔明眉头微蹙，对他突然过问自己的案件有些抵触，没回答，而是反问道：“怎么了？”

“随意问问。”沈岁和的表情仍旧波澜不惊，“华峰一直都是咱们的大客户，对他的事情我们要上点儿心。”

“哦。”崔明的眉眼这才舒展，“已经跟华总交涉过了，他目前更倾向于坐下来解决问题，毕竟还是公众人物，上法庭对他的社会形象有所损害。但对方一直都没有律师，每次约她出来，她的精神状态都有点儿异常，根本无法进行正常沟通，所以我更建议华总上诉，拿回两个女儿的抚养权。”

“华峰的意思呢？”沈岁和问。

崔明：“他正在考虑上诉。华总还是感念一日夫妻百日恩的，如果有可能，还是不想走到上法庭那一步，但对方狮子大开口，而且用两个女儿来威胁他，走到这一步，华总也很为难。”

沈岁和轻轻地点了点头，似在思考。

“这事儿，”沈岁和顿了下，“崔律师可以考虑跟对方再坐下来交谈一下，如果对方还能降底线，我来跟华峰商谈，争取让他做一些让步，毕竟有两个孩子，他也不是那么狠的人。”

崔明蹙眉：“这事儿现在应该是非上法庭不可了，华总那边已经拿到了宋舒的精神鉴定结果，她确实有轻微的精神障碍，偶尔还会虐待两个女儿，华总不可能把抚养权交给她。如果我们最后劝华总拿钱摆平，分明就是在砸我们律所的招牌。”

说到最后，崔明的语气有几分严厉，并不友善。

崔明在暗暗给沈岁和施压，但沈岁和并未受影响，淡然地道：“我会跟他说一下，这个案子有些特殊，上法庭是迫不得已的办法，崔律还是先约见对方吧。”

崔明睬他：“沈律在教我做事？”

沈岁和：“没有。”

他平静地翻阅资料，温声道：“离婚诉讼我确实不如您，但华总公司的商业价值，华总的商业形象，我总还是要顾虑的，这案子影响的确实不止一个方面。如果对方撕破脸皮，利用舆论把华峰塑造成人渣呢？公司的损失谁来承担？您也是结了婚的人，夫妻之间哪怕闹到了离婚这一步，总还是有些感情的，更何况对方还年轻，用钱能解决，便也解决了，华峰也不会在意这一点。”

崔明一时语塞。一分钟后，他语气不善地道：“知道了。”

然后他气势汹汹地出了办公室，正好遇到了来找沈岁和的裴旭天，两个人打了个照面，裴旭天还笑着跟他打招呼，崔明却连个眼神都没给裴旭天，那表情分明在说：一丘之貉。

裴旭天一脸无辜。

“你怎么得罪他了？”裴旭天关上门打趣沈岁和，“那表情跟吃了……似的。”

沈岁和把所有的资料归档：“没有，正常的工作交流。”

“成吧。”裴旭天给他扔了份资料过去，“君莱已经买了，芜盛正在谈，但听中介说，江攸宁好像知道是我买的了，不大想卖给我。”

沈岁和翻阅了几下，放到抽屉里：“那就换个人买。”

裴旭天无奈：“那可是上千万啊，我买到谁的名下合适？到时候你的钱打水漂了，能行？”

“找靠谱的。”沈岁和说，“你爸你叔你小妈，别找……”

他顿了顿：“阮言跟阮暮。”

裴旭天坐在沈岁和的办公室里开始找靠谱的人，而沈岁和也平静地坐在那儿，开始重新梳理华峰的案子。

无论从哪个角度讲，华峰都能胜诉。

宋舒有精神疾病，华峰有她发病时的视频，还有她威胁自己的录音，甚至还有宋舒出轨的证据，孩子的抚养权根本落不到宋舒手里。

沈岁和正想得出神，电话忽然响起。

他瞟了眼——妈。

眉头忽然皱起，他忍着不耐烦接了起来：“喂。”

“还有几天就是你爸的忌日了，你也不回来吗？”曾雪仪的声音响起。

沈岁和愣怔了两秒。

他爸的忌日。

他是该回了。

“我知道了。”沈岁和说。

“你是不是又跟江攸宁在一起？”曾雪仪厉声问。

“没有。”沈岁和说。

提到江攸宁，沈岁和的语气也变得不善：“你别去打扰她。”

“果然。”曾雪仪说，“你就是看上那个女人了。”

沈岁和抿唇，沉默不言。

曾雪仪还想说什么，刚开了个头，沈岁和便打断了她：“我会回去的。”

然后他径自挂断了电话。

宛若打完了一场仗，他疲惫地吐出一口浊气。

第八章

前尘往事随风去

办公室里长时间寂静无声，沈岁和把手机设置成静音，又把手机屏幕倒扣过去。

“你妈？”裴旭天跟中介聊完才抬起头问，乍一听还像骂人。

沈岁和点头：“嗯。”

“那你这态度……”裴旭天耸耸肩，“好歹有妈让你回家，看我，半年不回家都没人打一个电话。”

沈岁和睨了他一眼，语气颇为冷漠：“哦。”

裴旭天见他不想谈这个话题，就把手机聊天记录截了张图给他发过去：“已经谈妥了，一千七百万，我买到了我堂妹名下，过段时间再给你过户。”

“嗯。”沈岁和提醒他，“从明年的分红里划吧。”

“好。”

晚上八点多，律所的人才陆陆续续地下班离开。

沈岁和摁了摁眉心，忽然问：“你说，怎么有人想不开非来当律师？”

“嗯？”裴旭天一时间还没从之前的话题中跳出来，愣怔了两秒后才问，“你家江攸宁？”

裴旭天忽然啧了声：“忘了，她已经不是你家的了。”

沈岁和把刚才手中转着的笔随意一扔，正好扔在裴旭天怀里。

“哎。”裴旭天笑，“沈岁和，你急了啊？”

“急什么急。”沈岁和的手搭在桌面上，修长的手指微微蜷起，富有节奏地敲着，“不会说话就闭嘴。”

“你就是急了。”裴旭天笑得越发欢快，“连实话都不让我说了，那你让我说什么？”

“闭嘴。”沈岁和睨了他一眼，站起身来把外套挂在胳膊上，“不下班等死？”

裴旭天：“……等你。”

两人一起下楼去吃饭。

最近裴旭天跟阮言约会的频率也没那么高了，而且他觉着沈岁和孤家寡人，下班以后就跟沈岁和约着吃顿饭，然后各回各家。

在楼下，裴旭天递给沈岁和一支烟，二人在灯火璀璨的春风之中抽烟，青灰色的烟雾随着风的方向飘散，裴旭天劝沈岁和：“对你妈好点儿，好歹你还有个妈。”

沈岁和猛吸了一口烟，烟被风吹到喉咙口，呛得他咳嗽了好几声。他望着来往穿梭的车流，满不在乎地道：“你想要啊？”

他唇角微勾，但笑意不达眼底：“送你。”

裴旭天向他的胸口挥了一拳，力道不大，但沈岁和一点儿防备都没有，还是被打得后退了半步。

他含着烟，一只手揣在风衣兜里，头发随风飞舞，眼里是看不懂的情绪。

“你混账了啊！”裴旭天说，“那是你妈。”

“我知道。”沈岁和把抽完的烟摁灭，然后把烟蒂扔进垃圾桶，又从兜里拿出烟盒，低头抽出一支，拿在修长的手指间把玩，昏黄的路灯不偏不倚地照在他的侧脸上，那双好看的眼睛里满是厌恶和疲惫，“但我有时候真的恨不得把命还给她。”

“啊？”裴旭天皱眉，“你成天想什么呢？”

沈岁和笑了笑，又给自己点了一支烟。

“没人管也挺好。”沈岁和笑，“多自由啊！”

裴旭天嗤道：“我上学的时候开家长会被嘲笑过多少次你知道吗？我妈死了以后我几乎没吃过一顿热乎饭，直到现在，死在外面都没人管。”

“还是有妈好。”裴旭天总结，“尤其还得是亲妈，因为后妈懒得管你。”

“可……”沈岁和顿了顿，不经意往前走了半步，刚好有一辆电动车疾驰而过，裴旭天拉了他一把，拉得沈岁和一个趔趄。

那辆电动车继续往前骑，但速度明显变慢。

电动车的主人还回头看了眼，看口型像在说：“神经病！找死啊？！”

裴旭天厉声道：“你疯了？”

沈岁和摇头，转过身，不再看路上的车流，仿佛跟这喧嚣繁华的世界隔绝。

隔了很久，他把自己没说完的话补上：“傀儡一样的人生有什么好？”

风大，裴旭天没听清：“什么？”

沈岁和抿唇：“没什么。”

他就着风抽完了那支烟。

在那一瞬间，他没有其他的想法，只是想以后没有烦人的电话，也不用做选择。

沈岁和双手揣在兜里，头发随风飞舞。

“跟江攸宁离婚对你的打击挺大啊！”裴旭天把烟蒂扔进垃圾桶，在他的肩膀上拍了一下，“所以你到底为什么跟她离婚？”

“哪来那么多为什么？”沈岁和的表情一如既往地冷漠，“想离就离了。”

风把他的话都给吹散了。

裴旭天显然不信：“你这样就跟被甩了似的。”

“我提的离婚。”沈岁和说，“你不是都知道了吗？”

“那也有可能是她冷暴力你。”裴旭天笑了，“你现在这样真像是失恋的那条狗欸。”

他说着撞了撞沈岁和的胳膊：“你看那儿，你跟它像不像？”

不远处有条流浪狗，金黄色的毛，浑身脏兮兮的，不知道怎么跑到了路中间去。这会儿车流如梭，它根本不知道自己该去哪里，眼睛瞪得圆鼓鼓的，眼中都是对这个世界的警惕和茫然。

不知为何，沈岁和的脑子里忽然出现了一个雨夜。

在那个大雨滂沱的夜晚，他开车去案件现场取证，但在路过那条路时，看到了一只脏兮兮的猫。它的眼睛是宝蓝色的，宛若大海。

它也是用这样的眼睛看着他。

在那一刻，他疯了一样地转着方向盘，避开了那只猫，但不远处的光晃到了他的眼睛，脚在刹车上踩下去的那个瞬间，他听到了巨大的一声砰。

那声音像是烟花在空中绽放的声音，由远及近。

“喂。”裴旭天伸手在他眼前晃了晃，“至于吗？这么入迷？”

沈岁和这才收回了视线，也停止了发散思绪。

他的脑袋有些痛。这也是车祸的后遗症。

当初那场车祸让他落下了头痛的毛病。那个夜晚的事情他记得不算清楚，只能依稀记得一些细节，后来虽然康复得很好，但时不时会头痛。

今晚大抵是被风吹着了。

“没有。”沈岁和摇摇头，笑了下，“你说得没错。”

“嗯？”

“我跟它确实挺像的。”沈岁和嗤笑了声，然后大步流星地往前走，头也不回。

“你去干吗？”裴旭天喊他。

“找我同伴。”沈岁和扬起胳膊，修长的手指在空中画出优美的弧线。

他直奔那条狗而去。

“对方律师提出的证据根本无法支撑他完成整个论述。首先，他提出的第一个证据分明是将我方当事人置于不义之境……”

电脑里传出了熟悉的声音，江攸宁坐在桌前，手里拿着笔在本子上记下要点。

她房间里的窗帘被拉得严严实实的，粉色窗帘还彰显着慕老师的少女心。江攸宁听完了这一长段才摁下暂停。她没看电脑上的人，只是低下头整理刚才的笔记，在每一个观点后面都补上了一些可以突破的点。

而电脑屏幕上赫然就是沈岁和，但不是成熟稳重的沈岁和，而是八九年前，虽然也身穿西装但气场远没有现在这么强大的沈岁和。

他的脸还稚嫩，虽然故作成熟，但怎么看都还是个学生。

稚气未脱。

江攸宁也是在家整理东西的时候才想起来自己还有这个。

华政所有的模拟法庭都是公开的，甚至还会把一些优秀的刻录下来留作学习资料，所以当初沈岁和在学校参与过的所有的模拟法庭，她都有备份。

她还专门买了一个能刻字的 U 盘，在上边刻了“Ssh”三个字母。U 盘是 32G 的，里面存放了和沈岁和相关的 12G 的资料，其他的什么也没有。

她保存了近九年。她起先是不敢打开的，拿鼠标在电脑上点了又点，去厨房给自己热了杯牛奶，然后坐在那儿给自己做了很久的思想工作。

沈岁和能被誉为“律界新晋大魔王”，定然是很优秀的。

模拟法庭虽然是学生时代的事，但仍旧能看出他在法庭上的状态，看出他的风格基调的雏形。

江攸宁坐在那儿捧着一杯热牛奶，点开了视频。每一个视频都是用日期命名的，她从最早的开始看。

一场模拟法庭近两个小时，那会儿的视频质量还不是很好，画质很模糊，但能勉强看清楚沈岁和的脸。

他素来没什么表情，但找对方的漏洞又稳又狠又准。

沈岁和是典型的理性思维，所有的点他打得都很硬，虽然是那种可以在关键时刻力挽狂澜的选手，但每次遇到感情案件，打得都很莽，这种莽让他的队友都会捏一把汗。

在关键的证据面前，所有的感情都不值一提，但在势均力敌的情况下，感情就成了一把利器。

不知道现在的沈岁和有没有改变，但当初的沈岁和浑身都带着倒刺。

上了法庭的沈岁和，是完全陌生的沈岁和。

这个沈岁和跟江攸宁当初在下雨的公交站遇见的沈岁和不一样，跟在那个雨夜里为了躲开猫和沈岁和相撞的他不一样，跟后来与她一起生活的沈岁和也不一样。

在法庭上的他，像开了刃的利剑，锋利睿智，棱角分明，所向披靡。

江攸宁猜测他应该是知道自己的短板，所以在从业方向上选择的是几乎从来不打感情牌的商事诉讼。

在和钱有关的诉讼上，更需要的是沈岁和这样的人。

江攸宁忽然想到一种形容——没有感情的杀手。

她看到十一点，只快进着看了两个视频。到了睡觉时间，她关掉了电脑，爬上床关灯睡觉。

本以为习惯了两个人的生活后会很难回归到一个人的节奏中来，但江攸宁竟意外地适应得很好。

除了最初在芜盛几乎夜夜不能眠，她回家后状况改善了很多，连精神衰弱都减轻了不少。

大学没有上下课的铃声，也不会在十点响起课间操音乐。但勤奋的大学生往往在六点就去教室自习，另外华师的大一新生都有早操，从六点半开始，有些班甚至变态到喊口号，美其名曰锻炼当代大学生的意志力和体力，做德智体美劳全面发展的新时代好青年。

江攸宁的房间的窗户刚好正对着华师的操场。每天早上六点窗外有轻微的动静，她会稍微醒一下，但翻个身又会睡着，到了六点半，听到了口号声，再翻个身，继续睡觉。

偶尔她下意识地去摸身侧有没有人，但这也是极少数的情况。

大多数时候她每天都能睡到上午八点多，然后起来跟慕老师一起去散步。如果慕老师有上午的课，老江又去了演艺中心，她就拿着慕老师的饭卡，慢悠悠地去华师蹭个饭。

等到吃完早饭她会去华师的图书馆待一上午，临近中午再回家。

生活惬意。

她所有的计划都只需要满足自己就好，生活中好像是少了一个人，但并没有什么关系。

甚至，当她再看到视频里的沈岁和，下意识地去摸自己的心跳，发现很正常。

她看见他，再没了心跳加速的感觉。

当初那么炽热的爱，好像是她的一场错觉。

她只是被自己感动了。

沈岁和那么多场模拟法庭的视频，江攸宁用了两天就看完了，总结出了很多东西。

然后，她将U盘格式化，直接压到了箱底。

日子在飞逝。

江攸宁在四月一日当天接到了宋舒的电话。

“江……江律师，”宋舒的声音直抖，“华峰……华峰刚刚给我打电话了。”

江攸宁眉头微蹙又舒展，意料之中的事情。

“没关系，你别慌。”江攸宁说，“他跟你说了什么？你录音了吗？”

“录……录了。”宋舒忽然又哭，“他要跟我抢女儿的抚养权啊，呜呜呜，我该怎么办？江律师，我问能不能不要钱只离婚他都不愿意，现在铁了心要跟我抢抚养权，而且说我有精神病，说我根本照顾不好小孩。我没有啊，星星和闪闪从出生起就是我一直在照顾的，真正有病的人是他啊！”

江攸宁：“你先别哭，把录音发我一份，我听完之后给你打电话。”

“对了，”宋舒收了哭声，但难免还是有些抽泣，“挂电话的时候我记得你跟我说的，让他联系你了。”

“对。”江攸宁说，“就是要这样做，你放心，一切都有我。”

宋舒那边慢慢平复了情绪，深吸了一口气：“江律师，你听录音的时候千万不要被气到，华峰看不起我，连带着说了一些对你不好的话，你别往心里去。”

江攸宁愣了两秒，然后笑道：“他能说什么？无非就是觉得自己请了个好律师，看不上我这个寂寂无闻的小律师呗，这有什么？都是一些我不在意的话，他狂任他狂，我就让他跪下喊王。”

“江律师厉害。”宋舒顿了两秒才夸了一句，还夸得很敷衍。

江攸宁哈哈笑了两声：“难道不好玩吗？我最近网上冲浪学的段子。”

“好玩。”宋舒终于笑了，“我相信江律师。”

“嗯，信我就好。”江攸宁说，“你发录音吧，我看看下一步要怎么办。”

她等了五天才等到华峰这个电话。华峰不愧是在商场混迹久了的老狐狸，果然沉得住气。

五天前，江攸宁就找江闻帮忙联系了团队。

江闻虽然两耳不闻窗外事，一心只拍优质戏，但毕竟算娱乐圈的人，对里面的弯弯绕绕自然比江攸宁清楚，所以江攸宁让他帮忙联系团队，爆料了一条消息——“华宵影视公司总裁华峰二婚感情破裂，只因为重男轻女”。

还有什么“当初为爱退圈生子，如今惨遭富豪遗弃”的话题营销，从文案到文章都是江攸宁写的，她写的内幕不算多，基本上把宋舒剥离出来，主要的笔墨都在华峰身上。

她就是小范围地爆料了一下。

凭江攸宁对娱乐公司的了解，营销部会时常关注跟公司有关的新闻，一旦发现风吹草动立马汇报给上级，对自己有利的就想办法让其上话题榜，有害的就交给公关部，迅速处理。

华峰这样的而且带着华宵的标题，一定会被他们营销部的人看到。

甚至，江攸宁看到法务部的部长发了一条朋友圈。

知人知面不知心，大佬的世界我不懂。

配图上写着“快跑”。

她几乎一眼就能看出来部长在影射华峰。

江攸宁给华峰定的时间是三天。她猜华峰肯定按捺不住，毕竟她不是运作一次就收手，而是每天循序渐进。

直到昨天，“华宵影视总裁离婚”的词条上了热搜……

华峰怕事情闹大。

江攸宁抓住了他的软肋。

五天，华峰真沉得住气。

宋舒发过来的录音有五分钟。

江攸宁直接点开，但开场就堪比爆炸！

他们的声音都不算小，江攸宁戴着耳机听的，差点儿被原地送走。

她以前在年会上见过华峰，他会作为领导在台上发言，如果有抽奖，还会宣布一下金额、奖品之类的，再说一些激励员工的话。

印象中的华峰好歹是个事业有成的知名企业家，商场上圆滑的那一套做得确实不错。

但没想到跟宋舒吵起架来，他比宋舒的嗓门还大。

江攸宁唯一想到的形容就是“村口骂街的泼妇”，甚至比泼妇还可怕。

他就像一条疯狗，逮谁咬谁，骂完宋舒骂辛语，骂完辛语骂江攸宁，说宋舒走到穷途末路了才用这样的方式对待他，如果他毁了，两个女儿一定会没有爸爸，宋舒就是个蛇蝎心肠的恶毒女人；说辛语就是在助纣为虐，甚至说如果不是辛语煽风点火，他们两个人走不到这一步；说江攸宁是个不知名的笨蛋律师，跟崔明律师没法比，根本不在一个水平上。

好家伙，五分钟的录音里，宋舒只知道哭和说“不是”。而华峰来来回回把人骂了个遍。

江攸宁面无表情又略带感慨地听完了这段录音，给宋舒发微信问：“没有删减吧？”

宋舒：“没有。江律师，让您见笑了。”

江攸宁：“没事。”她要的就是华峰跳脚，不然怎么能找到证据？

听完录音后，江攸宁接到了一个电话——来自北城的陌生号码。

宋舒正好发了条微信来：“江律师，忘记和你说了，我把你的电话号码发给华峰了，他说要双方律师联系。”

江攸宁没有先接电话，而是回了宋舒：“没事。留给我，你放心。”

铃声不厌其烦地响着，等了一分钟江攸宁才接起来。

她的声音温和坚定且有力量：“你好，哪位？”

“我是崔明，”对方自我介绍道，“华峰先生的代理律师。”

他刻意压低声音，带着几分严厉，分明在给江攸宁施压。

但江攸宁没怕，仍旧是那副波澜不惊的语调，甚至还笑了下，淡淡地应了声：“哦。”她连自我介绍都没做。

“你是……”半分钟的寂静后，崔明又忍着不爽问道，“宋舒的代理律师？”

江攸宁笑：“是的，江攸宁，宋舒女士的代理律师。”

“崔律师，你劝华峰起诉宋舒了？”一道突兀又熟悉的声音传来，几乎跟江攸宁的声音重叠。

但在间隙之中，江攸宁还是听到了他说的话，也在瞬间确定了对面的人——沈岁和。

而沈岁和则眉头微蹙，不可置信地喊了声：“江攸宁？”

电话在一瞬间被崔明挂断。

手机界面回到了主屏幕上，一张宽阔无垠的蓝色大海背景图。

江攸宁坐在房间里，想都不想就给江闻拨了电话。江闻很快接通。

“闻哥，”江攸宁单刀直入，“我一会儿发一篇稿子给你，你帮我弄一下，能上到热搜榜最后一位就行。”

江闻：“好。”

江闻做事向来利索，十分钟之后，“华峰”词条排到了热搜榜的第五十位。

但两分钟之后，词条被替换成了别的。

江攸宁坐在桌前，把华峰跟宋舒的电话音频导成文档，然后存档。

在她做完这些之后，崔明的手机才再次响起。

“你好。”江攸宁仍旧是那副波澜不惊的语调，没有起伏的温和声音带着镇定人心的力量。她明明没说什么，但崔明那边仍旧愣怔了两秒。

两秒后，崔明才低咳了一声，清了清嗓子：“你好，江律师。”比刚才的态度好了很多，起码没有刻意施压。

“崔律师不必客气。”江攸宁说，“您方已经决定起诉了吗？”

“还没。”崔明说完这两个字后觉得丢了气势，顿了顿又补充道，“华先生不是冷漠无情的人，挂念着一日夫妻百日恩，退一万步说，宋舒女士还是他两个女儿的母亲，因此华先生不想闹得太难堪。但如果宋舒女士依旧得寸进尺，你方继续用下作的方式损害华先生的声誉，我方也不会放弃起诉这种正当的捍卫我方权利的方式。”

“哦。”江攸宁淡漠地回应。

“不知您方所说的下作的方式具体指代什么？”江攸宁说，“我方自始至终处于弱势。宋舒女士为了华先生甘愿回归家庭，成为家庭主妇照顾华先生和一对双胞胎女儿，她手无缚鸡之力，对华先生的种种行为忍无可忍才提出离婚，但华先生并不认同宋舒女士在家庭中的付出，给出了令人难以接受的数额，宋舒女士一气之下搬离别墅，名下所有的卡都被华先生停掉，如今跟两个女儿的生活都是靠朋友接济，苟且倒是真的，但下作大可不必。”

江攸宁继续说：“如果您方用这样的形容词来侮辱我方当事人，甚至是侮辱我，那我们也不会放弃起诉这种正当的捍卫我方权利的方式。”

她摁开了免提，把手机放在桌面上，屏幕上显示录音一分三十二秒。

温和的声音听着没有杀伤力，但很容易把人带入她的语境之中。

便是历经风霜如崔明，也顿了几秒才从她的情境中出来。

“江律师，”崔明刻意压低声音，“宋舒女士所做的一切对华先生造成了极大的影响，如果因为我方当事人是公众人物，宋女士就要用舆论方式来逼迫华先生一退再退，那她有朝一日也可能会被这种方式反噬。望你转告宋女士，舆论是把双刃剑，不要将还能解决的问题暴露在大众的目光之下，否则最后受伤的很有可能是理亏的那方。”

“哦？”江攸宁反问，“谁理亏？”

“这个，你可以问你的当事人。”崔明说，“江律师都不找你方当事人询问基本事实情况吗？”

“啊——”江攸宁拉长了音调，故作无辜地道，“这个啊，我是问过了，就是不知崔律师问没问过？”

“既然问过，还要替宋舒女士接下这个案子，江律师还真是初生牛犊不怕虎啊！”崔明话里带着浓浓的鄙夷。他鄙夷宋舒，也看不起江攸宁。

“崔律师。”

两道声音同时响起，一个冷厉，一个温和，重叠在一起却格外悦耳。

然后是熟悉的几秒沉寂。

沈岁和屈起手指敲了敲桌面，压低声音提醒：“不要感情用事。”

崔明轻嗤，不大情愿地嗯了声。

江攸宁反而笑了下。她笑的声音不高，不带任何情绪，只是简单的、温和的笑。

她笑着说：“沈律师还在啊？”

崔明：“呵。”听起来就不太高兴。

沈岁和却只是顿了两秒，轻咳了声：“嗯。”当作回应。

“那我倒是荣幸。”江攸宁笑道，“天合的两位律师一同跟我聊天，不知是看得起我呢还是对华总离婚的重视呢？”

“当然是对华总的重视。”崔明下意识地道。

“哦——”江攸宁刻意拉长了音调，就跟不信崔明说的话似的。

伤害性不高，侮辱性极强。

任谁听了也觉着不爽，何况是身经百战，被人捧习惯了的崔明。

“不知江律师对自己有什么误解？”崔明问，“你代理过什么有名的案件？又是谁的御用律师？一个初出茅庐、乳臭未干的小丫头，也值得我们大动干戈？”

“啊？”江攸宁故作诧异，“我也没有说什么吧。崔律师您这么贬低我为何？难道贬低对方律师会让您更有成就感吗？”

“贬低？”崔明轻嗤，“我只是实话实说罢了。”

“哦。”江攸宁缓缓地呼了口气，“那您知道乳臭未干是贬义词吗？您用这样的词来形容对方律师，带上了严重的主观情绪，我可以理解为您不专业吗？”

“而且，你涉嫌对我人格侮辱。”江攸宁的语调很平淡，就是很平静地陈述事实。

崔明的音调却上扬，略带嘲讽：“人格侮辱？如果一个贬义词都算作侮辱，可以用作上诉证据的话，法庭的案子岂不是要摞到天上去？”

“啊？”江攸宁啧了一声，“我没打算起诉啊！”

崔明错愕。

江攸宁继续道：“你我都知道，道德是用来约束人的行为规范的，而法律则是人的最低道德标准，是不能踩的红线。一个贬义词自然不能算作上诉证据。”

“呵。”崔明嗤笑，“那你……”

他话还没说完，江攸宁便打断道：“我只是确定一下，崔律师您的道德底线在哪里，您觉得这些不算事的话，那我就直言不讳了。”

“嗯？”

江攸宁：“你啊，狗眼看人低罢了。”

“扑哧”，办公室里传来了一道笑声。

但沈岁和很快意识到这样笑不对，立马把椅子转过去，只给崔明留下了一个背影。

崔明气极：“江律师！”

“嗯？”江攸宁始终带着笑，“我在，你说。”

崔明一时语塞，竟不知道说什么。

“崔律师觉得我说得不对吗？”江攸宁问。

“自是不对。”

江攸宁：“但我也不打算改。毕竟你先说我，我本能地回击罢了。”

“你……”崔明的话被卡住，他也不是第一次碰上女律师，以往遇到的都是上了年纪的，或睿智理性，或锋芒毕露，或谦逊温柔。

但他第一次碰上江攸宁这种。你跟她讲法律，她跟你讲道理，你跟她讲道理，她胡搅蛮缠。

崔明觉着，年纪小的女人，还是爱吵架。

“崔律师，”江攸宁说，“我想我们还是回到正轨上来，毕竟现在要解决纷争的人是华先生和宋女士，不是我跟你。如果你跟我在这里打嘴仗就能解决两方问题的话，那我一定奉陪到底。”

崔明：“我……”

江攸宁等他停顿的那一秒，见缝插针地笑道：“我知道崔律师您是专业的，在律界的名声也很响亮。虽然您看不上我们这种刚打官司的小律师，但我相信您不是倚老卖老的人，您刚刚说的话我也就不放在心上了。还是说华先生跟宋女士的事情，您方是倾向于坐下来谈谈还是直接上法庭呢？”

崔明还没从江攸宁前边的话中走出来，江攸宁已经自动跳跃到下一个话题了。

江宁攸前边的话虽是在恭维他，但他怎么听都觉得不对劲。

而且崔明觉得自己被江攸宁摆了一道，但一时之间又想不出来是哪里出了问题。

跟女人吵架经验严重匮乏的崔律师第一次遭遇了劲敌。

来不及多想，以他的专业度他自是投入到了当事人的案件之中。

“华先生是倾向于坐下来谈谈的。”崔明又摆出了自己的专业态度，“毕竟华先生心软，哪怕宋女士做事不留余地，但华先生觉得她是女人，还是想给她留几分面子，这说穿了也是家事，闹到法庭上耗时耗力。不过我一直在劝华先生起诉，两个女儿的抚养权华先生是一定要的，他不想让自己的女儿跟着宋女士吃苦受罪，虽然跟宋女士的感情破裂，但两个女儿是华先生的亲骨肉，况且，她们已经两岁，法庭审判也是倾向于判给更有经济能力的华先生的。”

“哦。”江攸宁说，“两个女儿的抚养权，宋女士也是志在必得。但我认为这些都能放在后面谈，当务之急是征求华先生跟宋女士的意见，如果能平静地坐下来谈成一致，那自然最好不过，如果谈不成，我们再法庭见，您看如何？”

“是这个道理。”崔明说。

既然双方在这个问题上达成了一致，江攸宁便打算跟他约个时间坐下来谈，最好约上双方当事人。

崔明跟江攸宁都给当事人打了电话，最后把时间定在四月五日上午九点，正好是星期六。

约好之后，江攸宁问：“请问当天您方来的有几个律师？”

崔明理所当然地道：“只有我一个，你这是什么意思？”

“啊？没什么。”江攸宁说，“随口一问。”

“难道你真觉得自己是什么大人物？我们天合需要派两个律师来跟你谈吗？”

江攸宁：“我有这样的想法也不奇怪吧。毕竟……是你们给了我这样的错觉。”

“崔律师，”江攸宁说，“您要是看不起我呢，不如换个人处理这桩案子？”

“呵。”崔明轻嗤，“你未免也太看得起自己了。听说你一毕业就结了婚，几乎没打过一个正经官司，怎么有信心在我这里撂大话的？”

“当然是崔律师给的。”江攸宁笑，“既然我这么不重要，崔律师调查我做什么？调查完了觉得我差，还是要跟我一起解决这桩案子，难道是为了欺负弱小吗？啧，我听说厉害的律师都是遇强则强的，没想到崔律师竟然是这样的啊！”

“你……”

江攸宁：“没事。就算知道了这些我也不会看不起崔律师的，毕竟您这样做是人之常情，我理解。”

那语气就像在说：你不行，我理解。

伤害性不高，侮辱性极强。

崔明一气之下挂断了她的电话。

女人，真麻烦。

午后温暖的阳光从窗户射进来，落在江攸宁的脸侧。

她坐在位子上愣怔了两秒，脸上绽开了笑容。

这事真有意思啊！崔明这种态度在情理之中，意料之外。

江攸宁以为崔明应当是那种滴水不漏的老狐狸，没想到崔明遇见弱势的对手后，也难免疏忽，她有理由怀疑崔明根本没去验证华峰的话。

不过，她这边也有点儿麻烦。

说白了，夫妻之间的事是两口子关起门来的事。

别人说再多也无法保证说得百分百真实，而由当事人自己说出来的，自然带上了主观色彩，不能不信，也不能全信。

江攸宁以前实习的时候遇到过当事人说谎，而且给出了确凿的“证据”，律师没有做调查就上法庭辩护，最终被对方当庭揭穿，败诉。

而在法庭这种地方，需要绝对的证据。

宋舒手里，什么都没有。

其实现在双方能够坐下来谈判协商离婚是最好的方案，上法庭其实对宋舒不利。

通过录音能推断出，华峰是个很暴躁的人。

江攸宁有点儿怀疑他嗑了药，因为在年会上发言的华峰的说话语调跟电话里的完全不一样。

电话里，华峰的声音特别大，他说的话又没逻辑。

江攸宁大学毕业后做过一段时间的法律援助，跟同专业的一些同学去贫困落后的小山村里走访，晚上住在县城里。

她去过一个山村。

那儿信息闭塞，她连着去了好几天，起初语言不通，道路不熟，甚至她的着装都跟那个地方格格不入。

她是令人们感觉新鲜的“城里人”，但仍旧有很多人蜂拥而至，找她咨询问题。

能帮助到一些人，江攸宁是真的开心，可她更记得——

有个婆婆来找她，非常热情地请她到家里去吃饭，她以为是婆婆想感谢她。因为电视上都说小山村里民风淳朴，她天真地信了。吃饭期间，婆婆忽然问她能不能给自己的儿子当媳妇。

江攸宁吓坏了，放下碗跟那个婆婆解释："我是来帮助大家了解更多法律知识的，不能给您当儿媳妇，而且我有喜欢的人了。"

婆婆顿时变了脸色："你不是来帮助我们的吗？我儿子现在就缺个媳妇，不然就得打一辈子光棍了，你得留下来给我儿子当媳妇。"

江攸宁慌了想走，但那户人家的男人出来用一根粗麻绳把她绑了起来，特别像电视里演的绑架情节。

江攸宁毫无还手之力，被扔进了一个柴房，然后听那老太太说，挑个好日子就让他们结婚。

那个村子坐落在半山腰，进村的路崎岖不堪，村子里只有一个小卖铺，里面的零食很多都过期了，村子里几乎没有村民有小汽车。

那儿破落至极，甚至手机都没信号。

江攸宁每天下午五点会走山路下山，然后在山脚下打车回县城跟同学们会合。

可那天她没回去。

她的手机也被那户人家拿走了。

那户人家的儿子就滥用药物。那个村子里还有很多像他那样的人。

他们平常能跟你笑呵呵地聊天，跟正常人没差，但他们的情绪会在某一个点被直接引爆，非常吓人。

江攸宁是在两天后被找到的，因为有人把消息告诉了路童，路童知道后立马告诉了江闻跟辛语，他们三个人报了警，然后到那个村子里疯了一样地找，最后找到了被绑在柴房里的江攸宁。

那是第一次，江攸宁真正理解了一句话——"穷山恶水出刁民"。有些恶棍在糟蹋着别人的善意，让善意无处安放。

从那个村子回来后她闭口不提在那儿发生过的事情，也再没去做过法律援助。

路童也再没去过特别偏远的山村，最偏的也是在镇上。

那段不好的记忆被江攸宁从脑海里拉拽出来，但最后落在了华峰的身上。

这是个新的方向，能查。

江攸宁现在要做的不只是查华峰，还要查宋舒。

她无法确认宋舒的话百分百是真的，所以必须了解事实情况。

之前她已经查了一些，可以确定华峰出轨是真，而且江闻找的人拍到了华峰的出轨照。偷拍的照片不能作为证据呈上法庭，但已经暴露在公众视野里的照片是可以的，这方面江攸宁有人脉，不担心。

但华峰虐待女儿的证据，完全没有。还有家暴这件事，宋舒连住院记录都没有。

几个关键的点都卡住了，江攸宁也烦。

她特别想知道这件事在华峰口中被说成了什么样子。

现在知道这件事的除了崔明，还有沈岁和。她更烦了。怎么哪里都有他？又不是他的案子。

正想着，一个陌生号码打了进来。

江攸宁瞟了眼——北城的号。她犹豫了几秒接通。

“你好。”江攸宁问，“哪位？”

“是我。”沈岁和的声音在听筒里响起。

“啊。”江攸宁难掩错愕，却很快恢复情绪，平静地问道，“你换号了？”

“没有。”沈岁和顿了几秒，“你把我的那个号拉黑了。这是新办的。”

沈岁和专门为了给她打电话办的？这不大可能吧。江攸宁的脑海里千回百转，很多想法都往外冒。

她发现有了孩子之后，自己的脑袋不仅没有变迟缓，反而天马行空起来。

有些想法奇奇怪怪，不可言喻。

“什么事？”江攸宁问。

“你真的要接宋舒的案子？”

“这不是还没起诉吗？”江攸宁说，“没到上法庭那一步，也不算我接了这桩案子吧。”

“意思是之后起诉，你就不代理了？”

字面意思虽然是那样，但沈岁和现在为什么这么天真？

是的，天真。这是江攸宁脑海里蹦出来的第一个形容词。这种词原来跟沈岁和搭不上半分关系。但现在……

江攸宁觉得自己不太对劲。但也只是过了片刻，她便回道：“看情况吧。”她给了一个很敷衍的答案。

“我还是那个建议，”沈岁和说，“不要代理这个案件，而且，最好让辛语也远离这摊浑水，如果她还要工作的话。”

“嗯？”江攸宁反问，“什么意思？”

“字面上的意思。”

沈岁和的语气，让人感觉“言尽于此”。

“那我偏要呢？”江攸宁却很平静地问。

那边沉默。良久之后，沈岁和说：“你听我的。”

他在电话中叹了口气：“我不会害你的。”

“哦，如果没记错，我们已经离婚了。”江攸宁说，“我为什么要相信你的话？”

沈岁和：“离婚了难道我就不能帮你了吗？”

“能。”江攸宁笃定地回答。

沈岁和那边忽然松了口气。

江攸宁却笑道：“但我有权选择不接受你的帮助。你现在的善意对我来说，只是枷锁。”

江攸宁非常平静地喊他：“沈先生。”

“嗯？”

“我希望你知道，我们不是离婚后还能做好朋友的关系，我也拒绝这样的亲密，从我们离婚那天起，你就失去了对我的生活指手画脚的权利。往后，我或好或坏都跟你没有关系。同样，我以前对你的生活没有话语权，以后也不会有，我们桥归桥，路归路。”

“江攸宁，”沈岁和喊她，“你这是什么意思？”

江攸宁抿了抿唇。

几个字就在她喉咙口盘旋，但她又觉得有些伤人。

“离婚那天，我就说过有事可以来找我。”沈岁和说，“你别逞强。华峰那个人，不是那么简单的。”

“所以呢？”江攸宁反问，“离婚以后我也应该待在你的保护范围内吗？你以什么样的名义保护我呢？”

沈岁和的喉咙忽然有些涩，他颇为艰难地吐出两个字：“朋友。”

空气仿佛忽然凝固。

江攸宁正抠着桌角，闻言忽然抠下一块木头屑，手指里扎了根刺。鲜血流出来，她眉头紧锁，把手指含在嘴里。舌尖能感受到血腥味，也能触到那根刺。

那根刺像是拔不出来了。

几秒后，她的声音忽地拔高，离婚后她第一次这么严肃地喊他全名：“沈岁和。”

“我们离婚了。”她的声音越来越高，“离婚了！离婚了！你知不知道离婚是什么意思？你三岁吗？离婚后还可以做朋友？我为什么要跟你做朋友？难道我缺朋友吗？我缺你这种想起我来就关心两句，想不起来就永不联系的朋友吗？你是有多幼稚多天真才能说出这种话来？还是说，我在你眼里就差到了这种地步？我不应该跟这种案子扯上关系，不应该去接这种案子，那应该去接什么？你给我案子吗？”

沈岁和愣怔了一会儿，声音略显木讷：“我给。”

浑蛋，江攸宁脑子里自然而然地蹦出了这个词。她差点儿一口气没喘上来。

她完全搞不懂沈岁和在做什么。她也不想搞懂。所以她义正词严地拒绝：“我不要。”

“为什么？”沈岁和问。

“我的事，你少管。”

江攸宁直接挂了电话，然后把号码加入黑名单。动作行云流水，一气呵成。

江攸宁坐在位子上气愤地想，赢不了？那她就给他演示一下反败为胜！还要让他看看什么叫骄兵必败！

臭男人气死她了。然后，她的肚子忽然动了一下。

江攸宁立马安抚地拍了拍肚子，然后轻轻地揉了揉。她觉得，孩子估计也被沈岁和气到了。

“没事没事。”江攸宁低声道，“我不气。都是他们自以为是。我就不该跟男人讲道理。现在明白了，我以后不会这么做了。”

肚子再没有动静了。

江攸宁以为是胎动，上网查了下，一时间也把握不准。

网上说怀孕四五个月的时候才会有胎动，她这会儿才十四周左右，应该不是吧？

正想着，肚子忽然又轻轻地动了下。

江攸宁立马拿出手机在小群里发：“啊啊啊啊！宝宝会动了！”

辛语：“你讲什么灵异事件呢？”

路童：“是胎动吧？”

江攸宁：“是的是的，刚刚他好像踢我了。”

辛语：“小破孩不乖。”

路童：“是小可爱，你能不能对他好点儿？”

辛语：“谁让我不喜欢他爹呢？”

辛语：“算了算了，看在他妈是江攸宁的分上，我就勉强喜欢他一下。”

江攸宁：“不是。我忽然想到，刚刚小孩踢我是不是因为我骂了沈岁和？”

路童和辛语各发了一串问号。两个人的表情包一个接一个，立马刷了屏。

路童：“有新鲜事，想听。”

辛语：“你被鬼附身了？你还会骂沈岁和？主要是这事儿实在是有点儿魔幻现实主义。”

路童：“其实我也觉得。”

江攸宁：“我在你们眼里这么‘包子’吗？”

辛语：“哟，了不起，‘包子’这词都学会了。”

江攸宁："最近为了案子，我冲了不少浪。"

路童："冲浪？冲什么浪？你去海边了吗？"

江攸宁："网上冲浪，我现在是5G了。"

辛语："别岔开话题！快说！你怎么骂的沈岁和？"

江攸宁："就是……他把我气到了。"

路童："因为啥？"

江攸宁："宋舒的案子，他不让我接，说华峰危险。"

路童："这是关心你？"

辛语："迟来的关心猪狗不如！"

江攸宁："这不是重点，我第一反应是他在限制我的人身自由，还有就是他对我们的关系没有清醒的认知。我觉得我有点儿疯了。我以前好像不是这样的。"

辛语："撒花。"

路童："你成长了。"

江攸宁："此话怎讲？"

辛语："还不是因为你从臭男人的陷阱里跳了出来，眼不瞎、心不盲了，就变成正常人了呗。"

路童："你不爱他了。"

江攸宁看着定格在屏幕上的那句话，笑了。

她懒得再纠结。

她发消息约她们出来吃饭，但两个人的工作都比较忙，只有这周调休的清明节才有空，所以约好了一起吃烤肉。

锁上手机屏幕后，江攸宁往后一仰，正好靠在椅背上。

太阳一照，格外舒适。

她这才后知后觉地想起来，沈岁和的生日要到了。往年的这会儿她早已买好了礼物。不过，今年她不需要买礼物。

她把打开的购物软件又关掉，觉得心灵忽然自由了。

隔了一会儿，江攸宁给江闻发消息："闻哥，你查查华峰呗。找人跟他，注意私密点儿的地方，尤其要注意酒吧，我怀疑华峰嗑药。"

江闻："成。"

清明节这天早上六点，沈岁和就醒了。他从床上坐起来，然后用遥控器打开窗帘，发现天刚蒙蒙亮。滑开手机，他也收到了几条祝福，都是各大银行发来的“生日快乐”。

裴旭天：“兄弟！晚上喝酒、烤肉走起！”

曾嘉煦：“哥！生日快乐！”

曾嘉柔：“亲爱的表哥，生日快乐啦！恭喜你冲破三十大关，开始冲刺四十啦！”

曾寒山：“岁和，恭喜你又长大一岁，明天到舅舅这里来吃饭。转账 8888 元。”

舅妈：“恭喜啊大帅哥！转账 6666 元。”

沈岁和一一回复了消息。

他总觉得少了些什么，好像是少一个人。

他翻遍了微信聊天记录，把所有的小红点都点完了，心里还是空落落的——少了江攸宁。

他不爱过生日，因为他的生日是他爸的忌日。

那年，就是因为他过生日，所以他爸从另一个城市往回赶，最后跟车撞了，抢救无效死亡。他爸的尸体血肉模糊，他妈哭得撕心裂肺，在医院的走廊里骂了一圈。

曾雪仪先骂的就是他的爷爷奶奶，因为那天是爷爷奶奶时隔几年又来给他庆祝生日。

他小时候不被爷爷奶奶待见，奶奶损他损得厉害，说他没生在好日子，是扫帚星、丧门星，甚至那年家里死了一头牛都要怪到他这个几乎从没回过家的孙子身上。

他不是沈家的长孙。

沈岁和有个大伯，大伯比他爸大三岁，但结婚比他爸早很多，生孩子也早，所以他大伯的大儿子要比沈岁和大八岁，二儿子都比沈岁和大五岁。

那两个哥哥是他爷爷奶奶的心头肉。

沈岁和见过他们一次，也是那天他不小心掉了一团饭粒在地上，被奶奶看到说他是败家玩意儿、蠢东西、丧门星。

奶奶把很难听的词用在他身上，他妈听到了以后跟奶奶打了一架，直接薅头发的那种。那是沈岁和第一次见曾雪仪像个泼妇一样，但她坚定地站在他身前，一步都没让，沈岁和那天毫发无伤，而曾雪仪扭到了一条胳膊。

他爸那天匆匆吃过饭后就被爷爷喊着去地里割草了，所以没看到。等他爸割草回来，家里已经闹成了一锅粥。但他爸坚定地站在曾雪仪身前。那天的父母对沈岁和来说，都是巍峨大山，为他遮风挡雨。

后来，沈立就再没带他们回过沈家。

那一年，沈岁和四岁。

他清楚地记得这件事，是因为他第一次对自己产生了怀疑。

为什么爷爷奶奶那么不喜欢他？他是不是不该被生下来？他真是个丧门星吗？

但沈立告诉他："你不是。你是爸爸妈妈的宝贝，是上天赐予我们的最好的礼物。"

他永远记得父亲，记得那个如山一般巍峨，如水一样温柔的男人。

爷爷奶奶第一次给他庆祝生日是他五岁的时候。因为父亲跟家里关系闹得太僵，所以爷爷奶奶亲自登门，可他还是怕，躲在房间里不出来，结果奶奶生气了。趁曾雪仪不注意的时候，他奶奶在他身上一直掐，而且捂着他的嘴，他爷爷还关上了房门。

干了一辈子农活的女人力道要比五岁的沈岁和的大得多。

他根本不是对手，所以那天被掐出了一大腿的青紫。

曾雪仪买菜回来后，他哭着告状，爷爷奶奶最后是被曾雪仪拿扫把赶走的，可爷爷奶奶在家门口大闹，尤其是奶奶，她坐在地上，一边拍大腿一边大哭："我怎么就养了这么个不肖子孙啊？我们家是造了什么孽娶了这种媳妇啊？竟然把公公婆婆赶出家门，亏我还拎了这么多东西上门来看他们！简直就是狗咬吕洞宾！"

很多人都对曾雪仪指指点点。曾雪仪站在那儿，被众人戳着脊梁骨骂。

后来，还是他爸回来把爷爷奶奶送走的。

他爸很怕爷爷奶奶来搅乱他们平静的生活。

在他七岁生日那天，他爸在外地跑运输，按照正常的点是晚上十点回来，一家人正好能给他过个生日。但那天傍晚，他爸知道爷爷奶奶去了家里，心急，车速自然快，导致在山路上出了车祸。

知道这个消息后曾雪仪把爷爷奶奶骂得狗血淋头，最后还把矛头指向了他。在医院的走廊里，曾雪仪骂他："你就是个扫帚星！好好的你为什么要过生日？！清明节生日，你爸忌日！你高兴了吗？为什么你要在这一天出生？"

她甚至说："为什么死的不是你？"

那天晚上，沈岁和在医院的走廊里有了从未有过的感受。

所有的恶意都向他袭来，他十分恐惧。

但他，避无可避。

他七岁以前的生日蛋糕都是曾雪仪亲手做的。

七岁以前，他每年都能收到一把父亲亲手做的弓箭。沈立的手特别巧，他在去曾家当司机之前跟村里的木匠学过几年手艺，所以用木头做出来的东西都栩栩如生，沈岁和的玩具几乎都是沈立亲手做的。

但七岁之后，沈岁和什么都没了。

他再也没有正儿八经地过过生日。因为他是清明节出生的，这是父亲的忌日。

回忆如同潮水般涌来，沈岁和躺在床上，百无聊赖地滑着手机。

他把微信界面反反复复地看了几分钟，也没看出什么新鲜劲来，最后又关掉。

从三年前开始，他每年的生日都会收到一封写在漂亮的纸上的长信。

而在过去的三年里，他分别在生日当天的零点二十七分、零点二十八分、零点二十九分时收到过江攸宁的微信祝福。

因为跟江攸宁结婚的那一年，是他二十六岁的尾端。而在他二十九岁的尾端，他又变成了一个人。

以往在他生日的前一天晚上，江攸宁都会刻意等零点。哪怕她睡着，但在零点也都会醒来，会编辑消息，在她想要的时间点发出。

而沈岁和会假装睡着，悄悄看她。

沈岁和开车去骏亚的路上，他的脑子里一团乱麻。

他也不知道自己在想什么。反正他觉得自己像只孤魂野鬼。

甚至在回忆起曾雪仪的那句话的时候，他也觉得，死的不如是他。

假如死的是他，所有人的生活都不会是现在这个样子。

家里一切如常。

沈岁和回家换了鞋，然后在七点整的时候跟曾雪仪一起去那个阴森的房间里祭拜了沈立。二人跪在沈立的牌位前，曾雪仪给沈立烧了很多纸，烧得房间里乌烟瘴气的。

正好沈岁和最近有些不舒服，闻到这个味呛得咳嗽了几声，曾雪仪听到后立刻皱起了眉："你是故意的吗？"

"什么？"沈岁和问。

"给你爸烧纸你都忍不了。"曾雪仪厉声道，"你还能做什么？"

沈岁和抿唇，强忍着咳嗽，不想跟她起冲突。

他低下头继续跪着烧纸。

曾雪仪当初买的是很大的一个瓷盆，专门用来给沈立烧纸的。

听闻这个瓷盆是她专程起了个大早去城郊的批发市场买的，因为城里买不到。

她对沈立的事，永远上心。

烧纸进行了半个小时，沈岁和跪得膝盖都有些麻了，但曾雪仪又开始诵读经文，而在这个过程中，沈岁和也必须在旁边跪着，而且，必须挺胸抬头。

这是曾雪仪的要求，以示对沈立的尊敬。

一直跪到八点，沈岁和的任务才算结束。

曾雪仪这里有两个保姆，他们从房间里出来时，保姆已经把饭做好了。

沈岁和坐在餐桌前，发现今天摆了四个碗。

没有江攸宁的时候碗是三个。

有了江攸宁以后碗是四个。

但今天，江攸宁没来。

他疑惑地道："赵姨，你拿错了吧？"

"是太太要求的。"赵姨说，"今天有客人来。"

"哦。"沈岁和在最东侧落座。

曾雪仪刚洗完手从卫生间出来，坐在了沈岁和的斜对面。

"谁要来？"沈岁和问。

曾雪仪说："我请的客人。"

沈岁和眉头微蹙，却也没说什么，只是淡淡地应了声："哦。"

隔了几分钟，门铃响了。

曾雪仪喊赵姨去开门，轻巧的脚步声从门口传来，一道清脆的声音在房间里响起："阿姨，岁和哥哥。"

沈岁和刚夹了一口菜，瞬间吐了出来。他僵硬地转过身子，果然看到了那张熟悉的脸。

乔夏。

他的表情顿时变了。椅子被他往后一拖，跟地面摩擦发出刺啦的响声。

"你到底……"他看向曾雪仪，咬牙切齿地道，"想做什么？！"

乔夏的到来让沈岁和感到意外，也将他与曾雪仪本就岌岌可危的母子关系在瞬间引燃。

"妈妈只是请了个客人来。"曾雪仪轻睨了他一眼，漫不经心地朝餐桌前走过去，喊着面露为难的乔夏坐在她对面，正好是沈岁和旁边的位置。

往年，江攸宁都只坐在他对面。因为曾雪仪不想看见她。

沈岁和站在原地，在乔夏朝他走来的时候往一旁走了几步，跟她拉开距离。

"你在这种日子把她叫来是什么意思？"沈岁和厉声问道。

"没什么意思。"曾雪仪微仰起头，"你在质问我？"

客厅内顿时鸦雀无声。

两个保姆噤若寒蝉，退离了客厅这个危险环境，客厅里只剩下他们三人。

阳光射进屋内，照在站得笔直的沈岁和身上，他的白色衬衫映着春日暖光，他的心却寒凉彻骨，舌尖抵在上腭上，他尝到了血腥味。

“我在家里，连请个……”曾雪仪神色虽淡，却不怒自威。

可她话还没说完就被沈岁和打断，他语气坚定，却只说了一个字：“是。”

曾雪仪皱起眉头：“嗯？”

沈岁和：“我是在质问你。”

他重重地呼了口气，声音不带丝毫感情：“为什么你要在今天，在我来的时间，邀请她来做客？”

曾雪仪轻哼：“没有为什么，我只是想夏夏了，便叫了。”

“那你为什么不在昨天想、明天想，非要在此时此刻想？你告诉我，你在谋划什么？”

寂静之下，曾雪仪的呼吸声都变重了几分。

“谋划？我在你心里就是这么有心机的女人吗？”曾雪仪厉声问他，“沈岁和，你把我想成了什么？！”

“你这样做，让我该怎么想你？”沈岁和平静地说，“逼我离婚后，再用同样的方法来逼我跟乔夏结婚，之后让我在你安排的轨道上行走，一步不能差，这是不是你的想法？”

曾雪仪一时语塞。良久之后，她讷讷地道：“我都是为你好。”

沈岁和轻嗤。

“你这是什么态度？”曾雪仪站了起来，纵使如此，也得微仰着头，才能跟沈岁和眼神对峙，“跟夏夏结婚有什么不好？夏夏年轻聪明懂事乖巧，身体健康对你又好，比那个江攸宁好千倍万倍！你跟夏夏结婚，我才能安心。”

沈岁和的目光从她身上绕到乔夏身上，乔夏也正在看他，那双眼睛很大，头发微卷，妆化得像个精致的洋娃娃。见他看过来，乔夏扯出个笑容，嘴唇的弧度也像是练习过千百遍似的，跟三年前见到的她没什么两样。她好看，但假。

“那你结。”沈岁和别过脸，平静地跟曾雪仪说，“你想跟谁就跟谁，我没有意见。”

“你在说什么混账话？！”曾雪仪随手捏起一根筷子朝他打过去，正好戳在他心口的位置，然后掉在地上。

“那你干的都是些什么混账事？！”沈岁和皱着眉说，“你记不记得离婚的时候答应过我什么？”

曾雪仪沉默不语。

“我说过，”沈岁和一字一顿地道，“除了江攸宁，谁都不娶。以后，我不会再结婚。”

“你答应了我的，”沈岁和说，“现在要反悔了吗？”

沉默几秒后，曾雪仪清了清嗓子：“那不过是权宜之计。江攸宁到底给你下了什么蛊，让你变成了这个样子？你当初娶她就是个错误！这会儿不过是回到正轨上来，你为什么不愿意？不结婚，你让我怎么面对你死去的父亲？难道你这辈子不要小孩了吗？”

“为什么要？”沈岁和说，“要来继续让你规划他的人生吗？在你眼里，乔夏什么都好，但在我眼里，她比不上江攸宁，连江攸宁的头发丝儿都比不上，就是这么简单。”

“岁和哥哥。”乔夏忽然低声喊他，带着几分娇嗔。

沈岁和眉头微蹙：“乔小姐，请自重。”

“好啊，”曾雪仪拍手称赞，“想不到我沈家还出了这么个痴情种，你对江攸宁倒是一往情深，那怎么还会离婚啊？！归根结底，还不是你不爱她？你就是为了跟我作对才娶了那个不入流的东西！”

“够了！”沈岁和一拍桌子，拍得汤都洒在了桌上，然后红着一双眼睛盯着曾雪仪，“她有名字。”

“为什么离婚？”沈岁和嗤笑，“难道你不清楚吗？如果不是因为你想杀了她，我会离婚吗？我不想江攸宁哪一天在我身边悄无声息地死去。你的手段多我知道，我无能，护不住她，所以让她走，你满意了吗？”他亲口在曾雪仪面前承认自己无能。

“你……”曾雪仪抬起手，气得要往他脸上挥，却瞬间被他抬起胳膊挡住，曾雪仪的胳膊都被反震得发麻。

“我，你的儿子，”沈岁和说，“这辈子最无能的就是永远怕你肮脏的手段。”这句话说出口，后边的话便也顺势说了出来。他几乎是破罐子破摔一般报复性地在说。

“我跟你看中的人相亲就是觉得恶心，这辈子宁愿死都不会跟她结婚。江攸宁没有名字吗？你知道我每次去她家是什么待遇吗？

“她爸请我喝茶，跟我下棋，她妈在厨房里做饭，江攸宁在沙发上看电视，饭熟了以后筷子都是她妈递到我手里的。我在她家没洗过一个碗，没拖过一次地，甚至没开过一次门。江攸宁也没在她家洗过一个碗，拖过一次地，喝的汤都是她妈给舀在碗里凉好的。

“就你说的这个不入流的东西，给你无能的儿子做了三年饭，洗了三年碗，甚至在你面前伏低做小了三年，拖着受伤的腿也要去开门；就你说的这个不入流的东西，读本科时年年拿国家奖学金，哥伦比亚大学硕士毕业。你告诉我，她到底哪里不入流？！

“真正不入流的是你跟我！你看不上我爸的家世，就想着靠乔家飞黄腾达。你知道曾家的名誉声望地位永远跟我没关系，所以想让我攀龙附凤，攀着乔夏的高枝回到你想要的位置去。你真的让我恶心。”

他字字句句都在控诉曾雪仪。

说到最后，他潸然泪下。滚烫的泪水不是滑落在脸侧，而是在眼眶里凝成大颗的水珠，直接掉在桌上，啪嗒。

曾雪仪愣了片刻。她抬起手又想打沈岁和，但被沈岁和挡住。之后，她开始疯了一样，念叨着：“江攸宁，江攸宁，江攸宁……”

足足念了有十几遍，她忽然抬起头来：“都是江攸宁害你变成了现在这个样子！都是她的错！她就是个丧门星！她就该拖着她那条烂腿永远发烂发臭！她甚至早就应该……”

“你够了！”沈岁和吼出来的声音都变得嘶哑，“你到底为什么变成了这样？！”

“因为你，我家都没了！”沈岁和说，“江攸宁从来没有对不起你。反而是你，你到底做了多少对不起江攸宁的事情？！”

曾雪仪顿时愣怔在原地。她神情错愕，抬起头看向沈岁和：“你……你说什么？”

“我说你到底做过多少对不起江攸宁的事？”沈岁和嗤笑，又报复性地补充道，“或者说我们，到底做过多少对不起她的事？”

寂静的客厅里，沈岁和起身离开。

他走到门口拿起了自己的风衣，弯腰穿上了鞋子。

他背对着目光灼灼地望向他的二人，道："乔小姐，我不知道你为什么一而再，再而三地到我家来，更不知道我的母亲向你承诺了什么，但我希望你知道，她的意愿不会一直代表我的意愿，三年前我没有娶你，以后也不会娶你。作为乔氏集团的千金，你应该知道有多少人因为你家的企业对你趋之若鹜，我母亲就是其中之一。但抱歉，我对经商不感兴趣，对你，更没有兴趣，希望你自重。还有，我就一个表妹，你别用那么亲昵的称呼喊我，我们不熟。"

他拉开门，手在门上不自觉地用力，以至修长的手指泛了白。

"以后，"沈岁和说，"如果你要自杀，别给我跟舅舅发消息。我会在你死后，给你收尸，还会告诉爷爷奶奶。"

门被关上，隔绝了两个世界。

后知后觉的曾雪仪忽地拿起一个碗，想都没想就朝着门口砸去。砰，碗四分五裂，就跟这个家一样。

"柒炉烤肉"在华政附近的一条小巷子里。

江攸宁大学的时候回宿舍晚，会一个人去那儿吃顿烤肉，很多时候不吃，就是喜欢听肉在炉子上刺啦啦烤的声音。

每一张桌子上方都吊着排气扇，旁边有一个昏黄的小灯。整家店的氛围都是朦胧寂静的。店里充斥着烟火气。

今天正好是调休日，这里的人格外多。江攸宁来得早，等了五分钟就等到了位子，周遭都是年轻的大学生，浑身上下洋溢着青春的气息。

她拿出手机给小群里发消息。

"我被大学生们包围了，快来解救我！"

路童："你这就到了？"

辛语发语音过来："我在外边找停车位，你们学校这边真是绝了，一个停车位得靠命。"

路童："大学附近都这样，光是出租车就能占一大半停车位，剩下的就只能看命了呗。不过你提醒我了，我不开车过去了，打车去。”

江攸宁：“辛语，要我出去接你吗？”

辛语：“不用，我停好了，马上进来。”

江攸宁向门口张望着。

一抹高挑的身影进来，立马吸引了不少人的目光。

江攸宁朝着辛语挥手，辛语摘掉墨镜，不疾不徐地朝江攸宁走过去，尽情享受周遭人目光的洗礼。

直到辛语落座，江攸宁才无奈地扶额：“现在好多人在看我们。”

“准确点儿说，”辛语微笑，“是在看我。”

“你点菜了吗？”辛语问。

江攸宁摇头：“等你们呢。”

“我要牛肉。”辛语说，“最近减肥，我过段时间要露马甲线。”

江攸宁：“你没有吗？”

辛语：“以前有，最近又吃回去了。”

“嗯？”江攸宁非常怀疑，“有人给你开小灶了？”

辛语打了个响指：“聪明！”

“谁啊？”

辛语朝江攸宁努了努嘴：“还不都是你的功劳？”

苍天可鉴，江攸宁最近都在家里，几乎不下厨，也从来不洗碗。她现在是家里的一级保护动物，慕老师跟江老师对她爱护有加。

“也不知道你跟宋舒说了点儿什么，”辛语说，“她最近就跟打了鸡血似的，疯狂在我家做饭。没想到她厨艺竟然不差，我一时没防备就成现在这样了。”

“哪样啊？”江攸宁问。

辛语摸了摸自己的小臂：“胖了一圈。”

江攸宁真没看出来。在她眼里，辛语跟以前一样瘦。

不过也能理解，她们这种工作要出镜，镜头里看起来要比现实中胖一圈。所以现实中看着身材适中的人上了镜都会变得圆滚滚的，而镜头上看着正好的，现实中都会偏瘦。

不只是辛语，闻哥也偏瘦。不过不是干瘦，因为闻哥为了拍戏，练出了八块腹肌。

两人又闲聊了一会儿，不过聊得最多的就是宋舒。

一说起宋舒来，辛语又掌握了话语权。她说，江攸宁安静地听，还负责给她倒茶水。

从辛语的视角来看，宋舒就是傻，好好的事业不要，为了个老男人把自己搞成了这副模样。

说着宋舒，辛语的话题就又转到了江攸宁身上。

“你还比她强点儿。”辛语说，“起码沈岁和不是个谢顶老男人，而且在离婚的时候给了你很多钱。”

“说她就说她，不要扯上我。”江攸宁捧着水杯喝了口水，笑道，“沈岁和给了我一大半资产呢。”

“骄傲？”辛语瞟她。

江攸宁：“也还行。”

“我怎么感觉你要跟他旧情复燃？”辛语的眼神变得危险，“江攸宁，你别在同一个坑里掉两次啊！”

“谁给了你这样的错觉？”江攸宁问。

辛语：“你刚刚说他的时候，又很得意。”

江攸宁：“我得意是因为拿了很多钱。”

辛语没再说话。

两人顿时沉默下来，江攸宁只低着头喝水。

“宋舒这案子，能赢吗？”辛语换了话题。

江攸宁摇头：“还没打呢，看明天商量的结果吧。”

“商量不好呢？”

“那就起诉，起诉状我已经拟好了，”江攸宁说，“相关资料也都准备齐全了，就是还差点儿证据，不过我让闻哥去查了，还有一些事情，得到时候跟宋舒商量。”

“要是打的话有几成赢的把握？”

“五五开吧。”江攸宁说，“我现在不知道华峰那边是什么情况，明天去见见他本人再说。”

辛语点头。

不一会儿，路童也到了。

三人点餐，开始烤肉。

路童是烤肉小能手，全程负责服务。

三人要了两罐啤酒，一瓶饮料，坐在一起话家常，不过说得最多的还是宋舒的案子。

路童也帮着出了不少主意。

她们安静下来的时候，总能听到周遭人们的谈话。谈话内容围绕的都是考试作业，跟她们格格不入。

她们吃得正高兴，一道声音带着试探传来："江攸宁？"

江攸宁的筷子一顿，她抬起头看过去。一张朝气蓬勃的脸映入眼帘，是阮暮。

"啧，"辛语笑着调侃，"是你啊，酒吧的小男生。"

路童只是看了眼便专心烤肉。

而江攸宁擦掉嘴角的油渍，只礼貌性地跟他打招呼："你好。"

"啊，"阮暮明显错愕，"真的是你啊，我还以为出现幻觉了呢。"

"有事吗？"江攸宁眉头微皱，表情是刻意流露出来的不耐烦。

托阮言的福，她现在对阮暮没有一点儿好感。

况且，她对他没有兴趣。

谈恋爱，太幼稚；当朋友，没必要。

他就是鸡肋到江攸宁不想跟他搭话的存在。

"没……"阮暮颇有些手足无措地站在那儿，耳朵在昏黄的灯光下看起来通红，"我就是很意外你会出现在这里。"

"哦。"江攸宁拿起筷子，抢了路童的活儿，不再看他。

而路童，乖巧吃肉。

"我……我跟舍友一起来的。"阮暮见她不搭理自己，就自顾自地开始说话，"你来多久了啊？"

"没多久。"江攸宁说。

阮暮："哦。"

没什么好说的，阮暮也不太会搭讪。

他聊得周遭气温都降了两度。

但他还是磨磨蹭蹭，不想离开。

“弟弟，”辛语笑得风情万种，“想坐下来吃肉啊？”

“没……”阮暮往后退了半步，说话都有些磕巴，“我就是……就是看到熟人，过来打……打个招呼。”

“现在招呼打完了，”江攸宁神色冷淡，“你可以离开了。”

辛语在桌子下踢了她一脚，结果换来了江攸宁一个白眼。

“做什么？”辛语笑道，“弟弟好歹是鼓起勇气跟你聊天来的，你怎么这么冷漠？”

江攸宁：“哦。”

“聊完了就可以走了。”江攸宁仍旧不留余地，“我们还要吃饭。”

阮暮错愕：“啊？哦。”

他也确实没有留下来的理由。

江攸宁连个眼神都没给他。

正好舍友喊他：“阮暮，肉烤好啦！”

“嗯。”阮暮应道，“来啦。”

他跟江攸宁道别：“姐姐，我先走啦。”

江攸宁夹了一块肉放在嘴边，闻言顿时不想吃了。她把肉放到碗里，筷子放在碗上：“我们不熟，我也没弟弟。”

“这个称呼……”她想了想，还是没留情面，“大可不必。”

江攸宁仰起头看他，阮暮眼里都是错愕和茫然。

她仍旧绷着一张脸，声音冷冷的：“我们不熟，遇见也可以不用打招呼。”

阮暮：“哦。”

辛语又在桌下踢了江攸宁一脚。甚至连路童都面露惊讶。毕竟江攸宁自小到大都是很得体的人，很少当众给人难堪。

“你走吧。”江攸宁见他不动，“你的朋友在等你。”

阮暮又愣怔。他下意识地转身离开，但在走了两步后意识到不对劲，又退回来，全程让人看着感觉不太正常。但他重新停在江攸宁身边：“我知道你结婚了，但我们连朋友都不能做吗？”

江攸宁盯着他，不疾不徐地摇头，义正词严地拒绝：“不能。”

“我又不会破坏你跟他的感情，”阮暮说，“难道连走在路上打个招呼都不能吗？”

江攸宁眉头微蹙：“大可不必。”

“还有……”江攸宁话到嘴边又觉得像在侮辱人，所以把话收了回去，低下头吃烤肉，“你朋友在叫你了。”

“我不缺朋友，”江攸宁说，“更不想跟你交朋友。”

阮暮在原地站了会儿：“为什么？”

“没有为什么。”江攸宁说，“不想就是不想。”

阮暮无话可说。

这样的江攸宁展露出了锋芒，不大像他当初在酒吧看到的那个温和知性的女人。但她刚刚坐在那儿烤肉的专注神情让阮暮梦回初见。

“好吧。”阮暮只能说，“那算了。”

“嗯。”江攸宁敷衍地应了声。

阮暮：“那我先走了。”

“嗯。”江攸宁只是从鼻子里发出个尾音，更加敷衍。

阮暮转身拖着脚步离开。

待他走远，辛语才问：“你怎么了？对弟弟好残忍啊！”

“弟弟？”江攸宁吃了块肉，微笑着道，“你知道他姐姐是谁吗？”

“谁？”

“阮言。”

啪。辛语一拍桌子，骂道：“亏我刚才还有点儿心疼他。他活该！你做得对。”

江攸宁：“嗯哼。”

路童无奈地摇头：“我觉得他有点儿不对劲。”

“谁？”辛语问。

“那男的啊！”路童说，“他说话的时候我起了一身鸡皮疙瘩。”

“我也是！”江攸宁立马把自己刚才收回去的话低声说了出来，“我觉得他特别工于心计。”

辛语：“嗯？”

路童无比赞同：“对，尤其是他说自己不会破坏你俩感情的时候，我真的……毛骨悚然。”

辛语：“没那么夸张吧？”

江攸宁给她夹了一筷子肉：“你想象一下，有个女人站在沈岁和面前，楚楚可怜地说，我不会破坏你们之间的感情，只是想跟你做个朋友……”

“我呸！”辛语打断了她的话。

江攸宁：“是的，你懂了吧？”

三人心照不宣地互相对视。

辛语忽然道：“江攸宁你可以啊，都会看男人了。”

“还是弟弟段位太浅。”路童说，“我都看出来了。”

“也有可能是我以前被爱蒙蔽了双眼。”江攸宁自我调侃道。

在三人吃得差不多时，辛语忽然说了句：“我好像看见狗了。”

路童跟江攸宁异口同声：“狗怎么能进来？”

辛语：“是人模狗样的东西。”

江攸宁在店里环顾了一圈，也不知道辛语说的是什么。

但路童一眼就看到了，把嘴里的肉咽下去，拍了拍江攸宁的肩膀：“乖。”

江攸宁觉得莫名其妙。

她自幼对事情的好奇心都不高，别人放在她这里的秘密，她从来都不会说出去。别人不想告诉她的事情，她从来都不问。

除了在沈岁和的事情上，她有了一些求知欲，其余时候都很无欲无求。

以前闻哥用一个成语形容她：人淡如菊。

她转回了头，托着下巴在桌子上发呆。肉香味在她身边弥散，昏黄的灯光把人声鼎沸的店笼罩起来，别有一番风韵。

她最近嗜睡，吃多了就想睡觉，但这里也不是个睡觉的好地方，她只能托着下巴发呆。她又不能完全闭上眼，怕真的睡着，脑袋磕在桌上，所以就睁一下闭一下，蒲扇一般的睫毛在眼睑下方刷出一层朦胧的阴影。

隔了会儿，她忽然道："我好像看见沈岁和了。"

江攸宁打了个哈欠，揉了下眼睛，声音都泛着几分困意："是我的错觉吗？"

辛语："是。"

路童："不是。"

两人口供不统一，江攸宁笑了。

"就是他。"江攸宁确认了，"他身上的那件大衣还是我买的呢，七千八。"

两人都没说话。

江攸宁也收回了目光，继续托着下巴发呆。好似沈岁和的到来对她没什么影响。

"结账。"辛语喊了一声。

江攸宁把卡拿出来："我请。"

服务生走过来，确认了一下桌号后，温声道："不好意思，您的单已经结过了。"

"啊？"辛语皱眉，"我们没结啊！"

"是一位先生帮你们结的。"服务生说。

江攸宁在他说出单结过了的时候就明白了一切。

她一边收拾东西一边问："我们吃了多少钱？"

"一共三百二十五元，女士。"

"好的。"江攸宁笑着说，"谢谢。"

服务生走后，辛语说："你是打算把钱还给他吗？"

江攸宁摇头："不是。"

她瞟了眼沈岁和所在的方向："我们走吧。"

"嗯？"辛语从包里拿出四百块钱，"我去还给他，我们是差一顿烤肉钱的人吗？"

江攸宁拽住了她的胳膊，朝她温和地摇了摇头："不用了。"

"为什么啊？"辛语无奈，"结婚的时候花他的钱理所应当，离婚以后为什么还要花他的钱？我们缺吗？"

江攸宁笑："不缺。但是他今天过生日。"

她想给他留最后一分体面。

他想结账，便让他结了。

几个亿她都拿了，也不差这几百块钱。

春寒料峭，夜里的风带着凉意。

江攸宁一出门就裹紧了衣服，往巷子外走。

繁华大道上，“美鑫蛋糕店”的灯牌在夜里闪闪发亮。

“你们去车上等我。”江攸宁说，“我去办点儿事就回来。”

“干吗？”辛语一下子就戳破了她的想法，“去给他买蛋糕？”

江攸宁笑：“嗯。”

“很快的，”江攸宁说，“我就下个单。”

辛语跟路童对望了一眼，辛语想拦，路童拉住了辛语：“你去吧。”

江攸宁小跑着过去，然后飞快地挑了个小蛋糕。

蛋糕是爆浆抹茶味的，微苦，但还带着甜，这是沈岁和相对而言最喜欢的一款蛋糕。蛋糕九十八块钱，外加十块钱的跑腿费。江攸宁让店员把蛋糕送进店里，递给沈岁和。

绿色蛋糕摆在桌面上，跟烤肉格格不入。

“谁买的啊？”裴旭天不解，“买也买个好点儿的，这绿油油的，仿佛是在骂你。”

沈岁和用勺子挖了一口吃，声音变得低沉：“江攸宁。”

“她怎么知道你在这里？”裴旭天问，“是不是对你余情未了啊？”

“不是。”沈岁和说着又挖了一口吃，“她刚刚也在这家店吃烤肉。”

“哦。”

这个蛋糕是他在所有味道里比较能接受的一种。奶油不算多，味道略苦，但是还夹杂着甜。他吃了三年，这是第四年。

裴旭天：“那我采访你一下，吃到前妻送的生日蛋糕，开心吗？”

沈岁和没说话，直接扔了个卡片出去。

折叠好的卡片印着紫色鸢尾，看上去生机勃勃。

卡片里是江攸宁手写的字：“感谢结账。生日快乐，最后一次”。

十二个字，非常简练。

裴旭天第一次还没看懂，反复琢磨了几遍才懂。

沈岁和全程都没说话，也没吃多少肉。他只是把那个蛋糕全部吃掉了。这是几年来，他吃得最干净的一次。

不知为何，今年的这个蛋糕格外苦，吃得他格外难过。吃的时候，他脑子里不断回放着江攸宁离开的那一幕。

她侧过身子跟路童说话，目光正好和他的在空中交汇，但只是一瞬，她便避开了。

那会儿，她是笑着的。

但那双漂亮的鹿眼里，盛不下他了。

晚上十点，曾家。

曾嘉煦兄妹俩坐在沙发上窃窃私语。

“你说姑妈今天打表哥了吗？”

“我猜打了，不过表哥肯定也回击了。”

“姑妈真的好疯狂啊，我现在都不敢看她。”

“你终于体会到我之前的痛苦了吧？姑妈好歹还给你个好脸色，在我面前简直是活阎王啊！奶奶都没她那么吓人。”

“奶奶当然不吓人，你可是长孙，以后要继承咱们家‘皇位’的，她对你好到天上去了好吗？”

曾嘉柔挨了一个栗暴。

“奶奶对你不好吗？”曾嘉煦吐槽，“挚爱品牌传给你了好不？还有咱们家的股份，对半劈的好不？”

“好好好。”曾嘉柔没理，立刻转移话题，“你猜姑妈这么晚来找爸有什么事啊？”

“肯定跟表哥有关。”曾嘉煦根据曾雪仪的状态合理猜测，“当然了，也有可能跟死去的从未见过面的姑父有关。”

曾嘉柔附和着点头：“我猜也是。”

二人正说着话，沈岁和就走了进来。

“舅舅呢？”沈岁和问。

曾嘉柔指了指："楼上。"

曾嘉煦悄悄地说："姑妈也在。"

沈岁和点头："知道了。"然后他把一大袋零食放到茶几上，"来的时候顺手买的，你们吃。"

"谢谢表哥！"

沈岁和看了眼手机里的信息，径直上了楼。

舅舅说有事想跟他商量，所以他跟裴旭天吃完烤肉就开车过来了。

怎么他妈也在？难道舅舅想做和事佬？

如果真是这样，他以后能去的地方又少了一个。

楼上走廊里一派寂寥，但拐过弯他就听到了曾雪仪的声音。

她嗓音很尖，这会儿大概哭过，又尖又哑。

沈岁和下意识地放缓了脚步。

他想听听里面在说什么，再决定要不要进去。

如果舅舅真打算做和事佬，他就不进了。

如果是其他事，他可以进去商量。

"你真的没有告诉岁和吗？"曾雪仪慌张的声音响起，"知道这件事情的也只有你跟我，还有江攸宁！她手上还留着证据，如……如果不是你说的，那一定是她说的！她就是想用这件事让岁和愧疚，然后跟她复婚，一定是这样的。"

"姐，"曾寒山的声音坚定有力，"你不要这么说攸宁，她是个好孩子，如果想说当初就说了，何必等到现在？"

"不！"曾雪仪说，"她就是想让我愧疚！想让岁和愧疚！她在计划一个大阴谋！她心机太深了，一定是她说的。"

曾寒山否定道："不是！"

"那还有什么其他可能？"曾雪仪说，"难道是岁和自己查出来的吗？可是他当初就查过，根本没查到。而且时隔这么多年，他怎么会突然想起来查这件事，还一查就查到了？肯定还是江攸宁搞的鬼，她就跟一坨臭狗屎一样，根本不能沾。"

"姐！"曾寒山厉声道，"这件事我很确定！不是攸宁说的！她没那个必要，而且，你能不能对她尊重一些？你看看你自己，还像个什么样子？”

“曾寒山！”曾雪仪声音越发尖锐，“你吼我？！爸妈走了，所以我在这个家里一点儿地位都没有了吗？你也这么大声地吼我？！”

“你是我弟弟！”曾雪仪说，“你不站在我这边，反而一直替她说话！如果不是她，我的家怎么会变成这样？！你不知道岁和早上是怎么顶撞我的，他让我去死！他说会给我收尸！他还要告诉那群臭水沟里的蛆！我才不会让他们看我的笑话！他们这辈子只配在臭水沟里待着，我永远都不会回去。”

“我帮理不帮亲。”曾寒山叹了口气，“攸宁那么好的儿媳妇，你为什么就看不上？”

“她是个瘸子。”曾雪仪说，“我这辈子都不能接受让我儿子娶一个瘸子，我肯定会死不瞑目的。”

“但她的脚……”曾寒山顿了几秒，“不也是岁和弄的吗？！”

“那又怎样？！”曾雪仪忽地拔高了声音，“难道我儿子要因为她毁了一辈子吗？”

“可她的一辈子毁在了岁和身上啊！”曾寒山痛心疾首地道，“你现在为什么执迷不悟到这种地步？别说是岁和，我也忍不了你！”

“那又如何？”曾雪仪忽然笑了，“忍不了我不还是要拿我手里的股份吗？还好爸死前精明，怕他的女儿受委屈，把公司的股份给了我12%，如果没有我的这12%，在明年的股东大会上，你就不是掌权者了。”

曾雪仪说：“曾寒山，我能把你送上去，就能把你拉下来。”

“你随意。”曾寒山是真的对她寒了心，“我当不当这个总裁都无所谓，光是分红我每年都花不完。你以为大家对你容忍是因为钱吗？”

“难道不是吗？”

曾寒山忽然沉默。良久之后，他温声道：“我始终记得你小时候会带着我玩，在别人欺负我的时候会站在我身前，后来你走了，我哭了很久，所以你回来我很高兴。我愿意护着你，因为我是你的娘家人，我们是一母同胞的姐弟。”

曾寒山继续说道：“对岁和来说，他是你一手拉扯大的，姐夫走的时候他才七岁，所以他尊你敬你爱你护你。这么多年他一直听你的话，无非是因为你是他的母亲，你们有血缘关系。甚至，他在你的逼迫下结婚又离婚。你要把他搞得多痛苦才肯罢休？他是你的儿子，不是你的敌人！”

“那他就更应该听我的话啊！”曾雪仪笑道，“他为什么要娶江攸宁来气我？我是他妈啊！”

“那你就别再去打扰攸宁了。”曾寒山说，“他们的缘分也就到此为止了。”

“可是江攸宁不放过岁和啊！她还要重提那件事，让岁和愧疚，再跟岁和复婚。不！”曾雪仪突然嘶吼，“我绝对不允许这样的事情发生！”

“当初那场车祸，攸宁没让他知道。几年以后，就更不会。”曾寒山说，“是你以小人之心度君子之腹！”

咣当。

书房的门被推开。

沈岁和站在门口，红着眼睛一字一顿地道：“当初，我撞的人是江攸宁？”

书房里沉寂了几秒，曾雪仪忽然大喊着朝他跑来：“不！你没有！”

“当初那场车祸，你才是受害者！”曾雪仪声音嘶哑。

沈岁和一把推开她：“我记得那天晚上。”

他说得晦涩，但众人都懂。

他记得那天晚上，所以知道自己是加害者，不是受害者，而真正的受害者，在那场车祸之后销声匿迹。

沈岁和清醒以后找人调查过，但资料被抹掉了。他根本不知道自己撞的是谁，只听说对方无大碍，已出院，可没想到，兜兜转转，竟然是江攸宁。

她那只脚，是因为自己跛的。

得到了曾寒山的点头证实后，沈岁和头也不回地往外走，任凭曾雪仪在身后喊得声嘶力竭也没停下。

他一路走到车里，拿出手机给江攸宁打电话，却后知后觉地发现已经被拉黑了。

他坐在车里，盯着方向盘，忽然趴在方向盘上，闭上眼睛，任眼泪不听话地夺眶而出。

银灰色的卡宴在北城纵横交错的道路上疾驰，绕过立交桥，拐过长风街，从君莱开到芜盛，又从芜盛开到华师。

正赶上调休，华师附近热闹非凡。街边的麻辣烫店里氤氲的雾气被春夜的风吹散，路灯灯光昏黄，声音高亢的喇叭还在拼命叫喊，卖炒酸奶的小推车边人满为患。

街上人来人往，繁华喧嚣，但车里无比寂寥。

江攸宁家在华师旁边，属于华师家属楼。

从江攸宁房间的窗户向下望，能看见华师的操场，所以沈岁和把车停在校园外，下车往华师里面走。

他的装束跟大学校园格格不入，在人群中很惹眼。

修长笔直的腿被黑色西装裤包裹着，白色衬衫沿着腰线扎在西装裤下，划出泾渭分明的一条线。衬衫的袖扣打开，两只袖子都挽起来，露出两截蜜色的小臂，小臂之上还能看到微微鼓起的青色血管。

衬衫胸前严谨到扣紧了每一颗扣子，宝蓝色的领带也系得一丝不苟，再往上就能看到他的喉结，喉结上方的那张脸一如既往地精致，只是眼尾泛着红，在昏黄的路灯的照耀下意外地显得妖媚。

他目不斜视，朝着操场的方向一路往前。

华师的路跟华政的很不一样。

沈岁和只在送曾嘉柔时来过一回，陪着她绕过一圈。当然了，他也在江攸宁的房间里俯瞰过操场的风景。

他也不知道自己在做什么。

他只是很想来，想看看江攸宁，哪怕只看一眼，但他没勇气敲响江家的门，也不敢上他们家的楼，所以迂回地来到了华师的操场上。

操场上只有最中间有一盏明黄的灯，观众席一片黑暗。沈岁和往最亮的地方走，他的头发被风吹得有些乱，他站在光里，仰起头，一层层地往上数。

江攸宁家在十楼，房间的灯还亮着。

沈岁和朝着那个方向看。他记得江攸宁是最喜欢在晚上从楼上俯瞰的，但没看到江攸宁的身影。

晚上十点多，操场的音乐声停息，人群变得疏落，不少人途经他的身侧，都投来了惊艳的目光。

在华师，男人少，长得帅的男人更是寥寥无几，像沈岁和这样的男人，绝无仅有。

不少女生都低声议论着。

“这是哪个系的啊？”

“好帅啊！应该不是咱们学校的。”

“我想上去要个联系方式。”

“他真的好有魅力，在这里站了快十分钟了，不会是在等女朋友吧？”

…………

沈岁和自觉屏蔽了所有纷扰，在操场上站了会儿，操场的大灯忽然灭掉，室内体育场外那一排小灯开始亮起，十点半，快到华师门禁的时间，所以操场用这种方式提醒同学们注意时间。

灯光微弱，沈岁和席地而坐。

“你好，”一道微弱的女声传来，含羞带怯，“我……我可以加你的微信吗？”

“没有。”沈岁和眉头微蹙，想都不想地拒绝。

女生碰了壁，只低声说了句：“好吧。”然后她走开了。

操场上的人越来越少。十一点，操场的灯全都熄掉，周围一片黑暗。

万籁俱寂，只有风吹动树叶沙沙作响的声音。在寂寥的深夜中，沈岁和看到对面十楼亮着灯的窗户打开，一颗脑袋探出窗口，仰起头看了会儿天上的星星，然后她浅笑着关上窗户。

窗帘被拉上。

灯，灭了。

他只是看着。

许是夜色太温柔，他出现了幻觉。

他想，江攸宁似乎胖了些。

因为上午九点跟崔明律师约好了双方洽谈，江攸宁早上七点半就醒来洗漱化妆，也给宋舒打了电话。

八点，江攸宁绕去辛语家接上宋舒和她的两个女儿，闪闪得知可以出门，一双眼睛忽闪忽闪的，而星星还有些犯困，在车上窝在宋舒怀里又睡了一觉。

她们抵达约定地点时正好是八点五十分，比约定的时间早十分钟。

江攸宁今天穿的是偏休闲风格的正装，白色的大尺码衬衫，黑色西装裤，平底鞋，宽松板型的西装外套腰线收得很好。她的肚子已经有些显怀了，但她原来偏瘦，如今看着也不过是标准身材，况且衣服搭配得好，也看不出来她怀孕了。

只是一眼看上去会觉得她比以前丰腴一些。

崔明跟华峰是八点五十五分到的。

彼时，江攸宁正在跟宋舒逗弄两个孩子。

崔明在她们对面落座，而西装革履的华峰却看着两个坐在婴儿车里的孩子笑了，温声喊："星星，闪闪。"

"爸爸！"闪闪的眼睛蓦地发亮，她口齿清晰，动作也敏捷，差点儿从婴儿车里站起来，还是宋舒给摁住："小心。"

而星星比较木讷，看见华峰也只是仰起头，讷讷地道："啵啵。"

她咬字不清。

"崔律师，华先生，"江攸宁主动打招呼，"你们好，我是宋舒女士的代理律师，姓江，可以喊我江律师。"

崔明刚进门的时候就把她上下打量了个遍。

尽管他之前看过江攸宁的照片，但还是没见到真人的视觉冲击来得大。

她的声音跟长相是浑然天成的契合，温柔但带着一股坚韧不拔的劲，跟那天在电话里表现得如出一辙。

此刻，崔明挑衅一般地打量她，任由她的手在空中等着，一直没伸出手去。

隔了十几秒，他才慢悠悠地伸出手："你好……"

在他的手握到江攸宁的指尖前，江攸宁已经把手撤了回来。

她脸上仍旧挂着温和的笑，但对上崔明的气势一点儿不输。

这下只剩崔明的手尴尬地伸在空中，他看向江攸宁，江攸宁只是笑，不带任何恶意地看着他，似乎并没注意到他的手。崔明的手指蜷缩了几下，他又讪讪地收回手去。他本想给个下马威，结果碰了个软钉子。

华峰在逗弄两个女儿，他的膝盖半蹲，脸上始终带着笑，闪闪挂在他怀里，星星则是艳羡地看着他们。

华峰也注意到了星星的目光，立马伸出手抱星星。

两个女儿窝在他的怀里，都和他很亲近。

江攸宁看向宋舒，只见宋舒避华峰避得很远。

她没敢阻止华峰抱女儿，甚至没敢抬头看华峰。

"华先生，"江攸宁走到宋舒身边，拉起了她的手，安抚性地拍了拍她的手背，"我们先商量离婚的相关事宜吧。"

华峰把两个女儿放回婴儿车，坐到了宋舒对面。宋舒一直低着头，垂在身侧的手在发抖，指甲盖都泛了白。

江攸宁只扫了一眼，大致就明白了一些情况——宋舒对她说了谎，但事已至此，她只能继续。

"江律师，你也看到了，两个女儿对华先生是有感情的。"崔明率先开口，"而且华先生也有这个经济实力抚养女儿，说句实在话，两个女儿跟着他享受到的生活水平跟社会待遇一定是最好的，就算是为了两个女儿好，也应该将抚养权交给华先生。"

"哦？"江攸宁挑了下眉，"母亲这个角色对这个年龄段的孩子来说是不可缺少的。我希望崔律师能够客观公正地去看问题，华先生已经有两个女儿了，对这两个女儿有多少感情还未可知，而宋女士十月怀胎生了她们，在有保姆的情况下也是亲力亲为地照顾两个女儿，再加上正当年，能够很好地照顾两个女儿，至于金钱的问题，我想只要华先生不吝啬，宋女士离婚后的生活也不会是一贫如洗。换句话说，只要有足够的抚养费，宋女士一定有能力抚养好两个女儿，毕竟在之前的婚姻里，宋女士也几乎是独自独立地抚养两个女儿。”

…………

一番唇枪舌剑。

崔明步步进逼，江攸宁也分毫不让。

华峰偶尔插几句话，但说的都是毫不相干的内容，而宋舒一直一言不发，星星和闪闪坐在宝宝爬行垫上玩玩具。

两个小孩什么都不知道，而两个大人在争夺她们的抚养权。

“你我也知道，”崔明说，“在有一对女儿的情况下，法官很可能人性化地将两个女儿分开，一个跟爸爸，一个跟妈妈。”

见江攸宁这里咬得太死，太难突破，崔明换了战略，望着一直不说话的宋舒道：“宋女士，你看两个女孩儿在一起玩得多开心啊，你忍心让她们分开吗？忍心让她们跟着你一起吃不饱穿不暖吗？在华先生这里，两个女儿的吃穿都由能力最好的保姆照管，她们能上最贵的幼儿园、小学、初中，能成为人人艳羡的小公主，但是跟着你，能得到什么呢？”

“得到爱。”江攸宁见缝插针地说，同时在桌子下捏了捏宋舒的手心，示意她不要说话，继续跟崔明道，“金钱能解决的永远是表面问题。当初是因为爱，二人才结婚生子，可现在感情破裂了，爱的结晶就该被摔碎吗？孩子的抚养权给了宋女士，华先生也能常来看孩子，诚如你所说，华先生要比宋女士富有得多，但孩子交由宋女士抚养之后，华先生难道就不可以让孩子读最好的小学、初中吗？为什么在崔律师的概念里，父母离婚之后分割了抚养权就意味着老死不相往来，而父母关系的割裂就意味着父母跟子女关系的割裂呢？”

她的声音不高，但在包间里掷地有声，说得每一个人都屏住了呼吸。

她的声音实在太适合这种温柔的环境了。

她把话说到了每一个人的心坎里。

宋舒潸然泪下，低头哭道：“我们离婚以后，两个女儿跟着我，你礼拜天还能把她们接过去啊，平常你那么忙，哪有时间看她们？”

华峰面色凝重。他盯着江攸宁：“想不到江律师有两把刷子啊！”

“谬赞了。”江攸宁朝他微微颔首，“我只是实话实说罢了。两个女儿交由宋女士抚养，您给她离婚补偿一千万元人民币，离婚后您可以在任何时候跟宋女士协商去看两个女儿，宋女士一定不会阻拦。”

“一千万？”华峰皱眉，“她也配？”

“华峰！”宋舒顿时抬起头，声音拔高，“我怎么就不配？我二十五岁跟你恋爱，二十六岁嫁给你，给你生了一对女儿，怎么就不配？！”

“不。”华峰言简意赅，“我最多出两百万，闪闪的抚养权归我。”

“不可能！”宋舒立马拒绝，“两个女儿的抚养权我都要！孩子我不可能给你的，你对孩子做过什么你心里没点儿数吗？”

“什么？”华峰疑惑。

“非得让我在外人面前说出来吗？”宋舒大声吼道，“你喝醉了打我，还虐待女儿，我放心把女儿交给你吗？难道交给你让你虐待她们吗？”

“我什么时候打过女儿？”华峰冷哼，“你这个疯女人，这些都是你臆想的吧。”

“你胡说八道！那次你喝醉扇了我十三个巴掌！我记得清清楚楚，你还掐女儿的腿，掐得她们身上都是青紫痕迹，你为什么都忘了？你怎么可以都忘了？！”

“疯女人！”华峰骂道，“我什么时候掐过女儿？是你自己掐的然后栽赃给我吧？！想不到你心肠这么恶毒！”

“所以，华峰你承认在喝醉酒以后扇了宋女士十三个巴掌吗？！”江攸宁见缝插针地问。

华峰跟宋舒吵得早已失去理智，想都不想地回答：“我那天只扇了她三巴……”

话没说完，崔明杯子里的水洒了华峰一身，华峰的话戛然而止。

但他们都基本能够听清华峰说的话了。

在这场谈判开始之前，双方都同意了录音。所以这是能够呈上法庭的证据。

江攸宁眉头微皱："崔律师可真是太不小心了。"

崔明拿纸巾擦杯子："江律师可不要误导我方当事人。"

"啊？"江攸宁故作无辜，"我做什么了吗？"

崔明无语。

谈判继续。

这场谈判从九点持续到十一点，双方唇枪舌剑，都在为当事人争取最大的利益。而显然，谈判陷入了僵局。

华峰不愿提高金额，最低也要闪闪的抚养权。

而宋舒自不必提，钱是小事，但星星和闪闪的抚养权必须归她。

这场谈判，以失败告终。

崔明最后留下一句："既然江律师这么莽撞，那我就成全你，我们在法庭上见吧，一切自有法官评判。"

"好的。"江攸宁微笑着送别他们。

包间里只剩下江攸宁和宋舒，江攸宁深吸了口气，喊宋舒："好好歇一歇，接下来是场硬仗。"

"江律师，怎么办？我们能赢吗？"宋舒又有些不自信，本来已经日渐恢复的自信心在见到华峰跟女儿亲昵的场景之后土崩瓦解，她的腿在桌下疯狂抖动，"江律师，我……"

"没事，我们能赢。"江攸宁坚定地安抚她。

两人带着星星和闪闪出了包间，一路往外走。

两岁的星星和闪闪已经能手拉着手在路上走了，蹒跚的样子十分可爱，小短腿迈着往前，还有些摇摇晃晃。

江攸宁跟宋舒并肩走着。

"宋舒，"江攸宁喊她，"我还是那句话，希望你跟我说实话。"

"什么？"宋舒疑惑。

"华峰……"江攸宁顿了顿，"到底有没有虐待过星星和闪闪？"

宋舒顿时愣住，半晌后坚定地点头："有！"

江攸宁皱眉，还想再问，却听到熟悉的一声喊："江攸宁。"

声音一如既往地冷，但带着几分嘶哑。

她回过头，是沈岁和。

而宋舒几乎是逃一般地拉着星星和闪闪往马路对面走。她跟江攸宁挥手，却不敢看江攸宁："江律师，我先走了。"

江攸宁望着她仓皇而逃的背影，沉默了。

沈岁和就站在她的身后，逆着光，站得笔直。

他看着她的背影，又哑着嗓子喊了一句："江攸宁。"

天慢慢阴沉了下来，一副山雨欲来的架势，风也刮得渐大。

江攸宁的脚忽然钻心似的疼了一下。

她的脚已经很久没这样疼了。

她一直遵照吴大夫的叮嘱，两周前还在闻哥的陪同下去了一趟南江，因为怀孕，很多药都不得不停掉。

可上周下雨，她的脚也没有疼，那天晚上她还睡了个好觉。

大抵是今天的雨比较大。

江攸宁在原地站着，身子微微倾斜，扶住一棵树，活动了几下脚腕。

她听到了脚步声，声音略显急促，却在离她不远处停下。

他又喊她："江攸宁。"声音比前两次都温和。

江攸宁的脚也只是麻了一下，她甚至觉得自己只是普通的抽筋，而不是旧疾复发。

但沈岁和问："你的脚……又疼了吗？"

他停顿的那一瞬间，江攸宁好像听到了他在哽咽。

她皱着眉，不太相信，但那个声音又真真切切地传到了她的耳朵里。

她回过头看向沈岁和，他仍旧站得笔直，像一棵杨树。

他还是熟悉的装束，熟悉的神情。

刚刚的那个声音，只是江攸宁的错觉。

"没有。"江攸宁看了眼自己的脚，"大概是扭到了。"

"哦。"沈岁和说。

江攸宁问："有什么事吗？"

沈岁和下意识地摇头：“没。”他却又在瞬间反悔，“有。”

江攸宁站在原地错愕。一阵大风刮来，吹得她快要睁不开眼睛。

“去里边说吧。”沈岁和说。

江攸宁看了眼，咖啡厅外边的桌上都是小情侣，他们跟那个环境格格不入，但她又不想委屈自己在寒风里听他说话，所以抬起下巴指了个方向：“去车上说吧。”

沈岁和的车就停在她的车后边，一会儿走的时候都方便。

沈岁和没异议。

而这次，江攸宁没等他，径直过了马路，朝着他的车走去，站在副驾驶的那边等他。

沈岁和则寸步不离地跟在她身后。

江攸宁坐在副驾上，这个位置她很熟悉，因为她坐了三年。

副驾上还有专门给她准备的靠枕，沈岁和手边还有她买的水杯，车前边还悬挂着她从网上淘来的好看大气的吊坠，靠近玻璃的地方还摆了一个招财猫，也是她买的。

当时去外地旅游，她买了一对招财猫，一个在她的车上，一个被她近乎强制性地放在了沈岁和的车上。

离婚以后，她把所有跟沈岁和相关的东西都打包了，有的扔了，有的放在一个大纸箱里，扔在了仓库，再没翻过。

她的那个招财猫好像还在仓库里。

她觉得那个招财猫好看，但沾上了跟沈岁和相关的记忆，就变得让她食之无味，弃之可惜，所以只能把它放起来。

这会儿再上沈岁和的车，很多回忆涌来。

她忽然发现，沈岁和几乎从没正面强硬地拒绝过她的要求，也没有强制性地要求她做任何事。他很多时候是和她商量，只不过说出来的语气像命令。

江攸宁坐在副驾上发呆，直到沈岁和又喊了她一声，才回过神来。

“啊？”江攸宁问，“什么事？”

刚刚经历了一场精神十二分集中的对峙，她这会儿很累，累到不想说话，只想睡觉，她的声音都带上了浓浓的疲惫感。

“没什么事。”沈岁和说。

江攸宁皱眉：“那我走了。”

“等一下。”

江攸宁作势要开车门的手又顿住。

“你到底要不要说？”江攸宁的语气有几分不耐烦，“不说的话我就走了。”

“说。”沈岁和抿了抿唇，看了眼江攸宁的脚，又看了眼江攸宁，仍旧不知道该怎么问。

江攸宁却道：“如果你还是来劝我放弃宋舒这个案子的话，我劝你放弃。”

“上次我已经把话说得很清楚了。”江攸宁侧过脸看他，但只是一眼便别过脸，“我想以你的理解能力应该会明白我的意思。”

“嗯。”沈岁和点头，“我不是来说这件事的。”

“那是什么事？”

“你……”沈岁和顿了下，“你的脚还疼吗？”

江攸宁疑惑：“你是来关心我的身体的吗？”

沈岁和沉默。

“那我挺好的。脚偶尔疼吧，但比以前好多了。我现在过得不错，你也看到了。我找到了喜欢的事情，也在适应一个人的生活，所以……”她耸了耸肩，“往后，别来找……”

“当初那场车祸你为什么不追责？”沈岁和语气急促，似是怕江攸宁说出之后的话，所以一口气就把问题问了出来。

江攸宁也愣怔了两秒，看向沈岁和。

车内是死一般的寂静。

良久之后，江攸宁笑了下：“没必要吧。”

“为什么？”沈岁和问，“你就这么善良吗？”

“也不是。”江攸宁看向前方，而沈岁和看向她的侧脸，她的笑容轻轻浅浅地挂在脸上，嘴角上扬的弧度恰到好处，整个人柔和而有力量。

她笑着说：“那天我也有过错。况且，我看见了那只猫。”

江攸宁把一切都说得含糊。

没有经历过那场车祸的人肯定不知道猫是何意，而经历过车祸，又把两者联系起来的，自然知道猫是何意。

沈岁和自是知道，而江攸宁猜到了。

车里再一次寂静。

沈岁和忽然笑了，但这笑带着几分苦涩：“你为什么什么都不说啊？”

“因为说了也没用啊！”江攸宁看向他，“过去的，就都过去吧。现在，应当是以后的。”

她在劝他，也是在劝自己。发生过的，他们无能为力。不管哭还是骂，都没有用。时间不会因为有人后悔就倒退或停止。

“你真的……”沈岁和顿了下才想到之前看到的一个比喻，“你的善良，一点儿锋芒都没有。”

“我不是对所有人都同情心泛滥，永远伤害自己，成全别人的好人。”

她的善良，从来都有锋芒。只是遇上沈岁和，她收敛了一身的锋芒。沈岁和不知道，也没必要知道。反正那场独属于她一个人的狂欢已经落幕。她在台上已经笑着转身，离开。

“沈岁和。”江攸宁不带一丝眷恋地喊他的名字。和以往的每一次都不一样，她这次虽也是笑着的，但那笑意不达眼底，那双漂亮的鹿眼里，再不是完整的、毫无瑕疵的沈岁和。

沈岁和忽然有些不敢应了，但还是勉强应道：“嗯？”

“以后……”江攸宁说，“我们桥归桥，路归路吧。我们的婚姻结束了，财产分割也都没有异议，如果你想把君莱和芜盛都买回去，可以用市场价来跟我交易，没必要让裴旭天换着人来。君莱还没过户，芜盛的尾款我也没收，你挑个时间，我们把过户手续办了。”

“不用了。”沈岁和的声音沉了下来，“这两幢房子就在你名下吧，来来回回过户麻烦，如果你不住的话，我就把房子租出去，房租我收，可以吧？”

江攸宁想了想："可以，但是半年之内办好过户吧，最迟到十月份。我先把芜盛的那笔款项给你打回去，过户完成后我再收，房子还是你的。"

"嗯。"沈岁和应。

"就这样。"江攸宁笑了下，"以后……"

"江攸宁，"沈岁和再次打断了她的话，"你说，如果我们有个孩子，会不会现在就不一样？"

如果有个孩子，他们之间至少不是只有这样冷冰冰的分钱。分人，还是有温度的。说不定，他们不用这样疏离。

"可能更鸡飞狗跳吧。"江攸宁的手在兜里摁了两下，然后她看向沈岁和，"如果有孩子，离婚的时候，你会跟我争孩子的抚养权吗？"

沈岁和摇摇头："不知道。我想，应该不会……"

他本意是想说不会离婚。但想了想曾雪仪，他忽地笑了，眼尾泛着红："你带小孩肯定比我好，到时候抚养权给你，我还可以看望小孩。"要是小孩来他们家，大抵会成为第二个他？或许比他还惨。

"哦。"江攸宁的手又在兜里摁了两下。

沈岁和却只是望向车窗外边，颇为感慨地来了一句："江攸宁，你长大了。"

"嗯？"江攸宁诧异。

"你跟我说话都要录音了。"沈岁和说，"咱俩又没小孩，财产也都分完了，你录这个干吗？"

江攸宁顿住。她揣在兜里的手指微微蜷缩，有种做坏事被抓包的感觉。但也只是片刻便调整了过来，她低敛下眉眼，故作无谓地道："毕竟离婚了，总要有警惕性。"

"跟我也警惕？"沈岁和看她，然后轻吐了口气，"也挺好的。"

江攸宁沉默。

"不过，"沈岁和说，"江攸宁，我这人或许真不怎么样，但肯定不会害你，离婚时说的那句话永远作数。如果你有需要我的地方，尽管开口。"

说他天真也好，幼稚也罢。这是他能做的为数不多的事情。

“好。”江攸宁这次没拒绝，“虽然用不到，但还是谢谢你。”

沈岁和问她：“宋舒的案子还顺利吗？”

“还好吧。”江攸宁说了几个字忽然警觉，“沈律，你是不是来套话的？”

她跟沈岁和笑的时候早已隔开了距离。

“这案子又不是我打，”沈岁和说，“我套你的话做什么？”

“谁知道呢？”

“算了。”沈岁和笑了下，“不问了。”

“嗯。”江攸宁应，“这下没事了吧？”

不等沈岁和回答，江攸宁就笑道：“那我先走了，慕老师还在家等我吃饭。”

“嗯。”

“以后……”江攸宁拉开车门，声音都跟风混在一起，“你别再做这种惹人误会的事了。”

她下了车，看向沈岁和：“咱俩之间，谁都不欠谁的。以后，你别再来找我了。”

砰，车门关上，江攸宁的马尾随风扬起，她站在风里跟沈岁和笑，然后转身走向她的车。

沈岁和自始至终都在望着她的背影，她说的那句谁都不欠谁的，意有所指。

聪明人一下就能听出弦外之音，她是在说：“往后我们泾渭分明。前尘往事都随风去，往后再无交集。”

她要跟他彻底断绝联系。

清明节假期的最后一天，江攸宁接到了慕承远的电话。

“小舅，”江攸宁正在跟江闻推荐的精神科医生聊天，说话也匆匆忙忙的，“什么事？”

“你去金科律所实习吧。”慕承远直奔主题，“我跟方涵打好招呼了，她当你的带教律师。正好，她是主攻离婚案的。”

“可我手头还有案子啊！”江攸宁说，“去了什么忙都帮不上，还是等我处理完案子再去吧。”

“那得等到黄花菜都凉了。你去了以后继续做你的案子，方涵会帮你一二。我这次可是舰着我这张老脸去找的她，你给我好好表现。”慕承远轻嗤一声，“你妈说你天天除了待在图书馆就是待在卧室，没有一个适合打官司整理资料的地方，想要上法庭还是要去律所待一待，熟悉环境，正好跟着方涵上法庭学学。”

“哦。”江攸宁窃喜，“那您的意思是，我可以把宋舒的案子带过去，不仅不用做事，还能多个厉害的帮手？”

“是这意思。”慕承远说，“诉讼我是帮不上忙了，但帮你进个律所还是小意思。”

“哟哟哟！”江攸宁调侃他，“不是都拉下老脸来求同学了吗？又小意思啦？”

“皮痒了是吧？小心我去你家揍你。”

“小舅，我错了。”江攸宁立马认㞞，“谢谢小舅给我找到这么好的工作！我一定好好努力，不负您的期待！”

“知道就好。”慕承远叮嘱道，“可别在方涵面前丢我的人，我可是跟她吹了，我外甥女是百年难得一遇的法学天才，未来的诉讼金牌律师，日后就是他们律所的活招牌。”

这压力可有点儿大。

“知道了！”江攸宁说。

慕承远的话又拐了个弯：“不过，还是身体要紧，别累着孩子，也别累着自己，做不完的活儿让方涵给你做也行，大不了我多请她吃顿饭，案子打输了也没关系，身体最重要，听到没？”

“听到了听到了。”江攸宁满口答应，“我什么时候去报到啊？”

“明天上午十点。”慕承远说，“带上学位证复印件去人事部报到，然后直接去找方涵。”

“哦。”

慕承远又碎碎念地交代了她一些事，这才把电话挂断。

江攸宁看着手机屏幕愣怔了两秒，然后戳开微信，在她和路童、辛语的小群里发了多个转圈圈的表情包，直接刷屏了。

“我要去金科律所啦！

“路童，跟你们律所一栋楼！

“以后中午叫我一起吃饭！”

临近中午，她高兴地拿着饭卡去华师找辛勤加班的园丁慕老师一起吃饭。

天气很好，中午的阳光晒得人身上暖洋洋的。

她轻车熟路地去了历史系的楼，敲响了慕老师的办公室。

“慕老师，中午啦，一起吃饭呗。”

慕曦这才从电脑前抬起头来，把写到一半的论文保存然后关掉，起身挽着江攸宁往外走。在路上，江攸宁跟慕老师说了明天要去工作的事情，言语间难掩兴奋之情。慕曦也由衷地为她高兴。

二人走到一楼，江攸宁忽然问：“妈，你听到什么声音没？”

星期天的教学楼格外空旷，慕曦仔细听了听，指着楼梯口角落说：“好像是从那儿传来的。”

江攸宁点头。

二人一起走过去，只见一个女生蹲在地上小声地哭。

江攸宁看着眼熟，试探地喊了声：“柔柔？”

快要哭到缺氧的曾嘉柔缓慢地抬起头来，整张脸都很红，右脸还有一道一道的红痕，是卫衣袖子蹭上去的。

她看见江攸宁，哇的一声大哭起来：“表嫂……呜呜呜。”

江攸宁一脸蒙：“你怎么了？”

“我……”曾嘉柔抽噎，“呜呜呜，我失恋了。”

曾嘉柔说着朝江攸宁走过来，身子有些晃。

慕曦下意识地保护江攸宁，怕她被撞到。

而曾嘉柔盯着江攸宁宽松的衣服，还有慕曦挡在江攸宁肚子前的那只手，忽然定在原地，抹了把眼泪，上上下下地打量江攸宁，尤其是她的肚子。

江攸宁今天穿了条以前的裤子，稍微有些紧了，上身是宽松的休闲装，从侧面其实能看出来她的小腹略有些鼓。

曾嘉柔吸了吸鼻子，一脸震惊地道：“表嫂，你怀孕了？”

“没有。”

“嗯。”

前者是慕曦。

后者是江攸宁。

曾嘉柔盯着江攸宁，嘴巴张得能塞下一颗鸡蛋。

她磕磕巴巴地道：“我……我要当姑姑了？”

第九章
终于和他比肩

江家客厅。

慕曦在厨房里炒菜，江攸宁端来了果盘，曾嘉柔坐在沙发上惴惴不安。

江攸宁刚出厨房，她就立马起身："嫂子，我来！"

"没事。"江攸宁温和地笑道，"坐吧。"

曾嘉柔坐在沙发最边缘的位置，往厨房偷瞄，小声问道："慕老师是不是生气了呀？"

"没。"江攸宁说，"她在做饭。"

曾嘉柔："哦。"

二人一时无话。

曾嘉柔也不知道该问什么，失恋的悲伤还没过去，就知道了一个惊天大消息，然后被带到了江攸宁家，也是她的世界史老师——那个传闻中的"慕·挂科学生最多·上课座无虚席·曦老师"的家里。

她拿了个苹果握在手里缓解紧张，时不时瞟向江攸宁的肚子。她刚刚还没反应过来，什么话都说，这会儿冷静下来，反倒不知该说什么。

江攸宁都和她哥离婚了，她当什么姑姑啊？嗐，她想多了不是？

她抱着苹果咔嚓咬了口，眼睛无神。

慕老师家里挺干净的，饭味都从厨房逸出来了，还挺香。

“失恋了？”还是江攸宁先开了口。

曾嘉柔愣怔两秒才含混着嗯了声，闷声道：“被甩了。”

“没听说你谈恋爱啊？”江攸宁轻笑。

“刚谈不久。”曾嘉柔狠狠咬了口苹果，似是泄愤，“他先追的我，然后又说跟我在一起太累了，因为我太黏人。”

“嗯？”

“我黏人？”曾嘉柔提起这个就气不打一处来，“嫂子，你给我评评理。清明节放假三天，我说想约会。他第一天想去祭祖，行！第二天他要去兼职挣钱，行！你挣！第三天他想和朋友打球，我……我呢？我等了他三天，今天来学校给他打电话他竟然说我太黏人，说我们不合适，不合适你当初追我干吗啊？当我是没有感情的机器人女友吗？呜呜呜，气死我了。”

曾嘉柔说着就哭了起来，眼泪一掉，眼睛就跟着红了。

江攸宁抽纸给她递过去。

“不能哭不能哭。”曾嘉柔一边擦眼泪一边深呼吸，“我才不要为男人哭，不值得不值得。他们蠢他们蠢……”

她小声碎碎念，江攸宁就在旁边听，直到她把自己安慰得不再流泪，恢复了正常情绪。

她吸了吸鼻子，把擦过眼泪鼻涕的纸扔进垃圾桶：“嫂子，你怀孕多久了呀？”

“十四周左右。”江攸宁回答。

她不想欺骗曾嘉柔，觉得也没有必要这么做。

这个孩子的存在势必会被曾家人知道，也会被沈岁和知道。

她不是宋舒，任凭沈岁和再厉害，也不会从她这儿拿到抚养权。

“哦。”曾嘉柔又看了眼她的小腹。

正好慕曦从厨房端菜出来，她忽然福至心灵地说：“嫂子放心吧！

我绝对不会告诉我家人的！”

“包括我哥！还有我表哥！”曾嘉柔做了保证，但没过几秒，又小声地请求，“就是……我平常也能来看你吗？”

江攸宁笑：“可以。”

金科律所跟天合律所一样，都是主攻高端民商事诉讼的律师事务所。

天合的商事活招牌是沈岁和，民事活招牌是崔明，而金科的活招牌就是方涵。

方涵是业内知名女律师，三十七岁，未婚，代理过不少明星的离婚案，之前网上出过很多篇她的专访，被誉为现实版“律政佳人”。

江攸宁上午九点四十分就去了金科人事部。

HR 把她的资料复印了一份，然后拿出一份劳动合同，她看完之后确认无误，签上了自己的名字，之后 HR 让她直接去七楼。

她一上七楼就有人在那儿等着，应当是方涵的助理，一个还挺文静的小姑娘，戴着黑框眼镜，穿着三厘米的黑色高跟鞋，对着她说：“是江小姐吗？请跟我来。”

江攸宁跟在她身后穿过忙碌的办公区域，走到最里边，看见了方涵的办公室。

助理富有节奏地敲了三下门，里面传出温和的一声：“请进。”

“方律师，江小姐来了。”助理说。

方涵的桌上是堆积如山的卷宗，她头都没抬：“知道了，出去吧。”

助理：“好的。”

助理朝江攸宁笑了下，然后关上了办公室的门。办公室里只剩方涵翻阅纸张的声音。

“方律师，”江攸宁率先开口打招呼，“我是江攸宁。”

方涵这才停下手头的工作，合了电脑，把手边的资料放到一边，抬起头看她：“我见过你，坐。”

江攸宁：“哦。”

她在沙发上坐下，还是略显拘谨。

她确实跟方涵见过，只是不熟。

方涵是慕承远的大学同学，二人关系一直很好。

那会儿慕承远出去玩，会带上江攸宁，去外边露营，去郊区爬山，去远方看海。彼时江攸宁才上小学，在人群中习惯了安静，只有方涵会经常关心她。

印象里方涵是个很温柔的姐姐。

这会儿，邻家姐姐变成了又美又能干的律政精英，江攸宁第一眼看到的时候跟记忆里的对不上。

“你还记得我吗？”方涵刻意敛起了锋芒，笑着逗弄她，“小悠悠。”

江攸宁一愣怔，然后也笑了。

距离在一瞬间被拉近，她好似一直都没长大，还是那个在海边玩泥巴的“小悠悠”。

只有方涵会喊她小悠悠。因为她觉得“宁”太普通了。

“记得，”江攸宁耸肩，“涵姐姐。”

“嗯哼。”方涵挑眉，把转椅往后一推，伸出脚尖在地上点了下，“走吧，带你去熟悉一下环境。”

“好。”

江攸宁的位置被安排在了方涵隔壁，跟外面宽阔的办公区域隔绝开来，和刚刚带她进来的助理共用一个办公室。

“前段时间刚走了一个人，你就坐这里吧，比较安静。”方涵说，“有事就去办公室找我。”

她说着喊了声助理：“岑溪，你把咱们正在做的那个案子的资料给攸宁一份。”

“哦。”岑溪应，“好的，涵姐。”

“你把宋舒那个案子的资料给我一份。”方涵交代江攸宁，“用最简单的语言概括，最多两页 A4 纸，然后把你目前的瓶颈也给我列出来，形式随意。”

“好。”江攸宁应。

“先这样。”方涵看了眼表，“这边中午十二点半开始休息，两点继续上班，下午六点下班，但大部分人都加班，你可以看情况，但是不要超过八点。”

“哦。”

方涵交代完一切，加了她的微信。

等方涵离开，江攸宁还处在茫然之中。

传说中的律政佳人都是这样的做事风格吗？

干脆利落，一点儿也不拖泥带水。

她刚落座，方涵就给她发了一条微信：“对了，忘记跟你说最后期限，宋舒的案子资料明天晚上下班前给我，至于我让岑溪给你的那个文件，你先看，等你把宋舒那个案子资料交过来，我再跟你说。”

江攸宁：“好的。”

方涵：“好。公事说完了，今天中午姐请你吃饭，你在工位上等我会儿。”

江攸宁：“好！”

江攸宁还发了个萌萌的表情包。

发了以后她立刻想撤回。这种表情包发给律政佳人是不是不太好？但是撤回又显得畏畏缩缩，而且徒留一个“好的”在屏幕上还显得她不热情。

她一时进退两难。

两秒之后，方涵回了一个更萌的表情包——一个粉色小人骑着电瓶车在路上狂奔。然后又是一个肉嘟嘟小女孩眨眼的动图，旁边还有萌萌的“OK”。

涵姐的表情包好像比她的更萌？

江攸宁收起震惊，把手机放在一旁，拿出本子和笔，以及一沓她之前整理的资料。

律所给员工配的办公用品很齐全，连笔记本电脑也是最新配置的，她打开以后发现桌面上空空如也，便插入 U 盘导入了自己的文档。

然后她连上办公室的网试了下打印机。

一切准备就绪后，她快速地进入了工作模式。

宋舒这个案子现在遇到的问题有点儿多。

华峰究竟虐没虐待过两个女儿？华峰到底对宋舒实施过多少次

家暴？家暴是持续性的、伤害性巨大的还是仅那一次？华峰是否真的给宋舒签过婚前保证？宋舒是否有精神疾病……一连串的问题都需要取证。

但现在最关键的突破点不是华峰，而是宋舒。江攸宁必须确保她说的每一句话都是实话，可宋舒之前的话里明显地掺有主观臆断，甚至是臆想成分。

江攸宁先做的是梳理案件事实。她梳理了一半，有人敲响了办公室的门。

方涵倚在门口："小悠悠，你这个工作狂的毛病跟你小舅怎么一模一样啊？"

思绪骤然被打断，她竟有些烦躁。

她瞟了眼电脑的右下角，发现已经十二点四十分了。办公室里就剩下她一人了。

"吃饭去。"方涵朝她抬了抬下巴，"别饿着。"

"哦。"江攸宁保存文档关了电脑，拿起手机看了眼，方涵给她发了两条消息，一个问号和一个省略号。

"抱歉啊涵姐姐。"江攸宁低声道，"我没看手机。"

"知道。"方涵拍了拍她的肩膀，"我不会因为这种小事生气的。你小舅有时候一周都不回我消息，我不照样把他当个人？"

明明方涵这话没什么问题，但江攸宁总觉得奇怪，具体哪里奇怪她又说不上来。

金科有员工食堂，午饭花二十元就能吃得很丰盛。

虽然员工食堂比学校食堂贵，但对工作的人来说属于很优渥的待遇，而且据她了解，金科的实习生工资都上万元。

她签的劳动合同里，工资是一个月八千元，缴五险。

跟着方涵吃完饭后，她又回到工位，对着电脑改出了宋舒的案子资料雏形，然后打印出来手改，把电脑放在了一边。

她情况特殊，不能经常用电脑。

临近六点，她把案件事实按照方涵的要求梳理了出来。

岑溪也把方涵她们手头正在做的案子资料给了江攸宁一份。

离婚案，因为财产分割不明确，男方起诉女方。

江攸宁匆匆扫了眼，就把卷宗放在了一旁。

一事毕后再做另一事，这是江攸宁的做事原则，不然一堆事情堆在手头，她特别容易乱。

上班的第一天，她工作到七点，准时下班。

岑溪也跟她同一时间合了电脑，两人一同下楼。

下楼前去办公室跟方涵打了招呼，江攸宁问方涵："姐，你还不下班吗？"

"我等一会儿。"方涵说。

江攸宁路过外面的办公区域，发现下了班的人寥寥无几。

她跟岑溪就像是这里面的异类，跟这里格格不入。

"我们是不是走得早了？"在电梯里，江攸宁问岑溪。

岑溪点头："涵姐一般十点下班，办公室里的那帮人熬通宵的都有，案子难、要得急，都是事儿，他们根本早走不了。"

"好吧。"江攸宁一时说不上来心里是什么滋味。

她知道自己的身体状况，不可能像那些人一样每天加班到很晚。她只能每天把效率提升到最高。

多运动、保持心态平和、早睡早起、补充营养，她默默地在心里给自己列了几条要求。

"宁宁你是刚毕业吗？"岑溪问。

江攸宁摇头："毕业五年了。"

"啊？"岑溪惊讶，"不是吧？你看起来很小啊！"

"我二十七了。"江攸宁说，"我没在国内读研，去纽约读的法学硕士研究生，再加上我跳过两次级，所以毕业比同龄人早一些。"

"好吧。"岑溪鼓了鼓腮帮子，"我二十五，我以为你比我还小呢。"

江攸宁但笑不语。

"你一会儿去哪儿啊？"岑溪问她。

"等我朋友。"江攸宁说，"今天入职第一天，她们说要帮我庆祝。"

"好吧。"岑溪叹气，"我要去蛋糕店取蛋糕，今天是我男朋友的生日，不然平时我都是跟涵姐一样十点下班的。"

她的眉眼耷拉下来，有些颓丧。

江攸宁拍了拍她的肩膀："是好事啊，涵姐也不会说什么，你就开开心心享受难得的假期呗。"

"不啊，我想升职，加薪，攒钱。"岑溪摁了摁眉心，"今年我跟男朋友在攒首付……"

她开了个头，又觉得这些一地鸡毛的事不适合跟新来的同事吐槽："算了，我们明天见！今天没做完的活儿只能明天早点儿去做。"

江攸宁朝她挥了挥手："好。"

她目送岑溪出门，看到岑溪一脸惊讶地扑到一个男孩子怀里。

男孩把岑溪抱起转了个圈，还在她的侧脸上吻了下。

岑溪满脸通红。

江攸宁看着，忽然觉得很美好。

但她不羡慕。

记得之前，她看见常慧老公站在公司楼下的时候，心里总会不自觉地泛酸。

跟这会儿完全不一样。

原来，人没有期待，就不会有失望。

她拿出手机，正要给路童发微信。结果手机微振，收到了来自杨景谦的消息。

"听说你入职金科了？恭喜啊！江律师。"

江攸宁："谢谢。不过，你怎么知道的？"

杨景谦："程修在金科工作，他看到你了，还偷拍了你的照片和我确认。"

江攸宁："哦。"

她记得路童说过，程修是杨景谦的舍友，也是他们的大学同学。

江攸宁竟一点儿没注意到。

杨景谦又发："为庆祝你入职，明天请你吃饭吧。"

因为江攸宁下班时间较晚，所以两人约在了金科附近，一起来的人还有程修跟路童。这是江攸宁提议的。既然是老同学，他们又凑在了一起，就多聚聚。

江攸宁原来不爱社交，但现在步入职场还是新人，跟老同学常走动也是好的。尤其程修还和她在一个地方工作。

见面之后聊了江攸宁才知道，原来程修在读完华政的研究生之后就进入了金科工作，三年的工作经验让他即将晋升为金科的初级律师。

他上一次见到江攸宁还是在三年前的同学会上，那次江攸宁戴上了婚戒，被大家调侃了几句，她一直笑着没说话，之后就再没见过。所以这次在律所看到江攸宁还有些奇怪，起初他真的以为江攸宁是来找方涵打离婚官司的，但没想到是被方涵带着来入职。

“你，厉害！”程修朝江攸宁竖起了大拇指，“哥们儿从上学的时候就佩服你，后来知道你做了家庭主妇还挺可惜的，没想到，你说复出就复出，牛！”

江攸宁浅笑：“我没做家庭主妇，只是之前一直在做法务。”

“啊？”程修诧异，“你那么适合做诉讼，当法务岂不是屈才了？不过你现在说回来就回来，我还是觉得你厉害！”

“程哥，你是不是喝多了？”路童打趣道，“你们律所不培养酒量的吗？这才喝了多少啊，你就醉了？”

“我就喝了两杯。”程修跟路童相对而言更熟一些，主要是大学的时候路童就是“交际花”一样的存在，而且跟女生关系一般——起先还跟她们宿舍的人一起玩，后来同那两人吵过一次架之后，就只能跟江攸宁一起玩，但跟男生们的关系都不错。经常有女生在背地里说路童工于心计、善于玩弄男生的感情，但路童说她只是嫌麻烦才更爱跟男生相处，跟男生们也都是表面上的友谊。

“我那会儿是真佩服她。”程修啧了声，“不过那会儿也是真不喜欢她。”

“为什么啊？”江攸宁跟路童同时诧异。

“你大学四年，拿了三年国家奖学金。”程修说，“一点儿机会没给我留啊！我那么努力，每天背书背到深夜一点，还是超不过你，时间久了，谁不讨厌你？”

江攸宁这么一想，好像也是。

路童嗤他：“你忘了你旁边那位吗？就算没有宁宁，国家奖学金也轮不到你拿好吗？”

程修看了眼温润如玉的杨景谦，又看了眼安静浅笑的江攸宁，默默地灌了一杯酒。

“你俩……”他顿了下，然后叹气，“一点儿活路不给人留。”

路童哈哈大笑，江攸宁还是有些蒙，最后是路童给她解释的。

原来那会儿江攸宁稳坐第一，而每次的第二就是杨景谦，第三才是程修。

偶尔杨景谦发挥失常，程修就会跑到第二，但每年他们班的国家奖学金名额只有一个，最后程修拿到的只有励志奖学金。

虽然只变了两个字，但钱少了，性质也不一样。

但那会儿不谙世事的江攸宁根本没注意。

她凭爱好参加了两个社团，对于班级内组织的活动，只要班长叫，她都会因为不好意思拒绝而参加，只要是那一年度的考试，她都是高分一次过。所以最后去算综合评分的时候，她也能加到最高。后边的同学真的只有仰望的份。

老同学有了新交集，聚在一起聊的话题自然也就变多了。

他们从七点聊到十点多，因为第二天有工作，这才散了场。

四人里有三个喝了酒，江攸宁帮程修跟杨景谦叫了代驾，自己开车载着路童回家。

路童坐在副驾驶座上，把江攸宁的车载音乐打开。

能不能和你竭尽全力奔跑
向着海平线
…………

重节奏的歌在车内响起，路童忽然降下车窗，朝着外面吼道：“梁康杰！你滚吧！别再出现在老娘的世界里！”

路童喊：“老娘不爱你！你这个人渣！”

眼看着路童的头就要探出车窗，江攸宁急忙往路边停靠，然后拉了路童一把：“你干吗啊？”

路童一捋头发，理直气壮：“骂男人！”

她的头发比之前长了许多，到了肩膀处，因为不需要再各地跑，整天坐在办公室里，皮肤也比以前白了些，快要恢复之前主流审美里的标准了。

江攸宁看了她两眼，切了歌，然后继续往前开：“你悠着点儿啊，要是脑袋卡车窗外面，你的头就一分两半了，我可不想看到一个碎裂的你。”

路童重新把歌切回了重节奏，继续跟着晃，不过没再把头探出去喊了。

江攸宁算是放了点儿心。

快到路童家时，江攸宁问：“梁康杰回来找你了？”

“呵呵。”路童冷笑，“没有。”

那表情明明是有。

“反正你自己把握。”江攸宁说，“这么多年念念不忘不是没有理由的。”

路童冷哼：“我那是生气！”

“生气能生这么多年，你也是挺厉害的。”

路童：“呵呵。”

车内变得寂静，连音乐都停了。

江攸宁把车停在路童家楼下，隔了会儿才温声道：“要是有什么事就跟我说，别随便发疯啊！”

“哦。”路童说，“不会的，我这条命可值钱了。”

“知道。”江攸宁拍了拍她的肩膀，“反正我就这一个忠告，想爱就去爱，受伤了我的肩膀给你靠。”

“啊啊啊！”路童拂开她的手，拉开门下车，“江攸宁你干吗？大半夜的说这种话，我哭了咋办？”

“那就跟我回家。”江攸宁说，“我今晚负责给你擦眼泪。”

路童头一甩：“我不要！姐是最酷的，只要我足够潇洒，那些臭男人就伤害不到我。”

她往前走去，然后抬起手臂冲江攸宁挥手。

她的背影是真潇洒。

但江攸宁知道，路童肯定落泪了。

在路童下车的时候，她看见路童眼睛里亮晶晶的。

她的车停在原地，她降下车窗看路童走远，大声喊：“有需要给我打电话。”

路童听见了，但没回她，径直进了楼。

气温回升，风都变暖了。

江攸宁想，感情到底是什么？

初恋又是什么？

为什么她是那样，飞蛾扑火？路童又一直念念不忘？

她想不通。

江攸宁在金科做得不错，每个人都忙着自己手头的事，根本没人说闲话，甚至都没人好奇她这个空降实习生。

毕竟职场里不公平的事情多的是，每天从你身边来来去去的人也多的是，你根本不可能去改变别人，所能改变的只有自己。

金科的职场文化做得很好。

规律的生活让她近几次的产检结果都变好了一些。

不过，麻烦事也还在继续。

华峰在四月中旬向法院提起了诉讼，要求与宋舒离婚，并拿回两个女儿的抚养权，宋舒这边很快就收到了法院的传票。

但因为法院案件积压，双方的开庭时间一直没定下来。

一直到四月底才定下了首次开庭时间，在七月中旬，也不过距今两个多月。

江攸宁这边虽然有了方涵的帮助，但案件毕竟还是她自己的。正所谓师父领进门，修行在个人，方涵所能提供的也只是思路，而这些思路基本都跟江攸宁之前的想法重叠。

最重要的突破口还是在宋舒身上。

原来江攸宁获取资料的渠道有限，经由方涵点拨，她查阅了一些比较隐秘的卷宗，在以往的离婚案例中，以遭到家庭暴力为由申请离婚的多为女方，但都没有实质性证据，哪怕有就诊和住院记录，但你无法证明这些伤就是这个男人打的，除非你有一整条逻辑链，或者说能出示一整条证据链。

这时候，亲友之间的证词就极为关键。

但华峰跟宋舒是二人生活，星星和闪闪还处于不懂事的年纪，就算她们能做证说华峰曾打过宋舒，证词也不会被采纳，而家中的保姆都是华峰雇的，肯定不会说出对华峰不利的言论。还有出轨这一条，就算证实了华峰出轨，是婚姻过错方，在两个孩子的抚养权方面，他仍旧是占据优势的，毕竟他的经济条件更优越。

在江攸宁的建议下，宋舒重新找了工作。五月中旬，江攸宁终于拿到了宋舒的精神病历。

之前在宋舒不知情的情况下，江攸宁骗她是心理疏导，然后带着她去看了精神科的医生。医生是这方面很权威的专家，医院也是江闻联系的，保密性很强。隔了一周，江攸宁才拿到确切的诊断结果。

跟江攸宁预料中的结果相差无几，宋舒是重度精神衰弱和轻度被迫害妄想症，还有轻微的精神分裂。情况不容乐观。这份病历上的信息显而易见：华峰虐待两个女儿的事情基本可以判定是宋舒臆造的。华峰重男轻女到虐待女儿是她胡编的，其他的有待商榷。

在第一次见面的时候，江攸宁就感觉到了，华峰虽然有点儿重男轻女，但对两个女儿不是一点儿感情都没有，不然为什么宁愿起诉也要争夺闪闪的抚养权?

宋舒还是对她撒了谎，而且很严重。从跟华峰见面以后，宋舒的状态一直很不好，她甚至有些排斥见江攸宁。

那天同华峰见面，她基本没有离开过江攸宁的视线，直到出了咖啡厅后，江攸宁上了沈岁和的车，而她带着两个女儿回了辛语家。

那段时间辛语也很忙，所以无法确定宋舒是几点回的家，在途中经历了什么。

总之宋舒很反常。江攸宁问她还要不要打官司，她一会儿点头一会儿摇头，情绪很不稳定。只有江攸宁问她还要不要两个女儿的抚养权时，她才算正常，但也不开口。

这种情况已经持续近一个月了，眼看着离开庭的时间越来越近，如果再不解决，以宋舒的状态上法庭，毫无疑问，两个女儿一定是判给华峰的。

江攸宁拿到精神诊断书之后就去找了宋舒。

彼时宋舒不在辛语家，两个女儿在房间里睡得正熟。

正是中午，江攸宁以为宋舒出去买菜了，便坐在沙发上等。她拿着精神诊断书，手心都出了汗。

这是她的第一个案子，她不希望搞砸。但同时，她更希望能帮助到像宋舒这样被困在婚姻里的女性。

等待宋舒的过程中，她还有些紧张。

江攸宁坐着玩了会儿手机，正好见江闻发来消息。

江闻："明天我要去清河那边钓鱼，你去不去？"

江攸宁："不知道呢。"

江闻："还在忙案子？"

江攸宁："对呀，这案子太难了。"

江闻："那就明天跟我一起去，散散心。"

很久没去清河了，江攸宁其实是有些想念的，于是回他："几点出发？"

江闻："早上八点，中午在那边的农家乐吃饭，下午去棚子里摘水果。"

江攸宁："几个人？"

江闻："就咱俩，我喊语语了，她说忙着挣钱，没空理我。"

江攸宁："哈哈哈哈！"她还没打完"OK"的"K"，就听见门外传来了宋舒的声音。

江攸宁飞快地打字，回完江闻的消息就收了手机，竖起耳朵听外面的动静。

外面好像不止宋舒一个人，还有一道年纪大些的女人的声音。

"舒舒，咱们家现在就指着你了，你弟弟把对象带回家了，现在就差二十万，我跟你爸实在拿不出来。妈知道你有，这钱就当你借给妈的，行不？妈就算当牛做马也还你。"

“我没钱。”宋舒说，“我现在的生活都过得一团糟了，我哪有钱给你们？以前我每个月都给你们汇两万，你们存的钱呢？”

“你弟读书费钱啊！”女人说，“而且给他找工作就花了五十万，几乎是把家里所有的积蓄都搭进去了，这会儿他好不容易带回对象了，女方长得也漂亮，知书达理，跟咱们这些地里刨食吃的农民不一样，那可是正儿八经的金凤凰，你弟跟她结婚肯定能飞出咱们那穷山坳，你这个当姐姐的也得出把力啊！”

“我出力？我出的力还不够多吗？他上大学的钱是我出的，找工作的钱我出了一半，现在他要娶媳妇了，你们还问我要钱，当我是生钱机器吗？我哪有那么多钱？！”在说最后一句的时候，宋舒几乎声嘶力竭。

女人的声音顿了两秒，然后讷讷地道：“不是有那个老男人吗？找他要啊，你长得这么漂亮又年轻，嫁给他难道不花他的钱吗？凭什么啊？而且你不是刚给他生了两个女儿吗？现在你是富太太，难道还出不起这二十万吗？”

“我们都要离婚了！他怎么会给我钱？两个女儿也是我带着，我现在吃穿用度都是朋友在接济，我哪有钱啊？”宋舒已经哭了。

“那就问朋友借啊！”女人说，“你朋友住这么好的房子，肯定不缺那二十万，你就问她借一借，就当妈求你了。这个女朋友要是黄了，你弟可要自杀啊！”

“那就让他死好了！”宋舒大吼，“死啊！死啊！”

啪，粗糙的皮肤擦过宋舒光滑的脸蛋，粗重的巴掌落在了宋舒的脸上。

嘎吱，江攸宁推开了门。

她终于看到了门外面的场景。

女人六十多岁，两鬓斑白，上身穿着一件蓝色的长袖秋衣，外面搭了一件洗得有些发白的水蓝色牛仔外套，下身是一条黑色的运动裤，裤脚处磨破了，右裤脚那儿已经开了线，她脚上穿了一双耐克的运动鞋，看上去是她身上唯一一件比较新的东西。她双眼混浊，眼圈泛红，皮肤皱得不成样子，只能用饱经风霜来形容。

“你个不要脸的赔钱货！”女人都没听到江攸宁推门的声音，指着宋舒的鼻子骂，“你怎么这么恶毒？！竟然咒你弟弟去死？！”

“他就是该死！”宋舒捂着脸，看了眼江攸宁，满脸错愕，是那种被识破落魄生活后的错愕和尴尬。

她不知道哪来的勇气，一把就把女人推倒在地：“你滚啊！以后不要再来找我要钱了！我没钱！我是赔钱货！你们别来了！就当我死了吧！”

女人屁股着地，疼得吱哇乱叫：“你这个不要脸的东西！我养你这么大，你竟然就这么对我？！想当初我一把屎一把尿地把你拉扯大，你生病了我背着你走二十里地去医院，现在你长大了，有能力了，就不管我了！你看看你穿的是什么，再看看我穿的是什么？我怎么就养了你这么个不孝顺的东西啊？！”

宋舒被说得脸青一阵白一阵，气得直喘，但什么话都说不上来。

江攸宁在旁边直接按了110。她把电话给了女人：“如果你不走的话，我会以你损坏他人财物、无端骚扰居民以及私闯民宅的名义报警，你女儿不管你，我相信警察会管你几天牢饭。”

“你是谁？！”女人瞪大眼睛看向江攸宁。

“律师。”江攸宁说，“换句话说，就是帮人打官司的。阿姨，需要我帮你服务吗？”她温和地笑着看向女人，但笑意不达眼底，看起来还有些惊悚。

女人对江攸宁有点儿怵，见江攸宁已经拨通了电话，正在说这里有人私闯民宅之类的话，女人吓得爬起来，指着宋舒骂了一句：“你等着！”之后女人慌慌张张地跑下了楼。

几秒之后，宋舒忽然靠着墙慢慢蹲下来。她把脑袋埋在膝盖里，放声大哭。

江攸宁站在一旁，从兜里拿出几张纸巾递给她。

宋舒没接，江攸宁的手便一直悬在空中。只是，她修长的手指似有若无地敲击着墙面。

隔了会儿，江攸宁平静地说：“华峰没有重男轻女，也没有虐待女儿。你之前跟我说的，都是你自己杜撰的。或者说，是你把自己的经历安在了两个女儿身上。”

宋舒的身子忽然一僵。

江攸宁给宋舒倒了一杯热水。袅袅雾气在客厅里散开，两人一时无话。

江攸宁坐在沙发上，安静地望着宋舒的侧脸。她在等，等宋舒主动开口。

半个小时后，房间里传来了啼哭声。闪闪醒了，在哭着找妈妈。

宋舒几乎是连跑带跌地回了房间，房间里的哭声戛然而止。宋舒一直没有出来。

江攸宁等了会儿才去房间。

宋舒正抱着闪闪，低声呜咽，听起来像幼小的困兽在笼子里挣扎。

闪闪的小手在宋舒背上轻拍："妈妈，不哭。"闪闪的脸正对着门口，看见江攸宁后她撇了撇嘴，作势要哭。江攸宁朝闪闪摇了摇头。

房间里的空气有些闷，五月的北城已经热了起来。

"宋舒，"隔了很久，江攸宁才不疾不徐地开口，"我还有些话想跟你谈。"

"啊？"宋舒吸了吸鼻子，"哦。"她抱着闪闪出门。

星星还在床上睡，小身子已经跑到了床的边缘。

"把闪闪放在房间里玩吧。"江攸宁说，"有些话她虽然听不懂，但我还是不太想让她听到，或许你也不想。"

宋舒的脚步一滞。

闪闪被留在了房间看着星星，宋舒紧跟在江攸宁身后，低敛着眉眼。

她们坐在沙发的两端，江攸宁进入正题。

江攸宁的声音不似之前温和，反而越发冷厉，带着几分胁迫喊她的名字："宋舒。"

"嗯。"宋舒应。

"你放弃吧。"江攸宁直截了当地说。

她不带任何感情，只是简单地陈述事实。

宋舒忽然错愕地抬起头："江……江律师？"

"嗯。"江攸宁自始至终都没看她，声音变得低沉，"放弃争取两个女儿的抚养权，拿着华峰给你的两百万，离婚。"

"为什么？"

江攸宁抬起头，和她四目相对，眼神锐利。在那一瞬间，宋舒仿佛看到了出鞘的利刃，泛着冰冷的光，于是慌张地避开视线。

江攸宁却缓缓地道："为什么？难道你不知道吗？"

说着，她扔出一份精神诊断书。

"你自己的精神状态没了解过吗？你的困境你自己不清楚吗？你的工作是我帮你找的，可你就去上了一天班。你的住处是辛语提供的，你在她这里住了三个多月，她一句话没说过。我免费打官司，用我的人脉去收集证据，每天十几个小时都花在你的事上，但你呢？你做了什么呢？

"我们帮你，但你不自立，甚至对着你的代理律师谎话连篇，如果不是我警觉，难道要我在法庭上拿着你谎话连篇的证词去跟对方律师唇枪舌剑，然后被对方的铁证反击得毫无还手之力吗？到底是我的能力不足，还是你从最初就不信任我？

"你现在的精神状况和经济能力，完全不足以抚养两个女儿。不如，就交给华峰。"

江攸宁缓慢地下了这个结论，语气坚决。说完之后，她根本没给宋舒反应的时间，拿包起身就走，步伐迈得坚定。

还未走到玄关处，宋舒终于开口："江律师！"

她站起来，泪流满面："对不起。"

"你需要说对不起的不是我，"江攸宁顿住脚步，头都没回，"是你的两个女……"

"我真的很需要你的帮助。"宋舒打断了她的话，哑着声音说，"我什么都说，真的求求你不要放弃我们，要是没了两个女儿，我活着真的没有意义了。别的我都可以不要，但想要星星和闪闪。"

江攸宁忽然松了口气，终于把这个口子破开了。

但她没有动，继续沉默。

“华峰确实虐待过星星和闪闪，但那是在她们刚出生不久，他掐了星星的腿，咬了闪闪的肚子，我只看到过一次。之后我没让他给她们洗过澡，也没有让他们单独在一起过。他喝醉酒打我，一共有过三次，第一次是掐我的脖子，第二次是在我的肚子上踢了好几脚，第三次就是他说过的那次，打了我三个巴掌，而且把我的头发揪了一把下来。”宋舒哽咽着，几次都差点儿说不下去。

江攸宁语气平静：“这跟你之前说的相差无几。”

宋舒直到现在还在撒谎。

“但我说的都是真的。”宋舒说，“江律师，我没有骗你。”

“华峰重男轻女吗？”

“还好。”宋舒几乎是咬着牙说出来的，“但他……滥用药物。”

宋舒最终选择了坦诚。

真正重男轻女的人是她的父母，不是华峰。

华峰对两个女儿的态度一直是不冷不热，不算差，但也算不得好。刚见到两个女儿的时候，华峰确实恨她们不是儿子，但久而久之，也接受了这个事实。

宋舒确实有重度精神衰弱和中度抑郁症，都是在产后出现的疾病，因为带两个女儿太耗费心神，她又不放心让保姆带，担子都落在了她的身上。

华峰带她去检查过，所以手上有她的病历。

华峰不仅殴打过她三次，还差点儿把她送去酒局。

那天晚上，她差点儿被华峰的商业合作伙伴带去酒店……最后她以自杀相逼，对方才作罢。也是经由这件事，她才决定离婚。

她第二天带着两个女儿离开了别墅，走之前从卡里取了五十万现金，放在一个很安全的地方。等到跟华峰的官司结束，她打算带两个女儿离开这座城市。

但她最近的记忆力越发不好，情绪也极不稳定。她感觉自己的心理好像出了问题，但又不敢去医院检查。

她跟华峰打官司，钱是次要的，主要是想拿到两个女儿的抚养权，之前那么说是因为听说只要过错都在男方身上，男方过错越严重，孩子被判给她的可能性越高。

那套说辞说了太久，她自己都相信了。

江攸宁从中午跟她聊，一直聊到日落西山。

傍晚的红霞在天空中无限蔓延，宋舒从她那个“吸血鬼”一般的原生家庭聊到了华峰，一下午过去眼睛都哭肿了。她反复说到一句话：“我真的很想死，可为了星星和闪闪，我不能死。”

“江律师，”宋舒最后说，“如果两个孩子被判给了华峰，我真的只能死了。”

在这之前，江攸宁或许还不理解她的话。但在听她说完自己的事之后，江攸宁忽然明白了。

那个极度重男轻女的地方，不是她的家。

那个充斥着暴力的地方，不是她的家。

她生命里唯一的温暖是星星和闪闪带来的，如果有一天这温暖消失了，她的存在也就没有了意义。

江攸宁把目前的情况跟她说了之后，宋舒忽然起身去了房间。

隔了五分钟，她才从房间里出来。

宋舒把一张纸递给江攸宁：“我前天回了一趟别墅，以星星生病需要病历本的名义回去的，顺带拿出了这个。”

这是一张平展的信纸，标题是五个大字：“婚前保证书”。这是华峰婚前写给她的财产保证，有他的手印，但是没有拿到公证处公证过。这可以算作新证据。

至于华峰滥用药物的事，宋舒对此知之甚少，因为也只见过一次。但看那个动作跟神情，她觉得八九不离十。这点倒是跟江攸宁的怀疑契合。

宋舒最后问：“江律师，我的病，能治好吗？”

江攸宁抿了抿唇：“只要你想治就可以。”

江攸宁虽帮宋舒找了工作，但宋舒只去上了一天班。

因为把星星和闪闪放在家里她不放心，可也不好意思跟江攸宁说，还是店长打电话告诉江攸宁的。

江攸宁生气，但能理解。

这么长时间，她其实一直在等，等宋舒真正下定决心，如果她没有破釜沉舟的勇气，那江攸宁完全可以放弃这个案子。

辛语跟宋舒的关系其实并没有那么好，说是高中同学，其实真正相处也只有半年。

辛语中途跟着她妈转学去了别的城市，最后又转回来。后来是因为在北城偶遇了宋舒，再加上跟闻哥也有几分交集，二人才重聚。

说白了，这个案子如果宋舒自己不努力，外人怎么努力都是做无用功。

而江攸宁不知道的是，宋舒在她们没看见的地方也做了很多努力。从五月初开始，她就在家里拍短视频，做美妆博主。以前刚辍学那会儿她学过一段时间的化妆，再加上在娱乐圈的历练下会一些简单的剪辑，所以在短视频盛行的浪潮下，开始做这个。

刚开始半个多月，她发了八条仿妆视频，积攒了三十万粉丝。

她把视频给江攸宁看的时候，江攸宁终于认可了她的决心。她自己去看过心理医生，每个星期会练半天的瑜伽。

如果江攸宁今天不来找她，她也打算过几天去找江攸宁。

她一直以来什么都不说，只是因为想拿到更多的证据。而且，她怕华峰知道。

最后，江攸宁帮她约了医生。

可对于她的原生家庭，江攸宁也没有办法，只能建议她搬家，宋舒说自己已经找好了房子，是五十多平方米的小家，在城郊新盖起来的小区。

五月底，宋舒带着两个女儿从辛语家里搬了出去。

而在同日，热搜上爆了一个话题——“江闻隐婚”。

江攸宁是在六点半看到这条热搜的。宋舒的案子步入了正轨，她终于能歇息一下，躺在床上刷微博时就看到了这条。

江攸宁都没急着点开热搜里的视频，等见证了这条热搜在二十分钟内从热搜榜第四十五蹿到第一，这才发现江闻的知名度有多高。

等到热搜变成“爆”的时候，她截图给江闻发了过去。

江攸宁：“闻哥，你可以啊！”

江闻：“你先点开看一眼再跟我说话。”

江攸宁切回微博，点开视频。

视频带着满屏的水印，还有一个东北口音的解说：“前两天儿，哥拍的年轻影帝江闻跟一个素人妹子……”解说嘴碎，话多。关键是，视频里的人不是别人，是她跟江闻，虽然女方的脸上打了马赛克，但从衣服和肚子都能很明显地看出来是她。

视频拍的是她跟江闻去清河钓鱼的那天，从他们出小区到他们去清河，一直拍到他们钓完鱼回家。

一天的行程剪了近十五分钟的视频，解说的声音让江攸宁受不了，他明明在解说，但江攸宁愣是听出了调侃的劲，而且很多动作明明就不是那个意思，但他硬是往歪处说，言语之间都是猥琐和油腻。

江攸宁切回微信：“对不起，我回来了。”

江闻：“哦。”

江攸宁：“你不解释吗？”

江闻：“等热度再高点儿。”

江闻：“后天我的新剧上映。”

江攸宁：“你不是吧？闻哥我真的不想把你想歪，但你这行为让我心梗。”

江闻：“视频是狗仔队拍的，估计是想让我的戏失去人气。”

江攸宁：“好吧。”

江闻：“我只是想站在别人的肩膀上宣传下戏而已。”

江攸宁勉强接受了这个说法。她又切回了微博，给自己弄了微博认证——“江攸宁，律师”。

认证还需要一段时间才能通过。

她继续在网上冲浪，然后看到词条：“童瑾江闻”“童瑾认爱江闻”“童瑾江闻隐婚”“童瑾承认视频里的人是自己”。四个词条飞速爬到了前边。

江攸宁立马给江闻截图："闻哥，八卦消息，新鲜的！"

原来童瑾发了一条微博："是我。"然后她上传了结婚证，两张。

童瑾在这种时间点，发这种微博，很难不让人遐想。

于是，词条立马就爆了。

童瑾的那条认爱微博下被江闻的粉丝攻占。

江闻看着微博，感受就两个字——"头痛"。如果还有两个字，那就是"无语"。

江攸宁给江闻实时转播微博战况。

"闻哥，你跟童格格真结婚了？你太可以了。我上次问你，你跟我说不可能的。"

江闻："我跟你说我们没结婚，你信吗？"

江攸宁："你在跟我演电视剧吗？"

江闻："算了，解释不清，我现在去澄清。"

江攸宁开了微博会员，认证快了一些，然后把自己这个微博号发给了江闻，就当为自己打广告。

江闻："蹭热度，你最行。"

江攸宁："还有嫂子呢。她也不错。"

江闻觉得自己跳进黄河都洗不清了。

于是在一分钟以后，江攸宁收到了提醒。

江闻："视频里的人是她——律师江攸宁，我异父异母的'亲妹妹'。"

江攸宁立马回复："感谢闻哥带我散心。"

评论区立马炸窝了。

江攸宁虽然之前没有带着大名在江闻的微博里出现过，但大家都知道江闻有个妹妹，毕竟他逢年过节就在线征集给妹妹的礼物，偶尔微博小剧场还会出现相处日常。

在江闻澄清了这件事之后，立马就有粉丝催婚。

"妹妹都结婚了，你还单身，是该反思一下了。"这又是一条令众人难以理解的消息。

江闻回复："不好意思，我妹单身。"

江闻没理那些，而是发了第二条微博：“视频里的人不是她，但结婚证上的人是她，童瑾。”

这条微博引发了互联网的新一轮浪潮。

江攸宁围观完，给江闻发消息。

江闻直接给她跟童瑾、辛语拉了个群。

江闻：“童瑾，你跟她们解释吧。”

江攸宁：“嫂子好。”

辛语：“你对童年女神就这态度？闻哥，你是不是膨胀了？”

童瑾：“介绍一下，我跟江闻，表面夫妻，没有感情。他逼我这么说的。”

江闻：“我……”

江攸宁：“啧。”

辛语：“回来接受林姨的审讯吧。”

江闻：“你在哪儿？”

辛语：“你家沙发上坐着呢。我妈正在跟林姨聊天。”

江闻无语。

辛语：“你知道的，我妈冲浪速度比我还快，嘴也快。”

江闻：“泪流满面。”

群里不再有人说话。

江闻和童瑾作为公众人物，肯定还要处理后续的事情。江攸宁也不再打扰他们，从书架上拿了本书看。

书刚翻阅了十页，她收到了曾嘉柔的微信消息。

“表嫂对不起，我把你怀孕的事情说出去了。主要是姑妈知道了。真的对不起！刚才我太生气了，话都没过脑子。”

江攸宁盯了屏幕几秒，回复：“没事。”

她又问：“沈岁和知道了吗？”

曾嘉柔：“没有！今天家里就我爸我妈我哥还有……姑妈。”

曾嘉柔：“表哥好像已经很久没跟姑妈联系了。”

江攸宁：“嗯，没事。不用内疚，他们迟早都要知道的。”

曾嘉柔：“我有罪！我恨死我这张嘴了。”

江攸宁："她说我的坏话了吧。"

江攸宁没有提名字，但谁都知道这个"她"指的是谁，而曾嘉柔发过来的省略号也表明了一切。

不过都无所谓了，江攸宁现在一点儿也不在意。

曾嘉柔："表嫂你放心，我爸说我们家都会站在你这边的！我们一定一定不让姑妈去打扰你，你好好养胎！开心点儿！别累着！我爸让我跟我哥买点儿营养品带过去，你看……我还配过去吗？"

江攸宁："来吧，我明天在家。但说好，只能你跟你哥来哦。"

曾嘉柔："没问题！"

江攸宁刚怀孕的时候，其实很怕曾雪仪知道。

但这会儿，江攸宁反倒无所谓。

曾雪仪知道便知道，反正跟她也没关系。

她不喜欢江攸宁，肯定也不会喜欢这个小孩，而现在，江攸宁和小孩也不需要她的喜欢。

江攸宁看不下去书，干脆下楼去散步。她换了双休闲鞋，穿了一件杏色的长裙。天色晚了，外面也起了风，她就随手披了件外套。

刚到楼下，她就看到了熟悉的车，还有熟悉的人。

沈岁和站在她家楼下，正在抽烟。他颀长的身影立在那儿，夕阳把他的影子拉得很长。淡青色的烟雾在他身侧飘散，他始终背对着楼下大门。

江攸宁的脚步忽然顿在原地，似有感应一般，沈岁和蓦地转过头来。

四目相对，两人谁都没说话，江攸宁竟生出了一种岁月静好的错觉。

沈岁和手中的烟还有一半，只是几秒，江攸宁便转身向另一条路走去。沈岁和在她身后淡声开口："骗我，好玩吗？"

夕阳西下，余晖映照在二人身上，画面美得不像话，江攸宁看了沈岁和许久。

她淡淡地摇头："我从没骗过你。"

她表情温和，缓缓地下了台阶。

沈岁和指间的烟还在随着风的方向飘着烟灰，他的头发有几根立了起来，看着凌乱。

他们隔着几步远的距离，江攸宁温声喊他：“沈岁和，一起走走吗？”

沈岁和掐灭了手里的烟，鬼使神差地点头。

他们并肩而立，在余晖中散步，连影子都是两个。

这样的场景，江攸宁只在梦里见过。想不到有一天，梦想照进了现实，她却一点儿心动的感觉都没了。

这个时间点操场上的人很多，还有很多在跑步的。男男女女，都是年轻的面孔。

天色渐晚，操场上的喧嚣声更甚。

“几个月了？”在操场上走了半圈后，沈岁和率先开口。

江攸宁：“快五个月了。”

“为什么不告诉我？”沈岁和问。

江攸宁看向他的侧脸：“这件事，还跟你有关系吗？”她问得很平静，不是故意在气沈岁和，是发自内心地认为这件事跟沈岁和没有关系。孩子是她一个人的。

“为什么没有？”沈岁和反问，“这个孩子，我……”

“你提供了精子是吗？”江攸宁眉头微蹙，“确实是这样，但我们离婚了，孩子也是在离婚后才查出来的，所以我没骗过你。”

“你是打算生下来才告诉我吗？”

江攸宁摇头：“不是。”

她从未想过隐瞒沈岁和这件事情，也从未想过主动去告诉他。

对她来说，这真的只是她一个人的事情。孩子是在离婚后查出来的，也是她自己决定要的，所以孩子归她，抚养权归她，这个孩子带来的好或坏的一切她都接受。

“江攸宁，”沈岁和的语气很僵，“你到底想怎么样？”

“啊？”江攸宁愣住，“什么意思？”

没等沈岁和回答，她忽然想到……

“你不会以为我生下孩子后，会用孩子来要挟你跟我复婚吧？”

“我不是这个意思。只是……”他一时语塞，不知道说什么，好像说什么都不对。他只是知道这个消息后，一时冲动跑到了江攸宁的楼下，至于想跟江攸宁说什么，完全没想清楚。他很少有这么冲动的时候。但面对这种事情，估计谁都很难冷静。

“算了。”江攸宁说，“你家人也知道这个消息了。”

沈岁和忽然皱眉：“她也知道了？”

他也没说是谁，但江攸宁一瞬间就懂了。这好像是他们之间的默契。“她”，这个不能言说的存在，除了曾雪仪，没有其他人。

江攸宁点头：“是。”

沈岁和顿时无话。

他们绕着操场走了两圈，江攸宁的额头沁出了薄汗。

操场的大灯已经亮了起来，江攸宁说：“我请你去吃食堂吧。”

沈岁和点头。

他们往食堂走，路过喧嚣的人群，路过安静的一草一木。

“孩子的事，你想怎么处理？”江攸宁问。

沈岁和：“你会听我的吗？”

“会做参考，”江攸宁说，“但不会听你的。”

沈岁和忽然笑了，把手插在兜里：“那不就得了？我好像没什么话语权。”

江攸宁想都不想：“嗯。”

“孩子的父亲是我，”沈岁和问，“这没疑问吧？”

江攸宁：“不想承认的话也可以不是。”

“我不是那个意思。”沈岁和说，“孩子的抚养权我不会争，但是我会负责养。”

“嗯。”江攸宁说，“虽然不需要，但你如果想的话，可以。”

“还有，以后孩子的成长，我会参与。”

江攸宁点头：“可以，但我不希望你因为孩子参与到我的生活中来。我想你应该明白，孩子是孩子，我是我，而你是你。”

“我会开始新生活，”江攸宁说，“你也是。孩子有权享受父亲和母亲的爱，这我无法剥夺，但不会因为孩子就去做任何妥协。”

“我知道了。”沈岁和闷声道。说不上来是什么感受，他就是觉得很闷。

江攸宁的话从逻辑上来说完全没有问题。他们没有婚姻事实，只是共同抚养一个孩子。孩子会喊他爸爸，会喊江攸宁妈妈，但他们注定不会生活在一起。

这天晚上，江攸宁请沈岁和吃的是华师的葱油拌面。他们安静地吃完了饭，在送江攸宁回家的路上，沈岁和一直都没说话。

等到了江攸宁家楼下，她挥手告别沈岁和：“再见。”

沈岁和却没走，只是淡声开口：“崔明回老家了。”

江攸宁：“嗯？”

“他妈重病，他请了年假。”沈岁和说，“他手头的案子现在都分了出来。”

江攸宁：“哦，那华峰的案子呢？”

沈岁和看她：“接手的人只能从我跟老裴中选，你想跟谁打？”

江攸宁忽然笑了。

在昏黄的路灯下，她的嘴角微微勾起，扬起一个漂亮的弧度，那双澄澈的鹿眼里带着几分戏谑：“我第一次听说，打官司还能自己挑对家律师呢。”

被她的情绪感染，沈岁和说话也带上了几分笑意：“关系好，能让你选。”

“那你跟裴律，谁的离婚官司打得好一些？”江攸宁问。

沈岁和：“半斤八两，都一样差。”

本来他们就不是负责打离婚官司的，这相当于他们从未接触过的领域。老裴对劳动法的研究更深入，擅长的是争议解决。沈岁和熟悉的是公司法，擅长诉讼。所以相对而言，他上法庭还是比老裴好一些。

“你们律所难道没有其他负责离婚诉讼的律师了吗？”江攸宁问。

沈岁和：“有，但手头都有案子，而且……都很重要。”

江攸宁：“这么巧啊？”

“嗯。”沈岁和说，“老裴现在也犹豫，不想接，但……”

他顿了下，江攸宁瞬间明白了他的意思：“你也不想接？”

沈岁和点头，耸了耸肩：“本来就不是自己擅长的事情。”

“我还以为是因为不想跟我在法庭上对峙呢。”江攸宁笑，“对手我随意，你们自家的事还是自家抉择吧。”

“那你觉得……”沈岁和顿了下，“你看我行吗？”

“行啊！”江攸宁说，“跟谁打不是打？”

沈岁和却瞟了眼她的肚子：“要不这案子……我们律所退了吧。”

江攸宁：“嗯？”

她笑：“沈岁和，你看不起我啊？”

沈岁和摇头：“你这样让我怎么打？你站在对面，我能说什么？”

“意思是如果对面是我，你会放水咯？”江攸宁问。

“不是。”沈岁和说，“我接的案子，好像都没输过。”

江攸宁站在路灯下，夜晚的风拂过她的耳畔发梢、眼角眉梢。

她一挑眉毛，带着几分笑意喊他的名字：“沈岁和，这个案子你接吧。”

沈岁和：“嗯？”

“我想跟你在法庭上比一比。”她很早就想跟他真真正正地比一场。

“你会输的。”沈岁和说。

江攸宁只是笑：“你别放水，我会全力以赴的。”

她接着说：“况且，谁输谁赢，真的不一定。”背水一战的人比从未输过的人更认真。

沈岁和是很厉害，但江攸宁觉得，自己也不差。

“对了，”江攸宁在上楼之前给他留了最后一句善意的提醒，“你的诉讼风格太直了，打离婚官司别像打商事诉讼一样，不然会吃亏。”

沈岁和还是不能确定：“你真的要我接？”

“你会手下留情吗？”

“不会。”

江攸宁站在楼梯之上，风吹起她的裙角，她俯瞰着沈岁和，笑得无比自信：“你接，我一定会赢。”

这是张扬的，肆意的，骄傲的江攸宁。

裴旭天坐在沈岁和对面瞪大了眼睛："你到底有什么想不开的？"

"不然呢？"沈岁和瞟了他一眼，"你来打？"

裴旭天摇头："说实话，我不想。"

"不然把这案子给金科？"裴旭天说，"我认识方涵，她打这种官司也挺好的。"

"非得降维打击江攸宁你才高兴？"沈岁和把手头的资料收拾到一边。

方涵这种级别的律师跟初出茅庐的江攸宁对上，甚至比崔明跟江攸宁对上还恐怖。

"那你要在法庭上放水？"裴旭天嗤笑，"这可不是你的作风啊！"

"不会。"沈岁和说，"我打这种官司，跟你打不是差不多？"

他们都不擅长这一领域，赢面不大。

裴旭天想了想："倒也是。"

"而且，你知道江攸宁现在在哪里上班吗？"沈岁和挑了挑眉，"在金科，她的办公室就在方涵隔壁。"

"你怎么知道？"

"方涵跟小舅是大学同学。"沈岁和说，"上次我去金科，听说她去了。"

小舅。他叫得很顺口。

沈岁和忽然愣了下。

裴旭天笑："还小舅呢？沈律，需要我提醒你吗？你离婚了。"

沈岁和朝他扔了支笔，将椅子往后一转，声音淡漠："哦。"

"不过你们昨天到底怎么说的？"裴旭天问，"孩子怎么办？"

"她带着，"沈岁和说，"我可以去看。"

"你不争抚养权？"

沈岁和摇头，在安静的办公室里，他的声音又闷又重："我不可能带好那个孩子。而且，我不想给江攸宁添堵。"

昨天是裴旭天从热搜上看到了消息告诉他的。

他专门下载了微博，把那个视频看了十几分钟，然后想都没想就开车去了江攸宁家。

但站在江攸宁面前，他觉得孩子确实该给江攸宁。

那样的江攸宁，温柔美好。

而他这里，什么都没有。

叮咚。

曾嘉煦拎着果篮和几大盒补品站在江攸宁家门口，不大确信地问：“你确定我们不会被人拿扫帚打出来吗？”

曾嘉柔淡然地瞟他一眼：“有点儿出息好吗？表嫂那么温柔，怎么会？”

“但……”曾嘉煦无奈地摇头，“我真服气姑妈。”

“不止你一个人服气。”曾嘉柔附和着，又按了下门铃，“咱们说好了啊，‘爱别提’。”

曾嘉煦：“嗯？”

“爱就不要在表嫂面前提起姑妈。”曾嘉柔科普道。

“好。”曾嘉煦一万个同意，“不过……我们现在喊表嫂，合适吗？”

曾嘉柔一愣，斩钉截铁地道：“不合适。”

曾嘉煦：“要不我们叫宁宁姐？”

“可。”曾嘉柔又按门铃。

商量和决定就是这么快。曾嘉柔直接把微信备注也改了。

“宁宁姐到底在家没？”曾嘉煦两手拎着东西，于是抬脚踢了下曾嘉柔的小腿，曾嘉柔回头就朝他的胸口挥了一拳：“我新买的裤子！”

“你又不是只买了这一条。”曾嘉煦说，“快点儿给宁宁姐发消息，我的手快要断了。”

“好。”

她拿出手机，点开微信打字：“宁宁姐，你在家……”

她刚打完“家”字，门就开了。

曾嘉柔的手顿在原地，但不小心按了个发送。

“宁宁姐，我还以为你不在家。”曾嘉柔顺势从她哥手中抢了一点儿东西过来，拎着往门里走。

“我刚才在洗头发，”江攸宁说，“没听到，不好意思。”

“没事啦，反正我们也刚到。”

曾嘉柔略有些紧张地坐在沙发上，拿眼往她家里各个角落瞟。

江攸宁一眼就看穿了她的意图，笑道：“慕老师不在。”

“呼。”曾嘉柔松了口气，立马笑嘻嘻地道，“宁宁姐懂我。”

“宁宁姐，”曾嘉煦问，“她平时的成绩是不是特别差？她看见老师就跟老鼠看见猫似的。就她这样，考华师还被夸死了。”

曾嘉柔一脸骄傲：“有本事你也考华师啊，不知道咱家人对传媒行业意见大吗？”

传媒大学没理，曾嘉煦懂了。

江攸宁笑着看他们兄妹互怼，从厨房端了果盘出来。

曾嘉柔跟曾嘉煦的性格都很开朗，单是两个人聊也不会冷场，家里的氛围比平日热闹。他们聊天也都极有分寸，闭口不提曾雪仪跟沈岁和，哪怕沈岁和才是架起他们之间关系的桥梁，如今这座桥虽然断了，但二人仍旧巧妙地寻了另一条路。

江攸宁很喜欢这兄妹俩。

其实曾嘉煦跟她同岁，只比她晚五天出生。她的生日是十二月二十四日，曾嘉煦的是十二月二十九日。

几人聊起来也没有代沟。

聊了一上午，中午江攸宁要请他们去外边吃饭。

曾嘉柔非要带曾嘉煦去品尝华师的食堂，这是传说中北城最好吃的大学食堂。

江攸宁拿着饭卡跟他们一起出去，路上曾嘉煦还被要了签名跟合影。

在食堂吃饭时，曾嘉柔推荐了很多美食，江攸宁也跟着推荐，最后曾嘉煦的面前摆上了五种食物，味道各不相同。

他觉得自己太浪费，还发了条微博，结果一眨眼的工夫就被认出在华师食堂。

他在评论区回复：“找我妹而已。”

结果他很快就被沈岁和微信私戳：“有江攸宁？”

曾嘉煦正吃得高兴，看见消息顿时脸色微变。

他尴尬地回："说没有你信吗？"

沈岁和："照旧吧。"

曾嘉煦知道有些事儿不归他管，但还是忍不住发："哥，姑妈对宁宁姐意见真的很大。她昨天知道宁宁姐怀孕以后，失魂落魄地走了，我还是很担心她做什么出格的事儿。"

沈岁和："知道了，我会处理。好好吃饭，别在她面前提这些不开心的事儿。"

曾嘉煦："好！"

他收了手机，忽然想起了什么，笑着问："七月二十五日，我们乐队在北城体育馆开万人演唱会，你们要去吗？"

曾嘉柔："要！我要看纪星河！"

纪星河是他们乐队的主唱，传闻中的天才词曲创作人，被认为是最有能力单飞但一直在乐队待着的人，长得最帅，粉丝最多。

曾嘉煦抬手给她一个栗暴："我才是你哥！"

曾嘉柔瞪他，根本不理他的话，反而推荐江攸宁去看："宁宁姐，一起去吗？虽然曾嘉煦菜，但他们乐队的主唱、贝斯手、吉他手、键盘手都很厉害！"

曾嘉煦感受到了来自亲妹妹的伤害。

江攸宁其实对乐队不感兴趣，但很喜欢演唱会的气氛。

那会儿也开完庭了，正好能放松一下。

"好。"江攸宁笑着答应，"我要前排票啊。"

"没问题。"曾嘉煦打了个响指，"超前排 VVVVIP 座。"

最后，三人聊到了七月份的那场官司。

江攸宁轻描淡写地扔下一个重磅消息——她跟沈岁和对垒。

曾嘉柔听完以后，一时不知是该佩服江攸宁的勇气还是该同情沈岁和。反正她觉着，这场官司无论怎么打，沈岁和都是输的一方。

江攸宁却笑："各凭实力吧。"

曾嘉煦坚定地拍桌子："我站宁宁姐！宁宁姐必赢！"

"我也站宁宁姐！"曾嘉柔的原则就是没有原则，"宁宁姐必胜！"

江攸宁笑，不管二人说的是不是真心话，她都很开心。不是因为恭维，而是因为在曾家，也有人认可她、喜欢她。

不喜欢她的人，只是少数罢了。

二人待到下午才离开，曾嘉柔直接回了学校宿舍，曾嘉煦去排练室。

江攸宁目送他们离开。

彼时夕阳西下。

沈岁和的车就停在她家马路对面，他刻意换了一辆车，今天还戴了顶鸭舌帽。

他看着江攸宁进了楼道才拿出手机，给曾雪仪发了条短信，然后驱车前往骏亚。

“你知道了吧。”这是沈岁和开门后的第一句话。他没有坐，只是站在客厅里，声音是一贯的冷漠，听起来像极了挑衅。

曾雪仪嗤笑：“果然，你还是为了她才回来的。你是怕我对她做什么吗？”

“嗯。”沈岁和想都没想地承认，“你向来心狠。”

反正两人的关系在之前已经到了冰点，如今也无所谓雪上加霜。

“我心狠？”曾雪仪瞪大了眼睛，“沈岁和！我还不都是为了你好？”

“为了我好，”沈岁和面无表情地重复她的话，然后看向她，“那就别去打扰她。”

“好啊你，沈岁和，你是要为了她跟我断绝关系吗？”曾雪仪质问道。

“没有。我只是在提醒你，我跟她离婚了。你跟她之间不再有亲友关系，如果这会儿你去对她做什么的话，我不会请律师为你辩护，你想进去待几年就几年。”他很平静地看向曾雪仪，“当然，如果你想借刀杀人或者钻法律漏洞，像当初那些人对我爸一样，你尽管做。你大可以成为你当初最恨的那类人，也可以成为我爸最讨厌的那类人。”

“你！”曾雪仪指着他的鼻梁的手都在颤抖，“为了她，你要跟我做得这么绝吗？”

沈岁和的声音温和下来：“不只是为了她。”

“如果我不把你当妈，就不会在这里跟你说这些。”沈岁和说，“你有千万种害人的方式，我也有千万种阻止你的方式，但我仍旧尊重你，也相信你。我知道我的母亲，不会谋害陌生人，跟那些当初害死我爸的人不一样。”他中途停顿了几次，刻意放缓了语速，试图找寻曾雪仪的脆弱点。

“我跟江攸宁离婚了。”沈岁和说，“那个孩子也跟我们没关系。”

曾雪仪抿唇。

良久之后，她转身回房间：“我知道了。”

沈岁和悬着的心终于落下来。曾雪仪这算是妥协了。

他找对了。

曾雪仪站在房间门口，握着门把手，背对着沈岁和，忽然沉声问道：“岁岁，妈妈在你心里已经这么丧心病狂了吗？”

沈岁和盯着她的背影，沉默以对。沉默，就是最好的回答。

“不管你信不信，”曾雪仪说，“我没想过害那个孩子。”

沈岁和：“哦。”

“我永远不会成为你爸最讨厌的那类人，绝不会谋害陌生人。”说完之后她便进了房间。

门关上的刹那，沈岁和想：你知道自己已经变成我爸最讨厌的那类人了吗？你已经……偏执了。

七月中旬开庭，江攸宁这边一切都步入了正轨。

宋舒十分配合，在七月初重新做了鉴定，精神状况要比之前好了许多，整个人也容光焕发，只是对外还是那副萎靡不振的样子，这是江攸宁刻意交代的。但江攸宁仍旧没找到华峰违法的确凿证据，华峰太警惕了，她根本拍不到。

手头上这些证据，只能让她有 50% 赢这场官司的可能。

再加上对方律师是沈岁和，她的胜率可能更低。

她兴奋，却也紧张。

眼看着开庭的时间越来越近，江攸宁开始着急。

在开庭的前一晚，她失眠到深夜两点。

深夜一点三十二分，她收到了陌生号码发来的一条短信。

“晚安，别担心，早点儿睡。”

江攸宁心头涌上一个名字，却又不敢确认。

她拨通了那个电话。

对方没有说话，江攸宁只听到均匀的呼吸声。

“沈岁和？”她试探地喊出了那个名字。

对面应：“嗯。”

“你做什么？”江攸宁问。

沈岁和：“怕你明天状态不好。”

“哦。”江攸宁笑，“你真的很无聊。”

沈岁和：“还行。”

“这个号码我留下。”江攸宁说，“但是没事别给我发短信、打电话了。”

沈岁和：“哦。”

“明天，”江攸宁顿了下，“记得全力以赴。”

“好。”

电话挂断。

江攸宁看到微信上杨景谦给她发了条消息。

“明天加油！”

江攸宁回复：“好的，谢谢。”

她看着消息，忽然陷入了思考——该找个机会跟杨景谦说清楚。

她跟杨景谦的联系不算多，但她总能感觉到，杨景谦对她是特殊的。

不知是不是她的错觉，她有一种杨景谦暗恋了她很多年的感觉。因为他看自己的眼神，跟她以前看沈岁和的一模一样。

可杨景谦什么都没说过，江攸宁不可能主动去说“我不喜欢你，别跟我告白”，所以自始至终对他都是客气疏离的。

回复完消息，她放下手机，一觉睡到了早上七点。

案件由北城市江云区人民法院负责审理，因为身份特殊，华峰跟宋舒都申请了不公开审理。

星星跟闪闪也跟着来了，两个小女孩根本不知道发生了什么事。

刚到法院门口的时候，闪闪还睁着忽闪忽闪的大眼睛，一脸无辜地问："妈妈，我们今天要干吗啊？来这里逛街吗？"

宋舒眼一涩，差点儿掉下泪来，但她笑着跟闪闪说："今天妈妈要跟爸爸离婚了，我们以后不在一起生活，但还会一起爱你，爱星星。"

闪闪懵懂地点头。

许是因为马上要做母亲，江攸宁听着都觉得心酸。

胎儿已经六个多月了，她的肚子算比较明显的，凸起的弧度较大，所以她穿了件宽松的孕妇装，只在外面穿了件大码的西装，还化着淡妆。

站在这里，她真的一点儿都不像是律师，反倒比较像当事人。

而宋舒今天也换上了职业套装，一副精干女强人的模样。

证据在开庭之前就交到了公证处。

九点一到，书记员请当事人及代理人入场，并宣读法庭纪律，之后全体起立，审判长、审判员入庭。

江攸宁看到了沈岁和。

他的装束照旧，西装衬衫，一丝不苟。

四目相对。她微笑着朝沈岁和颔首。

"北城市江云区人民法院民事审判第二庭依照《中华人民共和国民事诉讼法》规定，今天在本院第七审判庭不公开开庭审理原告宋舒、被告华峰婚姻纠纷一案，现在本案开庭。

"首先核对今天到庭的诉讼当事人及委托代理人……下面宣布合议庭组成人员，本合议庭由本院民事审判员 ×××、人民陪审员 ××组成……

"根据民诉法和最高法院《证据规则》的有关规定，当事人享有以下权利……"

繁复的规则读完之后，双方都不申请回避，对条款均无异议。

审判员的目光投向江攸宁："现在开始法庭调查，首先由原告陈述诉讼请求、事实及理由，或者宣读起诉状。”

宋舒的起诉状是江攸宁写的，江攸宁对此驾轻就熟。

单就宋舒这个案子的事实梳理，江攸宁做过不下五次，一次比一次简明扼要，一次比一次崭露锋芒。

她温和的声音在法庭上响起，语调不疾不徐，将案件陈述完毕。

“基于此事实，我方请求判令被告华峰与原告结束婚姻关系，两个女儿的抚养权归原告所有，被告向原告支付新翼科技股份有限公司股份 30% 及人民币两千万元。在离婚之后，被告应当支付两个女儿的抚养费，依据北城市平均消费水平，以每月各一千元的标准汇入其监护人账户。”

之前协商时，宋舒想要快点儿了事，再加上对华峰的惧怕，只打算要一千万元的补偿，但华峰只给两百万元。

立案时华峰已经向法院提交了财产证明。他的大部分资产是在跟宋舒结婚前购置的，在结婚时都做过了公证，但其名下的公司在这三年内的经营所得属于夫妻共同财产，宋舒有权同他分割，而且新翼科技股份有限公司是华峰在婚后注册的科技公司，注册资金三千万元，如今发展得也不错，华峰作为法人及最大股东，拥有 52% 的股份。

江攸宁提出多要公司股权也是为了让宋舒之后能有稳定的收入来源，而华峰向法院提交的财产流水显示，这三年的净盈利只有三百七十万元。

这是一个众人都不相信的数字。

但账务流水做得天衣无缝，做生意，有赚有赔很正常。

不得不说，华峰老奸巨猾。

在江攸宁说完诉讼请求之后，被告进行答辩。

沈岁和作为华峰的代理律师，全盘否定了江攸宁提出的诉讼请求。

注册新翼科技股份有限公司的三千万元里，包括了华峰前妻留给女儿的教育基金一千万元，所以华峰所持股份中应当有其前妻、女儿的三分之一，最多可以给宋舒 17%。

至于两千万元的赔偿，更是白日做梦，华峰一方只提出分割那三百七十万元，也就是说宋舒只能拿到一百八十五万元。而基于宋舒的经济状况，孩子跟着华峰更有保障，所以华峰也提出要两个女儿的抚养权。

接下来由原告进行举证。

江攸宁有条不紊地拿出准备好的证据，一条条地摆过去，包括华峰殴打宋舒、多次出轨（照片和新闻佐证），以及对宋舒的语言暴力（当初那一通电话的录音以及谈判时对宋舒的颐指气使）。

“由以上证据可知，被告在婚姻存续期间多次出轨，对原告造成了巨大的精神创伤，而在原告知道这些事后，不仅没有收敛，反倒更加猖狂，甚至出轨的原因是原告生下了两个女儿，而不是他一直想要的儿子，为此，被告还曾将原告方的人打进了医院，这点有警方和医院的就诊记录可以证明。”

审判员：“由被告进行质证。”

沈岁和将江攸宁提出的证据逐个击破。因为家庭暴力的界限比较宽泛，通常和夫妻间的口角摩擦联系在一起，宋舒没有被打时的音频和视频，而沈岁和方找来了在二人别墅中工作的管家、保姆等五人，他们提供的证词都是华先生平日对宋女士很好，对两个女儿也很好，和宋女士偶尔会因为一些事情吵架，但从未动过手。所以家暴这一点无从证实。

而出轨这一点被沈岁和洗成了无良营销号的营销手段，华先生只是正常跟友人聚餐，这些图都只是恶意截图抹黑华先生罢了。

一轮又一轮的举证和质证。

两人在法庭上唇枪舌剑，互不相让。江攸宁步步进逼，沈岁和不疾不徐地应战。

举证和质证是耗时很长的一个环节，但也只是为后面预热。接下来才是重头戏——法庭辩论。

江攸宁打起了十二分的精神。

沈岁和虽号称擅长商事诉讼，但只要在法庭上，他的表现就不算弱。

江攸宁一个纰漏都不能出，不然一定会被沈岁和疯狂地戳着那个点打。

“难道被告代理人是想抹杀原告在这个家庭里的付出吗？”江攸宁语调不高，语速正好，但仔细听还是能听出来她声音里的颤抖，“原告在结婚以前是女演员，是聚光灯下的焦点，而在婚后，甘愿为爱洗手做羹汤，整整三年，照顾被告的饮食起居，顶着产后抑郁和产后精神衰弱照顾两个女儿，每天只睡四个多小时。这样的日子，她过了两年，难道她为这个家庭、为两个女儿付出的心血在感情破裂后就能够被轻易抹杀吗？”

沈岁和看着她，声音一如既往地冷，只是语速放缓了一些，不再像之前那样给人紧迫感：“被告从未想过抹杀原告在家庭中的贡献，只是在婚姻中，双方各司其职，被告负责在外赚钱养家，原告辞掉工作回家做全职太太，而原告也同意这种分工方式。如果仔细论起来，谁又不辛苦？起码我方当事人有一定的经济能力，也就意味着为原告减轻了照顾家庭的压力，她哄孩子累了有保姆帮忙，饿了有阿姨做饭，难道这不是帮衬吗？我方也同意分割被告在这三年里的净盈利金额……”

“可是一个有爱的家，不是依靠保姆来生活的。”江攸宁打断了他的话，她的声音温和有力，“原告因为爱才在最好的年纪选择了婚姻，选择了被告。她义无反顾地放弃了工作，只因为被告的承诺，可如今承诺破碎，你要她怎么来生活？”

…………

法庭辩论持续了近半小时。

沈岁和拿出了宋舒的精神诊断书，却被江攸宁用最新的精神诊断书狠狠回击，而且顺势就着这个病给宋舒立起了“独立坚强”的母亲形象。

沈岁和提出宋舒没有独立生活的能力，没有经济收入，却被江攸宁用宋舒的仿妆视频和粉丝留言回击。

到了这个时候，局势已明朗。

沈岁和却拿出了新的证据——宋舒的欠条。

欠条是宋舒在二〇一九年立下的，而且是借的高利贷，一共四张，共二百七十一万。

看见欠条后宋舒脸色微变，江攸宁看她，她低头说："我真的把这事忘了。"

欠条交由公证，确认是有效证据。

沈岁和："这些欠款是原告在二〇一九年年底向高利贷机构借的，之后全部由被告偿还，而这些款项经由原告的消费记录证实，都用来购买了奢侈品。在双方婚姻存续期间，原告多次向高利贷机构借款，据被告回忆，共计六百多万元，这几张欠条只是被告留存的一部分，其他的都没有留存，无法提供证据，只能询问原告宋女士。但这些都足以证明，原告是个消费欲很强、不懂得合理消费的人，两个孩子跟着她，很有可能今朝有酒今朝醉，明朝无钱睡大街，生活根本无法得到基本保障。"

审判员："原告，是否属实？"

宋舒的脸青一阵白一阵，她诚实地点头："是，但我……"

后续的话审判员已经不再听。

江攸宁接过了话茬："或许之前原告确实消费欲很强，但在有了两个女儿后，几乎没有购入奢侈品，尤其在跟被告发生婚姻纠纷的这几个月里，自立自强，宁愿自己受委屈也不会亏待两个女儿，这些足以证明她的坚强和自制。友情提醒对方代理人，人是会变的。"

…………

一次次的交锋，一次次的碰撞。

江攸宁不断输出观点，用最温和的语调提出最坚定的论据。最后，她用一长段文艺且不缺乏论点的强感情论述作为结束语。

"在孩子的成长过程中，父母都是很重要的角色，但星星和闪闪从出生起就是宋女士在带，她陪伴她们走过了人生的最初阶段，还想陪她们走得更远。星星和闪闪对宋女士的依赖性更强，这是毫无疑问的，依照华先生的性格，忙工作、忙感情，能够分给两个孩子的时间少之又少。我也是女人，甚至，是结了婚又离婚的女人，而我的境遇大家也看到了，如今怀孕近七个月，但仍旧在工作。

"如果不是走投无路，已经有了爱的结晶的女人怎么愿意同爱人走上对峙法庭这一步？她在走到这一步前必定心如刀割，定是认为这段婚姻无法挽回，这个人也不再值得抱有期待。如果不是无可奈何，谁又愿意一个人抚养孩子，等之后孩子在成长过程中问起自己的父亲时，支支吾吾不敢说呢？失望都是在一次次的家庭琐事中累积的，最终凝聚成不可原谅的绝望。

“……由此，请求法院支持原告诉请。”

她不疾不徐地说完，大家都不约而同地看向了她的肚子。

尤其是沈岁和，他目光炙热，跟江攸宁的眼神对了个正着。

她眼睛泛红，眼里亮晶晶的。

沈岁和有话想说，却又什么都没说。

最终审判员当庭宣布审判结果。

在抚养权方面，两个女儿交由原告抚养，被告每月支付二人各一千元，随着孩子年龄的增长可增加；

在财产方面，被告向原告支付新翼科技股份有限公司 20% 的股份及人民币七百万元，在三十个工作日内支付完成。

原告诉请基本满足，原告胜诉。

在听完审判结果之后，华峰的脸色都变了。

江攸宁笑着看向了宋舒，宋舒泪流满面，紧紧地抱住了江攸宁。

等到宋舒平复完情绪之后，江攸宁才带着她出了法庭，星星和闪闪一直在后边待着，直到辩论环节才由辛语带到了观众席。

结束之后，宋舒跟辛语都松了一口气。

“厉害啊江小宁。”辛语拍江攸宁的肩膀，“牛！”

宋舒也笑道：“谢谢江律师。”

江攸宁把散下来的碎发别到耳后，温和地笑道：“你自己也很棒。”

“不过，江小宁你刚才是认真的？”辛语狐疑地看向她，“我怎么觉得你最后那段话像跟沈岁和诉苦呢？什么如果不是走投无路……”

江攸宁笑了下，声音一如既往地温和：“逢场作戏罢了。”

“那就……”辛语的话忽然卡在喉咙里，她瞪大眼睛，然后又别过脸，把刚刚卡住的那一个字说出来，“好。”

江攸宁狐疑地转过头——哦，是沈岁和。

华峰大抵是输了官司生气，所以先走了。

而裴旭天不知是关心沈岁和还是想看热闹，所以一早就在法院门口等着了，江攸宁刚出来的时候看到他，他还笑着跟江攸宁打了个招呼。

这会儿他正跟沈岁和站在一起，就离她们一步远的距离。估计他们是听到了。

江攸宁却没什么反应，淡然地转过头。

只要她不尴尬，尴尬的就是别人。

“啧啧。”辛语却不肯轻易放过沈岁和，摇了摇头，“某些人啊，时薪三万，诉讼大魔王，但是呢……啧啧啧，翻船和打脸来得猝不及防，真不知道该说我们家江小宁厉害呢，还是该说某些人差呢？”

江攸宁能赢原因是多方面的。两个女儿只有两周岁，判给母亲的概率本来就大。华峰有钱，但他人品不行，性格暴躁，跟宋舒简直天差地远，所以她们这边赢面大。

江攸宁扯了扯辛语的袖子，示意她别欺人太甚。

辛语却一把握住了江攸宁的手，轻轻地拍了拍以示安抚，但嘴上仍旧不饶人：“可能就是某些人菜吧，而且还冷情冷血没心没肺，可怜我家江小宁，怀孕七个月还得站上法庭打官司，为了挣个奶粉钱，真不容易啊！”

她说的时候声情并茂，说得宋舒都信了。

“江律师，真的辛苦你了。”宋舒说，“这次的律师费我肯定会给你的，等到华峰给我把钱转过来以后，我一定先给你。”

辛语拿胳膊肘碰了碰宋舒，示意宋舒少说话。

“没事。”江攸宁说，“你留着给星星和闪闪买吃的。”

“哎。我原来担心大魔王太厉害，我家江小宁赢不了怎么办，昨晚差点儿都没睡着，结果今天一看，啧，就这？真是白替我家江小宁担心了呢。”辛语阴阳怪气，演技不是一般的好。

江攸宁都不忍直视，只想让她闭嘴。

“辛小姐，明人不说暗话，差不多就得了啊！”裴旭天忍不住劝，“人家两个人协议离婚，又不是老死不相往来，你阴阳怪气地说话真的不好听。”

辛语瞪他一眼："又没让你听！"

裴旭天："你这个人怎么不讲道理？"

"跟我讲道理？"辛语朝他翻了个白眼，"你是疯了吗？你哪儿来的自信要跟我讲道理？凭你是律师吗？不好意思，我们这里最不缺的就是律师，你旁边还站着个传说中的永不言败呢，不还是败了吗？"

被波及的沈岁和："……"

沈岁和只是淡淡地瞟了她一眼，然后又看了眼江攸宁，最终什么都没说，带着裴旭天往前走。

途经江攸宁的身侧，他低声问："我有说不养孩子吗？"

他的语气算不得好。

辛语立马站到了江攸宁身侧："哎，对方律师，都出法庭了，不带威胁我方律师的啊！输了就是输了，男子汉大丈夫，输得起放得下，可别磨磨叽叽得跟小太监似的。"

江攸宁低声问辛语："不是扭扭捏捏大姑娘吗？"

"我改了。"辛语说，"我觉得这么说是在侮辱女性，不如'小太监'骂起来好听。"

沈岁和全程冷着脸听完，奈何辛语跟江攸宁关系好，他什么都不能说。

哑巴亏可不就得哑着吃，这亏他吃了。

他跟裴旭天往前走，辛语在后边说："哎呀，我家江小宁可太棒了，第一次上法庭就把对方打得落花流水，屁滚尿流，我可真为她骄傲！"

辛语说着又摸了摸江攸宁的肚子："小宝宝，你可要记住，你妈为了你可太辛苦了，为了挣你的奶粉钱不辞辛劳，跟你那个冷情冷心的爸可一点儿都不一样。"

裴旭天听着脑仁都嗡嗡地疼。

恰好助理吴峰过来："怎么样，沈律？赢了吗？"

沈岁和表情平静："输了。"

吴峰一脸惊讶："啊？输了？为什么啊？"

沈岁和回头瞟了眼江攸宁的肚子，声音冷冷的："就当给我女儿的奶粉钱。”

裴旭天冲他的肩膀挥了一下：“老沈，你是专业的，别自毁前程。”

沈岁和嗤笑：“我还有前程？家都没了。”

沈岁和回头看了眼江攸宁，一言不发地往前走。

辛语也听到了他的话，在他身后大声喊：“喂！你是不是输不起？！”

沈岁和的脚步没停。

江攸宁站在法院高高的台阶上，望着沈岁和独行的背影。

隔了几秒，她忽然喊他：“沈岁和。”

沈岁和的脚步顿住，他回头，遥望江攸宁。

她温声开口，眼神坚定：“你是不是忘了些什么？”

第十章

站在更高的地方

离开华政之后，她所有的荣耀和辉煌好像都没了。

她从来不提，自己都快要忘了，可是她创造的那些辉煌，一直都在被别人记得。

在同学会上，就算她沉默寡言想当背景板，她的成绩会被大家提起来，津津乐道。遇到杨景谦，他说自己适合感情类诉讼，因为她的模拟法庭、辩论赛表现令人惊艳。多年后回华政，还有人说很厉害的辩手陈奕铭是“男版江攸宁”。遇到程修，他说自己是他四年没超过的人。

原来她觉得当第一、拿国家奖学金、得奖杯，不过是理所应当，没什么好骄傲的。

但她此刻，站在法院门口，堂堂正正地赢得了一场诉讼。

她站在这里，为什么不能骄傲？她年年拿国家奖学金，次次得第一，凭什么不能骄傲？

如果这样都说“一般”“还行”，那让那些从未超过她的人怎么想？怎么安慰自己？

她应该骄傲。

“沈岁和，”江攸宁站在比他高的地方俯瞰他，“我不是你想象中的花瓶。我没有那么弱，只是比你迟了几年而已。但终有一天，我会站得比你高。”

她声音温和，夏日的热风拂过每一个人的身侧，把她的话送到了每个人的耳朵里。

沈岁和抿了抿唇，目不转睛地盯着江攸宁。

周遭安静极了。

江攸宁的话清晰地在每个人的心头炸开。

“我所得到的，都是我应得的。从今天开始，我会把原来打烂的牌、扔掉的牌一点点抓回来，然后重新打成一副好牌。”

我会站在更高的地方，让你仰望我，而不是像以前那样，一直仰望你。

“恭祝江小宁大获全胜！”路童举起酒杯，“江小宁你太棒啦！我简直为你骄傲得不行！比我自己赢了官司还骄傲！”

江攸宁笑着拿饮料跟她喝了一杯：“那必须。”

“啊！”路童一杯酒喝完，“你现在可一点儿也不谦虚。”

“为什么要谦虚？”辛语跟着喝酒，“她今天在法庭上非常酷好吗！跟我认识的江攸宁完全不是一个人，我简直爱死她这副样子了！”

“哈哈哈。”路童跟她碰杯，“上大学的时候她就能横扫全场了好吗？现在她肯定更厉害！就是没能见识到，我们下次有机会见识！”

江攸宁笑：“好。”

江攸宁打赢这场官司的消息不胫而走，很多人都来祝福她。

路童更是走在了第一线，闹着要给她庆祝。

所以晚上 KTV 里来了很多人，路童、辛语、宋舒、杨景谦、程修、方涵、慕承远、江闻，几乎是知道这个案件的人员都来了。

而方涵跟慕承远只来了一会儿就离开了。

江闻接到电话，也走了。

宋舒一到晚上九点就带着星星跟闪闪回家睡觉，所以包间里最后也就剩下他们几个，除了辛语不是华政的，其余的都是，所以或多或少都知道沈岁和。

而他在律界一直都备受关注。

程修对江攸宁竖起大拇指："不愧是我敬仰的学霸，厉害！"

"嗯。"江攸宁点头，"还需要继续努力！"

"努力什么啊？"程修摆了摆手，"你已经出名了！"

江攸宁一脸蒙："嗯？"

路童附和："就是，你现在非常出名！今天我在我们律所里听你的名字已经听了不下百遍了。"

程修拿出手机，打开微信点开一篇文章，标题是《金科新人首场诉讼赢了沈岁和，律界大魔王称号是否换人？》。

嗯，不愧是公众号。

往下滑还有其他文章：《诉讼大魔王一朝败北，走出法庭难掩憔悴》《律界诉讼大魔王惨遭滑铁卢，新人竟是名不见经传的她》《金科新人来势汹汹，诉讼大魔王风光不再》……

程修关注了很多跟各大律所相关的公众号。

十个公众号里面有一半都在谈论今天这场诉讼案件，谈论的重点不是谁赢，而是沈岁和输了。

曾经战无不胜的诉讼大魔王，跟无数元老对阵过的沈岁和，输了。

这是多么值得反复提及的话题。

人们不会关注他是否打了自己不擅长的领域，也不会关心他中途接手了别人的案子，更不会关心他所站的持方是否有利，大家只会说：他输了。

这桩案件里，最值得关心的地方就是沈岁和输了。

而能够赢他的人自然会声名鹊起。

结果赢他的人是名不见经传的江攸宁，众人翻遍各大知名案件，都没有找到和她相关的资料。

人们只能知道她是金科空降的实习律师，怀着孕上法庭，其余的信息甚少。

而江攸宁这个名字，在律圈小爆了一把。

各大律所几乎都在好奇这个人是谁，尤其是天合律所。

程修给江攸宁看自己的朋友圈，里边加着好几个天合律所的律师，这些人今天发朋友圈的频率不是一般的高，而且都是那种很震惊的语气。

“啊啊啊啊！不可置信！我跟我的同事都疯了。”

“我觉得这事不是真的，呜呜呜，我的沈律。”

“我觉得小行星撞击地球了！”

“这事儿就很离奇。”

江攸宁看完以后，不由得唏嘘。

“大家把他捧到了很高的位置啊！”江攸宁拿起杯子喝了口饮料，耸了耸肩，“这样或许也是件好事。”

沈岁和站得太高了。高处不胜寒。

“大喜的日子，不说他。”辛语说，“我们还是快乐庆祝吧哈哈哈。”

路童点头：“也是。”

路童说着给江攸宁要了杯牛奶，不再让她喝饮料。

大家开始唱歌。

辛语是公鸭嗓，唱歌一般。江攸宁唱歌不跑调，能听。路童是几人中唱歌调最准的，好听。

江攸宁坐在那儿给大家点歌，杨景谦就在她身侧坐着。

晚上他一直很沉默，和平常一样笑，也一样温润，任由大家闹着，酒也跟着喝了不少，这会儿坐过来，江攸宁还能闻到他身上的酒味。

“你喝了很多啊！”江攸宁给路童点了一首拿手的《分手快乐》，前奏声音响起，她低声跟杨景谦说，“你要是连路童都喝不过的话，我劝你还是别跟语语喝。”

话语中只透露着一个意思：你保重。

杨景谦勾起唇角。他今天戴了眼镜，金色边框，显得很温柔。

尤其他笑起来的时候，温柔的感觉越发明显。

他伸手在镜框处扶了一下，手指也修长：“你说迟了。”

“什么？”

他声音低，江攸宁没听见，离他更近了一些。

杨景谦却也往近靠，江攸宁立马往远撤，眉头微蹙，心里感觉很不对劲。

但杨景谦一如往常，只是笑着："我说，你说迟了，那两人，我真的一个都喝不过。"

"啊？"江攸宁点头，调侃道，"那怪我。"

"怪我。"杨景谦摇摇头，看起来还略有些呆萌，"是我不自量力了。"

"你们说什么悄悄话呢？"路童一首歌都唱完了，愣是把程修快要唱哭，他说分手一点儿也不快乐，还很难过，路童安抚了他几句，生怕戳到他的伤心事，立马拿着话筒转移了话题，把炮火都转移到了坐在一侧的江攸宁和杨景谦身上，"有这工夫不如来唱首歌啊。"

"宁宁，给我们小羊同学点一首《晴天》。"程修在一旁说，"我要听甜甜的情歌，什么分手快乐，一点儿不快乐。"

程修把话筒给杨景谦递了过去。另一个话筒还在路童手上。

路童："那你应该听《七里香》！《晴天》的最后一句好像是'故事的最后，我们还是说了再见'！你不适合！"

"那就《七里香》。"程修说，"我小羊哥是周杰伦的铁粉。"

"巧了不是？"路童笑道，"我宁姐，陈奕迅的铁粉。"

程修觉得，这是没有关系也要拉关系。

江攸宁给杨景谦点了周杰伦的《七里香》。

杨景谦拿着话筒，身子往后倚，大抵是喝多了酒有些头痛。他的声音跟周杰伦的还真有些像，唱起来很有感觉。

窗外的麻雀在电线杆上多嘴

你说这一句很有夏天的感觉

…………

秋刀鱼的滋味

猫跟你都想了解

…………

他唱着，身子慢慢往前倾。

江攸宁感觉有目光在她的背后。

路童把话筒给她也递了过来，江攸宁皱眉："我唱得不好听。"

"没事，破坏他的美感。"路童说。

江攸宁把话筒握在手里，看着字幕，不知道该从哪里进。这歌的节奏不算难，但她不是个很能把握节奏跟音准的人，只能求助于杨景谦。

很快就到了第二段的副歌，杨景谦抬手给她打拍子。

雨下整夜我的爱溢出就像雨水

窗台蝴蝶像诗里纷飞的美丽章节

…………

江攸宁的音色比较突出，在二人的合唱中，几乎是压着杨景谦的声音的，但杨景谦并不介意，直接又降了声音，像在给她和声。

一首歌唱完，江攸宁竟然心惊胆战。

接下来，话筒又归还给了路童，江攸宁中途给自己点了一首《我们俩》。

江攸宁求助路童，但路童摇头，说自己不会，又将话筒递到了杨景谦手里。

这是一首节奏欢快的苦情歌，江攸宁有段时间特别喜欢，几乎是单曲循环地听，没想到杨景谦也会。

太久太久是否过了太久

忘了忘了开始怎开始的

喝醉了小河边唱着歌

永远爱你是我说过

…………

江攸宁独爱那一句"永远爱你，是我说过"。

本以为杨景谦的声音跟这首歌不搭，但没想到他唱起来也别有一番韵味，而江攸宁唱这首歌唱得极有感情。

他们合唱的效果意外地好。

一到十点半，江攸宁就开始打哈欠，孩子已经给她敲响了生物钟，她该睡觉了。大家第二天也都有工作，是该散了。

一群人里，只有江攸宁没喝酒。她帮程修跟杨景谦叫了代驾，然后打算把路童跟辛语带回她家，但辛语临时接了个电话，碎碎念似的骂了句，然后跟他们挥手告别："我得去趟天茂国际，你们回吧。"

"干吗去？"江攸宁问。

辛语微笑："伺候'爹'去。"

"是工作上的事。"辛语解释道，"今天拍摄的那个工作室说有两张照片不能用，我得回去补拍。"

路童："好吧，你慢点儿。"

"知道了。"辛语叮嘱道，"安全到家后给我发短信。"

程修的代驾到得早，已经把他接走了。

街边这会儿就剩下他们三个人。

路童喝多了酒，想去卫生间，所以又进了楼里，最后只剩下杨景谦跟江攸宁。二人站在路边一棵茂盛的槐树下，路上车流如梭。

杨景谦站在那儿，一直盯着江攸宁，而江攸宁一直在数眼前过去了多少辆车。

"江攸宁，"杨景谦忽然喊她，"你……为什么躲着我？"

"啊？"江攸宁转过身子看他，故作轻松地道，"没有啊！"

其实她有。

或许之前还不太明显，但今天，喝醉了的杨景谦的眼神，跟以前她看着沈岁和的，一模一样。她确定了一些事情，所以想避开。

"你知道我想说什么，是吗？"杨景谦问。

江攸宁抿唇不语。

"你比我想象的还聪明。"借着酒劲，杨景谦的目光越发不加掩饰，"这些话在我心里藏了很久，我想说。"

江攸宁吞了下口水，目不转睛地盯着他，轻咳了声："要不……别了吧？”

杨景谦没有理会她的劝阻，直接道：“江攸宁，我喜欢你，想追你。”

江攸宁：“……”

她很想说一句，你喝多了，但她说不出口。

杨景谦的眼神很认真，跟她那会儿一样认真。她不想用开玩笑的形式回应这份喜欢，或者说是拒绝这份喜欢。

“你可以不用现在就给我答案。”杨景谦说，“我愿意等。”

“可……”江攸宁顿了下。

“给我个机会，好吗？”

“挺般配。”裴旭天把头探出窗户，“老沈，你觉得呢？”

沈岁和看着马路对面那二人，直接摇上了窗户，面露愠色：“哪里配？！”

裴旭天：“啧啧。”

沈岁和把车子开走，但又在两秒后退回来。

风吹动树叶哗哗作响。

他目不转睛地盯着江攸宁，想听她说些什么。

但隔得太远了，他根本听不见。

只是，江攸宁好像笑了。

笑容有点儿刺眼。

北城的夏天夜晚闷热，连迎面吹来的风都是热的。

江攸宁站在杨景谦面前，很久都没说话。

她从没想过，杨景谦会站在她面前，望着她的眼睛坚定不移地说喜欢她。

“今晚的《七里香》是给你唱的。”杨景谦说，“我喜欢你，比你想象的早。”

“你或许从没注意到，大学时教室里每天早上六点三十分只有我和你，你在第一排，我在最后一排；大四毕业那年，在学校播音站给你读情书的人不是我，但当年我的情书也已经写好，只是没来得及送；之后我没能再见到你，那会儿的我也没勇气跟你说这一切。

“之后你销声匿迹，再后来我听说你已经结婚，只能笑着祝福你。我不喜欢沈学长，因为他没把我珍惜的人放在心上。我所认识的江攸宁温暖柔软，坚定有力，大智若愚，沉默但不寡言，是眼里有光的女孩。在其他人眼里，或许是沈学长站在高处，你配不上他。但在我眼里，他配不上你。你离婚了，我也攒够勇气了。”杨景谦吞了下口水，“这一次再不说，我怕会遗憾和错过一辈子。江攸宁，我喜欢你，想追你。”

他把之前的那句话重复了一遍，江攸宁只是看着他。

从大学开始的吗？她真的从来没注意到，甚至不记得杨景谦这个人。

“抱歉。”江攸宁还是往后退了半步，仍旧笑得温和，“我不会答应。”

“为什么？”杨景谦皱眉问，“是因为你还没放下沈学长吗？我可以等。”

“等不到的。”江攸宁想都不想，便说。她的眼里忽然泛了泪光。

昏黄的路灯下，杨景谦身形挺拔，像是不屈的杨树。他单是站在那儿，就能给人温暖的力量。

“今年，”江攸宁笑着，声音哽咽，“是我爱上沈岁和的第十一年。”

“你注意到我，可能是因为我的排名在你之前，可能是因为我在台上作为优秀新生代表发言，是因为所有我耀眼的瞬间。但我爱上沈岁和的那天，他在我身边也不过是普通人而已，因为那一天，我搭上了我的十年。说这些或许对你很残忍，但跟你想说出来一样，我拒绝你时也希望把这些说出来。

“杨同学，你很好。这不是恭维，我是真心地认为你这个人品性非常好。如果在谁更适合结婚的选项里把你跟沈岁和放在一起，按长相、性格、职业、家世等条件从你们中间选一个，那你一定比沈岁和合适千倍万倍。但感情不是选择题，不是非他即你，更不是在我用这么多年排除掉沈岁和这个错误选项后，再去选一个更合适的你。在你关注我的时候，我所有的精力都在另一个人身上……”

杨景谦忽然打断她：“如果你还没放下沈学长，我可以等，等你放下的那天。我想跟你在一起。”

“不会的。”江攸宁摇摇头，眼泪忽然掉下来，她抬起指腹迅速擦掉，“我现在是没完全放下他，因为那是我拼命燃烧自己的过去，但未来我肯定会放下他，因为不能陷在过去。”

她敢于承认，不过是因为她的爱恨都坦诚。

她爱了沈岁和这么多年，也悄悄地恨过他。但最后这些都要放下。

“杨同学，你非常优秀。”江攸宁说，“这样优秀的你为什么要选择成为备胎呢？一见钟情的人永远钟爱一见钟情。”

“可我相信日久生情。”杨景谦辩驳道，“你都没有跟我日常相处过，怎么知道不会喜欢上我呢？我喜欢你，是在每一个跟你一起在教室里学习的清晨确定的。”

“不会。”江攸宁笃定地摇头，“我至死相信一眼就心动。如果有一天你能等到我，那说明我在将就。我在因为世俗的目光想找一个避风港，所以拿你将就。”

“我愿意让你将就，当你的避风港。”他的声音忽地拔高，说得江攸宁愣了下。

“可我不愿意将就。”江攸宁说，“这辈子，我不会再为感情将就，也不会为感情迁就，我的世界里不能只有感情。”

“而且，无论经过多少次，我永远相信一见钟情。”江攸宁对着他笑了下，这笑略有些苦涩，“我知道这个想法很天真，也很幼稚，为什么我在遭遇过那样的婚姻之后还会有这种想法？但这是我内心最后一点儿关于感情的倔强了。”

“杨同学，我很佩服你的勇敢，”江攸宁上前一步，踮起脚尖轻轻地抱了他一下，但也仅限于同学的礼仪，只是瞬间便松开，“所以我也要对得起你的这份勇敢。”她声音温和，跟夏夜的风融在一起，树叶的沙沙声仿佛在为她伴奏。

她不疾不徐，笑得温和又坚定：“你永远等不到一个大步往前走的人回头，如果有一天他回头了，不过是在将就。但我们努力学习、拼命生活，不是为了等别人的将就。无论是谁，都不值得我们这么做。”

杨景谦盯着她，忽然伸手捂住了她的眼睛，说话的声音略有哽咽：“所以你永远都不会喜欢我，对吗？”

江攸宁点头：“是的，我永远不会给你这份希望。”

他早一点儿勇敢，她早一点儿了断。

如果能回到过去，她也要这样勇敢。假如在华政的某个拐角，她有勇气拦住沈岁和跟他告白，得到他同样坚定的拒绝，她不会在这条不归路上走这么多年。她不会沉溺于他可能喜欢自己这样的虚伪戏码中，抽不出身来。

暗恋就是一场欲望陷阱、海市蜃楼，看你勇气几何，敢不敢击碎幻象。

夏夜的蝉鸣声此起彼伏，月亮也在云层中跟人玩捉迷藏，若隐若现。

江攸宁的睫毛在杨景谦的手心里轻轻刷动，她跟初见时一样乖巧。

十年过去，她仍旧抱有赤子之心。

少女怀春，应该怀的是永恒和希望。

他的掌心温热，她的站姿乖巧。良久之后，他弯腰俯身，吻在了自己的手背之上，她没有一丝一毫的躲闪。

他闭着眼，在昏黄的世界里沉溺最后一次，也是唯一一次。然后他直起身，但他的手没有松开。

他说：“我的代驾到了，这次我先走了。”

“好。”江攸宁抬起自己的手，跟他的手隔了五厘米，“我会闭着眼。”

这是两个体面人的道别。

在杨景谦的手撤离的同时，江攸宁捂住了自己的眼睛。两只温热的手在空中有轻微的触碰，但又瞬间错开。

杨景谦转过身说：“等到我下次联系你，会退回到朋友的位置。”

“好。”江攸宁说，“谢谢你的喜欢。”

“谢谢你……”杨景谦的声音忽然哽咽，“曾来过……”

江攸宁的嘴角始终扬着。

杨景谦的车在昏黄的路灯下渐行渐远，消失在转角。江攸宁拿下手，环顾四周，感觉好似有一场狂风暴雨呼啸而过，最终归于寂静。

原来这是被偏爱的感觉。

她在明目张胆地被偏爱。

车里一片寂静，没有开灯，略显昏暗。

坐在副驾的裴旭天终于忍不住，低咳了声："要不，我给小羊打个电话问问情况？"

"不……"沈岁和话说到一半噤了声。

他还是挺想知道的。

杨景谦跟江攸宁站在路边，有说有笑，距离不远不近。他们站在那儿，看起来气场很合，从视觉效果来说很般配，但沈岁和看着扎眼。可他又忍不住想看，就像是不知道大结局的观众，期待最后一幕的出现。

沈岁和看见他们一起笑，看见江攸宁踮起脚尖轻轻地抱了抱杨景谦，看见杨景谦隔着手背吻了江攸宁的眼睛。这些场景，在昏黄的路灯下，像偶像剧在现实中上演。

沈岁和握紧了手中的方向盘，一直忍耐到杨景谦离开。他隔着车窗看向马路对面的江攸宁，她仍旧站得笔直，挺着的孕肚也没将她的气质削减半分，反而显得她越发温婉。

她的目光在四周流转，偏偏没在他这里驻留一秒。

裴旭天无奈地叹气："想知道你就过去呗，在这里跟自己较什么劲？"

沈岁和直勾勾地盯着裴旭天。

裴旭天做了个手拉拉链的动作："我不会说话，我闭嘴。"

"打个电话吧。"沈岁和倚在车座上，把头偏向外边，只给裴旭天留下了完美的侧脸，在昏暗的光影中显得很颓丧，"我想知道。"

"什么？"裴旭天没懂。

"杨景谦……"沈岁和顿了下才道，"跟江攸宁告白了。"

"什么？"裴旭天瞪大了眼睛，"老沈，你开什么国际玩笑呢？我都不知道小羊喜欢你家江攸宁。”

“她已经不是我家的了。”沈岁和说，“你打吧，我一会儿跟你说。”

这个消息的信息量有点儿大，裴旭天一时之间还没反应过来。

“我打了……那怎么说啊？”裴旭天问。

沈岁和抿唇，用他所剩不多的耐心尽量平和地说：“刚刚在街上偶遇了他跟江攸宁，问他给江攸宁庆功如何，江攸宁的心情如何。因为看着江攸宁好像心情不太好，所以想问一下，毕竟她还是你好朋友的前妻。”

最后两个字，沈岁和几乎是咬牙切齿地说出来的。

裴旭天轻咳一声，像盯怪物一样盯着沈岁和：“老沈，这不像你啊！”

“嗯？”

“你什么时候学会迂回婉转了？”裴旭天啧了一声，“这词是别人帮你想的吧？”

“我倒是想让你帮我想。”沈岁和嗤了声，“你打吧，我不说话。”

他的声音又沉又闷，眼睛盯着马路对面一动不动。

裴旭天给杨景谦打电话。

一次。两次。全都没有打通。

在打第三次的时候，沈岁和摁住了他的手。

裴旭天一脸疑惑：“怎么了？”

“不用打了。”沈岁和说，“她应该没同意。”

“嗯？”裴旭天皱眉，“你怎么知道？”

沈岁和忽然沉默，半晌没说话。他发动车子，降下车窗，夏天的热风从他脸侧呼啸而过，他从后视镜里还能看到江攸宁，她正跟路童在路边散步，笑容一如既往地挂在脸上。

他伴着风声跟裴旭天说：“猜的。”他其实一点儿把握都没有。

杨景谦告白了。江攸宁有没有答应？应当是答应了吧，她笑得那么开心。她也可能没有答应，最后杨景谦走时，神情落寞。

沈岁和不知道，只能猜，但他越猜心里越烦。

理智告诉他，江攸宁答应杨景谦是好的，对江攸宁好。

毕竟杨景谦出现的时候，他已经找裴旭天把这个人调查了一遍，从家世到人品性格，杨景谦几乎跟江攸宁绝配，和家里有个偏执到近乎疯了的母亲的他不一样。

江攸宁应该离他远一点儿，越远越安全，但他心里又不想这样。

他第一次觉得心乱如麻，脑子里许多条线交错着，他也不知道自己在想什么。

他开车在马路上疾驰，裴旭天坐在他的副驾上，一直沉默不语，直到车子开出去很远，转过云逸路的拐角，银灰色的卡宴再一次汇入车流之中——

裴旭天忽然问："老沈，你是不是一直放不下你家江攸宁？"

沈岁和的手握紧方向盘："已经不是我家的了。"

"曾经是……"裴旭天还想说些什么，沈岁和却忽然像疯了一样转动方向盘，在车流里大秀车技，最终几乎是漂移一般地停在了路边，高喊道："不是我的了！"

裴旭天呆滞了两秒，偏过头看向沈岁和。

沈岁和的脸有些红，眼睛也泛着红，很红，比今天天边的晚霞还要红。

明明没喝酒，但沈岁和比喝多了还要疯，他的手握成拳，忽然敲在了方向盘上："已经不是我的了！"

印象中沈岁和很少有这么失态的时候，他向来是冷静自持的，那会儿读研的时候就有人说他冷漠疏离。后来二人创业，把天合律师事务所建立起来一路发展壮大，在每一次上法庭的过程中，几乎所有人都说，沈岁和像个没有感情的机器。

他从来不把自己的感情显露出来，众人便以为他没有感情。

裴旭天轻咳了声，声音尽量温和，不去刺激他："知道了。"

"你知道什么啊知道。"沈岁和往车窗处靠，忽然把脑袋探出车窗，朝着外边大声喊，"我家没了！彻底没了！"

"我不配有家这玩意儿！

"我做错了什么啊？！

"我凭什么不配啊？！"

他像是疯了。

声音一句比一句大，一句比一句嘶哑。

他对夏夜的风说，对夏夜路边的流浪狗说，对夏夜树上的蝉说。

风掠过他的脸颊，去往别处。

流浪狗从他的视野里消失。

蝉鸣声也在隐匿的月亮里停止。

最可怕的是他什么都没做错，但命运的齿轮转错了。

裴旭天喊他："老沈，你疯了！"

沈岁和忽然笑了："我就是疯了。"

他往后一仰，几乎是瘫倒在座椅上。

"你说，我应该祝福她吗？"沈岁和说。

裴旭天听得一头雾水，只能试探着问："你说江攸宁和小羊？"

"我应该祝福她，"沈岁和笑着，"祝她在没我的日子里继续耀眼。"

裴旭天："嗯？"

裴旭天学着他的样子往后仰："你不想就不用祝福，没有人逼着你祝福。人家又不是没有你的祝福就过不下去。"

裴旭天劝道："你要是爱江攸宁，就让人家知道。虽然不知道你们为什么突然离婚，但江攸宁喜欢你，只要不是什么原则上的错误，你就低头服软，把人给追回来，毕竟她还怀着孩子，你这个当爹的一点儿心都不尽，江攸宁辛苦，孩子以后也不会跟你亲的。如果真是原则性错误，那就算了吧，各自美丽吧。"

"爱？"沈岁和笑，"我会爱吗？"

他的笑里，藏着裴旭天看不懂的苦涩。

他的话裴旭天也听不懂。

"以她那样的教育方式，我怎么可能会是个正常人？"沈岁和笑着说，"要么和她一样，做个占有欲强的偏执的疯子，连一点儿骨灰都不让人动，要么就什么都不做，离所有人远点儿。"

沈岁和的声音透露着平静的绝望，一滴晶莹剔透的泪从他的眼角滑下来，落在黑色的座椅上，转瞬消失。

他跟裴旭天说："我就是应该离所有人远点儿。

“当初我不应该因为看着她美好就去靠近。美好在我这里，也只能化成灰烬。

“最后，我什么都没了。”

裴旭天一头雾水：“你在说什么？”

沈岁和笑：“我说，我想去远方。”

他想去最遥远的地方。在最荒无人烟的角落，安静、孤独地死去。

裴旭天问：“去远方干吗？”

气氛太过沉重，裴旭天忽然笑着打趣：“远方可没有江攸宁跟你女儿。”

沈岁和闭着的眼睛忽然睁开，他看向前方，只见车流如梭，灯火通明。

这里，还有一点点美好跟温暖。

裴旭天尽量笑着问他：“还去远方吗？”

沈岁和忽然认真地看向他：“帮我约个心理医生吧。”

裴旭天的笑容忽然僵在脸上：“帮谁？”

“我。”沈岁和说。

“你真的拒绝杨同学了啊？”路童躺在江攸宁的床上，抱着可爱的小绿恐龙，稍仰起头看向正在给肌肤补水的江攸宁，略带惋惜地道，“我感觉他还挺好的。”

江攸宁耸了耸肩：“结婚是跟喜欢的人，不是跟好人。”

“道理我都懂，我就是觉得挺可惜的。”路童说，“大学那会儿咱们班好多男的都喜欢你，但你知道，他们的喜欢就是得不到就想酸你几句那种，比如说你学习好了不起啊，注定要孤独终老什么的，但杨同学是所有人中的清流，就是默默地喜欢你。”

“你知道他喜欢我？”江攸宁回头看她，路童惊觉自己说漏了嘴，立马找补：“我这不是才知道嘛！”

江攸宁已经护理完了肌肤，往床上一坐，宽松的睡衣搭在床上：“你就胡说八道吧。”

“默默地喜欢其实不好。”江攸宁跟路童说，“要是以后我再喜欢一个人，一定第一时间告诉他。”

“啊？”路童惊讶，“这不像你啊！”

“人都是会变的。”江攸宁说。

她躺在床上，开始做拉伸。

有了宝宝之后人更要把身体伸展开，不然身体会时不时地抽筋。

比如说她的腿，她起初还不懂得，差点儿以为自己得了病，问过慕曦后才知道单纯是因为她懒。

“如果他很多年前就跟我说，那我也会在很多年前就拒绝他，”江攸宁说，“他就没有必要为我蹉跎这么多年。照他那么优秀，说不准孩子都能打酱油了。”

“倒也不一定。”路童说，“男生二十二岁才到法定结婚年龄，就算他卡着线结婚生子，现在孩子也就五岁，结账的时候还够不到柜台呢。”

“我就是觉得为一个人浪费很多年不值得。”江攸宁说，“也不能说不值得，在这个过程中我是收获了东西的，但付出的明显比收获的多。”

“但人们都说暗恋很美好啊！”路童耸肩，“我以前在学校就很羡慕有暗恋对象的女生，因为快乐太简单了。而且不用告诉对方，自己想什么时候恋爱就什么时候恋爱，想什么时候失恋就什么时候失恋，太爽了。”

江攸宁瞟她一眼：“幼稚。”

江攸宁的语气带着浓浓的鄙视：“你暗恋过人吗？”

“就是没有才羡慕！”路童争辩，“你倒是暗恋过，一恋就是十几年，但什么东西时间长了都会发涩的好吗？菜放久了还会坏呢。”

“是十一年。”江攸宁说，“可是起初我也没觉得有多……”

话到嘴边，她忽然又卡住了。

起初是真的甜过。

路童说的不无几分道理。

“起初甜吗？”路童轻轻地碰了碰她的肩膀问她。

江攸宁抿唇，点头：“甜。”

在最开始喜欢上一个人的时候，哪怕你只是走过他走过的路，都能觉得心跳加速，好像这条路是独属于你们两个人的秘密。

那会儿沈岁和很少参加辩论赛了，但只要他参加，江攸宁就会去。

从华政的鹿港校区坐公交车到青禾校区，只要第二天是去见沈岁和，她晚上必定会很晚睡，然后早上匆匆起来化妆，坐时间最合适的公交车去见他。

从知道能见到他的那一刻开始，她就是开心的。

快乐很容易，但悲伤也很容易。

在他们擦肩而过，他一个眼神都没给自己的时候；在她看到他跟任何异性走在一起的时候；在全世界都敢跟他说话，而自己迈出一步心跳就快到不行的时候……

路童笑道："那不就得了？大家的暗恋呢，最多撑过学生时代，但你愣是把它续了这么多年，你不苦谁苦？"

江攸宁："你说得对。"

"暗恋呢，美就美在时效短，单箭头。"路童说，"你把战线拖得太长了。"

"哦——"江攸宁拉长了声调，终于平躺在床上，"想不到你恋爱谈得不多，懂的道理倒还挺多。"

"什么啊，"路童把小恐龙朝她扔过去，"还不是总结你们的爱情？"

"我们？"江攸宁立马澄清，"我就喜欢过一个人，也只结过一次婚。而辛语呢，没谈过恋爱，请问是谁们？"

"你怎么知道辛语没谈过恋爱？"路童笑。

江攸宁笃定地道："我跟她从小一起长大的好吗？"

"那她跟你一起长大也不知道你暗恋了沈岁和这么多年啊！要是知道的话，她当初也不能一直劝你离婚。"

"那照你的说法，语语恋爱了或者是恋爱过？"江攸宁问。

路童摇头："我不知道，就是上次听她说梦话好像喊了个男人的名字。"

两人又聊了会儿，但辛语的感情问题自始至终都是个谜。

"你说，错过杨同学那样的优质男人，你会后悔吗？"路童忽然问。

江攸宁摇头："不会。"

"啊？"路童叹气，"要是我说不定会后悔，毕竟他的条件那么好。"

"我现在义正词严地拒绝了他，说明我对他一点儿邪念都没有，也不想养备胎。如果有一天我觉得后悔了，那也只能说明是我身边的男人都不如他，我把男人当成货物一样摆在同一个位置上比较了很久，觉得他是最好的那个，所以后悔了。那对他来说不公平，对我来说，我觉得那样的自己也挺……糟心的。"江攸宁说，"得是什么样的女人才会把男人当货物挑来挑去，比来比去？第一要闲，第二需要婚姻，第三拜金利己主义者。要是有一天我这样了，请记得打醒我。"

江攸宁就是个倔脾气的，永远无法说服的女人。路童放弃了。

江攸宁关了灯，房间里一片黑暗。

"睡觉吧。"路童说，"晚安，好梦。"

"嗯。"江攸宁却睁着眼睛，很难有睡意。

今天经历的事情太多，她在脑海里梳理不出来。她没有看到杨景谦的表情，但他应该很伤心吧。

她所有的偏爱都给了沈岁和，没想到还有一个人对她如此偏爱。

可感情从来都不是你给我多少我便能回馈多少的事情。江攸宁有些愧疚，但没有后悔说出那样的话。

十几分钟后，路童的呼吸声变得均匀。江攸宁仍旧没有睡意。

忽然，路童的手机响了，铃声是一首纯音乐。

江攸宁翻过身去帮她拿，只见两个字赫然跃在屏幕之上——垃圾。

江攸宁大概猜到是谁了，碰了碰路童的肩膀："电话。"

路童皱着眉，不耐烦地翻身："谁啊？"

"垃圾。"江攸宁低咳了下，刻意压低声音调侃道，"估计想找他的垃圾回收站。"

路童瞬间清醒，而且一个激灵坐了起来。

她拿过手机，想都不想地挂断，然后又躺下睡觉。

"真不接啊？"江攸宁问。

路童坚定地回绝："不接。"

两秒后，手机又响了起来。

“有完没完啊？”路童逐渐暴躁，“他是不是要死了？”

“可能吧。”江攸宁说，“你还是接一下吧，问下什么事。”

路童：“不想接。”

江攸宁：“哦。”

真不想接路童就不是这种状态了。

江攸宁不想接电话的时候通常都是挂断、拉黑一条龙。如果是想接，但又犹豫的话她就会让电话一直响，等到合适的时机再接起来。

“接吧。”江攸宁说，“问清楚什么事好睡觉，明天还上班呢。”

路童正要接，铃声断了，时间已经到了。

“算了，”路童说，“他死了也跟我没关系，就让他在外边自生自灭吧。”

江攸宁：“啧。”

几秒后，电话又响，江攸宁示意路童接，路童假意不耐烦地接起来：“喂，谁啊？大半夜的打电话有病啊？”

“对，有病。”对方痞里痞气的声音传来，说得非常笃定，“相思病，等你治呢。”

路童：“梁康杰你神经病吧！脑子有病就挂三甲医院精神科，少给我打电话。”

“我这病就你能治。”梁康杰声音慵懒，吊儿郎当的，跟当年一个样，“到银月酒吧来。”

“我上次跟你说的你忘了？”路童越发暴躁，“等你死了再跟我说，轻于绝症的病我治不了！”

梁康杰仍旧用慵懒的语调说：“马上就要死了，过来给我收尸。”

路童：“有病！”

梁康杰：“说了只有你能治。”

路童：“那你死吧。”

梁康杰：“过来给我收尸。”

啪叽。路童挂了电话，气得呼哧带喘。

江攸宁拍了拍她的背：“战况惨烈。”

路童瞪她："会不会说话？"

过了会儿，路童躺在床上，暴躁地说道："睡觉！"

江攸宁问："你不去？"

路童："任他死！"

"怕你哭。"江攸宁问，"梁康杰回来追你了？"

路童："他有个追人的态度吗？"

江攸宁："从认识的时候，你不就知道他是那样的人吗？"

路童沉默了，房间里悄无声息。

江攸宁也不再说话，不劝。二人平躺在床上，路童忽然说："梁康杰真烦人。"

"嗯。"江攸宁附和她的话，"他烦人。"

几分钟后，路童起身换衣服。

"你干吗去？"江攸宁问。

路童背对着她，语气不善："捡垃圾。"

路童走了以后，房间里就剩下江攸宁一个人。

安静的氛围中，她越发没有睡意，干脆起来从书架上拿了本书看，但翻着也没有读下去的欲望。今天发生的事情太多了，她需要梳理，或者说需要一个出口。

她从抽屉里拿出电脑，打开了文档，敲下了第一行字。

> 从未想过有朝一日我会跟沈先生同时站在法庭上，而我们是不同持方。沈先生的眉眼和风格还是一如既往，但我的心境已经变了。
>
> …………

她把今天的事情都写了下来。

她先写了今天的官司，因为要保护当事人的隐私，所以她没有说案件内容，大部分还是围绕着沈岁和写的，甚至连之前沈岁和晚上给她发短信的事也写了进去。

然后她讲述了晚上被告白的事。

我把所有的偏爱和浪漫都给了沈先生，想不到在岁月的长河里，也有一个人默默地把他所有的偏爱和浪漫都给了我。

可是有什么用呢？我从没注意过他。在毕业这么多年后，我第一次将他的名字跟脸对上了。我忽然明白了，那些年沈先生眼中的我，也陌生到可以忽略姓名，所以我的事情他永远都不上心。

很多道理是我从这段感情中抽身之后才明白的。我跟沈先生的婚姻持续了三年。这段婚姻是我跳起来摘星触月得到的，从起初什么都不想要到后来想要爱情，我贪恋的终究太多。

如今跳出来后，我才能客观地看清楚这件事：沈先生是个很好的人，只是没那么爱我。前一点最让我欣慰，后一点最令我绝望。以前有一个问题一直困扰着我：为什么暗恋的感情会越来越浓呢？

今晚跟朋友聊天时我才明白：因为从来没得到，所以他一直很美好。

…………

她已经很久没写过跟沈先生的事情了。

刚离婚的时候她几次想动笔，但每当写到“沈先生”这个称呼，她的心都会莫名一痛，最后她什么都写不出来，但现在能洋洋洒洒地写出来很多字。

收尾时，她写了一句话，“终是只能愿沈先生，岁岁平安”。

这篇文档一共七千多字，她打开了很久没登录的微博账号，把文档整理了一下发出去。

没想到深夜在线冲浪的人也很多。

刚一发博，就有人点赞跟评论。

“啊啊啊！终于蹲到平安跟沈先生的日常啦！”

“好久没见平安上微博了，平安最近在做什么啊？”

“没想到大半夜能等到平安发博！我太快乐了！”

“今天的标题好像不太友好啊，平安是遇到什么事了吗？抱抱。”

“平安早点儿睡呀，沈先生难道不会督促你吗？”

…………

这个微博账号是江攸宁的个人账号，昵称是“锦离-岁岁平安”。

锦离是她原来发日记连载的论坛，后来随着网络的发展，锦离也已经变成了时代的眼泪，但在锦离宣布关站的时候，她把东西全都迁到了当时比较火的微博上。好几年过去了，她这个微博账号有两百多万粉丝。

而她在微博上更新的内容也只是那部暗恋日记的延续，偶尔会写一些心得体会，粉丝们都挺活跃的。

今晚江攸宁发的这篇文章标题是《说了再见，大概不会再见》。

粉丝们看完，又发出了一堆评论。

“你离婚了？”

“我的青春结束了。”

“今晚别想睡了。”

…………

“我的青春结束了”那条评论在最上边，点赞数最多。

江攸宁没再回复，直接睡觉。

次日一早醒来，江攸宁发现手机收到了很多条微博消息提醒。

私信很多，评论和提到她的消息也很多。

最关键的是，她在最新的微博热搜上看到了话题：“岁岁平安沈先生离婚”。

“平安是我从初中就在追更的大大啊！当初还不理解平安暗恋沈先生的心情，只是被平安的文笔折服，在摘抄本上写了很多平安的句子。直到高中暗恋了一个男生，我才读懂平安。《写给沈先生》是我们这帮老读者起的名字，几年前知道平安在毕业后竟然真的嫁给了沈先生，我比我自己结婚还高兴啊！可没想到平安竟然跟沈先生离婚了！从知道这个消息的时候我的眼泪就没停过！”

“平安跟沈先生刚结婚的时候还会更新一点儿日常，后来就销声匿迹了，从周更变成了年更，我以为我能等到平安跟沈先生长长久久，没想到等来了离婚的消息，梦碎了啊！”

“平安笔下的沈先生近乎完美，但身为人怎么可能没缺点呢？是平安爱得太深，我不敢想象平安是以什么样的心态写下这篇博文的，呜呜呜，今天又是为平安笔下的爱情流泪的一天。”

“我再也不相信什么暗恋天花板了！原来暗恋的尽头就是分手吗？孩子要哭死了！枕巾都哭湿了，大半夜的顶着核桃眼，一晚没睡了。”

“原来以为‘我喜欢的情侣是假的’已经让人很难过了，但跟‘喜欢了很多年的情侣离婚了’比起来，那点儿悲伤不值一提！我从高中就一直关注平安啊！”

“平安努力了很久，终于等到了她的沈先生，但没想到，后来还是跟在她笔下耀眼灿烂、熠熠生辉的沈先生分道扬镳，不知平安是以怎样的心情度过分开的那一天的呢？我永远爱平安笔下的沈先生，他努力、谦逊、温和有礼、善良、正直，但我也永远心疼默默无闻、努力追逐沈先生背影的平安。我记得很久以前我私信过平安，问她为什么不去跟沈先生告白呢？她给我的回复是，只要路过他身侧，她就感觉树静风止，全世界只剩下她一个人的声音，她怕这声音被他听到，得来奚落或嘲笑，更怕他听到之后，觉得无所谓。这大抵是暗恋之人的通病吧，永远不敢迈出自己这一步，将自己囚于牢，困于心。听闻平安跟沈先生结婚那一刻，我就觉得平安应当是用尽了毕生的勇气，可没想到平安竟跟沈先生离婚了，如果可以，我想听平安跟沈先生婚后的故事，想知道暗恋跟相爱到底隔了多远。平安得付出怎样的努力才能跟沈先生说出那句‘终是只能愿沈先生，岁岁平安’。平安，你把自己的故事跟沈先生讲了吗？他感动了吗？你最终学会爱自己了吗？平安，祝你好好爱自己。”

“沈先生，如果你看到这个热搜，我一定斩钉截铁地告诉你：你！失去了这辈子最爱你的人！没有之一！数年如一日爱你的平安到离婚都在夸你，我不相信你真的有那么好！但我相信平安真的爱你爱到了骨子里。”

“从学生时代的一眼就心动到后来跟沈先生重遇，平安真的把暗恋之人的心路历程刻画得淋漓尽致。我记得以前自己暗恋上同桌的时候就一次次看平安的日记，每次都能看到泪流满面。抱抱平安吧。”

评论很多，而且多是长评。

江攸宁从大一那年开通了锦离论坛的账号，那会儿每天都发一篇博文。

最初的最初，就是那一个雨天，那一场平平淡淡的遇见。

后来她发得越来越多，粉丝也积累了不少，经常有读者在别的平台转载她的这些博文，遇到推文账号时，也有人把她写的推过去。

不由自主被吸引的读者太多了，逐渐就把她捧得有了些名气，每当有人提起来暗恋类小说，很多人都会把她的这个账号推过去。

这么多年过去，读者更多了，她总能在私信里收到很多女孩暗恋的心事，有时还会收到男孩的心事。

她的私信里都是别人的故事，偶尔在得到许可后，她也会把这些故事打码发出来，这个号不经常经营，但意外地，读者留存率很高。

给她真情实感发长评的大多是从锦离就喜欢她的读者，有的年纪只比江攸宁小一两岁。因为在她经过那一场热烈青春的时候，有很多人被她的热烈青春吸引。同类吸引同类，关注她微博的大多是也曾暗恋过人的女孩，她们的故事没能有个好结局，当江攸宁结婚时，大家对她的期望很高。

她记得在她发微博公布结婚消息的时候，也上了最新热搜，但后来就掉下去了，毕竟知名度只是在某个圈子里，不算高。所以这次江攸宁也没在意，把微博关掉，照常洗漱上班。

江攸宁到达金科律所时刚好八点五十分。

她昨天赢了沈岁和的消息也飞速传到了众人的耳朵里，从上楼到去办公室的路上，她听到了好多句“恭喜”和“厉害”。

路过程修的位置时，看到他还没来，江攸宁径直回了办公室。

岑溪还没来，她坐在位置上简单收拾了一下东西。

八点五十七分，岑溪踩着点儿进了办公室，熟稔地往江攸宁的办公桌上放了一杯豆浆，打招呼道：“早！”

“早啊！”江攸宁笑，“今天又有我的豆浆啊？”

“对。”岑溪飞速把吸管插入，喝了一大口豆浆，吞下去后才说，

“我男朋友给你也买了，他本来还买了两根油条，但我怕你闻到油味不舒服，就在楼下吃了。”

“都吃了？”江攸宁挑眉。

岑溪：“没，吃了一根半，我尽力了。”

江攸宁怀孕后很少吃油腻的东西，之前岑溪第一次拿着油条进来的时候，她去卫生间吐了十分钟，吓得岑溪半天没缓过神来。

后来岑溪再没给江攸宁带过油条。

但岑溪的男朋友只要送她来上班，一定会捎带给江攸宁也买一份早餐，今天又是熟悉的豆浆油条，岑溪不忍心告诉男朋友江攸宁其实不能吃油条，所以就自己把那份也吃一半，然后把豆浆给江攸宁带上来。

江攸宁笑道：“正好我早上只吃了面包，谢谢你的豆浆。”

岑溪笑了下，露出小虎牙：“没事。”

“明天你想吃什么？我给你带。”江攸宁说。

岑溪想了下：“包子吧，香菇肉馅的。”

“好。”

江攸宁跟岑溪处得还不错。不熟的时候岑溪是乖巧型，熟了以后江攸宁发现岑溪还蛮开朗的，而且情商高，做事认真负责，跟江攸宁也比较聊得来，再加上二人在公司的相处时间是最长的，她又是孕妇，岑溪会主动多照顾她一些。

岑溪男友接送她上下班也有一定规律，周二周四送上班，周一周三周五接下班。

只要是送岑溪上班，他一定会给江攸宁也带一份早餐。只要是接岑溪下班，他一定会给江攸宁买一杯奶茶或果汁。

而江攸宁会在别的方面还回去，一来二去，两个女生关系就好了许多，比一般同事关系要密切些。岑溪喝过豆浆后就没再跟江攸宁搭话，看她在电脑前奋战的状态就知道，昨晚一定又没加班。

果然，卡着方涵来的点儿，岑溪把整理好的资料交了过去。

方涵站在办公室门口笑着恭喜江攸宁：“虽然昨天说过了，但今天要更正式地说一句，恭喜啊，小悠悠。”

“谢谢涵姐。”江攸宁笑。

“喏，”方涵把一个精致的白色手提袋放在她桌上，“首战告捷的礼物。”

还没等江攸宁说谢谢，方涵已经拿着资料离开了。

“呼。”岑溪松了一口气，在椅子上瘫了下，而后迅速坐起来，一边盯着电脑，一边跟江攸宁闲聊，“宁宁昨天很厉害！咱们律所上下都知道你了。”

“嗯。”江攸宁说，“能感觉到。”

平常上班，几乎没人跟她打招呼，但今早上班的时候，几乎是脸熟的不熟的都认识她，还跟她打招呼。

“那我采访一下，赢了律界大魔王是什么感受？”岑溪问。

江攸宁：“高兴吧。”

“确实该高兴。”岑溪说，“我知道你赢了的时候也很高兴。说句实话哈，其实之前没想到你会赢，因为你的对手真是太厉害了，是业界传奇的水平，我想着最多也就打个平手，抚养权起码要交出一个吧，结果你把两个女儿的抚养权都拿到了，太厉害了！不是一句称赞就能表达出我的崇敬之情的。”

“我懂。”江攸宁笑，“但传奇不就是拿来打破的吗？”

岑溪：“说的也是。”

“你正式上场前害怕吗？”岑溪问。

江攸宁点头：“有一点儿，但站在那儿的时候就不怕了。”

说不害怕是假的，但看见对面是沈岁和，那种害怕会减少几分，或许是存了几分比较的心思，她想赢的欲望大于害怕。

“沈律好看吗？”岑溪好奇地问道，“听说他是律界男神。”

“你没见过？”江攸宁问。

高级律所就这几家，两家业务上的联系应当也挺紧密的。

岑溪点头：“见过，但实不相瞒，我没敢正眼看他。”

“为什么？”

岑溪：“他的气场太强大了，说话也冷冰冰的，我怕。”

江攸宁：“……”

岑溪又粗略地问了几句官司的情况，之后就投入了自己的工作中。

江攸宁坐在那儿，继续整理宋舒这个案子，凭她对华峰的了解，他应该还会上诉，二审是无法避免的，就是不知道沈岁和会盯着哪个点打。

婚姻纠纷就这样，来来回回要打好几回。

一审二审再审，能拖很久。

她猜测沈岁和应该会盯着宋舒的精神状况和经济能力来打。

不知不觉一上午过去，中午去食堂吃饭的时候，江攸宁再次感受到了“沈岁和”这三个字的威力，也了解了赢了沈岁和是多大的压力。因为她跟岑溪一进食堂，众人的目光就齐刷刷地向她看来，然后无论她走到哪里都有人盯着她。

甚至吃饭时她都芒刺在背。

岑溪低声说：“你火了。”

“为什么大家会有这么大的反应？”江攸宁悄悄地问，饭都有些吃不下去。

岑溪拿出手机递给她看，江攸宁这才发现昨晚在程修手机上看见的只是冰山一角，一个晚上过去，后知后觉的各路公众号也反应过来，更多爆炸性的标题出现在公众号里，江攸宁这个名字也被无数次提及。

江攸宁叹了口气。

岑溪收回手机，低下头吃饭，吞下一口饭后见江攸宁不动筷，低声说：“你知道沈岁和在我们这些小实习生眼里是什么吗？”

江攸宁：“嗯？”

“是神。”岑溪说，“只要你是五院四校毕业，只要你步入律圈，你一定会听到一个名字——沈岁和。他的地位就跟刘亦婷在中小学生中的地位一样。”

“谁？”这个名字触及了江攸宁的知识盲区。

岑溪：“哈佛女孩刘亦婷，简而言之就是站在金字塔顶端的人。”

江攸宁：“你知道金字塔底下埋的都是什么吗？”

这天聊死了。

岑溪最后只能简单总结：“你就当自己是一夜爆红吧，承受你该得的鲜花和掌声，当然还有压力。如果不出我所料，估计从下个星期开始，找你的案子就可以数以‘摞’计。”

江攸宁：“好吧。”

最后这顿饭她也没吃多少，简单扒拉了几口米饭，就跟岑溪匆匆离开了食堂。

江攸宁坐在办公室里，无聊地玩手机。

她打开微博账号，消息直接爆掉，卡得她的手机半分钟没回过神来。

最后她点进热搜，没想到“岁岁平安沈先生”的热搜没有消失，反而上升到了第四十位，与此相关的还有一条“暗恋天花板”。

她的微博粉丝新增三十多万，江攸宁点进词条广场扫了一眼。

估计这会儿冲浪的已经换了一批人，发出来的最新评论也都变了味。

“这些人到底是谁？”

“我就想知道为什么会有人爱一个人爱这么多年，而且写了这么多年这种无病呻吟的文字。”

“确定不是编故事吗？真的，我身边最长情的一个朋友暗恋生涯六年。”

…………

江攸宁看了几眼就退出了词条广场。私信和提到她的消息都已经看不过来了，她没有点开。

下午一点四十分，她重新发了一条微博。

锦离－岁岁平安：“没想到大家对我跟沈先生离婚的事情反应这么大，从锦离到微博，从大学到工作，这些年里，我没有因为沈先生荒废学业，没有因为沈先生放弃工作，相反，所有的一切都是我自己选择的，这是我的生活，或好或坏，我都接受。谢谢大家的喜欢，日后，沈先生不再是我的沈先生，但我仍旧会是我。大家都要好好爱自己啊！”

发完之后她就退出了微博，不再关注那些喧嚣的声音。

等到晚上，热度已经降了下去。

但她听到了另一个消息——华峰提起上诉。

接到宋舒的电话的时候，江攸宁刚回到家，坐在床边，单手撑着床，支起整个身体的重量。

“江律师，怎么办啊？”宋舒有些焦虑，“我以为一切都尘埃落定了，没想到华峰这么快就要上诉，那我们是不是要一直跟他打官司啊？”

“不会。”江攸宁说，“一般来说，原告或被告对一审判决结果不满意可提起上诉进行二审，如果二审后仍不满意并且有新证据的支撑，可以提出再审，但必须在遵从判决结果的前提下进行。”

宋舒算是松了口气。

“江律师，所以华峰是找到新证据了吗？”宋舒问。

江攸宁的声音带着几分疲惫：“不清楚，不过兵来将挡，水来土掩吧。”

“好。”宋舒说，“辛苦你了江律师。”

“你最近看好星星跟闪闪。”江攸宁叮嘱道，“还有你妈那边的事，解决了吗？”

“我搬家之后她没再找过来。”宋舒说，“应该是没事了，从我这里拿不到钱，她应该就不会再来了。”

江攸宁应了声：“你最近小心一点儿。如果对方提起上诉，那你的原生家庭这点也很有可能被抓住大做文章，华峰知道你家是那样的情况吗？”

宋舒思考了几秒才道：“他知道我家挺穷的，但我从没让我妈问他要过钱，所以他大概不清楚吧。”

“你以前买那些奢侈品借的钱都补贴给你家了吗？”江攸宁忽然问。

宋舒：“嗯。”

她怕江攸宁觉得她懦弱，立马解释道：“小时候我爸妈对我也挺好的，就是后来有了我弟以后，对我没那么亲了，但也没缺过我吃穿，我看上的头花也给我买，就是之后……我弟的花销越来越大，我给过几次钱后，他们就……”

后面的话宋舒再没说下去，江攸宁也已经懂了。

有些事情根本不能开那个口子，一旦开了就是无底洞。

欲望和贪婪是人性的阴暗面。

“你多久没再给过他们钱了？”江攸宁问。

“半年多了。”宋舒说，“家里买完新房子以后宽松了一段时间，这次是因为我弟想结婚……垃圾。”

宋舒说着忽然骂了一句：“那样的垃圾结什么婚！祸害谁啊？！”

说到最后，宋舒忽然哭了。

江攸宁也不知道该如何安抚，只是静静地听着。

这次宋舒哭的时间不长，几乎不到两分钟就收敛了自己的情绪，深呼吸了几下后，坚定地道：“江律师，我一定跟他们割裂开，现在除了我的两个女儿，我对谁都不会心软的。”

江攸宁：“好。”

跟宋舒打完电话后，江攸宁累得瘫在了床上。

她睁着眼睛看纯白的天花板，脑海里思路还乱着。

华峰提起上诉，是找到了新证据还是单纯地不服气呢？

如果是有新证据的话，宋舒还有什么把柄在他手里呢？

但江攸宁在一审的时候，基本把所有对华峰不利的关键性证据都甩了出去，现在如果想要二审必赢，那就只能是拿到华峰的血液检测报告或是拍到他的违法行为。

只要这个证据一出，无论华峰怎么上诉，她们都稳赢。

但她怎么才能拿到呢？

她正思考着，手机响了一下。

曾嘉柔：“宁宁姐，我哥已经把演唱会的票给我啦！你什么时候在家？我去给你。”

江攸宁：“明天晚上吧，我请你吃饭。”

曾嘉柔：“好！还吃食堂吗？”

江攸宁：“我家楼对面有家麻辣烫。”

曾嘉柔：“是开在水果店旁边的那家吗？”

江攸宁：“对。”

曾嘉柔：“好！”

江攸宁正打算关掉手机，就看到路童在小群里发消息。

路童：“江攸宁，姐们儿，你暴露了。”

（未完待续）